歌《うた》枕《まくら》辞《じ》典《てん》

廣木一人◉編

東京堂出版

はじめに

「歌枕」は古典和歌に詠まれた地名である。ただし、歌人が個人的に見聞したことがある、親しみがあるというだけでは「歌枕」とは言えない。元来、「歌枕」という語は広く歌語を意味した。そのことは『能因歌枕』と名づけられた書が地名のみを載せているのではないことを見ても分かる。歌語、つまり、和歌の言葉としてふさわしい語であるということは、「歌枕」が単に著名な土地ということだけではないことを意味する。

和歌にふさわしいかどうか、ということは、音の響き、品性ということもあるが、長い間蓄積されてきた人々の思い、人の営み、たとえば恋の思いなどが託されているかどうかにも関わってくる。それは文学的文化的背景ということであり、中世歌論でいうところの本意といってもいい。「歌枕」の多くが掛詞としての機能を持つということも、単なる地名ということではないことを示している。

このような「歌枕」のあり様を見てくると、それぞれの地名としての出現が『万葉集』にあったとしても、その時期に「歌枕」としての認識がどれほど人々にあったかには疑問が生じてくる。

「歌枕」という概念は、歌語とは何かの議論が盛んになってから形成された、と考えるのが妥当なのであろう。平安後期、人々の間に共通の認識として強く意識されるのは中世以後ということであろうか。

それは和歌が題詠を主とするようになった時代で、この点では、「歌枕」は和歌の詠作が実体験を伴わないで行われる頃になって確立したと言える。しばしば、「歌枕」の実際地が不明であったり、数カ所の同名地が混乱して詠まれたり、その土地の様子が実態とかけ離れていたりするのは、このことに関わる。

そうであれば、「歌枕」は架空の地であると言ってよいのかも知れない。しかしながら、歌人らが現地を意識し、そこを訪れたいと願望していたこともまた事実である。「歌枕」と深い関わりを持つと思われていた能因が、東北の白河の地に赴いたと偽った伝承もこのことを示している。『袋草紙』などいくつかの歌書に見える逸話であるが、ここでは『古今著聞集』「和歌」篇からその記事を引いておきたい。

能因は、至れるすき者にてありければ、

都をば霞とともに立ちしかど秋風ぞ吹く白河の関

と詠めるを、都にありながらこの歌を出ださむこと念なしと思ひて、人に知られず久しく籠もりゐて、色を黒く日にあたりなして後、「陸奥《みちのく》の方に修行のついでに詠みたり」とぞ披露し侍りける。

「歌枕」はこのような歌人らの文学的想像と実体験とのあわいに立ち現れてきたと言える。それは文学が常に虚実の皮膜に存在したことと通底することである。

なお、「歌枕」とは何かについては、「歌枕概説」で再説した。詳しくはそれを見てほしい。

本書は以上のような歌枕観に基づいて、他の類書にはない工夫を加えて記述したものである。その一つは、本意、つまりある「歌枕」がどのような地として認識され、どのような事物・言葉と関わって詠まれたかを端的に示すために、連歌寄合《よりあい》を、連歌寄合書に見える語についてのみであるが、関連語として各項目のはじめに示したことである。連歌では句を付けるために「歌枕」に関わる語の共通認識が是非とも必要であったのであるが、それは寄合書に明示された。したがって、寄合を見ることで当時の人々の歌枕認識を知り得ると言える。これによって、解説では詳しく記述できなかった個々の「歌枕」の性格が推察できると思う。中世中期の歌枕書の多くが連歌師と関わるものであったことも指摘しておきたい。

第二には、『万葉集』歌を解説中に取り込み、地名が「歌枕」となるきっかけを示したことである。後代に認識された「歌枕」は、『万葉集』歌で詠まれた地名の歌枕化と言える様相がある。『万葉集』歌を解説に引用することで、歌枕形成の事情をある程度知ることができると思う。

また、地形、たとえば「山」「川」「浦」などを伴った地名は、見出し語の解説の後に、小見出しとして取り上げ、それらの語を詠み込んだ和歌はそこに示した。これは個々の「歌枕」がこれらの地形語を伴って用いられることが多いこと、それが「歌枕」という語の多くの場合の実際的使用法であったことを示したかったからである。

「歌枕」を詠み込んだ和歌は原則的に一首に限定して挙げた。紙幅の関係もあるが、代表的な詠みぶりの歌を限定して挙げることで、個々の「歌枕」の性格が端的につかめるだろうと思うからでもある。その代わりに、引用した和歌にはすべて通釈を付けた。当然のことながら通釈は「歌枕」の詠まれ方の解説の一部になり得るはずである。

本書ではおよそ六〇〇の見出し、四〇〇の小見出しを設けた。主要な「歌枕」はこれでほぼ網羅したはずである。また、巻頭に見出し語の国別一覧を示し、巻末には本書で取り上げた「歌枕」が中古・中世期の主要歌枕書に記載されているかどうかの一覧表、および本書中の主要地名・関連語索引を付した。これらも活用してほしい。これまでも、歌枕・地名に関する辞典類は多く刊行されている。しかし、「歌枕」に限って解説付きで一覧した書は意外に少ない。本書がそれを補うものとなり得ていることを念願してやまない。

記述にあたって、多くの先行研究を参照した。その一々は挙げないが、末尾に主要な辞典類に限って挙げた。それをもって謝意を表すと共に、本書で不足している事柄を補ってほしいと思う。また、最近の市町村合併によって現在地が分かりにくくなっている。その確認のために市町村や郵便事業などによって提供されているインターネット情報を利用した。

本書は先に刊行した『連歌辞典』に続いて、家弟東京堂出版CFO廣木理人の協力のもとに編纂したものである。個人的には二月四日に卒寿を迎えた母への兄弟からの贈り物でもある。記して記念としたい。

二〇一三年　二月

廣木　一人

参考辞典類

『文学遺跡辞典　詩歌編』（竹下数馬・東京堂出版・一九六八年）
『文学遺跡辞典　散文編』（竹下数馬・東京堂出版・一九七一年）
「角川日本地名大辞典」（角川書店・一九七八～一九九一年）
『歌ことば歌枕大辞典』（角川書店・一九九九年）
『歌枕歌ことば辞典　増訂版』（片桐洋一・笠間書院・一九九九年）
「日本歴史地名大系」（平凡社・一九七九～二〇〇五年）
『和歌の歌枕・地名大辞典』（吉原栄徳・おうふう・二〇〇八年）

凡例

一　見出し語は旧仮名づかいにより、五十音順に並べた。検索の便のため巻頭に国別一覧、巻末に現代仮名づかいによる関連語を含めた五十音順索引を付した。

二　見出し語中の（　）はその文字を加える場合のあること、〈　〉は別字等で表記される場合のあることを示す。

三　古典の引用は旧仮名づかいによった。また、意味を取りやすくするために適宜、文字を書き換えるなどした。

四　和歌は「新編国歌大観」「私家集大成」によった。ただし、『万葉集』のみ「新編日本古典文学全集」によった。歌番号も同様である。

五　和歌以外の古典は主として「新編日本古典文学全集」によったが、ほかに新旧「日本古典文学大系」「新潮日本古典集成」その他によるものもある。

六　関連語として挙げた語は中世・近世期の連歌寄合書に記されているそれぞれの歌枕に関しての寄合語である。ただし、＊印を付けたものは、歌枕が見出しとなっているものではなく、寄合語の方の項目に歌枕が載せられているものである。便宜上『竹馬集』にあるものを先に挙げ、そこに見えない歌枕については『拾花集』、さらに『随葉集』『連歌付合の事』『連珠合璧集』などを参照した。繁雑を避けるために、省いた語も多い。略称、使用本文は次である。
竹―竹馬集（『連歌寄合書三種集成』清文堂・二〇〇五年）
拾―拾花集（『連歌寄合書三種集成』清文堂・二〇〇五年）
随―随葉集（『連歌寄合書三種集成』清文堂・二〇〇五年）
付―連歌付合の事（『連歌論集一』三弥井書店・一九七二年）
合―連珠合璧集（『連歌論集一』三弥井書店一九七二年）
寄―連歌寄合（『連歌寄合集と研究』未刊国文資料・一九七八年）
作―連歌作法（『連歌寄合集と研究』未刊国文資料・一九七八年）

旧国名地図

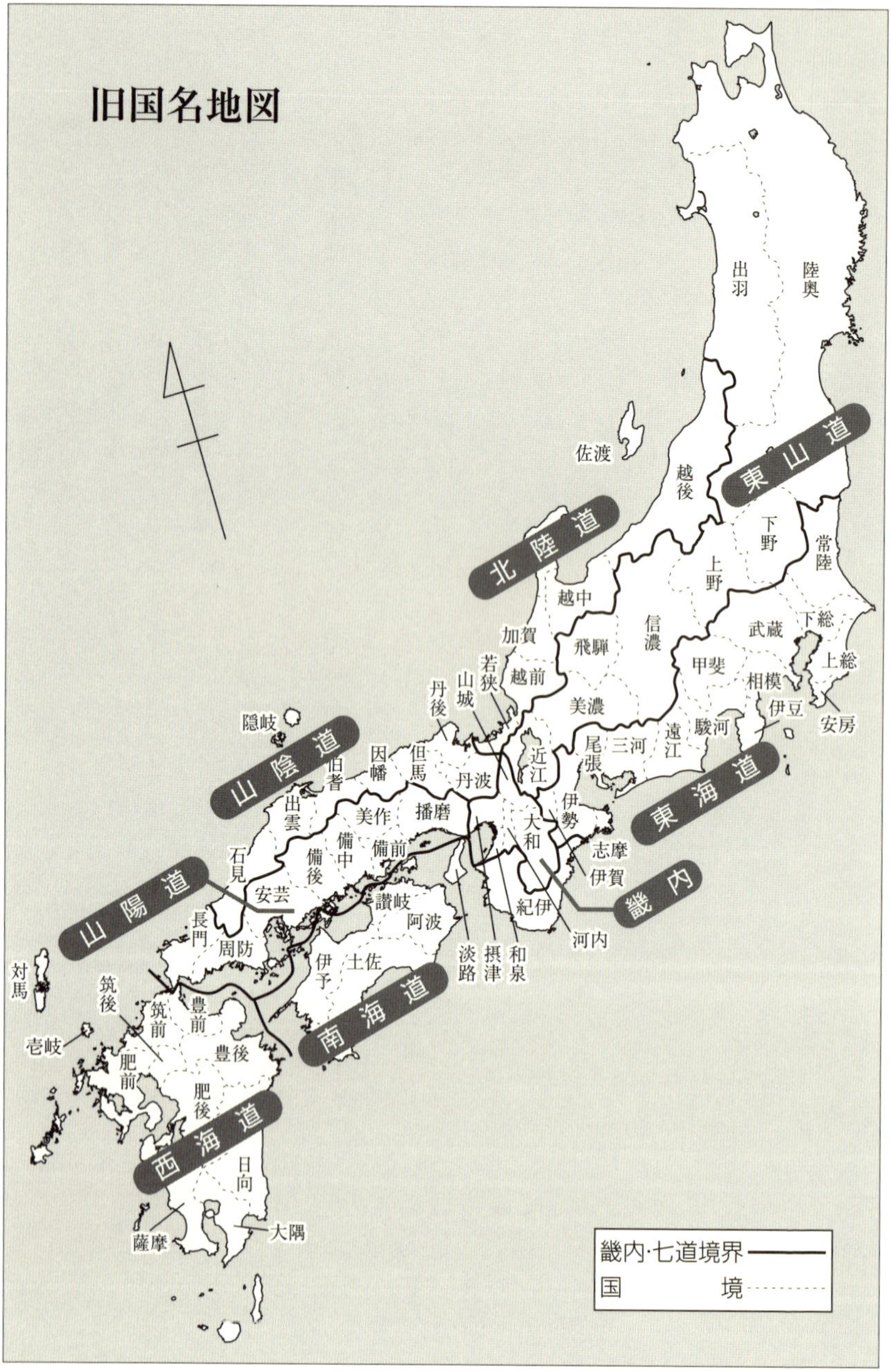

出羽
陸奥
佐渡
越後
東山道
北陸道
下野
常陸
上野
越中
信濃
加賀
飛騨
武蔵
下総
若狭
越前
甲斐
相模
上総
丹後
山城
美濃
隠岐
伊豆
駿河
安房
山陰道
因幡
但馬
近江
尾張
三河
遠江
伯耆
丹波
東海道
出雲
美作
播磨
伊勢
大和
石見
備中
備前
志摩
山陽道
備後
伊賀
安芸
畿内
讃岐
紀伊
長門
阿波
周防
河内
淡路
摂津
和泉
伊予
土佐
対馬
筑後
筑前
豊前
南海道
壱岐
豊後
肥前
肥後
西海道
日向
薩摩
大隅
畿内·七道境界
国境

歌枕国別一覧（現県名は便宜的な注記）

東山道

陸奥（青森・岩手・宮城・福島）

安積　あさか……41
　安積の沼　あさかのぬま……42
安積山　あさかやま……42
安達　あだち……51
姉歯　あねは……53
会津　あひづ……58
　会津の里　あひづのさと……58
会津の山　あひづのやま……58
阿武隈川　あぶくまがは……58
磐〈岩〉手　いはで……85
浮島　うきしま……92
有耶無耶の関　うやむやのせき……100
栗駒山　くりこまやま……146
衣川　ころもがは……155
衣の関　ころものせき……155
下紐の関　したひものせき……169
信夫　しのぶ……171
　信夫が原　しのぶがはら……171
信夫の浦　しのぶのうら……171
信夫の里　しのぶのさと……171
信夫の森　しのぶのもり……172
信夫の岡　しのぶのをか……172
信夫山　しのぶやま……172
塩竈　しほがま……172
　塩竈の浦　しほがまのうら……173
白河の関　しらかはのせき……175
末の松山　すゑのまつやま……185
外の浜　そとのはま……191
武隈　たけくま……199
玉川　たまがは……207
　玉川の里　たまがはのさと……208
玉造江　たまつくりえ……209
千賀の浦　ちかのうら……211
榴の岡　つつじのをか……218
壺の碑　つぼのいしぶみ……219
十符　とふ……226
勿来の関　なこそのせき……236
名取川　なとりがは……239
憚の関　はばかりのせき……258
籬の島　まがきのしま……283
松が浦島　まつがうらしま……286
松島　まつしま……287
美豆の小島　みつのこじま……301
宮城　みやぎ……308
　宮城が原　みやぎがはら……309
宮城野　みやぎの……309
小黒崎　をぐろざき……342
雄島　をしま……343
　雄島の磯　をしまのいそ……343
緒絶の橋　をだえのはし……343

出羽（秋田・山形）

阿古屋　あこや……41
象潟　きさがた……133

袖の浦　そでのうら……190
最上川　もがみがは……319
八十島　やそしま……322

下　野（栃木）

安蘇の河原　あそのかはら……49
黒髪山　くろかみやま……147
恋の山　こひのやま……152
那　須　なす……237
二子山　ふたごやま……274
室の八島　むろのやしま……318

上　野（群馬）

伊香保の沼　いかほのぬま……69
佐　野　さの……159
佐野の中川　さののなかがは……159
佐野の船橋　さののふなはし……159
多胡の入野　たこのいりの……200
横　野　よこの……331

信　濃（長野）

浅間の山〈岳〉　あさまのやま〈たけ〉……44
風越の峰　かざこしのみね……114
木　曽　きそ……134
木曽路　きそぢ……135
木曽路の橋　きそぢのはし……135
木曽の御坂　きそのみさか……135
桐　原　きりはら……141
更　科　さらしな……162
更科川　さらしながは……163
更科の里　さらしなのさと……163
更科山　さらしなやま……163
須賀の荒野　すがのあらの……177
諏訪の海　すはのうみ……180
園　原　そのはら……191
千曲川　ちくまがは……213
伏　屋　ふせや……273
御　坂　みさか……297
望　月　もちづき……320
望月の（御）牧　もちづきの（み）まき……320
姨捨山　をばすてやま……345

飛　驒（岐阜）

位　山　くらゐやま……145

美　濃（岐阜）

伊都貫川　いつぬきがは……76
宇留馬の渡り　うるまのわたり……101
関の藤川　せきのふぢかは……186
寝覚の里　ねざめのさと……250
野　上　のがみ……251
舟木の山　ふなきのやま……276
不　破　ふは……277
不破の関　ふはのせき……278
不破の山　ふはのやま……278
美濃山　みのやま……304
美濃の中山　みののなかやま……305
美濃の小山　みののをやま……305
莚　田　むしろだ……316

近　江（滋賀）

朝妻山　あさづまやま……43
梓の杣〈山〉　あづさのそま〈やま〉……52
安曇川　あどがは……52
粟津（野）　あはづ（の）……55
粟津（野）の里　あはづ（の）のさと……56
粟津（野）の原　あはづ（の）のはら……56
粟津の森　あはづ（の）もり……56
逢　坂　あふさか……59
逢坂の関　あふさかのせき……59
逢坂山　あふさかやま……59
近江の海　あふみのうみ……60
伊香胡　いかご……68
伊香胡の海　いかごのうみ……68
伊香胡の浦　いかごのうら……68

伊香胡山　いかごやま……68
不知哉川　いさやがは……72
石　山　いしやま……73
伊　吹　いぶき……88
　伊吹の里　いぶきのさと……88
　伊吹の〈が〉岳　いぶきの〈が〉たけ……89
　伊吹山　いぶきやま……89
弥高山　いやたかやま……90
打出の浜　うち(い)でのはま……97
老蘇の森　おいそのもり……102
奥津島山　おきつしまやま……102
大蔵山　おほくらやま……107
大　津　おほつ……108
　大津の浜　おほつのはま……108
　大津の宮　おほつのみや……108
大比叡　おほひえ……110
鏡　山　かがみやま……113
堅　田　かただ……119
　堅田の浦　かただのうら……120
　堅田の沖　かただのおき……120
　堅田の浜　かただのはま……120
勝野の原　かちののはら……122
川　島　かはしま……126
蒲生野　がまふの……128
唐　崎　からさき……132
朽木の杣　くちきのそま……141
志　賀　しが……165
　志賀津　しがつ……165
　志賀の海　しがのうみ……166
　志賀の浦　しがのうら……166
　志賀の大輪田　しがのおほわだ……166
　志賀の里　しがのさと……166
　志賀の花園　しがのはなぞの……166
　志賀の都　しがのみやこ……166
　志賀の山　しがのやま……166
信　楽　しがらき……168
　信楽の里　しがらきのさと……168
　信楽の(外)山　しがらきの(と)やま……168
塩津山　しほつやま……173
関の清水　せきのしみづ……186
関の小川　せきのをがわ……187
関　山　せきやま……187
勢　田　せた……187
　勢田の(長)橋　せたの(なが)はし……188
高　島　たかしま……194
　高島の浦　たかしまのうら……195
田　上　たなかみ……205
　田上川　たなかみがは……205
　田上山　たなかみやま……205
玉　川　たまがは……207
竹生島　ちくぶしま……212
千坂の浦　ちさかのうら……213
筑　摩　つくま……216
　筑摩江　つくまえ……217
　筑摩(江)の沼　つくま(え)のぬま……217
　筑摩の神　つくまのかみ……217
鳥籠の山　とこのやま……222
遠津の浜　とほつのはま……227
長沢の池　ながさはのいけ……231
長等の山　ながらのやま……233
鳰の海　にほのうみ……249
野島が崎　のじまがさき……252
走　井　はしりゐ……255
日　吉　ひよし……265
　日吉の神　ひよしのかみ……265
比　良　ひら……265
　比良の高嶺　ひらのたかね……266
　比良の山　ひらのやま……266

真　野　まの……………………291
　真野の入江　まののいりえ………292
　真野の浦　まののうら……………292
　真野の浜　まののはま……………292
三上(の)山　みかみ(の)やま………295
水茎の岡　みづくきのをか…………300
三津の浜　みつのはま………………302
三　尾　みを…………………………312
　三尾が崎　みをがさき……………312
　三尾の海　みをのうみ……………312
　三尾の浦　みをのうら……………312
守　山　もるやま……………………320
野洲(の)川　やす(の)がは…………321
矢　橋　やばせ………………………324
山の井　やまのゐ……………………327
万木の森　ゆるぎのもり……………330
余　呉　よご…………………………331
　余呉の海　よごのうみ……………331
　余呉の浦　よごのうら……………331
小比叡　をひえ………………………346

東海道

常　陸（茨城）
鹿　島　かしま………………………116
　鹿島の崎　かしまのさき…………117
　鹿島の宮　かしまのみや…………117
霞の浦　かすみのうら………………118
桜　川　さくらがは…………………157
曝　井　さらしゐ……………………163
志筑の山　しづくのやま……………170
筑　波　つくば………………………215
　筑波嶺　つくばね…………………216
　筑波(の)山　つくば(の)やま……216
男女川　みなのがは…………………303
下　総（千葉）
葛　飾　かつしか……………………122
香取の浦　かとりのうら……………125
黒戸の浜　くろとのはま……………147
許我の渡り　こがのわたり…………148
標茅が原　しめぢがはら……………174
真間の継橋　ままのつぎはし………293
上　総（千葉）
阿須波の宮　あすはのみや…………49
周准の原野　すゑのはらの…………184
安　房（千葉）
莫越の山　なごしのやま……………236
武　蔵（埼玉・東京）
浅羽野　あさばの……………………44
霞の〈が〉関　かすみの〈が〉せき……118
隅田川　すみだがは…………………182
立　野　たちの………………………202
多摩川　たまがは……………………208
堀兼の井　ほりかねのゐ……………282
三芳野の里　みよしののさと………309
向　日　むかひ………………………313
　向日の山　むかひのやま…………313
　向日の岡　むかひのをか…………313
武蔵野　むさしの……………………315
相　模（神奈川）
足　柄　あしがら……………………45
　足柄の坂　あしがらのさか………46
　足柄の関　あしがらのせき………46
　足柄(の)山　あしがら(の)やま……46
鎌倉山　かまくらやま………………127
小余綾の磯　こゆるぎのいそ………154
箱根(の)山　はこね(の)やま………255
早　川　はやかは……………………260

伊　豆（静岡）
伊豆の海　いづのうみ……77
古々比の森　ここひのもり……149
甲　斐（山梨）
甲斐が嶺　かひがね……126
差出の磯　さしでのいそ……158
塩（の）山　しほ（の）やま……173
都留の郡　つるのこほり……221
逸見の御牧　へみのみまき……281
穂　坂　ほさか……281
山　梨　やまなし……326
　山梨の里　やまなしのさと……326
　山梨（の）岡　やまなし（の）をか……326
忘　川　わすれがは……337
小笠原　をがさはら……341
駿　河（静岡）
安倍の田　あべのた……61
　安倍の市　あべのいち……61
岩城（の）山　いはき（の）やま……81
浮島が原　うきしまがはら……93
宇津の山　うつのやま……98
有度（の）浜　うど（の）はま……98
清　見　きよみ……139
　清見が関　きよみがせき……140
　清見潟　きよみがた……140
木枯の森　こがらしのもり……149
古奴美の浜　こぬみのはま……151
賤機山　しづはたやま……170
駿河の海　するがのうみ……184
田子の浦　たごのうら……201
富　士　ふじ……270
　富士（の）川　ふじ（の）がは……271
　富士の裾野　ふじのすその……271
　富士の嶺　ふじのね……271
　富士の山　ふじのやま……271
三保の浦　みほのうら……305
　三保の松原　みほのまつばら……306
遠　江（静岡）
引佐細江　いなさほそえ……79
小夜の中山　さや〈よ〉のなかやま……161
浜名の橋　はまなのはし……259
三　河（愛知）
伊良湖が崎　いらこがさき……91
志賀須賀の渡り　しかすがのわたり……167
高師（の）山　たかし（の）やま……195
花園山　はなぞのやま……258
引馬野　ひくまの……262
宮路山　みやぢやま……309
八　橋　やつはし……323
尾　張（愛知）
粟手の浦　あはでのうら……56
　粟手の森　あはでのもり……57
桜　田　さくらだ……158
須佐の入江　すさのいりえ……178
鳴　海　なるみ……247
　鳴海潟　なるみがた……247
　鳴海の野　なるみのの……247
二村山　ふたむらやま……275
伊　勢（三重）
阿漕が浦　あこぎがうら……40
五十鈴川　いすずがは……73
伊　勢　いせ……74
　伊勢島　いせじま……74
　伊勢の海　いせのうみ……74
　伊勢の浜　いせのはま……75
一志の浦　いちしのうら……76
大　淀　おほよど……110
　大淀の浦　おほよどのうら……110
　大淀の浜　おほよどのはま……111
神路山　かみぢやま……128
菅　島　すがしま……177

鈴　鹿　すずか……179
　鈴鹿川　すずかがは……180
　鈴鹿の関　すずかのせき……180
　鈴鹿山　すずかやま……180
竹　川　たけかは……199
月読の神　つきよみのかみ……215
月読の森　つきよみのもり……215
長　浜　ながはま……232
七栗の湯　ななくりのゆ……240
涙　川　なみだがは……242
二　見　ふたみ……274
　二見潟　ふたみがた……275
　二見の浦　ふたみのうら……275
御裳濯川　みもすそがは……307
宮　川　みやがは……308
山田の原　やまだのはら……325
和歌の松原　わかのまつばら……337
度　会　わたらひ……338

志　摩（三重）

麻　生　をふ……346
　麻生の海　をふのうみ……347
　麻生の浦　をふのうら……347

北陸道

越　中（富山）

有　磯　ありそ……65
　有磯（の）海　ありそ（の）うみ……66
　有磯の浦　ありそのうら……66
　有磯の浜　ありそのはま……66
多祜の浦　たこのうら……200
奈　呉〈古〉　な　ご……235
　奈呉〈古〉の海　なごのうみ……235
　奈呉〈古〉の浦　なごのうら……235
　奈呉〈古〉の江　なごのえ……236
二上山　ふたかみやま……274

越　前（福井）

浅水の橋　あさむずのはし……45
有乳山　あらちやま……64
五幡の坂　いつはたのさか……77
帰　山　かへるやま……126
越の海　こしのうみ……150
越の白嶺　こしのしらね……150
白　山　しらやま……175
敦　賀　つるが……220
　敦賀の山　つるがのやま……221
砺波の関　となみのせき……224
矢田野　やたの……322

若　狭（福井）

青葉の山　あをばのやま……67
後瀬の山　のちせ（の）やま……252

畿　内

山　城（京都）

朝日山　あさひやま……44
愛宕（の）山〈峰〉　あたご（の）やま〈みね〉……50
化　野　あだしの……50
粟田山　あはたやま……54
嵐（の）山　あらし（の）やま……64
有栖川　ありすがは……65
泉　川　いづみがは……77
稲　荷　いなり……80
　稲荷山　いなりやま……80
岩清水　いはしみず……82
石　田　いはた……84
　石田の森　いはたのもり……84
　石田の小野　いはたのをの……84
入　野　いる〈り〉の……92

宇治　うぢ……96
宇治川　うぢがは……96
宇治の里　うぢのさと……97
宇治の渡り　うぢのわたり……97
宇治橋　うぢばし……97
宇治山　うぢやま……97
梅津　うめづ……99
梅津川　うめづがは……100
瓜生　うりふ……100
瓜生坂　うりふざか……101
瓜生(の)野　うりふ(の)の……101
瓜生山　うりふやま……101
音羽　おとは……104
音羽川　おとはがは……105
音羽の里　おとはのさと……105
音羽の滝　おとはのたき……105
音羽山　おとはやま……105
大荒木　おほあらき……105
大荒木の里　おほあらきのさと……105
大荒木の森　おほあらきのもり……106
大内山　おほうちやま……106
大沢の池　おほさはのいけ……107
大原　おほはら……109
大原の里　おほはらのさと……109
大原山　おほはらやま……109
大原(野)　おほはら(の)……109
朧の清水　おぼろのしみず……111
大堰〈井〉川　おほゐがは……111
笠置(の)山　かさぎ(の)やま……114
笠取山　かさとりやま……114
鹿背(の)山　かせ(の)やま……119
片岡　かたをか……121
片岡の森　かたをかのもり……121
桂　かつら……123
桂川　かつらがは……124
桂の里　かつらのさと……124
神山　かみやま……130
亀山　かめやま……130
賀茂　かも……131
賀茂川　かもがは……131
賀茂の河原　かものかはら……131
賀茂の社　かものやしろ……132
賀茂山　かもやま……132
北野　きたの……135
衣笠岡　きぬがさをか……135
貴船　きぶね……138
貴船川　きぶねがは……138
貴船の宮　きぶねのみや……138
貴船山　きぶねやま……138
清滝　きよたき……139
清滝川　きよたきがは……139
清水　きよみづ……140
恭仁の都　くにのみやこ……142
雲の林　くものはやし……144
暗部(の)山　くらぶ(の)やま……145
鞍馬(の)山　くらま(の)やま……145
栗栖の小野　くるすのをの……146
木幡　こはた……151
木幡川　こはたがは……152
木幡の里　こはたのさと……152
木幡の峰　こはたのみね……152
木幡山　こはたやま……152
狛　こま……153
狛野　こまの……153
狛山　こまやま……153
衣手の森　ころもでのもり……155
嵯峨　さが……156
嵯峨野　さがの……157
嵯峨(の)山　さが(の)やま……157
鷺坂山　さぎさかやま……157
沢田川　さはだがは……160
樒が原　しきみがはら……169

白　河　しらかは……174
白河の里　しらかはのさと……174
白河の滝　しらかはのたき……175
清和井　せがゐ……185
瀬見の小川　せみのをがは……188
芹　川　せりかは……188
其神山　そのかみやま……191
糺　ただす……201
糺の宮　ただすのみや……202
糺の森　ただすのもり……202
橘の小島　たちばなのこじま……202
玉　川　たまがは……206
玉川の里　たまがはのさと……206
玉の井　たまのゐ……210
常　盤　ときは……222
常盤の里　ときはのさと……222
常盤の森　ときはのもり……222
常盤(の)山　ときは(の)やま……222
戸無瀬　となせ……224
戸無瀬川　となせがは……224
戸無瀬の滝　となせのたき……224
鳥　羽　とば……224
鳥羽田　とばた……225
鳥羽田の里　とばたのさと……225
鳥辺〈部〉　とりべ……229
鳥辺〈部〉野　とりべの……229
鳥辺〈部〉山　とりべやま……229
中　川　なかがは……230
長谷山　ながたにやま……231
楢の小川　ならのをがは……245
双の池　ならびのいけ……245
双の岡　ならびのをか……245
鳴　滝　なるたき……246
西　川　にしかは……248
野　宮　ののみや……253
羽束師の森　はづかしのもり……255
花(の)山　はな(の)やま……258
柞の森　ははそのもり……259
柞　原　ははそはら……259
比叡の山　ひえのやま……261
櫃　川　ひつかは……262
櫃川の橋　ひつかはのはし……262
氷室(の)山　ひむろ(の)やま……264
平　野　ひらの……266
広　沢　ひろさは……267
広沢の池　ひろさはのいけ……267
深　草　ふかくさ……268
深草の里　ふかくさのさと……269
深草の野　ふかくさのの……269
深草(の)山　ふかくさ(の)やま……269
伏　見　ふしみ……272
伏見の里　ふしみのさと……272
伏見の田居　ふしみのたゐ……272
伏見の野辺　ふしみののべ……272
伏見山　ふしみやま……272
船　岡　ふなをか……277
船岡山　ふなをかやま……277
堀　川　ほりかは……281
槇の島　まきのしま……284
槇の尾〈雄〉山　まきのをやま……284
松が崎　まつがさき……286
松の尾　まつのを……288
松の尾山　まつのをやま……289
瓶　原　みかのはら……295
御倉山　みくらやま……297
御手洗川　みたらしがは……298
美　豆　みづ……299
美豆野　みづの……300
美豆の上野　みづのうへの……300
美豆野の里　みづののさと……300
美豆の御牧　みづのみまき……300
美豆の森　みづのもり……300

耳敏川　みみとがは……306
紫　野　むらさきの……317
八入の岡　やしほのをか……321
八幡山　やはたやま……324
山　科　やましな……324
山科の里　やましなのさと……325
山科の宮　やましなのみや……325
淀　よど……334
淀　野　よどの……335
淀の沢　よどのさは……335
井　手　ゐで……338
井手の川　ゐでのかは……338
井手の里　ゐでのさと……339
小　倉　をぐら……341
小倉の里　をぐらのさと……342
小倉の峰　をぐらのみね……342
小倉(の)山　をぐら(の)やま……342
小　塩　をしほ……342
小塩(の)山　をしほ(の)やま……343
男　山　をとこやま……344
小　野　をの……344
小野の(山)里　をのの(やま)さと……345
小野の細道　をののほそみち……345
小野(の)山　をの(の)やま……345

大　和（奈良）

秋　篠　あきしの……38
秋　津　あきづ……38
秋津(の)川　あきづ(の)がは……39
秋津(の)野　あきづ(の)の……39
秋津〈蜻蛉〉島　あきづしま……39
朝の原　あしたのはら……47
飛鳥〈明日香〉　あすか……48
飛鳥〈明日香〉川　あすかがは……48
飛鳥〈明日香〉の里　あすかのさと……49
飛鳥〈明日香〉の寺　あすかのてら……49
阿太の大野　あだのおほの……51
穴　師　あなし……53
穴師(の)川　あなし(の)がは……53
穴師(の)山　あなし(の)やま……53
天香具山　あまのかぐ〈ご〉やま……61
青根が峰　あをねがみね……67
生駒(の)山〈岳〉　いこま(の)やま〈たけ〉……72
石　上　いそのかみ……75
板田の橋　いただのはし……76
岩瀬の森　いはせのもり……83
岩瀬(の)山　いはせ(の)やま……83
岩　橋　いははし……86
磐　余　いはれ……87
磐余(の)野　いはれ(の)の……88
磐余の池　いはれのいけ……88
妹背川　いもせがは……89
妹背(の)山　いもせ(の)やま……90
浮田の森　うきたのもり……93
宇　陀　うだ……95
雲梯の森　うなてのもり……99
畝傍山　うねびやま……99
柏木の森　かしはぎのもり……115
春　日　かすが……117
春日野　かすがの……117
春日の里　かすがのさと……118
春日の原　かすがのはら……118
春日山　かすがやま……118
片岡山　かたをかやま……122
勝間田(の)池　かつまた(の)いけ……123
葛　城　かづらき……124
葛城の神　かづらきのかみ……125
葛城山　かづらきやま……125
神奈備　かみ〈ん〉なび……129

神奈川　かみ〈ん〉なびがは……130
神奈備の森　かみ〈ん〉なびのもり…130
神奈備山　かみ〈ん〉なびやま……130
軽　かる……132
軽の池　かるのいけ……133
象　山　きさやま……134
清隅の池　きよすみのいけ……138
百済野　くだらの……141
久米路の橋　くめぢのはし……143
倉橋(の)山　くらはし(の)やま……144
巨勢山　こせやま……150
佐野の渡り　さののわたり……160
佐　保　さ　ほ……160
佐保川　さほがは……161
佐保道〈路〉　さほぢ……161
佐保(の)山　さほ(の)やま……161
猿沢の池　さるさはのいけ……164
菅田の池　すがたのいけ……177
菅原や伏見　すがはらやふしみ……178
菅原や伏見の里　すがはらやふしみのさと……178
菅原や伏見の田居　すがはらやふしみのたゐ……178
曽我の河原　そがのかはら……189
袖振山　そでふるやま……190
高　円　たかまど……197
高円(の)野　たかまど(の)の……198
高円の(尾上の)宮　たかまどの(をのへの)みや……198
高円山　たかまどやま……198
高間の山　たかまのやま……198
高　山　たかやま……198
竜　田　たつた……203
竜田川　たつたがは……204
竜田の里　たつたのさと……204
竜田の森　たつたのもり……204
竜田(の)山　たつた(の)やま……204
辰の市　たつのいち……204
手向(の)山　たむけ(の)やま……211
海石榴市　つばい〈き〉ち……218
飛羽山　とばやま……226
飛火野　とぶひの……226
富雄川　とみのをがは……227
豊　浦　とよら……228
豊浦の寺　とよらのてら……229
十　市　とをち……229
十市の里　とをちのさと……230
夏実(の)川　なつみ(の)がは……239
奈良思の岡　ならしのをか……243
奈良の都　ならのみやこ……244
奈良(の)山　なら(の)やま……244
丹生(の)川　にふ(の)がは……249
羽易山　はがひやま……254
初　瀬　はつせ……256
初瀬(の)川　はつせ(の)がは……257
初瀬の桧原　はつせのひばら……257
初瀬山　はつせやま……257
引手の山　ひきてのやま……261
桧隈川　ひのくまがは……262
桧　原　ひばら……263
広瀬川　ひろせがは……267
二上山　ふたかみやま……273
布　留　ふ　る……278
布留川　ふるかは……279
布留野　ふるの……279
布留の高橋　ふるのたかはし……279
布留の中道　ふるのなかみち……279
布留の都　ふるのみやこ……279
布留の社　ふるのやしろ……280
布留の山　ふるのやま……280
布留の早稲田　ふるのわさだ……280
古柄小野　ふるからをの……280

巻向　まきむ〈も〉く……284
巻向の桧原　まきむ〈も〉くのひばら……285
巻向（の穴師の）山　まきむ〈も〉く（のあなしの）やま……285
益田の池　ますだのいけ……285
待乳（の）山　まつち（の）やま……287
真野の萩原　まののはぎはら……292
御垣が〈の〉原　みかきが〈の〉はら……293
三笠（の）山　みかさ（の）やま……294
三笠の原　みかさのはら……294
三笠の森　みかさのもり……294
見馴川　みなれがは……304
三船の山　みふねのやま……305
耳成山　みみなしやま……306
三室　みむろ……307
三室の岸　みむろのきし……307
三室の山　みむろのやま……307
三輪　みわ……310
三輪川　みわがは……311
三輪の市　みわのいち……311
三輪の里　みわのさと……311
三輪の桧原　みわのひばら……311
三輪の社　みわのやしろ……311
三輪（の）山　みわ（の）やま……312
六田　むつた……316
六田の淀　むつたのよど……317
山（の）辺　やま（の）べ……326
逝廻の岡　ゆききのをか……327
弓月が岳　ゆつきがたけ……328
吉野　よしの……332
吉野川　よしのがは……333
吉野の里　よしののさと……333
吉野の滝　よしののたき……334
吉野の峰　よしののみね……334
吉野の宮　よしののみや……334
吉野山　よしのやま……334
若草山　わかくさやま……336
小墾田　をばただ……346

河内（大阪）

天の河原　あまのかはら……62
伊加が崎　いかがさき……67
交野　かたの……120
交野の里　かたののさと……121
交野の原　かたののはら……121
狭山の池　さやまのいけ……162
高瀬　たかせ……195
高瀬川　たかせがは……196
高瀬の淀　たかせのよど……196
渚の岡　なぎさのをか……234

摂津（大阪）

芥川　あくたがは……40
浅香の浦　あさかのうら……42
浅沢　あさざは……43
浅沢沼　あさざはぬま……43
浅沢小野　あさざはをの……43
芦（の）屋　あし（の）や……47
芦（の）屋の里　あし（の）やのさと……47
芦（の）屋の灘　あし（の）やのなだ……48
芦（の）屋の浦　あし（の）やのうら……48
安倍（の）島　あべ（の）しま……60
有馬山　ありまやま……66
生田　いくた……69
生田の池　いくたのいけ……70
生田の海　いくたのうみ……70
生田の浦　いくたのうら……70
生田の川　いくたのかは……70
生田の里　いくたのさと……71
生田の森　いくたのもり……71

生田の山　いくたのやま……71
生田の小野　いくたのをの……71
岩手の森　いはでのもり……85
大江の岸　おほえのきし……106
御前　おまへ……112
御前の沖　おまへのおき……112
御前の浜　おまへのはま……112
亀井　かめゐ……131
昆陽　こや……153
昆陽の池　こやのいけ……154
昆陽の松原　こやのまつばら……154
懲りずまの浦　こりずまのうら……154
桜井の里　さくらゐのさと……158
五月山　さつきやま……159
敷津　しきつ……168
敷津の浦　しきつのうら……168
四極山　しはつやま……172
須磨　すま……180
須磨の浦　すまのうら……181
須磨の関　すまのせき……181
住の江　すみのえ……182
住の江の浦　すみのえのうら……183
住の江の岸　すみのえのきし……183
住の江の浜　すみのえのはま……183
住吉　すみよし……183
住吉の浦　すみよしのうら……183
住吉の岸　すみよしのきし……184
住吉の里　すみよしのさと……184
住吉の浜　すみよしのはま……184
高津の宮　たかつのみや……196
玉江　たまえ……206
玉川　たまがは……207
玉川の里　たまがはのさと……207
玉坂山　たまさかやま……208
田蓑の島　たみののしま……210
津守　つもり……219
津守の浦　つもりのうら……220
津守の沖　つもりのおき……220
津守の浜　つもりのはま……220
敏馬　としま……223
敏馬が磯　としまがいそ……223
敏馬が崎　としまがさき……223
遠里小野　とほさとをの……227
長洲　ながす……231
長洲の浜　ながすのはま……231
長柄　ながら……232
長柄の橋　ながらのはし……233
長柄の浜　ながらのはま……233
長居　ながゐ……233
長居の浦　ながゐのうら……233
名児の浜　なごのはま……237
灘の海　なだのうみ……238
難波　なには……240
難波江　なにはえ……241
難波潟　なにはがた……241
難波津　なにはづ……241
難波の浦　なにはのうら……242
難波の里　なにはのさと……242
難波の宮　なにはのみや……242
難波堀江　なにはほりえ……242
鳴尾　なるを……248
鳴尾の浦　なるをのうら……248
鳴尾の沖　なるをのおき……248
西の宮　にしのみや……248
布引の滝　ぬのびきのたき……250
羽束　はつか……256
羽束の里　はつかのさと……256
羽束の山　はつかのやま……256
姫島　ひめしま……264
広田　ひろた……268
広田の浜　ひろたのはま……268
堀江　ほりえ……282

待兼山　まちかねやま……285
真　野　まの……291
真野の池　まののいけ……291
真野の浦　まののうら……291
真野の継橋　まののつぎはし……291
三　島　みしま……297
三島江　みしまえ……298
御　津　みつ……298
御津の浦　みつのうら……299
御津の泊まり　みつのとまり……299
御津の浜　みつのはま……299
水無瀬　みなせ……302
水無瀬川　みなせがは……303
水無瀬山　みなせやま……303
湊　川　みなとがは……303
敏馬の浦　みぬめのうら……304
武　庫　むこ……314
武庫川　むこがは……314
武庫の海　むこのうみ……314
武庫の浦　むこのうら……314
武庫の山　むこのやま……314
淀　川　よどがは……335
渡　辺　わたのべ……337
猪　名　ゐな……339
猪名野　ゐなの……339
猪名(の)川　ゐな(の)がは……339
猪名の笹原　ゐなのささはら……339
猪名の柴山　ゐなのしばやま……340
猪名野の原　ゐなののはら……340
猪名の伏原　ゐなのふしはら……340
猪名の湊　ゐなのみなと……340

和　泉（大阪）

興津の浜　おきつのはま……103
信太の森　しのだのもり……170
高　師　たかし……194
高師の浦　たかしのうら……194
高師の浜　たかしのはま……194
茅渟の海　ちぬのうみ……214
吹飯の浦　ふけひのうら……270

南海道

紀　伊（和歌山）

秋津野　あきつの……39
年魚市潟　あゆちがた……64
磯間の浦　いそまのうら……75
糸鹿(の)山　いとか(の)やま……78
岩　代　いはしろ……82
岩代の岸　いはしろのきし……82
岩代の野　いはしろのの……82
岩代の森　いはしろのもり……83
岩代の岡　いはしろのをか……83
岩代の尾上　いはしろのをのへ……83
岩田川　いはたがは……84
妹が島　いもがしま……89
音　無　おとなし……103
音無(の)川　おとなし(の)がは……104
音無の里　おとなしのさと……104
音無の滝　おとなしのたき……104
音無の山　おとなしのやま……104
形見の浦　かたみのうら……121
紀の海　きのうみ……136
紀の川　きのかは……136
紀の関　きのせき……136
熊　野　くまの……142
熊野川　くまのがは……143
熊野山　くまのやま……143
黒牛潟　くろうしがた……146
白良の浜　しらのはま……176
高　野　たかの……197
高野(の)山　たかの(の)やま……197
玉津島　たまつしま……210

千尋の浜　ちひろのはま……214
名　草　なぐさ……234
名草の浜　なぐさのはま……234
名草山　なぐさやま……234
名高の浦　なだかのうら……237
那　智　なち……238
那智の山　なちのやま……239
吹　上　ふきあげ……269
吹上の浦　ふきあげのうら……270
吹上の浜　ふきあげのはま……270
御熊野　みくまの……296
御熊野の浦　みくまののうら……296
御熊野の浜　みくまののはま……296
御熊野（の）山　みくまの（の）やま……297
由　良　ゆら……329
由良の岬〈崎〉　ゆらのみさき〈さき〉……330
由良の門　ゆらのと……330
由良の湊　ゆらのみなと……330
和歌〈若〉の浦　わかのうら……336

山陽道

播磨（兵庫）

明　石　あかし……37
明石潟　あかしがた……37
明石の浦　あかしのうら……37
明石の沖　あかしのおき……37
明石の瀬戸　あかしのせと……37
明石の門　あかしのと……38
明石の泊まり　あかしのとまり……38
明石の浜　あかしのはま……38
逢の松原　あふのまつばら……60
印南野　いなみの……80
飾　磨　しかま……167
飾磨川　しかまがは……167
飾磨の市　しかまのいち……167
高　砂　たかさご……193
高砂の浦　たかさごのうら……193
高砂の峰　たかさごのみね……193
高砂の山　たかさごのやま……193
高砂の尾上　たかさごのをのへ……193
津田の細江　つだのほそえ……217
野中の清水　のなかのしみづ……252
播磨潟　はりまがた……260
日笠の浦　ひがさのうら……261
響の灘　ひびきのなだ……264
藤江の浦　ふぢえのうら……276
虫　明　むしあけ……315
虫明の瀬戸　むしあけのせと……316
室　むろ……317
室の浦　むろのうら……318
室の泊まり　むろのとまり……318
夢前川　ゆめさきがは……329

美作（岡山）

久米の佐良山　くめのさらやま……143

備前（岡山）

牛　窓　うしまど……94

備中（岡山）

吉備の中山　きびのなかやま……137
細谷川　ほそたにがは……281

備後（広島）

鞆の浦　とものうら……228

周防（山口）

岩国山　いはくにやま……81
大　島　おほしま……107

山陰道

丹　波（京都）
天の橋立　あまのはしだて……62
生　野　いくの……71
伊　根　いね……81
大江（の）山　おほえ（の）やま……106
千歳〈年〉山　ちとせやま……213
水之江　みづのえ……301
与　謝　よさ……331
　与謝の海　よさのうみ……332
　与謝の浦　よさのうら……332
但　馬（兵庫）
入佐の山　いるさのやま……91
二見の浦　ふたみのうら……275
雪の白浜　ゆきのしらはま……328
因　幡（鳥取）
出雲の宮　いづものみや……78
因幡の山〈峰〉　いなばのやま〈みね〉……79
袖師の浦　そでしのうら……189
手間の関　てまのせき……221
矢野の神山　やののかみやま……323
石　見（島根）
石　見　いはみ……86
　石見潟　いはみがた……87
　石見野　いはみの……87
　石見の海　いはみのうみ……87
高角山　たかつのやま……196
隠　岐（島根）
隠岐の海　おきのうみ……103

南海道

淡　路（兵庫）
淡　路　あはぢ……54
　淡路潟　あはぢがた……55
　淡路島　あはぢしま……55
　淡路の瀬戸　あはぢのせと……55
野　島　のじま……251
　野島が〈の〉崎　のじまが〈の〉さき……252
絵　島　ゑじま……340
　絵島が磯　ゑじまがいそ……340
　絵島が崎　ゑじまがさき……341
　絵島の浦　ゑじまのうら……341
阿　波（徳島）
淡（の）島　あは（の）しま……54
鳴　門　なると……246
　鳴門の浦　なるとのうら……247
　鳴門の沖　なるとのおき……247
讃　岐（香川）
綾の川　あやのかは……63
松の〈が〉浦　まつの〈が〉うら……288
松　山　まつやま……289
土　佐（高知）
土佐の海　とさのうみ……223

西海道

筑　前（福岡）
朝倉山　あさくらやま……42
逢〈藍〉染〈初〉川　あひ〈ゐ〉そめがは……57
生の松原　いきのまつばら……69
思　川　おもひがは……112
香　椎　かしひ……115
　香椎（の）潟　かしひ（の）がた……116
　香椎の宮　かしひのみや……116
鐘の岬　かねのみさき……125
竈門山　かまどやま……127
刈萱の関　かるかやのせき……133
木の丸殿　きのまろどの……137

志　賀　しか……164
志賀の島　しかのしま……165
染　川　そめかは……192
箱〈筥〉崎　はこざき……254
門司の関　もじのせき……319

肥　前（佐賀）
玉　島　たましま……209
玉島川　たましまがは……209
値嘉の浦　ちかのうら……212
値嘉の島　ちかのしま……212
領布振る山　ひれふるやま……266
松　浦　まつら……289
松浦潟　まつらがた……290
松浦（の）川　まつら（の）がは……290
松浦の浦　まつらのうら……290
松浦の沖　まつらのおき……290
松浦（の）山　まつら（の）やま……290

肥　後（熊本）
阿蘇の山　あそのやま……50
多波礼島　たはれじま……205

豊　前（大分）
宇佐の宮　うさのみや……94
木綿葉山　ゆふはやま……329

大　隅（鹿児島）
気色の森　けしきのもり……148
歎の森　なげきのもり……235

歌枕概説

歌枕の原義

「歌枕」という語は、もともと、歌に用いられる歌語のことであった。「枕」という語の解釈は諸説あってむずかしいが、枕が頭を支えるものということから、歌の内容を支えるもの、片桐洋一『歌枕歌ことば辞典増訂版』(笠間書院・一九九九年六月)の「概説」のことばを借りれば、「和歌表現の前提となり、一首全体を統括する重要なことば」を指したものと思われる。

このことからすれば、「枕詞」と通底する歌学用語であるが、「枕詞」が主題に関連した言葉を導き出す語に特化したのに対して、「歌枕」はより広い概念を示す語であった。具体的には、多くの使用例を引いて「歌枕」の語義を論証し、今もって歌枕論の基本的な論考となっている中島光風「「歌枕」原義考證」(『上世歌学の研究』筑摩書房・昭和二〇年一月所収)によれば、歌に用いられた「歌詞」「枕詞」「異名」「名所」ということになる。このことは現在に伝わらない『四条大納言歌枕』の逸文や、「あめつち」「たまほこ」などの歌語を収載している『能因歌枕』を確認すれば分かることである。

後に「歌枕」はほぼ地名のみを指すようになるが、その土地は特別な土地であり、そうであるからこそ歌語であったことは、十二世紀半ば過ぎに書かれた藤原清輔著『和歌初学抄』で、例えば「所名」に挙げられた「暗部山《くらぶやま》」に「暗き由、また思ひくらぶるに詠めり」、「読習所名《よみならふところのな》」の「霞には」の項に「み吉野・朝《あした》の原」と注記されていることからも分かる。和歌伝統の中で一定の性格を賦与された地名こそが、歌語たる「所名」だということである。この書より十数年後の成立と考えられる『梁塵秘抄』でも十三番歌に「春の初めの歌枕　霞たなびく吉野山」とあり、「吉野山」は「霞たなびく」と性格づけされている。

ただし、『梁塵秘抄』での「歌枕」は地名と同義ということではなく、同書の四三二番歌には「春の始めの歌枕　霞鶯帰る雁　子の日青柳梅桜　三千歳《みちとせ》になる桃の花」などとも見えることは注意を要する。いまだに「歌枕」が地名のみを指すと限定されていなかった時代のものとしてよいのであろう。

名所としての歌枕

このような「所名」を包含する歌語を意味した「歌枕」の語が、ほぼ名所のことのみを指すようになったのがいつの時代であったかは明確にできない。歌学が精密化していき、歌語が細かに分類、意識されるようになった時代、ほぼ固定化してくるのは十二世紀末期と考えるのが常識的なのであろう。そもそも『能因歌枕』でも「国々の所々名」が他の語と別枠で一覧されており、地名と他の語とは位相の相違するものだという認識は存在していたわけで、歌語としての地名をどのように名づけるかの問題であったとも言える。

もともと、歌語の総称であったといっても「歌枕」の主要なものが地名であったことも、「歌枕」の語義が狭義の意味へと限定化される要因として挙げられる。前出の『四条大納言歌枕』の著者とされる藤原公任《きんとう》の『新撰髄脳』は十一世紀の初頭に書かれたものであるが、ここでは「いにしへの人多く本《もと》に歌枕を置きて、末《すゑ》に思ふ心を表す」と述べた後、歌例として本（上の句）に特別な歌語を詠み込んだ歌を挙げているが、その多くが地名であることはそのことを示唆している。これより四半世紀前の人である藤原伊尹《これまさ》の事跡を記した『大鏡』「太政大臣伊尹」条には「えもいはぬ紙どもに、人のなべて知らぬ歌や詩や、また六十余国の歌枕に名あがりたる所々などを書きつつ」とある。また、『経信集《つねのぶ》』に見える十一世紀後半の催しと思われる「庚申夜歌枕合」では「郭公《ほととぎす》」とともに小暗(倉)山・音葉(羽)山、「蛍」とともに名取川・染川が詠まれている。

十二世紀初めに書かれた源俊頼著『俊頼髄脳』には「世に歌枕といひて、所の名書きたるものあり」とあって、この記述自体は「歌枕」と称する書物の中に「所の名」を記した箇所があるということであろうが、他の歌語の論説と別枠に論じていることなどを鑑みれば、これも「歌枕」の主体が名所とされつつあったことを示唆していると思われる。

このような認識の中で、一一九〇年成の顕昭著『拾遺抄注』に、「能因が諸国の歌枕三巻あり。坤元儀と名づく」とあり、一一九一年成の同じ顕昭の『古今集注』には、「能因が坤元儀」に「諸国の歌枕を書するものなり」と注記されていることは、『能因歌枕』が地名のみの歌枕書であると誤解される痕跡である可能性がある。このような誤解が事実あったのだとすれば、この時期には、「歌枕」が地名のみを指すという認識が一般化していたことになろう。

ただし、「歌枕」が地名だけでなく歌語一般を意味していたことが完全に忘れ去られたわけではない。十三世紀初頭の『千五百番歌合』二四四番判詞に、「右、〈かきつばた〉は常の歌枕なり」の言が見えること、さらに十四世紀前半成の『徒然草』十四段の「今も詠みあへる同じ詞・歌枕も、昔の人の詠めるは、さらに同じものにあらず」の「歌枕」の語に一六〇四年刊、秦宗巴著『寿命院抄』では「ここにては詞のつづき、枕詞などをいふべし」と注記されており、以後、近世の主要な注釈もこれを踏襲していることなどは注意しておいてよいことと思われる。また、「歌枕」と称さずに、「名所」とすることも後代まで続いている。

歌枕の概念の確立

このような「歌枕」という歌学用語の語義の変遷の中で、『俊頼髄脳』からしばらく後、十二世紀半ば以前に編纂されたと思われる藤原範兼著『五代集歌枕』が名所のみを一覧したことは画期的で、この書は名所を指す「歌枕」の概念の一般化、さらには後の国々の「歌枕」の認定に大きな影響を与えたと思われる。

この『五代集歌枕』は名所を地形別に分けた後に国別に並べ、歌例を挙げており、後の類書の基本となった。例歌は『万葉集』『古今集』『後撰集』『拾遺集』『後拾遺集』から取っていて、各歌にはその歌集名が注記されている。このことも重要である。「歌枕」というものは単に地名でも景勝地などでもなく、古歌に詠まれた地であることをおのずから示しているからである。

また、「所名」が「歌枕」という用語で概念化されていく過程は、題詠が和歌詠作の中心になっていったことと無関係ではないことも指摘しておきたい。おそらく、それに伴って、実際の詠作上で歌語とは何かがより精密に追求され、歌語の分類も行われるようになった。特殊な地名を示す「歌枕」という歌学用語の確立はその結果だと考えられるからである。

そうであるからといって、後に「歌枕」と称するようになる特別な性格が賦与された土地が、これ以前にまったくなかったわけではない。その原初形は『万葉集』にも認められることである。しかしながら、当時はまだ歌枕風の名所であっても現地が常に意識されているのが一般であった。それに比して題詠の中での歌語は虚構の中で用いることを認めてのものである。そうであればもともと歌語の一つであった「歌枕」も実体験を経てとは限らずに詠まれても問題とされないということになる。『俊頼髄脳』において、先に引いた文に続けて、

それらが中に、さもありぬべからむ所の名をとりて詠む常のことなり。それは、うちまかせて詠むべきにあらず。常に、人の詠みならはしたる所を詠むべきなり。

とすることは当然のことであった。「人の詠みならはしたる所」であれば、実態が不明であっても詠むことを許された、というより、地名が歌語として和歌伝統の中で培われたものであれば、それこそが「歌枕」である、ということなのであろう。

そうは言っても、まったく実態を無視していたわけでもない。一般の歌語がそうであったように、「歌枕」も実態とのすり合わせの中で常にその性格が検証されていたことも事実であった。『明月記』承元元年（一二〇七）五月十六日条には障子に名所絵を描かせるにあたっての逸話が記されている。絵師が、言い伝えを聞いているだけで現地を知らないので、期限に遅れるかもしれないが行って見てみたい、と訴えたのに対して、藤原定家が遅れるのは駄目だが、誤りを犯すことも良くないので、「鞭を揚げその所に向か」へ、そうすれば、後代の語り草になるだろうと答えたという話である。

これは絵の話であるが、この記事には具体的な地名が記録されており、それらは一般の「歌枕」と一致する。つまり観念化された「歌枕」といっても、その観念のみで描くことの危険性が危惧されているのである。名所絵には和歌が添えられることが一般で、その折の和歌は描かれた絵によって詠まれるのが普通であった

と思われる。その時、その基盤となる絵は現地に赴いたことのない歌人らに現地の代わりとなるようなものとして存在したとも考えられよう。

和歌のみに関することについて言えば、「歌枕」の現地への関心は『明月記』の記事より早く、一一五八年成の藤原清輔著『袋草紙』に、次のような能因の逸話が見える。これは本書の「はじめに」で『古今著聞集』から引いた逸話と重なるものであるが、改めて『袋草紙』から引用しておきたい。

竹田大夫国行《くにゆき》といふ者、陸奥《みちのく》に下向の時、白河の関過ぐる日はことに装束《さうぞ》きて、水鬢《みづびん》掻くと云々。人問ひていはく「何らの故ぞや」。答へていはく「古曽部入道の〈秋風ぞ吹く白河の関〉と詠まれたる所をば、いかで褻形《けなり》にては過ぎん」と云々。殊勝のことなり。

能因、実《まこと》には奥州に下向せず。この歌を詠まんがために竊《ひそ》かに籠居して、奥州に下向の由を風聞すと云々。二度下向の由書けり。一度においては実か。八十島記《やそしまのき》に書けり。

『後拾遺集』羈旅に採録された、「陸奥に罷り下りけるに、白河の関にて詠み侍りける」と詞書のある

都をば霞とともに立ちしかど秋風ぞ吹く白河の関

の歌を廻っての逸話であるが、ここには、すでに「白河の関」が歌枕化していること、しかしながら実体験の裏付けという保証が、偽証であっても希求されたことが示されている。『古今著聞集』の方にはその真実味を増すために日焼けしたとさえ記している。

また、十三世紀初めに編纂された源顕兼編『古事談』には、一条院の勅勘を蒙った藤原実方が「歌枕見てまゐれ」と言われ、陸奥守に任ぜられて奥州に下った後、「奥州を経廻るの間、歌枕を見んがために、毎日出行す」とあり、『古事談』と同時期の成立をみなされている鴨長明著『無名抄』「業平髻《もとどり》を切らるる事」

には、在原業平が髻を切られたことを知られないようにするために、「『歌枕ども見む』と、数寄にこと寄せて東《あづま》の方へ行きけり」とあって、「歌枕」の実際地に対する関心のありようを示している。

これらは、主役である業平や実方の時代ということではなく、『古事談』などが成立した十三世紀初めの認識と言えるのであろうが、ここには厳然と「歌枕」という観念化した存在があり、それに喚起された現地への関心というものが歌人たちに醸成されてきていたことが垣間見える。後代の「歌枕」を廻る紀行の萌芽とも言え、「歌枕」という概念がいよいよ確固たるものとして歌人らの意識に定着してきた様子がここにあると思われる。

歌枕と連歌

このような歌語の一つとしての「歌枕」が、和歌文芸の中で確立した後、連歌文芸においてそれを上回るように重視されたことも注目すべきことであった。このことの指摘に関わって、理由を連歌師が旅の文学者であったということが挙げられることがあるが、そのことよりも、連歌と「歌枕」の結びつきは、連歌という文芸にとって「歌枕」が欠かすことのできない重要な歌語であったことが主たる要因なのだと思われる。

それは、一三四五年に書かれた、まとまったものとしては現存最古の連歌論書である二条良基著『僻連抄』に、

名所などはゆめゆめ無用の時、出だすべからず。肝要の寄合を詞にて鎖りてはすべし。ただ花と言はむに吉野、紅葉と言はむに竜田、すべてすべて詮なし。ただし、珍しきもの出で来たらむに、名所ならでは付けがたきことのあるなり。かやうの折は難にあらず。

と述べられていることからも推察できる。

「無用の時」に、やたらと用いるな、という言は、当時の連歌において、名所が頻繁に詠まれたことへの批判なのであろう。その理由の一つには、連歌の付合では内容の転じを伴った関連性が重視されたが、名所を持ち出すことで、その困難を曲がりなりにでも達成できたことがあったかに思われる。

先述した連歌師の旅に関わって考えれば、自分自身の関心ということより、現地を見聞することの多かったであろう連歌師の知識が一般の連衆の関心を引きつけたといったことがあったかも知れない。それは先の能因の逸話などと類似の事情である。

いずれにせよ、連歌において「歌枕」が重視されたことは疑いなく、『僻連抄』にも、連歌を詠むために披見すべき書として、「三代集・源氏の物語・伊勢物語・狭衣」の次に「名所の歌枕」が挙げられている。

これより先、鎌倉時代末期のもので、冷泉為相の蔵書目録かとされる『私所持和歌草子目録』の「連歌」の部には、連歌作品集・寄合書・連歌式目書・賦物集に続いて、『五代集歌枕』『諸国名所歌枕』『諸国名所抄』『名所部類抄』『歌枕部類』の五書の歌枕書が掲載されていることも極めて重要なことである。その目録からも和歌より連歌の方が歌枕書を必要とした実態が垣間見えてくる。

もっとも、これらの書は時代からいってもその編纂に連歌師が関与したとは考えにくい。しかし、室町時代の連歌全盛期になれば、連歌師みずからが歌枕書を編纂することともなった。一五〇〇年成立の宗祇著『浅茅』は付合の具体的方法を論じた書であるが、その三分の二を国ごとに分けた「歌枕」の一覧に費やしている。それぞれの「歌枕」には歌例が挙げられ、その寄合語が掲載されており、連歌において「歌枕」の必要性の要因をおのずから示している。

連歌の寄合書にはどれも当然のことながら「歌枕」に関わる記載があるが、取り立ててまとめて一覧している書には、中世期のものとしては『連歌付合の事』がある。近世になると、十七世紀に入ったころの成立と考えられている如睡編『随葉集』にはかなりの量をしめる「名所部」があり、十七世紀半ば以後成立の編者未詳の『竹馬集』にも「名所之部」がある。これらの書は、寄合語を示すことによって、おのずと「歌枕」に付随する性格を提示しており、個々の「歌枕」の観念の固定化をさらに推し進めたと言ってよい。

連歌師の関与した書には寄合書以外に歌枕書そのものもある。一六六六年になって出版された『名所方角抄』は都からの方角、距離などを記した特異な歌枕書であるが、この書の編纂は宗祇に仮託されてきた。宗祇門の宗碩には一五〇六年成立の『勅撰名所和歌抄出』があり、一六一七年に刊行された『類字名所和歌集』は近世初期の連歌界の第一人者であった昌琢による編纂で、「歌枕」に多大な関心を持った契沖にも大きな影響を与えた。

「歌枕」は和歌での用を経て、連歌においてなくてはならないものと認識され、さらに契沖のような研究者によって、全国の土地土地の文学的あり様、さらには地誌への関心をも引き起こしたのである。

その後の歌枕

このような「歌枕」は近世に入ると別途の展開も遂げた。その一つは江戸などの新興都市に関わる名所の歌枕化であり、また各藩に属する地方の土地の歌枕化である。これらは古典における「歌枕」の伝統を引き、その類型を新たな土地に見出したもの、新興地が新たに作られた歌によって「歌枕」とされたものなど、諸相があるが、この系譜は現代にも続いている。例えば、『新撰歌枕　現代短歌集成』（第一法規・一九九〇年七月～一一月）などの例を挙げれば、それは得心のいくことであろう。

もう一つは「俳枕」の出現である。これは一六八〇年刊の名所俳諧集である幽山編『誹枕』を嚆矢とし、俳諧の立場で詠まれた名所をいい、特に現地の実体験を踏まえて用いられることが多かったところに特質がある。その点からは和歌伝統を覆したところにその存在意義があると言ってよいのであろう。

このような俳諧でのものは、先に述べた本来の「歌枕」のあり方からは逸脱したものと言える。それは新しい和歌（短歌）でのものについても言えることである。「歌枕」が、それぞれの土地の持つ本意、つまり、勅撰和歌を中心として長い年月を掛けて醸成されてきた土地の本質的、観念的なあり方、というものを担ったものであったことからすれば、遅くとも中世中期以後に生まれた名所は本来の「歌枕」とは別種のものと言える。「歌枕」というもののもつ面白みと限界がここにある。

（廣木）

歌枕辞典

あ 行

明石 あかし　播磨。兵庫県明石市。
【関連語】鹿・子規《ほととぎす》・大和島・千鳥・月・灯・須磨の関・琴の音・親子の中・行く舟（竹）

瀬戸内海に面していることから一般には海に関わる地形を伴って用いられる。夜を「明か」す、歎き「明か」す、また、明るい、の意を掛けることが多い。「ほのぼのと明石の浦の朝霧に島隠れ行く舟をしぞ思ふ」（古今集・羇旅・四〇九・よみ人しらず。ほのぼのと夜が明ける明石の浦の朝霧の中を島々に隠れながら行く舟を思いやることだ。）が柿本人麻呂の歌とされ、多くの影響歌を生んだ。また、平安後期以後、『源氏物語』「明石」巻を踏まえたものも見られるようになった。

おぼつかな都の空やいかならむ今宵明石の月を見るにも（後拾遺集・羇旅・五二三・資綱。都の空はどのような様子であることか分からず気になることだ。今宵、明石の月を見るにつけても。）

明石潟 あかしがた
明石潟海人《あま》の栲縄《たくなは》くるるより雲こそなけれ秋の月影（新勅撰集・秋・二七三・光俊。明石潟が漁師の使う栲縄を繰るように暮れると、雲一つない空に月が昇ってくることだ。）

明石の浦 あかしのうら
ものを思ふ心の闇し暗ければ明石の浦も甲斐なかりけり（後拾遺集・羇旅・五二九・伊周《これちか》。ものを思い詰める心の闇は暗いので、明石の浦が明るいという意を持つといっても甲斐のないことだ。）

明石の沖 あかしのおき
眺めやる心の果てぞなかりける明石の沖に澄める月影（千載集・秋・二九一・俊恵。つくづくと遠く、明石の沖の方の澄みきっている月を眺めやっていると、心に思うことに限りというものがないことに気づくことだ。）

明石の瀬戸 あかしのせと
月冴ゆる明石の瀬戸に風吹けば氷の上に立たむ白波（玉葉集・秋・六五七・西行。月が冴え冴えと光を放つ明石の瀬戸に風が吹くと、氷の上に白波が立つことだ。）

明石の門　あかしのと

あまざかる鄙の長路《ながぢ》を漕ぎくれば明石の門《と》より大和島見ゆ（新古今集・羇旅・八九九・人麻呂。遠い地方から長い舟路を漕ぎ来ると、明石の海峡から大和の山々が見えることだ。）

明石の泊まり　あかしのとまり

二声《ふたこゑ》と聞かずは出でじほととぎす幾夜明石の泊まりなりとも（新古今集・夏・二〇六・公通。ほととぎすよ、二声目を聞かなければ船出しないつもりだ。幾夜この明石の港に泊まることになろうとも。）

明石の浜　あかしのはま

思ひ暮れ歎き明石の浜に寄る海松布《みるめ》少なくなりぬべらなり（古今六帖・一九一八。思い暮れて一晩歎き明かしたが、本当に明石の浜に寄せる海松布のように、あの人を見ることも少なくなったことだ。）（廣木）

秋篠　あきしの　大和。奈良県奈良市秋篠町。

【関連語】外山*（合）

平城京の西北端、奈良盆地の外れにあたり、西には生駒山が聳えている。「秋」の「（外山の）里」として詠まれる。

秋篠や外山の里や時雨るらん生駒の岳に雲のかかれる（新古今集・冬・五八五・西行。外山の里である秋の名を持つ秋篠も今は時雨れていることであろう、生駒の岳に雲がかかっているので。）（廣木）

秋津　あきづ　大和。奈良県吉野郡吉野町宮滝。

吉野の宮を秋津（蜻蛉）宮とも呼び、周辺の野を秋津野、付近の吉野川を秋津川とも呼んだ。「あきづ」（蜻蛉）はトンボのことで、豊かな収穫の季節の象徴として、豊饒の地を含意する。『万葉集』では、「秋津野」は、吉野宮行幸の際の柿本人麻呂の長歌「…吉野の国の花散らふ　秋津の野辺に…」（一・三六。…吉野の国の花散る秋津の野辺に…。）、「秋津宮」は「…み吉野の　秋津の宮は　神からか…」（六・九〇七・作者未詳。…吉野の秋津の宮は神そのものなので…。）、「秋津川」は「み吉野の秋津の川の万代に絶ゆることなくまたかへり見む」（六・九一一・金村。吉野の秋津の川は永久に絶えることがない、そのように私もまた見に来よう。）がそれぞれの早い例と見られるもので、いずれも吉野宮周辺と推定される。ただし、秋津野は所在地に混乱があり、「常ならぬ人国山の秋津野の杜若《かきつばた》をし夢に見しかも」（万葉集・七・一三四五・作者未詳。人国山の秋津野の杜若《かきつばた》を夢に見たことだよ。）等は、『五代集歌枕』では紀伊国に部類されるなど、和歌山県田辺市秋津野と解される例もある。後代には作例は減少するが、「秋」の語の季感を効かせたものや、「飽き」を掛けた例もある。

秋津（の）川　あきづ（の）がは
万代も絶ゆる時なき光とや秋津の河に月のすむらん（亀山殿五首歌合・一三・為教。永遠に途絶えることのない光というのだなあ。秋津の川に澄んだ月が映るのだろう。）

秋津（の）野　あきづ（の）の
人の世のならひを知れと秋津野に朝居る雲のさだめなきかな（続千載集・哀傷・二〇二七・後宇多院。人の世の習いを知れとでも言うかのように、秋津野に朝浮かんでいる雲の、行く先も知れないことだよ。）
（山本）

秋津〈蜻蛉〉島　あきづしま　大和。奈良県・日本本州。『日本書紀』に、神武天皇が大和国を国見《くにみ》して「猶《なほ》し蜻蛉《あきづ》の臀呫《となめ》せるが如《ごと》もあるかも」と、蜻蛉が交尾しているような形だと宣い、それが秋津島の称の始まりとなったする神話がある。蜻蛉（秋津）はトンボのことで、収穫の季節の象徴。すなわち秋津島は豊饒の地の祝意を持つ称である。『古事記』孝安天皇の記事には「葛城の室の秋津島宮」とあり、古くは葛上郡室村辺りを指したと見られる。それが後には大和国を指すようになったようで、『万葉集』では「…うまし国そ　秋津島　大和の国は…」（一・二・舒明天皇。…すばらしい国だ、秋津島大和の国は…。）など、「大和」にかかる枕詞として詠まれている。さらに「秋津島人の心を種として遠く伝へし大和言の葉」（玉葉集・雑・二四四八・為家。秋津島の人の心を種として、はるか遠い昔より伝わってきた、大和言葉の歌よ。）のように、日本国全体の称ともなったものらしい。
飛びかける天の岩舟たづねてぞ秋津島には宮はじめける（新古今集・神祇・一八六七・理平。飛び廻る天の岩舟を尋ね求めて、この秋津島に初めて宮をお造りになったのだ。）
（山本）

秋津野　あきつの　紀伊。和歌山県田辺市秋津町。『八雲御抄』などでは大和国とし、奈良県吉野郡吉野町付近を指していると思われるが、「紀伊」とするのは柿本人麻呂の長歌に「…吉野の国の　花散らふ　秋津の野辺に…」（万葉集・一・三六）とあることによる。「秋」を意識して詠まれることが多い。

秋津野にたなびく雲は晴れぬらし色づく萩の花の見ゆるは（嘉元百首・五三一・冬平。秋津野にたなびく雲は消え、晴れたらしい。色づく萩の花が見えるので。）

（廣木）

芥川　あくたがは　摂津。大阪府高槻市。

高槻市と京都府亀岡市の境にある明神ヶ岳に発し、高槻市内を流れて淀川に合流する。京都から大阪への途中にあり、『伊勢物語』六に盗んだ女を「芥川といふ河を率《ゐ》て行きければ」、謡曲「忠度《ただのり》」に都落ちの描写として「塵の憂き世の芥川、猪名の小笹を分け過ぎて」などとある。「飽く」を掛けて用いられることが多く、また、「忠度」の詞章のように「塵あくた」の意が込められて詠まれることもある。

人をとく芥川てふ津の国の名には違《たが》はぬものにぞありける（拾遺集・恋・九七七・承香殿中納言。人をすぐに飽きてしまうという意を持つ津の国の芥川の名に違わぬように、あなたは私にすぐ飽きてしまったことだ。）

（廣木）

阿漕が浦　あこぎがうら　伊勢。三重県津市阿漕町。

【関連語】網（合）

伊勢湾に注ぐ岩田川の河口一帯の海浜部。伊勢神宮に供える魚をとる漁場。『古今六帖』に「逢ふことを阿漕の島に引く鯛の度《たび》重ならば人も知りなむ」（一五二一・よみ人しらず。逢うことをほしいままにするという「あこぎ」という名の阿漕の島で、引く鯛網のように何度も逢っていると他の人にもきっと知られてしまうだろう。）と詠まれた。地名に掛ける「あこぎ」は飽くことを知らず身勝手にふるまう意。この歌は、『源平盛衰記』八にも「伊勢の海阿漕が浦に引く網も度重なれば人もこそ知れ」の形で入り、世阿弥作とされる謡曲「阿漕」にもこの歌が載る。以降は、「度（旅）重なる」と詠む歌例が見られ、また、「浦」の縁で「塩木」と共に詠まれた。

忘れずよ旅を重ねて塩木積む阿漕が浦に馴れし月影（新後拾遺集・雑秋・七四九・崇金。忘れないよ、旅を重ねてやって来た、塩を焼く木を積む阿漕が浦で馴れ親しんだ月の光を。）

（松本）

阿古屋　あこや　出羽。山形県山形市。

一般に「阿古屋の松」と詠まれる。この松は千歳山に存在した松で、現在は萬松寺に松がある。藤原豊充の女、阿古耶姫が松の精と契ったが離別したという伝説による。「おぼつかないざいにしへのこと問はん阿古屋の松と物語りして」（堀河百首・一三〇六・顕仲。昔のことはよくわからないから、さあ聞いてみよう、長く立っている阿古屋の松と語り合って。）が最も古い例か。このころまでには「阿古屋の松」は古くからあるものと考えられていた。現存する詠は多くはないが、『平家物語』二「阿古屋之松」には「陸奥《みちのく》の阿古屋の松に木隠れて出づべき月の出でもやらぬかな」（陸奥の阿古屋の松の枝に隠れて、すでに出ているはずの月が出てきていないことだ。）という歌をたよりに藤原実方が陸奥を訪ねたが、土地の古老に陸奥、出羽の分割を教えられ、国境を越えたという話が所載する。『源平盛衰記』や謡曲「阿古屋松」では、この古老を塩竈明神とする。

　陸奥の阿古屋の松も人ならばしのぶ昔のことや問はまし（永享百首・九〇一・兼良。陸奥の阿古屋の松も人であったならば、偲ばれる昔のことを問うであろうに。）

（嘉村）

安積　あさか　陸奥。福島県郡山市安積。

【関連語】*花がつみ（合）

『古今集』仮名序に「安積山の言の葉は、采女の、戯れより詠みて」と引用される『万葉集』の「安積山影さへ見ゆる山の井の浅き心を我が思はなくに」（一六・三八〇七・作者未詳。安積山の影までも映す山の井のような、浅い心で思ってはいませんのに。）の歌は、それを物語化した『大和物語』一五五によっても知られるが、その安積山は、現在、猪苗代町との市境近い額《ひたい》取山《とりやま》と、その山の東に位置する市内日和田にある安積山公園内の丘を指す説とがある。芭蕉が『奥の細道』で訪ねたのは安積山公園内のものであるが、井の所在を尋ねたところ、「これより西の方三里程間ありて、帷子《かたびら》（郡山市片平町）と言ふ村に山の井の清水と言ふあり。」という解答を得、「古《いにしへ》のにや、不審なり。」とその所在を疑う一節が『曽良旅日記』に記されている。『万葉集』歌で詠まれた安積山は額取山を指すか。一方で同書は日和田周辺を指して「総じてその辺山より水出づる故、いづれの谷にも田あり。いにしへ皆、沼ならんと思ふなり」と記している。

安積の沼　あさかのぬま

陸奥《みちのく》の安積の沼の花かつみかつ見る人に恋ひやわたらむ（古今集・恋・六七七・よみ人しらず。陸奥の安積の沼の花かつみの「かつみ」ではないが、逢ってはいるものの心の一方では、人を恋いつづけることができるのだろうか。）

安積山　あさかやま

いにしへの我とは知らじ安積山見えし山井の影にしあらねば（新勅撰集・羈旅・五三五・蓮生。昔通りの自分であるとは知ることもあるまいよ、安積山の山の井に映った姿ではないので。）　（嘉村）

浅香の浦　あさかのうら　摂津。大阪市住吉区・堺市。住吉区と堺市浅香町の境に流れる大和川の河口部。古くは入江が陸の奥まで入り込んでいた。『万葉集』で「夕さらば潮満ち来《き》なむ住吉《すみのえ》の浅香の浦に玉藻刈りてな」（二・一二一・弓削皇子。夕方になると潮が満ちてくる。浅いうちに住吉の浅香の浦の玉藻を刈ってしまおう。）と詠まれたことから、後に歌枕となった。この歌では「浅し」の意を込められているが、その後、この歌の影響としては「住吉《すみよし》の」を冠して詠まれることが見られるくらいである。京都人にとっては身近かな浦の一つであったと思われるが、歌例は多くない。

住吉の浅香の浦の身をつくしさてのみ下に朽ちや果てなん（続後撰集・恋・六六三・行能。住吉の浅香の浦にある澪標《みをつくし》、その言葉のように身を尽くして、思いを上に表すことなく朽ち果ててしまおう。）　（廣木）

朝倉山　あさくらやま　筑前。福岡県朝倉市山田。筑後川の岸に近い所の山をいうか。「朝倉」は神楽歌「明星」に「朝倉や木《き》の丸殿《まろ》に我居《を》れば名告りしつつ行くは誰」（朝倉の木の丸殿に私がいると誰かが名を名乗って通り過ぎて行く。）とあり、百済救援に向う斉明天皇の行宮である木の丸殿（朝倉宮）があった場所とされる。後の歌例はこの神楽歌の影響の下で、「木の丸殿」と共に詠まれること、または「浅し」もしくは「朝暗し」が掛けられることが多い。

心ざし朝倉山の丸殿は訪ねぬ人もあらじとぞ思ふ（江帥集・四二二。志が浅しという意を持つ朝倉山であるから、そこにある木の丸殿を訪れる人もいないだろうと思う。）　（廣木）

浅沢 あさざは　摂津。大阪市住吉区。住吉大社の南東の低湿地帯で沼があった。現在、末社の浅沢社がある。『万葉集』で「住吉《すみのえ》の浅沢小野の杜若《かきつばた》衣に摺りつけ着む日知らずも」（七・一三六一・作者未詳。住吉の浅沢小野の杜若を衣に摺りつけて染めて着ることのできる日はいつか分からない。）と詠まれ、杜若の名所として知られるようになった。この歌は女性を杜若に喩えており、「浅沢」にその女性の心の浅さが暗示されていることからも、「浅し」を掛けて用いられることが多い。

人心浅沢水の根芹こそ懲るばかりにも抓《つ》ままほしけれ（金葉集・恋・四三二・前中宮越後。浅沢水に生えている根芹を摘むように、あなたを我が物にしたいと思うが、あなたの心は浅いので、懲りるほどに抓ってやりたいものだ。）

浅沢沼 あさざはぬま

【関連語】杜若*（竹）

五月雨に浅沢沼の花がつみかつ見るままに隠れゆくかな（千載集・夏・一八〇・顕仲。五月雨の降る浅沢沼の花がつみは、増水のために一瞬見えたかと思うと隠れてしまうことだ。）

浅沢小野 あさざはをの

住吉の浅沢小野の忘れ水絶え絶えならで逢ふよしもがな（詞花集・恋・二三九・範綱。住吉の浅沢小野の忘れ水のように途絶え途絶えでも逢いたいものだ。）

（廣木）

朝妻山 あさづまやま　近江。滋賀県米原市顔戸。現在の日撫山のこと。『万葉集』の「今朝行きて明日は来《こ》ねと言ひし子を朝妻山に霞たなびく」（一〇・一八一七・作者未詳。今朝は帰って行っても、明日は来て下さいねと言う、男を朝見送る妻のような朝妻山には霞がたなびいている。）は、本来、大和国の朝妻山（現在の奈良県御所市）を詠んだものであったが、『兼盛集』所収の大嘗会歌に、「朝妻の峰」が詠まれ、以降、万葉歌に詠われた「朝妻山」も含めて、近江国の歌枕とされるようになった。琵琶湖に面していることから、琵琶湖の地名や景物（「霞」「月」など）とともに詠まれた。中世以降、遊女を乗せた朝妻舟が有名になり、西行歌など、和歌にも詠まれた。

遠方《をちかた》や朝妻山に照る月の光を寄《よ》する志賀《しが》の浦浪《うらなみ》（治承三年右大臣家歌合・二二・頼政。遠くの朝妻山の上に

かかって照らす月の光を、志賀の浦の浪がこちらへと寄せてくることだ。）（田代）

浅羽野 あさばの　武蔵。埼玉県坂戸市浅羽野。

【関連語】菅（合）、萱（作）

『和名抄（二十巻本）』に「武蔵国、入間郡、麻羽〈安佐波〉」とある。『五代集歌枕』では「国不審」、『夫木抄』『歌枕名寄』などは武蔵国とするが、静岡県袋井市浅羽を指すとも。『万葉集』に「紅の浅羽の野らに刈る萱の束の間も我を忘らすな（一一・二七六三・作者未詳。浅葉野に生える萱は、すぐに刈り取られてしまうけれど、そのつかの間も私を忘れないで下さい。）と詠まれた。この歌以降、「紅の」を冠して「浅羽の野ら」と続ける歌が多い。「野」に縁のある「露」と結んで、恋の歌にも多く詠まれる。

紅の浅羽の野らの露の上に我が敷く袖ぞ人なとがめそ（続後撰集・恋・九三〇・家隆。浅羽野の露の上に敷いたかのように、私の袖は涙で濡れているが、この私の袖を誰も見とがめてくれるな。）（松本）

朝日山 あさひやま　山城。京都府宇治市。

【関連語】宇治*（竹）

宇治川の右岸、宇治橋の東南にある山。麓に宇治神社、山腹に興聖《こうしょう》寺がある。「朝日」の意が込められることは勿論であるが、その対比で「月」「夕」などが共に詠み込まれることもある。名勝地として知られ、謡曲「頼政」には「名にも似ず、月こそ出づれ朝日山（略）都に近き宇治の里、聞きしにまさる名所かな。」とある。

麓をば宇治の川霧たちこめて雲井に見ゆる朝日山かな（新古今集・秋・四九四・公実。麓を宇治の川霧がたちこめて、雲の上に浮かんで見える朝日に照らされた朝日山であることだ。）（廣木）

浅間の山〈岳〉 あさまのやま〈たけ〉　信濃。長野県北佐久郡・群馬県吾妻郡。

【関連語】煙（竹）

軽井沢町と嬬恋村の堺に位置する火山。『伊勢物語』八「浅間の嶽」に「信濃なる浅間の岳に立つ煙遠近《をちこち》人の見やはとがめぬ」（信濃の国にある浅間山に立つ煙を、遠近の人は見て怪しまないのだろうか。）とあり、この歌のように火山の縁で「煙」「火」「燃」「焦」などの語を用い詠まれた。また、「雲晴れぬ浅間の山のあさましや人の心を見てこそやまめ」（古今集・雑体・一〇五〇・中興。雲の晴れない浅間の山のように、はっきりしないあの人の心はあきれることではないか、心の中がどうなのか見極めてからこの恋を思い切ろう。）のように、「浅間」に「あさまし」を掛けて恋の歌に詠まれるものも多い。また、「浅間」だけで浅間山を表すこともある。

信濃なる浅間の山も燃ゆなれば富士の煙のかひやなからん（後撰集・離別・一三〇八・駿河。あなたがいらっしゃる信濃の浅間の山も燃えていると聞くので、私の名にちなんだ駿河の富士の煙と同じ、あなたへの思いが「不尽」だという薫き物をお贈りするけれど、お役に立たないかも知れません。）　（松本）

浅水の橋　あさむずのはし　越前。福井県福井市・鯖江市。

朝水川に架かる橋。福井市内に浅水町があり、周辺に麻生津という地名が点在する。催馬楽「浅水」に「浅水の橋の　とどろとどろと　降りし雨の　古《ふ》りにし我を　誰ぞこの　仲人《なかびと》たてて　御許《みもと》のかたち　消息《せうそこ》し　訪ひに来るや　さ公達《きんだち》や」（朝水の橋を踏むととどろとどろと音がするが、そのような音を立てて雨が降る。その「降る」ではないが、古び、年取った私に、誰が仲人を立てて、相手の容姿を手紙で知らせてくれたり、逆に私のことを問い合わせてくれたりするのか。公達よ。）と詠まれたことに影響される歌枕と考えられる。ただし、所在について、『夫木抄』では「大和また山城あるいは飛騨」としている。

言伝《ことづ》てむ人の心も危ふさにふみだにも見ぬ浅水の橋（拾遺愚草・二五四四。言伝てをしよう、人の心も浅く確かでないので、文すらも届かずまだ踏み渡ってもいない浅水の橋だと。）　（嘉村）

足　柄　あしがら　相模。神奈川県西部。

【関連語】関路・月・富士・雪・時雨・花・嵐・神・竹の下道・紅葉・清見が関・小笹原（竹）

神奈川県南足柄市、足柄下郡（箱根・真鶴・湯河原三町）、小田原市の一部を含む、神奈川県の西部をいう。酒匂川流域と箱根火山からなる地域。「足柄山」とは、箱根外輪山の金時山の北にある山のこと。駿河国と相模国を往来する際に通る場所であったが、室町時代になると多くは箱根路を通過した。足柄峠は「足柄の（御）坂」ともいう。古くは『古事記』に見られる地名で、倭建命《やまとたけるのみこと》が「足柄の坂本」で白い鹿を撃ち殺し、「あづまはや（亡くなった私の妻よ）」と嘆いた場所として知られる。『更級日記』には「足柄山といふは、四五日かねて恐ろしげに暗がりわたれり。やうやう入り立つ麓のほどだに、空の気色はかばかしくも見えず。」とあり、足柄山を「からうじて、越え出でて」駿河に入ったとする。『万葉集』には、「足柄の箱根飛び越え行く鶴のともしき見れば大和し思ほゆ」（七・一一七五・作者未詳。足柄の箱根の山を飛び越えて行く鶴の、うらやましい姿を見ると故郷の大和を思い出すことだ。）と詠まれた。また、関所があったことから「関」に関連づけて和歌に詠まれる。「足柄の関」は、足柄峠の東側に儲けられた関で、醍醐天皇の昌泰二年（八九九）強盗の被害が甚大であったことから碓氷関と共に設置されたという（類聚三代格・一八）。『万葉集』では、武蔵国の防人がこの地を越えてゆくので、別れを惜しむ場所として詠まれている。他にも、近接した名所「富士」「浮島が原」などと共に詠まれたり、越えられないほど険しい山であるとされたりもする。

越えやらで今日は暮らしつ足柄の山陰遠き岩の懸け道（続拾遺集・羇旅・七〇七・光成。足柄の山を越えることはできず、今日は日が暮れてしまった、足柄山の山陰が遠くに見える岩に渡した懸路にいて。）

足柄の坂　あしがらのさか

足柄の御坂を越えて眺むれば空にぞ高き富士の柴山（延文百首・二四九八・有光。足柄の御坂を越えて眺めると、空よりも高くそびえる富士の山である。）

足柄の関　あしがらのせき

足柄の関の山路を行く人は知るも知らぬもうとからぬかな（後撰集・羇旅・一三六一・真静。足柄の関の山道を越え行く人は、あの逢坂の関を通って来た人なのだから、どの人も他人だとは思われない。）

足柄(の)山　あしがら(の)やま

【関連語】＊舟木（合）、浮島が原（竹）

足柄の山の峠に今日来てぞ富士の高嶺のほどは知らるる（堀河百首・一三七六・河内。足柄山の峠に今日来て見ると、富士の高峰がどれぐらい高いかわかることだ。）

（松本）

朝の原　あしたのはら　大和。奈良県北葛城郡王子町・香芝市。

【関連語】鶯・撫子《なでしこ》・きりぎりす・女郎花《をみなへし》・片岡・雁・紅葉・若菜《わかな》・雉子《きぎす》・鹿・薄・白菊・雪（竹）

「あした」の語を意識した歌例が大半で、「今日」「明日」と共に詠む作も多い。また、「片岡の朝の原」と続けて詠まれることも多かった。『枕草子』の「原は」にも「朝の原」と挙げられている。『隆源口伝』には「〈朝の原〉は大和の国にあり。こしきのこほりある故にかくいふ。〈朝の原〉などにて、若菜をば摘むなど詠むべし。若菜あまたの事あるべし。薺《なづな》・芹《せり》・菫などよむべし。」とあり、後掲の柿本人麻呂歌の影響もあって、「若菜」とともに詠んだ作も少なくない。

明日からは若菜摘まむと片岡の朝の原は今日ぞ焼くめる（拾遺集・春・一八・人麻呂。明日からは若菜を摘もうということで、片岡の朝の原では、今日野焼きをしているようだ。）（山本）

芦(の)屋　あし(の)や　摂津。兵庫県芦屋市。

【関連語】里・焼火・海・海人《あま》の漁火《いさりび》（合）

大阪湾に臨んだ地。『万葉集』に見える田辺福麻呂《さき》之歌集や高橋連《むらじ》虫麻呂之歌集の長歌、反歌に「菟原《うなひ》処女《をとめ》」の里として詠まれた。「芦の屋の菟原処女の奥《おく》津城《つき》を行き来と見れば音《ね》のみし泣かゆ」（九・一八一〇。芦の屋の菟原処女の墓を行き来して見ると声を上げて泣けてることだ。）は後者の反歌である。海岸沿いの地であり、海に関わる地形を付して用いられることが多い。『伊勢物語』八七には「昔、男、津の国の菟原《うばら》の郡、芦屋の里に知るよしして、行きて住みけり。（略）ここをなむ芦屋の灘とは言ひける。」とある。

芦の屋の昆陽《こや》のわたりに日は暮れぬいづち行くらん駒にまかせて（後拾遺集・羈旅・五〇七・能因。芦の屋の昆陽のあたりで日が暮れてしまった。馬の行くままにしているがどこに行くのであろう。）

芦(の)屋の里　あし(の)やのさと

【関連語】飛ぶ蛍・遅桜・難波・海人《あま》の塩焼（随）、*擣衣（竹）

漁火の昔の光ほの見えて芦屋の里に飛ぶ蛍かな（新古今集・夏・二五五・良経。昔は多く焚かれていたという漁火の光がほのかに見える芦屋の里には、今、蛍が飛ぶことだ。）

芦(の)屋の灘　あし(の)やのなだ
芦の屋の灘の塩焼いとまなみ黄楊《つげ》の小櫛《をぐし》もささず来にけり（伊勢物語・一五七。芦の屋の灘で塩を焼くのに忙しく、黄楊の小櫛もさすことなくやって来たことだ。）

芦(の)屋の浦　あし(の)やのうら
浮き寝して聞けば芦屋の浦風にひまこそなけれ沖つ白波（新続古今集・羈旅・一〇〇三・よみ人しらず。船の上に寝て聞いていると、芦屋の浦を風が絶え間なく吹き、沖の方に白波を立てていることだ。）（廣木）

飛鳥〈明日香〉　あすか　大和。奈良県高市郡明日香村。推古より文武に至るまでの歴代天皇の皇居が造営された、政治・文化の中心地。「明日香」とも表記される。『万葉集』第二期までの作の多くはこの地を舞台とする。ただし、「飛鳥」の地名が主に詠まれるのは古都となってからで、平城京へ遷都した際の元明天皇の作、「飛ぶ鳥の明日香の里を置きて去《い》なば君があたりは見えずかもあらむ」（万葉集・一・七八。明日香の古都を置き去りにしたならば、あなたの辺りは見えなくなりはしないだろうか。）に代表されるように、追慕・憧憬の対象として歌われた。「飛鳥」の表記は、「飛ぶ鳥の明日香」などと「明日香」の枕詞であったものが、地名としても用いられるようになったものと考えられている。「明日」を意識し、「昨日」「今日」などと共に詠まれる場合も多い。また、「飛鳥」そのものよりも、この地を流れる「飛鳥川」を詠む場合が大多数を占める。特に「世の中はなにか常なる飛鳥川昨日の淵ぞ今日は瀬になる」（古今集・雑・九三三・よみ人知らず。世の中には何か変わらないものがあるだろうか、飛鳥川は昨日の淵が今日は瀬となるのだ。）の影響が大きく、「飛鳥川」は急流で常に転変する存在としての本意が定着した。
我が背子が古家《ふるへ》の里の明日香には千鳥鳴くなり夫《つま》待ちかねて（万葉集・三・二六八・長屋王。私の愛しいあなたの、古い家のあった里の飛鳥では、寂しく千鳥が鳴いています、夫を待ちかねて。）

飛鳥〈明日香〉川　あすかがは
【関連語】紅葉・葛城・秋萩・手弱女《たをやめ》の袖・月・御《み》幸《ゆき》・葛・千鳥・故郷《ふるさと》・桜・擣衣・柳・入相の鐘・時鳥《ほととぎす》（竹）
昨日といひ今日と暮らして飛鳥川流れて早き月日なりけり（古今集・冬・三四一・列樹。昨日、今日と一日を過ごして明日に新年となる、飛鳥川のように流れ去ることが早い月日であるよ。）

飛鳥〈明日香〉の里　あすかのさと

古りにける飛鳥の里の時鳥鳴く音ばかりや変はらざるらん（続古今集・夏・二二一・兼経。古びてしまった飛鳥の里の時鳥よ、その鳴く声だけは昔と変わらないのだろう。）

飛鳥〈明日香〉の寺　あすかのてら

暮れぬなりねぐらたずねて飛ぶ鳥の明日香の寺の入相の鐘（続後拾遺集・雑・一一〇五・久明親王。日が暮れたことだ、ねぐらを探して鳥が飛ぶ、飛鳥の寺の入相の鐘の音に。）（山本）

阿須波の宮　あすはのみや　上総。千葉県市原市市原。阿須波神社をいうか。『袖中抄』は上総、『歌枕名寄』は下総、『夫木抄』は越前国などとある。「阿須波」は『古事記』他に見える神の名であり、特定の地名ではない。『万葉集』の防人の歌には、「庭中の阿須波の神に小柴さし我は斎《いは》はむ帰り来までに」（二〇・四三五〇・諸人。庭中の阿須波の神に小柴をさして、私は斎み慎しもう、無事に帰ってくるまで。）とあり、「阿須波の神」と詠まれるものの、特定の地を指すかどうかは不明。『拾遺集（異本歌）』には「阿須波の宮」を詠んだ「我はあす葉のみやつまむ沢の芹水は凍りて茎し見えねば」（一三五二・輔相。私は明日葉だけを摘もう、芹の生えている沢の水は凍っていて茎さえも見えないので。）の「物名」の歌がある。『万葉集』の影響で、「小柴」と結んで詠まれる。

頼むぞよ阿須波の宮にさす柴のしばしが程も見ねば恋しき（新千載集・恋・一四八三・定為。あなたをあてにしていることだ、阿須波の宮にさす柴ではないが、しばらくの間もあなたに逢わないと恋しく思うので。）（松本）

安蘇の河原　あそのかはら　下野。栃木県佐野市。秋山川、旗川、彦間川の流域を指すと考えられる。『万葉集』には「安蘇」を詠んだ「上野の安蘇のま麻群《そむら》かき抱《むだ》き寝《ぬ》れど飽かぬをあどか我《あ》がせむ」（一四・三四〇四・作者未詳。上野の安蘇のま麻の束のように、かき抱いて寝ても飽きないが、これ以上私はどうすればよいのか。）、「下野の安蘇の河原よ石踏まず空ゆと来ぬよ汝《な》が心告《の》れ」（一四・三四二五・作者未詳。下野の安蘇の河原を石を踏まずに私は空中を飛んでやって来たよ。あなたの心を聞かせてくれ。）、「上野の安蘇山つづら野を広み延《は》ひにしものをあぜか絶えせむ」（一四・三四三四・作者未詳。上野の安蘇山の山葛は野を広々と長く生い茂っているのだから、どうして絶えることがあろうか。）の三首がある。「安蘇」という地域が上野、下野両国にまたがっていた期間があったか、両国にそれぞれ安蘇という地名があったか、または誤解であったかは不明。

東女《あづまめ》と寝覚めて聞けば下野や安蘇の河原に千鳥鳴くなり（頼政集・二八〇。東女と共寝し目覚めて耳をすましてみると、下野の安蘇の河原で千鳥が鳴いていることだ。）（嘉村）

阿蘇の山 あそのやま 肥後。熊本県阿蘇市。

熊本県、大分県に渡る火山。中央火山の中岳の北麓には肥後国一の宮の阿蘇神社（阿蘇宮・阿蘇社）がある。広大なカルデラが広がっており、『日本書紀』景行紀一八年六月には景行天皇が赴いた時、「郊原広く遠くして、人居見」えなかった、とある。

今はとて下《しも》の祝子《はふりこ》いとまあれや阿蘇のみ山に雪の積もれる（夫木抄・雑・一六一四六・基長。今は霜の置く下社にいる神官も隙になったであろう。阿蘇の御山に雪が降ったので。）（廣木）

愛宕（の）山〈峰〉 あたご（の）やま〈みね〉 山城。京都市右京区嵯峨愛宕町。

【関連語】樒*（合）

京都の北西の山で、勝軍地蔵を祀る愛宕神社がある。神仏習合の霊地で『今昔物語集』一三「東大寺僧仁鏡法花読誦《どくじゅ》する語《こと》」には「愛宕《あたご》護の山は地蔵・竜樹の在《ましま》す所なり。震旦《しんだん》の五台山に異ならず。」とあり、『源氏物語』「東屋」巻などにも「愛宕の聖」の語が見える。月詣でである「愛宕詣で」が盛んで、樒が供えられたことから、樒と共に詠まれることが多く、中腹には「樒が原」と名づけられた原があった。「仇」と掛けられることもある。

愛宕山樒が原に雪消えて霞や年の隔てなるらん（江帥集・四三四。愛宕山の樒が原の雪が消えて、立ちこめた霞が去年と今年を隔てるものとなるらしい。）（廣木）

化野 あだしの 山城。京都市右京区嵯峨鳥居本。

京都の北西、小倉山山麓の地で、東の鳥辺野、北の蓮台野とともに墓所として知られる。平安期には「化野の風に靡くな女郎花《をみなへし》我標結《しめゆ》はん道遠くとも」（源氏物語・手習・七六九。化野の女郎花のように風であちこちに靡くな。他人に取られないように標を張っておこう、たとえ道が遠くとも。）など、女郎花に喩えられる女のあだし心（浮気心）を掛けて詠まれることが多かったが、中世以後、墓所の印象が強くなり、『徒然草』七では「化野の露消える時なく、鳥部野の煙立ちさらでのみ住み果てつるならひならば、いかにもののあはれもなからん。」と儚い生を象徴する場所とされた。

暮るる間も待つべき世かは化野の末葉の露に嵐立つなり（新古今集・雑・一八四七・式子内親王。日暮れまで待ってもらえるこの世であろうか。そう思っているうちに、化野の草の葉の末の露は嵐が吹いて散ってしまう。この露のようにあっという間に吹き消されてしまう命なのだ。）

（廣木）

安　達　あだち　陸奥。福島県二本松市付近。

【関連語】*檀《まゆみ》・狐*（合）

二本松市を中心に、本宮市、大玉村、福島市の一部、郡山市北部を含む、旧安達郡一帯を指す。東山道の安達駅、湯日駅が存在した。『拾遺集』の「陸奥国名取郡黒塚といふ所に重之が妹あまたありと聞きて、言ひ遣はしける／陸奥《みちのく》の安達の原の黒塚に鬼こもれりと聞くはまことか（雑・五五九・兼盛。陸奥の安達の原にある黒塚に鬼が籠もっていると伝え聞くが、それは本当のことか。）」によって、鬼が住むという伝承が広まり、謡曲「黒塚」などが生まれた。また弓の材料である檀の産地として、「まゆみ」を引き出すように詠まれるが、これは『古今集』以後であり、『万葉集』では「陸奥の安達太良まゆみ絃著《つらは》けて引かばか人の我を言なさむ（七・一三二九・作者未詳。陸奥の安達太良まゆみに絃を張って引いてみたら、人々は私たちのことを言い騒ぐであろうか。）のように「あだたらまゆみ」とされている。

陸奥の安達のま弓我が引かば末さへ寄り来忍び忍びに（古今集・神あそびのうた・一〇七八。陸奥の安達のま弓の末を引くように、私があなたの気を引いたら将来まで寄り添っておいでなさい、人目を忍んでひっそりと。）

（嘉村）

阿太の大野　あだのおほの　大和。奈良県五條市。

【関連語】萩*・女郎花*・葛*（作）

東阿田・西阿田・南阿田町一帯。吉野川流域。「ま葛原なびく秋風吹くごとに阿太の大野の萩の花散る」（万葉集・一〇・二〇九六・作者未詳。葛の茂る原をなびかせる秋風が吹くたびに、阿太の大野の萩の花が散る。）が早期の例。萩・女郎花・葛・薄などと取り合わせて、秋の景が詠まれることが多い。「阿太」に空しいの意の「徒《あだ》」を掛けても詠まれる。

ま葛這ふ阿太の大野の白露を吹きなみだりそ秋の初風（金葉集・秋・一五七・長実。葛が這え延びている阿太の大野に置く白露を、吹いて散り乱すな、秋の初風よ。）

（山本）

梓の杣〈山〉 あづさのそま〈やま〉　近江。滋賀県米原市梓河内《あんさかわち》。

杣は、建築などに用いる木材を切り出す山林のこと。平安中期までは、「梓を植えた山」の意で普通名詞として用いられる事が多かった。枕詞「宮木引く」（宮殿を造営するための木を切り出すの意）を冠する例は、『古今六帖』歌（一〇一四）から見られる。国境近くに位置することと、例歌に挙げた能因歌の詞書「津の国に住み侍りけるを、美濃の国に下る事ありて、梓の山にて詠み侍りける」が影響してか、『八雲御抄』は美濃国の歌枕としている。

宮木引く梓の杣をかきわけて難波の浦を遠《とほ》ざかりぬる（千載集・羇旅・五〇五・能因。宮殿を造る木を切り出す梓の杣をかき分けて美濃へと向かう私は、難波の浦から遠ざかって行くのだ。）

（田代）

安曇川 あどがは　近江。滋賀県高島市安曇川町。

京都市左京区大原百井町の百井峠付近に発し、安曇川町を経て琵琶湖に注ぐ、湖西第一の川。『万葉集』に「高島の阿渡《あど》川浪は騒げども我《あれ》は家思ふ宿りかなしみ」（九・一六九〇・作者未詳。高島の安曇川の浪は大きな音を立てて騒いでいるけれども、私は旅寝の悲しさに家を思ってしみじみとしている。）があり、以降も、高島の地名を冠し、「川浪」や「川風」、「柳」などの景物とともに詠まれている。なお、遠江にも同音の歌枕「吾跡《あど》川《がわ》」がある。

高島や安曇川柳風吹けば濡れぬ下枝《しづえ》にかかる白浪（夫木抄・八五五五・順徳院。高島を流れる安曇川の柳に風が吹くと、川面には届かず濡れないはずの下枝に白浪が掛かっているよ。）

（田代）

穴師　あなし　大和。奈良県桜井市穴師。

三輪山の北西の麓、大和川支流の纏向川右岸。「穴師」の名は『日本書紀』垂仁天皇三九年に「大穴磯部《おほあなしべ》」と見え、鉱山師に由来するものと言われる。和歌では「穴師川」「穴師山」の形で詠まれることが多い。また、より広範囲を指す「巻向の」を冠して詠まれる場合が大半である。穴師山は巻向山と同所。『顕注密勘』に「巻向《まきもく》の穴師の山とは、大和国にある山なり。巻向山とも云ふ。穴師の山とも云ふ。さてかく詠み続くるなり。また二つの山を取り合はせて云ふ、常のことなり」とある。「巻向の穴師の山に雲居つつ雨は降れども濡れつつそ来し」（万葉集・一二・三一二六・作者未詳。巻向の穴師山に雲がかかり雨は降っているけれど、濡れながらやって来ましたよ。）が早期の作。なお、巻向山には穴師坐兵主神社《あなしおおひょうずじんじゃ》が鎮座していた。同社は『延喜式』にも見えるが、応仁の乱で消失し、山麓の穴師坐兵《あなしにいますひょう》主神社《ずじんじゃ》に合祀された。穴師川は、巻向川が穴師周辺を流れるときの称。「痛足川《あなしがは》川波立ちぬ巻向の弓月が岳に雲居立てるらし」（万葉集・七・一〇八七・人麻呂。穴師川に川波が立ってきた、巻向の弓月が岳に雲が立ちのぼっているのだろう。）が早期の作。

巻向《まきもく》の穴師の桧原春来れば花か雪かと見ゆる木綿四手《ゆふしで》（新勅撰集・春・二〇・好忠。巻向の穴師の桧原に春が来たので、花か雪かのように見える木綿の四手飾りが掛かるよ。）

穴師(の)川　あなし(の)がは

巻向の穴師の川に影見えて桧原を出づる秋の夜の月（続千載集・秋・四四八・淑氏。巻向の穴師の河にその光が映って見えて、桧原から出てくる秋の夜の月よ。）

穴師(の)山　あなし(の)やま

巻向の穴師の山の山人と人も見るがに山かづらせよ（古今集・神遊びの歌・一〇七六。巻向の穴師山に住む山人だと人が見るくらいにたくさん山葛を髪飾りにしなさい。）

（山本）

姉歯　あねは　陸奥。宮城県栗原市金成梨崎《かんなりなしざき》。

松があったとされ、一般に「姉歯の松」と詠まれた。現在、金成梨崎にある松には、姉歯の松の由来を記した由緒書が立てられている。『伊勢物語』一四に見える、昔男が陸奥《みちのく》の女性に対して詠んだ「栗原の姉歯の松の人ならば都のつとにいざと言はましを」（二一。栗原の姉歯の松が人であるならば、都へのおみやげに「さあ、一緒に」と言うものを。）が早い歌例である。『古今集』にはこれと第三句以下が同じ形で、初句と二句が陸奥の別の名所である「小黒崎美豆の小島の」（東歌・一〇九〇・よみ人しらず）とある歌が陸奥歌として載る。詠歌は少なく、『伊勢物語』を踏まえる。また、用明天皇の時代に采女として都に上る最中であった朝日姫がこの地で死去し、墓として松を植えたという伝承がある。

栗原の姉歯の松を誘ひても都はいつと知らぬ旅かな（千五百番歌合・二七七二・季能。栗原の姉歯の松を、都への土産として誘ったとしても、いつ着くともわからない都への旅路であることだ。）　（嘉村）

淡(の)島　あは(の)しま　阿波。徳島県・香川県。

徳島県や香川県に属する瀬戸内海の島。粟島とも。「淡の島山」とされることも多い。『古事記』上に描かれた伊弉諾尊《いざなぎのみこと》、伊弉冉尊《いざなみのみこと》による国生みの時にできた島で、現在のどの島を指すか明確ではない。阿波国を含む四国全体ともいう。「淡し」の意を込めて詠まれる。

播磨潟朝漕ぐ舟のほのかにも見えたる山は淡の島かも（新撰六帖・一二一〇・光俊。播磨潟を朝漕ぎ行く舟がほのかに見えるが、その向こうに同じようにほのかに見えるのは淡い淡の島であることだ。）　（廣木）

粟田山　あはたやま　山城。京都市東山区。

【関連語】関屋*（合）

知恩院、清水寺の奥の東山諸山の総称。麓に京都の出入り口、粟田口があり、粟田山を越えると山科、近江へと通じていた。『源氏物語』「関屋」巻には光源氏が近江の石山寺に出かけた時の様子が、「〈殿は粟田山越えたまひぬ〉とて、御前の人々、道も避《さ》りあへず来込みぬれば、」と描写されている。さらに下れば逢坂の関に至ることから「逢坂（の関）」とともに詠まれることが多い。

粟田山越ゆとも越ゆと思へどもなほ逢坂は遙けかりけり（古今六帖・八九九。粟田山を越えようとして越えたと思ったけれども、まだ逢坂の坂は遙かに遠くであることだ。）　（廣木）

淡路　あはぢ　淡路。兵庫県洲本市・淡路市・南あわじ市。

【関連語】住吉・千鳥・須磨の関守・田鶴《たづ》・難波・雪・

時雨・鳴門・鹿・夕立（竹）

大阪湾と播磨灘、鳴門海峡の間にある瀬戸内海の島である淡路島全体をいう。国生み神話で最初に生まれた島ともされる。『古事記』下には、仁徳天皇が淡路島に渡って、周辺の日本最初の島々を見つつ国見をし、さらに吉備国に向かったという伝承が見える。難波や明石と対峙した島であり、瀬戸内海航路の寄港地であった。『万葉集』には「住吉《すみのえ》の岸に向かへる淡路島あはれと君を言はぬ日はなし」（一二・三一九七・作者未詳。住吉の岸の向こうにある淡路島の名にあるように、ああ愛しい「あはれ」とあなたのことを言わない日はない。）と詠まれ、大阪の対岸であること、「あはれ」が意識されて詠まれている例が見える。また「淡し」が掛けられることもある。「淡路島」は遠方から見た姿として「淡路島山」と詠まれることも多い。「淡路潟」は大坂側から見える淡路島の海浜、「淡路の瀬戸」は明石との海峡である。

淡路にてあはと雲井に見し月の近き今宵は所がらかも（古今六帖・三三二・躬恒。淡路であれはと雲の間から見た月は淡い光ではあるものの間近にあるように思えたのは場所がらからであろうか。）

淡路潟 あはぢがた

【関連語】住吉*（随）

淡路潟瀬戸の追ひ風吹き添ひてやがて鳴門にかかる舟人（新後拾遺集・羈旅・九一五・よみ人しらず。淡路潟を舟で行く舟人は、瀬戸を吹く追い風によって、すぐに鳴門のあたりにさしかかることだ。）

淡路島 あはぢしま

【関連語】住吉*・明石*（付）

淡路島通ふ千鳥の鳴く声に幾夜寝覚めぬ須磨の関守（金葉集・冬・二七〇・兼昌。淡路島に通う千鳥の鳴く声で幾夜、目を覚ましたことか、須磨の関の関守は。）

淡路の瀬戸 あはぢのせと

眺むれば淡路の瀬戸の夕霧にむら消えわたる海人《あま》の釣舟（後鳥羽院御集・一七六。海を眺めていると淡路の瀬戸に夕霧が懸かり、漁師の釣り舟が見え隠れすることだ。）

（廣木）

粟津(野) あはづ(の)　近江。滋賀県大津市粟津町。

【関連語】関・清水・すぐろの薄・駒・雪・若菜・葛の裏葉（竹）

琵琶湖の最南端部、瀬田川河口の西岸の地域。古代から交通、軍事、政治上の要衝であり、壬申の乱や治承・寿永の乱で戦場となった。天智天皇の宮都・近江大津宮が置かれたのもこの地との説がある。「粟津（野）の原」は粟津地域に広がる野原、「粟津（野）の里」は同地の里を指し、「粟津の森」は大津市西の庄の石坐《いわくら》神社の森をいうか。風光明媚な土地として、『枕草子』「野は」に「粟津野」、「原は」に「粟津の原」が見え、後世には「粟津の晴嵐」として近江八景の一つに数えられた。歌枕の用法としては、地名に「会はず」を掛ける例が多く、「会ふ」の名を持つ「逢坂」と対で用いられることもまま見られる。また、催馬楽「鷹子」に「粟津の原の　御栗栖《みくるす》のめぐりの　鶉《うずら》狩らせむや」と詠われているように、狩場であった。例歌に挙げた静円歌の影響で、薄も当地の景物となった。

粟津野の末黒《すぐろ》の薄角《つの》ぐめば冬立ち泥《なづ》む駒ぞ嘶《いば》ゆる（後拾遺集・春・四五・静円。野焼きをした後の粟津野で、先が焼けて黒くなっている薄が芽吹くと、冬には行き悩んでいた馬が元気に嘶《いなな》くのだ。）

粟津（野）の里　あはづ(の)のさと

夜のうちの木綿付鳥《ゆふつけどり》に関越えて明けて粟津の里に来にけり（為家集・一七八六。夜のうちに、木綿付鳥の鳴く、会うの名を持つ逢坂の関を越えて、夜が明けるとともに、会わないの意の粟津の里に来たことだ。）

粟津（野）の原　あはづ(の)のはら

恨めしき里の名なれや君に我が粟津の原の会はで帰れば（兼盛集・一二。恨めしい里の名前であることだ。粟津の原の名の通り、あなたに私が会うことがなく帰ったので。）

粟津の森　あはづのもり

関越えて粟津の森の会はずとも清水に見えし影を忘るな（後撰集・恋・八〇一・よみ人しらず。逢坂の関を越えて、粟津の森を過ぎて、会うことが絶えてしまっても、逢坂の関の清水に映った私の姿を忘れないでほしい。）　（田代）

粟手の浦　あはでのうら　尾張。愛知県海部《あま》郡。『八雲御抄』では常陸とするも、場所は未詳。「粟手の森」「粟手の里」は、尾張国の歌枕ともされ、「粟手の浦」も愛知県海部郡甚目寺《じもくじ》町辺りの海岸をいうか。『夫木抄』も尾張とする。『金葉集』に「名に立てる粟手の浦の海人《あま》だにも海松布《みるめ》はかづく物とこそ聞け」

（恋・四五六・雅光。逢わないという名で知られる粟手の浦の海人でさえも、「見る」という名の「海松布《みるめ》」をもぐって採ると聞いているのに。）とあるように、「粟手」に「逢はで」を掛け、恋の歌に用いられることが多い。また「浦」の縁で「波」「海人」「海松布《みるめ》」「舟」などと共に詠まれる。場所は不明ながらも和歌には多くの用例が見られる歌枕である。

潮たるる袖の干る間はありやとも粟手の浦の海人に問はばや（千載集・恋・七五五・静賢。潮水に濡れそぼった袖の乾く間はあるのかと、粟手の浦の海人に尋ねたいものだ。恋人に逢うことのない私の袖は、涙に濡れて乾く間もないのだから。）（松本）

粟手の森 あはでのもり　尾張。愛知県海部《あま》郡甚目寺《じもくじ》町。「阿波手の森」とも。『和歌童蒙抄』三では、「〈粟手の森〉は尾張にあり。昔、女男逢ひ見んとて互ひに行きしに、かの森に行きつきて逢ひも見で死にけり。これによりて名付けたり。」とする。この逸話のように、地名に「逢はで」を掛けて詠まれた。早い歌例に「草枕粟手の森に寝たる夜は雫にいたく袖ぞ濡れぬる」（新中将家歌合・三二・長実。旅寝をして粟手の森に寝た夜は、袖がひどく雫で濡れることだ。）とあり、このように「森（漏り）」の縁で「露」「濡る」などと共に詠まれる。

片糸のあだの玉の緒より掛けて粟手の森に露消えぬとや（新後拾遺集・恋・九五八・定家。片糸を縒り掛けるだけのはかない玉の緒のように、あなたに思いを寄せても、粟手の森に露が消えるのと同じく、逢わないまま命が消えてしまいそうだ。）（松本）

逢〈藍〉染〈初〉川 あひ〈ゐ〉ぞめがは　筑前。福岡県太宰府市。

太宰府天満宮の近く、光明寺の山門前を流れる川。「染川」「思川」とも呼ばれた。「逢ひ染め」「逢ひ初め」を掛けて用いられた。謡曲「藍染川」に「あの藍染川に人の多く集まりてあるは、網をばし引くか。殺生禁断の所にてあるに。」とあり、天満宮に関わる川とされていたらしい。

人心兼ねて知りせばなかなかに逢染川も渡らざらまし（堀河百首・一二一三・隆源。人の心を先に知っていたならば、かえって逢染川を渡ることができないように、逢い見ることができなくなってしまう気がする。）（廣木）

会　津　あひづ　陸奥。福島県会津若松市。福島県西部会津盆地あたりを指す。会津の山、会津嶺は磐梯山を指していると考えられることから、会津の里は広く会津地方の里の意ではなくこれらの名所周辺の里を指すか。「心にもあらで別れし会津川浮名を水に流しつるかな」（古今六帖・一五六六。自分の意ではなく別れてしまったよ。あの人と逢ったことで、会津の川に流れる水のように、浮名だけを流してしまったことだ。）のように、「逢ふ」を掛けて詠まれた。

会津の里　あひづのさと

かひなしや尋ね来たれど陸奥《みちのく》の会津の里も名のみなりけり（内大臣家歌合元永二年・五九・宗国。尋ね来てみたが無駄であった、「逢ひ」というのは所詮会津の名前だけであったよ。）

会津の山　あひづのやま

君をのみ信夫の里へ行くものを会津の山のはるけきやなぞ（後撰集・羈旅・一三三一・滋幹女。あなたをのみ思い慕うという名の「しのぶの里」へ行くというのに、逢うという名を持つ「会津の山」が遠いのはどうしたことでしょうか。）

（嘉村）

阿武隈川　あぶくまがは　陸奥。福島県中央部・宮城県南部。福島県白河市の西、栃木県との県境にある那須山地の三本槍を水源とし、宮城県を通り太平洋に注ぐ阿武隈川、及びその流域。『古今集』東歌の陸奥歌に「阿武隈に霧立ち曇り明けぬとも君をばやらじ待てばすべなし」（一〇八七・よみ人しらず。阿武隈川に霧が立ちこめ夜が明けてしまっても、あなたを行かせまい。待つ方法が私には分からないので。）とあることで、陸奥の地名として認識されるようになった。「待つ我はあはれ八十《やそ》ぢになりぬるを阿武隈川の遠ざかりぬる」（金葉集・雑・五八一・隆資。待っている私はすでに八十歳にもなってしまったのに、陸奥の阿武隈川が遠いところにあるのと同様に、あなたと会う日がまた遠ざかってしまった。）や、「行く末に阿武隈川のなかりせばいかにかせまし今日の別れを」（新古今集・離別・八六六・経重。旅の行く末に「逢ふ」という阿武隈川がなかったならば、どうすることもできないでしょう、今日別れるつらさを。）のように、「逢ふ」を掛けて用いられた。『義経記』『おくのほそ道』の行程にも登場する歌枕である。

年経《ふ》れど渡らぬなかに流るるを阿武隈川と誰か言ひ

けん（新後撰集・恋・九一一・成範。長年たっても我々は渡ることができない川が間に流れているように逢うことができない。そのような仲を示す川のことを、「逢ふ」という言葉を持つ阿武隈川だなどと、誰が言ったのでしょう。）（嘉村）

逢坂 あふさか　近江。滋賀県大津市逢坂。

【関連語】音羽山・岩清水・木綿付鳥《ゆふつけどり》・篠薄・桜花・望月の駒・桐原の駒・杉むら・足立の駒・郭公《ほととぎす》・紅葉・鶯・白川の関・関路の鳥・志賀・粟津野・湖・霧・木綿鹿毛《ゆふかげ》の駒・琴を弾く・轡虫《くつはむし》・真葛《さねかづら》（竹）

相坂とも。山城国との国境で、畿内と東国を分ける交通の要地であり、奈良時代以来「逢坂の関」が置かれ、関山とも呼ばれた。「逢坂山」は、狭義には、大津市街南西部の標高三二五メートルの山をいうが、歴史的には近江と山城の国境の山を称した。地名「逢坂」に「逢ふ」の意を持たせた例は、『万葉集』の「我妹子《わぎもこ》に逢坂山を越えて来て泣きつつ居《を》れど逢ふよしもなし」（一五・三七六二・宅守。愛しい妻に、逢坂山を越えて来て泣きながらいるけれども、会う方法もない。）にもすでに見られ、典型的な恋の歌枕となった。また、都と東国の境界として、旅人が都に別れを告げることや、関越えの感慨が詠まれた。

逢坂の木綿付鳥《ゆうつけどり》も我がごとく人や恋しき音《ね》のみ鳴くらむ（古今集・恋・五三六・よみ人しらず。逢坂の木綿付鳥も私のように、恋しい人がいるのだろうか、鳴いてばかりいるようだ。）

逢坂の関 あふさかのせき

【関連語】*駒いばふ（随）

これやこの行くも帰るも別れつつ知るも知らぬも逢坂の関（後撰集・雑・一〇八九・蝉丸。これがまあ、行く者も帰る者も別れを繰り返しながら、知るものも見知らぬ者も行き合う、逢坂の関なのだなあ。）

逢坂山 あふさかやま

【関連語】*鶯・*清水むすぶ・*駒迎《こまむかへ》・*鳰《にほ》の海（竹）

名にし負はば逢坂山のさねかづら人に知られで来るよしもがな（後撰集・恋・七〇〇・定方。会って寝るという名を持っている逢坂山のさねかづら。その蔓を手繰り寄せるように、人に知られずに、あなたのもとに来る方法があったらなあ。）（田代）

逢の松原　あふのまつばら　播磨。兵庫県姫路市白浜町。瀬戸内海に注ぐ市川の河口付近の播磨灘の浜。灘のけんか祭りで著名な松原八幡宮がある。「逢ふ」が掛けられて詠まれた。『歌枕名寄』では「長門」とし、現在の山口県萩市阿武町の浜を想定しているらしいが、和歌に詠まれた時にはどちらを指すか不明である。

　播磨潟うらみてのみぞ過ぎしかど今宵泊まりぬ逢の松原（堀河百首・一一七三・顕季。先日は播磨潟の浦を見ただけで、恨みがましく通り過ぎたが、今宵は恋人に逢うために泊まったことだ、逢の松原に。）

（廣木）

近江の海　あふみのうみ　近江。滋賀県。

【関連語】網代（随）

琵琶湖のこと。「鳰《にほ》の海」とも。『万葉集』の柿本人麻呂歌「近江の海夕浪千鳥汝《な》が鳴けば心もしのに古《いにしへ》思ほゆ」（三・二六六。近江の海の夕浪に浮かぶ千鳥よ。おまえが鳴くと、心が締めつけられるように古の近江朝のことが偲ばれることだ。）は大津宮懐旧歌。「逢ふ身」と「近江」の掛詞で、恋歌に多く詠まれ、湖であるので「海松布《みるめ》」（見る目と掛詞）や「貝」（甲斐と掛詞）がないこと、湖の縁語で「風」「浪」「千鳥」などが取り合わされた。

流れ出づる涙の川の行く末は遂に近江の海と頼まん（後撰集・恋・九七二・よみ人しらず。つらい恋ゆえに流れ出る涙が川となって行く末は、ついには逢うという名をもった近江の海であることを頼みに思っている。）

（田代）

安倍（の）島　あべ（の）しま　摂津。大阪市安倍野区。安倍野のあたりは古くは海が入り込んでおり、八十《やそ》島が点在していたという。『万葉集』に「安倍の島鵜の住む磯に寄する波間なくこのころ大和し思ほゆ」（三・三五九・赤人。安倍の島の鵜の住む磯に波が絶え間なく寄せるが、私も絶え間なく、この頃、大和のことが思われることだ。）とあり、故郷を思う心を募らせる土地として詠まれることが多い。

　都思ふ袖もかたがた干しあへず安倍の島山露深くして（新続古今集・羇旅・九三五・通具。都を思う私の濡れた袖もあれこれあって、十分に干すことができないでいる。安倍の島山は私の涙のような露が深いので。）

（廣木）

安倍の田 あべのた　駿河。静岡県静岡市。

【関連語】坂（寄）

「阿倍の田」とも。安倍川流域にあった田とされるが、詳しい場所は諸説あり未詳。安倍は静岡市の古名。賤機山《しずはたやま》の南端辺りをいうか。『万葉集』には「未勘国」として、「坂越えて安倍の田の面に居る鶴のともしき君は明日さへもがも」（一四・三五二三・作者未詳。坂を越えて安倍の田に居る鶴のように、慕わしいあなたが明日も来ればよいのに。）の歌が見え、後の歌例も「鶴」「坂」などと共に詠まれた。また、「安倍の市」が立ったことでも知られ、『万葉集』に「焼津辺に我が行きしかば駿河なる安倍の市路に逢ひし子らはも」（三・二八四・春日蔵首老《くらのおびとおゆ》。焼津の辺りに私が行った時、駿河にある安倍の市へ行く道で見かけたあの娘はどうしているか。）と詠まれる。

鶴のゐる安倍の田面の有明にまた坂越えてかへる雁がね（壬二集・二一七九。鶴のいる安倍の田の上では、明け方に鶴と同じくまた坂を越えて雁が帰ってゆくことだ。）

安倍の市 あべのいち

【関連語】母子草*（合）

心ざし安倍の市路に立つ人は恋に命をかへむとやする（六百番歌合・一一九六・家房。愛情があって安倍の市の道に立つ人は、商人のように恋に命を引き替えようとするのだろうか。）

（松本）

天香具山 あまのかぐ〈ご〉やま　大和。奈良県橿原市。

【関連語】白雲・月・霞・雪・榊・木枯らし・衣干す・時雨・白木綿《しらゆふ》・桜・五月雨・佐保姫・苔・杉・時鳥・忘草（竹）

単に「香具山」とも。大和三山の一つ。標高一五二メートルの穏やかな山容だが、山頂からは飛鳥の地が一望できる。「天の」を冠することが通例で、三山の中でも特別に神聖視された。その名は『日本書紀』神代上の天照大神の岩戸籠もりの場面にも見え、天界にも同名の山があると考えられていたらしい。『日本書紀』神武天皇即位前紀は、大和平定のために神武が天香具山の土で祭器を作って天神地祇を祭ったとし、『万葉集』には舒明天皇の国見の歌「大和には　群山《むらやま》あれど　とりよろふ　天の香具山　登り立ち　国見をすれば　…」（万葉集・一・二。大和にはたくさんの山があるけれど、とりわけすばらしい天の香具山に登り立って、国見をすると…。）が詠まれるなど、大和朝廷の統治とも密接に関わる存在であった。美しい畝傍山《うねびやま》を、この山と耳成山《みみなしやま》が争ったという伝説があり、『万葉集』の天智天皇の「香具山は　畝傍雄雄《をを》しと　耳梨《みみなし》と　相《あひ》争ひき　神代より　かくにあるらし…」（一・一三。香具山は、畝傍山を雄々しく愛して、耳梨山と互いに争った、神代の昔からこうであったらしい…。）と歌われている。また、当地の生活との結びつきも強く「久方の天の香具山この夕べ霞たなびく春立つらしも」（万葉集・一〇・一八一二・作者未詳。天の香具山に、この夕暮れに霞がたなびいている、春になったらしいよ。）、「春過ぎて夏来たるらし白妙の衣干したり天の香具山」（万葉集・一・二八・持統天皇。春が過ぎて夏が来たらしい、真っ白な衣を干している天の香具山よ。）など、この山に季節の推移を感じる作も詠まれている。

　ほのぼのと春こそ空に来にけらし天の香具山霞たなびく（新古今集・春・二・後鳥羽院。ほのぼのと春が空に来たらしい。天の香具山に霞がたなびいている。）

（山本）

天の河原　あまのかはら　河内。大阪府枚方《ひらかた》市禁野《きんや》本町。

【関連語】交野*（竹）

「天の川」は奈良県と大阪府の境をなす生駒山地から流れ出て、交野《かたの》市から枚方《ひらかた》市を流れ淀川に合流する川。交野は狩場として知られていた。『伊勢物語』八二には、在原業平が惟喬《これたか》親王とともに「交野の渚の家」で桜を見、その後「天の河といふ所にいたり」、そこで「狩り暮らし棚機《たなばた》つ女《め》に宿借らん天の河原に我は来にけり」（狩りをして日暮れになったので棚機《たなばた》つ女《め》に宿を借りたいと思う、私は天の河原に来たのだから。）と詠んだとある。この例のように、空の天の川と重ね合わせて詠まれた。

　昔聞く天の河原を尋ね来て跡なき水を眺むばかりぞ（新古今集・雑・一六五四・良経。昔の話として聞いていた天の河原を尋ねて来たが、何も名残は残っていず、ただ水の流れを見るばかりである。）

（廣木）

天の橋立　あまのはしだて　丹後。京都府宮津市。

【関連語】大江山*・生野*（竹）

宮津市江尻から南対岸にある同市文殊にかけて突き出した砂嘴。近世における日本三景の一つ。『丹後国風土記』逸文に「与謝の郡。郡家の東北の隅の方に速石の里あり。此の里の海に長く大きなる崎あり。長さは千二百二十九丈。広さは或る所は十丈以上、二十丈以下なり。先を天の橋立と名づけ、後を久志の浜と名づく（中略）神の御寝ませる間に仆れ伏しぬ」とあり、早い段階で神聖視された土地であることが窺える。『伊勢集』『順集』などが早い作例で、「音に聞く天の橋立立て立てて及ばぬ恋も我はするかな」（伊勢集・四〇六。あの有名な天に掛けられた橋である天の橋立のような、手に届かない分不相応な恋を私はするものだ。）や「満つ潮ものぼりかねてぞ帰るらし何さへ高き天の橋立」（順集・二六二。満ち潮ですらも越えることが出来ないまま帰って行くようだ。どうしてそのように高いのか、天の橋立は。）のように、高い「天」に立て掛けられた橋ということを意識して詠まれる。能宣の息子輔親は「天の橋立」を模した庭園を自邸である六条院に作っていたことが『拾芥抄』などに見え、この頃までにその景観が美とされていたことがわかる。小式部内侍の「大江山生野の道の遠ければまだふみも見ず天の橋立」（金葉集・雑・五五〇。大江山を行く、生野を通る道が遠いので、まだ天の橋立を踏み見たことはありません、また、丹後からの手紙も届いておりません。）が有名。この歌の詞書に、「和泉式部、保昌に具して丹後国に侍りける時、都に歌合のありけるに、小式部内侍歌よみにとられて侍りけるを、中納言定頼、つぼの方にまうで来て、『歌はいかがせむや、遣ひはまうで来ずや、いかに心もとなく思すらむ。』などたはぶれて立ちけるを、ひきとどめて詠める」とある。この逸話は『俊頼髄脳』『袋草子』などの歌論書の他、『十訓抄』や『古今著聞集』などにも収められ、ひろく知られるところとなった。

降る雪に生野の道の末まではいかが踏み見む天の橋立（続拾遺集・冬・四五七・正親町院右京大夫。降ってくる雪のために、どうして行って見ることができるでしょうか、生野の道の終わりの天の橋立を。）

（嘉村）

綾の川　あやのかは　讃岐。香川県綾歌《あやうた》郡・坂出《さかいで》市。讃岐山脈の竜王山から発し、瀬戸内海に注ぐ川で、河口付近に国府があった。「怪し」を込めて用いられた。

霧晴れぬ綾の川辺に鳴く千鳥声にや友の行く方を知る（後拾遺集・冬・三八七・孝善。霧が立ちこめて晴れない綾の川辺で鳴く千鳥は、声によって友の飛んで行く方を知るのであろう。）

（廣木）

年魚市潟 あゆちがた　紀伊。名古屋市熱田区・南区。

かつて熱田神宮付近まで入り込んでいた伊勢湾の干潟。『日本書紀』景行紀五一年八月に「年魚市郡《あゆちのこほり》の熱田《あつた》社《みやしろ》」と見える。『万葉集』に高市黒人の羈旅の歌として、「桜田へ鶴《たづ》鳴きわたる年魚市潟潮干にけらし鶴鳴きわたる」(三・二七一。桜田の方へ鶴が鳴きながら飛んでゆく。年魚市潟は潮が引いたらしい。鶴が鳴きながら飛んでゆく。)とあるほか、巻第七にもこの地を詠んだ歌一首が見えるが、以後、あまり詠まれなかった。

年魚市潟潮干の浦を見渡せば春の霞ぞまた立ちにける(新続古今集・春・一七・俊恵。潮が引いた年魚市潟の浦を見渡すと、そのあたりは春の霞が再び立っている。)

(廣木)

嵐(の)山 あらし(の)やま　山城。京都市西京区。

【関連語】松虫・大堰《おほゐ》川・紅葉・牡鹿・芦・寺・杉の庵・花・桂の里、小倉山*(随)

京都市の西、大堰川(桂川)の西、右岸の山。嵯峨野から渡月橋を渡ったところにあり、平安期から景勝明媚な遊覧の地にある山として、『平家物語』六「小督《こがう》」など多くの文学に描かれてきた。桜や紅葉の名所であり、それらを詠み込んだ歌も多い。『太平記』二一「俊基朝臣再び関東下向の事」には「紅葉の錦を着て帰る、嵐の山の秋の暮れ」、謡曲「西行桜」には「ここはまた嵐山、戸無瀬《となせ》に落つる滝つ波までも、花は大堰川、井堰《ゐせき》に雪やかかるらん。」と詠われている。「嵐」「あらじ」を掛けて用いられることも多い。

朝まだき嵐の山の寒ければ紅葉の錦着ぬ人ぞなき(拾遺集・秋・二一〇・公任。朝まだ早く、嵐の吹く嵐山のあたりは寒く、散りかかる錦のような紅葉の葉を着物として着ない人はいない。みんな紅葉で体が覆われている。)

(廣木)

有乳山 あらちやま　越前。福井県敦賀市南部。

【関連語】雪・矢田野・峰の淡雪・時雨・枯野・霰・木枯らし・雁がね・浅茅(竹)

「荒血山」「愛発山」とも。福井県敦賀市と滋賀県高島市の県境から疋田辺りまでの山塊。延暦八年(七八九)まで愛発関《あらちのせき》が置かれた。はやく『万葉集』に「八田の野の浅茅色づく有乳山峰の淡雪寒く降るらし」(一〇・二三三一・作者未詳。矢田野の浅茅が色付いている。有乳山では峰に雪が寒げに降っているのだろう。)と詠まれており、「雪」「矢田野」を共に詠み込むようになった。また越路との境であることから、「雲かかる有乳の山を雁金の霧に惑はでいかで来つらむ」（堀河百首・七〇四・河内。雲のかかる有乳山を、どうやって雁はその雲や霧に道を違えることなく越路からやってくるのだろうか。）のように「越路」や「雁」とも詠まれる。鎌倉時代に入ると『建保名所百首』の題として選ばれ、そこで詠まれた歌から木枯らし、時雨のイメージが付加されるようになった。一方で『金葉集』の「うち頼む人の心は有乳山越路くやしき旅にもあるかな」（雑・五九六・よみ人しらず。頼りにしたあなたの心はあてにならないものだった。有乳山を越して越路までできた旅がくやしく思われることだ。）などのように地名と「あらじ」を重ねて、「心あらじ」と恋歌に用いられる例もある。『義経記』には地名の由来として、「『面白や、昔は〈あらしの山〉と言ひけるを、何とて〈愛発の中山〉とは名づけけん』とのたまへば、『この山は余りに難所にて候程に、東より都へ上り、京より東へ下る者の、足を踏み損じて血を流す故に、あら血の中山と呼び替へたり』」という伝承が見える。

神無月時雨れにけりな有乳山行きかふ袖も色変はるまで（新勅撰集・冬・三八八・通光。神無月になり、有乳山には時雨が降ったのであるな。行きかう人々の袖の色までが紅葉のように色が変わるまでに。）

（嘉村）

有栖川 ありすがは　山城。京都市右京区。

【関連語】*夏祓・*野宮・*斎宮《いつきのみや》（合）

現在は大堰《おおい》川（桂川）の東に沿って流れ、梅津で大堰川に合流する川をいう。もとは京都市北区の紫野にあった川を言ったらしく、こちらの例の方が多い。両者ともに斎院のあった場所と伝えられ、このことが詠み込まれる例が多い。『徒然草』一一四には「今出川の大殿《おほいどの》、嵯峨へおはしけるに、有栖川のわたりに、水の流れたるところにて、」とある。

有栖川同じ流れは変はらねど見しや昔の影ぞ忘れぬ（新古今集・哀傷・八二七・雅定。有栖川の流れは昔と同じで変わらないが、あなたは既にいない。しかし、昔見た、流れに映ったあなたの姿は忘れられないことだ。）

（廣木）

有磯 ありそ　越中。富山県北部。

【関連語】浜の真砂・はふ葛・うつせ貝（随）、忘れ貝・海人《あま》人・芦田鶴《あしたづ》・千鳥（竹）。

本来は「荒磯」を指す普通名詞。古くは「かからむとかねて知りせば越の海の有磯の波も見せましものを」（万葉集・一七・三九五九・家持。このようにあなたが死ぬと前から知っていたならば越の海の有磯の波も見せたものを。）のように、他の歌枕と共に詠まれ、単独で用いられることはなかったが、この家持歌の影響もあって、「越」の海とされ、『五代集歌枕』に越中の歌枕として立項された。このことから固有名詞となるが、元の意である「荒磯」を残す表現に用いられる。また地名に「有り」を掛ける。

有磯(の)海　ありそ(の)うみ

我が恋はよむとも尽きじ有磯海の浜の真砂はよみ尽くすとも（古今集・仮名序・よみ人しらず。私の恋心は数えても数え尽くせまい、たとえ有磯海の浜の砂の数は数え尽くせようとも。）

有磯の浦　ありそのうら

かくてのみ有磯の浦の浜千鳥よそに鳴きつつ恋ひや渡らむ（拾遺集・恋・六三一・よみ人しらず。このような状態にある私は有磯の浦の浜千鳥のように、あなたを遠くからのみ恋い続けることだ。）

有磯の浜　ありそのはま

言はで思ふ心有磯の浜風に立つ白浪のよるぞわびしき（後撰集・恋・六八九・よみ人しらず。言わずに思っている心があるので、有磯の浜に吹く風で立つ白波が寄るという夜はわびしいことだ。）　（嘉村）

有馬山　ありまやま　摂津。神戸市北区有馬町。

【関連語】菅*（合）、猪名*（竹）

古来、温泉地として著名で、『日本書紀』舒明天皇紀一〇年一〇月に舒明天皇が「有馬《ありま》温湯《ゆ》宮《のみや》」に行幸した記事がある。以後、都の貴顕の多くが湯治に訪れた。一帯は山地で猪名から望める山、猪名の野を通って訪れる山として詠まれることが多い。『万葉集』にも「しなが鳥猪名野を来れば有馬山夕霧立ちぬ宿りはなくて」（七・一一四〇・作者未詳。しなが鳥の猪名野をやって来ると有馬山に夕霧が立ちのぼってきた。泊まるところもないのに。）とある。また、六甲山の北にあたり、両者が混同されることもある。

有馬山猪名の笹原風吹けばいでそよ人を忘れやはする（後拾遺集・恋・七〇九・大弐三位。有馬山を望む猪名の笹原に風が、〈さあ、そうよ〉、私が来たのよ、とでも

いうように音を立てる。そのように私はあなたのことを忘れることはあるまいよ。）　（廣木）

青根が峰　あをねがみね　大和。奈良県吉野町。
【関連語】*佐保姫（竹）

「青根」「青根山」とも。吉野山の最南端に位置し、付近の最高峰。『万葉集』に「み吉野の青根が峰の苔《こけ》蓆《むしろ》誰か織りけむ経緯《たてぬき》なしに」（七・一一二〇・作者未詳。吉野の青根が峰の苔の莚は誰が織ったのだろうか、縦糸も横糸も使わずに。）が早期の例で、以来「苔莚」と共に詠まれることが多い。また、「青」の色彩が意識され、「雲」や「雪」の白色と取り合わせても詠まれる。

吉野川岩瀬の浪による花や青根が峰に消ゆる白雲
（風雅集・春・二五六・頼政。吉野川の岩瀬の浪に打ち寄せる花よ、それは青根が峰にかかっていて消えた白雲であろうか。）　（山本）

青葉の山　あをばのやま　若狭。福井県大飯郡・京都府舞鶴市。

「青羽山」とも。『同名名所歌枕抄』によれば近江にも同名の「青葉山」が存在する。「水鳥の」を冠して詠まれる。『万葉集』の「秋の露は移しにありけり水鳥の青葉の山の色付く見れば」（八・一五四三・三原王。秋の露は染料であったのだなあ、青葉の山が色付くところを見ると。）の歌は『五代集歌枕』では若狭に分類されるが、『勝地吐懐編』には「右、青羽山は、ただ青葉の茂れるをいひて、名所にあらぬもあり。分別すべし。」とある。また同書は「青羽山」という表記については「〈水鳥の〉と続くる心を表さんために、〈青葉の山〉なれとも〈青羽〉と書けるにもあるべし。」と記している。多く一般名詞として用いられる。

水鳥の青葉の山も神無月時雨にあへず色変はるらん
（堀河百首・九〇三・仲実。「青葉の山」というけれど、神無月の時雨にたえられず紅葉していることだろう。）　（嘉村）

伊加が崎　いかがさき　近江。滋賀県大津市石山寺。
石山寺の山麓あたりの瀬田川の川岸。河内国茨田郡にも同名地があった。『蜻蛉日記』中に、石山寺からの帰路、瀬田の橋までの描写として、「伊加が崎、山吹の崎などいふところどころ見やりて、芦の中より漕ぎ行く。」とある。「如何《いかが》」を掛けて用いられることが多い。

　楫にあたる浪のしづくを春なれば伊加が崎散る花と見ざらむ（古今集・物名・四五七・兼覧王。伊加が崎を行く舟の楫にあたって飛び散る雫を、今は春なのだから、どうして咲き散る花だと見ないのだろう。）（廣木）

伊香胡　いかご　近江。滋賀県長浜市。旧伊香郡一帯を指す。「伊香《いかご》」「伊香具」などの表記もある。伊香具《いかぐ》神社が鎮座する「伊香胡山」（香具山とも）は、「伊香山野辺に咲きたる萩見れば君が家なる尾花し思ほゆ」（万葉集・八・一五三三・金村。伊香胡山の野辺に咲いている萩の花を見ると、今頃ちょうど盛りを迎えたであろう、愛しいあの人の家の尾花が思われることだ。）など、『万葉集』の時代から詠まれている。伊香胡は、「近江なる」を冠し、地名の「伊香」に「如何《いか》」を掛ける、または「いかで」を呼び起こす詠み方が一般的である。「伊香胡の海」は余呉湖を、「伊香胡の浦」は余呉湖の浦を指すと考えられ、湖であるため海松布《みるめ》（「見る目」との掛詞）がないという、逢わざる恋の用例が多い。『今昔物語集』「石山観音人を利するために和歌の末を付くる語《こと》」で郡の司の妻に横恋慕する国守が、上の句を箱の中に秘して下の句を郡の司に付けさせる難題を出した際の上の句「近江なる伊香胡の海のいかなれば」にもこの掛詞が使われている。

　音にのみ聞けば甲斐なし近江なる伊香胡のいかで逢ひみてしかな（躬恒集・三五三。あなたのことを噂にだけ聞いているのは、甲斐がないことである。会うという名を持った近江にある伊香胡ではないが、どうにかして会いたいものだなあ。）

伊香胡の海　いかごのうみ

　いかでかは伊香胡の海に昔より人の海松布を人の刈るべき（相模集・二一八。昔から海松布が採れないことで知られる伊香胡の海で、どうしてそれを刈ることができるだろうか。会えないのは仕方がないことだ。）

伊香胡の浦　いかごのうら

　言はばやな知らでや人の急ぐらん伊香胡の浦は海松布なしとも（散木奇歌集・七五〇。知らなければ人が急いで行ってしまうだろうから、言わなければならない。伊香胡の浦には海松布がないことを。）

伊香胡山　いかごやま

　逢坂の関のあなたの伊香胡山いかに待ち見ん年は経ぬとも（夫木抄・二〇・雑・八一三一・教実。逢坂

の関を越えたあちら側にある伊香胡山。どんなに待っても見たいものだ。たとえ歳月が過ぎてしまっても。）（田代）

伊香保の沼　いかほのぬま　上野。群馬県渋川市伊香保町。

【関連語】風*（竹）

現在の榛名湖を指す。はやく『万葉集』に「上野の伊香保の沼に植ゑ小水葱《こなぎ》かく恋ひむとや種求めけむ」（一四・三四一五・作者未詳。上野の伊香保の沼に植えられている、種を浮かべる小水葱ではないが、このように恋いこがれようと恋の種を求めたのであろうか。）とある。平安期には『古今集』『拾遺集』の壬生忠岑の長歌（一九・雑体・一〇〇三）や『拾遺集』の「伊香保のや伊香保の沼のいかにして恋しき人を今一目見む」（恋・八五二・よみ人知らず。伊香保にある伊香保の沼の「いか」ではないが、いかにして恋しい人を今一目見ようか。）のように「いかに」を導くように詠み込まれた。『建保名所百首』の題として選ばれた際の詠では、平安期に見られた用法と共に、沼に関連する景物である「五月雨」「菖蒲《あやめ》」を詠み込み、単なる序詞ではなく沼そのものの風景を描写するようになる。

真菰生ふる伊香保の沼のいかばかり浪越えぬらん五月雨のころ（新後拾遺集・夏・二二八・順徳院。真菰が生い茂っている伊香保の沼、その「いか」ほど、波が高くなっているのであろう、五月雨の季節の伊香保の沼は。）（嘉村）

生の松原　いきのまつばら　筑前。福岡市西区。

今津湾に面する長垂《ながたれ》海岸の松原。神功皇后が朝鮮出兵の折に、逆さに挿した松が根付いたことからの地名とする伝説がある。「生く」「行く」などが掛けられ、その関係から別離に関わる歌で詠まれることが多い。謡曲「高砂」に「なほいつまでか生の松、それも久しき名所かな。」と見える。

昔見し生の松原こと問はば忘れぬ人もありと答へよ（拾遺集・別・三三七・倚平。昔、私が見た生の松原が、私がどうしているかと尋ねてくれたなら、今も松原を忘れないように、元気で生きていると答えてくれ。）（廣木）

生田　いくた　摂津　神戸市中央区生田町。

【関連語】若菜摘む・鷺・玉藻・凩・時鳥《ほととぎす》・月・雪・

紅葉・時雨・契り定めかぬる・布引の滝・湊川・牡鹿・秋の初風（竹）

大阪湾に面した海岸沿いの地で、背後には六甲山が迫る。「生田川」は六甲山の杣谷峠付近から流れ、大阪湾に注ぐ川で、途中に「布引の滝」がある。古来から開けた土地であり、「里」「池」「森」などを伴って詠まれる。『万葉集』（九・一八〇九・作者未詳）に詠まれた菟原処女《うないおとめ》の伝承地とされ、この類話である『大和物語』一四七では、菟原《うばら》と血沼《ちぬ》という二人の男に言い寄られた女が、「住みわびぬ我が身投げてむ津の国の生田の川は名のみなりけり」（この世で生きていくのがつらい。我が身を津の国の生田川に投じてしまおう。生田川の「生く」という言葉は名のみであったことだ。）と歌を詠んで、生田川に身を投げたとする。この伝承歌のように「生く」または「行く」「幾」を掛けて用いられることが多い。

さ牡鹿の小野の草臥荒ぬらん秋は生田の冬のあけぼの（後鳥羽院御集・三五六。小野の草原は牡鹿が臥して荒れてしまったようだ。秋が行き冬の曙が訪れた生田では。）

生田の池　いくたのいけ

津の国の生田の池の幾たびかつらき心を我に見すらん（拾遺集・恋・八八四・よみ人しらず。津の国の生田の池の名に「いく」とあるが、幾たびあなたは私がつらく思う心を見せるのだろう。）

生田の海　いくたのうみ

後れては生田の海のかひもなし沈む水屑《みくづ》とともになりなん（玉葉集・恋・一二九八・弁乳母。死に後れてしまっては、生きていても、生田の海に貝がないように、甲斐がない。生田の海に身を投げ沈めて、水屑となり果てよう。）

生田の浦　いくたのうら

幾たびか生田の浦に立ち帰り浪に我が身をうち濡らすらん（後撰集・恋・五三二・よみ人しらず。幾たびか、生田の浦に行くように、あなたの所に出かけて行くが、その浦に寄せ返す波のように、むなしく立ち戻り、波に濡れるように涙で身を濡らすことだろう。）

生田の川　いくたのかは

【関連語】*鴛・*血沼《ちぬ》の丈夫《ますらを》（合）、*布引川（竹）

恋ひわびぬ血沼の丈夫ならなくに生田の川に身をや投げまし（千載集・恋・七三三・道経。恋がうまくいかない。血沼の男ではないが、生田の川に身を投げてしまおうか。）

生田の里　いくたのさと

思ひあへず涙しぐるる旅の空は生田の里の秋の夕暮れ（拾玉集・三一五〇。旅して訪れた生田の里の秋の夕暮れ時には、しみじみとした思いに堪えられず、涙が時雨のように落ちてくることだ。）

生田の森　いくたのもり

【関連語】門出*（合）

昨日だに訪はむと思ひし津の国の生田の森に秋は来にけり（新古今集・秋・二八九・家隆。まだ夏であった昨日でさえ、秋の風情があるので訪れようと思っていた。今日はその津の国の生田の森に本当に秋が来たことだ。）

生田の山　いくたのやま

津の国の生田の山の幾たびか我がいたづらに行き帰るらん（古今六帖・九〇四。津の国の生田の山に幾たび私はむなしく行き来したことだろう。）

生田の小野　いくたのをの

【関連語】若菜*（竹）

旅人の道さまたげに摘むものは生田の小野の若菜なりけり（堀河百首・六八・師頼。旅人の道を妨げるように摘んでいるものは生田の小野の若菜であることだ。）

（廣木）

生野　いくの　丹波。京都府福知山市生野。

【関連語】卯の花・時鳥《ほととぎす》・布さらす・女郎花《をみなへし》・鹿・天の橋立・雪・旅衣・露・月（竹）

早い例は十世紀から見え、『堀河百首』にも「卯の花の咲ける垣根は布さらす生野の里の心地こそすれ」（夏・三四六・顕仲。卯の花が白く咲いている垣根は、白布をさらす生野の里のように思われることだ。）のように鄙びた景観が詠まれているが、歌枕としての名を知らしめたのは『古今著聞集』などにも収録される小式部内侍の逸話で知られる、「大江山生野の道の遠ければまだふみも見ず天の橋立」（金葉集・雑・五五〇・小式部内侍。大江山を行く、生野を通る道が遠いので、まだ天の橋立を踏み見たことはありません、また、丹後からの手紙も届いておりません。）であろう。この歌のように地名に「行く」「幾」をかけて詠まれる。

大江山はるかにおくる鹿の音は生野を越えて妻を恋ふらむ（新勅撰集・秋・三〇七・実守。大江山の鹿の妻

恋の声が聞こえるが、生野のはるかむこう、どれほどの遠くまで妻を恋うているのだろう。）　（嘉村）

生駒(の)山〈岳〉　いこま(の)やま〈たけ〉　大和。奈良県生駒市。

【関連語】雨の降る・雲のかかる・雪の白き・村雨・紅葉・時雨降る・初雁・大江の岸・秋篠の里・月・花・霰・子規《ほととぎす》・長居《ながゐ》の浦・難波《なには》門《と》（竹）

標高六四二メートル。奈良盆地の北西端で、河内国（現大阪府）との境界に位置し、交通の要地であった。『万葉集』では「妹がりと馬に鞍置きて生駒山打ち越え来れば黄葉《もみち》散りつつ」（一〇・二二〇一・作者未詳。妻のもとへと馬に鞍を置いて、生駒山を越えてくると、紅葉が散り続けている。）と大和からこの山を越える様が詠まれている。また『万葉集』の「君があたり見つつも居らむ生駒山雲なたなびき雨は降るとも」（一二・三〇三二・作者未詳。君のいる辺りをずっと見ていたい、雲よ生駒山にかからないでください、雨は降っても。）は、『伊勢物語』二三では男に結局捨てられた河内国高安の女が詠んだ形で収められ、河内の側から大和の男を待つ女が眺める山として描かれている。この歌の影響は大きく、特に中世以降には「雲」「雨」などと共に詠んだ作が多い。

生駒山雲な隔てそ秋の月あたりの空は時雨なりとも（続拾遺集・雑秋・六一六・順徳院。生駒山を、雲よ隔てないでおくれ、秋の月が照る、その周りの空は時雨が降っていても。）　（山本）

不知哉川　いさやがは　近江。滋賀県彦根市。

市内を流れる大堀川（芹川）の古名とされる。「不知也川」とも。「犬上の鳥籠《とこ》の山なる不知哉川いさとを聞こせ我が名告《の》らすな」（万葉集・一一・二七一〇・作者未詳。犬上の鳥籠の山にある不知哉川の名のように、さあどうだかねとでも仰って、私の名前を告げないで下さい。）のように、「鳥籠の山」（「床」を掛ける）と合わせて詠まれることが多く、地名の「いさ」から「いさ（さあ）」を招く、または掛詞として用いて、恋の歌枕となっている。前掲の万葉歌は、『古今六帖』では三句目が「伊《い》皿《さら》川」とある。伊皿川は、『歌枕名寄』で未勘とされているが、『後拾遺集』の序に「近江のいさら川」とあることから、契沖の『勝地吐懐編』などでは、不知哉川の別名と解している。
独り寝の床の山なる不知哉川いさや恋路も今日よりぞ知る（隆信集・四七一。独り寝の床で夜を過ごしてきたが、さあどうだろう、恋の道を今日から知るようになるだろうか。）

（田代）

石　山　いしやま　近江。滋賀県大津市石山寺。石山の名は、桂灰石《けいかいせき》が露出していることに由来する。平安時代以降、観音信仰の霊地として都人に親しまれた石山寺（東寺真言宗石光山石山寺）がある。『枕草子』「寺は」に石山寺が見え、『更級日記』には、「霜月の二十余日、石山に参る。雪うち降りつつ、道のほどさへをかしきに、逢坂の関を見るにも、」とあり、『蜻蛉日記』や『和泉式部日記』などの文学作品にも参詣の様子が描かれている。また、紫式部がこの寺で後に『源氏物語』「須磨」巻に生かされる一節を執筆したとされる（『河海抄』）など、文学に縁の地でもある。「石山」と言って石山寺を指すこともあり、「暮れがたき今日にて知りぬ石山の山の巌《いはほ》を祈るしるしは」（公任集・三三三。いつまでも日が暮れない夏至の今日知ったことだ。石山の巌に祈る霊験を。）など石山寺参詣時に詠まれた歌も散見するが、石山という語を詠み入れた歌は多くはない。後世に、近江八景の「石山の秋月」と称され、月の名所として詠も多い。
都にも人や待つらん石山の峰に残れる秋の夜の月（新古今集・雑・一五一四・長能。都でも、今、誰かが月の出を待っているのだろう。石山の峰に残っているこの秋の夜の月を。）

（田代）

五十鈴川　いすずがは　伊勢。三重県伊勢市。伊勢神宮の内宮を流れる御手洗の川で、古くは『日本書紀』（神代下）に名が見える。『和歌初学抄』に「〈五十鈴川〉、御裳濯川の名なり。」とあるように、「御裳濯川」ともいう。川上には天照大神が鎮座する。『新古今集』賀歌の「君が代は久しかるべし度会《わたらひ》や五十鈴の川の流れ絶えせで」（七三〇・匡房。わが君の御代は久しく続くことだろう、度会の五十鈴川の流れが絶えることもないように。）のように、悠久の川の流れを天皇の御代にたとえて賀歌に詠まれる。また、伊勢神宮との関わりから「神風」「千代」「万代」などの語とともに神祇の歌にも多く詠まれた。
神風や五十鈴の川の宮柱いく千代すめと立ちはじめ

けむ（新古今集・神祇・一八八二・俊成。五十鈴川のそばの内宮の宮柱は、幾千年たっても澄んでいる五十鈴川とともに、幾千年住むといって神風が吹いて川波がたつように立ちはじめたのだろうか。）　（松本）

伊勢　いせ　伊勢。三重県。

【関連語】海人《あま》・使・斎宮《いつきのみや》　（合）

『万葉集』の「神風の伊勢の国にもあらましを何しか来けむ君もあらなくに」（二・一六三・大伯皇女《おほくのひめみこ》。斎宮である私は伊勢の国にでもいればよかった、どうして都に来てしまったのだろうか、弟である大津皇子もいないのに。）など、古くから和歌に詠まれた。伊勢湾を指す「伊勢の海」や、「伊勢の浜」「伊勢島」のように、「伊勢」という言葉は海に関連して用いられる場合が多い。従って海と縁のある「海人」「塩」「煙」「釣」などの言葉が共に詠み込まれる。また、『古今集』の「伊勢の海に釣りする海人のうけなれや心一つを定めかねつる」（恋・五〇九・よみ人しらず。伊勢の海で釣りをする漁師の使う浮きだというのか、その浮きのように私の心一つを決められないままでいる。）のように、恋歌にも「伊勢」が用いられ、「見る目」を掛けて「海松布《みるめ》」が詠まれる。

その他に、人麻呂の歌と伝わる「神風や伊勢の浜荻折りふせて旅寝やすらむ荒き浜辺に」（新古今集・羇旅・九一一・よみ人しらず。伊勢の芦を折りふせて、あの人は荒れた浜辺で旅寝をするのだろうか。）が知られ、「伊勢の浜荻（芦のこと）」と詠まれる和歌も目立つ。この『新古今集』歌のように、伊勢神宮と関わらせた枕詞「神風」や「神」と結ぶ歌は意外にも少ない。

伊勢の海人の朝な夕なに潜《かづ》くてふ見るめに人を飽くよしもがな（古今集・恋・六八三・よみ人しらず。伊勢の海の漁師が朝夕潜って採っているという海松布《みるめ》ではないが、あなたを見る目、つまり逢う機会が朝夕にあって飽きるほどであればよいと思うのに。）

伊勢島　いせじま

【関連語】*二見浦・*海人　（竹）

伊勢島や一志《いちし》の浦の海人だにもかづかぬ袖は濡るるものかは（千載集・恋・八九三・道因。伊勢島の一志の浦の漁師でさえも、水をくぐらない袖は濡れないのに、私の袖は水もくぐっていないのに、涙で濡れていることである。）

伊勢の海　いせのうみ

【関連語】釣舟・海松布《みるめ》・浜荻・月・雁がね・忘れ

貝・田鶴《たづ》・蛍・霰・海人・網（竹）

伊勢の海の海人の釣縄うちはへて苦しとのみや思ひわたらむ（古今集・恋・五一〇・よみ人しらず。伊勢の海の漁師が釣り糸を付けてのばした釣縄をたぐり寄せるように、あなたへの思いを釣縄のごとく延ばしても、繰ることはできず、ただ苦しいと思い続けることだ。）

伊勢の浜　いせのはま

神風や伊勢の浜辺の曙に霞吹き寄る浦の初風（後鳥羽院御集・二七七。伊勢の浜辺の曙に、霞を吹き寄せる浦の初風であることよ。）

（松本）

石上　いそのかみ

大和。奈良県天理市石上町・布留町。

【関連語】古都*（寄）、剣*《つるぎ》（合）

『日本書紀』によれば、安康・仁賢天皇の代の宮都の地。石上神宮がある。古くはより広域を指し、その中に含まれる布留と連続して「石上布留《いそのかみふる》」の形で詠まれる。さらに「布留」に「降る」や「古る」を掛けて詠む場合が多い。「石上ふるとも雨につつまめや妹に逢はむと言ひてしものを」（万葉集・四・六六四・像見。石上の布留で、雨が降っても家にじっとしていようか、あの人に逢おうと約束したものを。）は、「石上」から「布留」を導いて「降る」を掛けた例。都の地であったこと、「布留」に「古る」が掛かることなどから、往古を偲ぶ象徴としても詠まれる。今はなくなったが、僧正遍昭や子の素性が住んだ石山寺があり、小町と遍昭との贈答歌（後撰集・雑・一一九五、九六）もここで詠まれた。

石上ふるき都の時鳥《ほととぎす》声ばかりこそ昔なりけれ（古今集・夏・一四四・素性。石上の布留の、古くは都であったこの地の時鳥の、その声だけは昔と変わらないなあ。）

（山本）

磯間の浦　いそまのうら

紀伊。和歌山県田辺市磯間。

『八雲御抄』『歌枕名寄』などで、和歌山県の浦とされた。『万葉集』に「月読の光を清み神島の磯間の浦ゆ船出す我は」（一五・三五九九・作者未詳。月の光が清らかに射す神島の磯間の浦から私は船出することだ。）と詠まれ、備中国の「神島」が紀伊国の島と誤解されたこともあって、紀伊国の歌枕とされるようになった。この万葉歌から「神島」と共に詠まれることが多い。

冬の夜は潮風寒み神島の磯間の浦に千鳥鳴くなり

（玉葉集・冬・九二六・国冬。冬の夜は潮風が寒々と吹き、神島の磯間の浦には千鳥が鳴くことである。）（廣木）

板田の橋　いただのはし　大和。奈良県高市郡明日香村豊浦。

豊浦の辺りにあったとされる橋。『万葉集』に「小墾田《をはりだ》の板田の橋の壊《こぼ》れなば桁《けた》より行かむな恋ひそ我妹《わぎも》」（一一・二六四四・作者未詳。小墾田の板田の橋が壊れたならば、橋桁を渡って逢いに行こう、そんなに恋しがるな、我が恋人よ。）が初例で、以後もこの歌の影響が大きく、恋人への通い路の橋として、朽ちたり壊れたりする様で詠まれることが多い。なお、同歌は「をばただの板田の橋の…」（古今六帖・三・一六一九）の形で伝えられ、平安期以降の作例も多くは「をばただの板田の橋」の形で詠まれている。そのためか、『五代集歌枕』『八雲御抄』はこれを摂津国の歌枕に分類し、『夫木抄』は尾張国とするなど混乱が見られる。

夜は暗し妹はた恋しをばただの板田の橋をいかが踏ままし（堀河百首・一四三五・基俊。夜は暗いが、恋人が恋しい、をばただの板田の橋をどのように踏んで渡ろうか。）（山本）

一志の浦　いちしのうら　伊勢。三重県一志郡。

伊勢湾に面した海岸部。雲出《くもず》川・三渡川の河口付近。『千載集』に「伊勢島や一志の浦の海人《あま》だにもかづかぬ袖は濡るるものかは」（恋・八九三・道因。伊勢国の一志の浦の海人でさえも、潜ることもないのなら袖は濡れることはない。それなのに、私の袖は水に潜ってもいないのに、涙で濡れてしまったよ。）とあり、この歌例のように「伊勢島や一志の浦」と続けられ、「海人」と共に詠まれる。

今日とてや磯菜摘むらむ伊勢島や一志の浦の海人の乙女子《をとめご》（新古今集・雑・一六一二・俊成。今日は若菜の節日というので、若菜の代わりに磯菜を摘んでいるのだろうか、伊勢国の一志の浦の海人の乙女たちは。）（松本）

伊都貫川　いつぬきがは　美濃。岐阜県本巣市。

幾度もの洪水で流れが変化しているものの、席田《むしろだ》用水から分水して天王川に合流し、長良川に注ぐ現在の糸貫川《いとぬきがわ》がそれにあたるとされる。「五貫川」「伊津貫川」なども記される。『催馬楽』「席田《むしろだ》」に「席田の　席田の　伊津貫川にや　住む鶴の　住む鶴の　住む鶴の　千歳《ちとせ》をかねてぞ　遊びあへる　千歳をかねてぞ　遊びあへる」の影響により、「席田の」を冠するものの多く、「鶴」や「千歳」など長寿や永遠の御代を言祝ぐもの、鶴の長寿と川の縁で「年浪」などが詠まれている。『枕草子』「河は」にも「伊都貫川、沢田川などは催馬楽などの思はするなるべし。」とある。

君が代はいく万代《よろづよ》か重《かさ》ぬべき伊都貫川の鶴の毛衣《けごろも》（金葉集・賀・三二三・道経。わが君の御代は、何万年も年を重ねていくことであろう。永い齢を保つ、伊都貫川にすむ鶴の毛衣が幾重にも重なっているように。）

（田代）

伊豆の海 いづのうみ　伊豆。静岡県。

伊豆半島に面する海。東には相模湾、西には駿河湾がある。『万葉集』に「伊豆国の歌」として、「伊豆の海に立つ白波のありつつも継ぎなむものを乱れしめめや」（一四・三三六〇・作者未詳。伊豆の海に絶え間なく立つ白波のように、あなたのことをずっと愛し続けよう。あなたの心を乱すことなく。）と詠まれている。

箱根路を我が越え来れば伊豆の海や沖の小島に波の寄る見ゆ（続後撰集・羈旅・一三一二・実朝。箱根路を私が越えてくると眼前に伊豆の海が開け、その海の沖にある小島に波が寄せているのが見える。）

（廣木）

五幡の坂 いつはたのさか　越前。福井県敦賀市五幡。

五幡の海浜へ向かう坂。『万葉集』に「かへるみの道行かむ日は五幡の坂に袖振れ我をし思はば」（一八・四〇五五・家持。都へ帰る帰山辺りの道を行く日は、五幡の坂で袖を振ってください、私を思うのならば。）と詠まれている。単に「五幡」とも。地名に「何時はた」を重ねて詠まれる。後世の歌に「帰山」とともに詠まれることが多く、「またいつ帰るのか」という思いを託した趣向になっている。

忘れなむ世にも越路の帰山五幡人に逢はむとすらむ（新古今集・離別・八五八・伊勢。忘れてしまいましょう、決してあなたは来ないのでしょうから、世にも有名な越路の帰山や五幡の坂を越えて、帰ってきたあなたにいつ逢うことができるのでしょう。）

（嘉村）

泉川 いづみがは　山城。京都府木津川市

【関連語】ふし漬・柞《ははそ》の森・鹿背《かせ》山・氷・玉藻・月・子規《ほととぎす》・千鳥・霜夜・渡り・御祓《みそぎ》、＊信太森《しのだのもり》

（竹）

鈴鹿山脈から発して、泉の里を通り、淀川に注ぐ川。木津川の古名。八世紀半ば頃、このほとりに聖武天皇

により恭仁《くに》京が造られた。『万葉集』に「泉川行く瀬の水の絶えばこそ大宮所移ろひ行かめ」(六・一〇五四・福麻呂《さきまろ》。泉川の瀬に流れる水がもし絶えたのならば、そのほとりにある大宮所が寂れることもあろう。)などと詠まれている。『蜻蛉日記』上、初瀬詣での途中の描写にも、「舟に車かき据ゑて、行きもて行けば、贄野《にへの》の池、泉川など言ひつつ、鳥どもゐなどしたるも心にしみてあはれにをかしう思《おぼ》ゆ。」とあり、次いで「その泉川も渡りて」とある。「何時《いつ》」を掛けて用いられた。

都出でて今日瓶原《みかのはら》　泉川川風寒し衣鹿背山(古今集・羈旅・四〇八・よみ人しらず。都を出て三日経って今日、泉川北岸の瓶原まで来た。いつ見るかと思っていた泉川の川風は寒い。向こうに聳える鹿背山よ、その名の通り、衣を貸してくれ。)　(廣木)

出雲の宮　いづものみや　出雲。島根県出雲市大社町。島根県東部にある神社、特に出雲国の一宮である出雲大社を指す。『千載集』の長歌「敷島や　大和の歌の　伝はりを　聞けばはるかに　久方の　あまつ神代に　始まりて　三十文字あまり　一文字は　出雲の宮の　八雲より　起こりけるとぞ　記すなる…」(雑・一一六二・崇徳院。和歌の始まりは遙か神代、三十一文字の形式は出雲の宮の「八雲」から起こったと記されている…。)が早い作例である。この歌では、和歌の始原とされる「八雲立つ出雲八重垣妻籠めに八重垣作るその八重垣を」(古今集・仮名序。多くの雲が立ち上る出雲の社には、幾重にも垣根を作って愛妻をその中に保護するように、幾重にも垣根を作ることだ。)が詠まれた宮を指して「出雲の宮」と称している。この歌も含め、「はるかなり幾代か雲になれぬらん出雲の宮の千木の片削ぎ」(拾玉集・四五二八。どれほど長い年月、雲に慣れ親しんできたのであろうか、出雲の宮の千木の片削ぎは。)などと、「出雲」との縁で、雲が取り合わされ、また、永遠なる神さびた宮として詠まれてきた。

八雲立つ遠山かづら木綿《ゆふ》かけて出雲の宮になびく神風(草根集・一〇五四七。多くの雲が立ち上る遠山の山かずらを幣としてかけると、出雲の宮に神風吹き渡ることだ。)　(嘉村)

糸鹿(の)山　いとか(の)やま　紀伊。和歌山県有田市糸我《いとが》町。

【関連語】呼子鳥*（合）

「雲雀山」とも。熊野街道が有田川を渡って間もなくの糸我峠付近の山をいう。『万葉集』に「足代《あて》過ぎて糸鹿の山の桜花散らずもあらなむ帰り来るまで」（七・一二一二・作者未詳。足代を過ぎて糸鹿山にさしかかると桜が咲いていた。花よ散らないでほしい、再び帰って来るまで。）と詠まれている。この歌にも見られるように、「糸」の縁語として「繰（来）る」、もしくは「染む」などが詠み込まれることが多い。

糸鹿山来る人もなき夕暮れも心細くも呼子鳥かな

（金葉集・春・二六・前斎院尾張。来る人もいない糸鹿山の夕暮れ時、心細く呼子鳥が人を呼んでいることだ。）

（廣木）

引佐細江　いなさほそえ

遠江。静岡県浜松市北区細江町気賀。

【関連語】棚無小舟《たななしをぶね》・雁がね・真菅（随）

浜名湖北東部の支湾。『万葉集』に「遠江引佐細江のみをつくし我を頼めてあさましものを」（一四・三四二九・作者未詳。遠江の引佐細江の澪標《みおつくし》ではないが、あなたに身を尽くしている私にあてにさせておいて、ほっておいてくれたらよかったのに。）とある。「引佐細江」は地名に「否」を掛けて詠まれ、この『万葉集』歌のように湖中に立てられた航路標識の「澪標《みおつくし》」と共に（「身を尽くす」が掛けられた）成就しない恋の思いが歌われている。

逢ふことは引佐細江のみをつくし深きしるしもなき世なりけり（千載集・恋・八六〇・清輔。逢うことは否というのか、引佐細江の澪標《みおつくし》ではないが、私が身を尽くしても何の効果もないあなたとの関係であることだ。）

（松本）

因幡の山〈峰〉　いなばのやま〈みね〉

因幡。鳥取県鳥取市国府町。

【関連語】峰の松・秋の田面（随）

現在の表記は「稲葉山」。低山で、因幡国庁跡、鷺山古墳などがある。『古今集』の「立ち別れ因幡の山の峰に生《お》ふるまつとし聞かば今帰り来む」（離別・三六五・行平。立ち別れて因幡の国へ行きますが、因幡の山の峰に生い茂る「松」ではありませんが、あなたが「待つ」と聞いたならば、すぐに帰り来ましょう。）によって知られる。「因幡」に「往なば」、景物である「松」に「待つ」を掛けて詠まれる。
忘れなむまつとな告げそなかなかに因幡の山の峰の秋風（新古今集・羇旅・九六八・定家。忘れてしまいましょう、中途半端に「あの人が待つ」などと告げないでください、因幡の山の峰の秋風よ。本当はもう私たちの仲に飽き飽きしているのでしょうから。）　（嘉村）

印南野　いなみの　播磨。兵庫県加古郡稲美町。
【関連語】尾花・浅茅・山本（随）
播磨平野を流れ、播磨灘に注ぐ明石川と加古川に挟まれた河口付近に広がる台地。『万葉集』、山部赤人の長歌（六・九三八）に「印南野の　大海の原」から見た浜や海人《あま》の様子が描かれ、その反歌には「印南野の浅茅押しなべさ寝《ぬ》る夜の日《け》長くしあれば家し偲ばゆ」（九四〇。印南野の浅茅を押し倒し平らにして寝る夜が何日も続くので、家が偲ばれることだ。）と旅のつらさが詠まれている。「否《いな》」が掛けられて詠まれることもあった。
女郎花《をみなへし》我に宿貸せ印南野の否といふともここを過ぎめや（拾遺集・別・三四八・能宣。女郎花よ、私に宿を貸してください。たとえ駄目だと言ってもここをそのまま過ぎて行くことはできないでしょう。）　（廣木）

稲荷　いなり　山城。京都市伏見区深草藪之内町。
【関連語】杉*（合）、社*（竹）
伏見の稲荷大社があり、その神社をいう場合が多い。「稲荷山」は稲荷大社の背後の神域の山で、東山連峰の最南端にあたる。『更級日記』には、京都の西山の家から見た風景として、「東の野ははるばるとあるに、東の山際は比叡の山よりして、稲荷などといふ山まであらはに見えわたり。」と記されている。神木として「しるしの杉」の小枝をもらい承けることから、杉が共に詠み込まれることがある。
我といへば稲荷の神もつらきかな人のためとは祈らざりしを（拾遺集・雑恋・一二六七・長能。私のことで言えば、稲荷の神はつらいことをする神だと思った。私が見初めた女は別の人と一緒になってしまった。そのようになれとは祈らなかったのに。）

稲荷山　いなりやま
【関連語】狐*・社*（合）、*子規《ほととぎす》（竹）
稲荷山しるしの杉の年経《ふ》りて三つの御社《みやしろ》神さびにけり（千載集・雑・一一七八・有慶。稲荷山のしるしの杉は年を経て老木となり、稲荷大社の三つの御社も神々しく感じられることだ。）　（廣木）

伊　根　いね　丹後。京都府与謝郡伊根町。

丹後半島の先端に当たる。浦島子を祭神とする宇良神社を有する。地名に「寝《い》ね」を掛けて「浪の上にほのめく月を明けぬとて夢や覚めぬる伊根の海人《あま》人《びと》」（林下集・一一五。浪の上にほのぼのと光る月が上って来たのを、夜が明けたと思って、夢から覚めてしまった、寝ていた伊根の漁師であるよ。）などと詠まれる。

若布刈る与謝の入海霞みぬと海人には告げよ伊根の浦風（歌枕名寄・七七五三・長明。若布を刈り取っている与謝の入江に霞が立ったと、漁師に告げてくれ、伊根を吹く浦風よ。）（嘉村）

岩城(の)山　いはき(の)やま　駿河。静岡市清水区。

奥津地区と由比地区の境の山である薩埵《さった》山の古名。崖が駿河湾に直接落ち込んでおり、東海道の難所で、越えがたい所として歌に詠まれた。『万葉集』にもそのような山として、「岩城山ただ越え来ませ磯崎のこぬみの浜に我立ち待たむ」（一二・三一九五・作者未詳。岩城山をひたすらに越えて来てください。磯崎の、来ない身と名づけられた「こぬみの浜」で私は立って待っています。）と、東側の山麓の浜であるこぬみの浜と共に詠まれている。

駒なづむ岩城の山を越えかねて人もこぬみの浜にかも寝ん（新続古今集・羇旅・九八六・定家。馬もはかばかしく進まない岩城の山を越えることができない人は、こぬみの浜までやって来られないようだ。私はしかたがないのでその浜で一人で寝ることにしよう。）（廣木）

岩国山　いはくにやま　周防。山口県岩国市・玖珂郡和木町。

山陽道の欽明路峠があった。『万葉集』に「周防なる岩国山を越えむ日は手向けよくせよ荒しその道」（四・五六七・若麻呂。周防の岩国山を越える日には、その荒々しい道を通るのに心を込めて手向けをしなさい。）と詠まれており、難所であり、峠の神に手向けを捧げ、無事を祈願した場所であった。

逢ふことは君にぞかたき手向けして岩国山は七日越ゆとも（万代集・恋・一九八六・家隆。君に逢うことはなかなかむずかしい。岩国山に手向けを捧げて、七日間かけて越えて行っても。）（廣木）

岩清水《いはしみづ》　山城。京都府八幡市八幡高坊。

【関連語】八幡*（付）

「男山」の山中に湧いた清水、さらにそれを祀った社のあったところに宇佐八幡が勧請されると、その神社である岩清水八幡宮を指すようになった。「男山」は大阪から京都への出入り口に聳える要害の地である。岩清水八幡宮は平安期から公家に、鎌倉期以後は源氏の祖神として広く信仰された。賀茂神社の「北祭」に対して、この神社の臨時祭は「南祭」とされた。崇敬の念と「清水」に関わる事柄が詠み込まれることが多い。

ここにしも湧きて出でけん岩清水神の心を汲みて知らばや（後拾遺集・神祇・一一七四・増基。ここであるからこそ、岩から清水が湧き出てきたのであろう。それを汲んで八幡神の神慮を知りたいと思う。）（廣木）

岩代《いはしろ》　紀伊。和歌山県日高郡みなべ町。

【関連語】松・雪・萱根《かやね》・昔を思ふ（竹）

紀伊半島の海辺で、熊野参詣道である紀伊路の九十九王子の一つ岩代王子があった。古代、有間皇子《ありまのみこ》が謀反の罪に問われ、紀の湯に護送される途次で無事を願って詠んだ歌とされる、「岩代の浜松が枝《え》を引き結びま幸《さき》くあらばまたかへり見む」（万葉集・二・一四一。岩代の浜に生えている松の枝を引き結んで祈ったことがかなえられて、無事でいられたなら、立ち帰る時にまたこの風景を見たいものだ。）の故地とされ、この影響を受けた歌が多い。「岩代の森」は岩代王子の社の森、「岸」「岡」「尾上」は海岸の崖をいう。また、「言ふ」を掛けて用いられることもある。

岩代の結べる松に降る雪は春も解けずやあらんとすらむ（金葉集・冬・二八六・中納言女王。岩代の枝を結んだ松に降る雪は、結ばれたまま春になっても解けないでいるのだろうか。）

岩代の岸《いはしろのきし》

岩代の岸の松影年経《ふ》りて同じ緑に結ぶ苔かな（宝治百首・三六〇一・基家。岩代の岸の松は長い年月を経た今も緑であるが、その下陰に生える苔も同じように緑であることだ。）

岩代の野《いはしろのの》

岩代の野中に立てる結び松心も解けず昔思へば（拾遺集・恋・八五四・人麻呂。岩代の野の中に立つ枝を結んだ松のように、私の心は結ぼおれて晴れ晴れとすることがない。昔の恋のことを思うと。）

岩代の森　いはしろのもり

岩代の森の言はじと思へども雫に濡るる身をいかにせん（後拾遺集・恋・七七四・恵慶。岩代の森の名のように、何も言うまいと思うものの森の雫で濡れるように涙で濡れるこの身をどうしたらよいのだろう。）

岩代の岡　いはしろのをか

行く末は今幾夜とか岩代の岡の萱根に枕結ばん（新古今集・羈旅・九四七・式子内親王。これからの旅の行く末は幾夜経ねばならないのか分からないほど遠い。今日も岩代の岡の萱根のところで草枕を結ぼう。）

岩代の尾上　いはしろのをのへ

岩代の尾上の風に年経れど松の緑は変はらざりけり（後拾遺集・雑・一〇四九・資仲。松は岩代の尾上に吹く風にさらされて長い年を経たが、その葉の緑は変わらないことだ。）　（廣木）

岩瀬の森　いはせのもり　大和。奈良県生駒郡斑鳩《いかるが》町龍田。

【関連語】鶯・初時雨・神奈備《かむなび》山・時鳥《ほととぎす》・木枯らし・奈良思《ならし》の岡・秋風・鹿・紅葉・森の下草・思ふ言葉（竹）

『万葉集』に「神奈備の磐瀬《いはせ》の森の呼子鳥《よぶこどり》いたくな鳴きそ我が恋増さる」（八・一四一九・鏡王女。神奈備の岩瀬の森の呼子鳥よ、そんなに鳴かないでおくれ、私の恋心が募ってしまうから。）などが詠まれ、以後も「神奈備の」を冠して詠んだ例が多いので、神奈備辺りの森であったと見られる。ただし、『歌枕名寄』等は大和に分類するものの、『能因歌枕』は摂津、『和歌初学抄』は山城とするなど所在地に混乱がある。平安期以降には「岩《いは》」に「言は」を関連づけて詠むものも少なくない。

竜田川立ちなば君が名を惜しみ岩瀬の森の言はじとぞ思ふ（後撰集・恋・一〇三三・元方。竜田川の「竜《たつ》」ではないが、噂が立ってしまったら、君の名が損なうことが惜しいので、岩瀬の森、ではなくて、言わないでおこうと思うよ。）　（山本）

岩瀬(の)山　いはせ(の)やま　大和。奈良県生駒郡斑《いか》鳩《るが》町。

【関連語】森*（拾）

岩瀬の森があった場所であろう。『古今六帖』（一四六〇）や『後撰集』に所収される「岩瀬山谷の下水うち忍び人も見ぬ間に流れてぞ経《ふ》る」（恋・五五七・よみ人知らず。岩瀬山の谷の下を水が隠れて流れて行くように、私もあなたがお見えにならない間は忍んで涙を流しながら過ごしています。）が早期の例で、以後もこの山を流れる「谷の下水」と忍ぶ恋とを重ねて詠む趣向が好まれた。また、「岩《いは》」に「言は」を掛けても詠まれている。所在地に関しては、『歌枕名寄』等は大和とするものの、『能因歌枕』は摂津、『和歌初学抄』『八雲御抄』等は山城とするなど諸説がある。

かくとだに思ふ心を岩瀬山下行く水の草隠れつつ（新古今集・恋・一〇八八・実定。せめてこうとだけでも、あなたを思う心を言わせてほしい、岩瀬山の下を流れ行く水が草に隠れているように、忍び続けていて。）

（山本）

石田　いはた　山城。京都市伏見区石田《いしだ》。

東山連峰の南のはずれの小野で、山科から宇治への途次の地である。「岩田の森」はそこにあった石田社の森で、神社と同義で詠まれる。『万葉集』には「山城の石田の森に心鈍《おそ》く手向けしたれや妹に逢ひがたき」（一二一・二八五六・作者未詳。山城の石田の神社に心を込めずに手向けをしたためであろうか。あの愛しい女性に逢えないのは。）とある。「言ふ」を掛けて用いられた。

石田の森　いはたのもり

山城の石田の森の言はずとも心の内を照らせ月影（詞花集・雑・三〇四・輔尹。山城の石田の神社では、何も言わなくとも私の心の内を月の光が照らし出してほしいものだ。）

（廣木）

石田の小野　いはたのをの

【関連語】菫・紅葉・柞《ははそ》・時雨・凩・鶉・霧・鹿・雁がね・雉子《きぎす》（竹）

雉子鳴く石田の小野のつぼ菫標《しめ》さすばかりなりにけるかな（千載集・春・一〇九・顕季。雉子の鳴く石田の小野に咲くつぼ菫は囲いを巡らして守らねばならないほどに美しくなったことだ。）

（廣木）

岩田川　いはたがは　紀伊。和歌山県西牟婁《むろ》郡上富田《かみとんだ》町。

果無《はてなし》山脈から西に流れ出し、白浜で海に注ぐ、現在の富田川。上富田町で熊野街道は海岸を行く大辺路《おおへじ》とこの川に沿い直接に熊野本宮へ通じる中辺路《なかへじ》に分かれていて、この川は禊ぎの川と認識されていた。『平家物語』二「康頼祝言」には鬼界が島で熊野参詣のまねをする康頼の行いが、「浄衣もなければ、麻の衣を身にまとひ、沢辺の水を垢離《こり》に掛いては、岩田川の清き流れと思ひやり、」と描写されている。「言ふ」が掛けられることも多い。

岩田川渡る心の深ければ神もあはれと思はざらめや（続拾遺集・神祇・一四五九・花山院。岩田川を渡って熊野に詣でる心は岩田川のように深いので、熊野の神もきっと私のことを信心深いと思ってくれるのではないだろうか。）（廣木）

磐〈岩〉手 いはで　陸奥。岩手県岩手市。

「磐手の山」「磐手の森」「磐手の里」「磐手の郡」「磐手の関」など、幅広い歌枕として展開する。その郡名は『延喜式』には載らないが、十世紀中頃成立と言われる『大和物語』一五二「陸奥国磐手の郡よりたてまつれる御鷹」において、磐手郡より献上された鷹に磐手と名付け大切にしていた奈良帝が、その鷹が消えたことを聞いて「いはで思ふぞ言ふにまされる」とのみつぶやいたという話に見える。本来は『古今六帖』の「心には下行く水の湧きかへり言はで思ふぞ言ふにまされる」（二六四八。心の中では、見えない地下水のような思いがわきかえっている。言葉にしない思いは、口にする思いよりも激しいのだ。）という、地名の意を掛けない和歌であったが、この物語のために地名と結びつけるようになったと考えられる。「物をこそ磐手の山のほととぎす人知れぬ音を鳴きつつぞ経《ふ》る」（斉宮女御集・八〇。磐手の山のほととぎすが忍び音で鳴くように、思いを言わない私は人知れず泣きながら過ごしています。）は早い歌例である。このように心中の思いを口にしない、という意から、「忍恋」の歌語として取り上げられるようになっていく。

思へども磐手の山に年を経て朽ちや果てなむ谷の埋れ木（千載集・恋・六五一・顕輔。磐手の山の谷間に年月を経て、朽ち果ててしまう埋れ木のように、あなたへの思いも言わないままに長年が経って朽ち果ててしまうのでしょうか。）（嘉村）

岩手の森 いはでのもり　摂津。大阪市住吉区。

住吉大社の境内社である大海《おおあま》神社の森。ただし、『和歌初学抄』には山城とあり、『夫木抄』には「陸奥また摂津」として、「陸奥《みちのく》の岩手の森の言はでのみ思ひを告ぐる人もあらなん」（雑・一二二・よみ人しらず。陸奥の岩手の森の名のように何も言わないで思いを告げる人もあるであろうか。）が挙げられているが、この歌の地は陸奥である。「言はで」を掛けて忍ぶ恋を詠むことが多い。

君にしも秋を知らせぬ津の国の岩手の森を我が身ともがな（続古今集・恋・一一九五・馬内侍。摂津の国の岩手の森はあなたには何も言わず、秋が訪れたことも知らせないのであろう。我が身もそのように何も言わないで心の中だけであなたのことを思っている身だと知ってほしい。）（廣木）

岩橋 いははし　大和。奈良県御所市。

【関連語】葛城*・苔*・橋*・岩*（竹）

本来は普通名詞。平安期以降は、「葛城」「久米路」を伴って、葛城の久米路の岩橋として詠まれる。これは役行者《えんのぎょうじゃ》が諸鬼神に命じて大きな石で葛城山と吉野金峰山を結ぶ橋を造らせたところ、自身の醜さを恥じていた鬼神達が夜にしか働かないので、役行者が一《ひと》言主神《ことぬしのかみ》を叱責したが、一言主神が都に役行者には叛意があると告げたため、役行者は追われ、橋は未完成に終わったという伝承（今昔物語集・他）による。これを踏まえて、「夜」「絶える」などを縁語に用いて、恋の途絶えを詠んだ歌も少なくない。

葛城や久米路に渡す岩橋のなかなかにても帰りぬるかな（後撰集・恋・九八五・よみ人知らず。役行者が葛城の久米路に渡そうとした岩橋が途中で終わったように、私も中途半端なままに帰ってしまったことです。）（山本）

石見 いはみ　石見。島根県西南部。

島根県の西南部の旧国名。『万葉集』に「柿本朝臣人麻呂、石見国より妻を別れて上り来る時の歌」として、「石見の海　角《つの》の浦廻《うらみ》を　浦なしと　人こそ見らめ　潟なしと　人こそ見らめ…」（二・一三一）と詠む長歌一首、「石見のや高角《たかつの》山の木の間より我が振る袖を妹見つらむか」（二・一三二。石見の国の高角山の木の間から、別れていく私の袖を妻は見たであろうか。）などの反歌二首が収録されている。以後、この歌の影響下で、「浦」「潟」「高角山」を伴って詠まれることが多い。また、「言ふ」が掛けられても詠まれる。

命とは契らざりしを石見なる沖の白島また見つるかな（如願法師集・八七六。命があったならとは約束していなかったが、また石見の国の沖の白島を見ることができたことだ。）

石見潟　いはみがた

石見潟何かはつらきつらからば怨みがてらに来ても見よかし（拾遺集・雑恋・一二六二・よみ人しらず。あなたは「石見潟」とただ言ってよこしたが、その名から連想されるようにどうしてあなたは何も言わないで、何をつらがっているのか。それほどつらいというのなら、石見潟の浦を見るかのように、恨み言を言いにでも来ればよいのに。）

石見野　いはみの

石見野や夕越え暮れて見渡せば高角山に月ぞいざよふ（続古今集・羇旅・八七七・為氏。石見野を夕方越えて来ると日が暮れてしまった。その時あたりを見渡すと向こうの高角山に十六夜の月がためらいながら昇ってきたことだ。）

石見の海　いはみのうみ

名に高き石見の海の沖つ波千重に隠れぬ大和島根は（玉葉集・旅・一一七八・人麻呂。有名な石見の海の沖の波は幾重にも高く重なって立っていて、その波に隠されてしまうことだ大和の国は。）

（廣木）

磐余　いはれ

大和。奈良県桜井市・橿原市。桜井市中部から橿原市の東南部の一帯。神武天皇の名は神日本磐余彦《かむやまといはれびこ》であり、『日本書紀』には神武天皇の大和平定に関連して、磐余の地名由来譚が見える。同じく『日本書紀』によれば、神功皇后の磐余若桜《いわれのわかざくらの》宮《みや》、履中天皇の磐余稚桜《いわれのわかざくらのみや》　宮、用明天皇の磐余池辺《いわれのいけのへの》双槻《なみつきのみや》　宮など多くの天皇の宮が置かれた。『万葉集』では「つのさはふ　磐余の道を…」（一三・三三二五・作者未詳）など語義不明の枕詞「つのさはふ」等を冠して詠む例が散見するが、平安期以降には枕詞は用いられず、多くは「磐余」に「言は」を掛けて詠まれるようになった。また、謀反の罪で処刑されることとなった大津皇子の作として知られる「百伝《ももづた》ふ磐余の池に鳴く鴨を今日のみ見てや雲隠りなむ」（万葉集・三・四一六。磐余の池で鳴く鴨を、今日だけ見て、死んでゆくのだろうか。）にも詠まれている。この池は履中天皇時代に造られた人工の池とされる（日本書紀）が、現在その跡はなく、所在地は不明である。

つのさはふ磐余の山に白妙にかかれる雲は皇子《すめらみこ》かも（万葉集・一三・三三二五・作者未詳。磐余の山に真っ白にかかっている雲は、亡き皇子なのだろうか。）

磐余(の)野　いはれ(の)の
磐余野の萩の朝露分けゆけば恋ひせし袖の心地こそすれ（後拾遺集・秋・三〇五・素意。磐余の野の萩に置く朝露を分けて進んで行くと、恋をしていた時の涙に濡れた袖のような心地がするよ。）

磐余の池　いはれのいけ
なきことを磐余の池のうきぬ名は苦しきものは世にこそありけれ（拾遺集・恋・七〇一・よみ人知らず。根も葉もないことを言われて、磐余の池に浮いている蓴菜《ぬなわ》を手繰るように、つらい噂が苦しいことが、この世の中なのだなあ。）（山本）

伊吹　いぶき　近江。滋賀県米原市伊吹。
【関連語】紅葉・余呉《よご》の海・鹿の鳴く音・挿艾《さしもぐさ》・松虫（竹）
滋賀県と岐阜県の県境に位置し、滋賀県の最高峰である伊吹山を指す。「伊吹山」は倭建命《やまとたけるのみこと》の死の原因を招いた山として『古事記』『日本書紀』に名が見え、古来荒ぶる神のいます霊山とされ、山岳信仰の対象であった。古くから薬草の多く自生する山でもあったらしい。「伊吹の〈が〉岳」とも。「伊吹の里」は伊吹山の西麓に位置する村里。当地が和歌に詠まれた早い例としては、『古今六帖』の「あぢきなや伊吹の山の挿《さしも》艾己《ぐさおの》が思ひに身を焦がしつつ」（六・三五八六・よみ人しらず。甲斐がないことであるなあ、伊吹の山に生えている挿艾のように、自らの恋の思いで身を焦がしているなんて。）が挙げられるが、「挿艾」は当地の名物として詠まれ、艾の縁で「燃ゆ」「焦がす」、「火」（多くは「思ひ」との掛詞）を用いて恋の歌に仕立てられる。なお『袖中抄』では、挿艾とともに詠まれた伊吹山を下野国とし、『歌枕名寄』も同様に扱う。地名の「伊吹」に「言ふ」を掛ける。伊吹の岳や伊吹山から琵琶湖へと吹き下ろす「伊吹颪《おろし》」はつらく烈しいものとして詠まれる。
かくとだにえやは伊吹の挿艾さしも知らじな燃ゆる思ひを（後拾遺集・恋・六一二・実方。これほど思い焦がれていることさえ、言うことができないのだから、ましてや伊吹の挿艾のような、わたしの燃える思いをあなたは知らないでしょうね。）

伊吹の里　いぶきのさと
思ひだにかからぬ山の挿艾誰か伊吹の里は告げしぞ（枕草子・清少納言。そのようなことは思いもかけないのに、伊吹山に生えている挿艾ではないが、誰がそう言って告げたのでしょうか。）

伊吹の〈が〉岳　いぶきの〈が〉たけ
冴えまさる伊吹が岳の山颪に氷り果てたる余呉の内海（歌枕名寄・六二五二〈六四一一にも重出〉・よみ人しらず。いよいよ冴え渡っていく伊吹が岳の山颪によって、氷り果ててしまった余呉の内海であるなあ。）

伊吹山　いぶきやま
【関連語】紅葉・余呉の海・松虫・鹿の鳴く・揷艾（随）
さしもやは身に染《し》む色も伊吹山烈しくおろす嶺の秋風（建保名所百首・五三三・俊成卿女。そんなにもまあ、身に染みる色に色づいた紅葉の伊吹山を、烈しく吹き下ろしていく峰の秋風であるなあ。）　（田代）

妹が島　いもがしま　紀伊。和歌山市加太《かだ》。
加太《かだ》の沖合にある友ヶ島四島。紀伊半島との間に加太ノ瀬戸があり、島の西には、「由良の門《と》」とされる友ヶ島水道を挟んで淡路島がある。『万葉集』に「藻刈り舟沖漕ぎ来らし妹が島形見の浦に鶴翔《たづかけ》る見ゆ」（七・一一九九・作者未詳。海藻を刈る舟が沖を漕いでやって来るのだろうか。妹が島の形見の浦に鶴が飛び立ったのが見える。）と詠まれ、この影響下で詠まれた歌が多い。「形見の浦」は未詳で、「加太」の浦をいうかともされるが、「妹」の「形見」という連想によるものでもあろう。明確に「妹」の意が込められて詠まれた歌も散見する。風寒み夜の更けゆけば妹が島形見の浦に千鳥鳴くなり（新勅撰集・冬・四〇八・実朝。風が寒々と吹き、夜も更けていくと妹が島の形見の浦に千鳥の鳴く声が聞こえてきたことだ。）　（廣木）

妹背川　いもせがは　大和。奈良県吉野郡吉野町。
妹背山近くを流れる吉野川（紀ノ川）の別称か。「妹背山」は紀伊国（和歌山県伊都郡）を流れる紀ノ川を挟む妹山と背山を併せて言ったものとされるが、吉野川の山とする説もある。『能因歌枕』は妹背山を紀伊国、妹背川を大和とし、『歌枕名寄』はともに紀伊とするなど所在地には揺れがある。妹背川が詠まれたのは小野篁と異腹妹との恋の贈答歌群の「身のならむ淵瀬《ふちせ》も知らず妹背川おりたちぬべき心地のみして」（篁集・五。我が身がどのようになるのか、淵か瀬かもわからない、妹背川に降り立ったような心地ばかりして。）が早い例。この贈答歌群には「中に行く吉野の川はあせななん妹背の山を越えて見るべき」（同・一。間を流れる吉野川の水は涸れてしまうだろう、妹背山を越えて見よう。）ともあり、妹背山の間を流れる吉野川（紀ノ川）を妹背川と言い換えたと見られる。『蜻蛉日記』には兼家と作者の疎遠な仲を案じて、兼家の妹が詠んだ「妹背川昔ながらの中ならば人の行き来の影は見てまし」（あなたがた御夫婦が昔のままの仲でしたら、あの人が通って行く姿を見ることができたでしょうに）がある。妹背は親しい男女・夫婦の意と、兄弟の意があり、以後の和歌でもそれらを念頭に置いて、男と女の間に流れて隔てる川として詠まれる例が多い。他には、此岸と彼岸の境界として詠んだ作もある。

妹背川なびく玉藻の水隠れて我は恋ふとも人は知らじな（続後撰集・恋・六三六・よみ人知らず。妹背川になびいている玉藻は流水に隠れている、そのように私が恋しく思ってもあの人はそれを知らないのだなあ。）

（山本）

妹背（の）山　いもせ（の）やま　大和。奈良県吉野郡吉野町上市。

妹山と背山を合わせた名称である。この麓を吉野川（紀ノ川）が流れ下る。ただし、『万葉集』の「おくれゐて恋ひつつあらずは紀伊の国の妹背の山にあらましものを」（四・五四四・金村。残されて恋しがっているくらいなら紀伊の国の妹背の山のように、妻である私は夫と寄り添っていたいものだ。）と詠まれているのは、和歌山県伊都郡かつらぎ町の山を指すと思われる。『古今集』では「流れては妹背の山の中に落つる吉野の川のよしや世の中」（恋・八二八・よみ人しらず。なりゆきに任せてはいるが、妹背の山の間を流れ落ちる吉野川のように激しくきびしいのが、そう、男女の中なのだ。）と吉野川と関わって詠まれており、以後、主として奈良県の山と意識された。一般に、「妹（妻）」と「背（夫）」を含意して詠まれる。

妹背山峰の嵐や寒からん衣雁金《かりがね》空に鳴くなり（金葉集・秋・二二一・公実。妹背山の峰を吹く嵐は寒々としているだろう。衣を借りたいと雁が空で鳴いていることだ。）

（廣木）

弥高山　いやたかやま　近江。滋賀県米原市。

伊吹山系の南側に位置する山。備中にも同名の歌枕がある。大嘗会の風俗歌や屏風歌以外の用例はほとんど見出せないが、それらの歌では、「蝉の声弥高山の木《こ》の下や旅行く人の宿りなるらん」(江帥集・五〇四。蝉の声がいよいよ高くなる、弥高山の木の下は、旅行く人の宿りであるなあ。)のように、山の名に、「いや高し」(いよいよ高くなる)の意を掛け、天皇の御代を言祝ぐ詠み振りがなされている。

近江なる弥高山の榊《さかき》にて君が千世をば祈り挿頭《かざ》さん(拾遺集・神楽歌・六一〇・兼盛。近江にある弥高山の榊で、榊がいよいよ高く茂り栄えるのと同じように、我が君の御世が千代に続くように祈って、これを挿頭そう。)　(田代)

伊良湖が崎　いらこがさき　三河。愛知県渥美郡渥美町。

【関連語】そなれ松*(合)

渥美半島の先端にある伊良湖岬。『万葉集』に、「麻績王《をみのおほきみ》、伊勢国の伊良湖の島に流されたる時、人の哀傷して作る歌/打麻《うちそ》を麻績王海人《あま》なれや伊良湖の島の玉藻刈ります」(一・二三・作者未詳。麻績王は海人であるというのか、お気の毒にも伊良湖の島の玉藻を刈り取っていらっしゃることだ。)と詠まれた。この麻績王が流された場所は因幡国(日本書紀)、常陸国(常陸風土記)など諸説あるものの、歌書では『万葉集』詞書から伊勢湾にある神島(三重県鳥羽市。この地は志摩国であり伊勢国ではない。)と捉えられ、『八雲御抄』『歌枕名寄』などでは伊勢国、『藻塩草』では志摩国とする。後の歌例は、この『万葉集』や麻績王の返歌「うつせみの命を惜しみ波に濡れ伊良湖の島の玉藻刈り食《は》む」(万葉集・一・二四。命の惜しさに波に濡れて伊良湖の島の玉藻を刈って食べることだ。)の影響下にあり、いずれも「海人」「玉藻」「波」などと共に詠まれている。

玉藻刈る伊良湖が崎の岩根松いく代までにか年の経ぬらん(千載集・雑・一〇四四・顕季。伊良湖が崎の岩に生えている松は、いったい幾代まで年を経てきたのだろうか。)　(松本)

入佐の山　いるさのやま　但馬。兵庫県豊岡市出石町入佐。

【関連語】紅葉・時鳥《ほととぎす》・時雨・照射《ともし》・夕月・霧(竹)

「夕月夜入佐の山の木隠れにほのかにも鳴くほととぎすかな」(千載集・夏・一六三・宗家。夕方、月の入る入佐の山の木の陰で、かすかな声で鳴くほととぎすであることだ。)のように、「入る」をかけて用いられ、「梓弓入佐の山は秋霧の当たるごとにや色まさるらむ」（後撰集・秋・三七九・宗于。入佐の山は秋の霧がかかるたびに色付きが募っていくのだろうか。）とあるように、「入る」に「射る」を読み取って、「梓弓」を冠せられた。『源氏物語』「末摘花」巻と「花宴」巻に見える光源氏の二首の詠歌、「里分かぬ影をば見れど行く月の入佐の山を誰か訪ぬる」（七一。分け隔てなく照らす月の光は眺めても、その月が沈み入る入佐の山まで、誰が訪ねるものでしょうか。）、「梓弓入佐の山に惑ふかなほの見し月の影や見ゆると」（二〇九。入佐の山で迷ってしまったようだ。先日少しばかり見えた月の光がまた見えるかと思って立ち入ったために。）を踏まえた表現も多い。

夕付く日入佐の山の高嶺よりはるかにめぐる初時雨かな（新勅撰集・冬・三八五・兼昌。夕方、日が落ちる入る入佐の山の高嶺から、はるかにめぐりはじめる初時雨であるな。）　（嘉村）

入野　いる〈り〉の　山城。京都市西京区大原野上羽《うえば》町。

【関連語】つぼ菫・尾花・牡鹿・妹・霜・月・狩人・露・檀の木・連れの鳥・*薄（竹）

「いるの」とも「いりの」とも言う。元来は山に入り込んだ地形を言う語であり、『万葉集』の「さ牡鹿の入野の薄初尾花いつしか妹が手を枕《まくら》かむ（一〇・二二七七・作者未詳。さ牡鹿が入り込んだ入野の薄の初尾花のような初々しい娘の手を、いつになったら枕にして寝ることができるのだろう。）も一般的な地形を詠んだものであろうが、次第に入野神社がある大原野付近を念頭にすることが多くなった。「射る」との連想で、「狩り」に関わる事柄と共に詠まれることが多い。また、「入る」が掛けられることもある。

道遠み入野の原のつぼ菫春の形見に摘みて帰らん（千載集・春・一一〇・顕国。遠い道をやってきた入野の原のつぼ菫を春の形見に摘んで帰ろうと思う。）　（廣木）

浮島　うきしま　陸奥。宮城県多賀城市浮島。

【関連語】*塩竈（竹）

宮城県塩竈市とも。同名の名所に駿河の「浮島が原」があり、どちらを詠んだものかはっきりしない歌も多い。勅撰集では『拾遺集』の「わたつみの浪にも濡れぬ浮島の松に心を寄せて頼まん」（雑上・四五八・能宣。海の浪にも濡れない浮島の松に心を寄せて、旅の無事を祈りましょう。）が早い例である。この歌のように高波にも沈むことのない、頼りがいのあるものとして詠まれることもあるが、逆に不安定な状況の比喩として詠まれることもある。

塩竈の前に浮きたる浮島のうきて思ひのある世なりけり（新古今集・恋・一三七九・山口女王。塩竈の浦の前に浮いている浮島ではないが、定まらず不安で物思いの多い仲であることだ。）（嘉村）

浮島が原《うきしまがはら》　駿河。静岡県沼津市・富士市。

【関連語】足柄山・関路・富士・月・氷・松・舟呼ばふ・千鳥・みぞれ・霜枯れ・時雨（竹）

沼津市西部から富士市吉原の市街地東部にまたがる低湿地。愛鷹山山麓と田子の浦砂丘との間に位置する。東海道の景勝地として知られ、『東関紀行』に「浮島が原はいづくよりもまさりて見ゆ。北は富士の麓にて、西東へはるばると長き沼あり。布を引けるがごとし。山の緑影をひたして、空も水も一つなり。」などと記される。また、治承四年（一一八〇）「富士川の合戦」の時、寿永三年（一一八四）木曽義仲討伐のための戦いの際、ともに源氏の軍勢が勢揃えをした場所としても知られた。和歌の例に「いつとなき思ひは富士の煙にて打ちふす床や浮島が原」（山家集・一三〇七。いつ絶えるともない我が思いは、富士山の煙のようであり、伏す床は涙で浮くばかりの浮島が原のようである。）があり、「浮島」に同音の「憂き」を掛けたり、背景に見える富士山と共に詠まれることが多い。

足柄の関路越え行くしののめに一むら霞む浮島の原（新勅撰集・雑・一二九九・良経。足柄の関路を越えて行く明け方に、ひとつまとまって霞んで見えた浮島が原よ。）（松本）

浮田の森《うきたのもり》　大和。奈良県五條市今井町。

『万葉集』に「かくしてやなほやなりなむ大荒木《おほあらき》の浮田の森の標《しめ》にあらなくに」（一一・二八三九・作者未詳。このようにして、思いも果たせず老いてゆくのか、大荒木の浮田の森の標縄ではないというのに。）が早期の作で、これにより荒木山南の荒木神社の森と同所と推定される。この歌の後、平安前期に詠まれた例は見出せず、院政期頃に再び詠まれるようになるのだが、この頃には現京都市伏見区の大荒木にある森と混同されていたらしい。『歌枕名寄』『五代集歌枕』等が山城に分類するなど、所在地が混乱している。ただし和歌での詠まれ方においては、「大荒木の」を冠したり、「標《しめ》」と共に詠まれるなど、『万葉集』歌の影響下と見られる作が多い。「浮田」に「浮き」や「憂き」を響かせても詠まれる。

ほのめかす浮田の森の時鳥《ほととぎす》思ひ沈みて明かしつるかな（散木奇歌集・二二七。ほのかに鳴く浮田の森の時鳥の声を聞き、思いに沈んでいるうちに夜を明かしてしまったよ。）　（山本）

宇佐の宮　うさのみや　豊前。大分県宇佐市南宇佐。
【関連語】使*（合）

宇佐神宮をいう。八幡宮の総本社として古代から公武の尊崇を受けている。神護景雲三年（七六九）、和気清麿が皇位を狙う道鏡をこの神の託宣によって斥けた事件はよく知られている。朝廷に何か問題が起こった時に神託を伺うために派遣された使いは「宇佐の使」と呼ばれた。『伊勢物語』六〇にも、ある男が「宇佐の使」となって下向した時、かつての妻が、途中の国の勅使接待役の妻となっていたという話が見える。「憂さ」が掛けられて用いられることがある。

宇佐の宮我が立つ杣の聖をもはぐくむ袖の末ぞうれしき（拾玉集・二六六四。宇佐の宮の神は私が住む杣山である比叡山延暦寺を創建した聖、最澄を加護してくれた。それがその墨染めの袖に連なる末である我々にまで及んでいることはうれしいことだ。）　（廣木）

牛窓　うしまど　備前。岡山県瀬戸内市牛窓町。
【関連語】車船*（合）

前島との間は牛窓の瀬戸と呼ばれ、古代から瀬戸内海の重要な航路であり、また港もあった。神功皇后の朝鮮出兵の際にもここを通ったことが『備前国風土記』に見え、『梁塵秘抄』には「須磨の関和田の岬をかい廻《ま》うたる車船牛窓かけて潮や引くらん」（四七四。須磨の関、和田の岬を回って進む車船よ。牛窓のあたりでは潮が引いていることであろう。）とある。『万葉集』に「牛窓の波の潮騒《しほさゐ》島とよみ寄《よ》そりし君は逢はずかもあらむ」（一一・二七三一・作者未詳。牛窓の波の潮騒が前島を響かせるように音を立てている。そのように噂が大きくなったので、これまで波のように寄ってきてくれたあなたは私と逢おうとしないのであろうか。）と詠まれており、波が詠み込まれ、また「憂し」が掛けられることが多い。

忘れぬは浪路の月に愁へつつ身を牛窓に泊まる舟人（拾遺愚草・二五四五。忘れることができないのは、浪路を照らす月を見て愁える自分の身を、恋のかなえられないつらい身と自覚しつつ牛窓の港に泊まっている舟人であることだ。）（廣木）

宇陀 うだ　大和。奈良県宇陀市。

奈良盆地東南の宇陀山地の一帯。「菟田」とも。『日本書紀』は、神武天皇がこの地を経由して大和へ入ったとし、当地の兄猾《えうかし》を討った際の天皇の歌とされる「菟田の高城《たかき》に…」を載せる。また『日本書紀』には、この地で鹿の角をとる猟である「薬猟」が行われたとあり（推古天皇一九年）、『万葉集』には草壁皇子の追悼歌群の中に「けころもを時かたまけて出でましし宇陀の大野は思ほえむかも」（二・一九一・作者未詳。狩の季節になると、お出かけになられた宇陀の大野のことは、これからも思い出すのでしょう。）と詠まれていて、早くから狩猟地であったことが知られる。和歌では「鷹」や「狩」が共に詠まれる例も多い。なお、同音の地名に山城国の宇多野があり、「宇多院に侍りける人に…」という詞書のある「宇多の野は耳成山《みみなし》か呼子鳥呼ぶ声にだにこたへざるらん」（後撰集・恋・一〇三四・よみ人知らず。宇多の野には耳成山があるのでしょうか、だから、あなたは耳無しで、呼子鳥が呼ぶように私が呼んでも答えないのでしょうか。）は、山城の宇多野に大和の宇陀野を通わせて、同じく大和の歌枕「耳成山」を詠んだもの。この他に、平安期に「うだ」を詠んだ歌は、宇多か宇陀か判然としないものもあり、そもそも両者が混同されていたと見る説もある。ただし、『五代集歌枕』『歌枕名寄』は「うだの野」の項を設けて大和国に分類し、『後撰集』歌を挙げている。また、「涼しさを外にも求《と》はず山城の宇多の氷室の槇の下風」（新後撰集・夏・二四一・実兼。その涼しさを外に求めたりはしないよ、山城の宇多の氷室の槇の下風が吹くので。）など、「宇多」を詠む場合は「山城の」を冠したり、「氷室」と共に詠むなどの詠み分けもなされていたとも見られるので、一般に単独で「うだ」と詠むものは大和の「宇陀」と解すのが穏当か。

屋形尾のま白の鷹を引き据ゑて宇陀の鳥立《とだち》を狩り暮らしつる（千載集・冬・四二一・仲実。尾羽に屋形の斑《ふ》のある、白い鷹を引き据えて、宇陀の鳥立で狩をして一日を暮らしたよ。）（山本）

宇治 うぢ　山城。京都府宇治市。
【関連語】鵜飼舟・網代《あじろ》・峰の早蕨・中宿・椎が本・萩・柴舟・紅葉・琴を引く・朝日山・霧・花園・調布《つきぬの》・氷魚《ひを》・橋姫・隠家・槇の島・伏見・尾花・時鳥《ほととぎす》・衣打つ・山吹・舟呼ばふ・鱗《うろくづ》・玉柏・埋木・卯の花・さ莚・若菜（竹）

「宇治川」が京都盆地に流れ込むあたりの扇状地で、京都と奈良を結ぶ交通の要衝である。奈良時代には架けられていたという宇治川の橋である「宇治橋」は待つ女としての橋姫伝説を生んだ。『日本書紀』応神天皇紀によれば、仁徳天皇に位を譲った菟道稚郎子《うじのわかいらつこ》ゆかりの地で、宇治神社は自害した菟道稚郎子を祀った神社とされている。平安貴族の別荘地としても知られ、藤原道長のそれは、子の頼道時代に寺院とされ、平等院となった。「宇治川」は『万葉集』に「もののふの八十《やそ》宇治川の網代木《あじろぎ》にいさよふ波の行方《ゆくへ》知らずも（三・二六四・人麻呂。文武百官のように八十もの川筋に分かれる宇治川の網代の杭に、流れを変えさせられながら流れる川波は、私の旅と同様に行方が分からないことだ。）、「宇治の渡り」は、同じ『万葉集』に「千《ち》早人《はやびと》宇治の渡りの瀬を早み逢はずこそあれ後も我が妻（一一・二四二八・作者不詳。荒々しく流れる宇治川の渡し場は瀬が早いので今は逢いに行けないが、後々は私の妻となるのだよ。）、また、「宇治山」と呼ばれた付近の山は、『古今集』に「我が庵は都の辰巳しかぞ住む世を宇治山と人は言ふなり」（雑・九八三・喜撰。私の庵は都の東南の山にあって、そこに確かに住んでいる。そこはこの現世をつらいとして隠れ住む山で、人々が宇治山と呼んでいるのだが。）と詠まれている。菟道稚郎子や橋姫の伝承、また、これらの歌によって、「憂し」を意識すること、宇治のもの寂しい風情、素材などが定まっていったと言ってよい。これらを踏まえて書かれた『源氏物語』後編の宇治十帖はさらに、宇治の性格を固定化した。また、軍事的な要衝であることから源平の動乱期には京都攻防の地となり、『平家物語』の「橋合戦」や「宇治川先陣」でその様子が描かれている。

宇治川 うぢがは

宇治川の波に見なれし君ませば我も網代に寄りぬべきかな（後撰集・雑・一一三六・興俊。私は、宇治川の波の水に馴れ親しむ魚のようにあなたを見馴れている。魚が網代に寄って絡め取られるように、私もそのようなあなたの所に近寄っていきたい。）

宇治の里　うぢのさと

【関連語】犬*（合）

網代守る宇治の里人いかばかりいさよふ波に月を見るらむ（秋篠月清集・八六一。網代を守っている宇治の里の人よ。どのようにして、あちらこちらにさまよいながら流れる波に映る月を見るのであろう。）

宇治の渡り　うぢのわたり

【関連語】通路*（竹）

雪深き木幡の峰を眺めても宇治の渡りに人や待つらん（秋風集・一六九・承明院小宰相。雪が深く積もる木幡の峰を眺める時期になっても、宇治の渡し場で人の来るのを待っているのだろうか。）

宇治橋　うぢばし

忘らるる身を宇治橋の中絶えて人も通はぬ年ぞ経にける（古今集・恋・八二五・よみ人しらず。恋人から忘れられている身をつらいと思う。宇治橋が途中で途切れてその恋人が私のもとに通って来なくなって久しく時が経ったことだ。）

宇治山　うぢやま

宇治山の紅葉を見ずは長月の過ぎゆく日をも知らずぞあらまし（後撰集・秋・四四〇・千兼《ちかぬ》が娘。持ってきてくれた、氷魚《ひを》を付けてある宇治山の紅葉の枝を見なければ、長月の日々が過ぎていくのも氷魚のことも知らないでいたことでしょう。）　（廣木）

打出の浜　うち(い)でのはま　近江。滋賀県大津市膳《ぜ》所《ぜ》・石場。

【関連語】湖水*（付）

琵琶湖に面した浜。「うちいでのはま」とも。東海道に面し、石山寺への参詣の道筋でもあるため、物語や日記・紀行文に記される土地である。『枕草子』「浜は」にも名が見え、『太平記』では、「逢坂越えて、打出の浜より奥を見渡せば、塩焼かぬ海に漕がれ行く。」と描写されている。和歌では、恋心を打ち明ける意の「うち出づ（口に出して言う）」を掛けたり、地名を「うち出づ」の序詞的に用いたりする。また、「白浪の」や「さざ浪の」を冠したり、浜の縁語である「浦廻《うらみ》」（恨みとの掛詞）とともに詠まれる。

近江なる打出の浜のうち出でつつ恨みやせまし人の心を（拾遺集・恋・九八二・よみ人しらず。近江にある打出の浜に因んで、口に出して恨もうか、あの薄情な人の心を。）

（田代）

宇津の山　うつのやま

駿河。静岡県静岡市・志太郡岡部町。

【関連語】逢ふ人・夢路・月・蔦・楓・岡部・旅寝・霜・雁・玉章《たまづさ》・春雨（竹）

静岡市と岡部町の境の宇津《うつ》の谷《や》峠のある山。『伊勢物語』九に「宇津の山にいたりて、我が入らむとする道はいと暗う細きに、蔦楓は茂り、もの心細く。」とある箇所が著名。続けて詠まれた「駿河なる宇津の山辺のうつつにも夢にも人に逢はぬなりけり」（駿河の国の宇津の山の辺りに来てみると心細くて山道には人気もない、現《うつつ》でも夢の中でもあなたに逢えないことだ。）が、後代の和歌に悉く影響を与えたと言ってよい。「宇津」に「打つ」、または「現《うつつ》」を掛け、その縁で「夢」、『伊勢物語』九を典拠として「蔦」「楓」「下道」「都」とも結んで詠まれる。

都にも今や衣をうつの山夕霜払ふ蔦の下道（新古今集・羇旅・九八二・定家。都でも今はあの人が私を思って衣を打っているのか、私は宇津の山の蔦の下道を衣で夕霜を払いながら越えることだ。）

（松本）

有度（の）浜　うど（の）はま

駿河。静岡市駿河区。

【関連語】*天の羽衣（合）、*千鳥（作）

駿河区大谷から久能山の東麓。駿河湾に面した浜。三保の松原までをいうこともある。『能因歌枕』に見え、『枕草子』に「浜は有度浜」とされるなど、古くから知られた地名。歌謡「東遊歌」には「駿河なる有度浜にうち寄する波は七草の妹ことこそ良し…」とあり、これを『奥義抄』他の歌論では有度浜に天女が降りたって舞った「駿河舞」である旨記す。こういった天女の言い伝えを踏まえ、『後拾遺集』では「有度浜に天の羽衣昔来てふりけん袖や今日の祝子《はふりこ》」（雑・一一七二・能因。有度浜に昔天女が降りてきて、袖を振って舞ったという羽衣の舞が、今巫女たちの舞う東遊の舞なのであろう。）と詠まれた。また同音の「疎し」を掛けて詠まれる歌も多い。

有度浜のうとくのみやは世をばへむ波のよるよるあひ見てしかな（新古今集・恋・一〇五一・よみ人しらず。有度浜の「うど」ではないが、いつまでも疎いままの関係でいられようか、波が寄るように夜ごとあなたに逢いたいものだ。）

（松本）

雲梯の森　うなてのもり　大和。奈良県橿原市雲梯町。

【関連語】鵜*（合）

『五代集歌枕』などは美作国とするが、雲梯町にある河俣神社の森か。『万葉集』に「真鳥住む雲梯の森の菅の根を衣《きぬ》にかき付け着せむ子もがな」（七・一三四四・作者未詳。真鳥が住む雲梯の森の菅の根を擦りつけて衣を染めて、着せてくれるような娘がいたらいいのに。）と詠まれ、鷲とされる真鳥が住む森とされた。

つれもなき君にしなれば真鳥住む雲梯の森の神も頼らず（林葉集・七四一。私につれないあなたであるので、真鳥が住む雲梯の森の神を頼ることもしないでいよう。）

（廣木）

畝傍山　うねびやま　大和。奈良県橿原市。

大和三山の一つ。標高一九九メートル。『日本書紀』に、大和を平定した神武天皇が「夫《そ》れ畝傍山の東南の橿原の地は、蓋《けだ》し墺区《くむしら》か」としてこの山の東南麓を宮としたとある。『万葉集』の天智天皇の「香具山は　畝傍雄雄《をを》しと　耳梨と　相《あひ》争ひき　神代より　かくにあるらし…」（一・一三。香具山は、畝傍山を雄々しく愛して、耳梨山と互いに争った、神代の昔からこうであったらしい…。）には、二つの山に愛された山として歌われている。柿本人麻呂「泣血哀慟歌」では「…我妹子《わぎもこ》が　止まず出で見し　軽《かる》の市に　我が立ち聞けば　玉だすき　畝傍の山に　鳴く鳥の　声も聞こえず…」（万葉集・二・二〇七。…妻が、いつも出て見ていた軽の市に、立って聞くと、畝傍の山に鳴く鳥の、あの人の声も聞こえない…。）と、軽の地と身近な山として詠まれている。『万葉集』では概ね「たまだすき」を枕詞に冠する。平安期以降になると詠まれることが希少となる。

雲の上に雁ぞ鳴くなる畝傍山御垣《みかき》の原に紅葉すらしも（古今六帖・八四九・但馬皇女。雲の上では雁が鳴いている声が聞こえる畝傍山よ、御垣が原ではきっと紅葉しているだろう。）

（山本）

梅津　うめづ　山城。京都市右京区梅津。

桂川左岸の地で、嵯峨野の南、松尾大社の対岸にあたる。梅宮大社があり、梅の名所であった。また、桂川を下す木材の集積地として栄えた。『保元物語』中「左府御最期」には嵯峨から桂川を下る様子が、「それより梅津に至るまで、小舟に乗せ奉り、御上に柴を取り積みて、爪木舟のごとくにもてなし、」と描かれている。「梅津川」は「梅津」のあたりを流れる桂川の異称。桂野や川沿ひ柳波かけて梅津は早くも春めきにけり（元久詩歌合・一八・蓮性。桂野の川沿いの柳に雪解けの波が懸かり、梅津の里は早くも春めいてきたことだ。）

梅津川 うめづがは

名のみして生《な》れるも見えず梅津川井《ゐ》堰《せき》の水ももればなりけり（拾遺集・雑・五四八・よみ人しらず。梅とは名のみであって、木に実の生っているとも見えない。梅津川の堰の水が漏れてしまうように、梅の実も器に盛るためにすべて摘み取ってしまったので。）

（廣木）

有耶無耶の関 うやむやのせき　陸奥。宮城県・山形県。陸奥と出羽の国境にあったと考えられる関。古代官道が通っていたという、宮城県柴田郡と山形県山形市を結ぶ笹谷峠付近か。伊那関と同一であるとする説、宮城県酒田市関にあったとする説など、断定は難しい。「いなむや」「むやむや」「もやもや」「ふやふや」とも。『八雲御抄』などは「武士《もののふ》のいづさいるさに枝折《しを》りするとやとやとりのむやむやの関」という歌を証歌とする。歌学書によってこの歌の詳説は異なるが、同書によればこの歌は、陸奥と出羽の間にある山の関を詠んだもので、木が生い茂っているため行き来が難しく、枝を折って道しるべとして苦労して通う路のために「とやとや通り」と詠んだものとする。『奥の細道』では象潟《きさがた》の西に「むやむやの関」があるとする。『曾良旅日記』では「ウヤムヤノ関」と表記され、現在の秋田県にかほ市象潟町にあった関村がそれであるという。歌例には「うやむや」を「よくわからない」という意と取って、人の心の比喩にした詠などがある。

宿世《すくせ》かななどいなむやの関をしも隔てて人に音《ね》をなかすらむ（永久百首・四五二・俊頼。宿命であろうか、どうしていなむやの関を隔てて、泣かせてしまうのであろうか。）

（嘉村）

瓜生 うりふ　山城。京都府木津川市山城町上狛・相楽《そうらく》郡精華町下狛。京都市左京区北白川にある比叡山の南西麓の山のあたりをいうこともある。両者が混同されて詠まれた。瓜生山は修学院離宮と慈照寺（銀閣寺）の中間の小山で、この山の裾を志賀越えの道が通っていた。「野」は木津川市・相楽郡の地の様相が強く、「山」「坂」は志賀越えの山を指すと思われる。相楽郡の瓜生には瓜畑があったとされ、催馬楽「山城」に「山城の　狛のわたりの　瓜作り…瓜作り　我を欲しと言ふ…いかにせむなりやしなまし　瓜たつまでに…」と歌われている。この歌がどちらの土地を詠むにせよ、「瓜生」を詠む歌に影響を与えた。「狛の瓜生」と詠まれ、「瓜（作り）」「なる」（婚姻がまとまる意と瓜が「生《な》る」、または「馴る」を掛ける）の意が詠み込まれることはそのためである。さらに「狛」から「駒」が連想される歌、「瓜」に「憂」を掛けた歌も多い。

山城の狛の瓜生の世の中やならしは果てで人のつれなき（千五百番歌合・二五三五・兼行。山城の狛の瓜生の瓜作りのように、添い遂げることができないで終わってしまうあの人のつれないことよ。）

瓜生坂　うりふざか

年経《ふ》れどなるとも見えぬ瓜生坂春の霞の立てばなりけり（忠岑集・一二二。いつも春の霞が立っているので、何年経っても生るとは思えない瓜のような、馴れることない瓜生坂であることよ。）

瓜生（の）野　うりふ（の）の

あだなりと名に立つ君は瓜生野のかかるつらさもならさざりけり（義孝集・七二。実の心のない人として有名なあなたは、瓜生野の名のように憂き思いにも馴らされることがないことだ。）

瓜生山　うりふやま

行く人をとどめかねてぞ瓜生山峰立ちならし鹿も鳴くらむ（新勅撰集・羇旅・五〇三・伊尹《これまさ》。旅行く人を留めることができずにつらい思いのする瓜生山よ。その峰ではそこに立ち馴れた鹿も鳴いているようだ。）

（廣木）

宇留馬の渡り　うるまのわたり　美濃。岐阜県各務《かがみ》市。

宇留馬は、美濃と尾張を結ぶ、鎌倉街道の要衝であった「鵜沼《うぬま》」の古名。「宇留間」とも。「東路《あづまぢ》にここを宇留馬といふことは行き交う人のあればなりけり」（後拾遺集・羇旅・五一五・重之。東路にあるこの場所を「売る」という名のついた宇留間というのは、行き交って「買う」人があるからこそなのであるなあ。）と詠まれている。渡し場は、木曽川にあり、現在の愛知県犬山市とを結ぶ。後掲の仲文の歌の詞書に「上野《かむつけ》の守《かみ》にて下るに、美濃国、宇留馬の渡りにて」とあることから、この地に比定されている。

行き通ひ定め難さは旅人の心宇留馬の渡りなりけり

（仲文集・七五。行ったり来たりして定めがたいものは、道筋を得心するまでの旅人の心であり、彼らが行きかうこの宇留間の渡し場のさまなのである。）　（田代）

老蘇の森　おいそのもり　近江。滋賀県近江八幡市安土町東老蘇。

【関連語】＊子規《ほととぎす》（竹）

奥《お》石《いそ》神社の森。「老曾の森」とも。「変りゆく鏡の影を見るたびに老蘇の森の嘆きをぞする」（金葉集・雑・五九九・師賢。若い頃と比べると変わってゆく、鏡に映った姿を見るたびに、老蘇の森ではないが、老いの嘆きをすることだ。）のように、地名と「老い」を掛け、自らの老いを嘆く読み振りが多い。また、当地は時鳥《ほととぎす》の名所としても知られ、後掲の例歌によって有名となった。鎌倉時代以降、街道沿いにあるため紀行文に散見され、『東関紀行』に、「この宿（鏡の宿）を出でて、笠原の野原うち通るほどに、老曾の森という杉村あり。」とあって、杉叢であったことが知られる。

東路《あづまぢ》の思ひ出《いで》にせん時鳥老蘇の森の夜半《よは》の一声

（後拾遺集・夏・一九五・公資。東路を旅し上洛してきた思い出にしよう。老蘇の森で聞いた時鳥の夜半の一声を。）　（田代）

奥津島山　おきつしまやま　近江。滋賀県近江八幡市沖島町。

琵琶湖に浮かぶ最大の島、沖島のことで、島全体が沖島山という山。奥津島《おくつしま》神社がある。「沖つ島山」とも。沖にある島の山という意の一般名詞とも解せるが、早くは『万葉集』に、「近江の（海）沖つ島山奥まけて我が思ふ妹を言《こと》の繁《しげ》けく」（一一・二四三九〈二七二八にも重出〉・作者未詳。近江の海の沖つ島山の奥ではないが、私が心の奥深く思うあの人は人の噂が絶えない。）とあり、当地の島として詠まれ、類音の「奥」を導く序詞として用いられている。対岸から島を望んでの、「さざ浪」や「白浪」「霞」などにより隔てられる景色が多く詠まれている。

さざ浪や志賀の湖を見渡せば霞に沈む奥津島山

（御室五十首・二四九・兼宗。さざ浪の志賀の湖を見渡してみると、霞の内に沈む奥津島山が眺められることだ。）　（田代）

興津の浜 おきつのはま　和泉。大阪府泉大津市。大津川の河口付近の浜。「起く」、または「思ひ置く」の「置く」を掛けて詠まれる。

君を思ひ興津の浜に鳴く鶴《たづ》の尋ねくればぞありとだに聞く（古今集・雑・九一四・忠房。あなたを思ってそこで鳴く鶴のように、奥津の浜まで健在であるかどうか尋ねにやって来て、ただ無事とだけ聞きました。）

（廣木）


隠岐の海 おきのうみ　隠岐。島根県隠岐の島町。隠岐の島周辺の海。「隠岐の島」は古来、遠流《おんる》の島とされ、その周辺の海は、日本海の荒海もあって、島の孤立感を高めるものであった。『古今集』の小野篁《たかむら》の歌「わたの原八十島《やそしま》かけて漕ぎ出でぬと人には告げよ海人《あま》の釣舟」（古今集・羈旅・四〇七。大海原を多くの島々を目指して漕ぎ出て行ったと、都の人に告げてくれ。あたりの釣舟にいる漁師よ。）は、詞書に「隠岐の国に流されける時に舟に乗りて出で立つとて、京なる人のもとに遣しける」とあり、隠岐の海を詠んだものと推定できる。本項の例歌として引く、後鳥羽院の歌も隠岐配流に関わるものである。『太平記』四「隠州府の島皇居の事」には、隠岐に流された後醍醐天皇の感情が、「孤島の海を囲むことなれば、怒濤の岸を洗ふ音、御枕の上に近くして、夜の大殿《おとど》に入らせ給ひても、つゆまどろませ給ふこともなし。」と語られている。

我こそは新島守よ隠岐の海の荒き波風心して吹け（後鳥羽院御遠島百首・九七。私こそが新たな島の支配者である。隠岐の海の荒い波風よ。吹くならばそのつもりで吹け。）

（廣木）

音　無 おとなし　紀伊。和歌山県田辺市本宮町。明治二二年（一八八九）の大洪水で台地に移築されるまでの熊野本宮大社のあった川辺の土地で、「音無」とはもともと忌籠《いみごも》りの状態を表したものか。本宮の前を流れる川が「音無川」で、この地で熊野川と合流する。また、このあたりの里は「音無の里」、付近の山は「音無の山」と呼ばれた。「音無の滝」はこの「音無川」の滝の場合もあるが、『源氏物語』「夕霧」巻の落葉の宮の歌「朝夕に泣く音《ね》を立つる小野山は絶えぬ涙や音無の滝」（朝夕に声を立てて泣いているこの小野山では、絶えることのない私の涙が音無の滝となるのでしょうか。）の滝は京都市左京区大原の小野山中腹にある滝である。「音無」のあたりは霊地であり、『平家物語』一〇「熊野参詣」には「大悲擁護の霞は熊野山《ゆやさん》にたなびき、霊験無双の神明は音無川に跡を垂る。」と記されている。「音」が掛けられ、特に泣き音《ね》（声）と関係づけられて、恋の歌に詠み込まれる例が多い。

音無(の)川　おとなし(の)がは

音無の川とぞつひに流れける言はで物思ふ人の涙は（拾遺集・恋・七五〇・元輔。音無の川となってついに流れてしまった。何も言わずに恋い慕い、ひとり物思いにふけっている者の涙は。）

音無の里　おとなしのさと

恋ひわびぬ音《ね》をだに泣かむ声立てていづこなるらん音無の里（拾遺集・恋・七四九・よみ人しらず。恋することもつらくなってしまった。音〈声〉を出さないという音無の里などどこにあるのだろうか。そのような里とは関係なく、私はせめて声に出して泣くことにしよう。）

音無の滝　おとなしのたき

恋ひわびてひとり伏屋《ふせや》によもすがら落つる涙や音無の滝（詞花集・恋・二三二・俊忠。恋することもつらくなって、ひとりで一晩中、粗末な家に伏せっていると涙が流れ落ちる。その涙が音無の滝となるのだろうか。）

音無の山　おとなしのやま

音無の山より出づる水なれやおぼつかなくも流れ行くかな（信明集・一一八。音無の山から流れ出る川水なのであろうか。恋の思いははっきり伝えられないままに流れて去って行くことだ。）

（廣木）

音羽　おとは　山城。京都市山科区音羽。

【関連語】筧《かけひ》の水・雪の下水・逢坂・時鳥《ほととぎす》・鶯・松虫・紅葉・鳥の声・花・五月雨・衣打つ・山彦・千鳥（竹）

滋賀県大津市との境に「音羽山」があり、この山の北肩が逢坂（の関）で、都と近江を結ぶ境の山であった。「音羽川」はこの山中から流れ出て、四宮川と合流し山科川となり、さらに南流して宇治川と合わさる川である。「音羽の滝」は山中の滝で、「布引の滝」とも呼ばれた。ただし、京都市東山区の清水寺奥の院の崖から流れ落ちる水をいうこともある。「音」が掛けられ、「音《ね》」や「声」の意を暗示させることが多い。

音羽川　おとはがは

【関連語】滝*津瀬（随）

よそにのみ聞かましものを音羽川渡るとなしにみなれ初《そ》めけむ（古今集・恋・七四九・兼輔。自分と無関係なものとして聞いていればよかったのに。音羽川を渡らなくとも水に馴れ親しめるのに、どうして明確な意識もなく音羽川を渡るように、あの人に親しむようになったのだろう。）

音羽の里　おとはのさと

時雨のみ音羽の里は近けれど都の人の言《こと》づてはなし（続古今集・雑・一六一〇・実雄。時雨の降る音だけがして何の音信もない音羽の里は、都に近いだが、それでも都の人から何の言づてもないことだ。）

音羽の滝　おとはのたき

名に立てる音羽の滝も音にのみ聞くより袖は濡るるものかは（新後撰集・恋・七八八・有家。有名な音羽の滝であっても、音を聞いただけで袖が濡れることはないのに、あの人のことを噂で聞いただけで、このように恋しさが募って袖が涙で濡れるのであろうか。）

音羽山　おとはやま

音羽山今朝越えくれば郭公《ほととぎす》梢はるかに今ぞ鳴くなる（古今集・夏・一四二・友則。音羽山を今朝越えてくると、遙か向こうの梢のあたりで今、音《ね》〈声〉を立てて郭公が鳴いているのが聞こえたことだ。）（廣木）

大荒木　おほあらき　山城　京都市伏見区淀水垂《よどみずたれ》町。桂川・淀川・木津川が合流する直前の地。予杼《よど》神社があった。「あらき」は「殯《あらき》」で、死者を本葬する前に棺に納めて祀ることをいう「もがり」の意であったか。「大荒木の森」と詠まれることがほとんどで、「荒」から荒れ放題の下草、さらにはその下草の冬枯れの景が描写されることが多い。ただし、『万葉集』の「かくしてやなほや成りなむ大荒木の浮田の森の標《しめ》にあらなくに」（一一・二八三九・作者未詳。このようにしてやはり年老いていくのだろうか。大荒木の浮田の森の注連縄でもないのに。）に「浮田の森」と共に詠まれている大荒木は、奈良県五条市今井町の荒木山のことかという。

大荒木の多くの枝も靡くまで絶えずはげしき冬の山風（好忠集・三五八。大荒木の多くの枝が靡くほどに絶え間なくはげしく吹く冬の山風であるよ。）

大荒木の里　おほあらきのさと

君が代を待ちしもしるく大荒木の里の栄えを見る

が楽しき（兼盛集・一〇九。君の代になるのを待っていたが、その代が訪れて大荒木の里が栄えるのを見るのは嬉しいことだ。）

大荒木の森　おほあらきのもり

大荒木の森の下草老いぬれば駒もすさめず刈る人もなし（古今集・雑・八九二・よみ人しらず。大荒木の森の下草が老いてしなびてしまったので、馬も好んで食むこともなく、刈り取る人もいない。）（廣木）

大内山　おほうちやま　山城。京都市右京区。

【関連語】双岡《ならびのをか》・松風（合）

御室山をいう。仁和寺の北にある山。宮中の意の「大内」と関連づけて用いられ、「九重」と結ばれて詠まれることも多い。

九重に立つ白雲と見えつるは大内山の桜なりけり（詞花集・春・二四・前斎院出雲。宮中に幾重にも重なって立つ白雲のように見えたのは大内山の桜であることだ。）（廣木）

大江の岸　おほえのきし　摂津。大阪市中央区。

【関連語】*生駒山（竹）

堂島川の南の岸。そこに大江の橋が架かっていた。渡辺津《わたのべのつ》の付近で、交通の要衝であり、熊野参詣路の九十九王子の第一王子（渡辺王子・大江王子）があった。

渡辺《わたのべ》や大江の岸に宿りして雲井に見ゆる生駒山かな（後拾遺集・羈旅・五一三・良暹。渡辺の大江の岸に宿を取って眺めると、はるか向こうの雲のあたりに見えるのは生駒山であることだ。）（廣木）

大江（の）山　おほえ（の）やま　丹波。京都府福知山市・与謝郡。

【関連語】生野・天の橋立・鳥羽田・雁がね・鹿の音・空蝉・夕立・蜩・真葛《さねかづら》（竹）

福知山市大江町と与謝郡与謝野町の境にある大江山連峰、もしくは京都市西京区大江と京都府亀岡市篠町の境、老ノ坂のある現在の「大枝山」をいう。いずれにせよ、丹後へ抜ける丹波路の山である。『万葉集』には「丹波道《たにはぢ》の大江の山の真葛《さなかづら》絶えむの心我が思はくに」（一二・三〇七一・作者未詳。丹波道の大江の山の真葛と同じように、切れ絶えてしまうような心など私は持っていない。）と詠まれ、『今昔物語集』二九にも「妻を具して丹波国に行く男、大江山にして縛らるる語《こと》」と題された説話が見える。酒呑童子《しゅてん》が住んでいたとされ、謡曲「大江山」や御伽草子『酒呑童子』に源頼光と四天王による鬼退治の話として描かれている。

大江山生野《いくの》の道の遠ければ文《ふみ》もまだ見ず天の橋立
（金葉集・雑・五五〇・小式部内侍。大江山あたりまで行く生野の道も遠いので、その先の天の橋立にはまだ足を踏み入れたことはない。当然のこと、そのような遠い所にいる母からの手紙もまだ見ることができないでいるだろう。）
（廣木）

大蔵山 おほくらやま　近江。滋賀県甲賀市水口町。水口町東部に位置する城山のことで、「大岡山」「大倉山」とも表記されれた。例歌に挙げた、安和元年（九六八）の大嘗会和歌として詠まれた能宣歌以降、天皇に献上される御調物《みつぎもの》を納める大きな蔵としての詠み方が定着し、大嘗会和歌ではしばしば詠まれる。

御調《みつぎ》積む大蔵山は常盤《ときは》にて色も変わらず万《よろづよ》世ぞ経む（拾遺集・神楽歌・六〇四・能宣。諸国からの献上物を積み置く大きな蔵という名を持った大蔵山は、常緑であって、いつまでも色を変えることなく万世を経ること
だろう。）
（田代）

大沢の池 おほさはのいけ　山城。京都市右京区嵯峨大沢町。大覚寺の境内にある池。もと嵯峨天皇の離宮があった。大覚寺の象徴としての菊と結ばれて詠まれることが多く、また、「池」に「生け」が掛けられることもある。

一本《ひともと》と思ひし菊を大沢の池の底にも誰か植ゑけむ
（古今集・秋・二七五・友則。一本だけ植えたと思っていた菊なのに、水に映って大沢の池にも菊の花が咲いているように見える。誰か池の底に植えたのであろうか。）
（廣木）

【関連語】菊*（竹）

大　島 おほしま　周防。山口県大島郡。瀬戸内海の島で、「周防大島」「屋代島」とも。近畿と九州を往復する航路に当たる島で、船の行き来に関わって詠まれることが多い。『万葉集』三六三八番歌の題詞には「大島の鳴門を過ぎて再夜《ふたよ》を経ぬる後に、追ひて作る歌二首」と見える。『源氏物語』「玉鬘」巻に

【関連語】筑紫舟*（合）

描かれた筑紫下向の時の歌、「舟人も誰を恋ふとか大島のうらかなしげに声の聞こゆる」（舟人も誰かを恋い慕っているというのか。大島の浦を過ぎつつ悲しげに歌う声が聞こえてくることだ。）は福岡県宗像《むなかた》市の島かという。

人知れず思ふ心は大島のなるとはなしに歎く頃かな（後撰集・五九三・恋・よみ人しらず。知られることもなくあなたを思う私の心は大島の鳴門のように、高鳴るということもなく歎くばかりの今日この頃であることだ。）

（廣木）

大　津　おほつ　近江。滋賀県大津市。

琵琶湖の南西岸に位置し、古代からの交通の要衝。天智天皇が造営した近江大津宮があった地で、壬申の乱の決戦地ともなった。『万葉集』では、たとえば柿本人麻呂の長歌に「楽浪《さざなみ》の　大津の宮に　天の下　知らしめしけむ　天皇《すめろき》の　神の尊《みこと》の　大宮は　ここと聞けども」（一・二九。ささ浪の大津の都で天下をお治めになったそうである、天智天皇の旧都はここだと聞いたけれども）とあるように、失われた都の荒廃が歌われ、反歌ではそれでも変わらず巡り来る自然の営みが対比されており、「大津の宮」の詠み振りとして後世にも引き継がれていく。また、街道筋の宿駅としても、琵琶湖での水上交通の面でも重要な地として、旅の歌や当地の賑わい、荷を運ぶ「大津馬」なども詠まれた。修辞としては、「さざ浪や」を冠し、地名に「多し」を掛ける用法が見られる。「大津の浜」や「大津の浦」は、浜大津一帯の湖岸の浜や浦をさす。湖上の風景として、「浪」や「浦風」、「舟」が取り合わされている。

淀大津送り迎ふる年の果てはただ道心《だうしん》の道にぞ有りける（拾玉集・一三九五。淀や大津が大勢の旅人を送りかつ迎えるように、今年を送り、来年を迎える年の果てには、ただ菩提の道こそがあるだけなのである。）

大津の浜　おほつのはま

君が世は大津の浜の真砂もて数と取るとも尽きじとぞ思ふ（江帥集・三七四。大津の浜の真砂を使って数を数えるとしても尽きることがないのと同じように、我が君の御世は、決して尽きることがないと思われるのです。）

大津の宮　おほつのみや

さざ浪や大津の宮は荒れぬれど春は古《ふる》さず立ち替はるかな（新撰六帖・六・家良。さざ浪の大津の旧都は荒廃してしまったけれど、春はこの地を見捨てずに

立ち替わりやって来るのだなあ。）　（田代）

大　原　おほはら　山城。京都市左京区大原。

【関連語】雪げ・炭竈・煙・世捨人・市柴・妹《いも》・小塩《をしほ》・刈萱《かるかや》・雉子《きぎす》・菫・凩《こがらし》・神垣・小松・子規《ほととぎす》（竹）

比叡山北西麓の山里で、雪深い隠棲の地として著名であった。『伊勢物語』八三には「小野」の名で惟喬《これたか》親王隠遁地として見え、『平家物語』灌頂巻には平家滅亡後、建礼門院がこの地の寂光院で晩年を過ごした様子が描かれている。応仁の乱の後、三千院がここに移された。木材・薪炭の供給地であり、歌には炭焼きが詠まれることも多い。「大原山」はこの付近の山々をいう。なお、『万葉集』に見える「大原のこの市柴《いちしば》原のいつしかと我《あ》が思ふ妹に今夜《こよひ》逢へるかも」（四・五一三・志貴皇子。大原のこの市柴原の「いつ」の名のように、いつになったら私が思いを寄せるあなたに逢えるのかと思っていたら、今夜逢うことができたことだ。）の「大原」は奈良県高市郡明日香村の地である。また、西京区の「大原野」を指すこともある。

大原やまだ炭竈も馴はねば我が宿のみぞ煙《けぶり》絶えたる（詞花集・雑・三六七・良暹。大原にはまだ住み馴れていず、炭竈にも馴れていないので、私の家だけは煙が絶えている。）

大原の里　おほはらのさと

日数ふる雪げにまさる炭竈の煙《けぶり》も寒し大原の里（新古今集・冬・六九〇・式子内親王。何日も降り続く雪模様以上に、ますますけぶって立ち上る炭竈の煙も寒々しく見える大原の里であることだ。）

大原山　おほはらやま

こりつめて槇の炭焼く気《け》を温《ぬる》み大原山の雪のむら消え（後拾遺集・冬・四一四・和泉式部。伐り集めた槇を炭に焼いているあたりの大気は暖かになり、大原山に積もる雪もあちらこちら消えたことだ。）　（廣木）

大原（野）　おほはら(の)　山城。京都市西京区大原野。

【関連語】*御幸《みゆき》（合）、車*（竹）

小塩山《おしおやま》東麓付近の野。北側には西京区と亀田市の境にある老ノ坂峠を抜ける山陰道が通る。小塩山の麓に藤原氏の氏社、大原野神社あり、皇族・貴顕の参詣が絶えなかった。『源氏物語』「行幸《みゆき》」巻には、その道筋が「大原野の行幸とて、世に残る人なく、見騒ぐを、六条院よりも御方々引き出でつつ見たまふ。卯の刻《とき》に出でたまうて、朱雀より五条の大路を西ざまに折れたまふ。桂川のもとまで、物見車隙なし。」と記されている。「大原」と言えば古くは、左京区の大原ではなくこちらを指すことが多い。

大原や野辺の御幸に所得て空取る今日の真白斑《ましらふ》の鷹（六百番歌合・五二九・顕昭。大原野の野辺に天皇がいらしたので、その場にふさわしい存在として、空の上で獲物を捕らえ得意になっている今日の真白斑の羽をした鷹であることだ。）（廣木）

大比叡　おほひえ　近江。京都府京都市・滋賀県大津市。

京都市と大津市の境の山。比叡山（比叡の山）の最高峰、大嶽をいう。延暦寺がその頂上の北東にある。

大比叡や小比叡《をひえ》の杣に宮木引きいづれの祢宜《ねぎ》か祝ひそめけん（続後撰集・神祇・五八二。大比叡や小比叡の杣山から宮木を切り出して、どんな祢宜が比叡明神を祝い始めたのであろう。）（廣木）

大淀　おほよど　伊勢。三重県伊勢市東大淀町。

大堀川の河口付近の海岸。景勝地として知られた。斎宮寮の北にあり、斎宮が伊勢へ下向する際ここで御祓《みそぎ》をした。斎宮と思われる女の歌として、『伊勢物語』七二に「大淀の松はつらくもあらなくにうらみてのみもかへる波かな」（大淀の松ではないが、待つと言って私はつれなくしたわけではないのに、あなたは恨みに思い、待つに寄せては返る波のように、帰ってゆくことだ。）とある。この歌のように「大淀の松」や、「大淀の海」「大淀の浜」などとも詠まれ、いずれも海浜部に関する「波」「釣」「海松布《みるめ》」「貝」などが詠み込まれた。

大淀の禊《みそ》ぎ幾代になりぬらん神さびにたる浦の姫松（拾遺集・神楽歌・五九四・兼澄。大淀で行う禊ぎは幾代続いたのだろうか、古びて神々しくなった、大淀の浦の姫松である。）

大淀の浦　おほよどのうら

【関連語】海松布*（合）

大淀の浦に刈り干す海松布だに霞にたえて帰る雁がね（新古今集・雑・一七二五・定家。大淀の浦で刈り干す海松布ではないが、せめて一目だけでもと思っても霞に隔てられたまま帰って行く雁よ）。

大淀の浜　おほよどのはま

大淀の浜に生《お》ふてふ見みるからに心はなぎぬ語らはねども（伊勢物語・一三五。大淀の浜に生えているという海松布ではないが、あなたを見ると私の心は落ち着いたのだ、契りを交わしたわけではないけれど。）（松本）

朧の清水　おぼろのしみづ　山城。京都市左京区大原草生町。

左京区大原の寂光院付近にあり、身を隠した建礼門院が不幸な我が身を映したが、涙で姿が見えなかったという伝承がある（雍州府志）。地名の混同から大原野にも遺跡がある。隠棲地であることもあって、澄んだ心の象徴として捉えられることが多い。

水草《みくさ》ゐし朧の清水底澄みて心に月の影は浮かぶや（後拾遺集・雑・一〇三六・素意。水草が生える朧の清水の水底は澄んでいて月は映るだろうが、そのようにあなたの心には月のようなまことの悟りが浮かんでいるだろうか。）（廣木）

大堰〈井〉川　おほゐがは　山城。京都市右京区嵯峨。

【関連語】小倉山・紅葉・御幸《みゆき》・川辺の松・滝・筏士《いかだし》・戸無瀬・井堰・高瀬舟・菊・五月雨・浮木・芦・鵜飼舟・鴛・橋の上・山吹・花・篝火・鴨・桂川（竹）

左京区の大悲山山中から発する保津川の下流、桂川の嵐山付近をいう。古代に大きな堰《せき》があったとされる。京都の東を流れる鴨川に対して西川とも呼ばれた。古来、貴顕の遊覧の地として名高く、東側の嵯峨野には別邸も多かった。紀貫之による、昌泰元年（八九八）九月一一日の行幸の折の「大井川行幸和歌序」には、「月の桂のこなた、春の梅津より御舟よそひて、渡し守を召して、夕月夜小倉の山のほとり、行く水の大井の河辺に御幸《みゆき》し給へば、」と描写されている。『源氏物語』「松風」巻には、明石入道が「大堰川のわたりに」ある先祖の旧邸を改築して明石の君母子を住まわせたとある。丹波山地から切り出された木材を組んで流される筏が詠み込まれることも多く、「多し」が掛けられることもある。

大堰川浮べる舟の篝火に小倉の山も名のみなりけり（後撰集・雑・一二三一・業平。大堰川に浮かんでいる

舟の篝火によって、あたりが照らされ、小暗いという小倉の山も名前ばかりになっていることだ。）（廣木）

御　前　おまへ　摂津。兵庫県西宮市大社町。

大社町にある広田神社の前をいい、「浜」「沖」などが歌で詠まれた。「御前」は元来、貴顕や神仏の前を指し、「住吉の神の御前の浜清み異浦《ことうら》よりも月やさやけき」（風雅集・秋・六二七・俊言。住吉社の神の御前の浜は清らかなので、ほかの浦よりも月がさやけく見える。）は住吉大社の前の浜を詠んでいるが、承安二年（一一七二）の「広田社歌合」などで、多く広田神社の「御前」が詠まれ、「海」と合わされた「御前」は広田神社の前の地とされることが一般となった。瀬戸内海航路の要地であり、『古今著聞集』一「広田社の辺りの木一夜に枯るる事」にも「後三条院の御時、国の貢物、広田の御前の沖にて多く入海《じゅかい》の聞こえありければ、」とある。

求塚《もとめづか》御前にかかる柴舟の北気《きたけ》になれや寄る方もなし（散木奇歌集・七七七。求塚のあたりから広田神社の前の御前に進んで来た柴舟に北風が吹くようにと願う。舟を寄せるところがないので。）

御前の沖　おまへのおき

はるばると御前の沖を見渡せば雲井に紛ふ海人《あま》の釣舟（千載集・雑・頼実・一〇四八。はるばると御前の沖を見渡すと、雲に紛れるように浮かぶ漁師の釣舟が見えることだ。）

御前の浜　おまへのはま

いさぎよき光に紛ふ塵なれや御前の浜に積る白雪（長秋詠藻・四七一。たいそう清らかな光に紛れる塵〈神がこの世に見せる姿〉であろうか。御前の浜に積もる白雪は。）（廣木）

思　川　おもひがは　筑前。福岡県太宰府市宰府。

【関連語】水茎《みづぐき》・山吹・五月雨・蛍・埋木・月（竹）

元来は恋の思いが絶えず、つらさに涙が流れることを喩えた語であるが、太宰府天満宮の近くを流れる染川《そめかは》（藍染川）が「思ひ染川」と詠まれたことの連想によってか、染川の別称として認識された。

思川絶えず流るる水の泡のうたかた人に逢はで消えめや（後撰集・恋・五一五・伊勢。あなたのことへの思いが途絶えることなく、つらさに涙が絶えず流れるが、その涙の川水に浮かぶうたかたの泡のように、あなたに

逢うこともなく私は消えてしまうのだろうか。）　（廣木）

か行

鏡山　かがみやま　近江。滋賀県竜王町・野洲《やす》市。

【関連語】月・翁の影・紅葉・老たる身・時雨・峰の雪・志賀の浦浪・神の御室《みむろ》・山鳥・霜・雪・霧・君が千年《ちとせ》・花（竹）

琵琶湖の北西部、竜王町と野洲市野洲町の境界にある、主峰・雨乞岳《あまごいだけ》と北方の文峰・星ヶ峯をさす。なお、同名の山が、豊前と山城にもある。寛平九年（八九七）の醍醐天皇の大嘗祭で悠紀国となった際の「近江のや鏡の山を立てたればかねてぞ見ゆる君が千年は」（古今集・神遊びの歌・一〇八六・黒主。近江の国は鏡山を立てたので、わが君の千年がすでにそこに映って見えます。）が「鏡山」の初出。鏡の縁語の、「見（る）」「影」「曇る」「澄む」などがともに詠み込まれる。また、左の例歌は、後の和歌の本歌とされることが多い。

鏡山いざ立ちよりて見てゆかむ年経《へ》ぬる身は老いやしぬると〈古今集・雑・八九九・よみ人しらず〈黒主と

も〉。鏡山にさあ立ち寄って見ていこう。私の年を経た身は老いていしまっているのかどうかを。）（田代）

笠置(の)山 かさぎ(の)やま　山城。京都府相楽《そうらく》郡笠置町。

京都と奈良の境付近にある山で、北側に木津川が流れ、古来交通の要衝の地であった。山頂には修験道の道場である笠置寺があり、後醍醐天皇の行在所となり、南北朝時代の古戦場として名高い。『太平記』三「六波羅勢笠置を責むる事」には「笠置の城と申すは、山高くして一片の白雲嶺を埋み、谷深くして万仞《ばんじん》の青岩路を遮る。」と描かれている。戦いに敗れた後醍醐天皇はここを立ち去り、「さして行く笠置の山を出でしより天《あめ》が下には隠家もなし」（太平記・三。さして行く笠と頼みにしていた笠置山を遁れ出てて以後は、この雨の降るような天下には頼りにするような隠家もないことだ。）と詠んだという。

散らすなよ笠置の山の桜花覆ふばかりの袖ならずとも（拾遺愚草・一八三六。笠置の山の桜花を散らさないでくれ。袖でなくとも笠で覆い守っているのだから。）（廣木）

風越の峰 かざこしのみね　信濃。長野県飯田市。

飯田市西部にある山。風越山《ふうえつざん》。山頂には白山社が祀られ権現山とも呼ばれる。早い歌例に『詞花集』の「風越の峰の上にて見る時は雲は麓のものにぞありける」（雑・三八九・家経。風越の峰の上で見る時は、雲は空にあるものではなく、山の麓にあるものだったのだと気づかされる。）と詠まれ、雲を見下ろす高い峰とされた。また、「白妙の雪吹きおろす風越の峰より出づる冬の夜の月」（続後撰集・冬・五二二・清輔。雪の吹き下ろす風の吹く、風越の峰から冬の夜の月が昇っている。）などの歌例のように、地名に高嶺から吹き下ろす「風」を掛けて歌に詠まれる。

風越を夕越えくれば時鳥《ほととぎす》麓の雲のそこに鳴くなり（千載集・夏・一五八・清輔。風越の峰を夕方越えてくると、時鳥は麓の下の方にかかる雲の底で鳴いているようだ。）（松本）

笠取山 かさとりやま　山城。京都府宇治市東笠取。
醍醐山地に属し、醍醐寺のある醍醐山を指す場合が多い。京都から醍醐を抜け、滋賀県大津市への途中にある山で、宇治川にそそぐ笠取川が流れ出ている。「笠

（取る）」の意を掛けて用いられ、その関係で「時雨」「紅葉」が詠み込まれることが多い。

雨降れば笠取山の紅葉葉は行き交ふ人の袖さへぞ照る（古今集・秋・二六三・忠岑。雨が降れば笠を手に取るというが、そのことを名に持つ笠取山の紅葉葉は勿論、そこを行き交う人の袖さえも時雨によって色が深まり照り輝いている。）（廣木）

柏木の森 かしはぎのもり　大和。奈良県吉野郡川上村。『大和物語』二一で、女が兵衛佐《ひょうえのすけ》の男に詠んだ「柏木の森の下草老いぬとも身をいたづらになさずもあらなむ」（あなたの下草のような私です、たとえ老いても、わたしをお見捨てにならないでほしいものです。）などが早い例。柏木はブナ科の落葉樹で、葉守の神が宿ると考えられていたことから、皇居を守る兵衛府の異称にも用いる。これにより、内裏を「守《もり》」と「森」を重ねるのが当初からの一般的な詠み方で、この場合に現実の土地をイメージしていたかは疑問である。ただし、時代が下ると「雪降れば葉守の神やかへるらん白木綿《しらゆふ》かくる柏木の森」（壬二集・一四〇三。雪が降ったので、木々の葉を守る神が帰ってきたのだろうか、白木綿をかけたように真っ白になった柏木の森よ。）など、兵衛府の意味から離れた例も増加し、『八雲御抄』『歌枕名寄』等では大和国の歌枕として挙げられ、歌枕として意識されるようになっていたものらしい。「森」に「漏り」を掛けたり、「森」との縁で「下草」とともに詠まれてもいる。

おしなべて時雨しまではつれなくて霰に落つる柏木の森（続古今集・冬・六四〇・土御門院。一様に、時雨が降っていた頃まではもとのままでいて、霰が降ると散り落ちる柏木の森よ。）（山本）

香椎 かしひ　筑前。福岡市東区香椎。
博多湾の面した地で、古代からの港であり、仲哀天皇の行在所であった香椎神宮がある。『万葉集』には、香椎の廟《みや》を拝んでの帰りに香椎の浦に馬を留めて詠んだとする大伴旅人の歌、「いざ子ども香椎の潟に白妙の袖さへ濡れて朝菜摘みてむ」（六・九五七。さあみんな、香椎の潟で白妙の袖までも濡らして朝菜を摘もうよ。）が見える。

知らざりき香椎のかざし年経《ふ》りて過ぎにし跡に帰るべしとは（新後撰集・雑・一四〇六・経任。ふたたび香椎の杉をかざしに挿すとは知らなかったことだ。長い年月を経てかつて日々を過ごしたこの思い出の地に帰ってくることができるとは。）

香椎(の)潟　かしひ(の)がた

香椎潟夕霧隠れ漕ぎ行けば安倍の島廻《しまわ》に千鳥しば鳴く（太皇太后宮小侍従集・九〇。香椎潟を夕霧に隠されつつ舟を漕いで行くと、安倍の島の周りで千鳥がしきりに鳴くことだ。）

香椎の宮　かしひのみや

ちはやぶる香椎の宮の杉の葉をふたたびかざすわが君ぞ君（金葉集・雑・五二七・武忠。神威ある香椎の宮の杉の葉をふたたび冠に挿す我が主である君であることだ。）　（廣木）

鹿島　かしま　常陸。茨城県南東部。

【関連語】*常陸帯（合）

常陸国の郡の一。鉾田市、鹿嶋市、神栖市、東茨城郡茨城町、大洗町の一部からなる。武神として信仰を集めた鹿島神宮が鎮座する場所として知られ、『常陸国風土記』には「香島の天の大神と称《い》ふ、因りて郡に名づく。」とあり、鹿島神宮が地名の由来か。「鹿島神宮（鹿島の宮）」は、延喜式内名神大社。常陸国一宮。祭神は武甕槌命《たけみかずちのみこと》。中臣鎌足がこの地の出身（大鏡）とされ、平安時代には藤原氏の氏神として信仰された。『万葉集』に「霰ふり鹿島の神を祈りつつ皇御軍士《すめらみくさ》に我は来にしを」（二〇・四三七〇・千文《ちふみ》。鹿島の神を祈り続けて朝廷の軍の兵士として私は来たのだ。）とあるように、『万葉集』歌では「霰ふる」が「鹿島」を導く枕詞となる。その理由として、霰の降る音が「かしまし」いことから、「鹿島」を導いたとも、霰の降る音のきしむ意で、肥前国の「杵島《きねじま》」の枕詞であったが、「鹿島」に転用されたとも。「関より東の軍神　鹿島香取諏訪の宮」（梁塵秘抄・二四八）のように、逢坂の関から東の武運を守る神として歌われる。また、鹿島神宮では、正月八日から「常陸帯」の神事が行われた。これは、男女が思いを寄せている相手の名を帯に書き、神官が帯を結び合わせ結婚を占うもので、和歌にも「なぞもかく別れそめけん常陸なる鹿島の帯のうらめしの世や」（散木奇歌集・七四五。どうしてこのように男女が別れるということが始まったのだろうか。常陸の国にある鹿島の帯の神事のように、裏を返すではないけれど恨めしい間柄であることだ。）などのように、「鹿島の帯」として歌に詠まれた。「鹿島の崎」は神栖市羽崎町。利根川の河口周辺をいう。近接した「鹿島の浦」「鹿島の潟」なども和歌に詠まれる。

鹿島なる筑摩の神のつくづくと我が身一つに恋を積みつる（拾遺集・恋・九九九・よみ人しらず。鹿島にある筑摩の神が「つく」というように、つくづくと、私一人だけで恋の物思いを積み重ねることだ。）

鹿島の崎　かしまのさき

浦人も夜や寒からし霰ふる鹿島の崎の奥つ潮風（新後撰集・冬・四九八・為氏。浦人も夜は寒かろう、霰の降っている鹿島の崎の奥の方に潮風が吹いている。）

鹿島の宮　かしまのみや。

常陸なる鹿島の宮の宮柱なほ万代も君がためとか（万代集・一六一二・顕雅。常陸にある鹿島の宮の宮柱は、変わらず万代も君の長久を祈るためにそこに立っているとかいうことだ。）（松本）

春日　かすが　大和。奈良県奈良市春日野町。

【関連語】鶯・若菜・早蕨・梅・鹿・神垣・高円《たかまど》・棘《おどろ》が下・飛火野・淡雪・下萌え・子《ね》の日《ひ》・雉子《きぎす》・荻の焼原・佐保川・萩・時雨・紅葉・藤・御狩（竹）

多くは「春日野」「春日の里」「春日山」などの形で詠まれる。春日山は御蓋（三笠）山・花山・香山などからなる山々の総称で、その麓には藤原氏の氏神である春日大明神を祀る春日社がある。春日野は春日山周辺から平城京へ続く山裾の野で、現在の奈良公園一帯を含む。平城京から見ると東方（春の方角）に位置する緩やかな高台であり、都人達の行楽地として親しまれた。『万葉集』にも「春日野に登りて作る歌」として「春日《はるひ》を　春日《かすが》の山の　高座《たかくら》の　三笠の山に　朝去らず…」（三・三七二・作者未詳。春日山の三笠山に朝ごとに…。）などと詠まれ、『枕草子』の「野は」にも「春日野」と挙げられている。「春日」の名との関わりから春の行事である若菜摘みや、対となる秋の紅葉なども詠まれている。

春日野　かすがの

【関連語】若菜・梅が香・鶯・早蕨・鹿・神垣・棘が下・飛火野・淡雪・下萌え・子の日の松を引く・雉子・荻の焼原（随）

春日野の飛火の野守出でて見よいま幾日《いくか》ありて若菜摘みてむ（古今集・春・一八・よみ人知らず。春日野の飛火野の野守よ、外に出て見ておくれ、あと何日すれば若菜が摘めるかを。）

春日の里　かすがのさと

【関連語】*垣間見《かひまみ》（拾）

ここに来て春日の里を見わたせば小松が上に霞たなびく（続古今集・春・四一・人麻呂。ここにやって来て、春日の里を見わたすと、小松の上に霞がたなびいている。）

春日の原　かすがのはら

いづれをか花とも分かむ故郷《ふるさと》の春日の原にまだ消えぬ雪（新勅撰集・春・二二・躬恒。どちらを花だと見分けようか、故郷の春日の原にはまだ消えないで雪が残っていて。）

春日山　かすがやま

【関連語】*藤・*佐保・*三笠山・*菅・*岩（竹）

春日山峰より出づる月影は佐保の川瀬の氷なりけり（金葉集・秋・二〇四・経信。春日山の峰から出てくる月光は、佐保の川瀬を氷のように照らすことだ。）

（山本）

霞の浦　かすみのうら

【関連語】海人《あま》の漁火《いさりび》・藻塩汲む（随）

常陸。茨城県南部。霞ヶ浦のこと。琵琶湖に次ぐ日本第二の湖。『常陸国風土記』には「霞浦」として「行方《なめかた》の海」とある。『建保名所百首』に「ほのかにも知らせてけりな東《あづま》なる霞の浦の海人の漁火」（七三三・順徳院。微かにでもいる場所を教えてほしい、東にある霞の浦の海人の漁火よ。）が見え、名所の「霞の浦」を詠む歌は中世以降のものとなる。地名に「霞」を掛け、「浦」の縁で「海人」「舟」「藻塩の煙」などが詠み込まれた。

春霞霞の浦を行く舟の外《よそ》にも見えぬ人を恋ひつつ（新後撰集・恋・七八九・定家。春霞の立つ霞の浦を行く舟が外に見えないように、逢うことのできない人を恋い慕うことだ。）

（松本）

霞の〈が〉関　かすみの〈が〉せき

武蔵。東京都多摩市関戸。鎌倉街道の要地。または、東京都千代田区霞が関とされ、他にも比定地は諸説ある。『八雲御抄』『和歌初学抄』などが示すようにいずれも武蔵国。『廻国雑記』には「名に聞きし霞の関を越えて、（略）恋ヶ窪（現在の国分寺市）といへる所」で歌を詠んだとある。中世では、元弘三年（一三三三）の「分倍河原合戦」他、たびたび戦場の舞台となった（太平記・一〇、他）。『拾玉集』に「東《あづま》には霞を関の名に立てて春来る道を人に告ぐらし」（三七七六。東国では関所に「霞」という名を付け番人として、春がやってくる道を人に告げるようだ。）と詠まれた。この慈円の歌のように、地名に「霞」を掛け、また「東」と結んで詠まれる。

いたづらに名をのみ留めて東路の霞の関も春ぞ暮れぬる（新拾遺集・雑・一五五七・よみ人しらず。東路の「霞の関」は、ただ「霞」という名前だけをそこに留めて、春もすっかり暮れてしまった。）

（松本）

鹿背（の）山　かせ（の）やま　山城。京都府木津川市。

北の木津川（泉川）を隔て、聖武天皇の恭仁《くに》京があった瓶原《みかのはら》が広がる。『万葉集』に「娘子《をとめ》らが績麻《うみを》掛くといふ鹿背の山時し行ければ都となりぬ」（六・一〇五六・福麻呂《さきまろ》。おとめたちが績麻を掛けかせる桛《かせ》の名を持つ鹿背山は時が経って都となった。）と詠まれており、紡績が盛んな土地であったらしい。「貸せ」を掛けて用いられることが多い。

都出でて今日瓶原泉川川風寒し衣鹿背山（古今集・羈旅・四〇八・よみ人しらず。都を出て三日経って今日、泉川北岸の瓶原まで来た。いつ見るかと思っていた泉川の川風は寒い。向こうに聳える鹿背山よ、その名の通り、衣を貸してくれ。）

（廣木）

堅田　かただ　近江。滋賀県大津市堅田。

市の北部、琵琶湖を北湖と南湖とに分ける最狭部の西岸に位置する。湖上交通の拠点であり、漁業も盛んであった。後に近江八景の一つ「堅田の落雁」に数えられる。和歌では、地名に「難《かた》し」を掛けて、逢うことが難しいとの意で用いた恋の歌が圧倒的に多い。「浦」に「恨み」を掛け、「海人」「釣舟」「網」など当地の景物とともに縁語仕立てで詠まれる。恋の歌以外では、「雁」「鴛鴦《おしどり》」などの水鳥や、漁をする海人の姿も詠まれた。また、『宇治拾遺物語』などで知られる、大《おお》友皇子《とものおうじ》による大海人皇子《おおあまのおうじ》殺害計画を十市皇女《とおちのひめみこ》が父・大海人皇子に知らせるために「思ひわび給ひて、鮒の包み焼きのありける腹に、小さく文を書き押し入れ奉」ったという伝説が、「古《いにしへ》はいとも畏《かしこ》し堅田鮒包み焼きなる中の玉章《たまづさ》」（新撰六帖・三・九六六・家良。古の人は何とも優れている。堅田の鮒の包み焼きの中に手紙を隠して届けるとは。）と詠まれている。

逢ふ事は堅田の海人の濡れ衣《ごろも》絞りかねても身をぞ恨むる（洞院摂政家百首・恋・一四四〇・範宗。あなたにお会いすることは難しく、堅田の海人の水に浸かった衣のように、私の衣も恋の涙で大変濡れていて絞ることができず、ただただわが身の憂さを恨んでいる。）

堅田の浦 かただのうら

【関連語】鮒（合）

雲井より来る初雁のいつの間に堅田の浦に並びゐるらん（歌枕名寄・二四・六四二二・仲正。遙か彼方の空から来た初雁が、いつの間にか堅田の浦に並んで羽を休めていることだ。）

堅田の沖 かただのおき

霧深き堅田の沖の浪間より暮れぬと急ぐ海人《あま》の釣舟（草庵集・五九六。霧が深く立ちこめた堅田の沖に立つ浪の間から、霧のために日が暮れてしまったと思い、帰りを急ぐ海人の釣舟が現れたことだ。）

堅田の浜 かただのはま

さもこそはみるめ堅田の浜ならめ音だにもせよ志賀の浦風（歌枕名寄・二四・六四二三・親隆。そんなにもあなたに会うことは、堅田の浜ではないが、難しいことなのだろうか。志賀の浦を吹き渡る風が音を立てるように、せめて声だけでも聞かせて欲しい。）

（田代）

交野 かたの

河内。大阪府交野市。

【関連語】雉子《きぎす》・霰・狩場・桜・鶉・真柴・櫨《はじ》紅葉・篠薄《しのすすき》・淀・天の川・五月雨・真葛《さねかづら》・楢の葉柏・鹿・鈴虫（竹）

皇室の狩猟地で、桓武天皇の離宮があった。『伊勢物語』八二には、在原業平が惟喬《これたか》親王とともにここに赴いた逸話が見え、「今狩する交野の渚の家、その院の桜、ことにおもしろし。」とある。近くに天の川が流れている。「難し」が掛けられて用いられることが多い。

逢ふことの交野へとてぞ我は行く身を同じ名に思ひなしつつ（後撰集・恋・九一七・為世。逢いがたいということを示唆するような交野へと私はあなたの家の前を通り過ぎて行くのです。交野という土地は、我が身の状態と同じ恋する人と会うことが難しいという言葉を名に持つのだなあと思い定めつつ。）

交野の里　かたののさと

御狩りすと楢の真柴を踏みしだき交野の里に今日も暮らしつ（堀河百首・一〇六〇・師頼。御狩りをするのだと、楢の小枝を踏み折りながら、交野の里で今日も日を暮らしたことだ。）

交野の原　かたののはら

雉子《きぎす》鳴く交野の原を過ぎ行けば木の葉もことに色づきにけり（好忠集・二五七。雉が鳴く交野の原を通り過ぎて行くと木の葉もことさら色づいていることに気づいたことだ。）

（廣木）

形見の浦　かたみのうら　紀伊。和歌山市加太《かだ》。紀伊半島の浦で、紀淡海峡に面した淡路島にもっとも近い浦である。『万葉集』で「藻刈り舟沖漕ぎ来らし妹が島形見の浦に鶴《たづ》翔ける見ゆ」（七・一一九九・作者未詳。海藻を刈る舟が沖を漕いでやって来るのだろうか。妹が島の形見の浦に鶴が飛び立ったのが見える。）と詠まれて、「妹」の「形見」という連想もあって、「妹が島」の浦ともされた。一般に人の「形見」の意を込めて詠まれる。

その名のみ形見の浦の友千鳥跡を偲ばぬ時の間もなし（玉葉集・雑・二〇五二・基忠。名ばかり形見という形見の浦を飛ぶ友千鳥のような間柄であった人の亡き跡を、偲ばない時はまったくありません。）

（廣木）

片岡　かたをか　山城。京都市北区上賀茂。

【関連語】時鳥《ほととぎす》・賀茂山・神山・淡雪・松・楢の葉・木の葉・早苗・苔地・白木綿《しらゆふ》・雪・霰（竹）

上賀茂神社の本殿の東にある岡をいう。「片岡山」とも。境内摂社である片岡社がある。「森」はその神社の森。なお、奈良県北葛城郡王寺町付近にも「片岡（山）」がある。「方」が掛けられて用いられることがある。

さりともと頼みぞ掛くる木綿襷《ゆふだすき》我が片岡の神と思へば（千載集・神祇・一二七一・政平。今度こそ私の望みのようになるだろうと頼みを掛けて木綿襷を掛けるのです。私の方を認めてくれる片岡の神だと思うので。）

片岡の森　かたをかのもり

ほととぎす声待つほどは片岡の森の雫に立つや濡れまし（新古今集・夏・一九一・紫式部。ほととぎすの声を待つ間は立ち続けて、片岡の森の雫に濡れていようと思う。）

（廣木）

片岡山 かたをかやま　大和。奈良県北葛城郡・香芝市。
【関連語】＊飲《いひ》・親＊（寄）

北葛城郡王寺町から香芝市にかけての丘陵地帯。聖徳太子が道ばたに倒れていた飢人《うえびと》を憐れんで詠んだという「しなてるや片岡山に飯に餓ゑて臥せる旅人あはれ親なし」（拾遺集・哀傷・一三五〇。片岡山で食べ物がなく飢えて、倒れている旅人は、かわいそうに、親もいないよ。）で有名。なお、この話の原型は古くは『日本書紀』にも見える。一帯の「朝《あした》の原」とともに詠まれることも多く、「片岡の朝の原」と続けてよんだ例も少なくない。『八雲御抄』には「『清輔抄』、名所と云へり、もしただ片岡の山か。実否尋ぬべし」とあり、中世には普通名詞とする理解もされていたらしく、当地を意識して詠んだとは確実視できない作例もある。

かきくらし片岡山は時雨るれど十市《とをち》の里は入り日さしけり（林葉集・五七七。空一面を暗くして、片岡山は時雨が降っているけれど、遠くの十市の里には夕日がさしているよ。）

（山本）

勝野の原 かちののはら　近江。滋賀県高島市勝野。

琵琶湖の西岸、鴨川の流域に位置し、現在の高島市勝野から安曇川《あどがわ》町にかけての平野が比定される。「かつの」「かちぬ」とも。「何処《いづく》にか我が宿《やど》りせむ高島の勝野の原にこの日暮れなば」（万葉集・三・二七五・黒人。どこに私は野宿をしようか。高島の勝野の原で今日という日が暮れたので。）のように、交通の要衝であったため、羈旅歌が多く、旅人の姿や旅寝の様子が詠まれた。地名の「勝《かち》」に「徒歩《かち》」が掛けられる。

暮れればまた我が宿りかは旅人の勝野の原の萩の下露（新勅撰集・羈旅・五三四・通光。日が暮れればまた、ここが私の宿りとなるのだろうか。旅人が徒歩でやって来る勝野の原の萩の下葉に露が宿るように。）

（田代）

葛飾 かつしか　下総。東京都東部・千葉県西部。

下総国の郡の一。江戸川下流沿岸の一帯。東京都の葛飾・墨田・江東・江戸川区、千葉県の市川・船橋・松戸・野田・柏・流山・鎌ケ谷・浦安市、埼玉県の三郷市からなる地域をいう。『万葉集』に「葛飾の真間の入り江にうちなびく玉藻刈りけむ手児名《てごな》し思ほゆ」（三・四三三・赤人。葛飾の真間の入り江で、波に揺れている玉藻を刈ったという美しい手児名のことが思われることだ。）などと見え、「葛飾」は「真間」を導く枕詞のように用いられている。後代の歌も、「真間」やこの地にいたという伝説の美少女「手児名」と共に詠まれるものが多い。

葛飾や昔のままの継橋を忘れず渡る春霞かな（新勅撰集・雑・一三〇二・慈円。葛飾にある昔のままの真間の継橋を、忘れずに渡る春霞であるよ。）（松本）

勝間田（の）池 かつまた（の）いけ　大和。奈良県奈良市。

【関連語】蓮《はちす》*（合）

奈良市七条町の大池をいうとも、薬師寺の東北にあった池とも、奈良市あやめ池にある蛙股池ともいい諸説ある。また、『五代集歌枕』は下野、『和歌初学抄』『歌枕名寄』などは美作、『八雲御抄』などは下総とするなど、国名も一定しない。『万葉集』に「勝間田の池は我知る蓮《はちす》なししか言ふ君が髭なきごとし」（一六・三八三五・作者未詳。勝間田の池は私も知っている、蓮などないことを、そのようなことを仰るあなたに髭がないのと同じように。）とある。この歌は新田部親王《にひたべのみこ》が平城京の内にある「勝間田の池を御見《みそこなは》し」た時に、女が親王に詠んだ歌とあるので、大和国としてよいか。後の『後拾遺集』では「鳥も居で幾代経ぬらん勝間田の池には樋《いひ》の跡だにもなし」（雑・一〇五三・範永。鳥もいず幾代経ったのだろうか、勝間田の池には水を流すための樋の跡すらない。）とあり、以降は水のない池で鳥も住みつかないと詠まれることになった。

水なしと聞きて古りにし勝間田の池改むる五月雨のころ（山家集・二二二五。水はないと聞き古してきた勝間田の池を、新しくするように降り続く五月雨のころである。）（松本）

桂 かつら　山城。京都市西京区桂。

【関連語】大堰《おほゐ》川*（付）

大堰川の下流の桂川の右岸一帯を言い、西国、山陰への出入り口である桂の渡りがあった。平安期からの遊覧の地で、貴顕の別邸が多く作られた。月には桂の木があるという伝承と絡まって、月の名所として知られている。桂川はここから淀川と合流する地点までの名で、舟の行き来も多かった。『土佐日記』には「夜になして、京には入らむと思へば、急ぎもせぬほどに、月出でぬ。桂川、月の明きにぞ渡る。」とある。

久方の月の桂の近ければ星とぞ見ゆる瀬々の篝火（新拾遺集・夏・二八一・道命。久方の月の桂と言われるような桂の地に近いので、瀬々の舟に焚かれている篝火は星と見えることだ。）

（竹）

桂　川　かつらがは

【関連語】鮎・大井の里・藻に住む虫・紅葉・鵜飼舟・衣打つ・卯の花・蛍・篝火・梅の花　（竹）

桂川下りもやらぬ鵜舟かなこの瀬にのみや鮎子さ走る（六百番歌合・二二八・経家。桂川を下って行くことをしない鵜舟であるなあ。この辺りの瀬にだけ鮎は泳ぎ走っているのだろうか。）

桂の里　かつらのさと

【関連語】*松風・*斧の柄（合）、*擣衣・*嵐山（竹）

今宵我が桂の里の月を見て思ひ残せることのなきかな（金葉集・秋・一九一・経信。今宵、私は桂の里の月を見て、思い残すこともなくなったことだ。）

（廣木）

葛　城　かづらき　大和。奈良県西南部。

【関連語】鶯・青柳・糸遊《いとゆふ》・正木《まさき》・岩橋・梯《かけはし》・春雨・高間山・白雲・佐保姫・豊良《とよら》の寺・桜花・榎葉井《えのはゐ》・紅葉・竜田・飛鳥川・時雨

北葛城郡・葛城市・大和高田市・御所市にわたる地域。大阪府との境をなす葛城山脈がある。『万葉集』にも「…我が恋ふる　千重の一重も　慰もる　心もありやと　家のあたり　我が立ち見れば　青旗の　葛城山にたなびける　白雲隠る　天さがる…」（四・五〇九・笠麻呂。私が恋しく思う千分の一でも慰められることもあるだろうかと、我が家のある辺りを立って見ると、葛城山にかかっている白雲に隠れて、何も見えない。）などと詠まれている。葛城山は、古くは葛城山脈の主峰である金剛山（高間山）と葛城山を併せて言ったものらしく、「葛城や高間の山の」と続けて、その峰の高さを詠む作も多い。また、役行者《えんのぎょうじゃ》が鬼神達に命じて、大石で葛城山と吉野金峰山を結ぶ橋を造らせたが、自身の醜さを恥じていた鬼神達が夜にしか働かず、役行者が一《ひと》言主神《ことぬしのかみ》を叱責したところ、一言主神が役行者には叛意があると都に告げたため、役行者は追われ、橋は未完成に終わったという伝承（今昔物語集・他）がある。これをもとに「夜」「絶える」などを縁語に用いて、恋の途絶えを詠んだ作もある。

葛城や高間の山の桜花雲井のよそに見てや過ぎなん

（千載集・春・五六・顕輔。葛城の高間の山の桜の花を、雲の彼方の遠くのものとして見過ごすだろうか。）

葛城の神　かづらきのかみ

岩橋の夜の契りも絶えぬべし明くるわびしき葛城の神（拾遺集・雑賀・春宮女蔵人左近。久米の岩橋が途絶えたように、私たちが夜に交わした約束もきっと絶えてしまうでしょう、夜が明けることがつらい、葛城の神のような醜いわが身です。）

葛城山　かづらきやま

【関連語】鶯*・柳*・花*・稲妻*・雲*（拾）

玉かづら葛城山の紅葉葉は面影にのみ見えわたるかな（後撰集・秋・三九一・貫之。葛城山の紅葉の葉は、散った後も、面影としてだけでも、私には見え続けるよ。）　（山本）

香取の浦　かとりのうら　下総。千葉県香取市。

利根川流域の旧「香取郷」の浦。下総国の一の宮である、香取神宮がある。『能因歌枕』では「香取の峰」を下総国とする。ただし、『五代集歌枕』は越中、『八雲御抄』などは下総、『夫木抄』『歌枕名寄』などは下総・近江両国とし諸説ある。『万葉集』に「いづくにか船乗りしけむ高島の香取の浦ゆ漕ぎ出来る船」（七・一一七二・作者未詳。どこの湊からやって来たのだろうか、高島の香取の浦から漕ぎ出てきた船は。）と詠まれた場所は、滋賀県高島市である「高島」の「香取の浦」とされることから、近江国と推測される。そうであれば、この「香取の浦」は琵琶湖の西の湖岸をいう。「香取の海」「香取の沖」などとも詠まれた。地名に布の「かとりの衣」が掛けられる歌もある。

夏衣香取の浦のうたた寝に波の寄る寄る通ふ秋風（続千載集・夏・三三〇・定家。香取の浦で固く織ったかとりの布の夏衣を着てうたた寝をしていると、浦に波が寄るように衣の裏にも夜な夜な涼しい秋風が吹き抜けてゆくことだ。）　（松本）

鐘の岬　かねのみさき　筑前。福岡県宗像《むなかた》郡鐘崎。

【関連語】筑紫舟*（合）

「金の岬」とも。響灘と玄界灘とを区切る位置にある。岬の沖に地《じ》の島があり、その間の瀬戸が航路となっていた。昔、鐘を積んだ朝鮮の船がその鐘を欲しがった海神に沈められたという伝説がある。『万葉集』に「ちはやぶる金の岬を過ぎぬとも我は忘れじ志賀《しか》の皇神《すめかみ》」

（七・一二三〇・作者未詳。恐ろしい金の岬を過ぎたけれども、私はここを無事に通してくれた志賀の海神のご加護を忘れることはない。）と詠まれているように、難所であった。

音に聞く鐘の岬はつきもせず鳴く声響く渡りなりけり（散木奇歌集・七八八。噂で聞いていた鐘の岬はつくこともないのに鐘が常に鳴っているように、波の音が鳴り響いている海峡であることだ。）（廣木）

川島 かはしま　近江。滋賀県高島市安曇《あど》川《がわ》町。

【関連語】*布さらす（竹）

安曇川が琵琶湖に注ぐ河口部。ただし、普通名詞として川の中の島をいうことがほとんどで、『歌枕名寄』では摂津としている。「交はす」を掛けて用いられた。

君にのみ下の思ひは川島の水の心は浅からなくに（千載集・恋・八六五・季行。あなたにだけ心の底で思いを交わしている。川島のあたりの水の流れと同じようにその思いは浅くないので。）（廣木）

甲斐が嶺 かひがね　甲斐。山梨県西部。

【関連語】*小夜の中山（竹）

北岳・間岳《あいのたけ》・農鳥岳の白根三山をいう。「甲斐の白嶺（根）」とも。『古今集』の「甲斐歌」に「甲斐が嶺をさやにも見しがけけれなく横ほり伏せる小夜の中山」（東歌・一〇九七・よみ人しらず。甲斐の山々をはっきりと見たいのに、心ないことに横になって伏せっている小夜の中山よ。）と詠まれた。この歌以降、「甲斐が嶺」は「小夜の中山」と結んで詠まれる。また、「甲斐の白嶺」とも詠まれることから、「白」の縁で「雪」と共に用いられることも多い。

いづかたと甲斐の白嶺は知らねども雪降るごとに思ひこそやれ（後拾遺集・冬・四〇四・紀伊式部。どのあたりにあるかと、甲斐の白根山のことは知らないが、雪の降るたびに甲斐国に住むあなたに思いをはせることだ。）（松本）

帰山 かへるやま　越前。福井県南条郡南越前町鹿《しか》蒜《ひる》。

【関連語】雪深き道・薪《たきぎ》の道暮るる・越路の鴈・春霞・花（竹）

地名に重ねて「返る」「帰る」の意を詠む。早くは『寛平御時后宮歌合』で「白雪の八重降りしける帰山かへるがへるも老いにけるかな」（一三四・棟梁。白雪が深く降り積もっている帰山、その「かえる」ではないが、いくたびもいくたびも繰り返し年を経て、白雪のような頭髪になるまで老いてしまったことだ。）と詠まれ、『古今集』にも採録された。越路の入口にあることから、「雁」「旅」と結んで、春・羇旅・離別などの歌意で詠まれることが多い。「帰山ありとは聞けど春霞たち別れなば恋しかるべし」（古今集・離別・三七〇・利貞。帰るという名をもつ帰山があるとは聞いていても、春霞の立つ中、あなたと別れれば、帰ってくるまで恋しく思うことでしょう。）は越路を下る人へ向けた歌である。また、雪深い山とされる。『奥の細道』では「帰山に初鴈を聞きて、十四日の夕暮、敦賀の津に宿を求む。その夜、月殊に晴れたり」と「雁」とともに記される。

越えかねて今ぞ越路を帰山雪降る時の名にこそありけれ（千載集・冬・四五九・頼政。雪が深くて越えることができずに、今また越路を引き返すことだ。帰山というのはこのように雪の降る時を想定しての名であるのだなあ。）

（嘉村）

鎌倉山 かまくらやま　相模。神奈川県鎌倉市。
【関連語】＊星月夜（合）

鎌倉市雪ノ下にある大臣山ともされるが、特定の山ではなく、鎌倉市内にある山とも。禅竹作とされる謡曲「千手重衡」には「明けもやすらん星月夜、鎌倉山に入りしかば」、また宮増作の「調伏曾我」では「鎌倉山を朝立ちて、…西に向かひて行く雲の」などとあり、少なくとも室町時代には、鎌倉山を一つの地名として捉えていたようである。現在の鎌倉山は近代に名付けられたものである。『万葉集』に「薪《たきぎ》こる鎌倉山の木垂《だ》る木をまつと汝が言はば恋ひつつやあらむ」（一四・三四三三・作者未詳。鎌倉山の枝のしなう木を、あなたが松ではなく待つと言うのなら、恋しく思い続けていようものを。）と詠まれた。

我ひとり鎌倉山を越えゆけば星月夜こそ嬉しかりけれ（永久百首・五〇四・常陸。私一人で鎌倉山を越えてゆくので、夜空を照らす星月夜は嬉しいことである。）

（松本）

竈門山 かまどやま　筑前。福岡県太宰府市・筑紫野市・糟屋郡。

宝満山のこと。太宰府北東の鬼門にあたり、山頂に竈門山神社がある。渡海の無事が祈願された。『拾遺集』に「筑紫へまかりける時に、竈門山のもとに宿りて侍りけるに、路面に侍りける木に古く書き付けて侍りける」として「春は燃え秋は焦がるる竈門山／霞も霧も煙《けぶり》とぞ見る（元輔）」（雑賀・一一八〇。春は竈の火が燃えるように草木が萌え、秋は薪が焦げるように草木が紅葉する竈門山である。／春の霞も秋の霧も煙のように見えることだ。）と詠まれた連歌例のように、竈との縁が意識されて詠まれる。

世の中を歎きに悔ゆる竈門山晴れぬ思ひを何し初めけん（古今六帖・八七三。竈門山の竈に投げ入れた薪が燻るように、私は世の中を歎き悔いているが、このような晴れない私の思いはどうして生じたのであろう。）

（廣木）

蒲生野　がまふの　近江。滋賀県東近江市。

旧蒲生郡の平野部から、愛知《えち》川中流域西岸にかけての野原。異称として「うね野」がある。額田王《ぬかたのおおきみ》の「茜さす紫草野《むらさきの》行き標野《しめの》行き野守は見ずや君が袖振る」（万葉集・一・二〇。あかねさす紫野を行き、標野を行き、野守が見ているのではないですか。あなたが袖を振っているのを。）及び大海人皇子《おおあまのみこ》の返歌は、当地での遊猟の際に詠まれた。大嘗会和歌に詠まれた地で、鶴の長寿に君が世の長さを比べて詠まれることが多い。また、「蕨」や「藤袴」「女郎花」などの野の草花が景物としてあるほか、前掲の万葉歌を踏まえた歌も見られる。

昨日まで冬籠りしに蒲生野に蕨《わらび》のとくも老いにけるかな（続後拾遺集・物名・五〇一・好忠。昨日まで冬ごもりしていたこの蒲生野では、蕨が生い、伸びきって早くも老い始めたことだ。）

（田代）

神路山　かみぢやま　伊勢。三重県伊勢市宇治。

【関連語】鈴鹿川・榊葉・月・小車《おぐるま》・しめ縄・宮居

（竹）

伊勢神宮の内宮の南、五十鈴川中流域一帯の山の総称。内宮そのものを指す場合もある。『千載集』には「大神宮の御山をば神路山と申す、大日如来御垂跡を思ひて詠み侍りける」の詞書で「深く入りて神路の奥を尋ぬればまた上もなき峰の松風」（神祇・一二七八・西行。深く分け入って神路山の奥を訪ねると、この上もない峰には松風が吹いていることだ。）の歌が載る。また、「眺めばや神路の山に雲消えて夕べの空を出でむ月影」（新古今集・神祇・一八七五・後鳥羽院。眺めたいものだ、神路山にかかる雲は消えて夕暮れの空に出ようとする月の光を。）などのように、神祇歌によく用いられた。「松」や皇統を守護する神の威光を表す「月」と共に詠まれる歌が多い。

鈴鹿川八十瀬《やそせ》白波分け過ぎて神路の山の春を見しかな（新勅撰集・神祇・五五五・良経。鈴鹿川の多くの浅瀬を知らずに白い波を分けて通り、神路山の春を見たことであるよ。）（松本）

神奈備 かみ〈ん〉なび　大和。奈良県高市郡明日香村。

【関連語】時雨・紅葉・立田川・子規《ほととぎす》・山吹・楢の葉・雪・蛙《かはづ》・御祓《みそぎ》・榊葉・三室山《みむろやま》（竹）

「神南備」とも。本来は、神の坐《いま》す所の意の普通名詞。大和国の歌枕として扱われるが、所在地には揺れがある。多くは「川」「森」「山」とともに詠まれる。『万葉集』では大伴旅人が故郷飛鳥を偲んで歌った「しましくも行きて見てしか神奈備の淵は浅《あ》せにて瀬にかなるらむ」（六・九六九。ほんの少しの間でも、行って見たいものだ、神奈備の淵は浅くなり、瀬になっているのではないだろうか。）があり、これは飛鳥川流域を指すと見られる。「神奈備川」は「蛙《かはづ》鳴く神奈備川に影見えて今か咲くらむ山吹の花」（万葉集・八・一四三五・厚見王。蛙が鳴く神奈備川に影を写して、今咲いていることだろう、山吹の花が。）、「神奈備の森」は「神奈備の磐瀬の森の呼子鳥いたくな鳴きそ我が恋増さる」（八・一四一九・鏡王女。神奈備の磐瀬の森の呼子鳥よ、そんなに鳴かないでくれ、恋しさが増してしまうから。）、「神奈備山」は長歌「ますらをの　出で立ち向かふ　故郷《ふるさと》の　神奈備山に　明け来れば…」（一〇・一九三七・作者未詳。ますらおが外に出て見わたす故郷飛鳥の神奈備山に夜が明けて来ると…。）などと詠まれている。これらは、いずれも飛鳥周辺の地と見てよい。平安期に入ると、「竜田川紅葉葉流る神奈備の三室の山に時雨降るらし」（古今集・秋・二八四・よみ人知らず。竜田川に紅葉が流れている、上流の神奈備の三室の山では、時雨が降っているのだろう。）など、竜田の紅葉と取り合わせて詠まれる例が増加し、竜田（現斑《いか》鳩《るが》町龍田）周辺の地と意識されるようになってゆく。ただし、その後も普通名詞として詠まれる例もあり、神の居る場所という聖性を帯びた地として意識され続けていたようである。

神奈備川　かみ〈ん〉なびがは
【関連語】＊蛙《かはづ》（作）
蛙《かはづ》鳴く神奈備川に咲く花の言はぬ色をも人の問へかし（新勅撰集・恋・六九一・二条院讃岐。蛙が鳴く神奈備川に咲く山吹の花の梔子《くちなし》の色、その口無しのように言わないでいる私の思いを、尋ねてくださいよ。）

神奈備の森　かみ〈ん〉なびのもり
【関連語】＊郭公《ほととぎす》（作）
神無月時雨もいまだ降らなくにかねてうつろふ神奈備の森（古今集・秋・二五三・よみ人知らず。十月の時雨もまだ降らないのに、もう木々の色が変わっている、神奈備の森よ。）

神奈備山　かみ〈ん〉なびやま
【関連語】＊岩瀬の森・＊立田（竹）
ちはやぶる神奈備山のもみぢ葉に思ひはかけじ移ろふものを（古今集・秋・二五四・よみ人知らず。神奈備山の紅葉は、美しいけれど、思いを寄せないでおこう、人が心変わりするように、色変わりするものだから。）
（山本）

神　山　かみやま　山城。京都市北区上賀茂。
【関連語】＊卯の花・＊桂・＊楢の葉・＊榊（合）、＊片岡・＊楢の柏（竹）
上賀茂神社の北にある神山《こうやま》、もしくは東・北一帯の山地をいう。鴨（賀茂）山が変化した名か。賀茂神社と結びつけられて用いられる。
榊取る卯月になれば神山の楢の葉柏元つ葉もなし（後拾遺集・夏・一六九・好忠。葵祭のための榊を取る四月になれば、神山の楢の葉は青々として、古くなった元の葉はなくなることだ。）
（廣木）

亀　山　かめやま　山城。京都市右京区嵯峨亀山町。
小倉山の南東の尾根をいう。地形が亀の尾に似ていることからの命名で、「亀の尾山」とも。貴顕の遊興の地で、山麓の大堰《おおい》川の岸に後嵯峨院の離宮、亀山殿が造営された。『徒然草』五一にはその池を作るに際して、地元の民が能力不足であったことが、「亀山殿の御池に、大堰川の水をまかせられんとて、大井の土民に仰せて、水車を作らせられけり。（略）大方回らざりければ、」と記されている。この「御池」は現在の天竜寺の池に当たるとされる。「亀」を意識して詠み込まれることが多い。

亀山の劫を映して行く水に漕ぎくる船は幾世経ぬらん（貫之集・一六四。永劫の命を保つ亀の名を持つ亀山の姿を映して流れ行く川水を漕いで来る船は幾世を経たものであろうか。）（廣木）

亀井 かめゐ　摂津。大阪市天王寺区。

四天王寺の境内、金堂の回廊の外側にある霊水で、石亀形の口から流れ出ている。万代、清く澄み続ける水とされた。聖徳太子が飢えた人を助けたという伝承地を流れる川である富緒川《とみのおがわ》と結びつけられることも多い。

万代《よろづよ》を澄める亀井の水はさは富緒川の流れなるらん（後拾遺集・雑・一〇七一・弁乳母。万代を通じて澄んでいる亀井の水は、それこそ聖徳太子の慈悲の心を伝える富緒川の流れなのであろう。）（廣木）

賀茂 かも　山城。京都市北区上賀茂。

【関連語】片岡・鮎・桂川・杉むら・神垣・御祓《みそぎ》・藤波・姫小松・駒・千鳥・御幸《みゆき》・初雪・霜（竹）

上賀茂神社があり、その脇を「賀茂川」が流れる。「賀茂山」は上賀茂神社の北の神山をいう。上賀茂神社またその祭礼に関わることを結んで詠まれることが多い。

ちはやぶる賀茂の卯月になりにけりいざうち群れて葵かざさむ（新勅撰集・夏・一四一・よみ人しらず。神威ある賀茂も四月を迎えたことだ。さあ、みんな集って葵を冠にかざそう。）

賀茂川 かもがは

【関連語】夏祓*（合）、若鮎*（竹）

賀茂川の水底澄みて照る月を行きて見むとや夏祓へする（後撰集・二一五・夏・よみ人しらず。賀茂川の水が底まで澄んでいる。その水に映っている澄んだ月を行って見ようと思って、夏越《なご》しの祓えをするのだろうか。）

賀茂の河原 かものかはら

【関連語】*樗《あふち》・車*（合）

誓はれし賀茂の河原に駒とめてしばし水かへ影をだに見む（後撰集・雑・一一二九・敦忠母。かつて誓ってくれた賀茂の河原で、馬をとめてしばらく水を飲ませてください。その時、水に映るあなたの姿を見たいと思うので。）

賀茂の社 かものやしろ

ちはやぶる賀茂の社の木綿襷《ゆふだすき》 ひと日も君をかけぬ日はなし（古今集・恋・四八七・よみ人しらず。神威ある賀茂神社の木綿襷を一日たりとも掛けない日はないように、あなたのことを一日たりとも気にかけないことはありません。）

賀茂山 かもやま

賀茂山の麓の芝の春風に御手洗川《みたらしがは》の氷解くらし（後鳥羽院御集・一二二九。賀茂山の麓の芝草に吹く春風に、御手洗川の氷も解けるようだ。）（廣木）

唐崎 からさき　近江。滋賀県大津市下坂本。

【関連語】御禊《みそぎ》・紅葉・氷・志賀・霰・真砂・一木の松・長良山《ながらやま》・さざ浪・比良の嶺・網引《あびき》

（竹）

大津市下坂本の南端にある琵琶湖に突出した岬。「辛崎」「韓崎」とも。七瀬祓所のひとつ唐崎祓が行われる地で、「御禊《みそぎ》する今日唐崎に下ろす網は神のうけひく徴《しるし》なりけり」（拾遺集・神楽歌・五九五・祐挙。禊をする今日、唐崎で下ろす網は、神が願いを承知し引受ける徴《しるし》なのである。）などと詠まれる。後に「唐崎の夜雨」として近江八景の一つに数えられた。周辺の「志賀の浦」や「志賀の山」「長柄の山」などとともに詠まれ、「唐崎の一つ松」も和歌の題材となった。月や、晩秋から冬にかけての叙景歌に秀歌が多い。さざ浪や志賀の唐崎風冴えて比良の高嶺に霰降るなり（新古今集・冬・六五六・忠通。さざ浪の寄せる志賀の唐崎は風が冴え渡って、比良の高嶺には霰が降っている。）（田代）

軽 かる　大和。奈良県橿原市大軽町。畝傍山《うねびやま》の南側の麓一帯。懿徳《いとく》・孝元・応神の三天皇が都を置いた所とされる（古事記）。奈良盆地を南北に走る下つ道と東西に通じる山田道の交差する地で、交通の要所として発達し、「軽の市」と呼ばれる市場が栄えた。柿本人麻呂の「泣血哀慟歌」で知られる長歌「天飛ぶや　軽の道は我妹子《わぎもこ》が　里にしあれば…我が恋ふる　千重の一重も　慰もる　心もありやと　我妹子が　止まず出で見し　軽の市に　我が立ち聞けば…」（万葉集・二・二〇七。軽の道は私の妻の住む里なので…私が恋しく思う気持ちの千分の一だけでも慰められることもあろうかと、妻がいつも出て見ていた軽の市に…。）はこの地を舞台とする。『日本書紀』によると、応神天皇十一年に「軽の池」が造られたというが、現在その跡はない。

軽の池　かるのいけ

軽の池の浦廻《うらみ》行《ゆ》き廻《み》る鴨すらに玉藻の上にひとり寝なくに（万葉集・三・三九〇・紀皇女。軽の池の岸辺を泳ぎ回る鴨でさえ、藻の上で独り寝をしないというのに。）

（山本）

刈萱の関　かるかやのせき

筑前。福岡県太宰府市通《とお》古賀《のこが》。

博多から大宰府へ通じる道に設置された関。『筑紫道記』には大宰府からの帰途のこととして、「昨日の観音寺の鐘、また聞くがごとし。天拝《てんぱい》が岳を遙かに見て、なほ御神の名残も浅からず。刈萱の関にかかるほどに、関守立ち出でて、我が行く末を怪しげに見るも恐ろし。／数ならぬ身をいかにともこと問はばいかなる名をか刈萱の関（取るに足らない我が身を何者だと尋ねられたらどのような名を借りて答えようか。この刈萱の関では。）」とある。また、説経『刈萱』では出家した石童丸《いしどうまる》の父、刈萱道心は「刈萱の荘」の生まれとされている。「借る」が掛けられたり、草の刈萱の縁で「露」などと共に詠まれることが多い。

刈萱の関守にのみ見えつるは人も許さぬ道辺なりけり（新古今集・雑・一六九八・道真。出会ったどの人も刈萱の関の関守と見えたのは、大宰府への道では誰もが私のことを許そうとしないと自覚させるからであった。）

（廣木）

象潟　きさがた

出羽。秋田県にかほ市象潟町。

象潟町に広がっていた潟湖。多くの島が点在し、『奥の細道』に「松島は笑ふがごとく、象潟は憾むがごとし。寂しさに悲しみを加へて、地勢魂を悩ますに似たり。」と描かれる景勝の地であったが、文化元年（一八〇四）の象潟地震で隆起し、陸地となった。国の天然記念物に指定され、鳥海国定公園の一部となっている。『後拾遺集』に「世の中はかくても経けり象潟の海人《あま》の苫屋を我が宿にして」（羈旅・五一九・能因。世の中はこのようにしてでも過ごすことができるものだなあ、象潟の漁師の苫屋を自分の家としてでも。）とある歌から、「苫屋」や「海人」を詠み込んで、旅の心が詠まれた。また、その美しさは旅のつらさを忘れさせるものとして、「象潟や渚に立ちて見渡せばつらしと思ふ心やはゆく」（重之集・三一六。象潟よ、その渚に立って辺りを見渡すと、つらいと思う心がどこかへ行ってしまうことよ。）と詠まれている。また、『奥の細道』によれば能因が幽居したと言われる「能因島」が残るとされる。

さすらふる我が身にしあれば象潟や海人の苫屋にあまた旅寝ぬ（新古今集・羇旅・九七二・顕仲。さすらいの我が身であるので、「海人」ではないが、あの象潟の苫屋のような場所で。「あまた」の夜を旅寝して過ごした。）

（嘉村）

象山《きさやま》

大和。奈良県吉野郡吉野町喜佐谷。

【関連語】*そなれ松（寄）

「象の中山」とも。吉野離宮跡地とされる宮滝から吉野川を挟んで南に相対する山。『万葉集』では「み吉野の象山の際《ま》の木末《こぬれ》にはここだも騒《さわ》く鳥の声かも」（六・九二四・赤人。吉野の象山の谷間の梢には、こんなにも鳴き騒いでいる、鳥の声よ。）と鳥の声の賑わいに吉野の繁栄を象徴させて詠まれている。平安期以降には、吉野の宮近くの山として悠久の時を感じる対象や、花の名所としても詠まれた。

み吉野の象山陰に立てる松いく秋風にそなれきぬらん（詞花集・秋・一一〇・好忠。吉野の象山の山陰に立っている松は、いったい幾度秋風に吹かれ続けてきたのだろうか。）

（山本）

木曽《きそ》

信濃。長野県木曽郡一帯。

【関連語】木賊《とくさ》・麻衣《あさぎぬ》・御坂・小篠《をざさ》・花・衣打つ・梯《かけはし》・丸木橋・峰の雪・夕立・谷風・信濃路（竹）

『続日本紀』に大宝二年（七〇二）一二月十日「始めて美濃国に岐蘇《きそ》の山道を開く。」とあり、美濃から信濃へ通ずる道、現在の岐阜県中津川市の坂本と長野県下伊那郡阿智村とを結ぶ道を木曽路という（信濃路とも）。「木曽」は美濃・信濃両国の境であることから、その所属がしばしば争われた。『平家物語』他、木曽義仲について記す箇所に「信濃国木曽」とあり、「木曽」は信濃と認識されていたようであるが、正式に信濃国に属するのは近世以降。「木曽路の橋」は、所在は定かではないが木曽路の難所に架けられた橋を言い、危険な場所として和歌に多く詠まれた。「木曽の御坂」は木曽路にある峠。「神坂峠《みさかとうげ》」とも言い、『万葉集』には「神の御坂」（二〇・四四〇二・忍男《おしお》）と詠まれている。木賊《とくさ》苅る木曽の麻衣袖濡れて磨かぬ露も玉と散りけり（新勅撰集・雑・一三一〇・寂蓮。木賊《とくさ》を苅る木曽の麻衣の袖はすっかり濡れてしまって、その露も磨いたわけではないが玉と散ってしまったことだ。）

木曽路　きそぢ

【関連語】梯・小篠原・丸木橋・望月の駒（随）

今朝見れば木曽路の桜咲きにけり風の祝《はふり》に隙間あらすな（散木奇歌集・七五。今朝見ると木曽路の桜が咲いていた、風の祝《はふり》の神官に風を閉じこめておかせて、隙間を作らせてはいけないぞ。）

木曽路の橋　きそぢのはし

なかなかに言ひもはなたで信濃なる木曽路の橋のかけたるやなぞ（拾遺集・恋・八六五・頼光。むしろ口に出して突き放すこともしないで、信濃の木曽路の橋を架けるではないが、いつまでもあなたにかかずらわせておくのはどうしたことか。）

木曽の御坂　きそのみさか

信濃路や木曽の御坂の小笹原わけ行く袖もかくや露けき（続後撰集・恋・七六九・長方。信濃路にある木曽の御坂の小笹原をわけて行く袖も、このように露に濡れているだろうか。涙で濡れた私の袖ほどではあるまいよ。）

（松本）

北野　きたの　山城。京都市上京区馬喰町。

【関連語】*二月・*菅原の神（合）、梅・一夜松《ひとよまつ》・老松・筑紫・宮井・二本《ふたもと》の杉・神垣・森・連《つらね》歌《うた》・主《あるじ》（付）

もともと京都の北の野の意で、十世紀半ばに菅原道真を祀る北野天満宮が創建されてからは、天満宮やその周辺を指すようになった。したがって、天満宮や道真に関わる事柄が意識されて詠まれることがほとんどである。

ちはやぶる神の北野に跡垂れて後さへかかるものや思はん（続後撰集・神祇・五七七・定家。讒言を蒙った道真が神威ある神となって北野に垂迹されて後でさえ、このように不当なことで悩まなければならないのだろうか。）

（廣木）

衣笠岡　きぬがさをか　山城。京都市右京区・北区。

右京区と北区の境の山。絹などを張った笠の形に似ているところからの名という。古くは「天《あめ》の宮《みや》（衣笠御霊神社・六請《ろくしょう》神社）」が祀られていた。このことから「雨」「神」などが共に詠み込まれることがあり、「笠（傘）」が意識されることも多い。

雨が降れど萌えのみまさる早蕨《さわらび》や衣笠岡の標《しるし》なるらん（為忠家初度百首・五六・為盛。雨が降っているけれど、それに打ち勝って芽生えている早蕨であることだ。それは衣笠岡の存在を示すそのものであろう。）

（廣木）

紀の海　きのうみ　紀伊。和歌山県西部。

【関連語】*和歌の浦（付）

紀伊国の海の意であるが、特に「和歌の浦」周辺から紀伊水道あたりを指す。『万葉集』には「紀の海の名高の浦に寄する波音高きかも逢はぬ子ゆゑに」（一一・二七三〇・作者未詳。紀の海の名高の浦に寄せる波のように噂が高く広まっていることだ。逢ってもいないあの娘のことで。）と詠まれている。

伊勢志摩や荒き浜辺の浦づたひ紀の海かけて見つる月かな（続古今集・羈旅・八七五・良守。伊勢や志摩から荒い波が寄せる浜辺の浦を伝って、紀の海に向かってやって来つつ見た月であることだ。）

（廣木）

紀の川　きのかは　紀伊。和歌山県和歌山市。

奈良県大台ヶ原から流れ出て、高見川と合流して吉野川となり、和歌山県に入って紀ノ川と名を替えて、紀伊水道に注ぐ。古来、吉野から瀬戸内海に出る交通路として重要な位置を占めた。『万葉集』に「人ならば母が愛子《まなご》そ麻裳《あさも》良《よ》し紀の川の辺の妹と背の山」（七・一二〇九・作者未詳。人だったらさしずめ母の愛する子たちである。麻裳良し、とされる紀の川のあたりの妹山と背山という山は。）と詠まれた。「紀」が「着」を連想させることから、枕詞として「麻裳良し」と冠せられ、また、着る物が縁語として使われることがある。

胸も燃え袖に掛けてもあさもよひ紀の川波は返る瀬ぞなき（壬二集・一五〇五。胸も燃え、あなたの袖にすがっても、麻裳良い、という紀の川波が再び戻る瀬がないように、明け方に別れれば二人の逢瀬は戻らない。）

（廣木）

紀の関　きのせき　紀伊。和歌山県和歌山市湯屋谷。

南海道の「背の山」の麓にあった関か。白鳥の関とも。『万葉集』には奈良から吉野口を通って紀伊国に行く道を詠み込んだ長歌の反歌として、「我が背子が跡踏み求め追ひ行かば紀の関守い留めてむかも」(四・五四五・金村。私の親しい人が通った跡を追い求めて行ったら、紀の関の関守が私を押しとどめてしまいそうだ。)と詠まれている。『紀伊国風土記』に「〈手束弓《たづかゆみ》〉とは紀伊国にあり。(略)弓の手束を大にするなり。それは紀伊国の雄山の関守の持つ弓なり。」とあり、この「雄山の関」が「紀の関」とみなされて、「(手束)弓」が詠み込まれることが多い。

　引き止むる方こそなけれ行く年は紀の関守が弓ならなくに(長秋詠藻・五七三。過ぎゆく年を引き留めることはできない。紀の関の関守の弓ではないのだから。)

(廣木)

木の丸殿　きのまろどの　筑前。福岡県朝倉市山田。

【関連語】 *名告りそ(合)

百済救援に向う斉明天皇の行宮である木の丸殿(朝倉宮)があった場所とされる。別府から博多への途中にある。朝倉の宮を木の丸殿と言うのは丸木作りであったことによると思われるが、『俊頼髄脳』では「ことさらに、よろづの物を丸に作り手おはしけるによ。」るとする。神楽歌「明星」に「朝倉や木の丸殿に我居《を》れば名告りしつつ行くは誰」(朝倉の木の丸殿に私がいると誰かが名を名乗って通り過ぎて行く。)と詠まれたことから、「名告る」という語と共に詠まれることが多い。『筑紫道記』に「天智天皇の皇居、木の丸殿の跡に馬をとどむ。境内皆秋の野らにて、大きなる礎の数知らず。」と描写されている。

　ひとりのみ木の丸殿にあらませば名乗らで闇に帰らましやは(後拾遺集・雑・一〇八二・実方。あなたがひとりだけで木の丸殿のような邸にいたならば、神楽歌で詠まれているように、自分が来たことを名乗らないで闇の中を帰ることなどしなかったよ。)

(廣木)

吉備の中山　きびのなかやま　備中。岡山市北区。

【関連語】 鷺・真金《まがね》葺く・細谷川・山人・松・霞の帯(竹)

備前と備中にまたがるところから「中山」と名づけられた。北東麓には備前一宮の吉備津彦神社、北麓には備中一宮の吉備津神社があり、周辺には古墳も多く、吉備国の中心地であった。

　真金ふく吉備の中山帯にせる細谷川の音のさやけさ(古今集・神遊びの歌・一〇八二。黄金を算出する吉備

の中山に帯のように巡っている細谷川の水音のなんと清く冴えて聞こえることよ。）（廣木）

貴船 きぶね　山城。京都市左京区鞍馬貴船町。

【関連語】川波・玉散る・祈り・誓へ・神垣・恋・鞍馬路・*賀茂（付）

東の鞍馬山と西の貴船山の谷間の地で、賀茂川の上流である「貴船川（御手洗川）」が流れる。この地にある貴船（貴布祢）神社は古来から、治水・祈雨・止雨の神として崇敬を受けていたが、和泉式部の「男に忘られて侍りける頃、貴船に参りて御手洗川に蛍の飛び侍りけるを見て詠める」と詞書のある歌、「もの思へば沢の蛍も我が身よりあくがれ出づる魂かとぞ見る」（後拾遺集・神祇・一一六二。思い悩んでいると御手洗川の沢の蛍も私の体からさまよい出た魂かと思えてくることだ。）で知られ、種々の祈願を叶えてくれる神として多くの参詣者を集めた。「木舟」の意が掛けられて用いられることが多い。

思ふことなる川上に跡垂れて貴船は人を渡すなりけり（後拾遺集・神祇・一一七七・時房。人の願いを成就するとされている水音の鳴る川上に垂迹して、貴船の神は人を済度することだ。）

貴船川 きぶねがは

【関連語】蛍・沢・玉・滝・氷・月・大御田・紅葉・苗代・御注連縄《みしめなは》・御祓《みそぎ》・岩浪（竹）

貴船川玉散る瀬々の岩浪に氷を砕く秋の夜の月（千載集・神祇・一二七四・俊成。貴船川の玉と散らせて瀬々を流れる岩浪に、氷を砕いたような秋の夜の月が映ることだ。）

貴船の宮 きぶねのみや

神さぶる貴船の宮の榊葉の千代とさしても飽かぬ御代かな（宝治百首・三九二一・家良。神威が神々しい貴船の宮の榊葉が千代を示すだけでは十分ではない御代であることだ。）

貴船山 きぶねやま

秋風の吹く夕暮れは貴船山声をほに上げて鹿ぞ鳴くなる（万代集・秋・一〇九二・成助。秋風の吹く夕暮れ時には、貴船山で声を高く張り上げて鹿が鳴くことだ。）（廣木）

清隅の池 きよすみのいけ　大和。奈良県。

所在地未詳。『万葉集』には長歌の「み佩《は》かしを　剣《つるぎ》

の池の　蓮葉《はちすば》に　溜まれる水の…我が心　清隅の池の　池の底　我は忘れじ　直《ただ》に逢ふまでに」（一三・三二八九・作者未詳。剣の池の蓮の葉に溜まった水のように…私の心は清澄の池の池の底のように深く思って、私は忘れない、じかに逢うまでは。）の一例のみ。ここでは、剣の池（奈良県橿原市石川町）とともに詠まれており、大和国の歌枕であることは確かであろうが、剣の池と同所とする説、奈良県大和市清澄庄にあったとする説、奈良市内にあったとする説など、諸説あり定めがたい。『万葉集』以後、作例は珍しい。その名から清く澄んだ池の意を持たせて詠まれている。

汀《みぎは》には立ちも寄られぬ山賤《やまがつ》の影はづかしき清隅の池（永久百首・五四一・顕仲。水際に立ち寄ることもできない、山賤のような我が身の影が映ることも恥ずかしいほど、清く澄んだ清隅の池よ。）　（山本）

清滝　きよたき　山城。京都市右京区嵯峨清滝。

【関連語】山分け衣・筏・高根・岩根・山吹・氷・高雄山・松の下道・木の葉・望月の駒（竹）

愛宕神社参詣の宿場として開けた。「清滝川」は桟敷ケ岳に発し、愛宕山の東を流れ、保津川と合流する。中流域に高雄《たかお》、槇尾《まきのお》、栂尾《とがのお》の三尾がある。古来から名勝地として知られ、また、三尾の神護寺、西明寺、高山寺への中継地でもあり、多くの人々が訪れた。一般に、「清い」という意義を込めて詠まれる。

清滝の瀬々の白糸繰りためて山分け衣織りて着ましを（古今集・雑・九二五・神退。清滝川の瀬々の白糸のような流れが、本当の白糸なら、それを繰りためて布に織って、山を分け入る時の着物として着ることができるのに。）

清滝川　きよたきがは

【関連語】*白浪（合）、筏・雪の消ゆる・時雨・巌・木の葉流る・山吹（随）

雲の波懸からぬ小夜《さよ》の月影を清滝川に映してぞ見る（金葉集・秋・一八七・前斎宮六条。波のような雲が懸かっていない小夜の月の姿が清く澄み切った清滝川に映って見えることだ。）　（廣木）

清見　きよみ　駿河。静岡県静岡市清水区興津。

【関連語】富士・雪・月・関・舟・木の葉・三保の浦・千鳥・磯山・芦原・花・駒（竹）、鐘の声・寺・磯（随）

駿河湾に面した景勝地で、「清見が浦」「清見が関」など用いられる。『万葉集』に「廬原《いほはら》の清見の崎の三保の浦のゆたけき見つつ物思ひもなし」（三・二九六・益人。廬原にある清見の崎と三保の浦の広々とした海を見ていると、思い悩むこともない。）と詠まれた。「清見が関」は清見寺《せいけんじ》付近にあった関所で、『枕草子』や『更級日記』に「清見が関は、片つ方は海なるに、関屋どもあまたありて、海までくぎぬきしたり。」と記されるが、中世以降は関の機能は失われていたという。「清見潟」と同様、背景に見える「富士」「月」「波」などと共に詠まれた歌が多く、「清見」に「清し」が掛けられているものもある。

胸は富士袖は清見が関なれや煙も波も立たぬ日ぞなき（詞花集・恋・二一三・祐挙。私の胸は富士山であり、袖は清見が関であるのだろうか、思いの火の煙も涙の波も立たない日はないのだ。）

清見が関　きよみがせき

【関連語】＊月のつれなき（寄）

夜もすがら富士の高嶺に雲消えて清見が関にすめる月かな（詞花集・雑・三〇三・顕輔。富士の高嶺にあった雲は消えて、一晩中、清見が関には澄んだ月が照り輝いている。）

清見潟　きよみがた

【関連語】＊千鳥（作）

契らねど一夜は過ぎぬ清見潟波にわかるる暁の雲（新古今集・羇旅・九六九・家隆。契りを結ぶことはなかったけれど一夜は過ぎた。清見潟には、暁の雲が波に別れて動きはじめている。）

（松本）

清水　きよみづ　山城。京都市東山区清水。

清水寺がある地。東山の一角である音羽山の山腹、清水坂を登ったところに観音の祀られた清水寺があり、古来、多くの参詣者を集めた。『枕草子』に「清水に参りて、坂本上るほどに、柴焚く香のいみじうあはれなるこそをかしけれ。」とあるなど、多くの文学作品の舞台として描かれている。寺や滝、山が詠まれることが多い。

清水の山時鳥《ほととぎす》聞きつれば我が故郷の声に変はらぬ（元真集・二八六。清水の山ほととぎすの声を聞いたが、それは私の故郷の山ほととぎすの声と変わらないものである。）

（廣木）

桐　原　きりはら　信濃。長野県松本市入山辺桐原。

【関連語】駒*（合）

御《ご》院《いん》領の牧がある場所として知られ、「桐原の牧」と呼ばれる。『北山抄』二には、応和元年（九六一）に桐原から「駒二十疋」が献上されたとある。馬は毎月八日に朝廷に献上され、駒迎えや駒牽《ひ》きの行事が行われた。和歌においても、『拾遺集』は「駒迎へにまかりて」として「逢坂の関の岩角踏みならし山立ち出づる桐原の駒」（秋・一六九・大弐高遠。逢坂の関の岩の角を踏みしめながら、霧の立つ山を出て都に向かう桐原の駒よ。）など、「駒迎へ」の行事に関連して詠まれるものが多い。また、「桐原」には「霧」が掛けられる。

夕暮れの月より先に関越えて木の下暗き桐原の駒（続拾遺集・秋・二九三・知家。夕暮れ時に月が昇るより先に逢坂の関を越えてゆく、木の下陰は霧が立ちこめてはっきりと見えない桐原の駒よ。）

（松本）

百済野　くだらの　大和。奈良県北葛城郡広陵町百済。橿原市高殿町の朝堂院跡周辺とする説もある。『万葉集』には「百済野の萩の古枝《ふるえ》に春待つと居《を》りし鶯鳴きにけむかも」（八・一四三一・赤人。百済野の萩の枯れ枝に、春を待ってとまっていた鶯は、もう鳴いたことだろうか。）の一例があるのみ。ただし、高市皇子挽歌に見える「百済の原」（万葉集・二・一九九・人麻呂）も同所か。『五代集歌枕』『八雲御抄』等は摂津国としていて、同国の百済野（現大阪市天王寺区）と理解されていたようだが、誤りであろう。なお『八雲御抄』は「冬野をいふとも」と注記している。後代の作にも『万葉集』歌の影響が強く、「萩」との取り合わせも詠まれている。

百済野の古枝の萩の花見れば今年ばかりの秋としもなし（土御門院御集・四八。百済野の古枝に咲いた萩の花を見ると、秋という季節はなにも今年だけ来たということでもないよ。）

（山本）

朽木の杣　くちきのそま　近江。滋賀県高島市朽木《くつき》。滋賀県の北西部を占める広大な山地。杣《そま》とは、建築用材に適した樹木を採るための山林のこと。和歌では、後に『新古今集』入集歌となる「花咲かぬ朽木の杣の杣人のいかなる榑《くれ》に思ひ出づらむ」（仲文集・一四。花も咲かない朽木の杣の木こりのように、山に入り尼になったあなたが、榑ではなく、いったいどのような夕暮れに私のことを思い出したのでしょうか。）が早い例。杣に関連する「榑（丸太や加工していない木材）」「宮木」などの木材が合わせて詠まれるほか、地名の「朽」と、「朽ちる」の意を重ね、その縁で「花咲かぬ」「年経る」「谷の埋《むも》れ木」などの語を用いて、報われない恋や自らの不遇を述懐する歌に用いられた。

　年経《ふ》れど人もすさめぬ我が恋や朽木の杣の谷の埋れ木（金葉集・恋・三八三・顕輔。慕い始めてから年は経ているけれども、人から心を留められることのない私の恋である。朽木の杣の谷の埋れ木のように。）　（田代）

恭仁の都　くにのみやこ　山城。京都府木津川市加茂町。天平一二年（七四〇）から一六年までの聖武天皇の都。木津川（泉川）の北岸、瓶原《みかのはら》の地にあった。対岸に鹿背山《かせやま》がある。『万葉集』の「久迩（恭仁）の新京を讃むる歌」と題された長歌にその地形が、「…山並の　よろしき国と　川並の　立ち合ふ里と　山背《やましろ》の　鹿背山の際《ま》に…」（六・一〇五〇・福麻呂《さきまろ》。…山並みが格別によい国で、川の流れに沿っている里である、山城の鹿背山のほとりに…）と詠まれている。この都は造営半ばにして廃都となった。それは『万葉集』六・一〇五九の長歌、またその反歌に「三香原久迩《みかのはらくに》の都は荒れにけり大宮人の移ろひぬれば」（福麻呂。瓶原の恭仁は荒れてしまった。大宮人が立ち去ってしまったので。）と詠まれ、これがこの都の詠まれ方となっている。

　吹く風に昔をのみや偲ぶらん恭仁の都に残る橘（新拾遺集・夏・二五一・土御門院。吹く風によって昔のことが偲ばれるようだ。恭仁の都に今も残っている昔を思い起こさせる橘の香が漂ってきて。）　（廣木）

熊野　くまの　紀伊。和歌山県・三重県。

【関連語】紀路《きぢ》・苔路・南・白木綿《しらゆふ》・詣づる・那智（付）、山伏*（合）

紀伊半島の南部、和歌山県と三重県の境の一帯の山岳地から熊野灘にかけての地。神武東征の上陸地とされ、平安期以後、山岳信仰の霊地として知られるようになり、本宮・新宮・那智大社の熊野三山が創建され貴顕が競って参詣した。京都からの参詣路は紀路と称され、和歌山県田辺市から山中を行く中辺路《なかへじ》と海岸伝いに行く大辺路《おおへじ》が整備された。「熊野川」は和歌山県田辺市・新宮市。奈良県吉野郡の山上ヶ岳を発し、天ノ川、十津川、和歌山県に入って熊野川と名を変えて新宮市で熊野灘に注ぐ川である。中流域に熊野本宮、河口付近に新宮があり、それらと関わって詠まれることが一般である。「熊野」に関わる作品は多いが、特に和歌では美称を冠して「御《み》熊野」と詠まれることが一般であった。

あらたなる熊野詣での験《しるし》をば氷の垢離《こり》に請《う》べきなりけり（山家集・一五三〇。霊験あらたかな熊野への参詣しての霊験は、氷を割って冷たい水を浴び、身を清めて受け取るべきであろう。）

熊野川 くまのがは

熊野川下す早瀬の水《み》馴《な》れ棹さすが見馴れぬ浪の通路（新古今集・神祇・一九〇八・後鳥羽院。熊野川の早瀬を下す舟の水馴れ棹は水に馴れているというものの、この新宮への通い路はさすがに見馴れない浪のように見馴れない道であることだ。）

熊野山 くまのやま

世を照らす影と思へば熊野山心の空に澄める月かな（新後撰集・神祇・七六九・後鳥羽院。熊野山の上の空にある月を、この俗世を照らす光だと思えば、私の空のような心にも月は澄みきって存在することだ。）

（廣木）

久米路の橋 くめぢのはし

大和。奈良県。「久米路の岩橋」とも。『今昔物語集』他に見える一《ひと》言主神《ことぬしかみ》説話による虚構の橋。役行者が諸鬼神に命じて葛城山と吉野金峰山を結ぶ橋を造らせたのだが、自身の醜さを恥じていた一言主神が夜にしか働かなかったため、結局は未完成に終わったというもの。和歌でもこの伝説を踏まえつつ、「中空」「中絶える」などの言葉を用いて、橋の途絶えを男女の仲の途絶えと重ねて詠む趣向や、夜明けを厭う心が詠まれている。「葛城」と併せて詠む例も多い。

いかばかり苦しきものぞ葛城の久米路の橋の中の絶え間は（拾遺集・恋・八六三・よみ人知らず。どれほど苦しいものか、思ってみてください、葛城の久米路の橋が途中で途絶えたように、恋人の通いが途絶えてしまう間は。）

（山本）

久米の佐良山 くめのさらやま

美作。岡山県津山市佐良山。

「久米の皿山」とも。中国地方の中央にあり、交通の要衝にあった。『増鏡』一六「久米の佐良山」に、後醍醐天皇が隠岐へ流される途中、「聞きおきし久米の佐良山越え行かん道とはかねて思ひやはせし」(噂で聞いていた久米の佐良山を、実際に越えて行く山道であるとかつて思ったことだろうか。)と詠んだことが記録されている。「さらさらに」を導く言葉として用いられることが多い。

美作《みまさか》や久米の佐良山さらさらに我が名は立てじ万代《よろづよ》までに(古今集・神遊びの歌・一〇八三。美作の久米の佐良山、その名にあるように更に更に私の名を立てることはしないようにしたい。今後長い年月が経っても。)

(廣木)

雲の林 くものはやし　山城。京都市北区紫野。

【関連語】*斎宮《いつきのみや》(随)

雲林院《うりんいん》、または、その寺のある地をいう。雲林院はもとは淳和天皇の離宮であった。『今昔物語集』一五「雲林院菩提講を始むる聖人《しやうにん》往生する語《こと》」に「今は昔、雲林院といふ所に、菩提講を始め行ひける聖人《しやうにん》ありけり。」と見えるように、菩提講の行われたことで知られ、『大鏡』はこの菩提講の折に語られた事とされている。謡曲「雲林院」には「藤咲く松も紫の、雲の林を尋ねん。」「ほどは桜に紛れある、雲の林に着きにけり。」とあり、紫野と結びつけられ、桜の名所とされている。「雲」が掛けられて用いられた。

木《こ》の下《もと》に織らぬ錦の積れるは雲の林の紅葉なりけり(後撰集・秋・四〇九・よみ人しらず。木の下に織ったのではない錦が積もっているのは、雲林院の、普通の木々のものではなく、雲の上にあるという林からの紅葉であることだ。)

(廣木)

倉橋(の)山 くらはし(の)やま　大和。奈良県桜井市倉橋。

【関連語】*郭公《ほととぎす》(作)

現在の音羽山とする説の他、多武峰とする説、多武峰北方の山とする説もある。『古事記』には仁徳天皇に叛逆した速総別王《はやぶさわけのみこと》と女鳥王《めどりのみこと》の夫婦がこの山を越えて逃避行をし、「梯立《はしたて》の倉橋山を嶮《さが》しみと岩懸《いはか》きかねて我が手取らすも」(倉橋山が険しいので、岩につかまることができなくて、私の手を取るよ。)と険峻な様が歌われている。『万葉集』には「倉橋の山を高みか夜隠《よごも》りに出で来る月の光乏しき」(三・二九〇・大浦。倉橋の山が高いからか、夜遅くに出てくる月の光が暗い。)とその高さが詠まれ、「倉」に「暗い」を響かせている。以後も高く、暗い山として詠まれる。その暗さと郭公を取り合わせたものや、「倉橋」の「橋」と「わたる」を縁語として詠んだ作もある。

五月闇《さつきやみ》倉橋山の郭公おぼつかなくも鳴きわたるかな（拾遺集・夏・一二四・実方。五月闇で暗い倉橋山の郭公が、心もとなげに鳴き続けるよ。）（山本）

暗部（の）山 くらぶ（の）やま　山城。京都市左京区。

【関連語】梅・花・月・木の葉・時鳥《ほととぎす》・岩つつじ（竹）

鞍馬山もしくは貴布祢山か。他にも東山や嵯峨野付近の山などとの説もある。『古今集』以後、多くの歌に詠まれたが、所在地は一定していない。「暗」という名から、暗い、闇、夜などと結びつけられて詠まれる。

梅の花匂ふ春べは暗部山闇に越ゆれど著《しる》くぞありける（古今集・春・三九・貫之。梅の花の匂う春は、暗い山という暗部山の闇の中を越えて行くけれども、梅のありかははっきりと分かることだ。）（廣木）

鞍馬（の）山 くらま（の）やま　山城。京都市左京区鞍馬本町。京都の北東に位置し、王城鎮護のための鞍馬寺がある。丹波路が通り、交通の要衝でもあった。牛若丸（源義経）が兵法を修行した場所として知られ、謡曲「鞍馬天狗」には牛若丸と絡め、花の名所として「鞍馬の山の雲珠桜《うずざくら》、手折《たを》り、枝折《しを》りを導《しる》べにて、奥も迷はじ咲き続く、」と描写されている。「鞍」に「暗」を掛けて詠まれることが多い。

おぼつかな鞍馬の山の道知らで霞の中に惑ふ今日かな（拾遺集・雑春・一〇一六・安法。心細いことだ。鞍馬の山への道が分からなくて、霞の中で迷っている今日であることだ。）（廣木）

位　山 くらゐやま　飛驒。岐阜県高山市。

【関連語】松陰・衣の色を変ゆる・月遅き麓・花を待つ・峰の椎柴・時鳥《ほととぎす》・雪・坂・御幸《みゆき》（竹）、紫の雲・飛驒人（合）

飛驒高原の中央にある山。地名に「位」が入ることから、叙位・加階と結んで詠まれた。「位山峰に突きぬる杖みればただ行く末のさかのためには」（元輔集・一五八。位山の峰に登るために突く杖は、この先にある「坂」のため、叙位の行く末の「栄え」のためだ。）はその早い例である。また「松」と「待つ」をかけて、「位山久しきまつの陰に居てたのむ身さへも年を経るかな」（散木奇歌集・六九七。位山の老齢の松の陰にいるように、頼みにしていた叙位を待つままに日陰の身で長年経てしまったよ。）などと詠まれる。

位山花を待つこそ久しけれ春の都に年は経けれど

（千載集・雑・一〇七六・実守。位山に花が咲く、そのように私の位階が昇ることを待ち望んで久しい。叙位の春がめぐり来る都に、もう長年過ごしてはいるのだけれど。）　（嘉村）

栗駒山　くりこまやま　陸奥。宮城県栗原市・秋田県湯沢市・雄勝郡・岩手県一関市。

奥羽山脈に属する山。現在は栗駒国定公園に指定されている。「陸奥《みちのく》の栗駒山の朴《ほほ》の木の枕はあれど君が手枕」（古今六帖・三二三七。陸奥の栗駒山の朴木の枕はあるけれど、あなたの手枕が恋しい。）などと詠まれている。

紅葉する栗駒山の夕影をいざ我が宿に移しもたらん

（能宣集・二三四。紅葉する栗駒山の夕方の風光を、さあ我が家に移し持ち帰ろう。）　（嘉村）

栗栖の小野　くるすのをの　山城。京都市北区西賀茂。栗栖野をいう。『万葉集』に「さしすぎの栗栖の小野の萩の花散らむ時にし行きて手向けむ」（六・九七〇・旅人。さしすぎの栗栖の小野の萩の花が散りそうなった時には、出かけていってその花を神に手向けよう。）と詠まれた土地は『五代集歌枕』に「山城」とあるが、題詞に「故郷を思ふ歌」とあり、飛鳥地方の地と考えられる。『徒然草』一一に「神無月のころ、栗栖野といふ所を過ぎて、ある山里に尋ね入ること侍りしに、遥かなる苔の細道を踏み分けて、心細く住みなしたる庵あり。」と描かれた栗栖野は京都市山科区とされもするが、西賀茂の可能性がある。氷室で著名であった。「繰る」「来る」を掛けて用いられることがある。

秋は今日栗栖の小野の真萩原まだ朝露の色ぞ匂はぬ

（後鳥羽院御集・五三七。秋が今日来た栗栖の小野の真萩原ではまだ萩は咲いていず、朝露が萩の花の色に染まってもいない。）　（廣木）

黒牛潟　くろうしがた　紀伊。和歌山県海南市黒江。和歌浦の奥の黒江湾の潟。黒い牛のように見える岩が潮の干満によって見え隠れすることからの名という。

『万葉集』に「黒」と「紅」が対比されて、「黒牛潟潮干の浦を紅の玉裳裾引き行くは誰が妻」（九・一六七二・作者未詳。黒牛潟の潮が引いた浜を紅色の美しい裳の裾を引きながら行くは誰の妻だろうか。）と詠まれている。

黒牛潟漕ぎ出づる海人《あま》の友舟は鱸《すずき》釣るにや波間分くらん（永久百首・六五三・顕仲。連れ立って黒牛潟を漕ぎ出る漁師の舟は、鱸を釣りに行くのだろうか。波間を分けて出て行くことだ。）（廣木）

黒髪山 くろかみやま　下野。栃木県日光市。

【関連語】山菅・小雨降る（随）

男体山（日光山・二荒山とも）をいう。『万葉集』に「ぬばたまの黒髪山を朝越えて山下露に濡れにけるかも」（七・一二四一・作者未詳。黒髪山を朝越えてゆくと、山の下露に濡れてしまったことだ。）と詠まれる「黒髪山」は、奈良市にある佐保山の一部とされる。また、岡山県新見市にある山とする説もある。しかし、「黒髪山」は『八雲御抄』『五代集歌枕』などでは下野とされ、平安中期以降は下野国の男体山と考えられていたようである。この山は山嶽信仰の霊地として知られた。『万葉集』の歌の影響で、「むばたまの」を冠したり、「黒髪」に対比して白い「雪」などの景物と結んだりして詠まれた。『奥の細道』には、「黒髪山は、霞かかりて雪いまだ白し。」として曽良の句「剃り捨てて黒髪山に衣更《ころもがへ》」がある。

むばたまの黒髪山に雪降れば名も埋《うづ》もるるものにぞありける（堀河百首・九五二・俊頼。黒髪山に雪が降ると、山が白くなるだけでなく黒髪という名も雪に埋もれて白くなるものなのだ。）（松本）

黒戸の浜 くろとのはま　下総。千葉県千葉市。

【関連語】菊*（作）

千葉市稲毛区黒砂台、東京湾に面した海岸とも、木更津市小櫃川河口付近の畔戸《くろと》海岸ともいう。『夫木抄』は下総、『万代集』詞書（三四一〇）や『歌枕名寄』などは下野、『藻塩草』などは上総とあり、一定しない。『更級日記』に見える地名で、「黒戸の浜といふ所に泊まる。片つかたは広山なる所の、砂子はるばると白きに、松原茂りて、」と記される。関東の歌人馴窓の私撰集『雲玉抄』には、「下総千葉の浦を」（四六〇）として『万代集』所収の「黒戸の前なる菊を見て／植ゑて見る所の名にも似ぬものは黒戸に咲ける白菊の花」（一一六三・秋・高遠。植えて見る場所の名前にふさわしくないものは、黒戸という部屋にある白菊の花であるよ。）の歌を引く。この歌の「黒戸」は清涼殿の北側にある部屋を言い地名ではないため不審だが、「黒戸」の場所を「下総」としており注意される。歌例は僅かである。

まどろまじ今宵ならではいつか見ん黒戸の浜の秋の夜の月（玉葉集・旅・一一五六・菅原孝標女。眠るまい、今宵でなければいつ見ることがあろうか、黒戸の浜の美しい秋の夜の月を。）

（松本）

気色の森 けしきのもり 大隅。鹿児島県霧島市国分府中。

【関連語】蝉・露・夕涼み・時雨・紅葉・森の下草（竹）

霧島市にある国分寺跡付近の森。様子の意の「気色」または「景色」を掛けて用いられた。

秋の来る気色の森の下風に立ち添ふものはあはれなりけり（千載集・秋・二二八・待賢門院堀河。秋の来る気配のする気色の森の木々の下を吹く風に立ち添って現れたものは、しみじみとした悲哀感であることだ。）

（廣木）

許我の渡り こがのわたり 下総。茨城県古河市古河。

【関連語】*水野（付）、*枕香（寄）

渡良瀬川の渡船場。現在の埼玉県加須市と茨城県古河市とを結んだ。古来、武蔵国から奥州へ向かう際に、渡良瀬川を許我の渡りで越えることが一般で、交通の要衝であった。『万葉集』に「麻久良我《まくらが》の許我の渡りのから梶の音高しもな寝なへ子ゆゑに」（一四・三五五五・作者未詳。麻久良我の許我の渡しのから梶のように、音高く人が噂をするよ、あの娘と寝てもいないのに。）、「逢はずして行かば惜しけむ麻久良我の許我漕ぐ舟に君も逢はぬかも」（一四・三五五八・作者未詳。逢わないで出かけてしまったら残念なことだ。許我を漕ぐ舟の中ででもあなたに逢えないものか。）と詠まれた。この歌の「麻久良我《まくらが》」は未詳の地名だが、後代では「枕香」とされた。歌例は少なく、「渡り」の縁で「舟」を詠む歌が散見する。

唐櫓《からろ》おす音もほのかにゆく舟の許我の渡りの秋の夕暮（壬二集・一三八六。唐櫓を押す音をかすかにさせながらゆく舟が、許我の渡りを通ってゆく秋の夕暮れ時である。）

（松本）

木枯の森 こがらしのもり　駿河。静岡県静岡市葵区。静岡県静岡市葵区羽鳥と牧ヶ谷を結ぶ藁科《わらしな》川の中州にある森をいう。東海道に近く、古来景勝地として知られた。『枕草子』にも、「森は…木枯らしの森。」とある。『能因歌枕』には、山城・駿河両国に（夫木抄にも）「木枯らしの森」を掲出する。山城国のものは現在の京都市右京区の木枯神社付近とされる。早い例に『後撰集』恋部に「木枯らしの森の下草風早み人のなげきは生ひそひにけり」（五七二・よみ人しらず。木枯らしが吹き枯れてしまった森の下草のような私のもとを、あなたも離れてしまった。下草を吹き付ける風は早いので、人の嘆きも身に加わって感じられることだ。）があるものの、特定の名所ではなく単に「木枯らしの吹く森」とも解せる。ただし、『古今六帖』には、「人知れぬ思ひ駿河の国にこそ身を木枯らしの森はありけれ」（一〇四七。人知れずあなたを思っている私は、駿河の国にある木枯らしの森のように、身を焦がしていることだ。）とあり、「思ひする」に「駿河国」を掛けていることから、これは駿河の歌枕を詠んだものと理解される。この歌のように、「木枯らし」に「焦《こが》る」を掛けて詠まれることも多い。

消えわびぬ移ろふ人の秋の色に身を木枯らしの森の下露（新古今集・恋・一三二〇・定家。我が身は消えることも難しい、心変わりをしたあの人が私に飽きた、という秋の色を見せるので、我が身は恋い焦がれてまるで木枯らしの森の下露のように、涙が流れることだ。）

（松本）

古々比の森 ここひのもり　伊豆。静岡県熱海市。伊豆山神社の奥の森。ただし、『和歌初学抄』では山城とするなど、古来から所在がはっきりしない。『後拾遺集』には伊豆国に流された子を思って詠んだ歌として、「五月闇古々比の森のほととぎす人知れずのみ鳴きわたるかな」（雑・九九六・兼房。五月闇の中の古々比の森のほととぎすが人に知られることなく鳴き続けるように、私は子を思って人知れず泣き続けています。）が載る。この歌のように「子恋ひ」を掛けて詠まれた。

思ひやる古々比の森の雫にはよそなる人の袖も濡れけり（拾遺集・哀傷・一三〇三・元輔。古々比の森の「子恋ひ」のように、亡き子を恋い慕っているあなたのことを思いやると、他人である私の袖も森の雫に濡れるように、涙で濡れることだ。）

（廣木）

越の海　こしのうみ　越前。福井県。

【関連語】帰る雁（合）

旧越前国の海を指す。『万葉集』では巻第三で「越の海の手結《たゆひ》が浦を旅にして見ればともしみ大和偲ひつ」（三・三六七・金村。越の海の手結の浦を旅路で見ると、心引かれ大和のことが思われることだ。）など、また「角鹿《つのが》の浜」（三六六・金村）のような越前の名所に冠して用いられる一方、巻第一七では「有磯《ありそ》」（三九五九・家持）・「信濃の浜」（四〇二〇・家持）など越中の名所と共に詠まれるなど、広く「越路の海」を指したものと考えられる。また、「天つ空一つに見ゆる越の海の浪を分けても帰る雁がね」（千載集・春・三八・頼政。空と一体に見える越の海の、その荒波を分けてでも帰って行ってしまう雁であるよ。）のように「越路」の海ということから「雁」と結んで詠まれた。

越の海あゆの風吹く奈古の海に船はとどめよ浪枕せむ（堀河百首・一四四七・仲実。越の海の東風が吹く奈古の海に船をとめてくれ。しばし旅寝をしよう。）（嘉村）

越の白嶺　こしのしらね　越前。石川県・福井県・富山県・岐阜県。

旧越前国周辺の四県にまたがる山。「白山《しらやま》」の別名。『後撰集』には「年深く降り積む雪を見る時ぞ越の白嶺に住む心地する」（冬・四九九・よみ人しらず。年も深まるころ、深く降り積もる雪を見ると、越の白嶺に住んでいるような心地がする。）とあり、このころには雪深い山として知られていたことがわかる。「み吉野の花の盛りを今日見れば越の白嶺に春風ぞ吹く」（千載集・春・七六・俊成。雪深い吉野が花の盛りを迎えているところをみると、越の白嶺にも春風が吹いていることだろう。）は、春が遅い歌枕を取り合わせた例である。「月」「光」とともに詠まれる歌も少なくない。

冴ゆる夜の越の白嶺を眺むれば雪こそ月の光なりけれ（正治初度百首・一五九二・範光。冴え渡る夜に越の白嶺を眺めると、雪が月の光のように白く光っていたことだ。）（嘉村）

巨勢山　こせやま　大和。奈良県御所市。

御所市古瀬の西方にある山。神体山的な山で、巨勢山《こせやま》口《ぐち》神社が鎮座する。大和から紀伊への通路にあたり、西側のふもとに巨勢野がある。『万葉集』で太上天皇（持統）が紀伊国に行幸した際の人足の作、「巨勢山のつらつら椿つらつらに見つつ偲はな巨勢の春野を」（一・五四。巨勢山の、点々と連なって花をつけている椿をつらつらと見ながら偲ぼうよ、巨勢野の春の景色を。）で知られる。この他の作例は珍しい。

巨勢山のつらつら椿つらからば逢ふにはかへぬ身をやつくさん（隣女集・一四九二。巨勢山のつらつら椿ではないが、このようにつらいので、あの人と逢うことと引き換えにもならないこの身を尽くすのだろうか。）

（山本）

古奴美の浜 こぬみのはま　駿河。静岡県静岡市。

興津、袖師付近の海岸とする。『万葉集』に「磐城山ただ越え来ませ磯崎の許奴美の浜に我立ち待たむ」（一二・三一九五・作者未詳。磐城山をまっすぐに越えていらっしゃい。磯崎の許奴美の浜に私は立ってあなたを待っているよ。）と詠まれる。この『万葉集』歌は下河辺長流の『続歌林良材集』に拠ると、「古奴美浜」に住む女神の歌とされ、浜に妻を置いて通う男神が来られなくなったことから、この浜が「古奴美」と名付けられたという。後に詠まれた歌も、「来ぬ身」を掛けて詠まれるようになる。

跡絶えて今は古奴美の浜楸《はまひさぎ》いく世の波の下に朽ちなん（続後撰集・恋・一〇〇四・家隆。跡は絶えて今は人も来なくなった古奴美の浜に生える浜楸よ。幾世の波に洗われて朽ち果てたのだろうか。）

（松本）

木幡 こはた　山城。京都府宇治市木幡。

【関連語】関*（竹）

京都から宇治へ途中の集落で、東に木幡山、西に宇治川（木幡川）が流れる。もともとは京都市伏見区深草のあたりまでを含んだ地名であったらしい。『万葉集』に「山科の木幡の山を馬はあれど徒歩《かち》ゆそ我《あ》が来し汝《な》を思ひかねて」（一一・二四二五・作者未詳。山科の木幡の山を馬はあるけれども歩いて私はやってきました。あなたを思う気持ちに堪えかねて。）と詠まれ、この歌の影響下で『源氏物語』「椎本」巻に「御使ひは木幡の山のほども、雨もよにいと恐ろしげなれど、さやうのもの怖《お》ぢすまじきをや選《え》り出でたまひけむ。むつかしげなる笹の隈を、駒引き留むるほどもなくうち早めて、片時に参り着きぬ。」と描かれ、その風情が定着した。「こは誰」を掛けて詠まれることがある。

山城の木幡がつらき跡つけて雪げの後に今朝は出づ

らん（嘉元百首・二一五五・国冬。山城の木幡のあたり、誰がつらい思いで足跡をつけて、雪の降った後の今朝、ここを出ていったのだろう。）

木幡川　こはたがは

木幡川こは誰が言ひし言の葉ぞなき名すすがむ滝つ瀬もなし（拾遺集・恋・七〇六・よみ人しらず。木幡川の名から連想するが、このような浮き名の噂を誰が言いふらしたのか。木幡川にはそのような噂を濯ぐ滝つ瀬もない。）

木幡の里　こはたのさと

【関連語】馬*・*徒人《かちびと》（合）

我が駒をしばしと借るか山城の木幡の里にありと答へよ（千載集・雑・一一七三・俊頼。私の馬をしばらくと言って借りようとするのか。その者には馬は山城の木幡の里に置いてあると答えよ。）

木幡の峰　こはたのみね

雪深き木幡の峰を眺めても宇治のわたりに人や待つらん（秋風抄・冬・一六九・承明門院小宰相。雪の深い木幡の山の峰を眺めては見たが、その先にある宇治のあたりで、このような私を待っている人はいるだろうか。）

木幡山　こはたやま

【関連語】山科・馬・伏見・徒人・夜寒・衣打つ（竹）

木幡山君が往き来は馴れにしを徒歩より送る旅ぞ悲しき（新後拾遺集・雑・一四六八・宗成。木幡山のあたりの行き来をあなたは馴れてはいたが、今日、あなたの遺骸を徒歩で送ることになったのは悲しいことだ。）

（廣木）

恋の山　こひのやま　下野。栃木県。

所在未詳。『家持集』の「誰をかは恋の山辺のほととぎす草の枕にたびたびは鳴く」（六五。誰を恋い慕っているのであろうか、恋の山のほととぎすは、旅寝の枕元にたびたび鳴いている。）のように、「恋ひ」の意を意識して用いられる。また、時代が下ると山を「恋」の比喩として詠む用法も表れる。

恋の山繁き小笹の露分けて入り初《そ》むるより濡るる袖かな（新勅撰集・恋・六五七・顕仲。深い恋の山に笹の露をかき分けて入り始めた時から、恋するつらさに濡れてしまう袖であることだ。）

（嘉村）

狛　こま　山城。京都府木津川市山城町上狛。木津川（泉川）が東から北へ湾曲するあたりの地。高麗から渡来した人々と関わる地名らしい。河川および南北に京都から奈良への街道が通る交通の要衝で、付近には八世紀半ば頃、恭仁《くに》京が造られた。『万葉集』に「狛山に鳴くほととぎす泉川渡りを遠みここに通はず」（六・一〇五八・福麻呂《さきまろ》。狛山で鳴いているほととぎすは泉川の渡りを越えたこちらまでの距離が遠いので、ここまでやって来ないことだ。）と詠まれており、この近くに「狛山」のあったことも知られる。「狛山」は今の三上山かという。高麗人が生産を始めたと思われる瓜の産地で、催馬楽「山城」には「山城の　狛の渡りの瓜作り…」と歌われている。

音に聞く狛の渡りの瓜作りとなりかくなりなる心かな（拾遺集・雑・五五七・国章。名高い狛のあたりの瓜作りは、瓜があのようにこのように生《な》るように、あれこれ定まらない心でいることだ。）

狛野　こまの

大和とも韓《から》とも見えず山城の狛野に咲ける撫子《なでしこ》の花（万代集・夏・七四八・頼信。大和の大和撫子とも朝鮮の高麗のものとも思えない。山城の狛野に咲いている撫子の花よ。）

狛山　こまやま

五月雨は渡りを遠み泉川狛山見えず雲ぞ懸かれる（洞院摂政家百首・四三六・家隆。五月雨は泉川の川向こうをいつも以上に遠く感じさせる。狛山も雲が懸かって見えないことだ。）　（廣木）

昆陽　こや　摂津。兵庫県伊丹市昆陽。

【関連語】芦・駒・雪・菖蒲《あやめ》・猪名野《ゐなの》（竹）

猪名川と武庫川の間の平野部。猪名野の一部。荒涼とした土地柄で、「昆陽の池」は行基が築いたとされている。西国への道筋に当たり、源平の一の谷合戦の折に、源氏方は「昆陽野」に陣を張ったという。『平家物語』九「老馬」には「源氏昆陽野を立って、やうやう生田の森に攻め近づく。雀の松原・御影《みかげ》の杜《もり》・昆陽野の方を見渡せば、源氏手々《てんで》に陣を取って、遠火を焚く。」とある。多く、「小屋」「来や」を掛けて、また、「池」の関係で芦が詠み込まれた。

芦の葉に隠れて住みし津の国の昆陽もあらはに冬は来にけり（拾遺集・冬・二二三・重之。芦の葉に隠れて住んでいた津の国の昆陽の小屋も、丸見えになってしまう冬が来たことだ。）

昆陽の池　こやのいけ

【関連語】*鴛《をし》・*氷・*猪名（竹）

鴎こそ夜離《が》れにけらし猪名野なる昆陽の池水上氷せり（後拾遺集・冬・四二〇・長算。鴎でさえ夜、やって来なくなった。猪名野にある昆陽の池の水の表面に氷が張ったことだ。）

昆陽の松原　こやのまつばら

津の国の猪名野の霧の絶え絶えにあらはれやらぬ昆陽の松原（風雅集・秋・六五六・邦省親王。津の国の猪名野に霧がかかり、絶え間絶え間にしか見えない昆陽の松原であることだ。）　（廣木）

小余綾の磯　こゆ〈よ〉る〈ろ〉ぎのいそ　相模。神奈川県中郡・小田原市。

【関連語】*若布・*魚（合）

中郡大磯町から小田原市国府津《こうづ》辺りまでの海浜部をいう。『万葉集』には「相模路の余綾の浜の…」（一四・三三七二・作者未詳。）とあり、「余綾の浜」と同じ場所をいうか。『古今集』に「小余綾の磯たちならし磯菜摘む目刺し濡らすな沖にをれ波」（東歌・一〇九四・よみ人しらず。小余綾の磯の辺りを歩きまわって、海草を摘む少女を濡らすなよ、揺れずに沖で波はじっとしていろ。）と詠まれた。地名に「小揺」「越（超）ゆ」「急《いそ》」が掛けられ、「磯」の縁で「波」「濡」「玉藻」などと共に詠まれた。

君を思ふ心を人に小余綾の磯の玉藻や今も刈らまし（後撰集・恋・七二四・躬恒。あなたを思う心は人を超えている私であるので、小余綾の磯の玉藻を今でも刈りたいと思っている。）　（松本）

懲りずまの浦　こりずまのうら　摂津。神戸市須磨区。

須磨の浦をいう。『古今集』の「懲りずまにまたもなき名は立ちぬべし人にくからぬ世にし住まへば」（恋・六三一・よみ人しらず。懲りもせずに、また実態のない浮き名が立ってしまう。あの人を恋い慕う状況下で生きているので。）に使われた「懲りない状況のままで」の意の「懲りずま」に「須磨」を意識して作られた地名。「須磨」との関わりで塩焼きの事柄が詠み込まれることが多い。

風をいたみ燻る煙の立ち出でてもなほ懲りずまの浦ぞ恋しき（後撰集・恋・八六五・貫之。風がひどく、もやもやと立ち上る塩焼きの煙のように、もやもやと満足しない気持ちであなたのもとを出てきたのだが、やはり

懲りることがなく、懲りずまの浦のあなたのことが恋しく思われます。）（廣木）

衣川 ころもがは　陸奥。岩手県奥州市。

岩手県奥州市の高檜能山から流れる、北上川の支流。名称は上流の衣滝に由来すると言われる。前九年・後三年の役の遺跡が多く残る。『古今著聞集』には「衣河の館、岸高く川ありければ、楯をいただきて甲《かぶと》にかさね、筏を組みて責め戦ふに、貞任等たへずして、ついに城の後より逃れ落けるを、一男八幡太郎義家、衣川に追ひたてせめて、」と衣川周辺の戦いの様子が記される。和歌では『拾遺集』の「袂より落つる涙は陸奥《みちのく》の衣川とぞ言ふべかりける」（恋・七六二・よみ人しらず。袂を伝い流れ落ちる涙は衣の上を川のように流れていくので、陸奥の衣川と言うべきだろう。）のように、「衣」から「袂」を導き、「川」から、袖を濡らす涙を連想して詠まれる。

衣川見なれし人の別れには袂までこそ浪は立ちけれ（新古今集・離別・八六五・重之。長年つきあい馴れた人との別れには、涙が衣の上を衣川のように流れ、袂まで浪が立ってしまうことだ。）（嘉村）

衣手の森 ころもでのもり　山城。京都市西京区嵐山宮町。

【関連語】鳴く蝉・紅葉・時雨・子規《ほととぎす》・涼しき（竹）

松尾大社の摂社である衣手社の森。「夕されば峰の松風訪れて紅葉散り敷く衣手の里」（夫木抄・一四七四一・よみ人しらず。夕方になると峰の松風がここにも吹いて来て、紅葉が散り敷く衣手の里であることだ。）と詠まれた「衣手の里」は松尾大社の境外摂社がある京都市右京区西京極東衣手町の里ともされるが、峰の近くであり詠込まれた景物から、「衣手の森」付近とも考えられる。一般に「衣」が掛けられて詠まれた。

秋ごとに誰か染むらん主知らぬ唐紅の衣手の森（続拾遺集・秋・三六四・顕輔。秋が来るごとに誰が染めるのであろう。誰のものか分からない唐紅の衣のように紅葉する衣手の森であることだ。）（廣木）

衣の関 ころものせき　陸奥。岩手県奥州市。

衣川の岸に存在した関。前九年の役で滅んだ安倍氏の拠点として知られるが、遺構は未発見であり、時代と共に変遷したという説もある。地名として岩手県西磐井郡平泉町平泉衣関があり、ここと対岸がそれぞれ比定地の候補となっている。『枕草子』「関は」の段にもその名が見える。和歌では『後撰集』が早い例で、「直路《ただぢ》とも頼まざらなん身に近き衣の関もありといふなり」（雑・一一六〇・よみ人しらず。簡単にたどりつけるまっすぐな道と思いこんで期待しないでほしい。身に接するものの衣が、衣の関にように身を隔てているということもあるのだから。）と詠まれる。この歌のように衣服の意を含め、また、旅の心を詠む際にも用いられ、関を出発する意の「立つ」に、布地を裁断する「裁つ」を、また「来」に「着」を縁語として詠み込む歌例も見られる。

都出でてたち帰るべきほど遠み衣の関を今日ぞ越えゆく（続拾遺集・羈旅・七一七・行宗。都を出発して、引き返すことが出来る距離はもう遠く向こうになってしまった。今日、衣の関を越えていく。）

（嘉村）

さ行

嵯峨《さが》　山城。京都市右京区嵯峨。

【関連語】御幸《みゆき》・虫・小倉山・萩・女郎花《をみなへし》・古跡《ふるあと》・鹿・露・野宮・きりぎりす・芹川・千代の古道・望月の駒・時雨・花薄・狩人《かりびと》・草分け衣・深草（竹）

愛宕山・小倉山の山麓にあたり、大堰《おおい》川を隔てて嵐山に対する地で、大堰川の左岸から太秦《うずまさ》あたりまで、嵯峨野が開ける。「嵯峨の山」は嵯峨野周辺の山をいう。平安期以来、貴顕の遊興地で、多くの別邸・寺が作られた。『源氏物語』『狭衣物語』『平家物語』など多くの古典の舞台となった。謡曲「百万」では「都の西と聞こえつる嵯峨野の寺に参りつつ、四方《よも》の景色を眺むれば、花の浮木の亀山や、雲に流るる大堰川、まことに憂き世のさがなれや、盛り過ぎ行く山桜、嵐の風、松の尾、小倉の里の夕霞、」と謡われている。「性《さが》」を掛けて用いられることがある。

花薄招くは嵯峨と知りながら留まるものは心なりけり（千載集・秋・二六八・道命。花薄が靡いて人を招くのは習いだとは知っているものの、花薄が咲く嵯峨野に私は留まりたいと思うのである。）

嵯峨野　さがの

小萩咲く秋まであらば思ひ出でむ嵯峨野を焼きし春はその日と（後拾遺集・春・八〇・成助。小萩が咲く秋まで命があったならば、思い出そう。萩のために嵯峨野を焼いていたのは今日という日であったと。）

嵯峨（の）山　さが（の）やま

嵯峨の山千代の古道跡求《と》めてまた露分くる望月の駒（新古今集・雑・一六四六・定家。嵯峨の山の千代の古道の跡を尋ねて、私もまた露を分けながら望月の馬を曳いて来ることです。）（廣木）

鷺坂山　さぎさかやま　山城。京都府城陽市久世。

鷺坂は宇治の南、京都と奈良を結ぶ街道にあった坂。『万葉集』に「白鳥の鷺坂山の松陰に宿りて行かな夜も更け行くを」（九・一六八七・作者未詳。白鳥の鷺坂山の松陰に宿を取って行こう。夜も更けていくので。）と詠まれている。「鷺」の縁で「白鳥の」と冠され、色彩から「雪」が詠み込まれることが多い。この丘陵にある久世神社は日本武尊《やまとたけるのみこと》が死後白鳥と化し、飛来したという伝説により創祀されたと伝えられる。

白鳥の鷺坂山を越え来れば小笹が峰に雪降りにけり（堀河百首・九四九・顕季。白鳥の鷺坂山を越えて来ると小笹の生えている峰に雪が降っていたことだ。）（廣木）

桜川　さくらがは　常陸。茨城県桜川市山口・土浦市。

桜川市山口の桑柄《くわがら》峠にある鏡ヶ池から土浦市を通り霞ヶ浦に注ぐ川。『後撰集』に「常よりも春辺になれば桜川花の波こそ間なく寄すらめ」（春・一〇七・貫之。春の頃になると、桜川では花の波がいつもよりも絶え間なく寄せていることだろう。）と詠まれた。世阿弥作とされる謡曲「桜川」に「この辺りに桜川とて花の名所の候ふ。」と記されるように、桜川は桜の名所として知られていた。名前に因み春の歌に用いられる。

桜川流るる花を塞きとめてとまらぬ春の思ひ出にせん（宝治百首・春・七六九・公相。桜川を流れる桜の花を塞きとめて、留まることのない春の思い出としよう。）（松本）

桜田 さくらだ　尾張。愛知県名古屋市南区。

『万葉集』に「桜田へ鶴《たづ》鳴きわたる年魚市潟《あゆちがた》潮干にけらし鶴鳴きわたる」（三・二七一・黒人。桜田の方へ鶴が鳴いて飛んで行く、年魚市潟では潮がひいたらしい、鶴が鳴いて飛んで行く。）と詠まれた。この歌に詠まれる「年魚市潟」は『日本書紀』などに尾張国とされている。ただし、『八雲御抄』『夫木抄』などは紀伊国、『和名抄（二十巻本）』は武蔵国の「荏原郡、桜田」と記す。「桜田（略）太山桜をいふといへり。」（無言抄）などの説明のように、桜のある田の意で、特定の土地を意識せず詠まれた歌もあるのだろう。「田」の縁で「早苗」「返す」などと結んで詠まれた。

桜田に散り残らばと言ひしかど花見てしもぞ春は恋しき（続古今集・夏・一八七・俊頼。桜田に桜が散り残ったならばよいと言ったけれど、花を見てしまったからには過ぎ去った春が恋しく感じられる。）（松本）

桜井の里 さくらゐのさと　摂津。大阪府三島郡島本町桜井。

『能因歌枕』は摂津の他に山城・伊予も挙げる。また、奈良県桜井市とも。摂津の「桜井」は京都から大阪への西国街道の駅で、『太平記』一六によれば、楠正成《まさしげ》が湊川出陣に際して、子の正行《まさつら》と訣別した地である。「桜」を意識して詠まれることが多い。

秋風の吹くに散りかふ紅葉葉を花とや思ふ桜井の里（実方集・二〇。秋風が吹くにつけ散り乱れる紅葉の葉は桜の花びらと見えるようだ。桜井の里では。）（廣木）

差出の磯 さしでのいそ　甲斐。山梨県山梨市万力《まんりき》。

笛吹川上流の岸とされる。『古今集』に「塩の山差出の磯に住む千鳥君が御代をば八千代とぞ鳴く」（賀・三四五・よみ人しらず。塩の山の指出の磯に住む千鳥は、あなたさまの御代のことを八千代も続くと言って鳴いている。）と詠まれ、この歌以降は同じく甲斐国の歌枕である「塩の山」や「千鳥」「八千代」などと結んで詠まれることが多い。また、「千鳥」の縁で寒々しい冬の景を詠む歌もあり、「磯」という名から、本来は川岸でありながら海岸をイメージして詠まれるものもある。

沖つ潮差出の磯の浜千鳥風寒からし夜半に友呼ぶ（玉葉集・冬・九一八・長方。沖から潮がさして来る指出の磯の浜千鳥は、風が寒いらしい、夜中に友を呼んで鳴いていることだ。）（松本）

五月山　さつきやま　摂津。大阪府池田市五月丘《さつきがおか》。
【関連語】＊照射《ともし》（竹）
現在、五月山公園がある。『万葉集』に「五月山卯の花月夜ほととぎす聞けどもあかずまた鳴かぬかも」（一〇・一九五三・作者未詳。五月の山の卯の花の咲いている月夜の時のほととぎすの声はいくら聞いても飽き足らない。また鳴かないだろうか。）と詠まれているが、これは地名ではないとされた。しかし、『歌枕名寄』で摂津の歌枕とされ、次第に固有名詞化していった。語義からも「五月」を掛けて詠まれ、また、「照射」が詠み込まれることが多い。
五月山木《こ》の下《した》闇に点《とも》す火は鹿の立処《たちど》の導《しる》べなりけり
（拾遺集・夏・一二七・貫之。五月の五月山の木の下の暗がりに点している照射の火は、鹿が立っているところを知らせるものなのであったなあ。）　（廣木）

佐野　さの　上野。群馬県高崎市。
【関連語】舟橋・手馴れ駒・五月雨・旅人・茎立《くくたち》（竹）
上佐野町、下佐野町、佐野窪町周辺を指す。『枕草子』に「橋は…佐野の舟橋」とあるように、特に舟橋が著名。『万葉集』に上野国歌として「上野の佐野の茎立《くくたち》折り生《は》やし我は待たむゑ今年来ずとも」（一四・三四〇六・作者未詳。佐野に生える菜っ葉の茎の先を折っては生やし、折っては生やしして、私は待っていよう。今年、あなたが来なくとも。）と詠まれている。「佐野の中川」は佐野の地を流れる川で、「佐野の舟橋」が掛けられていたことで知られる。「佐野の舟橋」は「橋」の縁から、「上野の佐野の舟橋取り放し親は離《さ》くれど我は離《さか》るがへ」（一四・三四二〇・作者未詳。上野の佐野の舟橋を取り外して親は私たちの中を離れさせるが、私たちは離れるものか。）などと間を隔てるものとして恋歌に用いられた。「佐野」の音韻から「さのみ」を引き出すことがある。

佐野の中川　さののなかがは
住み慣れし佐野の中川瀬絶えして流れ変はるは涙なりけり（千載集・恋・八九〇・仲綱。住み慣れた佐野の中川の瀬が絶えて、流れが変わってしまうように、私との中が絶えて、あなたは他の方のもとへ通うことになってしまい、私は涙にくれることです。）

佐野の舟橋　さののふなはし
東路《あづまぢ》の佐野の舟橋かけてのみ思ひ渡るを知る人のなさ（後撰集・恋・六一九・等。東路の佐野の舟橋をかけるように、長い間思いをかけ続けていることを、

知ってくれる人がいないことだ。）（嘉村）

佐野の渡り さののわたり　大和。奈良県桜井市三輪。

【関連語】三輪*・駒*（竹）

初瀬川の渡し場。元来は和歌山県新宮市三輪崎・佐野のあたりの地を指す。熊野街道が通っていた。『万葉集』に「苦しくも降り来る雨か三輪の崎佐野の渡りに家もあらなくに」（三・二六五・奥麻呂《おきまろ》。つらいことに降ってきた雨だ。三輪の崎の佐野の辺りには家もないのに。）と詠まれている。この地が「三輪」の縁からか、『五大集歌枕』などでは大和とされるようになった。宗碩の『佐野わたり』でも大和路で、「初瀬路に出で立ちて、三輪が崎行くほど、雨俄に降り来ぬ。」と述べ、末尾で「この旅の日記は、三輪が崎の雨の景色忘れがたきにより記しつけ侍れば、『佐野のわたり』と申すべからん。」としている。奥麻呂の歌以来、旅の愁いを感じさせる場所とされた。

駒止めて袖うち払ふ陰もなし佐野の渡りの雪の夕暮れ（新古今集・冬・六七一・定家。馬を留めて袖に懸かる雪をふり払う物陰もないことだ。佐野の渡し場の雪の夕暮れ時よ。）（廣木）

沢田川 さはだがは　山城。京都府木津川市加茂町。

加茂町あたりを流れる木津川（泉川）の別名。付近に聖武天皇の都、恭仁《くに》京があった。催馬楽「沢田川」に「沢田川　袖着くばかりや　浅けれど　はれ　浅けれど　恭仁の宮人や　高橋渡す　あはれ　そこよしや　高橋渡す」とある。一般に、この催馬楽の影響下で詠まれる。

五月雨に水増さるらし沢田川槇の継橋浮きぬばかりに（金葉集・夏・一三八・顕仲。沢田川は五月雨で水かさが増したらしい。槇で作られた継橋が浮いてしまうほどに。）（廣木）

佐保 さほ　大和。奈良県奈良市。

【関連語】柞《ははそ》の紅葉・月・千鳥・川霧・木の葉・天の川・雁・鶴・春日山・藤袴《ふぢばかま》・時雨・正木《まさき》の葛・神・四手《しで》・駒・楢の葉《は》柏《がしわ》・衣干す・青柳・三笠（竹）

奈良市中央部北方、佐保川上流域一帯の総称。平城京の都人達にとって馴染み深い地で、『万葉集』以来多くの歌に詠まれた。特に「佐保山」「佐保川」が好んで題材とされた。東大寺転害《てがい》門から法華寺に至る一条南大路を佐保路（道）といい、平城京貴族の住宅地であった。『万葉集』には「我が背子が見らむ佐保道《さほぢ》の青柳を手折りてだにも見むよしもがも」（八・一四三二・坂上郎女《さかのうへのいらつめ》。あなたが御覧になっているでしょう佐保路の青柳を、手折った枝だけでも見られたらいいのに。）と歌われている。「佐保川」は春日山を源とし、奈良市北部を西南に流れて大和川に注ぐ。「佐保川の岸のつかさの柴な刈りそありつつも春し来たらば立ち隠るがね」（万葉集・四・五二九・坂上郎女。佐保川の岸の高みの柴は刈らないでおくれ、そのままにして、春が来たならば、立ったまま忍んで逢えるように。）などと詠まれている。「佐保山」は現在の奈良市北東の丘陵。大伴家持が亡妻を偲んだ歌に、「佐保山にたなびく霞見るごとに妹を思ひ出で泣かぬ日はなし」（万葉集・三・四七三。佐保山にたなびく霞を見るたびに、妻を思い出して泣かない日はない。）と詠まれている。平城京の東に位置し、五行説では春の方角にあたるため、春の女神である佐保姫のイメージが生成されてゆくが、「佐保山」が単独で詠まれる場合は必ずしも季は春に限定されず、秋の景が詠まれる場合も少なくない。

佐保川　さほがは

【関連語】柳*・春日*・岸*（竹）

佐保川の霧のあなたに鳴く千鳥声は隔てぬものにぞありける（後拾遺集・冬・三八八・頼宗。佐保川の霧の向こう側で鳴く千鳥、その姿は見えないが、声は霧にも隔てられないものだなあ。）

佐保道〈路〉　さほぢ

【関連語】奈良*（竹）

夕霧に千鳥の鳴きし佐保道《さほぢ》をば荒らしやしてむ見るよしをなみ（万葉集・二〇・四四七七・円方女王《まとかたのおほきみ》。夕霧の中で千鳥が鳴いていた佐保路は荒れてゆくことだろうか、通う理由もないので。）

佐保（の）山　さほ（の）やま

【関連語】柞*（竹）

佐保山の柞の紅葉散りぬべみ夜さへ見よと照らす月影（古今集・秋・二八一・よみ人しらず。佐保山の柞の紅葉した葉が散りそうなので、昼だけでなく夜さえも見よというかのように照らす月影よ。）（廣木）

小夜の中山　さや〈よ〉のなかやま

遠江。静岡県掛川市・島田市。

【関連語】岩がね・枕・雪・甲斐が峰・時雨・神無月・時鳥《ほととぎす》・鳥の音・霜・篠の葉・夕霧・鹿・槇の葉（竹）

掛川市佐夜鹿と島田市金谷の境にある峠。『海道記』に「左も深き山、右も深き谷、一峰に長き路は堤の上に似たり。」と記される東海道の難所の一つで、紀行文にも頻繁に記された。もとは「さやの」だが、後に「さよの」と詠む例もある。『古今集』に「東路《あづまぢ》の小《さ》夜《や》の中山なかなかに何しか人を思ひそめけむ」（恋・五九四・友則。東海道にある小夜の中山が道の途中であるように、どうして中途半端にあの人を恋い慕いはじめたのだろう。）と詠まれ、以降「中山」から「なかなか」が導かれたり、「東路の小夜の中山さやかにも…」（新古今集・羇旅・九〇七・忠岑）のように同音の「清《さや》か」が続けて詠まれたりした。はっきりと、の意の「清《さや》」と「小夜」を掛け、「月」が詠まれる歌も多い。また、羇旅歌に多く用いられることから、旅寝のさまや「風」「嵐」などの景物と共に歌われた。

年たけてまた越ゆべしと思ひきや命なりけり小夜の中山（新古今集・羇旅・九八七・西行。年老いて、また越えることができると思っただろうか、これも命あってのことだ、小夜の中山を越えるのも。）

（松本）

狭山の池　さやまのいけ　河内。大阪府大阪狭山市。

【関連語】*三稜草縄《みくりなは》（合）

天野川と今熊川とが流れ込む三角地帯に作られた池で、日本最古の人工池とされる。たびたび決壊し、行基などによって修築されたという伝承が残る。「水草」、それに関わる語が詠み込まれることが多い。

春深み狭山の池の根蓴菜《ねぬなは》の苦しげもなく蛙《かはづ》鳴くなり（永久百首・一二一・仲実。春が深まったので、狭山の池の蓴菜《じゅんさい》を苦労なく巻き上げられるように、何の憂いもなく蛙が鳴いていることだ。）

（廣木）

更科　さらしな　信濃。長野県長野市・千曲市。

【関連語】姨捨山・月・衣打つ・木曽路・鶉（竹）

信濃国の郡の一つ。「更級」とも。『古今集』に「我が心なぐさめかねつ更科や姨捨山に照る月を見て」（雑・八七八・よみ人しらず。私の心は慰められることはない、更科の姨捨山に照っている月を見ていても。）と詠まれた。この歌は、年老いた養母を姨捨山に捨ててしまったことを嘆く男の歌として『大和物語』（一五六）『今昔物語集』

（三〇・九）などに載る。後の歌例のほとんどはこの著名な姨捨山の説話の影響下にある。よって「月」や「慰めかねつ」などの用語と共に詠まれた。また、「いづこにも月は分かじをいかなればさやけかるらむ更科の山」（千載集・秋・二七七・隆源。どこに出る月であっても区別はあるまいに、どうして更科の月は清らかなのだろうか。）などの歌例のように、月の美しく見える場所としてこの地を詠む歌も多い。「更科川」は千曲川のことで、この地を流れる時に更科川と呼ばれるとされるが、「更科山」と同様、特定の川や山を指さず、更科にある川をいうとも。「更科の里」は姨捨山（現在の冠着山）に対し西南にあった里。

更科や姨捨山に月見ると都に誰か我を知るらん（千載集・羈旅・五一二・季通。更科の姨捨山に月を見ていると、都にいる誰が今の私を知っているだろうか。）

更科川　さらしながは

今さらに更科川の流れても憂き影見せむものならなくに（新勅撰集・雑・一三〇九・よみ人しらず。今さら更科川が流れるように生きながらえて、つらい姿をあなたに見せるものではないのに。）

更科の里　さらしなのさと

【関連語】衣打つ・木曽路・鶉（随）

遙かなる月の都に契りありて秋の夜明かす更科の里（建保名所百首・五四三・定家。遙か遠い月の都との契りがあるからか、秋の夜を更科の里で月を眺め明かすことだ。）

更科山　さらしなやま

月影は飽かず見るとも更科の山の麓に長居すな君（拾遺集・別・三一九・貫之。月の光は飽きることなく見ても慰められない、と歌にも詠まれるのだから、更科の山の麓に長居はするな、君よ。）　（松本）

曝井　さらしゐ　常陸。茨城県水戸市愛宕町。

『五代集歌枕』では紀伊とするが、『常陸国風土記』「那賀《なか》の郡」の条に「郡《こほり》より東北の方、粟河を渡りて駅家《うまや》を置けり。そこより南に当たりて、泉坂の中に出づ。多《さは》に流れていと清く、曝井と謂ふ。」と見え、女性が布を曝したところだとある。『万葉集』には「那賀郡の曝井の歌」と題されて、「三栗《みつぐり》の那賀に向かへる曝井の絶えず通はむそこに妻もが」（九・一七四五・作者未詳。三栗の那賀の真向かいにある曝井のように絶え間なく通っていきたい妻がいればよいのに。）と詠まれている。

曝井の木の下陰に雪降れば衣手寒し蟬は鳴けども

（堀河百首・五三六・俊頼。曝井の木の下陰に雪が降ると袖が寒々と感じる。たとえ蟬が鳴いていたとしても。）

（廣木）

猿沢の池　さるさはのいけ　大和。奈良県奈良市。

【関連語】＊玉藻・＊我妹子《わぎもこ》（合）

興福寺の南にある池。同寺の放生池。『大和物語』一五〇に、一度だけ帝の寵を得たものの、再び召されることのなかったある采女《うねめ》が、悲しみのあまりこの池に身を投げ、それを聞いて哀れに思った帝が池に御幸して柿本人麻呂とともに歌を詠んだ説話がある。人麻呂歌は『拾遺集』にも「我妹子《わぎもこ》が寝くたれ髪を猿沢の池の玉藻と見るぞ悲しき」（一二〇・一二八九。私の愛しい人の寝乱れた髪を、猿沢の池になびく美しい藻として見ることが悲しい。）として所収されている。『枕草子』の「池は」でも同様の伝承が触れられ、後には謡曲「采女」の題材ともなった。現在も当地では中秋の名月の日に采女祭が行われている。和歌も、ほとんどがこの采女の伝承を念頭に置いて詠まれたものである。

我妹子《わぎもこ》が身を捨ててより猿沢の池の堤や君は恋しき

（拾遺集・物名・四一一・輔相。愛しい人が身を投げてから、その猿沢の池の堤を君は恋しく思うのだろうか。）

（山本）

志賀　しか　筑前。福岡県東区志賀島。

【関連語】塩焼く海人《あま》・若布《め》刈る袖（竹）

博多湾の沖にあって、この島に繋がる海の中道は玄界灘と博多湾を区切る防波堤の位置にある。『万葉集』に「志賀の海女《あま》は海布《め》刈り塩焼き暇《いとま》なみ櫛笥《くしげ》の小櫛《をぐし》取りも見なくに」（三・二七八・石川少郎。志賀の海女は海藻を刈ったり塩を焼いたりして暇がないので、化粧道具入れの中の櫛を取り出して見ることもない。）と詠まれて以来、「海女」または「海人」のいる島として詠み続けられた。「志賀の島」とする時には「つれなく立てる志賀の島かな（為助）／弓張の月の入るにも驚かで（国忠）」（金葉集・雑・六五五。そっけなく立っている鹿のような志賀の島であることだ。／弓張月で射ても、弓張月が沈んでも驚く気配もなく。）という連歌にあるように、「鹿」が掛けられ、その縁で「弓張月」が景物として詠まれる。

志賀の海人《あま》の釣りに点《とも》せる漁《いさ》り火《び》のほのかに妹を見るよしもがな（拾遺集・恋・七五二・よみ人しらず。志賀の漁師が釣りをするために点している漁り火のように、ほのかにでも愛する人を見る手だてがあればよいのになあ。）

志賀の島　しかのしま

【関連語】*弓張月（合）

見よや人志賀の島辺と急げども鹿《か》の子《こ》まだらに波ぞ立つめる（重之集・五。見てみなさい、あなたよ。志賀の島のところへと急いでも、この島は鹿に縁があるから鹿の子まだらに波が立っているようなので。）

（廣木）

志　賀　しが　近江。滋賀県大津市。

【関連語】古郷《ふるさと》・千鳥・松・御祓《みそぎ》・九折《つづらをり》・山桜・長《なが》良山《らやま》・唐崎・花園・帰る雁・釣舟・紅葉・比良・霰・月（竹）

旧近江国滋賀郡一帯の地。琵琶湖の西南岸の地。「滋賀」とも。大津宮が置かれた旧都であり、『万葉集』以降、「楽浪《ささなみ》の志賀の唐崎幸《さき》くあれど大宮人の舟待ちかねつ」（一・三〇・人麻呂。志賀の唐崎は昔と変わらずあるが、大津の宮の都人の舟が来るのを待ちかねている。）のように、かつてそこにあった都への懐旧が詠まれる。また、多く、枕詞として「ささなみの」（中古以降は「さざなみの」）を冠す。平安時代には、志賀寺詣が流行し、その道を「志賀の山越え」と称し、屏風絵にも描かれた。「津」「海」「浦」「大輪田」（大きな入り江の意）など琵琶湖に関係した地形や、それを取り巻く「里」「山」、大津の宮を指すとされる「志賀の花園」「志賀の都」などとともに、『万葉集』への関心が高まった院政期から『新古今集』の時代にかけて盛んに詠まれた歌枕。湖に関する景物の他、「桜」や「月」「紅葉」、比良山から吹き下ろす「山風」「雪」などが取り合わせられた。謡曲「志賀」は当地を舞台とする。

花の色は昔ながらに匂へども誰かは訪《と》はむ志賀の春風（後鳥羽院御集・二一五。花の色は昔のまま美しく照り輝いているけれども、その過ぎ去った昔を知っているだれが訪れることができようか。志賀の春風の中を。）

志賀津　しがつ

さざ浪や志賀津の海人になりにけり海松布《みるめ》はなくて袖ぞしほるる（六百番歌合・一一七一・季経。さざ浪の立つ志賀津の海人になってしまったことだ。海松布ならぬ、あなたに会う機会もなく、袖が湖の水ではなく涙で濡れそぼっている。）

志賀の海　しがのうみ

【関連語】*海人《あま》（竹）

志賀の海や鳰照る浪を見わたせば月にいざよふ海人の釣舟（千五百番歌合・一三四五・家隆。志賀の海の湖面に輝く浪を見渡すと、月にたゆたう海人の釣り舟が見えることだ。）

志賀の浦　しがのうら

【関連語】海人の釣舟・漁《いさ》り火（随）

さざ浪や志賀の浦風いかばかり心の内の涼しかるらん（拾遺集・哀傷・一三三六・公任。さざ浪のたつ志賀の浦を吹く風のように、出家をした心中はどれほど清々しいものであろうか。）

志賀の大輪田　しがのおほわだ

蛍飛ぶ志賀の大輪田闇更けて海人なき浦に海人の漁り火（拾玉集・四三二四。蛍が飛び交う志賀の大輪田は、海人たちが漁をやめて闇が深くなったその浦に、あるはずのない海人の漁り火が見えることだ。）

志賀の里　しがのさと

麓なる志賀の里にや眺むらん我が山の端の春の曙（拾玉集・二一七九。麓にある志賀の里では眺めることができるだろうか。私の住む比叡山の稜線にあらわれた春の曙の光景を。）

志賀の花園　しがのはなぞの

【関連語】*都を思ふ（拾）

さざ浪や志賀の花園見るたびに昔の人の心をぞ知る（千載集・春・六七・成仲。さざ浪の立つ志賀の花園を見るたびに、花に心を寄せた、古の都人の心が思われることだ。）

志賀の都　しがのみやこ

【関連語】*長柄《ながら》（竹）

さざ浪や志賀の都は荒れにしを昔ながらの山桜かな（千載集・春・六六・よみ人しらず〈忠度〉。さざ浪の志賀にあった旧都・大津宮は荒廃してしまったが、昔に変わらず、長柄の山には山桜が咲いているよ。）

志賀の山　しがのやま

桜花道見えぬまで散りにけりいかがはすべき志賀の山越え（後拾遺集・春・一三七・成元。桜の花が道も見えなくなるまで散っている。辿るべき道もわからず、どうしたらよいのだろうか、志賀の山越えをするには。）

（田代）

志賀須賀の渡り　しかすがのわたり　三河。愛知県豊橋市。

豊川（吉田川）の河口にあった渡し場。『枕草子』や『更級日記』に「三河と尾張となる志賀須賀の渡り」として名が見えるが、早くに荒廃したようである。『拾遺集』「惜しむともなき物ゆゑに志賀須賀の渡りと聞けばただならぬかな」（別・三一六・赤染衛門。あなたとの別れを惜しむというわけでもないが、そうはいっても志賀須賀の渡りを行くと聞くと平然とした気持ちではいられないことだ。）の歌のように、それはそうだが、の意の「しかすがに」を掛け、躊躇する気持ちを詠むことが多い。

行く人も立ちぞわづらふ志賀須賀の渡りや旅の泊まりなるらん（金葉集・雑・五八三・家経。旅行く人も立ち煩う志賀須賀の渡りが今日の旅の宿泊地となるのだろう。）

（松本）

飾　磨　しかま　播磨。兵庫県姫路市飾磨区。

【関連語】市・民・川・里人・藍・時雨・霞・海人《あま》の釣舟・氷（竹）

播磨灘に面しており、港があり、「江」「津」「浦」などが詠まれた。「飾磨川」はこの地を流れている川で、『万葉集』に「わたつみの海に出でたる飾磨川絶えむ日にこそ我《あ》が恋止《や》まめ」（一五・三六〇五・作者未詳。わたつみの海に注いでいる飾磨川が絶える日があるならば、その日こそ私は恋することを止めるだろう。）と詠まれている。「藍」による「褐染《かちぞ》め」で知られていた。また、飾磨川の河口の港付近に立つ市も有名であった。「〜し（為）」を掛けて用いられることがある。

播磨なる飾磨に染むるあながちに人を恋しと思ふ頃かな（詞花集・恋・二三〇・好忠。播磨にある飾磨には褐色に染めるという藍染めがあるが、その褐の語のようにあながちに、つまりやたらにあの人が恋しいと思うこの頃であることだ。）

飾磨川　しかまがは

冬されば海にも出でず飾磨川水上遠く氷りしにけり（洞院摂政家百首・八六七・光俊。冬が来ると海まで流れ出てこない飾磨川である。遥か遠方の水上が氷っているのであるなあ。）

飾磨の市　しかまのいち

恋をのみ飾磨の市に立つ民の絶えぬ思ひに身をや変へてん（千載集・恋・八五七・俊成。飾磨の市に立つ民が途絶えないように、恋ばかりをして、恋する心

が絶えない我が身をそのようではない身に変えてしまいたいものだ。）（廣木）

信楽 しがらき　近江。滋賀県甲賀市信楽町。

【関連語】槇《まき》・雪・霰・桜・宮木・紅葉・時雨・子規《ほととぎす》・鳴神《なるかみ》・夕立・衣打つ（竹）

奈良時代には、聖武天皇の紫香楽宮《しがらきのみや》が置かれた。平安時代以降和歌に詠まれるようになった地で、廃都のイメージや、雪深さや寒さ、春の訪れの遅さなどが詠まれる。「信楽の里」は、紫香楽宮が営まれた所にあった信楽村のこととされ、「信楽の山」は、「信楽の外山《とやま》」（外山は人里近い山）とも言い、宮木をとる杣山であったようで、「槇」や「杣山《そまやま》」「杣人」「杣川」が景物であった。

都だに雪降りぬれば信楽の槇の杣山跡絶えぬらん

（金葉集・冬・二九一・隆源。都でももう雪が降ったので、信楽の槇の杣山には人の訪れも絶えたことだろう。）

信楽の里 しがらきのさと

春浅き篠《すず》の籬《まがき》に風冴えてまだ雪消えぬ信楽の里

（山家集・九六七。春が浅く、篠竹の籬に風が冷たく冴えて、まだ雪解けの気配もない信楽の里であるよ。）

信楽の（外）山 しがらきの（と）やま

【関連語】＊槇立山《まきたつやま》（随）

信楽の戸山の奥に声すなり埋《うづ》もれ弱る槇の雪折れ

（壬二集・一四八八。信楽の外山の奥のほうで音がするのである。高く積もった雪に埋もれて、枝や幹が弱った槇の雪折れの音が。）（田代）

敷津 しきつ　摂津。大阪市住之江区。

住吉大社の西の海岸あたりを言い、参詣の貴顕の舟遊びの場であった。『万葉集』に「住吉《すみのえ》の敷津の浦の名告藻《なのりそ》の名《な》は告《の》りてしを逢はなくもあやし」（一二・三〇七六・作者未詳。住吉の敷津の浦に生える、名を名告るなという名を持つ名告藻に従わないで、名を名乗ったのにあなたに逢えないというのは不可思議なことだ。）とあるように、「敷津の浦」と詠まれることが多い。「敷き」「頻《しき》」を掛けて用いられることも一般的であった。

舟ながら今宵ばかりは旅寝せむ敷津の浪に夢は覚むとも（新古今集・羈旅・九一六・実方。舟の中で今宵は旅寝しよう。敷津の浪の音に夢が覚まされても。）

敷津の浦 しきつのうら

藻塩草敷津の浦の寝覚めには時雨にのみや袖は濡

れける（千載集・羇旅・五二六・俊恵。藻塩草という海藻を敷くような敷津の浦に旅寝をした時の寝覚めでは、時雨によってだけ袖が濡れるのだろうか。涙でも濡れることであろう。）　（廣木）

樒が原　しきみがはら　山城。京都市右京区嵯峨樒原。愛宕山の西の原。「樒」は仏前に供える常緑小高木で、紅葉しないことから、この原も色が変わらない原とされた。「頻《しき》」の意を込めて用いられることが多い。

時雨つつ日数経《ふ》るとも愛宕山樒が原の色は変はらじ（堀河百首・九〇六・顕仲。時雨が頻りに降るようになった日々を経ても、愛宕山の樒が原の草木の色は変わらないことだ。）　（廣木）

下紐の関　したひものせき　陸奥。福島県伊達郡国見町大木戸。

坂上田村麻呂が蝦夷の進攻を防ぐために設置したという伊達の関のこととされる。または「下紐」それ自体を、男女の仲を妨げる関と喩えて詠んだとも。「下紐」は下着の紐で、男女が互いに結び合い、次に逢うときまで解かないとされた。『万葉集』に「我妹《わぎも》子《こ》し我《あ》を偲ぶらし草枕旅のまろ寝に下紐解けぬ」（一二・三一四五・作者未詳。私の愛しい人が私を恋しく思っているらしい。着のみ着のまま旅寝する間に下紐が自然とほどけてしまった。）はそのことを前提にして、相手が逢いたがっているしるしとみたという歌である。「下紐の関」を詠んだ早い例である「現《うつつ》とも夢とも見えぬほどばかり通はば許せ下紐の関」（能宣集・二五七。現実とも夢ともわからないほど通い詰めたなら、逢瀬を許して通してくれ、下紐の関よ。）では地名かどうか不明である。それに対し、『詞花集』の「東路のはるけき道を行き巡りいつか解くべき下紐の関」（別・一八四・よみ人しらず。東路までの遠い道のりを行きめぐって下紐の関を通過できるように、いつになったら逢って下紐を解くことができるだろう。）ははっきりと地名が意識されていると考えられる。地名であっても「下紐」の意を掛け、恋人との離別を詠む。

逢ひ見じと思ひかたむる仲なれやかく解けがたし下紐の関（六百番歌合・恋・一〇〇五・季経。もう逢うまいと思いをかためた仲であったろうか。このようにほどけがたい下紐の関のような下紐であるよ。）　（嘉村）

志筑の山　しづくのやま　常陸。茨城県かすみがうら市。閑居山を言うか。『万葉集』には「筑波山に登る歌」として「師付《しづく》の田居」(九・一七五七・作者未詳)が詠まれる。『堀河百首』に「夜もすがら志筑の山にうらぶれて妻とどのふる小牡鹿の声」(七〇九・顕季。一晩中雫に濡れながら、志筑の山をうなだれて妻を探して呼んでいる小牡鹿の声が聞こえてくる。)とある。地名に「雫」を掛けて詠まれる。

春雨の志筑の山に散る花は木の下ごとの霰とぞ見る(六条院宣旨集・一〇。春雨の雫のかかる志筑の山に散る花は、木の下ごとに降る霰のようである。)

【関連語】鹿*(作)　(松本)

賤機山　しづはたやま　駿河。静岡市葵区宮ヶ崎町・大岩町。

安倍川の左岸沿いの半島状に延びる山地。山中に賤機山古墳がある。室町時代には、今川範政が城を築いた場所としても知られる。『堀河百首』に「時雨の雨まなくしふれば駿河なる賤機山も錦織りかく」(八四九・公実。時雨の雨が絶え間なく降るので、駿河にある賤機山も機で錦を織り掛けたような紅葉が色づいている。)と詠まれた。この歌例のように、「機」の縁で「織」「錦」「衣」などが共に詠まれる。

今朝見れば霞の衣織りかけて賤機山に春は来にけり(続古今集・春・三・兼実。今朝見てみると、霞の衣を織りかけたように、賤機山に霞がたなびいて、春がやって来たのだなあ。)　(松本)

信太の森　しのだのもり　和泉。大阪府和泉市葛の葉町。

【関連語】時鳥《ほととぎす》・泉川・蛍・月・葛・夕立・時雨・空蝉・雪・五月雨(竹)

信太神社(葛葉稲荷社)の森。陰陽師、安倍晴明の母は、葛の葉という女に姿を変えたこの森の狐であった、という伝説で知られる。この森と葛の葉の関係は、「和泉なる信太の森の楠の葉の千枝に分かれてものをこそ思へ」(古今六帖・一〇四九。和泉国の信太の森の楠の葉が千枝に分かれているように千々にものを思うことだ。)の「楠」を「葛」と誤解されたことから生じたという。謡曲「鵜」に「帰り紀の路の関越えて、なほ行末は和泉なる信太の森をうち過ぎて、松原見えし遠里の、こ住の江や難波潟、芦屋の里に着きにけり。」と紀路の重要地として描かれている。「忍ぶ」を掛けて用いられることが多い。

夜だに明けば尋ねて聞かむほととぎす信太の森の方に鳴くなり（後拾遺集・夏・能因・一八九。夜が明ければ尋ねて行って聞きたいものだ。ほととぎすが信太の森の方で忍び音に鳴いていることだ。）

（廣木）

信夫 しのぶ　陸奥。福島県福島市・伊達市。

【関連語】真葛《さねかづら》・時鳥《ほととぎす》・真菅・女郎花《をみなへし》・花・岩つつじ・鶯・帰る雁・浅茅が原・紅葉・葛葉・石文《いしぶみ》・時雨・木枯らし・鹿・萩・衣

（竹）

福島盆地を指す。三山から成る信夫山を中心に、原、浦など広範囲が歌に詠まれる。古代に信夫国が置かれ、律令制のもとで岩代国信夫郡となる。「信夫」に「忍ぶ」「偲ぶ」を重ねて用いられる。そのため恋や懐旧の心情を詠んだ歌に多い。「しのぶ捩摺《もぢずり》り」は源融が「陸奥《みちのく》のしのぶ捩摺り誰ゆゑに乱れそめにし我ならなくに」（古今集・恋・七二四。陸奥のしのぶ捩摺りのように、心が乱れ始めたのは誰のせいだというのか、あなた以外のだれのせいでもなくこのようになった私だというのに。）と詠んで以降、『伊勢物語』初段など後世に影響を与えた。この「しのぶ捩摺り」は忍ぶ草による染色摺りとも、信夫で産する染色摺りとも言われる。『俊頼髄脳』は後者の説をとり、「所の名と、やがて、その摺りの名とを、続けて詠めるなり。」としている。『奥の細道』には「しのぶもぢ摺の石」が、模様のある面を下にして埋もれている様が記され、現在でもその石が残る。

信夫が原 しのぶがはら

人目のみ信夫が原に結《ゆ》ふ標《しめ》の心の内に朽ちや果てなん（続古今集・恋・一〇六〇・家隆。人目ばかりを忍んで、標を結うように心の中で結んでいた思いは、標が朽ちるように、伝えないままで終わってしまうのだろうか。）

信夫の浦 しのぶのうら

うちはへて苦しきものは人目のみ信夫の浦の海人《あま》の栲縄《たくなは》（新古今集・恋・一〇九六・二条院讃岐。長々と続いて苦しいものは、信夫の浦で漁師が栲縄を引くことだが、それと同様に、人目を忍ぶ私の恋も長く続いて苦しいことだ。）

信夫の里 しのぶのさと

君をのみ信夫の里へ行くものを会津の山の遙けきやなぞ（後撰集・離別・一三三一・滋幹女。あなたをのみ思い慕うという名の「信夫の里」へ行くというのに、逢うという名を持つ「会津の山」が遠いのはどうしたことでしょうか。)

信夫の森　しのぶのもり

ひまもなく落つる時雨に風寒《さ》えて信夫の森は垂氷《たるひ》しにけり(正治初度百首・冬・一二六七・隆信。間断なくしたたり落ちてくる時雨に冷たい風が吹いて、信夫の森につららができたことだ。)

信夫の岡　しのぶのをか

何事を信夫の岡の女郎花思ひしをれて露けかるらん(続古今集・秋・三三五・俊恵。信夫の岡に生える女郎花は、何を忍び思って露がちにしおれているのだろうか。)

信夫山　しのぶやま

時鳥なほ初声を信夫山夕居る雲の底に鳴くなり(千載集・夏・一五七・守覚。時鳥はまだ初声を忍び音で、信夫山にかかる夕雲の下で鳴いているのであるな。)　(嘉村)

四極山　しはつやま　摂津。大阪市東住吉区。

『五代集歌枕』『歌枕名寄』などで「豊前」とし、他に「豊後」「三河」「近江」など諸説ある。『日本書紀』雄略天皇紀一四年正月条の「住吉津《すみのえのつ》に泊《は》つ。この年に、呉客《くれのまれひと》の道を為《つく》りて、磯歯津路《しはつのみち》に通はして呉坂《くれさか》と名づく。」を参考にすれば、東住吉の山坂神社付近の台地かと思われる。ただし、『万葉集』の「四極山うち越え見れば笠縫《かさぬひ》の島漕ぎ隠る棚なし小船」(三・二七二・黒人。四極山を越えて見渡すと、棚なし小船が笠縫の島に隠れつつ漕ぎ行くことだ。)は三河国から近江国付近の羇旅歌の一首である。

四極山梢の下葉を折り敷きて今宵はさ寝ん都恋しみ(続後撰集・羇旅・一二九七・俊成。四極山の梢の下葉を折り敷いて、今宵は一緒に寝よう。都が恋しいので。)　(廣木)

塩竈　しほがま　陸奥。宮城県塩竈市。

【関連語】籬《まがき》の島・八十島・雪・海人《あま》・真砂・霧・浮島・雁がね・友鶴・朧月夜(竹

地名の由来は製塩の竈があったことによる。奈良時代、国府多賀城の外港として知られた陸奥《みちのく》を代表する歌枕。『古今集』には東歌中の「陸奥歌《みちのくうた》」に「我が背子を都にやりて塩竈の籬の島の松ぞ恋しき」(一〇八九・よみ人しらず。私の夫を都へ送って、塩竈の籬の島の「松」ではないが、帰りを待っていると恋しさが募ることだ。）などと詠まれる。源融が都の河原院にこの景を模した庭園を造ったことは謡曲「融」でも知られ、彼の死後その庭園を訪れた紀貫之が、「君まさで煙絶えにし塩竈の浦寂しくも見え渡るかな」（古今集・哀傷・八五二。あなたがいらっしゃらないので塩焼きの煙が絶えたこの塩竈の浦の景は、以前と違ってうら寂しく見渡せることだ。）と詠んでいる。河原院を通して、「塩竈」が『古今集』以前に、景勝の地として広く知られていたことが窺える。

塩竈の浦　しほがまのうら

塩竈の浦吹く風に霧晴れて八十島かけて澄める月影（千載集・秋・二八五・清輔。塩竈の浦を吹く風によって霧が晴れて、多くの島々を澄んだ月の光が照らしている。）（嘉村）

塩津山　しほつやま　近江。滋賀県伊香郡西浅井町・余呉町・福井県敦賀《つるが》市。

琵琶湖北岸の塩津湊と越前国敦賀を結ぶ塩輸送の要路で、険路であった。そのような険《けわ》しさは、「塩津山うち越え行《ゆ》けば我が乗れる馬ぞ躓《つまづ》く家恋ふらしも」（万葉集・三・三六五・金村。塩津山を越えて行くと私の乗っている馬が躓いた。家の者が恋しく思っているらしい。）にも見られる。また、地名の「塩」の縁語「辛し」が塩津山越えの困難さを表す言葉として用いられている。

知りぬらむ行き来に馴らす塩津山世に経《ふ》る道は辛《から》き物ぞと（続古今集・雑・一六九八・紫式部。知ったことであろう。行き来に慣れた塩津山であっても辛いのだから、ましてこの世を渡っていくための道はより険しいものであると。）（田代）

塩(の)山　しほ(の)やま　甲斐。山梨県甲州市塩山上於曽《かみおぞ》。

【関連語】磯*（寄）

『梁塵秘抄』（拾遺）』にも「甲斐にをかしき　山の名は　白根波崎塩の山…」（五七〇）とある。『古今集』に「塩の山差出の磯に住む千鳥君が御代をば八千代とぞ鳴く」（賀・三四五・よみ人しらず。塩の山の指出の磯に住む千鳥は、あなたさまの御代のことを八千代も続くと言って鳴いている。）と詠まれ、この歌以降は同じく甲斐国の歌枕である「差出の磯」や「千鳥」と結んで詠まれることが多い。

塩の山差出の磯の冬波に千歳を祈る友千鳥かな（後鳥羽院御集・三七五。塩の山の指出の磯に寄せる冬の波の上を、千歳を祈って鳴いている千鳥の群れであるよ。）

（松本）

標茅が原　しめぢがはら　下野。栃木県栃木市。

【関連語】*下野・*さしも草（合）

栃木市川原田一帯から北の木野地の一部に渡る野原をいう。『八雲御抄』や『和歌童蒙抄』などに下総、『夫木抄』は下野か下総、『歌枕名寄』には下野とあるが、『建長八年百首歌合』に「下野や標茅《しめぢ》が原の草がくれさしもは何に燃ゆる蛍ぞ」（一二三三・真観。下野の標茅が原の草の中に隠れる蛍は、さしも草ではないが、どうしてそれほどまでに燃えるような光を放っているのだろう。）とあり、下野国が良いか。『新古今集』に「なほ頼め標茅が原のさせも草わが世の中にあらむ限りは」（釈教・一九一六・よみ人しらず。頼みにしなさい。標茅が原のさせも草のように、焦がれるほど思い悩むことがあっても、私がこの世にいる限りは。）と詠まれるように、艾《もぐさ》を指す「させ（し）も草」が茂る場所として詠まれる。

いかなれば標茅が原の冬草のさしもなくては枯れ果てにけん（新千載集・雑・二一五八・よみ人しらず。どういうわけで標茅原の冬草のように、燃える思いもなく私への思いが枯れ果ててしまったのだろうか。）

（松本）

白河　しらかは　山城。京都市左京区北白川。

【関連語】花・松・紅葉・月・浅茅・草の庵・雪・千鳥・御幸《みゆき》（竹）

比叡山と如意が岳の間から発し、北白川を通って鴨川と合流する川。また、その流域の北白川あたりの地。白河院の御所、六勝寺をはじめ、貴顕の別邸、大寺が造られ、京都から近江へ抜ける志賀の山越え（山中越え）の出入り口としても開けた。花の名所として知られ、「白」が意識されて詠まれることがある。「白河の滝」はかつて北白川あたりにあったとされる滝。

血の涙落ちてぞたぎつ白河は君が世までの名にこそありけれ（古今集・哀傷・八三〇・素性。血の涙が落ちて逆巻いて赤く染まった、白いという白河は、亡くなったあなたの生前までの名であったのだった。）

白河の里　しらかはのさと

風荒み梢の花の流れ来て庭に波立つ白河の里（山家集・一三六。風が荒々しく吹くので梢の花が散って流れ来て、庭が白い波が立ったように見える白河の里である。）

白河の滝　しらかはのたき

白河の滝のいと見まほしけれどみだりに人は寄せじものをや（後撰集・雑・一〇八六・中務。白河の滝の糸をたいそう見たいと思って、白河のあなたの邸まで来ましたが、これ以上はやたらと男の人を近寄らせたくないので、他人の部屋に籠っています。）（廣木）

白河の関　しらかはのせき　陸奥。福島県白河市旗宿。

【関連語】木枯らし（随）、霞・卯の花・紅葉・時雨・塩竈・千里・月・雁（竹）

関の森公園付近に史跡がある。勿来・念珠とならぶ奥州三関の一つ。『枕草子』には「関は…白河の関」と記される。能因の「都をば霞とともに立ちしかど秋風ぞ吹く白河の関」（後拾遺集・羇旅・五一八。都を春霞とともに出発したけれど、秋風の季節に白河の関を越えることだ。）はよく知られ、竹田太夫国行《くにゆき》が、能因がこの歌を詠んだ場所であるとして、「白河の関過ぐる日は殊に装束きて、水鬢かく。」としたことが『袋草紙』に取り上げられている。この歌に関して『古今著聞集』は「能因はいたれる数寄者なり、都をば霞とともに立ちしかど秋風ぞ吹く白河の関とよめりけるを、都にありながらこの歌を出ださむこと無念と思ひて、人にも知られず、久しく籠り居て色を黒く日にあたりなして後、陸奥の方へ修行のついでに詠みたりとぞ披露しける。」と、実際には目にしていないと伝えるが、『能因集』によれば万寿二年（一〇二五）、実際に下向した際に詠んだものとする。

都にはまだ青葉にて立ちしかど紅葉散り敷く白河の関（千載集・秋・三六五・頼政。都がまだ青葉であった頃に出発したけれど、紅葉が散り敷く季節に白河の関を越えることだ。）（嘉村）

白山　しらやま　越前。石川県・福井県・富山県・岐阜県。

【関連語】雪の積もる・桜咲く峰（随）、雪・越路・神（竹）

旧越前国境の山。最高峰である御前峰、および大汝峰、剣ヶ峰からなる主峰三峰と、南方にある別山、三ノ峰、西方の白山釈迦岳などをあわせた両白山地の山々の総称。古来より信仰の対象とされた。『万葉集』に見える「栲衾《たくぶすま》白山風の寝なへども児ろがおそきのあろこそ良しも」（一四・三五〇九・作者未詳。栲衾の白山から吹く山風で寝付けないが、あの娘のおそきがあるのはよいことだ。）がこの地を指すかは未詳であるが、そうであれば最も早い歌例である。平安期には「消え果つる時しなければ越路なる白山の名は雪にぞありける」（古今集・羇旅・四一四・躬恒。越路の白山という山の名は、消え果ててしまう季節がないという雪のためにそういうのであろう。）、「君をのみ思ひ越路の白山はいつかは雪の消ゆる時ある」（古今集・雑・九七九・大頼。あなただけをずっと思い越してきたこの思いは、越路の白山の雪が消えるときがないように、消え果てることなどないのだよ。）などと詠まれ、越路にあること、またその雪が夏季も消え果ててしまわないことが共通理解としてあったようである。同時に「君が行く越の白山しらねども雪のまにまに跡は訪ねむ」（古今集・離別・三九一・兼輔。あなたが行ってしまう越の国にあるという白山への道は知りませんが、雪が残る跡のままにしたがって訪ねていきましょう。）のごとく、「白」を導く序詞的に用いる例も見られる。また「白髪」の比喩として用いたり、信仰心を詠むなど、様々に展開する歌枕である。『源氏物語』「蓬生」巻には「霜月ばかりになれば、雪、霰がちにて、ほかには消ゆる間もあるを、朝日、夕日を防ぐ蓬、葎のかげに、深う積もりて、越の白山思ひやらるる雪の中に、出で入る下人だになくて、つれづれとながめ給ふ」と、雪深さを表す歌枕として用いられる。

白山に雪降りぬれば跡絶えて今は越路に人も通はず

（後撰集・冬・四七〇・よみ人しらず。白山に新たに雪が降って、通った跡も消えてしまい、いまは越路に通う人もいないように、私の所に通い越してきた人も来ない。）

（嘉村）

白良の浜

しららのはま　紀伊。和歌山県西牟婁《むろ》郡白浜町。

【関連語】烏貝*（合）

鉛山《かなやま》湾の浜で、珪石・石英を多く含んでおり、白砂の浜として名高い。催馬楽「紀伊国」に「紀伊国の　白良の浜に　ま白らの浜に　下りゐる鷗　はれ　その珠を持て来《こ》（略）」と詠まれているように、「白」を意識して詠まれることが多い。

波寄する白良の浜の烏貝拾ひやすくも思ほゆるかな

（山家集・一一九六。波が寄せる白良の浜の烏貝は黒く

目立って拾いやすく思われることだ。）　（廣木）

菅　島　すがしま　志摩。三重県鳥羽市菅島町。

鳥羽湾の島。『万葉集』に「菅島の夏身の浦に寄する波間も置きて我《あ》が思はなくに」（一一・二七二七・作者未詳。菅島の夏身の浦に絶え間なく寄せる波のようでなく、絶え絶えに間を置いて私があなたを思うということがあろうか。）と詠まれている。「夏身の浦」は「菅島の浦」をいうのであろう。海岸は伊勢神宮の玉砂利として用いられた黒い石が取れたことで知られる。

香良洲崎《からすざき》の浜の小石と思ふかな白も混じらぬ菅島の黒（山家集・一三八四。烏という名を持つ香良洲崎の浜の小石を念願しているのだ。菅島の海岸には白の石が混ざることがなく、黒い石しかないので。）　（廣木）

菅田の池　すがたのいけ　大和。奈良県大和郡山市筒井町。

【関連語】芦*（作）

菅田神社付近の池か。一説に、天理市二階堂北菅田町・南菅田町辺りにあった池とも。『堀河百首』の「乙女子が菅田の池の蓮葉《はちすば》は心よげにも花咲きにけり」（五〇〇・師頼。少女の姿のような菅田の池の蓮は、気持ちよさそうに花が咲いているよ。）などが早期の例で、院政期頃から作例が増加する。「菅田」に「姿」を掛けて詠まれることが多く、「姿」の縁語の「影」「映す」などとともに詠む例もある。

恋をのみ菅田の池に水草《みくさ》ゐてすまでやみなん名こそ惜しけれ（千載集・恋・八五八・待賢門院安芸。恋ばかりすると、菅田の池に水草が茂って水が澄まないように、恋人が通って住むこともなく終わってしまって立つ噂が口惜しいことです。）　（山本）

須賀の荒野　すがのあらの　信濃。長野県。

【関連語】熊*（合）、時鳥《ほととぎす》*（作）

長野県塩尻市から松本市南部周辺の野とも、松本市の梓川と奈良井川の間の野ともいい、他にも諸説ある。『宗祇終焉記』には「信濃路にかかり、千曲川の石踏みわたり、須賀の荒野をしのぎて、廿六日といふに草津といふ所に着きぬ。」と記されるものの、これは現在の菅平と思われる。『万葉集』には「信濃なる須賀の荒野に時鳥鳴く声聞けば時過ぎにけり」（東歌・一四・三三五二・作者未詳。信濃国にある須賀の荒野に鳴いている時鳥の声を聞くと、鳴き声の〈トキスグ〉ではないが時が過ぎてしまった。）と詠まれた。この歌のように、「荒野」に住む生き物と結んで詠まれる歌もある。また、「いかばかり草葉に露のあまるらむ須賀の荒野に秋立ちにけり」（後鳥羽院御集・七五三。どれほどの露が草葉に置かれ滴っているのだろう、須賀の荒野にも秋風が立ちはじめたことだ。）のように、秋の歌としても詠まれた。

信濃なる須賀の荒野にはむ熊のおそろしきまで濡るる袖かな（散木奇歌集・一〇一一。信濃にある須賀の荒野で餌を食べている熊のように、恐ろしいほど涙に濡れる私の袖であるよ。）　（松本）

菅原や伏見　すがはらやふしみ　大和。奈良県奈良市菅原町。

【関連語】初瀬・霞・衣打つ・子規《ほととぎす》・村雨・篠枕・花・雪・田井・鴫・夢（竹）

「菅原の伏見」の意であるが、「菅原や伏見の里」と続けて詠まれることが多い。『元亨釈書』には、ある婆羅門がこの地で三年間伏していたことが地名の由来であるとの話が見えるが、後世の付会であろう。『日本書紀』には垂仁天皇・安康天皇が「菅原伏見《すがわらのふしみの》陵《みささぎ》」に葬られた記事がある。菅原氏の故地としても知られる。元明天皇の勅願によって行基が創建した菅原寺がある。多くは荒れ果てて寂寞とした場所として詠まれる。「伏見」に「伏《ふ》し見」を掛ける例もある。

菅原や伏見の暮れに見渡せば霞に紛ふ小初瀬《をはつせ》の山（後撰集・雑・一二四二・よみ人しらず。菅原の伏見で、「臥す」という語にふさわしい夕暮れ時に、あたりを見渡すと、霞に紛れるような小初瀬の山が見えたことだ。）

菅原や伏見の里　すがはらやふしみのさと

いざここに我が世は経なむ菅原や伏見の里の荒れまくも惜し（古今集・雑・九八一・よみ人しらず。さあ、ここで私の生涯を過ごすことにしよう。菅原の伏見の里が荒れるのがいたたまれないので。）

菅原や伏見の田居　すがやらやふしみのたゐ

明け方に夜はなりぬとや菅原や伏見の田居に鴫《しぎ》も立つなり（六百番歌合・四〇三・季経。夜も明け方になったことだ。菅原の伏見の田居で臥していた鴫も今、飛び立った。）　（山本）

須佐の入江　すさのいりえ　尾張。愛知県知多郡南知多町豊浜。

【関連語】鯵*（合）

三河湾と伊勢湾を区切る知多半島の先端にある。古く、この浦は須佐湾と呼ばれた。ただし、『五代集歌枕』などでは「国不審」とされている。『万葉集』に「あぢの住む須佐の入江の荒磯《ありそ》松《まつ》我《あ》を待つ児《こ》らはただひとりのみ」（一一・二七五一・作者未詳。味鴨《あぢかも》の住む須佐の入江の荒磯に生えている松、その松の名と同様に、私を待つ娘はただあの子ひとりだ。）とあり、「あぢの住む」を冠して詠まれることが多い。また、「須佐」に「凄まじ」を言い掛けて用いられた。

冬来れば須佐の入江の隠沼《こもりぬ》も風寒からしつららゐにけり（続古今集・冬・六二四・顕朝。冬が来れば、荒涼とした須佐の入江の芦などに隠れている淀みにも氷が張ったことだ。）

（廣木）

鈴鹿　すずか　伊勢。三重県亀山市・鈴鹿市。

【関連語】海人《あま》・捨て衣・雪・山田原・時雨・木の葉・世を捨つる・五月雨・紅葉・神路山・花・時鳥《ほととぎす》・故郷思ふ・駅路《うまやぢ》・月・榊葉（竹）

伊勢国の郡の一つ。早くは『日本書紀』に見える郡名。『万葉集』には「鈴鹿川八十瀬《やそせ》渡りて誰が故か夜越えに越えむ妻もあらなくに」（一二・三一五六・作者未詳。鈴鹿川の瀬々を渡って誰のために夜道を越えようか、妻もいないのに。）と詠まれた。「鈴鹿川」は鈴鹿山脈から亀山市・鈴鹿市を経由して四日市市で伊勢湾に注ぐ川で（関川・甲斐川・高岡川とも）、催馬楽「鈴之川《すずかがは》」にも「鈴鹿川　八十瀬の滝を…」とあり「八十瀬」と結んで歌われる。「鈴鹿の関」は鈴鹿市広瀬野にあったとされる関。『枕草子』にも記される三関の一つ（他は美濃の不破・越前の愛発《あらち》の関）で、重大事件（将門の乱や保元の乱など）の際には関を閉じる固関が行われた。この関のある「鈴鹿山」は三重県と滋賀県の境をなす鈴鹿山脈で、特に国境の鈴鹿峠を指すか。この峠は東海道や伊勢路の要衝で、『後撰集』に「女のもとに衣を脱ぎ置きて、取りにつかはすとて」として「鈴鹿山伊勢をの海人の捨て衣しほなれたりと人や見るらん」（恋・七一八・伊尹。鈴鹿山を越えて行く伊勢に住む海人の捨てたような粗末な衣を、潮水でぐっしょりと濡れているとあなたは見るだろうか、実は涙で濡れているのに。）などと詠まれた。「鈴鹿」はいずれも、「鈴」の縁で「ふ（古・振・降）る」「な（成・鳴）る」「聞く」などと共に詠まれ、また、時雨・雪などが降る土地ともされた。

世に経《ふ》ればまたも越えけり鈴鹿山昔の今になるにやあるらん（拾遺集・雑・四九五・斎宮徽子。生きながらえていれば、また越えることだ鈴鹿山よ、私が斎宮として越えた昔が今に立ち戻ったのだろうか。娘の規子と再び山を越えることよ。）

鈴鹿川　すずかがは

【関連語】八十瀬《やそせ》の波・斎宮《いつきのみや》（随）

五月雨の日をふるままに鈴鹿川八十瀬の波ぞ声まさるなる（詞花集・夏・六五・皇嘉門院治部卿。五月雨の降る日が続くうちに鈴鹿川の瀬々の波音が高くなっているようだ。）

鈴鹿の関　すずかのせき

降るままに跡絶えぬれば鈴鹿山雪こそ関の鎖《とざ》しなりけれ（千載集・冬・四六七・良通。雪が降るにつれて人の行き来も絶えてしまった鈴鹿山は、この降り積もる雪が関所の鎖しとなったことだ。）

鈴鹿山　すずかやま

鈴鹿山憂き世をよそに振り捨てていかになりゆく我が身なるらむ（新古今集・雑・一六一三・西行。鈴鹿山の鈴ではないが、つらいこの世を振り捨てるとして、これから我が身はどうなるのだろうか。）（松本）

諏訪の海　すはのうみ　信濃。長野県岡谷市・諏訪市諏訪郡下諏訪町。

【関連語】氷重なる・月冴ゆる（随）

諏訪湖のこと。「諏訪の水海《みづうみ》」とも。『和歌初学抄』に「凍りぬれば徒歩《かち》渡りをす。」とあり、湖面が氷結し諏訪神社の上社（男神）から下社（女神）へと道のように湖面が盛り上がる現象を「神渡《みわた》り」と言う。和歌にも『堀河百首』「諏訪海の氷の上の通ひ路は神の渡りてとくるなりけり」（冬・九九八・顕仲。諏訪湖が凍ってできる氷の上の道は、御神渡りが済んだ後、解けたことだ。）など、冬の景が詠まれた。

諏訪海に氷りすらしも夜もすがら木曽の麻衣《あさぎぬ》冴えわたるなり（久安百首・九六〇・清輔。諏訪湖には氷がはっているらしい、夜どおし木曽の麻衣が冷たくなっているのだから。）（松本）

須　磨　すま　摂津。兵庫県神戸市須磨区。

【関連語】塩汲む袖・海人《あま》・焚く藻の煙・紅葉・塩木・千鳥・衣打つ・雪・磯馴松《そなれまつ》・旅衣・雉子《きぎす》・

明石・写し絵・左遷《さすらへ》・淡路潟・都を思ふ・柴焚く煙・琴を弾く・雁・月・萎れ芦（竹）

摂津国と播磨国の国境の地で、古来、西国への交通の要衝で、関があった。瀬戸内海に面し、後方は山が迫っている。海は「須磨の浦」と呼ばれ、極めて多くの和歌が詠まれている。塩焼きで知られ、『万葉集』に「須磨の海人の塩焼き衣《ぎぬ》のなれなばか一日《ひとひ》も君を忘れて思はむ」（六・九四七・赤人。須磨の漁師が塩焼く時の着物に馴染むように慣れ親しんでしまったなら、一日でもあなたへの思いを忘れることができようか。）などと詠まれ、以後、「塩焼き」の事柄、また「海人」が詠み込まれることが多い。京都人にとってわびしい漁村として認識され、在原行平の「わくらばに問ふ人あらば須磨の浦に藻塩垂れつつわぶと答へよ」（古今集・雑・九六二・行平。たまたま私のことを尋ねる人がいたならば、須磨の浦で塩作りのために焼く藻から潮水が垂れるように、涙を流しながらわびしく暮らしていると答えてください。）はこの地のありようを決定づけた。『源氏物語』「須磨」巻は「おはすべき所は行平の中納言の藻塩垂れつつわびける家居近きわたりなりけり。海面《うみづら》はやや入りて、あはれにすごげなる山中なり。」「須磨には、いとど心づくしの秋風に、海は少し遠けれど、行平の中納言の、〈関吹き越ゆる〉と言ひけん浦波、夜々《よるよる》はげにいと近く聞こえて、またなくあはれなるものはかかる所の秋なり。」などと、二首の行平歌の影響下に書かれた。冬の寂しさは千鳥と共に詠まれることが多い。中世以後は源平合戦の地として多くの史跡を残すことになった。

須磨の海人の塩焼く煙《けぶり》風をいたみ思はぬ方にたなびきにけり（古今集・恋・七〇八・よみ人しらず。須磨の漁師が塩焼く煙は風がひどく吹くので、思いもしない方に靡くが、そのようにあの人は思いがけない人の方に心を靡かせてしまった。）

須磨の浦 すまのうら

須磨の浦を今日過ぎ行くと来し方へ返《かへ》る波にや言《こと》を伝《つ》てまし（後拾遺集・羇旅・五二〇・能宣。須磨の浦を今日、通り過ぎて行きますと、寄せ返す波に、私がやって来た方へ伝えてくれと言伝てたい。）

須磨の関 すまのせき

淡路島通ふ千鳥の鳴く声に幾夜寝覚めぬ須磨の関守（金葉集・冬・二七〇・兼昌。淡路島に通って飛ぶ千鳥の鳴く声に、幾夜、目を覚ましたことだろう。須磨の関守は。）

（廣木）

隅田川　すみだがは　武蔵。東京都東部。

【関連語】待乳山《まつちやま》・庵崎《いほさき》・故郷《ふるさと》思ふ・渡し舟（竹）

荒川の分流で、東京湾に注ぐ。古くは利根川の下流を言った。『類従三代格』一六、承和二年（八三五）に「武蔵下総両国等境住田河…」とあり、『八雲御抄』では隅田川を下総とする。『伊勢物語』九には「武蔵の国と下《しも》つ総《ふさ》の国との中にいと大きなる川あり。それを隅田川といふ。」とある。続けて、隅田川の渡し守に白い鳥の名を聞いたところ、「これなむ都鳥」と教えられ、「名にし負はばいざ言問はむ都鳥我が思ふ人はありやなしやと」（「都」という名を持っているのなら都鳥よ、さあ尋ねよう、都にいる私が思う人は元気でいるかどうかと。）と詠んだ歌は著名である。後代の和歌も『伊勢物語』の影響で、「渡し守」「都鳥」「名にし負ふ」などと共に詠まれた。また、地名に「住」「澄」を掛けても詠まれる。「隅田川原」は紀ノ川の川原で和歌山県の歌枕をいうが、「都鳥」と結んで詠まれるなど、中世以降は混同されたようだ。

都鳥幾世かここに隅田川行き来の人に名のみ問はれて（新後撰集・羇旅・五九三・清譽。都鳥よ、幾代からここに住んでいるのか、隅田川を行き来する人に名前だけ問われながら。）

（松本）

住の江　すみのえ　摂津。大阪市住吉区・住之江区。

【関連語】*浦島が子（合）、*遠里小野・*難波・*忘草（竹）、*藤咲く（随）

大和川・木津川の注ぐ海浜で、古来から松原の続く景勝地として知られ、干潟が埋め立てられる以前、住吉《すみよし》大社はその海岸にあった。古くは「墨江」「清江」などと表記されたが、後に「住吉」の字を当てるようになった。このことに関して、『摂津国風土記』「住吉《すみのえ》」の条に「住吉《すみのえ》と称《い》ふ所以《よし》は」として、住吉の大神がこの地は「真《ま》住み吉《え》き住み吉《え》き国」と讃美したことによるとある。「え」は「江」の意と考えられるが、それを「すみよし」と称する時との差異は、「浦」「岸」「浜」などの地形との組み合わせを考慮しても不明である。ただ、平安期以後は「すみのえ」より「すみよし」と呼ばれることが多くなった。港があったらしく、『万葉集』には「墨吉《すみのえ》の得名津《えなづ》に立ちて見渡せば武庫《むこ》の泊まりゆ出づる船人」（三・二八三・黒人。住の江の得名津に立って見渡すと武庫の港から漕ぎ出す船人が見える。）と詠まれている。「住む」「澄む」が掛けられて用いられることがある。

住の江の松を秋風吹くからに声うち添ふる沖つ白浪（古今集・賀・三六〇・満子。住の江の松を秋風が吹くにつれ、その風の音に添えるように波音を立てる沖の白浪であることだ。）

住の江の浦　すみのえのうら

厭へどもなほ住の江の浦に干す網の目繁き恋もするかな（新勅撰集・恋・六五三・よみ人しらず。私のことを嫌がっても、それでもなお、住の江の浦に干す網の目のように絶え間なく恋することだ。）

住の江の岸　すみのえのきし

住の江の岸に寄る浪夜さへや夢の通路《かよひぢ》人目避《よ》くらむ（古今集・恋・五五九・敏行。住の江の岸に浪が寄るが、そのように近づき寄る夜に見る夢の中の通い路でさえ、あなたは人目を避けて通って来ないのでしょうか。）

住の江の浜　すみのえのはま

住の江の浜の真砂を踏む鶴《たづ》は久しき跡を留《と》むるなりけり（新古今集・賀・七一四・伊勢。住の江の浜の真砂を踏む鶴は長い間消えない足跡を留めていることだ。）

（廣木）

住吉　すみよし

摂津。大阪市住吉区・住之江区。

【関連語】松原・夕波千鳥・忘草・市人・遠里小野・藤波・杜若《かきつばた》・淡路潟・澪標《みをつくし》・小萩・霰降る（随）

大和川・木津川の注ぐ海浜で、古来から松原の続く景勝地として知られ、干潟が埋め立てられる以前、住吉《すみよし》大社はその海岸にあった。古代には「すみのえ」と呼ばれたが、平安期から次第に「すみよし」とされることが多くなった。「浦」の情景は『更級日記』に「山の端に日のかかるほど、住吉の浦を過ぐ。空も一つに霧りわたれる。松の梢も、海の面《おもて》も、波の寄せ来る渚のほども、絵に描きても及ぶべき方もなうおもしろし。」と描写されている。「住み良し」が掛けられたり、「澄む」が意識されて用いられることがある。

住吉と海人《あま》は告ぐとも長居すな人忘草生《お》ふといふなり（古今集・雑・九一七・忠岑。住むのによいという住吉だと漁師は言うけれども、長居という土地であっても長居はしないように。そこには人を忘れるという草が生えているというので。）

住吉の浦　すみよしのうら

淡路島千鳥門《と》渡《わた》る暁に松風聞かむ住吉の浦（拾玉

集・三九六〇。淡路島へと千鳥が海峡を渡る暁には松風の吹く音を聞こう。住吉の浦で。）

住吉の岸 すみよしのきし

浪に宿る月を汀に揺り寄せて鏡に掛くる住吉の岸（山家集・四一〇。浪に宿る月を汀に揺り動かしながら寄せてきて、鏡として掛けているような住吉の岸であることだ。）

住吉の里 すみよしのさと

【関連語】後の親＊（竹）

逃るれど同じ難波の方なればいづれも何か住吉の里（清少納言集・二四。ここから逃れてみても、住吉の里は同じ難波の辺りなので、どちらにしてもどうして住みよいことがあろうか。）

住吉の浜 すみよしのはま

雁鳴きて菊の花咲く秋はあれど春の海辺に住吉の浜（業平集・六七。雁が鳴いて菊の花が咲く秋はあるけれど、住吉の浜という春の海辺は住むのによいところだ。）（廣木）

駿河の海 するがのうみ 駿河。静岡県。

伊豆半島の石廊崎と御前崎を結ぶ線に囲まれる海域。駿河湾。『万葉集』に、「駿河国の歌」として「駿河の海おしへに生ふる浜つづら汝《いまし》を頼み母に違ひぬ」（一四・三三五九・作者未詳。駿河の海の磯辺に生えている浜つづらのように、あなたをあてにして母親に背いた。）と詠まれた。この『万葉集』歌の影響で、恋歌に「浜つづら」（浜辺に生えているつる草の意か）と共に詠まれる。また、「駿河」に「為《す》る」を掛ける。

つらかれと駿河の海の浜つづら来る夜は稀に人ぞなりゆく（新拾遺集・恋・一二六五・行家。私に苦しい思いをせよとしているのか、駿河の海にある浜つづらを繰るように、あなたが来る夜は稀になってゆくことだ。）（松本）

周准の原野 すゑのはらの 上総。千葉県木更津市・君津市・富津市。

旧上総国周准郡の原。ただし、「末の原野」という一般名詞ともされる。『万葉集』に「梓弓末の腹野に鳥《と》狩《が》りする君が弓弦《ゆづる》の絶えむと思へや」（一一・二六三八・作者未詳。梓弓の末の腹野で鷹狩りをするあなたの弓弦のように間柄が切れてしまうなどと思えるでしょうか。）の「末の腹野」はこの地と見なせるか。一般に

「末」を掛けて用いられる。

長月の周准の原野の櫨《はじ》紅葉時雨もあへず色づきにけり（続後撰集・秋・四一六・良算。長月の末の周准の原野の櫨紅葉は時雨もあまり降っていないのに色づいたことだ。）　（廣木）

末の松山　すゑのまつやま　陸奥。宮城県多賀城市八幡。
【関連語】白波・鳥の飛び行く・鐘響く・花の散る・帰る雁・寺の煙（随）、雪・月・花・藤・涼しき・秋風（竹）
所在未詳。多賀城市八幡の末山八幡宮の付近とも。また福島県いわき市や、岩手県二戸郡一戸町と二戸市の境の浪打峠ともいわれる。いずれも近世に歌枕を定着させようとした各地の思惑の結果である。和歌では『古今集』に詠まれた「君をおきてあだし心をわが持たば末の松山浪も越えなむ」（東歌・一〇九三・よみ人しらず。あなたを差し置いて浮気心を私が持ったならば、末の松山を波が越えてしまうでしょう。そのように、浮気心を持つことは絶対にないことなのですよ。）と、この歌を踏まえたと考えられる叙景歌「浦近く降り来る雪は白波の末の松山越すかとぞ見る」（冬・三二六・興風。浦近くに降ってくる雪は、まるで白波が末の松山までも越えるように見える。）という二首が早い例である。以後、恋歌では前者を、叙景歌では後者を念頭に置き、「末の松山」は「波が越える」という趣向を踏まえて詠まれるようになる。恋歌では特に『百人一首』に入集した「契りきなかたみに袖をしぼりつつ末の松山波越さじとは」（後拾遺集・恋・七七〇・元輔。約束したでしょう。お互いに涙で濡れた袖を絞りながら、末の松山を波が越すようなことはない、裏切らないと。）が著名である。『奥の細道』に「末の松山は寺を造りて末松寺といふ。」とあり、宮城県多賀城市八幡にある末松山宝国寺の様子を描写する。
波越さばうらみむとこそ契りしかいかがなりゆく末の松山（続後撰集・恋・九四七・俊成。もしも波が越えてしまったならば恨みましょうと約束をしましたが、今はどのようになっていますか、末の松山は。）　（嘉村）

清和井　せがゐ　山城。京都市西京区大原野。
左京区大原にある清水ともいう。「朧の清水」と混同されることも多い。神楽歌「杓《ひさご》」に「大原や　清和井の清水　杓もて　鶏は鳴くとも　遊ぶ瀬を汲め　遊ぶ瀬を汲め」と謡われている。

大原や清和井の水草《みぐさ》かき分けて下《お》りや立たまし涼みがてらに（好忠集・一三七。大原の清和井に生える水草をかき分けて、清水のもとまで下り立ちたいものだ。涼むのを兼ねて。）　（廣木）

関の清水　せきのしみづ　近江。滋賀県大津市逢坂。

逢坂の関にあった湧き水。例歌のように、秋月を映し出す清水湧く井戸のイメージと、「逢坂の関に流るる石清水《いはしみづ》言はで心に思ひこそすれ」（古今集・恋・五三七・よみ人しらず。逢坂の関を流れている石清水がひっそりとしているように、何も言わずに心の中であなたのことを思っている。）のような、山中の隠れた湧き水として詠むものとがあり、実像が掴みにくい。走井と同一と見る説もあったようだが、顕昭は『拾遺集註』で否定。鴨長明の『無名抄』は、鎌倉初期にはすでに水が枯れていたことを記す。「逢坂の」を冠し、「望月の駒」や「駒迎え」「氷」などの景物、清水によって袖が濡れることと、つらい恋で袖が濡れることを掛けた恋の歌が詠まれている。

逢坂の関の清水に影見えて今や牽《ひ》くらん望月《もちづき》の駒（拾遺集・秋・一七〇・貫之。満月の光が、逢坂の関の清水の水面に姿を見せて、今頃はまさに牽いていることだろう、望月の駒を。）　（田代）

関の藤川　せきのふぢかは　美濃。岐阜県不破郡関ケ原町。

藤古川の古称。大嘗会の悠紀方になった際の「美濃の国関の藤川絶えずして君に仕へむ万代《よろづよ》までに」（古今集・神遊びの歌・一〇八四・よみ人しらず。美濃の国を流れる関の藤川の流れが絶えることないように、万代まで途絶えることなく我が君に仕えよう。）を踏まえ、「藤川」に藤原氏を重ね、「万代」や「君に仕へる」といった臣下としての決意、例歌のような述懐歌、川の縁語である「沈む」「憂き瀬」などを用いた沈淪歌が詠まれるようになった。叙景歌としては、伊吹山を吹き下ろす「風」や「桜」などとの取り合わせも見られる。一条兼良の『藤川の記』は、歌枕「関の藤川」を訪れた紀行文。

今はまた関の藤川絶えずとも国に報いんためをこそ思へ（拾遺愚草・一一八五。関の藤川が絶えることがなくとも、今はまた、この私も絶えず国のために一層報《むく》い

たいと思う。）　（田代）

関の小川　せきのをがは　近江。滋賀県大津市。

『八雲御抄』に駿河とあるが、『金葉集』に「音羽山紅葉散るらし逢坂の関の小川に錦織りかく」（秋・二四六・俊頼。音羽山で紅葉が散っているようだ。逢坂の関を流れる関の小川には錦を織り掛けたように、紅葉が流れている。）と詠まれるように、逢坂の関の付近を流れる吾妻川をいうのだろう。『歌枕名寄』も「近江国逢坂」とする。「関川」ともいい、『新勅撰集』には「浅くこそ人は見るとも関川の絶ゆる心はあらじとぞ思ふ」（恋・八七五・元良親王。私の思いを浅いとあなたは見るとしても、関川の水の流れが絶えることのないように、関係が絶えるような浅い心はあるまいに。）とある。いずれも「関」に「塞く」を掛けて詠まれることが多い。

夕されば玉ゐる数も見えねども関の小川の音ぞ涼しき（千載集・夏・二一一・道経。夕暮れになると玉のようにきらめく水玉の数も見えないが、関の小川の水音が涼しく聞こえる。）　（松本）

関　山　せきやま　近江。滋賀県大津市逢坂。

逢坂山の異称。本来、関山は関所が据えられた山という一般名詞であるが、和歌で、地名を冠せず関山といった場合は、逢坂山を指す。早い例としては、「我《あ》が身こそ関山越えてここにあらめ心は妹に寄りにしものを」（万葉集・一五・三七五七・宅守。私の身は、関山を越えてここにある。心はあなたに寄り添っているけれども。）があり、以降も「逢ふ身」と掛詞の「近江」や、「逢ふ」の名を持った「逢坂」とともに恋歌に詠まれた。また、「関」に「塞《せ》く」を掛けて、関山でありながら涙を塞き止めることができない甲斐のないものであるとの詠や、「駒迎え」の風景が詠まれる。

関山の峰の杉叢《すぎむら》過ぎ行けど近江は猶ぞ遥《はる》けかりける（後撰集・恋・八七五・よみ人しらず。関山の峰の杉叢を通り過ぎたけれども、近江はまだまだ遠いように、あなたと結ばれることも先のことのようだ。）　（田代）

勢　田　せた　近江。滋賀県大津市。

【関連語】苔・鳰《にほ》の海《うみ》・御調物《みつぎもの》・東路《あづまぢ》・雪・槇の板　（竹）

琵琶湖の最南端、瀬田川の河口一帯の広域を指す通称。

「勢多」「瀬田」とも表記する。のちに近江八景の「勢田の夕照」として賞された。『日本書紀』に見られる歌謡「淡海《あふみ》の海《み》勢田のわたりに潜《かづ》く鳥田上《たなかみ》過ぎて菟道《うぢ》に捕へつ」（近江の海の勢田の渡りで水に潜った鳥〈鵜〉は、田上を過ぎて菟道で魚を捕らえたことだ。）は瀬田川の鵜飼いの様子を歌う（忍熊王《おしくまのみこ》らの入水敗北を歌ったと見る説もある）。瀬田川は琵琶湖から南に流れ出る川で、そこに架かる瀬田橋は、長い橋であることから「瀬田の長橋」、唐風の様式によることから「瀬田の唐橋」と呼ばれた。東海道・東山道ともにこの橋を通ることから、紀行文や日記文学に度々描かれた。『海道記』には、「勢田の橋を東に渡れば、白浪漲《みなぎ》り落ちて流窮の流れ、身を冷やす」とある。当地を詠んだ和歌は、橋を詠んだものが圧倒的に多く、橋の縁で「渡る」「踏む」「長し」などの語を詠み込む。

田上《たなかみ》や勢田の川瀬に梁《やな》さして夜としなれば浮き寝をぞする（歌枕名寄・二二一・五八五九・好忠。田上の、勢田の川瀬に魚を捕るための梁を仕掛けて、夜になったならば舟の中で浮き寝をするのであることよ。）

勢田の（長）橋 せたの（なが）はし

【関連語】*御調物（竹）

槇の板も苔むすばかり成りにけり幾世経《へ》ぬらむ勢田の長橋（新古今集・雑・一六五六・匡房。橋板の槇の板も苔がむすほどになってしまった。いったいどれほどの世を経てきたのだろうか、この勢田の長橋は。）

（田代）

瀬見の小川 せみのをがは　山城。京都市左京区下鴨。

【関連語】斎宮《いつきのみや》（随）

下鴨神社の境内を流れる小川。鴨長明は『無名抄』で賀茂川の異名とするが、「小川」とすることから疑問がある。「瀬」を「見」るという意を意識して詠まれる。

石河や瀬見の小川の清ければ月も流れを尋ねてぞ住む（新古今集・神祇・一八九四・長明。石河の瀬見の小川が清らかなので、月もその流れを尋ねて訪れ、澄んだ姿でその川に宿ることだ。）

（廣木）

芹川 せりかは　山城。京都市伏見区下鳥羽芹川町。

【関連語】*千代の古道・*嵯峨（竹）、*御幸《みゆき》（随）

桓武天皇をはじめ多くの天皇が狩猟のために行幸した地として知られる。『後撰集』には「仁和の帝《みかど》、嵯峨の御時の例にて、芹川に行幸したまひける日」に詠まれた歌として、「嵯峨の山御幸《みゆき》絶えにし芹川の千代の古道跡はありけり」（恋・一〇七五・行平。山のように聳え立つ嵯峨天皇が行幸された後、絶えてしまった芹川への行幸であるが、極めて古くからの道の跡だけは今も残っていることだ。）を収める。ただし、中世期にはこの歌の「嵯峨の山」から、京都市右京区嵯峨にあり、大堰《おおい》川に注ぐ川と誤解された。

今朝だにも夜を込めて取れ芹川や竹田の早苗節立ちにけり（散木奇歌集・二八二。今朝だけでもまだ夜深い内に取りなさい。芹川の竹田の早苗は茎が伸びてしまったことだ。）（廣木）

曽我の河原　そがのかはら　大和。奈良県橿原市曽我町。

橿原市を経て大和川に注ぐ曽我川の河原。『八雲御抄』では石見国とする。『万葉集』に見える「真菅よし宗《そ》我《が》の川原に鳴く千鳥間なし我《あ》が背子我が恋ふらくは」（一二・三〇八七・作者未詳。真菅よしという宗我の川原で鳴く千鳥のように、絶える時がないのです。私の愛する人よ。私があなたを恋する思いは。）の「宗我の川原」と同地とされる。

降り初むる曽我の河原の五月雨にまだ水浅し真菅刈らなん（玉葉集・夏・三五三・隆祐。五月雨は降り始めたばかりで、曽我の河原はまだ水が浅い。今の内に真菅を刈ろう。）（廣木）

袖師の浦　そでしのうら　出雲。島根県松江市袖師町。

『八雲御抄』は出雲国とし、宍道湖の辺りを指すとも、意宇《いう》川の河口付近の海岸とも、錦ヶ浦より西もしくは東の海岸とも、諸説がある。また、静岡県清水市清水区にも「袖師の浦」（覧富士記）があり、どちらとも定めがたい。『五代集歌枕』は伊勢国とする。和歌に詠まれたのは、『後拾遺集』の「唐衣袖師の浦のうつせ貝むなしき恋に年の経ぬらん」（恋・六六〇・国房。袖師の浦にある空っぽな身のない貝のように、むなしい恋をして年月を送ってしまったことよ。）が初出であるが、いずれの地を詠んだのかは不明。この歌のように「袖」の縁で「唐衣」「敷く」「干す」などを、また「浦」の縁で「網」「波」などの詞を導く。

寄る波の涼しくもあるか敷妙の袖師の浦の秋の初風（新勅撰集・秋・二〇二・信実。打ち寄せる波も涼しいことよ、袖師の浦にも秋の初風が吹き始めた。）（松木）

袖の浦　そでのうら　出羽。山形県酒田市宮野浦。

早く『拾遺集』に「君恋ふる涙のかかる袖の浦は巌なりとも朽ちぞしぬべき」（恋・九六一・よみ人しらず。あなたを恋い慕う涙がかかる袖の裏は、たとえ袖の浦のように岩であっても、私の涙で朽ち果ててしまうに違いない。）とあるように、「袖の裏」とかけたり、「海人《あま》」「海松布《みるめ》」「潮垂る」「浪」など、海辺の景を読み込んだりして、恋の心をあらわすために用いられた。『源氏物語』「早蕨」巻には「物縫ひ営みつつ」と衣を縁にして「人はみな急ぎたつめる袖のうらにひとり藻塩を垂るるあまかな」（六九三。皆は忙しく引っ越しのために着物を縫っているのに、ひとり涙を流す尼の私であることよ。）と詠んでいる。

乾し侘びぬ海人の刈る藻に潮垂れてわれから濡るる袖の浦浪（新勅撰集・恋・八九八・俊成女。なかなか乾かない漁師の刈る海藻に潮水が滴って、割殻が濡れる。そんな袖の浦浪ではないが、誰のせいでもなく自分のために涙が流れて濡れてしまう袖はなかなか乾かないことだ。）

（嘉村）

袖振山　そでふるやま　大和。奈良県天理市布留町。

【関連語】*もろこし・*乙女子（合）

布留山のことか。柿本人麻呂の「娘子《をとめ》らが袖振山の瑞《みづ》垣《かき》の久しき時ゆ思ひき我《あれ》は」（万葉集・四・五〇一。乙女が袖を振るという布留山の年を経た神垣のように、ずっと以前から私はあなたを思っていたのです。）が初例。仙覚『万葉集註釈』は大和国布留山のことであるとし、現在でも「袖振る」と奈良県天理市の「布留山」を掛けたものと解する説が有力。ただし、『八雲御抄』は吉野としつつ、対馬とする説も載せている。由阿『詞林采葉抄』は布留山説を挙げつつも、『八雲御抄』が「吉野」とすることを重視し、神女降臨の所なので由来が確かだとして吉野説を支持している。一部では、吉野で天武天皇が琴を奏でると天女が五度袖を飜して舞ったという伝説と、人麻呂歌を結びつける理解もなされていたらしい。中世以降には桜や白雲とともに詠んだ作例も多く、これらは吉野の地を念頭においていた可能性も少なくない。ただし、いずれにしても人麻呂詠の乙女が袖を振る山というイメージは踏襲され続ける。

我妹子が袖振山も春来てぞ霞の衣たちわたりける（千載集・春・九・匡房。愛しい人が袖を振るという袖

振山も春が来たので、衣のような霞が一面に立ちこめたことだ。）（山本）

外の浜 そとのはま　陸奥。青森県北部。

津軽海峡に面する北端の海浜部を指す。青森県東津軽郡に外ヶ浜町という地名が残る。和歌の用例は少なく、西行の「陸奥《むつのく》の奥ゆかしくぞ思ほゆる壺の碑《いしぶみ》　外の浜風」（山家集・一〇一一。陸奥の、そのさらに奥地に心がひかれることだ、壺の碑や外の浜の風といったものに。）が最も古い例であると考えられる。「善知鳥」と結ばれることが多い。善知鳥は、親が「うとう」と鳴くと子が「やすかた」と応えることから、その習性を利用し猟を行うとされる。子をとられた親は、血の涙を流すとも言われる。謡曲「善知鳥」は外の浜へ赴く最中の僧が立山にさしかかった際に、外の浜で善知鳥の習性を利用し猟をしていた猟師の亡霊に供養を依頼されるもので、「陸奥の外の浜なる呼子《よぶこ》鳥《どり》鳴くなる声はうとふやすかた」と謡われる。

陸奥の外の浜なる老善知鳥紅こぼす露の紅葉葉（秘蔵抄・一七七・よみ人しらず。陸奥の外の浜にいる年老いた善知鳥は露の置く紅葉のような紅色の涙を流していることだ。）（嘉村）

其神山 そのかみやま　山城。京都市北区上賀茂。

【関連語】葵*（合）

上賀茂神社の北にある神山《こうやま》のことで、「その神」と「神山」を言いかけることから地名として使われるようになった。「そちら」「その昔」などの意を「その」に含んで使われた。

聞かばやな其神山のほととぎすありし昔の同じ声かと（後拾遺集・夏・一八三・皇后宮美作。聞きたいものだ。そちらの其神山のほととぎすは、以前お仕えしていた昔と同じ声で鳴いているのだろうかと。）（廣木）

園原 そのはら　信濃。長野県下伊那郡阿智村。

東山道の道筋にあった。『新古今集』に「園原や伏屋におふる帚木のありとは見えて逢はぬ君かな」（恋・九九七・是則。園原の伏屋に生えている帚木があると見せかけて近づくと見えなくなるように、目には見えていながら逢ってはくれないあなたよ。）と詠まれて以来、遠くから見ると箒のように見えて、近づくとその木は見えないという伝承の木「帚木」（俊頼髄脳、他）が生えていた場所として知られる。また、同じ信濃国の歌枕「伏屋」と共に「園原伏屋」と詠まれるものもある。
信濃なる園原にこそあらねども我帚木と今は頼まん
（後拾遺集・雑・一一二七・正家。信濃にある園原のような、その「腹」から生まれた私ではないが、帚木ならぬ「母」としてあなたを頼りにしよう。）（廣木）

染　川　そめかは　筑前。福岡県太宰府市。

太宰府天満宮の近くを流れる川。「逢〈藍〉染〈初〉川」「思川」とも呼ばれた。『伊勢物語』六一に「昔、男、筑紫まで行きたりけるに、〈これは色好むといふ数寄者〉と、簾の内なる人の言ひけるを聞きて、／染川を渡らむ人のいかでかは色になるてふことのなからむ（染川を渡ろうとする人はどうして色に染まるということがなくて済むでしょうか。）」と見える。「染め」「初め」などを掛けて用いられた。
筑紫なる思ひ染川渡りなば水や増さらん淀む時なく
（後撰集・恋・一〇四六・真忠。筑紫にある染川を渡るように、あなたを思い初めて思いの川を渡ったならば、流れが淀むことがなくなるように水かさが増えて、あなたを見るということが滞りなくできるようになるだろうか。）（松本）

た行

高砂　たかさご　播磨。兵庫県高砂市・加古川市。

【関連語】萩・鹿・松・紅葉・鐘・月・藤・夕立・山鳥・桜・鶯・時雨・雪（竹）

加古川河口流域の地。播磨灘に面し、古くから瀬戸内航路の港として開けた。『高倉院厳島御幸記』に「申《さる》の時に高砂の泊まりに着かせ給ふ。四方《よも》の船ども碇下ろしつつ、浦々に着きたり。」とあり、謡曲「高砂」にも「高砂や、この浦舟に帆を上げて、この浦舟に帆を上げて、月もろともに出で潮の、波の淡路の島影や。」と謡われている。松の名所で、現在、高砂神社には謡曲「高砂」に因んだ相生《あいおい》の松が植えられている。「尾上」は加古川河口の東岸（加古川市）の地名とも言われるが、「高砂の峰」「山」とともに北西の丘陵地を指すか。「尾上」は桜の名所としても知られる。「高し」を掛けて用いられることがある。

　誰をかも知る人にせむ高砂の松も昔の友ならなくに（古今集・雑・九〇九・興風。誰を知己とすればよいのだろう。高砂の松は古くからあるが、私の昔からの友ではないのだから。）

高砂の浦　たかさごのうら

泊まりする港の風も気悪しきを波高砂の浦はいかにぞ（実国集・五九。今、停泊している港の風もすさまじく吹いているのだから、波が高いという高砂の浦はどれほどだろうか。）

高砂の峰　たかさごのみね

【関連語】松風（合）

短夜の更けゆくままに高砂の峰の松風吹くかとぞ聞く（後撰集・夏・一六七・兼輔。夏の短い夜が更けて行くのにつれて、高砂の峰の松に風が吹く音ではないか思いつつと、琴の音を聞くことだ。）

高砂の山　たかさごのやま

高砂の山の牡鹿は年を経て同じ尾にこそ立ち馴らし鳴け（女四宮歌合・一二・もろふん。高砂の山の牡鹿は長い年を経ても、同じ尾根に立ち馴れて鳴いていることだ。）

高砂の尾上　たかさごのをのへ

高砂の尾上の桜咲きにけり外山の霞立たずもあら

なん（後拾遺集・春・一二〇・匡房。高砂の尾上の桜が咲いたことだ。里のまわりの山々に霞が立たって隠さないでほしい。）（廣木）

高師　たかし　和泉。大阪府高石市高師浜。

【関連語】鹿・松原・浜名・真砂・霧・磯馴松《そなれまつ》・泊まり・千鳥・梨（竹）

堺の南、大阪湾の浜で、古来、白砂青松の地として貴顕の遊覧の地であった。『万葉集』に持統天皇が難波に行幸した時の歌として、「大伴の高師の浜の松が根を枕に寝《ぬ》れど家し偲はゆ」（一・六六・持統天皇。大伴の高師の浜の松の根を枕にして寝ていても家のことが偲わしく思われることだ。）とある。室町期の『高野参詣日記』には「佐野といふ所の少し道よりは入りたる方へ、宗珀導《しる》べして、昼の休みに貝物《かひつもの》など調へたるも珍かになむ。高師の浜の松原の下、天神の社の前に輿を立てて、」とある。一般に「高し」の意を掛けて用いられる。

高師の浦　たかしのうら

音に聞く高師の浦のあだ波は掛じや袖の濡れもこそすれ（金葉集・恋・四六九・一宮紀伊。噂に名高い、高師の浦にいたずらに高く立つ波のような浮気な恋の言葉を私に掛けないでほしい。裏切られて、波に濡れるように涙で袖が濡れることになるだろうから。）（廣木）

高師の浜　たかしのはま

沖つ波高師の浜の浜松の名にこそ君を待ちわたりつれ（古今集・雑・九一五・貫之。沖の波が高いという高師の浜の浜松の「まつ」の言葉の通り、あなたのことを待ち続けていたことだ。）（廣木）

高島　たかしま　近江。滋賀県高島市高島町。

【関連語】水尾《みを》（竹）

琵琶湖の北西岸、安曇川《あどがわ》の南に位置する、古くからの湊で、「何処《いづく》にか船乗りしけむ高島の香取の浦ゆ漕ぎ出来《でく》る舟」（万葉集・七・一一七二・作者未詳。どこの湊から船出してきたのだろうか。高島の香取の浦を漕ぎ出してくるあの舟は。）に見られるように、多くの船が行き交う水上交通の拠点で、高島の湖岸の浦。船や旅の風景が詠まれる。「香取の浦」「水尾」「勝野」「安曇川」などの周辺の地名と合わせたり、「高島」に「高し」を掛けたりする。

高島や水尾の中山杣《そま》立てて造り重ねよ千世の並蔵《なみくら》

（拾遺集・神楽歌・六〇五・よみ人しらず。高島の水尾の中山から切り出した木材で造り重ねなさい。千世を経ても立ち並ぶ蔵を。）

高島の浦 たかしまのうら

沖つ浪高島めぐり漕ぎ過ぎて遙かになりぬ塩津菅《すが》浦《うら》（長方集・二〇四。沖に高い浪の立つ高島をめぐり、漕ぎ行きて遙か遠くになってしまった。塩津菅浦は。）

（田代）

高師（の）山 たかし（の）やま　三河。愛知県豊橋市・静岡県湖西市。

豊橋市の東南部から湖西市にかけての台地。『東関紀行』にも「三河遠江の境」とある。『十六夜日記』に「高師の山も越えつ、海見ゆるほどいと面白し、浦風荒れて、松の響きすごく、波いと荒し。」とある。和歌の早い例に『古今六帖』の「逢ふことを遠江なる高師山高しや胸に燃ゆる思ひは」（八六〇・黒人。あの人に逢うことは間遠だけれど、遠江にある高師山のように胸に燃えている思いの火は高いことであるよ。）があり、この歌は後に『夫木抄』にも「遠江（国）」の歌として所収される。地名に「高し」を掛けて詠まれ、海に近いことから「松」「波」「浦」などと共に歌われた。

雲の居る梢はるかに霧こめて高師の山に鹿ぞ鳴くなる（新勅撰集・秋・三〇三・実朝。雲が留まる梢のはるか向こうまで霧が立ちこめて、高師の山では鹿が鳴いているようだ。）

（松本）

高瀬 たかせ　河内。大阪府守口市高瀬町。

「高瀬川」はこの付近を流れていた淀川。「高瀬の淀」とも呼ばれ、河川交通の要路であった。「高瀬の淀」は神楽歌「薦枕《こもまくら》」に「薦枕　いや　高瀬の淀に　や　あいそ　誰《た》が贄人《にへびと》ぞ　頻《し》き継ぎ上る　網下ろし　小《さ》網《で》さし上る」（薦枕　いや　高瀬川の淀みに　や　あいそ　誰が神に奉納する贄のための魚を取るのだ　頻りに次々に川を遡って行く　網を下ろし　小網を使いながら遡って行く。）と謡われている。「高し」を掛けて用いられたが、「瀬」と「淀」との矛盾も興味の対象とされた。

さし上る高瀬の里のいたづらに通ふ人なき五月雨の頃（夫木抄・一四六三〇・家良。川を遡って行ったところにある高瀬の里へむやみに通って行く人はいない。五月雨の頃には。）

高瀬川　たかせがは
見渡せば末塞《せ》き分くる高瀬川ひとつになりぬ五月雨の頃（続後撰集・夏・二〇八・師光。あたりを見渡してみると、向こうの方では二手に流れが分かれていた高瀬川が一つの流れになってしまっている。五月雨の頃には。）

高瀬の淀　たかせのよど
水増さる高瀬の淀の真《ま》薦草《こもぐさ》はつかに見ても濡るる袖かな（続後撰集・恋・六九七・殷富門院大輔。水かさが増さった高瀬の淀川の真薦草がわずかにしか見えないように、わずかにあの人を見ただけで、恋しさが募って涙で袖が濡れることだ。）　（廣木）

高津の宮　たかつのみや　摂津。大阪市中央区法円寺町。
【関連語】*難波（竹）
仁徳天皇の難波高津宮の旧跡。ただし、かつて高津宮址とされた所に豊臣秀吉によって創建された神社、高津《たかつ》宮《ぐう》は中央区高津にある。仁徳天皇が課税を減じたお陰で民の家々の竈から煙が立ちのぼるのが見え、豊かになったことを知ったという故事（日本書紀）に関わる伝承歌、「高殿に上りて見れば天《あめ》の下四方《よも》に煙《けぶ》りて今ぞ富みぬる」（日本紀竟宴和歌・四〇。高い建物に上ってあたりを見ると、この国は一面煙が立ち上っている。今、人々は豊かになったことだ。）はここでのものとされる。
いにしへの難波のことを思ひ出でて高津の宮に月の澄むらん（金葉集・秋・一九七・師頼。昔の難波のどのような様子を思い出して、高津の宮を月は澄みきって照らしているのだろう。）　（廣木）

高角山　たかつのやま　石見。島根県江津市。

島星山《しまのほしやま》をいうか。『万葉集』の柿本人麻呂の歌、「石見のや高角山の木の間より我《あ》が振る袖を妹見つらむか」（二・一三二。石見国の高角山の木の間から、別れていく私が振る袖を妻は見たであろうか。）によって知られ、この影響下による歌が多い。

石見のや夕越え暮れて見渡せば高角山に月ぞいざよふ（続古今集・羈旅・八七七・為氏。石見国を夕方旅だって高角山を越える途中で日が暮れてきた。その時、あたりを見渡すと山の上に月がためらいがちに上ってきたことだ。）　（廣木）

高野　たかの　紀伊。和歌山県伊都郡高野町。
【関連語】法《のり》の灯・月・玉川の水・松・雪・苔地・死別の御幸《みゆき》・鐘・藤（竹）

高野山のある地。古くから、山岳信仰の霊地であったが、弘仁七年（八一六）に空海が金剛峰寺を創建して以来、真言密教の中心地として多くの堂塔が作られ、参詣者を集めた。室町期の山の様子は『高野参詣日記』に「高野の御山に上りつきて、一心院の奥坊といふに至りて、人々休みぬるほど、郭公《ほととぎす》のしきりに聞こえしかば、（略）二十四日、草鞋《わらぢ》をつけて諸堂巡礼し侍れば、大塔は柱ども立つ。心柱など切りて、造作のあらましどもなり。金堂は型のごとくとりたてたるさまなるに、三鈷《さんこ》の松も昔のは焼けて、その種生ひとて斎垣《いがき》巡らしたるを見て、」と描写されている。

忘れても汲みやしつらん旅人の高野の奥の玉川の水（風雅集・雑・一七八八・弘法大師。旅人は毒虫がいるという忠告を忘れて、汲んで飲んでしまうだろうか。高野の奥の玉川の水を。）

高野(の)山　たかの(の)やま
【関連語】捨*つる身（付）

暁を高野の山に待つほどや苔の下にも有明の月（千載集・釈教・一二三六・寂蓮。弥勒菩薩が現れるという暁が来るのを高野の山で待っている間、有明の月のような弘法大師は苔の下にいらしてくれることだ。）（廣木）

高円　たかまど　大和。奈良県奈良市白毫寺町周辺。
【関連語】萩が花・花・月・浅茅が原・尾花・紅葉・衣擣《う》つ・雁がね・撫子《なでしこ》・むささび・春日野（竹）

平城京の貴族達にとって、都からほど近い散策の地。和歌では主に「高円山」「高円野」「高円宮」の形で詠まれる。「高円山」は春日山の南に続く山で、中腹に志貴皇子の山荘を寺としたという白毫寺がある。高円山麓の野が「高円野」で、『万葉集』には志貴皇子への挽歌として「高円の野辺の秋萩いたづらに咲きか散るらむ見る人なしに」（二・二三一・金村。高円の野辺の秋萩は、むなしく咲いては散るのだろうか、見る人はいないままに。）などが歌われている。「高円の宮」は同山麓にあった聖武天皇の高円離宮のこと。ほどなく荒廃し、現所在地は未詳。「高円の野の上の宮は荒れにけり立たしし君の御代遠《みよとほ》そけば」（万葉集・二〇・四五〇六・家持。高円の野の上の宮は荒れ果ててしまったよ、お立ちになった君の御代が遠ざかったので。）などと詠まれた。

高円(の)野　たかまど(の)の

【関連語】萩*（合）

高円の野路の篠原末さわぎそそや木枯らし今日吹きにけり（新古今集・秋・三七三・基俊。高円の野の路傍の篠原は、葉末が「そそ」と音を立てる。さあ、木枯らしが今日吹いたよ。）

高円の(尾上の)宮　たかまどの(をのへの)みや

萩が花真袖にかけて高円の尾上の宮にひれふるや誰（新古今集・秋・三三一・顕昭。萩の花を袖にかけて、高円の尾上の宮でひれを振っているのは誰なのだろうか。）

高円山　たかまどやま

【関連語】秋萩・尾花・撫子・むささび・雁がね・花薄・野分の風・千種《ちくさ》・弓張月（随）

しきしまや高円山の雲間より光射しそふ弓張の月（新古今集・秋・三八三・堀河院。大和の、高い高円山の雲の間から、光を射している弓張の月よ。）（山本）

高間の山　たかまのやま　大和。奈良県御所市南西部。

【関連語】葛城*（竹）

金剛山の別名。標高一一二五メートル。葛城山系の主峰として奈良盆地から見上げられる山。その高嶺に身分違いの恋の心を重ねて詠んだ「よそにのみ見てや止《や》みなむ葛城の高間の山の峰の白雲」（和漢朗詠集・下・四〇九・作者不明／新古今集・恋・九九〇。よそからだけ見て、終わってしまうのだろうか、葛城山の高間山の峰にかかる白雲のように、手の届かない人よ。）が早期の著名な作。以後も、遥か遠くに見える嶺への距離感を活かして詠んだ作が多い。

霞みゐる高間の山の白雲は花かあらぬか帰る旅人（新勅撰集・春・六三・式子内親王。霞がかかっている高間の山に見える白雲は、花なのだろうかそうではないのだろうか、教えておくれ、帰ってくる旅人よ。）（山本）

高　山　たかやま　大和。奈良県。

所在地未詳。普通名詞。『万葉集』に「高山ゆ出で来る水の岩に触れ砕けてそ思ふ妹に逢はぬ夜は」（一一・二七一六・作者未詳。高い山から出てくる水が岩に触れて、砕けるように心乱れて思う、あの娘に逢わない夜には。）などが詠まれているが、特定の地名ではなく、普通名詞と解される。ただし、『五代集歌枕』は当該歌他を挙げて大和の歌枕とし、『歌枕名寄』も大和とする。『八雲御抄』は大和に分類しつつ、常陸とする説も載せている。このように歌枕とする理解も行われていた。

高山の巌《いはほ》に生ふる菅の根の根も白妙に降れる白雪
（続後撰集・冬・五〇六・諸兄。高山の巌に生えている菅の根の根まで真っ白に降る白雪よ。）

（山本）

竹川 たけかは　伊勢。三重県多気《たき》郡。
【関連語】淵*・催馬楽*（合）

多気郡を流れることから名付けられた川で、祓《はらい》川をいう。伊勢の斎宮が禊ぎを行う川。『五代集歌枕』『八雲御抄』などは河内、『和歌初学抄』は大和、『夫木抄』は河内・大和・伊勢などとし、一定しないが、『拾遺集』に「紅葉葉の流るる時は竹川の淵の緑も色変はるらむ」（雑・一一三一・躬恒。紅葉した葉が散って流れる時は、常緑の竹という名を持つ竹川の淵の緑色も色がかわるだろう。）の歌があり、これは『躬恒集』（一六二）に所収され、「私ごとにつきて、伊勢の斎宮にまかりたる時（略）、国々の所々名を題して詠ませ給ふ」の後書があることから、「竹川」は伊勢国の歌枕と見てよいだろう。催馬楽「竹河」に「竹河の　橋の詰めなるや　橋の詰めなるや　花園にはれ　花園に　我をば放てや…」とあり、後に、この催馬楽が歌われる場面のある「竹河」は『源氏物語』の巻名となる。和歌では、地名に「竹」を掛け、変わらぬ常緑の緑を詠むのが一般。

竹川の水の緑も君がため幾千代までか澄まんとすらん（壬二集・一四四〇。竹川の水は竹のように青々とした緑色で、君のためにいったい幾千代まで澄みわたるのだろうか。）

（松本）

武隈 たけくま　陸奥。宮城県岩沼市稲荷町。

竹駒神社があり、その北西に「武隈の松」「二木《ふたき》の松」と呼ばれる松がある。『後撰集』に「栽ゑしとき契りやしけん武隈の松をふたたび逢ひ見つるかな」（雑・一二四一・元善。植えたときに約束をしたのだったか。武隈の松と再会したことだ。）とあるものが初出。作者が任期中に、枯れた松に小松を植え接がせ、後に再任して見たときの歌とされる。この後、数度にわたり枯れては植え接がれたらしいことが「武隈の松はこのたび跡もなし千歳《ちとせ》を経てや我は来つらむ」（後拾遺集・雑・一〇四二・能因。武隈の松は今見るとその跡もない、私は千年も経てから来たのだろうか。）や『袖中抄』などから知られる。また、「二木」と呼ばれるように、元は二本の木であったことが、「武隈の松は二木を都人いかがと問はばみきと答へむ」（後拾遺集・雑・一〇四一・季通。武隈の松は二木であるのに、それを見た都の人に、「どのようでしたか」と聞いてみると、「見ましたよ、三木ですよ」と答えるだろう。）からわかる。『奥の細道』にも、根元から二木に分かれているとある。

武隈の松は二木をみきと言ふはよく詠めるにはあらぬなるべし（後拾遺集・雑・一一九九・深覚。武隈の松は二木であるというのに、「見ました」と言って「三木」と詠むのは、良く詠んだとは言い難いことだ。）（嘉村）

多胡の入野　たこのいりの　上野。群馬県高崎市吉井町多胡。

『万葉集』に上野国歌として、「吾《あ》が恋はまさかもかなし草枕多胡の入野の奥もかなしも」（一四・三四〇三。私の恋人は今現在もいとおしい。旅寝する多胡の入野の奥の方、その「奥」ではないが、「将来」もきっといとおしいことだろう。）と詠まれている。以来「草枕」という語とともに詠まれることが多くなる。ただし、平安期には歌例が少ない。

葛の葉を吹く夕風にうらぶれて多胡の入野に鶉鳴くなり（新続古今集・雑・一七四九・季広。葛の葉を吹く夕風にわびしく感じている。多胡の入野では鶉が鳴いていることだ。）（嘉村）

多祜の浦　たこのうら　越中。富山県氷見市上田子・下田子周辺。

【関連語】藤浪・磯の松・早苗（竹）

海辺に多胡神社がある。現在は涸渇、干拓によってその姿は見えないが、かつては「布勢の湖」に面しており、浦が存在した。『万葉集』巻第一九に、「十二日、布勢《ふせ》の水海《みづうみ》に遊覧するに、多祜の浦に舟泊まりして、藤の花を望み見て、各《おのおの》懐《おもひ》を述べて作る歌四首」とされ詠まれた、「多祜の浦の底さへにほふ藤波をかざして行かむ見ぬ人のため」（四二〇〇・縄麻呂。多祜の浦の底までも香らせる藤の花を、かざしにして行こう。この藤波を見ていない人のために。）、「いささかに思ひて来しを多祜の浦にさける藤見て一夜経ぬべし」（四二〇一・広縄。かりそめに思って来てみたというのに、多祜の浦の見事な藤波を見て、一夜を過してしまうことだろう。）などという歌群によって知られ、以後、藤波を詠むようになる。駿河の「田子の浦」と区別する必要から、『八雲御抄』には「越中のたこ、藤あり」と注記されている。

紫の敷浪寄すと見るまでに多祜の浦藤花咲きにけり

（堀河百首・二七九・仲実。紫の波が寄せ来ると錯覚するほどに、多祜の浦の藤が咲き誇っている。）（嘉村）

田子の浦　たごのうら　駿河。静岡県静岡市清水区・富士市吉原。

【関連語】富士・雪・海人《あま》・五月雨・苫屋（竹）

静岡県にある富士川以西の静岡市清水区蒲原《かんばら》・由比・興津の海岸。ただし、中世以降は、富士川の東方、吉原湊周辺の海岸を言う。『万葉集』に「田子の浦ゆうち出でて見ればま白にそ富士の高嶺に雪は降りける」（三・三一八・赤人。田子の浦越しに広々とした所に出てみると、真っ白に富士の高嶺に雪が降っていることだ。）と詠まれた歌が有名。また、『古今集』に「駿河なる田子の浦波立たぬ日はあれども君を恋ひぬ日はなし」（恋・四八九・よみ人しらず。駿河にある田子の浦の浦波が立たない日はあっても、あなたを恋しく思わない日はない。）と恋の歌に詠まれ、以降「浦」に「恨」を掛けたり、「浦」の縁で「波」「海人」「塩」「煙」などと結んで詠まれた。ちなみに、「多祜」は越中国（富山県）・「多胡」は上野国（群馬県）の歌枕であり、同じ場所ではない。

田子の浦に霞の深く見ゆるかな藻塩の煙立ちや添ふらん（拾遺集・雑・一〇一八・能宣。田子の浦に霞が深く立ちこめて見えることよ、藻塩を焼く煙が立ち霞に加わっているのだろうか。）（松本）

糺　ただす　山城。京都市左京区下鴨。

賀茂川と高野川の合流点の地で、元来、「只洲」の意であったか。「河合」とも言った。「糺の森」には常緑広葉樹・落葉広葉樹が繁茂し、下鴨神社・河合神社（糺の宮）が鎮座する。中世にはしばしば戦場となり，『太平記』一五「二十七日京合戦の事」には建武三年（一三三六）正月一六日、新田義貞と対峙した足利軍が「上は糺の森より下は七条河原まで、馬の三頭《さんづ》に馬をうち懸け、鎧の袖に袖を重ねて、東西三町、南北五十町が間、錐を立つるばかりの地も見え」ないほど布陣していたという記事が見える。「糾《ただ》す」の意を掛けて用いられることが多い。

降る雪に鴨の河原を見渡せば糺の竹も下折れにけり（拾玉集・一七九三。雪の降る時に、鴨の河原を見渡すと糺に生える竹も下折れしていたことだ。）

糺の宮 ただすのみや

君を祈る心の色を人問はば糺の宮の朱《あけ》の玉垣（新古今集・神祇・一八九一・慈円。我が君の長久を祈る私の心の色を人が問い糺したならば、糺の宮の朱色の玉垣と同様、偽りのない赤心だと答えよう。）

糺の森 ただすのもり

偽りを糺の森の木綿襷《ゆふだすき》掛けつつ誓へ我を思はば（新古今集・恋・一二二〇・定文。偽りを糾すという糺の森に木綿襷を掛けて誓うように、あなたの心には偽りがないと誓ってほしい。私のことを思っているのならば。）（廣木）

立野 たちの　武蔵。横浜市緑区・港北区。

【関連語】駒*（合）

『和名抄（二十巻本）』の「都築郡」の項に「立野〈多知乃〉」とあることから、現在の神奈川県横浜市緑区もしくは港北区周辺をいうか。他にも東京都町田市から八王子市周辺、東京都府中市から立川市周辺を指すなど諸説あり、未詳。立野は武蔵国に四つある御牧の一つとして知られ、『延喜式』左右馬寮によれば、武蔵国五十疋のうち二十疋が毎年朝廷に献上されたという。『後撰集』に「秋霧の立野の駒を牽《ひ》く時は心に乗りて君ぞ恋しき」（秋・三六七・忠房。秋霧が立つ立野の駒を牽く時は、馬に乗るように、あなたが私の心に乗っているようで、恋しく思われることだ。）と詠まれ、和歌でも「立野の駒」「立野の牧」などとして、馬と関連づけて詠まれている。また地名に「立つ」を掛ける。

日を経ては秋風寒み小牡鹿の立野の檀《まゆみ》紅葉しにけり（新勅撰集・秋・三三四・信実。日が経つと秋風が寒いので、牡鹿の立つ立野では檀が紅葉したことだ。）（松本）

橘の小島 たちばなのこじま　山城。京都府宇治市宇治。

宇治橋の上流、宇治川の中州。『平家物語』九「宇治川先陣」に「平等院の丑寅、橘が小島が崎」と見える。また、『源氏物語』「浮舟」巻に浮舟が宇治川を小舟で渡った時に様子として、「遙かならむ岸にしも漕ぎ離れたらむやうに心細く覚えて、つとつきて抱かれたるもいとらうたしと思す。有明の月澄み上りて、水の面も曇りなきに、〈これなむ橘の小島〉と申して、御舟しばし挿し留めたるを見給へば、大きやかなる岩のさまして、されたる常磐木の影茂けり。」と描かれている。昔に変わらないものとしての「橘」の認識を踏まえて詠まれることが多い。

今もかも咲き匂ふらむ橘の小島の崎の山吹の花（古今集・春・一二一・よみ人しらず。今も以前と同じように咲き匂っているだろうか。橘の小島の崎の山吹の花は。）

（廣木）

竜田　たつた

大和。奈良県生駒郡斑鳩《いかるが》町・三郷町。

【関連語】柳・蘭草《ふぢばかま》・木綿付鳥《ゆうつけどり》・飛鳥川・卯の花・御祓《みそぎ》・三室山《みむろやま》・神奈備山《かみなびやま》・鶯・鹿・松・琴を引く・葛城・雁・駒・花・高安の里・寺・時鳥《ほととぎす》・雪・五月雨・岩根の躑躅《つつじ》（竹）

「立田」とも。「竜田川」「竜田山」の形で詠まれることが多い。竜田川は生駒山地東側を南流し、斑鳩町で大和川に合流する川。竜田山は信貴山に連なる山。大和からこの山を越えて河内に通じる道を竜田越と言った。『万葉集』に「大伴の三津の泊《と》まりに船泊《は》てて竜田の山をいつか越え行《い》かむ」（一五・三七二二・作者未詳。大伴の三津の泊まりに船が着いて、竜田の山を早く越えて行きたいものだ。）と詠まれている。河内の高安の女に通う男を思って、もとの女が詠んだ「風吹けば沖つ白浪竜田山夜半にや君が一人越ゆらむ」（古今集・雑・九九四・よみ人知らず。風が吹くと沖の方では白浪が立つ、その「立つ」という名の竜田山を夜半にあなたは一人で越えているのでしょうか。）もこの地を詠んだものである。『万葉集』には「雁がねの来鳴きしなへに唐衣《からころも》竜田の山は紅葉染めたり」（一〇・二一九五・作者未詳。雁が来て鳴くやいなや、唐衣のように竜田山は紅葉し始めたよ。）と秋の紅葉が詠まれるが、霞や桜とともに詠まれる作もあり、必ずしも特定のイメージに限定されていたわけではない。平安期に入ると、秋の紅葉が詠まれることが圧倒的に増加し、紅葉の名所として定着した。「竜田山」は平城京の西に位置し、五行では秋の方角にあたり、「竜田山」の神である竜田姫は、秋の女神として紅葉を促す存在とされ、春の佐保姫と対比された。「竜田」に「立つ」「裁つ」を掛けて詠まれることも多い。

竜田川　たつたがは
【関連語】躑躅*・神奈備*・岸*（竹）
ちはやぶる神代もきかず竜田川唐紅《からくれなゐ》に水くくるとは（古今集・秋・二九四・業平。神代にも聞いたことがないよ、竜田川が唐紅色に水をくくり染めにするとは。）

竜田の里　たつたのさと
いざ行きて涙尽くさむ秋深き竜田の里に紅葉散るころ（拾玉集・三六二〇。さあ、行って涙を流し尽くそう。秋深い竜田の里に、紅葉が散るころだよ。）

竜田の森　たつたのもり
古りにける竜田の森は神さびて木《こ》の下《もと》照らす秋の夜の月（秋篠月清集・九八一。長い年月を経た竜田の森は神々しくて、木の下を照らす秋の夜の月よ。）

竜田(の)山　たつた(の)やま
【関連語】鹿*・麓*（竹）
唐衣《からころも》　竜田の山の紅葉葉はもの思ふ人の袂なりけり（後撰集・秋・三八三・よみ人知らず。唐衣のような竜田山の紅葉の葉は、恋のもの思いに苦しんで紅涙を流す人の袂なのであったよ。）
（山本）

辰の市　たつのいち
大和。奈良県奈良市。奈良市杏《からもも》　町付近にあった市。もと平城京の東市であったらしい。古代から中世にかけて栄えた。『枕草子』の「市は」にもその名が挙げられている。名の由来は、『八雲御抄』に「辰日たつなり」とあるように辰の日に市が立ったとする説や、平城京の辰の方位にあたるためとする説がある。和歌は「なき名のみ辰の市とは騒げどもいさまだ人を得《う》るよしもなし」（拾遺集・恋・人麻呂。根も葉もない噂ばかり立って、辰の市のように騒がしいけれども、いやさて、まだあの人を手に入れるすべもないよ。）が初例と見られるもので、以後も「辰」に「立つ」を掛けて詠む、縁語として「売る」を響かせるなどの詠まれ方が多い。中世には『建保名所百首』の題ともなっている。その賑わいを詠んで、治世を言祝ぐ作も見られる。
ことごとに賑《にぎ》はふ民の辰の市に御代さかえたるほどぞ見えける（建保名所百首・一〇四六・行意。あますところなく賑わっている民が立つ辰の市に、御世がどれほど栄えているのかがよくわかることだなあ。）
（山本）

田上　たなかみ　近江。滋賀県大津市田上。

【関連語】月・網代《あじろ》・氷魚《ひを》・鹿・篝火《かがりび》・千鳥・稲葉・樫《かし》の木・魚梁瀬《やなせ》・檀《まゆみ》の紅葉・海顔《うみづら》（竹）

琵琶湖の南部に位置する、瀬田川左岸の盆地。「田上川」は、田上を流れ瀬田川に注ぐ大戸川《だいとがわ》の異称。田上網代という梁《やな》によって氷魚を捕り貢進したことで知られ、「氷魚」「網代」「梁」が盛んに詠まれた。また、田上山は、主峰の太神山《たなかみやま》（田神山《たのかみやま》とも）を中心とする瀬田川東岸の山々の総称。「木綿畳《ゆふたたみ》　田上山の真葛《さなかづら》　ありさりてしも今ならずとも」（万葉集・一二・三〇七〇・作者未詳。田上山の真葛が長く絶えないように、私たちの関係も途絶えさえしなければそのうちには逢うこともできよう。今ではなくとも。）のように、「木綿畳」や「衣手の」を冠するが掛かり方は未詳。藤原京や石山寺の造営・改築の際に桧を用材をとして産出するなど杣山《そまやま》としての機能を持ち、歌にも詠まれる。田上には、藤原頼通や源経信・俊頼父子の別業があり、俊頼は当地での詠を数多く残した。

　網代木に錦織り掛く田上やその杣山に木の葉散るらし（堀河百首・一〇二八・師頼。網代木に錦を織り掛けているような田上の光景であるなあ。その杣山には色づいた木の葉が散っているらしい。）

田上川　たなかみがは

月影の田上川に清ければ網代に氷魚《ひを》のよるも見えけり（拾遺集・雑秋・一一三三・元輔。月光の照らす田上川の水が清いので、夜でありながら、網代に氷魚が寄ってくるのが見えることだ。）

田上山　たなかみやま

【関連語】鹿*（作）

衣手の田上山の朝霞立ち重ねても春は来にける（続千載集・春・四〇・為氏。田上山に朝霞が立ち、幾重にも重なっている。春が来たのであるなあ。）

（田代）

多波礼島　たはれじま　肥後。熊本県宇土市。

島原湾に注ぐ熊本市との境の川である緑川の河口の岩礁。『伊勢物語』六一に、筑紫までやって来た男を女が色好みの数寄者だと噂しているのを聞いて、その男が「染川」を渡って来たので当然、色好みになると言い遺ると、女の方が「名にし負はば徒《あだ》にぞあるべき多波礼島波の濡れ衣着るといふなり」（多波礼島は戯れという名を持っているので浮気だと思われるでしょう。島が波に懸かって濡れるようにあなたも濡れ衣を着せられているというのですか。）と答えたとある。この歌の影響もあって、「戯れ」の意を掛けて用いられた。

まめなれど徒名《あだな》は立ちぬ多波礼島寄る白波を濡れ衣に着て（後撰集・雑・一一二〇・朝綱。真面目なのだが、私も浮気だという噂が立ってしまった。多波礼島がその名のことから戯れ心を持つとして、寄せる白波に濡れるように濡れ衣を着せられているのと同様に。）　（廣木）

玉江　たまえ　摂津。大阪府高槻市三島江。

【関連語】*真菰《まこも》刈る・*蛍・*江（竹）

芥川が淀川に合流する湿地。「玉」は元来、美称であるため、各地に同様に呼ばれた江があったが、『万葉集』に「三島江の玉江の薦《こも》を標《しめ》しより己がとそ思ふいまだ刈らねど」（七・一三四八・作者未詳。三島江の玉江の薦に標を付けた時から自分のものだと思う。まだ、刈り取ってはいないが。）と詠まれた影響で、「三島江の玉江」とされることが多い。

玉江漕ぐ芦刈り小舟挿し分けて誰を誰とか我は定めん（後撰集・雑・一二五一・よみ人しらず。玉江を漕ぐ芦刈り小舟は棹挿して芦を分けて進むが、私は棹を挿すように、誰々と特定の人を指名して思いを寄せていることとはありません。）　（廣木）

玉川　たまがは　山城。京都府綴喜《つづき》郡井手町。

和束の山中から流れ出て、井手を通り、木津川へ注ぐ。「六《む》玉川《たまがわ》」と称せられる全国にある「玉川」の一つで、山城の玉川は「井手の玉川」と呼ばれた。「玉川の里」はどこの地か確定しにくいが、「山吹」の名所として知られるのは、この山城の玉川（の里）を指すと思われる。「露」が縁語として詠み込まれることが多い。

駒とめてなほ水飼《か》はむ款冬《やまぶき》の花の露添ふ井手の玉川（新古今集・春・一五九・俊成。馬を留めてさらに水を飲ませよう。山吹の花に露も落ち加わっている井手の玉川で。）

玉川の里　たまがはのさと

【関連語】駒・山吹・蛙・井手の里・玉水（竹）

山吹の花の雫に袖濡れて昔覚ゆる玉川の里（金槐集・一一三。山吹の花から落ちる雫に袖が濡れて、昔のことが思い起こされる玉川の里であることだ。）　（廣木）

玉川　たまがは　摂津。大阪府高槻市玉川。
【関連語】卯の花*（付）
淀川右岸の乱流をいう。「六《む》玉川《たまがわ》」と称せられる全国にある「玉川」の一つで、「摂津の玉川」は三島にあったことから「三島の玉川」と呼ばれた。「玉川の里」はどこの地か確定しにくいが、「卯の花」の名所として知られるのは、この摂津の玉川（の里）を指すと思われる。「露」が縁語として詠み込まれることが多い。
玉川と音に聞きしは卯の花を露の飾れる名にこそありけれ（千載集・夏・一四一・覚性法親王。卯の花の名所は玉川と聞いていたが、それは卯の花を露の玉で飾ることからの名であったのだ。）（竹）

玉川の里　たまがはのさと
【関連語】卯の花・衣打つ・松風・氷柱《つらら》・霰・子規《ほととぎす》
見渡せば波のしがらみ掛けてけり卯の花咲ける玉川の里（後拾遺集・夏・一七五・相模。見渡すと、波が立って柵を掛けたように見える。卯の花の咲く玉川の里では。）（廣木）

玉川　たまがは　近江。滋賀県草津市野路町。
【関連語】萩*（竹）
牟礼山付近に源を発し、西流して矢橋《やばせ》で琵琶湖に注ぐ十禅寺川の伏流水が湧き出て流れを作った小川。「六《む》玉川《たまがわ》」と称せられる全国にある「玉川」の一つで、野路にあったことから「野路の玉川」と呼ばれた。「萩の玉川」とも。例歌に挙げた俊頼の歌によって萩の名所となり、中世以降に盛んに詠まれた。
明日も来《こ》む野路の玉川萩越えて色なる浪に月宿りけり（千載集・秋・二八一・俊頼。明日もまた来よう。野路の玉川の萩が川面に枝垂《しだ》れていて、枝を越える、その萩の花の紅紫色に色付いた浪に月が宿る、このえも言われぬ光景を見るために。）（田代）

玉川　たまがは　陸奥。宮城県塩竈市。
【関連語】潮風・野田・千鳥・氷る月影・五月雨（竹）
青森県東津軽郡外ヶ浜町を流れる川とも。「六《む》玉川《たまがわ》」と称せられる全国にある「玉川」の一つで、「野田の玉川」と呼ばれた。『奥の細道』において記されたものは、「末の松山」付近で「それより野田の玉川、沖の石を尋ぬ」とあることから、宮城県を指す。「陸奥《みちのく》にありといふなる玉川のたまさかにても逢ひ見てしがな」(古今六帖・一五五六。陸奥にあるという玉川、その玉川の「たまさか」ではないが、偶然にでもあなたとお逢いしたいことだ。)が、陸奥の玉川を詠んだ早い例である。特に「野田」を冠して他と区別するものでは、能因の「夕されば潮風越して陸奥の野田の玉川千鳥鳴くなり」(能因集・一四九。夕暮れ時になると潮風が浜辺を越えて吹いてきて、陸奥の野田の玉川では千鳥が鳴くことだ。)が早く、『新古今集』(冬・六四三)にも入集した。この歌の影響で、「千鳥」や「潮風」が共に詠まれるようになる。

玉川の里　たまがはのさと

五月雨に卯の花咲かぬ垣根にも浪こそかくれ玉川の里(正治初度百首・七二六・忠良。五月雨のころ、摂津の玉川ではないので卯の花が咲いていない垣根にも、浪がかかって白く見えることだ、陸奥の玉川の里は。)　(嘉村)

多摩川　たまがは　武蔵。東京都・神奈川県川崎市。

【関連語】調布《つきぬの》(随)

山梨県東部にある笠取山から東京都西多摩郡を経て府中・調布市を通り、大田区で東京湾に注ぐ川。「玉川」とも。「六《む》玉川《たまがわ》」の一つで、「調布の玉川」と呼ばれた。この多摩川を詠んだ歌例は、『万葉集』に「多摩川にさらす手作りさらさらになにそこの児のここだかなしき」(一四・三三七三・作者未詳。多摩川にさらす手作りの布のように、今さら言うまでもないが、何故この娘はこうもいとしいのか。)で、左注に「右の九首は武蔵国の歌」とある。多摩川では布を晒し、調として朝廷に献上され、調布市の名の由来となった。どの国の「多摩(玉)川」を詠んだか不明な歌も多いが、『万葉集』歌の影響下にある「手作り」「晒す」「さらさら」などと歌われるものは武蔵国の多摩川と見てよい。

多摩川にさらす手作りさらさらに昔の人の恋しきやなぞ(拾遺集・恋・八六〇・よみ人しらず。多摩川にさらす手作りの布ではないが、今さらながら以前親しくしていた人が恋しく思われるのは何故であろうか。)　(松本)

玉坂山　たまさかやま　摂津。大阪府池田市。

「待兼山《まちかねやま》」と隣接する千里丘陵の北西端の山かという。思いがけなく出会うという意の「たまさか」を掛けて用いられた。

あひ見てもまた待つほどの久しさは玉坂山に鳴くほととぎす（拾玉集・三三四三。一度見かけたものの、また鳴き声を長く待つことになるのは、思いがけなく聞いただけの玉坂山で鳴くほととぎすであることだ。）（廣木）

玉島　たましま　肥前。佐賀県唐津市浜玉町。
【関連語】河上*（合）
「玉島川」の中・下流域。「玉島川」は松浦湾（唐津湾）に注ぐことから松浦川とも呼ばれた。『日本書紀』神功皇后紀に皇后が松浦県《まつらのあがた》の「玉島里の小河の側《ほとり》」で食事をし、「針を勾《ま》げて鉤《ち》を為《つく》り、粒を取りて餌《ゑ》にして、裳の縷《いと》を抽《ぬ》き取りて緍《つりいと》にし」て釣りをし、鮎が懸かったら新羅を征服できるとして占ったことが見える。この伝承を踏まえた歌が『万葉集』に「松浦なる玉島川に鮎釣ると立たせる児らが家路知らずも」（五・八五六・作者未詳。松浦の玉島川で鮎を釣ると言って立っているあなたの家への道が分かりません。教えてください。）などと見える。「玉」を意識して詠まれることが多い。

玉島や落ち来る鮎の川柳下葉うち散り秋風ぞ吹く（風雅集・秋・五一三・家隆。玉島では川を下ってくる鮎のような川柳の下葉が散っている。秋風が吹いているのだ。）

玉島川　たましまがは
【関連語】赤裳*（合）、鮎（竹）
光射す玉島川の月清み乙女の衣袖さへぞ照る（拾遺愚草・一一三六。光が射すような玉島川では月が清らかに射しているので、乙女の衣の袖さえ照り映えていることだ。）（廣木）

玉造江　たまつくりえ　陸奥。宮城県大崎市岩出山町。
江合川の入江か。『小町集』に「陸奥《みちのく》の玉造江に漕ぐ船の帆にこそ出でね君を恋ふれど」（三七。陸奥の玉造江を漕ぎ行く船の帆、その帆ではないが、表に出ないようにしていることだ。あなたを恋い慕っているけれど。）などと詠まれ、「陸奥の」を冠する場合、この地を指すと考えられるが、「陸奥」を冠さない場合、大阪府大阪市東区、天王寺区である可能性がある。

置く露の玉造江に茂るてふ芦の末葉の乱れてぞ思ふ（玉葉集・恋・一三〇四・実氏。置く露が玉をつくる、その玉造江に茂るという芦の葉先が乱れるように、恋に思い乱れていることだ。）（嘉村）

玉津島　たまつしま　紀伊。和歌山県和歌山市和歌浦。

【関連語】和歌の浦・雪・松原・漕ぐ舟・宮井・姫（竹）

現在、和歌浦にある陸続きの丘陵地のいくつかはもともと島であり、その全体、もしくは一部が玉津島と呼ばれた。古来から風光明媚な地として知られ、神亀元年（七二四）一〇月に紀伊国に行幸した聖武天皇が、この神社の背後の奠供《てんぐ》山から眺望を楽しんだことが『続日本紀』に見える。『万葉集』には「玉津島見れども飽かずいかにして包み持ち行かむ見ぬ人のため」（七・一二二二・作者未詳。玉津島は見飽きることがない。どうやってこの景色を包んで持っていったらよいだろうか。見たことのない人のために。）と詠まれている。この島に鎮座する玉津島神社には、和歌浦の地名の縁もあって、和歌神である衣通姫《そとおりひめ》が祀られた。平安期、この神が和歌三神の一柱と認識されるようになると、ますます、歌人にとって重要な地となった。

わたの原寄せ来る波のしばしばも見まくのほしき玉津島かも（古今集・雑・九一二・よみ人しらず。大海原から寄せてくる波が繰り返すように、繰り返し見たいと思う玉津島であることだ。）

（廣木）

玉の井　たまのゐ　山城。京都府綴喜《つづき》郡井手町。

廃寺となった玉井寺の境内の井戸。「玉」は美称であり、各地にこのように呼ばれた井戸があったと推察できるが、この地には「井手の玉川」が流れており、山吹の名所であったことから、「山吹」と共に詠まれた「玉井」はこの地である可能性が高い。

玉の井に咲けるを見れば款冬《やまぶき》の花こそ宿のかざしなりけれ（堀河百首・二九七・師時。玉の井に咲いているのを見ると山吹の花こそこの地の家の髪飾りと言えるのだなあ。）

（廣木）

田蓑の島　たみののしま　摂津。大阪市北区堂島。

【関連語】難波・満つ潮・海人《あま》・田鶴《たづ》・御祓《みそぎ》・花・五月雨（竹）

旧淀川、堂島川の中州である中之島をいうか。または、西淀川区佃には田蓑神社があり、その周辺が田蓑島と称されており、ここをいうか。そのあたりには田蓑の橋が架かっている。いずれにせよ、淀川の河口付近の中州を指したらしく、河川交通の要衝であった。神楽歌「難波方」に「（本）難波潟　潮満ちくれば　海人《あま》衣《ごろも》（末）海人衣　田蓑の島に　鶴《たづ》立ち渡る」と謡われている。農夫の着る「田蓑」の意を意識して詠まれることが多い。

雨により田蓑の島を今日行けど名には隠れぬものにぞありける（古今集・雑・九一八。貫之。雨に降られて田蓑を着て田蓑の島に今日、出かけて行ったが、確かに雨の降る田蓑の島はその名に恥じないものであった。）

（廣木）

手向（の）山　たむけ（の）やま　大和。奈良県奈良市。

【関連語】紅葉・月・白木綿《しらゆふ》・花・雪・春風（竹）

本来は普通名詞。旅の道中の安全を祈って峠の神に幣を手向けることに由来する名で、諸所にある。特定の地名を指す場合には大和の奈良山と近江の逢坂山が有力。『万葉集』「木綿畳《ゆふたたみ》 手向けの山を今日越えていづれの野辺に廬《いほ》りせむ我《われ》」（六・一〇一七・坂上郎女。手向けをする山を今日越えて、どこの野原で私は仮寝をしようか。）は逢坂山を越えた際の作。菅原道真の「このたびは幣《ぬさ》もとりあへず手向山紅葉の錦神のまにまに」（古今集・羇旅・四二〇。この度の旅は、幣の用意もできませんでした、手向山の錦のように色鮮やかな紅葉を幣として手向けますので、神の御心のままにお納めください。）は大和であり、現在の手向山八幡の地とする説がある。『建保名所百首』は大和国に分類し、『五代集歌枕』は近江とした上で大和にもあるとし、『八雲御抄』は大和に分類して近江説を付記する。『歌枕名寄』も大和と近江に分類している。平安期以降の作には道真歌の影響が色濃く、紅葉を幣とする趣向が多く踏襲されている。

手向山紅葉の錦幣はあれどなほ月影のかかる白木綿（新勅撰集・秋・三三〇・家隆。手向山は、錦のように紅葉して、神への幣は既にあるけれども、さらに月光が白妙の布をかけたように照らしているよ。）

（山本）

千賀の浦　ちかのうら　陸奥。宮城県塩竈市。

塩竈の浦の別称とも見なされ、「千賀の塩竈」と言うことも。『五代集歌枕』などは肥前とする。『万葉集』に「ちかのさき」「ちかのしま」とあることによるが、これは「値嘉の浦」を指すと思われる。平安初期以降は『枕草子』に「院の御桟敷より、千賀の塩竈などいふ御消息参り通ふ。をかしきものなど持て参り違ひたるなどもめでたし。」とあるように、陸奥国の塩竈周辺として考えられていた。ここに引かれる古歌のように、地名に「近」をかけて詠まれる。

千賀の浦に波寄せまさる心地してひるまなくてもくらしつるかな（後拾遺集・恋・六七三・道信。千賀の浦に浪が寄せ来るように、あなたは近くにいるのに、会うことができず悲しく、波が干ることがないように、昼間であるにもかかわらず私は乾くことのない涙で濡れながら、暗い気持ちで日を過ごしたことです。）（嘉村）

値嘉の浦　ちかのうら　肥前。長崎県北松浦郡小値嘉《おぢか》町。

「値嘉の島」は五島列島の北の小値嘉島。浦はその周辺。『古事記』『日本書紀』に名が見え、『肥前国風土記』「松浦《まつら》の郡」の条に値嘉の郷から見た海中に島があって、それを景行天皇が「この島は遠けれども、なほ近きがごとく見ゆれば、近島と謂ふべし。」と述べたので、「値嘉」と言うようになったとある。樹木が茂り、海産物が豊かであるともされている。大陸・朝鮮半島との海上交通の要路にあり、その関係の伝承が多い。『五代集歌枕』『歌枕名寄』などでは「肥前」とし、この五島列島の地としているが、平安期以後、陸奥の「千賀の浦」と混同され、和歌においてはそちらが主となった。「近」を掛けて用いられた。

値嘉の浦に波寄せまさる心地して干る間なくても暮らしつるかな（後拾遺集・恋・六七三・道信。値嘉の浦に波が寄せて潮が引く間もないように、近くにいるのに逢うことができず、昼間にも関わらず泣きやむ間もなく泣き暮らしていたことです。）

値嘉の島　ちかのしま

名を頼み値嘉の島へと漕ぎ来れば今日も舟路に暮れぬべきかな（重之集・九。近いという島の名を頼みにして値嘉の島へ舟を漕いで来たが、今日も舟路の途中で日が暮れたことだ。）（廣木）

竹生島　ちくぶしま　近江。滋賀県長浜市早崎。

琵琶湖中では沖島に次ぐ、二番目の大きさの島。「筑夫島」とも。早くは『能因歌枕』に歌枕とされているが、実際に歌に詠み込まれた例はほとんどなく、勅撰集では『拾遺集』と『新千載集』の詞書に見られるだけである。古来から弁才天・観音を祀る神仏混淆の霊場としての信仰の地であり、『平家物語』「竹生島詣」では、詩歌管絃に長じた平経正が、「かかる乱《みだれ》の中にも心をすまし、湖のはたに打出でて、遥かに興《おき》なる島を見わたし、（中略）小舟に乗り、竹生島へぞ渡」り、戦勝を祈願して琵琶の秘曲を弾くと、白竜が現じたという話が載り、謡曲「竹生島」などの文学の舞台ともなった。

目に立てて誰か見ざらん竹生島浪に映ろうふ朱《あけ》の玉垣（歌枕名寄・六四三一・隆祐。いったい誰の目を引かないことがあろうか。どんな人でも心奪われるであろう、竹生島の浪に照り映《は》える朱色の玉垣には。）（田代）

千曲川　ちくまがは　信濃。長野県。

長野県南佐久郡にある甲武信岳《こぶしがたけ》から上田・長野・飯山を経由し、新潟県に入り日本海に注ぐ川。「筑摩川」とも。新潟県からは信濃川と呼ばれる。『万葉集』に「信濃なる千曲の川の小石《さざれいし》も君し踏みてば玉と拾はむ」（一四・三四〇〇・作者未詳。信濃にある千曲川の小石であっても、あなたが踏んだものなら、玉と思って拾おう。）とあり、この歌に影響されて後代でも「さざれ石」と結んで詠まれるものが多い。

千曲川春行く水は澄みにけり消えて幾日《いくか》の峰の白雪（風雅集・春・三六・順徳院。千曲川の春に流れる水は澄んでいることだ、消えて何日となるのか峰に残っていた白雪は。）（松本）

千坂の浦　ちさかのうら　近江。滋賀県彦根市八坂町。

犬上川の左岸、西は琵琶湖に面する。大嘗会和歌に詠まれる歌枕として、匡房の「我が君は千坂の浦に群れてゐる鶴や雲居《くもゐ》のためしなるらん」（江帥集・五二〇。千坂の浦に群れている千年の齢を保つ鶴こそが、我が君の都が千代に栄えるというあかしであるなあ。）や、例歌にみられるように、「千坂」に千代に栄えるの意の「千栄《ちさか》」を掛け、千年の齢を保つ「鶴」や、数の多い「真砂《まさご》」、千を名に持つ「千鳥」などを取り合わせ、天皇の御代を言祝ぐ詠み方がされている。

君が世の数にはしかじ限りなき千坂の浦の真砂なりとも（千載集・賀・六三七・俊憲。我が君が重ねられる長久の御世の数には及ぶまい。千代に栄えるという名を持つ、数限りない千坂の浦の真砂であっても。）（田代）

千歳〈年〉山　ちとせやま　丹波。京都府亀岡市千歳山。

京都府南丹市にある千歳山とも。古い例に天禄元年（九七〇）大嘗会の歌として、「今年より千歳の山は声絶えず君が御代をぞ祈るべらなる」（拾遺集・神楽歌・六〇九・能宣。今年から、千年も続くようにという千歳山の声は絶えることなく、大君の御代を祈るでしょう。）がある。

また元暦元年（一一八四）にも大嘗会で詠まれており、地名に「千年」、また「年が山のように重なる」という意味を重ねて、賀の席で用いられた。

千歳山神の詠ませる榊葉の栄えまさるは君がためとか（千載集・神祇・一二八八・光範。千歳山の神がお詠みになった榊の葉、そのように「さか」えるのは、大君のためであります。）　（嘉村）

茅渟の海　ちぬのうみ　和泉。大阪府堺市・岸和田市。

「茅渟」は和泉国の古名。「血沼」とも。「茅渟（血沼）の海」はそのあたりの海を指す。『古事記』中巻には神武天皇が難波を転戦していた時のこととして、「血沼の海に到りて、その御手の血を洗ひき。故《かれ》、血沼と謂ふ。」とある。『万葉集』に「妹がため貝を拾《ひり》ふと茅渟の海に濡れにし袖は干せど乾かず」（七・一一四五・作者未詳。恋しい人のために貝を拾おうとして、茅渟の海で濡れてしまった袖は干しても乾かないことだ。）と詠まれている。また、『万葉集』高橋虫麻呂の長歌・反歌（九・一八〇九〜一八一一）に見える「菟原壮士《うないおとこ》」と「菟原処女《おとめ》」を争った「血沼壮士」もこの地に関係するとされている。

茅渟の海浪に漂ふ浮海松《うきみる》の憂きを見るはたゆゆしかりけり（散木奇歌集・一二一八。茅渟の海に漂い浮いている海藻である海松のように、つらい思いを見るのは本当に嫌なことだ。）　（廣木）

千尋の浜　ちひろのはま　紀伊。和歌山県日高郡南部町山内。

東岩代川の河口から目津崎までの海浜。千里浜《せんり（ちさと）はま》とも。古来景勝地として知られ、「千里浜」の名は『伊勢物語』七八、『枕草子』『平家物語』（惟盛出家）などにも見える。『拾遺集』に「小さき子を抱き出でて、これ祈れ祈れと言ひたる歌詠めと言ひ侍りければ」として、「万世を数へむものは紀の国の千尋の浜の真砂《まさご》なりけり」（雑・一一六二・元輔。万代を数えられるものは、紀伊国の千尋の浜にある真砂のようなあなたの子供である。）とある。「千尋」の語から、長寿や天皇の御代を言祝ぐ賀の歌に詠まれる。また、「千尋の浜」は、三重県伊勢市二見町周辺、志摩半島の北縁の海岸をも言う。『後撰集』に「伊勢の海の千尋の浜に拾ふとも今は何てふかひかあるべき」（恋・九二七・敦忠。伊勢の海の千尋の浜で貝を拾ったとしても、今となってはどのような甲斐があるというのだろうか。）とあるのは、伊勢国の歌枕である。ただし、後代の歌例は、ほとんどが先の『拾遺集』の影響下にあり、紀伊国の歌枕と見て詠まれた歌が多いようである。また、「千尋」を地名と取らず、「広い」意と見る説もある。

君が代の数に比べば何ならし千尋の浜の真砂なりとも（続後撰集・賀・一三五二・公実。君が代の数に比べると物の数ではない、千尋の浜の真砂の数といっても。）

（松本）

月読の神　つきよみのかみ　伊勢。三重県伊勢市宇治館町。

伊勢神宮（皇太神宮）の別宮、月読宮（現在の中村町）をいう。天照大神の弟、月読尊《つきよみのみこと》を祀る。『千載集』に「月読の神し照らさばあだ雲のかかる憂き世も晴れざらめやは」（神祇・一二七九・為定。月読の神が照らしなさったなら、浮雲のかかるようなこの憂き世も晴れないことがあろうか。）とある。地名に「月」を掛けて詠まれ、「月」の縁で「照」「雲」「影」「澄」などの言葉が用いられる。「月読の宮」「月読の社」ともされた。

常闇を照らす御影の変はらぬは今もかしこき月読の神（風雅集・神祇・二一一五・後宇多院。常闇の夜を照らす御姿が変わらないのは、今も尊い月読の神のご神威である。）

（松本）

月読の森　つきよみのもり　伊勢。三重県伊勢市宇治館町。

伊勢神宮（皇太神宮）の別宮、月読宮（現在の中村町）の鎮座する森。『新古今集』に「伊勢の月読の社に参りて、月を見て詠める」として、「さやかなる鷲の高嶺の雲井より影やはらぐる月読の森」（神祇・一八七九・西行。清らかに照らす天竺にある霊鷲山の雲の彼方から、和らげられた光がそそいでいる月読の森であるよ。）とある。地名に「月」を掛けて詠まれ、「月」の縁で「照」「雲」「影」「澄」などの言葉が用いられる。

いかばかり曇りなき世を照らすらん名に顕はるる月読の森（続後撰集・神祇・五四三・公経。どれほどまでに曇りのない世を照らして下さるのだろうか、その神威は名に顕れている月読の神を祀る森よ。）

（松本）

筑　波　つくば　常陸。茨城県つくば市。

【関連語】*もろこし（寄）

『日本書紀』には、東征した日本武尊が甲斐国の酒折宮《さかおりのみや》で「新治《にひばり》筑波を過ぎて幾夜か寝つる」（常陸国の新治や筑波を過ぎて幾夜明かしたのか。）と問う句に、秉燭人《ひともしひと》が「かがなべて夜には九夜日には十日を」（二、三日と並べ数えて、夜は九夜、昼は十日がすぎました。）と応じたと記す。このやり取りが後に連歌の嚆矢とされ、以降、連歌は「筑波の道」と称された。新治・筑波・真壁の三郡にまたがる山を筑波山《つくばさん》といい、男体・女体の二峰からなる。この山を神体とする山嶽信仰が古くからあり、男体山に伊弉諾尊《いざなぎのみこと》、女体山に伊弉冉尊《いざなみのみこと》を祀る。和歌では、「筑波（の）山《やま》」「筑波嶺《つくばね》」と詠まれるのが一般で、男体・女体両山から流れ出る川を男女川《みなのがわ》という。また、筑波山は多数の男女が飲食し、歌い踊り、交歓した行事である嬥歌《かがい》（歌垣）が行われた場であり、『万葉集』の長歌（九・一七五九・作者未詳）の詞書には「筑波嶺に登りて嬥歌会をする日に作る歌」とある。地名に「尽・付」が掛けられ、「人に心を筑波」などと詠まれ、恋の歌に用いられた。また、『古今集』の「常陸歌」に「筑波嶺のこのもかのもに影はあれど君が御影にます影はなし」（東歌・一〇九五・よみ人しらず。筑波嶺のあちこちにも木陰はあるけれど、あなた様の御陰にまさるものはございません。）のように、「影」と結んで帝の恩恵を詠む歌もある。

筑波嶺　つくばね

【関連語】紅葉・このもかのも・男女川・山鳥・桜花・すそわ田・木の葉・繁山（竹）。

限りなく思ふ心は筑波嶺のこのもやいかがあらんとすらん（後撰集・雑・一一五〇・よみ人しらず。あなたのことをこの上もなく思う私が心を尽くして縫った、筑波嶺の「このも」ではないが、この裳はどのようにするつもりなのか。）

筑波（の）山　つくば（の）やま

【関連語】暁の鐘・芦穂《あしほ》山・松山・白雲（随）。

筑波山端山繁山しげけれど思ひ入るにはさはらざりけり（新古今集・恋・一〇一三・重之。筑波山は端山や繁山が重なっているけれど、それと同様人目が多いからといって、この山に分け入るように恋の思いに分け入って行くのに、何の差し障りもないことだ。）

（松本）

筑摩　つくま　近江。滋賀県米原市朝妻筑摩《あさづまちくま》。西側は琵琶湖に面し、南は入江内湖（筑摩江）に接する地域。『万葉集』の「託馬野《つくまの》」も当地とされる。「筑摩江」はこの地の入江内湖。「筑摩江の沼」は、筑摩江の沼状になった場所をさす。「菖蒲草《あやめぐさ》」の名所で、同じように水生植物である「三稜草《みくり》」も詠まれた。修辞としては、「託馬野に生ふる紫草衣《むらさききぬ》に染め《し》いまだ着ずして色に出でにけり」（万葉集・三・三九五・笠郎女《かさのいらつめ》。託馬野に生えている紫草を衣に染めつけた。まだ着もせずして色に現れたことだ。〈貴公子家持を思い初め、まだ手にも触れてないのに、恋心が顔色に出てしまった〉）のように、「筑摩」に「着く」「思ひつく」を掛ける。「筑摩の神」は、当地にある筑摩神社の祭神。この神社で行われる筑摩祭は、日本三大奇祭の一つで、氏子の女が、関係を持った男の数だけ鍋を被って参詣し、偽ると神罰が下るとされる。『伊勢物語』にもこの祭を詠んだ歌がある。

五月雨は宿に筑摩の菖蒲草軒の雫《しづく》に枯れじとぞ思ふ（新後拾遺集・夏・二一〇・匡房。五月雨が宿に降り、軒に着くので、筑摩の菖蒲草は、そこから落ちる雫によって枯れることがないのだと思われる。）

筑摩江　つくまえ

筑摩江の底ひも知らぬ三稜草をば浅き筋にや思ひなすらん（一条摂政御集・六五。筑摩江に生えている三稜草のように底も知れないほど深い私の思いを、浅い宿縁であるとお思いになっているのでしょうか。）

筑摩(江)の沼　つくま(え)のぬま

近江にかありと言ふなる三稜草繰る人苦しめの筑摩江の沼（後拾遺集・恋・六四四・道信。近江にあるとかいう、三稜草を手繰る人を苦しめるという筑摩江の沼のように、あなたも私に苦しい物思いをさせているのですよ。）

筑摩の神　つくまのかみ

おぼつかな筑摩の神のためならば幾つか鍋の数はいるべき（後拾遺集・雑・一〇九八・顕綱。おぼつかないことである。筑摩の神に詣でるためには、鍋がいったいいくついるのでしょうか。）　（田代）

津田の細江　つだのほそえ　播磨。兵庫県姫路市飾磨《しかま》区細江。

船場《せんば》川（飾磨川）の河口。「津田の入江」とも。古代からの風待ちの船泊まりとして知られ、『万葉集』に「風吹けば波か立たむとさもらひに津田の細江に浦隠りをり」（六・九四五・赤人。風が吹くので波が立つのではないかと、様子を見て津田の細江の浦に船を泊めて籠もっていることだ。）と詠まれている。

小舟《をぶね》入る津田の細江に差す棹の末ぞ見え行く草隠れつつ（頼政集・一六四。小舟が入り込んで行く津田の細江では、棹差して進む舟の行末が草に隠れつつも見えることだ。）

（廣木）

榴の岡　つつじのをか　陸奥。宮城県仙台市宮城野区榴ヶ岡。

『古今六帖』に「陸奥《みちのく》の榴の岡の仙《そま》つづらつらしと妹を今日ぞ知りぬる」（一〇四二。陸奥にある榴の岡の仙葛ではないが、今後、あなたのことで「つらい」という思いが生ずるのではないかと思いつつ、あなたを今日見知ったことだ。）とあるものが早い例である。『奥の細道』にも記され、「榴が岡は馬酔木《あせび》咲く頃なり。」と後掲の歌を踏まえて描写される。

取り繋げ玉田横野の放れ駒榴の岡に馬酔木《あせみ》咲くなり（散木奇歌集・一五六。榴の岡に玉田横野の放れ駒を捕まえて繋いでおけよ。そこには馬酔木が咲いているから。）

（嘉村）

海石榴市　つばい〈き〉ち　大和。奈良県桜井市金屋。

「椿市」「海柘榴市」とも。海柘榴市観音がある辺りという。三輪と初瀬の間に位置し、山の辺の道をはじめとする多くの道が交差する交通の要地で、初瀬川（大和川）の水路の便もあり、人々の行き交う交易地として栄えた。『日本書紀』武烈天皇即位前紀にこの地で歌垣が行われていたことが見える。『万葉集』には歌垣の地として関わる歌が二首収められ、「海石榴《つばき》市《ち》の八十《やそ》の衢《ちまた》に立ち平《なら》し結びし紐を解かまく惜しも」（一二・二九五一・作者未詳。海石榴市の八十の辻道で歌垣をして、あのひとに結んでもらったこの紐を解くのは惜しいよ。）など、多くの道が交差する「八十の衢」として詠まれている。『枕草子』は「市は」に挙げて、大和には多くの宿があるが、初瀬に詣でる人は必ずここに泊まると述べている。道綱母も初瀬詣の際にはこの地に泊まっていて、『蜻蛉日記』上には「またの日は椿市《つばいち》といふところにとまる。またの日、霜のいと白きに、詣でもし帰りもするなめり、脛《はぎ》を布の端して引きめぐらかしたるものども、ありきちがひ、騒ぐめり。蔀《しとみ》さしあげたるところに宿りて、湯沸かしなどするほどに見れば、さまざまなる人の行きちがふ、おのがじしは思ふことこそはあらめと見ゆ。」と行き違う人々の賑わいが描かれている。『源氏物語』「玉鬘」巻の、玉鬘が右近と再会する契機もこの地であった。和歌では平安期以降の作例はわずかである。

つれなさは色もかはらぬ海柘榴市の八十の衢《ちまた》に身は惑へとや（雪玉集・二八一五。あの人のつれなさは、まったく気配の変わらない常緑の椿のようで、私に海柘榴市の八十の衢《ちまた》にさまよえとでもいうのだろうか。）

（山本）

壺の碑　つぼのいしぶみ　陸奥。宮城県多賀城市市川。多賀城碑を指す。古くは『袖中抄』に「陸奥の奥に壺の碑あり、日本の東の果てといへり。」とあり、青森県上北郡七戸町にあったと言われる。『奥の細道』では「壺碑、市川村多賀城に有り。」と記され、多賀城碑を指している。「陸奥《むつのく》の奥ゆかしくぞ思ほゆる壺の碑外の浜風」（山家集・一〇一一。陸奥の、そのさらに奥地に心がひかれることだ。壺の碑や外の浜の風といったものに。）などが早い例であり、平安末期は青森県にあるとされていたことがわかる。「思ひこそ千島の奥を隔てねどえぞ通はさぬ壺の碑」（六百番歌合・八七一・顕昭。あなたへの思いは、千島の奥の蝦夷であっても隔てはないものの、壺の碑に縁のある手紙は通わせることが出来ないものであるよ。）のように、地名に「文」を重ねて詠まれることもあった。

陸奥の磐手信夫はえぞ知らぬ書き尽くしてよ壺の碑（新古今集・雑・一七八六・頼朝。陸奥にある磐手や信夫ではないが、言わないで心に秘めていたままではあなたの思いを知ることができません。壺の碑のように書き尽くしてください、私への文に。）

（嘉村）

津守　つもり　摂津。大阪市西成区津守。住吉大社の神官の家系である津守氏の支配地で、淀川の河口、「住の江」の陸地にあたる。津守氏の名は元来、港である「津」を守るところから付けられたものと思われ、海上交通の守護神である住吉大社と関係が深かった。『万葉集』には「住吉《すみのえ》の津守網引《あび》きの浮けの緒の浮かれか行かむ恋ひつつあらずは」（一一・二六四六・作者未詳。住の江の津守の人々が行う網引きの浮きの緒のように、ふわふわとさまよって行こうか。恋をし続けるくらいならば。）と詠まれている。この地は交通の要衝であるとともに景勝地であることから多くの歌人が訪れ、住吉大社が和歌神とされ、津守氏も代々歌人として名をなしたこともあって、和歌と深い関係を持つ。「積り」を掛けて用いられることが多い。

憂きことは津守の海人《あま》の朝夕に恨むとだにも知らせてしがな（続拾遺集・恋・一〇八〇・後嵯峨院。つらいことが積もっている津守の漁師のようなものである私は朝夕、恨んでいるとだけあの人に知らせたいものだ。）

津守の浦　つもりのうら

【関連語】＊住吉（付）

神代より津守の浦に宮居して経ぬらん年の限り知らずも（千載集・神祇・一二六一・隆季。神代の昔より津守の浦に鎮座して経てきた年は、積もり積もって限り知れないことだ。）

津守の沖　つもりのおき

はるばると津守の沖を漕ぎ行けば岸の松風遠ざかるなり（千載集・羈旅・五二九・兼実。はるばると津守の沖を漕ぎ行くと、岸の松に吹く風が遠ざかっていくことだ。）

津守の浜　つもりのはま

いたづらに年も津守の浜に生《お》ふる松ぞ我が身のたぐひなりける（続古今集・雑・一七五六・頼政。無為に年も積もっていく津守の浜に生える松は、我が身に類似したものであることだ。）（廣木）

敦賀　つるが　越前。福井県敦賀市。

『日本書紀』では垂仁天皇二年に、「御間城天《みまきのすめらみこと》皇の世に、額《ぬか》に角《つの》有る人、一船《ひとつのふね》に乗りて越国《こしのくに》の笥飯浦《けひのうら》に泊まれり。故《かれ》、其処《そこ》を号《なづ》けて角鹿《つぬが》と曰《い》ふ。」とあり、気比（笥飯）の浦に来着した人物に由来して「角鹿」と名づけたされている。『古事記』中巻「応神天皇記」には応神天皇が京都府木幡で詠んだという「この蟹や何処《いづく》の蟹　百伝《ももづた》ふ　角鹿《つぬが》の蟹　…」（四二。この蟹はどこから来た蟹か。遠くから届けられた角鹿の蟹だ…。）の歌があり、『万葉集』にも「越の海の　角鹿《つのが》の浜ゆ大船に　真梶貫き下ろし…」（三・三六六・金村。越の海の角鹿の浜よ、大船に梶を貫き下ろし…。）と詠まれるなど、早くから港として知られていたようである。発音は平安時代には「つるが」となり、『後撰集』にも、「あひ知りて侍りける人の、あからさまに越の国へまかりけるに、幣心《ぬさごころ》ざすとて」として「我をのみ思ひ敦賀の浦ならば帰るの山は惑はざらまし」（離別・一三三五・よみ人しらず。越の国の敦賀の浦ではないが、私だけを思っていらっしゃるのならば、帰山の帰路も迷わないでしょう。）とあるように、越の名所として知られる。またこの歌のように地名に助動詞「つる」や「弦」を掛けて用いることも多い。

帰山思ひ敦賀の越の海に契りや深き春の雁がね（後鳥羽院御集・五一四。故郷へ帰ることを思って、帰山を越えて北へ行く春の雁は越の海との契りが深いのだろうか。）

敦賀の山　つるがのやま

梓弓敦賀の山を春越えて帰りし雁は今ぞ鳴くなる（夫木抄・八四四七・為家。敦賀の山を春に越えて帰っていった雁は、今またやってきて鳴いていることだ。）

（嘉村）

都留の郡　つるのこほり　甲斐。山梨県南東部。

【関連語】椿*（合）

甲斐国の郡の一つ。山梨県北都留・南都留郡の一部と富士吉田・都留・上野原市・大月市。地名の由来として『和歌童蒙抄』四に「甲斐の国鶴の郡に菊生ひたる山あり。その山の谷より流るる水菊を洗ふ。これによりてその水を飲む人は命長くして鶴のごとし。よりて郡の名とせり。」とあり、「都留」に「鶴」を見て、延命長寿の郡とされた。『後撰集』にも「甲斐へまかりける人につかはしける」として、「君が代は都留の郡にあえて来ね定めなき世の疑ひもなく」（羈旅・一三四四・伊勢。都留の郡にあえて来て、あなたの人生を、都留ならぬ「鶴」にあやかって長く生きてください。この世は定めなき世だなどと疑うことはせずに。）と詠まれるように、地名に「鶴」が掛けられる。

君がため命かひにぞ我は行く都留の郡に千代はうるなり（新千載集・雑・二一六六・忠岑。あなたのために長生きできる命を買いに甲斐の国へ行くのだ。都留の郡ならぬ〈鶴〉の郡には千代までも続く命が売っていて、得ることができるだろうから。）

（松本）

手間の関　てまのせき　出雲。島根県安来市伯太町安田関。

『出雲国風土記』にみえ、出雲国と伯耆国の国境を守る。『古今六帖』に「八雲立つ出雲の国の手間の関の手間と名付けし由も知られず」（一〇二六。八雲立つ、出雲の国の手間の関に、「手間」などと名付けた理由もわからないことである。）が早い例。歌例はそれほど多くないが、地名に「手間取る」を掛けるなどして詠まれる。
さりともと思ひしかども八雲立つ手間の関にも秋はとまらず（堀河百首・八六八・師頼。そうであろうと思ったけれども、八雲立つ出雲の国にあるという、手間の関でも手間取ることなく秋は行ってしまう。）（嘉村）

常盤 ときは　山城。京都市右京区常盤。

洛中から嵯峨へ抜ける街道沿いの地で、太秦《うずまさ》の北にある。「常盤の森」はこのあたりにあった森とみなせるが、「常盤（の）山」は不明である。「常盤」の地はかなり広い場所を指していた可能性があるが、「常盤」は一般名詞として用いられることも多く、どれほど地名として意識されていたか疑問もある。当然のことながら、一般名詞としての意を含んで用いられる。また、「時」が掛けられることもある。
移ろはで万代《よろづよ》匂へ山桜花も常盤の宿のしるしに（新後撰集・賀・一五九三・景綱。色あせることなく長い間美しく花開いていてくれ、山桜よ。その花も永久に栄える常盤の家のしるしとなるのだから。）

常盤の里 ときはのさと

春ゆゑに今日の惜しさはかかるかと常盤の里の人に問はばや（雅兼集・一三。春であるからこそ今日の春の終わりの名残惜しさはどのようなものであろうかと、常なるものという名を持つ常盤の里の人に尋ねたいものだ。）

常盤の森 ときはのもり

【関連語】躑躅《つつじ》・花・鶯・鹿・椎柴《しひしば》・時鳥《ほととぎす》・初雁・注連縄《しめなは》・紅葉（竹）
時雨の雨染めかねてけり山城の常盤の森の槇の下葉は（新古今集・冬・五七七・能因。時雨も色づかせることができないでいることだ。山城の常盤の森の槇の下葉だけは。）

常盤（の）山 ときは（の）やま

【関連語】槇*（竹）、躑躅*（付）
紅葉せぬ常盤の山は吹く風の音にや秋を聞きわたるらむ（古今集・秋・二五一・淑望。紅葉しない常盤の山は、吹く風の音であたりに秋の来た気配を聞き知るのだろうか。）（廣木）

鳥籠の山 とこのやま　近江。滋賀県彦根市正法寺町。

【関連語】鶉・鹿・名取川・月・苔筵《こけむしろ》・臥猪《ふすゐ》・時《ほとと》鳥《ぎす》・岩根枕《いはがねまくら》（竹）

彦根市の正法寺山、または同市大堀町の大堀山かとされる。いずれも低い山で、不知哉川《いさやがわ》の北岸に位置する。「鳥籠の山なる不知哉川」のように、不知哉川を導く地名として詠まれ、地名の「鳥籠」と「床」を掛けて、「寝（る）」「臥す」「枕」などが縁語として用いられる。また、枕詞として「しきたへの」を冠する。

妻恋ふる鹿ぞ鳴くなる独り寝の鳥籠の山風身にや染《し》むらん（金葉集・秋・二二二・三宮大進。妻恋をする鹿が鳴いている。独り寝の床に吹いてくる鳥籠の山からの秋風が身にしみて感じられるのだろうか。）　（田代）

土佐の海　とさのうみ　土佐。高知県。

旧土佐国のあたりの海。都から遠い南の海という認識で詠まれる。「土佐の船路」は南の土佐への航路で、紀伊半島と淡路島の海峡から徳島県を回り、高知県へ向かうあたりをいう。『千五百番歌合』に「何となく心細きは南吹く土佐の船路の明け方の空」（二八八〇・顕昭。何となく心細い感じがするのは、南風が吹く土佐への船路での明け方の空である。）と詠まれている。

土佐の海に御舟浮かべて遊ぶらし都の冬は風ぞのどけき（壬二集・二六四七。土佐の海に御舟を浮かべて遊んでいる気がする。今日、都の冬は風がのどかなので。）　（廣木）

敏馬　としま　摂津。兵庫県神戸市灘区。

生田川と都賀川の間の「敏馬《みぬま》」と同地。『万葉集』の「玉藻刈る敏馬を過ぎて夏草の野島の崎に船近づきぬ」（三・二五〇・人麻呂。玉藻刈る敏馬を過ぎて夏草の茂る野島の崎に船は近づいたことだ。）に見えるこの歌の「敏馬」を『新拾遺集』（羈旅・七五九）では、「としま」としており、「敏馬」を読み誤ったことから歌枕名として詠まれるようになったらしい。

敏馬が磯　としまがいそ

世とともに袖の乾かぬ我が恋や敏馬が磯に寄する白波（金葉集・恋・四二六・仲実。私の恋は、つらさで常に袖が乾かない恋であることだ。敏馬が磯に寄せる白波が掛かっているように。）

敏馬が崎　としまがさき

嵐吹く敏馬が崎の入潮に友なし千鳥月に鳴くなり（正治初度百首・三七一・経家。嵐が吹く敏馬が崎の入潮の時、友なし千鳥が月のもとで鳴いていることだ。）　（廣木）

戸無瀬　となせ　山城。京都市西京区嵯峨野。

【関連語】紅葉・筏・嵐山・鵜飼舟・小倉山（竹）

「大堰川《おおい》」の渡月橋より上流、「嵐山」の麓あたりの流れという。芭蕉は『嵯峨日記』で「夕陽《せきやう》にかかりて大堰川に舟を浮かべて、嵐山に沿うて戸無瀬を上る。」と描写している。急流で知られた景勝地。「戸無瀬の滝」はかつて嵐山から大堰川に落ちていた滝をいう。「音無《おとなし》」の意を掛けることがある。

いかにして岩間も見えぬ夕霧に戸無瀬の筏落ちて来つらん（千載集・秋・三四五・親隆。どのようにして岩間も見えない夕霧の中、戸無瀬のあたりを筏は流れ下ってきたのだろう。）

戸無瀬川　となせがは

戸無瀬川紅葉を掛くる柵《しがらみ》も淀まぬ水に秋ぞ暮れ行く（続拾遺集・秋・三七二・性助。戸無瀬川の、紅葉が流れるのを留める柵があっても、滞ることなく流れる水と同じように秋は暮れて行くことだ。）

戸無瀬の滝　となせのたき

大堰川散る紅葉葉に埋もれて戸無瀬の滝は音のみぞする（金葉集・秋・二五三・公長。大堰川は散る紅葉の葉に埋もれて水面が見えず、戸無瀬の滝の音ばかりがすることだ。）

（廣木）

砺波の関　となみのせき　越前。富山県小矢部市。

砺波山に存在したと推定される関。『万葉集』で家持が「焼太刀を砺波の関に明日よりは守部やりそへ君を留めむ」（一八・四〇八五。焼いたばかりの太刀を砺ぐという砺波の関に、明日からは兵を増やしてあなたを引き留めましょう。）と詠んだものが早い例である。この歌のように地名に「研ぐ」を掛けて「太刀」などに続けて詠むこともある。

妹が家に蜘蛛の振る舞ひしるからん砺波の関を今日越えくれば（堀河百首・一四一三・顕季。あなたの家の蜘蛛の様子を見れば、私がやってくることが明らかでしょう。砺波の関を今日越え来たので。）

（嘉村）

鳥羽　とば　山城。京都市南区上鳥羽・伏見区下鳥羽

【関連語】雁がね・衣打つ・月・松陰・早苗・田の面《も》・菖蒲《あやめ》・稲妻・鹿の音《ね》・夕立・雪・淀の川舟（竹）

鴨川と桂川の合流点付近の低湿地。平安京の正門、羅

城門のほぼ真南にあたり、京から摂津への交通の要地で、「鳥羽作道《とばのつくりみち》」で結ばれていた。景勝地でもあり、白河院によって「城南離宮」「鳥羽離宮」「鳥羽殿」と称される離宮が造営され、以後、鳥羽院など歴代の天皇・上皇が来訪した。この離宮で催された和歌会も多い。幕末の「鳥羽伏見の戦い」の舞台ともなったが、『太平記』八「三月十二日合戦の事」には、六波羅探題軍と赤松軍との争いに関わって、「赤松入道円心、三千余騎を二手に分けて、久我縄手《こがなはて》・西の七条より押し寄せたり。追手の勢、まづ桂河の西岸に打ち臨んで、河向かひなる六波羅勢を見渡せば、鳥羽の秋の山風に、家々の旗翩翻《へんぽん》して、城南の離宮の西の門より、作道・四塚・羅城門の東西、西の七条口まで支へて、雲霞のごとくに充満したり。」とこの地が描かれている。

津の国の難波思はず山城の鳥羽に逢ひ見むことをのみこそ（古今集・恋・六九六・よみ人しらず。津の国の難波は名に「何」の語を持っているが、私は難波についてなども含め、あなたに逢いたいということ以外は何も思っていません。山城の鳥羽の方は、「永久《とは》」の語を持っていますが、鳥羽であなたに逢いたいとはずっと思っています。）

（廣木）

鳥羽田　とばた　山城。京都市南区。

【関連語】*瓜・*稲妻・*大江山・*雀（竹）

九条から上鳥羽のあたり。「鳥羽」と呼ばれた地の内で、田が広がっていた鴨川の西、鳥羽殿の北をいう。もともとは「鳥羽」の「田」を意味する。したがって、「田」の意を含んで使われた。「鳥羽」と重なる詠まれ方が多いが、「里」を付属する場合は、「鳥羽の里」とは言わず、「鳥羽田の里」とすることがほとんどである。

山城の鳥羽田の面《おも》を見渡せばほのかに今朝ぞ秋風は吹く（詞花集・秋・八二・好忠。山城の鳥羽田の田の面を見渡すと、ほのかに今朝、稲の穂に秋風が吹くのに気づいたことだ。）

鳥羽田の里　とばたのさと

雲井飛ぶ雁の羽風に月冴えて鳥羽田の里に衣打つなり（続後撰集・秋・三九三・後鳥羽院。雲のある大空を飛ぶ雁の羽ばたきによって起こる風に、雲も払われて月が冴えと見える。その鳥羽田の里では衣を打つ音が聞こえてくることだ。）

（廣木）

飛羽山 とばやま　大和。奈良県奈良市。奈良坂から東大寺への道の東にある山。ただし、『五代集歌枕』が「山城」とし、鳥羽殿の築山かともされた。『万葉集』に「白鳥の飛羽山松の待ちつつそ我《あ》が恋ひわたるこの月ごろを」（四・五八八・笠女郎《かさのいらつめ》。白鳥の飛羽山の松ではないが、あなたを恋い慕って訪れを待ち続けていますこの数ヶ月の間。）とあり、以後、この歌の影響下で詠まれた。

やすらひに出でける方も白鳥の飛羽山松の音にのみぞ泣く（続古今集・恋・一一六四・定家。ためらいがちに家から立ち出で待っていることもあなたは知らないのでしょう。白鳥の飛羽山の松の根のように、私はあなたのことを思って声に出して泣くばかりです。）（廣木）

十符 とふ　陸奥。宮城県仙台市宮城野区岩切。宮城県多賀市の河口部とも。「十符の浦」は地名であるが、「十符の菅薦《すがこも》」は十符に産出する菅薦ではなく、十節ある幅広の菅薦を指すとも。「陸奥《みちのく》の十符の菅薦七符には君をしなして三符に我寝む」（俊頼髄脳・一三四。陸奥の十符の菅薦、そのうち七符はあなたを寝かせて、残りの三符に私が寝ましょう。）は、陸奥と結びつけた早い例である。「十符の浦」という地名が詠まれる場合は「問ふ」を掛けるだけのことが多いが、「十符の菅薦」では「七符、三符」「寝」「夜」などが結ばれる。

見し人も十符の浦風音せぬにつれなく澄める秋の夜の月（新古今集・羇旅・九三〇・為仲。親密であったあなたは飽きてしまったのだろうか、十符に吹く浦風のように訪れる気配もない。秋の夜の月は、ただ、つれなく澄んでいるだけだ。）（嘉村）

飛火野 とぶひの　大和。奈良県奈良市春日野町。

【関連語】雲雀・菫・蕨・春日野・若菜・雪のむら消え・雉子《きぎす》・蛍・野守の鏡（竹）

春日野の異称とする説もある。「飛火」とは烽火《のろし》のことで、『続日本紀』和銅五年（七一二）に、この地に「春日烽《とぶひ》」が置かれた記事があり、これに由来する称と考えられている。『古今集』の「春日野の飛火野の野守出でて見よいま幾日《いくか》ありて若菜摘みてむ」（春・一八・よみ人知らず。春日野の飛火野の野守よ、外に出て見ておくれ、あと何日すれば若菜を摘めるのかを。）が著名で、後世にはこれを踏まえて、「若菜」「幾日」や、野の番人である「野守」などとともに詠んだ作が多い。

若菜摘む袖とぞ見ゆる春日野の飛火野野辺の雪のむら消え（新古今集・春・一三・教長。若菜を摘む人々の袖かと見えるよ、春日野の飛火野の野辺の雪のむら消えは。）　（山本）

遠里小野　とほさとをの　摂津。大阪市住吉区遠里小《おりお》野《の》町・堺市堺区遠里小野町。

【関連語】衣打つ・花・真萩・時鳥《ほととぎす》・月・霜・鹿・薄・桜狩り・住の江・狩人《かりびと》（竹）

住吉大社の南方の丘陵地帯で、中央を大和川が流れている。『万葉集』に「住吉《すみのえ》の遠里小野の真榛《まはり》もち摺れる衣の盛り過ぎ行く」（七・一一五六・作者未詳。住の江の遠里小野の榛の実で染めた衣の鮮やかさは次第に衰えていくことだ。）と詠まれているように、「住の江（住吉）」が冠されることが多い。「住吉」との関連、また「遠い里」の意を込めて用いられた。

住吉《すみよし》の松の嵐も霞むなり遠里小野の春の曙（新勅撰集・春・一四・覚延。嵐が吹きつける住吉の松も霞んで見える遠里小野の春の曙である。）　（廣木）

遠津の浜　とほつのはま　近江。滋賀県長浜市西浅井町。「遠つ大浦」と同じか。または、高知県高知市種崎とも。『五代集歌枕』『歌枕名寄』などの歌枕書では「未勘」とする。普通名詞として用いられた可能性が高い。『万葉集』に「山越えて遠津の浜の岩躑躅《いはつつじ》我が来るまでに含《ふふ》みてあり待て」（七・一一八八・作者未詳。遠津の浜の岩躑躅よ、遠くから山を越えて私が来るまでつぼみのままで待っていてくれ。）と詠まれ、「岩躑躅」の名所とされた。「遠し」が掛けられて用いられた。

逢ふことは遠津の浜の岩躑躅言はでや朽ちん染むる心を（式子内親王集・二七八。逢うことが遠くて叶えられない。遠津の浜の岩躑躅のように何も言わないうちに、私の恋する心は朽ち果ててしまうのだろうか。）　（廣木）

富雄川　とみのをがは　大和。奈良県北西部。「富緒川」とも。生駒山地北部に発し、奈良市南東を経て、生駒郡斑鳩《いかるが》町法隆寺の東を流れて大和川に合流する。聖徳太子が道ばたに倒れていた餓人を憐れんだ歌に、餓人が応えた歌「斑鳩や富雄川《とみのをがは》の絶えばこそ我が大君の御名を忘れめ」（拾遺集・哀傷・一三五一。斑鳩の富雄川の流れが絶えたならば、我々の偉大な王であるあなたのお名前を忘れるのでしょうが、そのようなことはあり得ないことです。）がある。この歌は『日本霊異記』他の説話集にも所収されている。『古今集』真名序にも「富緒河の篇を太子に報《こた》ふるが如きに至りては、」とあり、この伝承は古くから広く知られるところであった。同歌の影響は大きく、この川が「絶えず」「絶えぬ」と詠むものや、祝意を持たせて川が「澄む」、君の世の悠久を言祝ぐなどで詠まれている。

君が代は富雄川の水澄みて千歳《ちとせ》を経《ふ》とも絶えじとぞ思ふ（金葉集・賀・三二七・忠季。我が君の御代は、富雄川の水が澄んで千歳を経ても絶えないように、絶えることはないと思うことです。）（山本）

鞆の浦 とものうら　備後。広島県福山市鞆町。

【関連語】＊室《むろ》の木（合）

沼隈《ぬまくま》半島にあるこの浦は北東と南西が崖で囲まれ、瀬戸内海の良港として古代から栄え、景勝地でもあった。『万葉集』に、大伴旅人が九州大宰府から帰京する時の歌として、「我妹子《わぎもこ》が見し鞆の浦の室の木は常世《とこよ》にあれど見し人ぞなき」（三・四四六。私の妻が見た鞆の浦の室の木は今も変わらずにあるが、それを見た妻は既にいない。）が収められている。後の歌はこの歌の影響下に詠まれたものがほとんどである。遊女も多くいたことは、『平家物語』六「飛脚到来」に「額入道《ぬかのにふだう》西寂、河野四郎通清を打って後、四国の狼藉を鎮め、今年正月十五日に、備後の鞆へ押し渡り、遊君遊女ども召し集めて、遊び戯れ酒盛りしけるが、」と見える。

鞆の浦に人もすさめぬ室の木のいたづらにのみ年を経にける（万代集・雑・三二八八・行能。鞆の浦の誰も気に掛けない室の木はむなしく長い年を経ていることだ。）（廣木）

豊浦 とよら　大和。奈良県明日香村豊浦《とようら》。

推古天皇の豊浦の宮や豊浦寺があった。「豊浦寺」は『続日本紀』光仁天皇前紀中に載せる童謡《わざうた》に、「葛城の　寺の前なるや　豊浦の寺の　西なるや　おしとど　おしとど…」と謡われている。和歌ではこの「豊浦の寺」が詠まれることがほとんどである。『後拾遺集』には「白波の立ちながらだに長門なる豊浦の里のと寄られよかし」（雑・一二一六・能因。白波が立つように立ったままでも長門の豊浦の里にちょっとお寄りください。）の歌が見えるが、これは山口県下関市豊浦町の地を詠んだものである。

初瀬山桧原に月は傾きて豊浦の鐘の声ぞ更け行く（風雅集・雑・一五五五・尊氏。初瀬山の桧原に沈むように月が傾いてきた。豊浦の寺の鐘の音も夜が更けたことを感じさせることだ。）

豊浦の寺　とよらのてら

葛城や豊浦の寺の秋の月西になるまで影をこそ見れ（続古今集・秋・四七九・具氏。葛城の豊浦の寺を照らす秋の月の姿を西に傾くまで見ることだ。）（廣木）

鳥辺〈部〉　とりべ　山城。京都市東山区。

【関連語】煙・薪・雪・鶴の林・苔の下・露（竹）

清水寺の西南の丘陵地で、阿弥陀ヶ峰の山麓、五条坂から今熊野あたりまでを言った。一般に「鳥辺〈部〉野」と称される。「鳥辺〈部〉山」は阿弥陀ヶ峰をいう。火葬・葬墓地で、『源氏物語』「葵」巻に葵の上の葬送の場面として、「生き返り給ふとさまざまに残ることなく」、手を尽くしたが、「甲斐なくて日ごろになれば、いかがはせむとて鳥辺野に率てたてまつるほど、いみじげなること多かり。こなたかなたの御送りの人ども、寺々の念仏僧など、そこら広き野に所もなし。」と描かれている。火葬の「煙」「露」など生のはかなさを詠み込む例が多い。

鳥辺〈部〉野　とりべの

薪《たきぎ》尽き雪降りしける鳥辺野は鶴の林の心地こそすれ（後拾遺集・哀傷・五四四・忠命。火葬の薪も尽きて雪が振りしきる鳥辺野は白一色になって、釈迦の涅槃の時に沙羅双樹の林が鶴の羽のように一面、真っ白くなったことを思い起こさせることだ。）

鳥辺〈部〉山　とりべやま

鳥辺山谷に煙の燃え立たばはかなく見えし我と知らなん（拾遺集・哀傷・一三二四・よみ人しらず。もし、鳥辺山の谷に火葬の煙が立ち上ったならば、はかなげに見えた私が亡くなったのだと知ってほしい。）（廣木）

十市　とをち　大和。奈良県橿原市十市町。

【関連語】蚊遣火・夕立・天香具山・月・衣擣《う》つ・橘・稲妻・桜・雁がね（竹）

和歌では主に「十市の里」の形で詠まれる。『大鏡』にも見える、藤原伊尹《これただ》が春日の使から帰る際に女に贈った「暮ればとく行きて語らむ逢ふことの十市の里の住み憂かりしも」(拾遺集・雑賀・一一九七。日が暮れたらすぐにあなたのもとへ訪ねていって語り合いたいよ、逢うことが遠くて、十市の里が住み苦しかったことも。)が早期の例。以後も「十市」に「遠」の意を掛けて詠むことが多い。遠景として、また遠い閑寂な地として詠まれている。

十市の里 とをちのさと

【関連語】蚊遣火・夕立・天香具山(随)

更けにけり山の端近く月冴えて十市の里に衣擣つ声(新古今集・秋・四八五・式子内親王。夜が更けたことだ、山の端近くで月は冴え冴えとして、遠い十市の里に砧の音がしている。)

(山本)

な行

中川 なかがは　山城。京都市上京区。

【関連語】荻*(随)

かつての京極川(今出川)の二条以北の名。「中川」の名は、東川(鴨川)と西川(桂川)の間を流れることからとも、東京極大路の築地の内側を流れることからともいう。『源氏物語』「花散里」巻に光源氏が忍んで赴いた所として、「忍びて中川のおはし過ぐるに、ささやかなる家の、木立などよしばめるに、よく鳴る琴を和琴《あづま》に調べて掻き合はせ賑はしく弾きなすなり。」と描かれている。男女の「仲」の意を含んで用いられた。

行く末を流れて何に頼みけん絶えけるものを中川の水(後拾遺集・雑・九六六・式部命婦。中川の水がこれから先ずっと流れ続けるなどとどうしてあてにしていたのだろう。中川の水は絶えてしまった。同じように私たちの仲も絶えたことだ。)

(廣木)

長沢の池　ながさはのいけ　近江。滋賀県米原市長沢。滋賀県野洲《やす》市比江にある長沢神社の池との説もある。大嘗会和歌で詠まれる地名であり、「長沢の池の底なる影までに己《おの》が齢《よはひ》を君にとぞ思ふ」（能宣集・一五九。長沢の池の底に映っている老いた姿になるまでの、私の長い齢を我が君に捧げたいと思っている。）のように、地名の「長」を、君の齢や御代の長さと関連づけて詠じられる。例歌のように、菖蒲が詠まれることが多いのは、大嘗会屏風に、当地で菖蒲を採る、または端午の日の菖蒲を葺く絵が描かれていたことによる。菖蒲は当地の名物であったか。

　長沢の池の菖蒲《あやめ》を尋ねてぞ千代のためしに引くべかりける（長秋詠藻・三〇一。長いという名を持った長沢の池の菖蒲を尋ね求めていって、我が君の御代が末長く続いていくことのあかしとして根引きをするべきであるなあ。）（田代）

長　洲　ながす　摂津。兵庫県尼崎市長洲。大阪湾に面した地で、「長洲の浜」は神崎川の河口から西の海浜をいう。『平中物語』三五に「行き着きて、長洲の浜に出でて、網引かせなど遊びけるに、うらうらと春なりければ、海いとのどかになりて、夕暮れになるままに、いつの間にか思ひけむ、憂かりし京のみ恋しくなりゆきければ、」とある。「流す」を掛けて用いられた。

　人知れず落つる涙は津の国の長洲と見えで袖ぞ朽ちぬる（拾遺集・恋・六七六・よみ人しらず。人知れずに落ちる涙は、津の国の長洲ではないが、流れ出るとは見えないものの、袖はいつの間にか涙で朽ちてしまったことだ。）

長洲の浜　ながすのはま

　恋ひわびぬ悲しきことも慰めんいづれ長洲の浜辺なるらん（拾遺集・恋・九八八・よみ人しらず。恋が叶えられずつらい思いをしているが、そのような悲しいことも流し去って心を慰めたいと思う。何事とも流すという長洲の浜辺はどこなのだろう。）（廣木）

長谷山　ながたにやま　山城。京都市左京区岩倉長谷町。岩倉長谷町の北方の山。「長谷」は古くからの隠棲地であり、『栄花物語』二七には、藤原公任が隠遁したこの地を訪れた藤原斉信の感慨が、「山の嶺、谷の底と見上げ見下ろしたまふに、あはれにすごく、めでたくおもしろし。片岸の崩れなどいと盛りにおもしろし。」と記されている。「長し」の意が掛けられて用いられた。

人の命長谷山に欲《ほ》ると言はば死ぬるところはあらじとぞ思ふ（定頼集・一二六。人の命を長らえたいと、「長し」の名を持つ長谷山に望むならば、死ぬということはないと思います。）　（廣木）

長浜　ながはま　伊勢。三重県。

所在未詳。『古今集』に「君が代は限りもあらじ長浜の真砂《まさご》の数はよみつくすとも」（神遊びの歌・一〇八五。あなたさまの御代は長く続いて限りもないだろう、たとえ長いとされる長浜の砂の数を数え尽くすとしても。）とあり、これは光孝天皇即位の大嘗会で詠まれた悠紀方の歌とする。この折の悠紀が伊勢国員弁《いなべ》郡であったが、員弁郡は海に面しておらず不審。この『古今集』歌のように、「長浜」の「長」から、命や御代が長く続く意を込めて「君が代」「真砂の数」「鶴」「松」などの語と共に詠まれる。

長浜の真砂の数も何ならず尽きせず見ゆる君が御代かな（金葉集・賀・三三二・後冷泉院。長いという長浜の砂の数もものの数ではない、尽きることなく見えるあなたさまの御代であることだ。）　（松本）

長柄　ながら　摂津。大阪市北区長柄。

大阪湾に注ぐ淀川下流域。新淀川と淀川の分岐点あたりに「長柄の橋」が架けられていた。『日本後紀』弘仁三年（八一二）六月三日の条に、長柄の橋を造るための使者を遣わしたことが記されている。『袋草紙』上には能因が懐中より「錦の小袋を取り出」して、「これは吾が重宝なり。長柄の橋造る時の鉋くづなり。」と自慢した話が見える。『古今集』仮名序に「長柄の橋も尽くるなりと聞く人は、歌にのみぞ心を慰めける。」とあるように、本来、長く絶えることのないものであるが、それも朽ち果てる、という観念が込められて用いられた。「長柄の浜」は河口付近の浜をいう。

忘るやと長柄へ行けど身に添ひて恋しきことは後れざりけり（詞花集・恋・二〇一・兼盛。長柄の橋が途絶えるように、忘れるかと思って長柄へ行ったけれど、我が身に付きまとっている恋しい気持ちは、なくならないものだなあ。）

長柄の橋　ながらのはし

【関連語】難波*（竹）、猪名野*（付）

逢ふことを長柄の橋の長らへて恋ひ渡る間に年ぞ経にける（古今集・恋・八二六・是則。逢うこともなく、長柄の橋が長くあるように、あの人のことを恋慕っている内に、長い年が経ってしまったことだ。）

長柄の浜　ながらのはま

春の日の長柄の浜に舟止めていづれか橋と問へど答へぬ（新古今集・雑・一五九五・恵慶。春の長い日、長柄の浜に舟を止めて、どれが長く存在するという長柄の橋かと尋ねるが、誰も答えてくれない。朽ち果てたのであろう。）　（廣木）

長等の山　ながらのやま　近江。滋賀県大津市。

【関連語】山の井・志賀の都・山桜・花・菅・松風・紅葉（竹）

長柄山のこと。三井寺の西方にそびえ、西は京都の如意ヶ岳、南は逢坂山、北は比叡山に連なる、標高二八〇メートルの山。「長良山」「長柄山」とも表記され、志賀山とも。「さざ浪の」や「菅の根の」を冠し、地名と「乍《なが》ら（～のまま、の意）」「長し」「永らふ」などを重ねる詠み方が一般的。また周辺の歌枕である「志賀の浦」「志賀の都」とも詠み合わせられる。景物としては、「花」「風」「浪」「月」などがある。

世の中を厭《いと》ひがてらに来《こ》しかども憂き身長等の山にぞありける（後撰集・雑・一一三三・よみ人しらず。世の中を厭う気持ちを持ちつつ来たけれども、ここもまた、つらいことの多い憂き身そのままの、長等の山であったよ。）　（田代）

長居　ながゐ　摂津。大阪市住吉区長居。

住吉大社の北のあたりの地で、西はかつては海が入り込んでいた。都から住吉大社への参詣路、また熊野街道が通っていた。「長居の池」と呼ばれた池は現在の「万代池」かという。

住吉と海人《あま》は告ぐとも長居すな人忘草生《お》ふといふなり（古今集・雑・九一七・貫之。住吉は住むのによいと漁師が告げても長居に長くいるな。そこには人のことを忘れさせるという忘草が生えているということなので。）

長居の浦　ながゐのうら

【関連語】生駒山*（竹）

嵐吹く生駒の山の雲晴れて長居の浦に澄める月影

（新後撰集・秋・三六八・国信。嵐が吹き、生駒の山の雲は吹き払われ晴れ渡って、長居の浦に澄み切った月が見えることだ。）　（廣木）

渚の岡　なぎさのをか　河内。大阪府枚方《ひらかた》市渚。古くは交野《かたの》郡に属した。『伊勢物語』八二には、在原業平が惟喬《これたか》親王とともにここに赴いた逸話が見え、「今狩する交野の渚の家、その院の桜、ことにおもしろし。」とあり、この「渚」と同所と思われる。また、『土佐日記』には「かくて、舟引き上るに、渚の院といふところを見つつ行く。（略）後《しり》へなる岡には、松の木どもあり。」とあり、この「後へなる岡」が「渚の岡」だと思われる。なお、和歌山県東牟婁《むろ》郡那智勝浦町浜ノ宮の大神《おおみわ》神社が「渚の宮」と呼ばれており、この後方に「渚の岡」があったともいう。「無し」を掛けて用いられた。

逢ふことは渚の岡に宿りしてうら悲しかる恋もするかな（堀河百首・一二三一・祐子内親王家紀伊。逢うことのできないまま、渚の岡に泊まって悲しい思いの募る恋をすることだ。）　（廣木）

名　草　なぐさ　紀伊。和歌山県和歌山市・海南市。熊野街道筋にあり、和歌浦湾に面している。「名草の浜」は『梁塵秘抄』に「熊野の権現は　名草の浜にこそ降り給へ　若《わか》の浦にしませば　歳は行けども若王子」（熊野の権現は、名草の浜に降臨なさる。若〈和歌〉の浦にいらっしゃるので、歳は取っていても、ここに鎮座する若王子のように若くていらっしゃることだ。）と謡われている。「名草山」は紀三井寺の背後の山で、『万葉集』に「名草山言《こと》にしありけり我《あ》が恋ふる千重《ちへ》の一重も慰めなくに」（七・一二一三・作者未詳。「慰む」という言葉を持つ名草山は名ばかりであった。私の恋の苦しみの千の内の一つも慰めてくれないで。）と見える。この歌のように「慰む」の意を掛けて用いられた。

名草の浜　なぐさのはま

紀の国の名草の浜は君なれや事の言ふ甲斐ありと聞きつる（後撰集・雑・一二二三・よみ人しらず。紀伊の国の名草の浜の名にあるように、私を慰めてくれるのはあなたでしょうか。浜には貝がありますが、あなたに申し上げた甲斐があると聞いていますが。）

名草山　なぐさやま

名草山取るや榊の尽きもせず神わざしげき日前《ひのくま》の

宮（風雅集・神祇・二一四〇・俊文。名草山で取る榊が尽きないように尽きることなく神事の行われている日前の宮であることだ。）（廣木）

歎の森　なげきのもり　大隅。鹿児島県霧島市隼人町。蛭子《ひるこ》神社の森。「奈毛木の森」とも。鹿児島湾のもっとも奥まった岸にある。蛭子を流した舟が当地に漂着し、その両親である伊弉諾尊《いざなぎのみこと》、伊弉冉尊《いざなみのみこと》がそれを知って歎いたという伝説が残る。「嘆く」の意を含んで用いられた。

いかにせん嘆の森は繁けれど木の間の月の隠れなき世を（金葉集・恋・四四八・俊宗女。どうしたらよいだろう。嘆の森の葉が繁っていても月は木の間から見え、隠れることができないように、嘆きが募るばかりである私たちの仲を隠すことができないということを。）（廣木）

奈呉〈古〉　なご　越中。富山県射水市。射水市の海浜部をいう。同名の名所に摂津の名児（の浜）がある。現地を詠んだ早い例として『万葉集』に「湊風寒く吹くらし奈呉の江に妻呼びかはし田鶴《たづ》多《さは》に鳴く」（一七・四〇一八・家持。湊風が寒く吹いているらしい。奈呉の江では鶴が妻を呼んでさかんに鳴き交わしている。）や「奈呉の海に船しまし借せ沖に出でて波立ち来やと見て帰り来む」（一八・四〇三二・福麻呂。奈呉の海で船をしばらく貸してください。沖に出て波が立ち来るかどうか見て帰ってきましょう。）などがある。平安期にも詠まれる歌枕ではあるが、その際には越中、摂津どちらともつかない歌も多く、お互いの本歌を混同して詠まれる歌もある。「あゆの風いたく吹くらし奈呉の海人の釣する小舟漕ぎ隠る見ゆ」（一七・四〇一七・家持。東風がひどく吹いているらしい、奈呉の漁師が釣りをしている小舟が波に漕ぎ隠れているのが見える。）に詠まれる「あゆの風」は、西本願寺本の注記に、「越の俗《くにひと》の語《ことば》に東《ひむがし》の風をあゆのかぜといふ」とあり、越中の奈呉を意識して詠む際にたびたび詠み込まれた。

奈呉〈古〉の海　なごのうみ

越の海あゆの風吹く奈古の海に船はとどめよ浪枕せむ（堀河百首・一四四七・仲実。越の海の、東風が吹く奈古の海に船をとめてくれ。しばし旅寝をしよう。）

奈呉〈古〉の浦　なごのうら

あゆの風吹く越の海も凪ぎてけり雪に漕ぎ出づる奈呉の浦舟（内裏九十番歌合・六九・経嗣。東風が吹く越の海もすっかり凪いだ、雪が降る中漕ぎ出ていく奈呉の浦の舟であるよ。）

奈呉〈古〉の江　なごのえ

奈呉の江に芦の葉そよぐ湊風今宵も浪に寒く吹くらし（宝治百首・三四八三・基良。奈呉の江で葦の葉をそよがせる湊風は、今夜も浪の上を寒々と吹き渡っているらしい。）　（嘉村）

莫越の山　なごしのやま　安房。千葉県南房総市宮下。『延喜式』神名帳にも見える莫越（山）神社がある。『五代集歌枕』『歌枕名寄』には「土佐」とあり、他にも諸説あって所在地は不明な点も多い。『万葉集』に「我が背子を莫越の山の呼子鳥君呼び返せ夜の更けぬとに」（一〇・一八二二・作者未詳。私の夫を越させたくないと思う莫越の山にいる呼子鳥よ、あの人を呼び戻してくれ。夜が更けないうちに。）と詠まれており、「な越しそ」の意を込めて用いられた。

水無月の莫越の山の呼子鳥おほぬさにのみ声の聞こゆる（古今六帖・八六七。水無月の莫越の山の呼子鳥の声はそれを求める者にのみ聞こえるのだ。）　（廣木）

勿来の関　なこそのせき　陸奥。福島県いわき市勿来町。勿来町に存在したと推定される関。その地に関跡があるが遺構や出土品はなく、設置当初は現在の比定地とは別の場所にあったと考えられる。早い例に『後撰集』の「立ち寄らば影踏むばかり近けれど誰か勿来の関を据ゑけん」（恋・六八二・小八条御息所。あなたのもとに寄れば影を踏むほどに近いというのに、あなたにお会いできないのは誰かが勿来の関をここに据えたためでしょうか。）や、『小町集』の「海松布《みるめ》刈る海人《あま》の行き交ふ港路に勿来の関も我は据ゑぬを」（五。海藻をとる漁師が行き交う港への路に、「来ないでください」という名を持つ「勿来の関」も据えていないというのに、あなたはいらっしゃらないことですね。）などがあり、いずれも地名の由来となった「来る勿れ」という詞を踏まえ、特に恋歌で恋人への拒絶の意として詠まれる。『枕草子』「関は」の段にも同様の意で「よしよしの関こそいかに思ひかへしたるならむと、いと知らまほしけれ。それを勿来の関といふにやあらむ。」とある。

東路《あづまぢ》は勿来の関もあるものをいかでか春の越えて来つらん（後拾遺集・春・三・師賢。東路には来るなとする勿来の関もあるというのに、どのようにして春はそ

こを越えて来たのだろうか。）　（嘉村）

名児の浜　なごのはま　摂津。大阪市住之江区住之江。住吉大社の前の浜で、「住の江の浜」と同じか。もともと、和やかな浜の意で、越中の「奈呉」と同意と思われ、所在地について両者に混乱がある。摂津の「名児」は「住吉の」と冠されことが多い。『万葉集』に「住吉《すみのえ》の名児の浜辺に馬立てて玉拾《ひり》ひしく常忘らえず」（七・一一五三・作者未詳。住吉の名児の浜辺に馬を止めて玉石を拾ったことがいつまでも忘れられないことだ。）と詠まれている。

住吉《すみよし》の名児の浜辺に漁《あさ》りして今こそは知れ生ける甲斐をば（殷富門院大輔集・二二九。住吉の名児の浜辺で貝を採って、今こそ知ることだ。生きている甲斐を。）　（廣木）

那須　なす　下野。栃木県北部。栃木県大田原市、那須塩原市、那須烏山市、那須郡一帯。「那須野」「那須の篠原」「那須の湯」などが詠まれる。『拾遺集』の長歌に「なぞもかく　世をしも思ひ　那須の湯の　たぎる故をも…」（雑・五七二・能宣。どうしてこのように世を思いなすのか、その「那須」の温泉ではないが、たぎるように思うのを…。）などと詠まれたが、和歌の用例は多くない。散文では『平家物語』一一「弓流」に、那須与一が扇の的を射る際、「南無八幡大菩薩、我が国の神明、日光の権現、宇都宮、那須の湯泉《ゆぜん》大明神、願はくば、あの扇の真ん中射させて給ばせ給へ。」と祈った他、同書一二「泊瀬六代」に「那須野の狩に下り給ひし間、文覚も狩場の供して、」と狩場として著名であったことも見える。また玉藻の前の伝説で有名な殺生石がある。『奥の細道』には「一日郊外に逍遙して犬追物の跡を一見し、那須の篠原をわけて玉藻の前の古墳をとふ。それより八幡宮に詣づ。与市扇の的を射し時、別しては我が国氏神正八幡とちかひしも、此の神社にて侍ると聞けば、感応殊にしきりに覚えらる。」と記されている。

武士《もののふ》の矢並つくろふ籠手の上に霰たばしる那須の篠原（金槐集・三四八。武士が矢を整える籠手の上に、霰が音を立てて降り来る那須の篠原であることだ。）　（嘉村）

名高の浦　なだかのうら　紀伊。和歌山県海南市名高。黒江湾の湾奥をいうか。『五代集歌枕』は遠江、『夫木抄』は紀伊・遠江、『歌枕名寄』は紀伊などとし、紀伊国・遠江国の両説がある。ただし、『万葉集』には「紀伊の海の名高の浦に寄する波音高きかも逢はぬ児故に」(一一・二七三〇・作者未詳。紀伊の海にある名高い名高の浦に寄せる波のように、噂が高くなったことだ、まだ逢ってもいないあの娘のために。)とあり、この歌によれば紀伊国か。『枕草子』に、「浦は…名高の浦。」とある。また、『万葉集』に「紫の名高の浦の砂地《まなごつち》袖のみ触れて寝ずかなりなむ」(七・一三九二・作者未詳。紫のように名高い、名高の浦の砂浜ではないが、愛しい少女《まなご》に袖が振れただけで共寝をすることはないのであろうか。)とあるように、「紫の」を冠して詠まれ、地名と「名高し」を掛ける。

我恋は名高の浦の靡き藻の心は寄れど逢ふよしもなし(続拾遺集・恋・八三七・院少将内侍。私の恋は名高い名高の浦に靡いている藻のように、心はあなたに寄っているのに逢う手立てがないことだ。)　(松本)

灘の海　なだのうみ　摂津。兵庫県芦屋市・神戸市。

瀬戸内海の海。「灘」は荒い海または遠浅の海を意味する語で、『伊勢物語』八七に「昔、男、津の国、菟《う》原《ばら》の郡《こほり》、芦屋の里に知るよしして、行きて住みけり。昔の歌に、／芦の屋の灘の塩焼きいとまなみ黄楊《つげ》の小《を》櫛《ぐし》も挿さず来にけり(芦の屋の灘の塩を焼いていて暇がないので、黄楊の小櫛も挿さずに来てしまったことだ。)／と詠みけるぞ、この里を詠みける。ここをなむ芦屋の灘とは言ひける。」と見えるように、「灘の塩屋」「灘の塩焼き」と詠まれることが多い。

灘の海の清き渚に浜千鳥踏み置く跡を波や削らん(伊勢集・一九一。灘の海の清い渚に浜千鳥が付けた踏み跡が波がかき消されてしまうように、私の手紙は捨てられてしまうのだろうか。)　(廣木)

那智　なち　紀伊。和歌山県東牟婁《むろ》郡那智勝浦町那智山。

【関連語】滝・草の庵・花・木の下《こもと》・法に入る(竹)

那智川上流の山地で、那智大社・青岸渡寺《せいがんとじ》・那智の滝などがある。修験道の霊地で、熊野信仰の中心地である。『平家物語』一〇「熊野参詣」に「明日社《あすかのやしろ》ふし拝み、佐野の松原さし過ぎて、那智の御山に参り給ふ。三重に漲《みなぎ》り落つる滝の水、数千丈までよぢ登り、観音の霊像は岩の上に現れて、補陀落山《ふだらくせん》とも言ッつべし。

霞の底には法花《ほつけ》読誦《どくじゆ》の声聞こゆ、霊鷲山《りやうじゆせん》とも申しつべし。」と描写されている。

木の下に住みける跡を見つるかな那智の高嶺の花を尋ねて（山家集・八五二。桜の木の下に花山院が住んでいた跡を見たことだ。那智の高嶺の花を探し求めて行って。）

那智の山　なちのやま

【関連語】滝の糸・海面《うみづら》（随）、仏*（竹）

那智の山遙かに落つる滝つ瀬にすすぐ心の塵も残らじ（続古今集・神祇・七三七・式乾門院《しきけんもんゐんの》御匣《みくしげ》。那智の山の遙か向こうから流れ来て落ちる滝に穢れを洗い流せば、心の中の汚れた塵も残らないであろう。）

（廣木）

夏実（の）川　なつみ（の）がは　大和。奈良県吉野郡吉野町。

【関連語】鴫*（寄）

吉野町菜摘付近を流れる吉野川を言う。「夏箕川」とも。『万葉集』に「吉野なる夏実の川の川淀に鴨そ鳴くなる山影にして」（三・三七五・湯原王。吉野にある夏実の川の川淀で、鴨が鳴いている、あの山の陰で。）、「山高み白木《しらゆ》綿《ふ》花に落ち激《たぎ》つ夏実《なつみ》の川門《かはと》見れど飽かぬかも」（九・一七三六・式部大倭。山が高くて、白木綿花のように激しく流れ落ちる、夏実の川門は、見ても見飽きることはないよ。）と、水流が大きく山陰を巡って流れる様、急流である様が歌われた。特に湯原王歌の影響が大きく、後代には「山陰」とともに詠まれた作が多い。また「夏」の語感を意識しながら他季を詠む趣向も少なくない。謡曲「二人静」はこの川のほとりを舞台とする。

夏実川川音《かはおと》絶えて氷《こほ》る夜に山陰寒く鴫ぞ鳴くなる（新後撰・冬・四九二・伏見院。夏実川では川音も絶えて氷る夜に、山陰で寒々と鴫が鳴くことだ。）

（山本）

名取川　なとりがは　陸奥。宮城県仙台市・名取市。

【関連語】崩れ*・魚梁《やな》（竹）

『古今集』に「陸奥《みちのく》にありと言ふなる名取川なき名取りては苦しかりけり」（恋・六二八・忠岑。陸奥にあるという名取川、その「名取り」ではないが、あらぬ噂を立てられては苦しいことだ。）、「名取川瀬々の埋木現れればいかにせむとか逢ひ見そめけむ」（恋・六五〇・よみ人しらず。名取川の埋木が浅瀬に現れるように、二人の仲が人目についてしまったならば、一体どうしようというつもりで、私と逢いはじめたのですか。）がある。これらの歌のように「（浮）名を取る」と重ねて詠まれたり、川の縁として「埋木」と共に詠まれたりするため、恋歌が多いが、「名取川簗瀬の浪ぞ騒ぐなる紅葉やいとど寄せて堰くらむ（新古今集・冬・五五三・重之。名取川にかけられた簗瀬で、浪が騒いでいる。紅葉がますます流れ寄せて、せき止めてられているのだろう。）のように、叙景歌として紅葉を詠んだ歌も見える。『袖中抄』や『奥の細道』には、武隈の松を切って名取川の橋とした陸奥国守孝義の逸話が語られる。

名取川春の日数はあらはれて花にぞ沈む瀬々の埋木

（続後撰集・春・一三五・定家。春が日数を重ねていって、川の流れに散り敷く花に名取川の瀬々の埋木は覆い隠されてしまったことだ。）　（嘉村）

七栗の湯　ななくりのゆ　伊勢。三重県津市榊原町。『五代集歌枕』では「国不審（伊勢か）」とするが、『和歌初学抄』『夫木抄』などは信濃国とする。信濃国だとすれば、長野県上田市別所温泉、または上高井郡山田温泉とも。ただし、『経信集』には「讃岐守俊綱、伏見に湯わかして呼び侍りけるに、まかり侍らざりければ、かれより」として、「一志《いちし》なる岩根に出づる七栗の今日はかひなき湯にもあるかな」（二四五。一志にある岩から湧く七栗の湯ではないが、今日は沸かしてもしかたがない湯であったことだ。）と詠まれており、「一志」は三重県一志郡を指すことから、伊勢国と見てよいだろう。『枕草子』（能因本）にも「湯は、七栗の湯」と記す。『後拾遺集』には「尽きもせず恋に涙を湧かすかなこや七栗の出湯なるらん」（恋・六四三・相模。尽きることもなく恋の思いに涙も湧くようだ。これが七栗の出湯なのだろうか。）とあるように、「湯」の縁で「湧く」とされて詠まれることが多い。

いかなれば七栗の湯の沸くがごと出づる泉の涼しかるら

（堀河百首・五三九・基俊。七栗の湯が沸き出すように、勢いよく湧いている泉はどういう訳で涼しいのであろうか。）　（松本）

難波　なには　摂津。大阪市。

【関連語】芦・三津・焼く塩・浦潮・長柄《ながら》の橋・海人《あま》・住の江・子規《ほととぎす》・作る田・駒・雪・千鳥・高津の宮・堀江・蛍・忘れ貝・伊駒・納涼・浅香山・玉柏・衣打つ・五月雨・時雨・

御祓《みそぎ》・菖蒲《あやめ》・篠薄・磯菜摘む・梅の花・平野（竹）

上町台地を中心とする地で、淀川の流域。『日本書紀』神武天皇即位前戊午《ぼご》年二月に「難波の崎《みさき》に到る時に、奔潮《はやなみ》ありて太《はなは》だ急《はや》きに会ふ。因りて名《なづ》けて浪速《なみはやのくに》国といふ。また浪花《なみはな》といふ。今し難波と謂へるは訛《よこなま》れるなり。」とある。「難波津」は古くから開けた淀川河口の港で、『万葉集』に「難波津に御《み》船《ふね》泊《は》てぬと聞こえ来《こ》ば紐解き放《さ》けて立ち走りせむ」（五・八九六・憶良。難波津に御船が着いたと聞こえてきたならば、着物の紐を結び整えることもやめて急いでお迎えに参ります。）と詠まれている。また、『古今集』仮名序に「歌の父母」とされた「難波津に咲くや木《こ》の花冬籠もり今は春べと咲くや木の花」（難波津に咲く木の花よ。冬籠もりが終わって今は春になったと咲く木の花よ。）にも「難波津」が詠み込まれている。「海」「潟」などが詠まれることが多く、仁徳天皇・孝徳天皇・天武天皇・聖武天皇による「難波の宮」が置かれたこともあった。この両者を詠み込んだ『万葉集』歌に、「桜花今盛りなり難波の海おしてる宮に聞こしめすなへ」（二〇・四三六一・家持。桜花が今満開である。難波の海近くに輝く宮を作り世を治めているこの時に。）がある。「芦」の繁茂していたことが知られ、詠み込まれることが多い。

心あらむ人に見せばや津の国の難波わたりの春の景色を（後拾遺集・春・四三・能因。情趣の分かる人に見せたいものだ。津の国の難波のあたりの春の美しい景色を。）

難波江　なにはえ

【関連語】*角ぐむ芦・*浮かれ女《め》（竹）、*水櫛（随）

難波江の芦の仮寝の一夜ゆゑ身を尽くしてや恋ひわたるべき（千載集・恋・八〇七・皇嘉門院別当。難波江の刈り取った芦の根の一節《ひとよ》ではないが、一夜だけしか会えない旅の仮寝であるが故に、難波江にある澪標《みをつくし》ではないが、この身を捧げ尽くして一晩中恋し続けねばならないのでしょうか。）

難波潟　なにはがた

難波潟短き芦の節の間も逢はでこの世を過ぐしてよとや（新古今集・恋・一〇四九・伊勢。難波潟に生える芦の短い節と節の間のように、ほんの短い間も逢うことが叶えられずにこの世を過ごせと言うのですか。）

難波津　なにはづ

【関連語】梅の咲く*・芦原*（随）

難波津を今日こそ見つの浦ごとにこれやこの世を憂みわたる舟（後撰集・雑・一二四四・業平。難波津を今日まさに見たが、この御津の浦ごとに浮かぶ舟は、つらい憂き思いで海を渡るようにこの世を渡っていると見えてくることだ。）

難波の浦　なにはのうら

【関連語】湊*（竹）

漁《あさ》りする時ぞわびしき人知れず難波の浦に住まふ我が身は（後撰集・恋・九四一・よみ人しらず。漁をする時は人に見咎められてつらい思いをすることだ。誰にも知られずに難波の浦に住んでいる私が身なので。）

難波の里　なにはのさと

【関連語】芦垣*（合）

津の国の難波の里の浦近み籬《まがき》を出づる海人《あま》の釣り舟（風雅集・雑・一七一九・道家。津の国の難波の里は浦に近いので、漁師の釣り舟が家の垣根の所から沖に出て行くように見えることだ。）

難波の宮　なにはのみや

浦人も今は春べと聞きつらむ難波の宮の鶯の声（時広集・五五。浦のあたりに住む人も今は春が来たと聞きつけることだろう。難波の宮の鶯の声を。）

（廣木）

難波堀江　なにはほりえ

摂津。大阪市北区。天満川か。「堀江」は人工的に開削した川を言うが、『日本書紀』仁徳天皇紀一一年一〇月に「宮の北の郊原《のはら》を掘り、南の水を引きて西の海に入る。因《よ》りてその水を号《なづ》けて堀江といふ。」とあり、この仁徳天皇の「高津の宮」の北の堀江が、歌枕の「堀江」とされるようになった。

命あらば今帰り来ん津の国の難波堀江の芦の裏葉に（後拾遺集・別・四七六・嘉言。命があったならば今すぐに帰って来るでしょう。津の国の難波堀江の芦が裏返るように、難波の浦へ。）

（廣木）

涙川　なみだがは

伊勢。三重県松阪市。

【関連語】水上*（合）

『五代集歌枕』『八雲御抄』『夫木抄』などに伊勢とあり、

松阪市松ヶ崎と小津の境を流れる三渡川と推測される。ただし、「涙（の）川」と詠まれた歌例のほとんどは涙が流れるさまを川に喩えただけであり、特定の名所を指すとは考えられない。杜甫の詩「舎弟の消息を得たり」の一節「猶、涙の河を成す有り」に拠るともされる。『和歌童蒙抄』四には「昔仏涅槃に入らせ給ひければ、諸々の天人啼き涙川をなせり。故に血川といふ。また涙川といふ。」と説明する。『古今集』に「涙川なに水上を訪ねけむ物思ふ時の我が身なりけり」（恋・五一一・よみ人しらず。どうして涙川の水上を訪ねたりしたのか、この川の源は物思いをする我が身自身であるのに。）などは地名と見なせない例であるが、『後撰集』には「男の伊勢の国へまかりけるに」の詞書で「君がゆく方に有りてふ涙川まづは袖にぞ流るべらなる」（離別・羇旅・一三二七・よみ人しらず。あなたの行く伊勢にあるという涙川は、先に私の袖に涙となって流れているようです。）とある。この歌から『色葉和難集』五では「或云、伊勢国に〈涙川〉とてあり。」と解されるようになった。

　涙川水泡《みなわ》を袖にせきかねて人のうき瀬に朽ちやはてなむ（新勅撰集・恋・八九六・道家。涙川の水の泡を袖で抑えることができず、あの人のつらい仕打ちにきっと我が身は朽ち果ててしまうだろう。）　（松本）

奈良思の岡　ならしのをか　大和。奈良県。

【関連語】岩瀬の森*（竹）

所在地未詳。奈良県生駒郡斑鳩《いかるが》町竜田、高市郡明日香村、生駒郡三郷町など諸説あり、定まらない。『万葉集』の大伴田村大嬢《おおいらつめ》が妹の坂上大嬢に贈った「故《ふる》郷《さと》の奈良思の岡の時鳥《ほととぎす》言告《ことつ》げ遣《や》りしいかに告げきや」（八・一五〇六。旧京の奈良思の岡の時鳥を伝言役に行かせたけれど、どのように告げましたか。）が初例。この歌の影響により、「時鳥」とともに詠まれる作が多い。「奈良思」に「慣らし」を掛けた作も見られる。なお、『万葉集』の「神奈備《かみなび》の磐瀬の森の時鳥《ほととぎす》毛無《けなし》の岡にいつか来鳴かむ」（八・一四六六・志貴皇子。神奈備の磐瀬の森の時鳥は毛無の岡にいつ来て鳴くのだろうか。）の「毛無の岡」は『新勅撰集』では「奈良思の岡」で所収（夏・一四五）され、『歌枕名寄』他でも同形で載る。これを同一と見るならば、岩瀬の森の近く、すなわち奈良県生駒郡斑鳩町竜田の辺りが有力で、いずれにしても後代にはそのような理解もされていたと見られる。

ただし、『五代集歌枕』『八雲御抄』は土佐国に分類し、大和説も挙げているなど所在地は混乱している。

我が背子《せこ》を奈良思の岡の呼子鳥《よぶこどり》君呼び返せ夜の更けぬ時（拾遺集・恋・八一九・赤人。私の愛しい人を慣れ親しませるという名を持つ奈良思の岡の呼子鳥よ、あの人を呼び返しておくれ、夜が更けないうちに。）　（山本）

奈良の都　ならのみやこ　大和。奈良県奈良市。

【関連語】花・八重桜・雁の使《つかひ》・子規《ほととぎす》・御禊《みそぎ》・佐保路・妹《いも》・時雨・御法《みのり》（竹）

平城京のこと。元明天皇和銅三年（七一〇）の藤原京からの遷都以後、桓武天皇が延暦三年（七八四）に長岡京に遷都するまでの都。唐の都長安を模した大規模な条坊制の都城で、天平文化の中心地。『万葉集』後期の歌人達にとって、生活と心の中心地であった。『万葉集』では「あをによし奈良の都は咲く花の薫《にほふ》ふがごとく今盛りなり」（三・三二八・老。奈良の都は咲く花が匂い立つように、今が盛りだ。）とその繁栄が詠まれた。恭仁《くに》京への遷都が行われた際には「世の中を常なきものと今そ知る奈良の都の移ろふ見れば」（六・一〇四五・作者未詳。世の中は無常であると今知ったよ、奈良の都がさびれるのを見て。）と歎かれた。大伴旅人は太宰府にて「沫雪のほどろほどろに降り敷けば奈良の都し思ほゆるかも」（八・一六三九。淡雪がうっすらと地面に降り敷くと、奈良の都が思い出されるよ。）と望郷の念を歌っている。枕詞「あをによし」を冠して詠まれることも多い。平安京遷都以後は「南都」と呼ばれ、和歌では「古《ふ》る（経《ふ》る）」「ふるさと」「いにしへ」などの詞とともに旧都としての感懐を伴って詠まれている。

故郷となりにし奈良の都にも色は変はらず花は咲きけり（古今集・春・九〇・平城天皇。旧都となってしまった奈良の都にも、色は変わらずに花は咲くのだなあ。）　（山本）

奈良（の）山　なら（の）やま　大和。奈良県奈良市・京都府木津川市。

【関連語】黒木*（合）

奈良市と木津川市との間に東西に広がる低い丘陵。平城京の北に位置し、大和と山城の国境であり、大和から山城、近江へ抜ける道であった。『日本書紀』（崇神天皇一〇年）に武埴安彦《たけはにやすびこ》の反乱を鎮圧に向かった官軍が、この山に群集して草木を踏みならしたので、「那羅《なら》山」

と言うようになったという地名由来譚がある。『万葉集』では、近江遷都に随行した額田王が「味酒《うまさけ》　三輪《みわ》の山　あをによし　奈良の山の　山の際《ま》に　い隠るまで　道の隈《くま》　い積もるまでに　つばらにも　見つつ行かむを…」（一・一七。三輪の山が、奈良の山の山の向こうに隠れるまで、道の曲がり角が、幾重にも重なるまで、心ゆくまで見続けて行きたいのに…）と、この山を越えて郷里を離れる心を歌っている。この他『万葉集』には同様に旅の胸懐を込めて、また紅葉などとともにも詠まれている。枕詞「あをによし」を冠して詠まれることも多い。平安期以降の作例は稀となる。

神無月時雨降ればか奈良山の楢の葉柏《はがしは》風に移ろふ

（金槐集・三二〇。神無月の時雨が降ったからか、奈良山の楢の木の葉が風に散るよ。）（山本）

楢の小川　ならのをがは　山城。京都市北区。

上賀茂神社境内摂社の橋本社のあたりで、御物忌《おものいみ》川と合流して上賀茂神社の境内を流れる御手洗川のこと。奈良社という摂社の前を流れることからの名か。この川で六月末の夏越《なごし》の祓《はらえ》が行われた。

風そよぐ楢の小川の夕暮れは御祓《みそぎ》ぞ夏のしるしなりける（新勅撰集・夏・一九二・家隆。風が楢の葉をそよがせる楢の小川の夕暮れ時は涼しく秋を思わせるが、今、行われている夏越の御祓こそは夏であるしるしであることだ。）（廣木）

双の池　ならびのいけ　山城。京都市右京区御室《おむろ》双岡町。

「双の岡」の南端「三ノ丘」東麓にあった池。「並ぶ」を掛けて用いられた。

これやまた堤の上の挿し柳双の池に春風ぞ吹く（為尹千首・七一。これが双が池の堤の上に挿して植えた柳であるのか。その柳が並んでいる池に春風が吹くことだ。）（廣木）

双の岡　ならびのをか　山城。京都市右京区御室《おむろ》双岡町。

【関連語】*大内山（合）

平安京の北西の外に、北から「一ノ丘」「二ノ丘」「三ノ丘」と並ぶ。北方に仁和寺（御室）がある。古くからの狩猟地で山麓には貴顕の別邸があった。『徒然草』五四に「御室にいみじき児《ちご》のありけるを、いかで誘ひ出だして遊ばんと企《たく》む法師どももありて、（略）風流の破子《わりご》やうのもの、ねんごろに営み出でて、箱風情の物にしたため入れて、双の岡の便《びん》よき所に埋みおきて、紅葉を散らしかけなど、思ひよらぬさまにして、御所へ参りて、児をそそのかし出でにけり。」と見える。兼好は二ノ丘西麓に庵を結んだと伝えられる。「並ぶ」を掛けて用いられた。

色々に双の岡の初紅葉秋の嵯峨野の行き来にぞ見る

（風雅集・秋・六七九・後宇多院。様々な色が並んでいる双の岡の初紅葉を、秋の嵯峨野への行き来に見ることだ。）　（廣木）

鳴滝　なるたき　山城。京都市右京区鳴滝。

衣笠山の西、高雄へ向かう山中。鳴滝川（西川）が流れる。川の名はその急流の音から名づけられた。平安期には御禊《みそぎ》の場所として知られていた。『蜻蛉日記』には作者が籠もった鳴滝の般若寺周辺の山深い様子が細かに描写され、「鳴滝といふぞ、この前より行く水なりける。」と寺の前に鳴滝川が流れていることが記されている。

鳴滝や西の川瀬に御禊《みそぎ》せん岩越す浪も秋や近きと

（続後撰集・夏・二三七・俊成。鳴滝の西川の川瀬で御禊をしよう。岩を越す浪にも秋の近づいた気配が感じられるので。）　（廣木）

鳴門　なると　阿波。徳島県鳴門市。

【関連語】淡路*（竹）

鳴門市と淡路島の間の鳴門海峡をいう。古来から渦潮で知られている。『平家物語』一〇「横笛」に平維盛が八島から紀伊へ渡る様子が、「忍びつつ八島の館《たち》を紛れ出でて、与《よ》三兵衛《さうびやうゑ》重景《しげかげ》、石童丸《いしどうまる》といふ童《わらは》、舟に心得たればとて、武里《たけさと》と申す舎人《とねり》、これら三人を召し具して、阿波国結城《ゆふき》の浦より小舟に乗り、鳴門の浦を漕ぎ通り、紀伊路へ赴き給ひけり。」と記されている。「鳴る」を掛けて用いられた。山口県柳井市と大島の間にも「大島の鳴門」があり、『万葉集』の「これやこの名に負ふ鳴門の渦潮に玉藻刈るとふ海人娘子《あまをとめ》ども」（一五・三六三八・秋庭。これがあの有名な鳴門の渦潮のあたりで玉藻を刈るという漁師の乙女たちなのだなあ。）は「大島の鳴門を過ぎて」とされており、こちらの「鳴門」を詠んだ歌である。どちらを指すか不明な歌も多い。

鳴門よりさし出だされし舟よりも我ぞよるべもなき心地せし（後撰集・恋・六五一・滋幹。鳴門から激しい潮流に押し出される舟よりも、家の戸を閉められてしまった私は頼みとするところのない気持ちがします。）

鳴門の浦 なるとのうら

音に聞く鳴門の浦にかづきする海女《あま》よわびしき目を見するかな（新千載集・恋・一二三八・忠見。有名な鳴門の浦に潜って漁をする海女のように、戸を閉めて家に籠もってしまった人よ。私をつらい目に合わせることだ。）

鳴門の沖 なるとのおき

名児《なご》の浦の音さへ今朝は激しきにいかに鳴門の沖騒ぐらん（散木奇歌集・一三一七。名児の浦の波の音さえ今朝は激しいのに、鳴門の沖はどれほど激しくなっているのだろうか。）（廣木）

鳴海 なるみ　尾張。愛知県名古屋市緑区鳴海町。

【関連語】鈴虫・千鳥・月・満つ潮・浜楸《はまひさぎ》・雪・うつせ貝・紅葉・あぢ群《むら》（竹）

鳴海町付近の海浜部。現在は陸地となっている。『更級日記』に「尾張の国、鳴海の浦を過ぐるに、夕潮ただ満ちに満ちて」とあり、潮の干満の激しい難所として知られる。中世以降は、東海道の宿となった。『十六夜日記』に「折しも浜千鳥多く先立ちて行くも」と描写されるように、和歌においても「千鳥」が詠まれる。また、『千載集』「尾張国鳴海といふ所にて詠み侍りける」として、「おぼつかないかに鳴海の果てならむ行方も知らぬ旅のかなしさ」（羇旅・五一八・師仲。はっきりしないことだ、最後はどのような身に我が身はなってしまうのか、行く末もわからない旅の哀しさであることだ。）などとあるように、地名に「成る身」や「なり」を掛けても詠まれている。

風吹けばよそに鳴海の片思ひ思はぬ浦に鳴く千鳥かな（新古今集・冬・六四九・秀能。風が吹くと離れてしまって、片思いをしながら思いも寄らない鳴海の浦の波の上で鳴いている千鳥であるよ。）

鳴海潟 なるみがた

【関連語】あぢ群*（竹）、楸*（拾）

小夜千鳥声こそ近く鳴海潟かたぶく月に潮や満つらん（新古今集・冬・六四八・季能。夜に鳴く千鳥の声が近くなってくる鳴海潟には、月が傾いて潮が満ちてくるのだろう。）

鳴海の野 なるみのの

【関連語】鈴虫*（竹）

故郷に変はらざりけり鈴虫の鳴海の野辺の夕暮の声（詞花集・秋・一二二・為仲。故郷の鈴虫の鳴き声と変わらないことだ、鳴海の野辺の夕暮に鳴く鈴虫の鳴き声は。）（松本）

鳴尾《なるを》　摂津。兵庫県西宮市鳴尾町。

【関連語】＊一松《ひとつまつ》（合）

和歌神である広田神社に近い景勝地で、松の名所でもあり、多くの歌人が訪れた。「鳴尾の浦」は武庫川河口西側。「鳴尾の沖」は謡曲「高砂」に「高砂や、この浦舟に帆を上げて、この浦舟に帆を上げて、月もろともに出で潮の、波の淡路の島影や、遠く鳴尾の沖過ぎて、はや住の江につきにけり。」と謡われている。「成る」を掛けて用いられた。

常よりも秋に鳴尾の松風は分きて身にしむ心地こそすれ（山家集・一二五七。いつもよりも秋になったことを感じさせる鳴尾の松風はとりわけ身にしむ気持ちがすることだ。）

鳴尾の浦《なるをのうら》

秋寒く鳴尾の浦の海女人《あまびと》は波懸け衣打たぬ夜もなし（続千載集・秋・五四九・貞重。秋も寒く感じるようになった鳴尾の浦では、海女が夫が着る常に波が懸かって濡れる衣を打たない夜はない。）

鳴尾の沖《なるをのおき》

今日こそは都の方の山の端も見えず鳴尾の沖に出でぬれ（千載集・雑・一〇四六・実家。今日こそ都の方角にある山の端も見えなくなる鳴尾の沖に船出したことだ。）（廣木）

西川《にしかは》　山城。京都市右京区嵯峨。

【関連語】鮎＊（合）

大堰《おおい》川のこと。京都の東を流れる鴨川に対して西川と呼ばれた。『源氏物語』「常夏」巻に「西川より奉れる鮎、近き川の石斑魚《いしぶし》やうのもの、御前にて調じてまゐらす。」とあり、「近き川」とされている鴨川に対して、大堰川を「西川」としている。

西川や御幸《みゆき》の跡を重ねても千世とぞ契る鶴の毛衣（新続古今集・賀・七九〇・光吉。西川への御幸を幾度も重ねるが、それは千年も絶えることのないと約束されている。鶴の羽で作られた衣が長く滅びることがないように。）（廣木）

西の宮　にしのみや　摂津。兵庫県西宮市大社町。
現在の西宮戎神社は広田神社の摂社であるが、もともとは広田神社とは別の式内社大国西神社のことであったか。「十日えびす」の行事で有名で、「えべっさん」と通称されている。古来から開けた津門《つと》、鳴尾《なるお》から見て西に当たることからの名であるらしい。『日本永代蔵』二「天狗は家名風車《いへなかざぐるま》」に、「中にも西の宮を有り難く、例年正月十日には人より早く参詣《まう》でけるに、一《ひと》年《とせ》、帳綴《ちゃうとぢ》の酒に前後を忘れ、やうやう明け方より手《て》船《ぶね》の二十梃《ちゃうだち》立を押しきらせ行くに、」と見える。かつては海に面しており、漁師の信仰を集めていた。

柴小舟《しばをぶね》真秀《まほ》に描《か》きなせ木綿垂《ゆふしで》て西の宮人風祭《かざまつ》りしつ

（散木奇歌集・一三八八。柴小舟の真帆をしっかりと描いてくれ。木綿垂を懸けて西の宮の社人が風を鎮める風祭りをしているので。）　（廣木）

丹生(の)川　にふ(の)がは　大和。奈良県吉野郡・五條市。
「丹生」は丹（辰砂）を産出する所の意の普通名詞で、同名の川は全国各地にある。『万葉集』の「丹生の川瀬は渡らずてゆくゆくと恋痛《こひいた》し我が背《せ》いで通ひ来ね」（二・一三〇・長皇子。丹生川の瀬など渡らずに、まっすぐに、恋しくてたまらない弟よ、さあ通ってきておくれ。）は大和国で、吉野郡下市町長谷の丹生川上神社下社頭を経て、五條市で吉野川に合流する丹生川を指すかと言われている。また「飛騨人の槇《まき》流すといふ丹生の川言《こと》は通へど舟そ通はぬ」（同・七・一一七三・作者未詳。飛騨人が槇を流すという丹生の川は、言葉は通うけれど、肝心の舟が通わないよ。）は飛騨国（現岐阜県大野郡丹生川村）と見る説もある。ただし、『五代集歌枕』『八雲御抄』は後者の歌も大和と分類していて、概ね大和国の歌枕と意識されていたらしい。平安期以降には後者の歌の「槇流す」風情の影響が大きかったようで、この川に「槇」「杣《そま》木」を流す様が詠まれることが多く、「言通ふ」「舟通はぬ」といった詞とともに詠んだ作も見られる。

杣人の採《と》らぬ槇さへ流るなり丹生の河原の五月雨のころ（玉葉集・夏・三六二・宮内卿。杣人が採っていない槇さえも流れることだ、丹生の河原の五月雨のころには。）　（山本）

鳰の海　にほのうみ　近江。滋賀県。

【関連語】勢田の長橋・霞・月・衣打つ・千鳥・釣舟・逢坂山・唐崎・海人《あま》（竹）

滋賀県の中央に位置する琵琶湖の異名。一説には鳰鳥《におどり》（かいつぶり）が多く生息する事から来た名とする。上代から平安初期にかけては「近江の海」「淡海《おうみ》」、平安中期以降は「鳰の海」と称されるようになった。『源氏物語』「早蕨」巻での薫の詠「しなてるや鳰の湖《みづうみ》に漕ぐ舟の真帆《まほ》ならねども逢ひ見しものを」（鳰の湖を漕ぐ舟の真帆のように、はっきりとではないけれども、あの方とは逢ったことがあるものを。）の「鳰の湖」が湖名としての用例の初出とされ、以降は「鳰の海」と詠まれるようになった。枕詞として「しなてるや」（語義は未詳）を冠す。「花」や「霞」、湖上の「月」の光景が多く詠まれる。

鳰の海や月の光の移《うつ》ろへば浪の花にも秋は見えけり

（新古今集・秋・三八九・家隆。鳰の海の湖面に月の光が映り込むと、浪の花も色が移ろって、ここにも秋が見えることだ。）

（田代）

布引の滝　ぬのびきのたき　摂津。神戸市中央区葺合《ふきあい》町。

【関連語】山姫・誘《いざな》ひ行く・天の川・五月雨・生田川（竹）

生田川上流の布引川の滝。『伊勢物語』八七に「昔、男、津の国、菟原《うばら》の郡《こほり》、芦屋の里に知るよしして、行きて住みけり。（略）その家の前の海のほとりに遊び歩《あり》きて、〈いざ、この山の上《かみ》にありといふ布引の滝見に登らむ〉と言ひて見るに、その滝、ものより異なり。長さ二十丈、広さ五丈ばかりなる石の面《おもて》、白絹に岩を包めらむやうになむありける。」と描写されている。多くの貴顕が訪れた景勝であり、詠まれた和歌も多い。「布」の意を込めて詠まれることが一般である。

天の川これや流れの末ならん空より落つる布引の滝

（金葉集・雑・五四六・よみ人しらず。これが天の川の流れの末なのであろうか。空より流れ落ちている織姫が織ったような布引の滝は。）

（廣木）

寝覚の里　ねざめのさと　美濃。岐阜県不破郡関ケ原町。

岐阜県揖斐郡池田町八幡村ともされるが、未詳。『枕草子』「里は」に「ゐさめの里」として見えるのも当地かとされる。『歌枕名寄』の美濃国部に「秋風の寝覚の里は秋の夜の長きを一人明かすなりけり」（六五六三・よみ人しらず。秋風の吹く寝覚の里は、恋人に飽きられて秋の夜長を一人で明かす場所であるよ。）とあるが、連歌師宗碩が著した『藻塩草』には「尾州。或いは美濃と云ふ」とあり、尾張国の歌枕「寝覚の里」と判別しがたいものもある。地名から独り寝の侘びしさや、例歌に挙げた伊勢大輔の歌の影響から擣衣《とうい》が詠まれている。

風の音におどろかれてや吾妹子《わぎもこ》が寝覚の里に衣打つらん（続後撰集・秋・四〇四・伊勢大輔。風の音に眠りを遮られたのだろうか。私の愛しい人が寝覚の里で衣を打っているよ。）　（田代）

野上　のがみ　美濃。岐阜県不破郡関ケ原町野上。

『日本書紀』天武天皇元年（六七二）六月二七日条に野上行宮《のがみのかりみや》が見え、『更級日記』には、この地の遊女のことが記されている。『万葉集』に丹比乙麻呂の歌として「霞立つ野の上《うへ》の方に行きしかば鶯鳴きつ春になるらし」（八・一四四三。霞が立ちこめている野の上の方へ行くと、鶯が鳴いていた。もう春になるようだ。）があり、普通名詞とも地名とも解せるが、この歌を踏まえた「不破《ふは》の関朝越え行けば霞立つの野上のかたに鶯ぞ鳴く」（万代集・春・八六・隆信。不破の関を朝越えて行くと、霞の立ちこめる野上のかたに鶯が鳴いている。）は「不破の関」と取り合わせていて、美濃国の野上という解釈をしている。「東路《あづまぢ》の野上」や「関」（不破の関が想起される）とともに詠まれる野上も当地のことか。傀儡《くぐつ》師がいたことから、『六百番歌合』の「寄傀儡師恋（傀儡師に寄する恋）」題でも野上は詠まれている。

いかでかは露の情《なさ》けも置かざらん野上の里の草の枕に（続詞花集・旅・七三二・知房。どうして露ほどの情けも置かないことがあろうか。野上の里に生えている草で結んだこの旅寝の枕に。）　（田代）

野島　のじま　淡路。兵庫県淡路市野島江崎。

【関連語】小百合花《さゆりのはな》・玉藻（竹）

淡路島の北端の西側、明石海峡を挟んで明石に対する。「野島が崎」という岬が詠まれることがほとんどである。『万葉集』に「玉藻刈る敏馬《みぬめ》を過ぎて夏草の野島の崎に船近づきぬ」（三・二五〇・人麻呂。玉藻を刈る敏馬を過ぎて夏草の茂る野島の崎に船は近づいたことだ。）と詠まれている。近江や安房にもあるとされるが、「敏馬」と結びついている地は、淡路のものと見なせる。

野島にや潮満ちぬらし玉藻刈る敏馬《としま》も過ぎず鶴の鳴くらん（夫木抄・一〇四三五・定円。野島は潮が満ちてきたのだろうか。まだ、船は野島への途中の敏馬も過ぎていないが、潮が満ちて来ると鶴が鳴いているようだ。）

野島が〈の〉崎　のじまが〈の〉さき

【関連語】尾花・きりぎりす・鶉・糸薄・小百合花・村雨・萩の花（随）

あはれなる野島が崎の庵かな露置く袖に浪もかけけり（千載集・羇旅・五三一・俊成。しみじみと寂しげな野島が崎の庵であることだ。露が置き、涙で濡れる袖に波もかかることだ。）（廣木）

野島が崎　のじまがさき　近江。滋賀県東近江市福堂町。

【関連語】玉藻・海人《あま》・尾花・千鳥・きりぎりす・藻に住む虫・鶉・小萩・薄（竹）

琵琶湖の岬である。「野島が崎」は淡路国の地名が著名であるが、「東路」「近江路」などを伴ったものがあり、これは近江国の地と考えられていたことを示している。

近江路や野島が崎の浜風に夕波千鳥立ち騒ぐなり（顕輔集・一〇一。近江路の野島が崎に浜風が吹き、夕波の上の千鳥が飛び騒いでいることだ。）（廣木）

後瀬（の）山　のちせ（の）やま　若狭。福井県小浜市南方。

『万葉集』の贈答歌「かにかくに人は言ふとも若狭路の後瀬の山の後も逢はむ君」（四・七三七・坂上大嬢。あれこれと人は言いますが、若狭路にある後瀬の山のように後にもまたあなたにお逢いするでしょう。）、「後瀬山後も逢はむと思へこそ死ぬべきものを今日までも生けれ」（四・七三九・家持。後瀬山の名にあるように、「後」にまたお逢いするために、死にそうなところを今日まで生きてきたのです。）によって知られる。この歌のように「後の逢瀬」の意を持たせて詠まれる。

移ろはんものとや人に契りおきし後瀬の山の秋の夕露（続拾遺集・恋・一〇一一・知家。移り変わってしまうものなのでしょうか、あの人と契り交わした「また逢う」という約束は。私は、あなたに飽きられて、後瀬の山に置く秋の夕露のような涙を流しています。）（嘉村）

野中の清水　のなかのしみづ　播磨。神戸市西区岩岡町野中。

【関連語】いにしへ*（合）

歌学書類で印南野《いなみの》にあるとされた。桓武天皇が口ずさんだ古歌「いにしへの野中古道改めば改まらむや野中古道」（類聚国史・七五・曲宴。昔の野中の古道を新しくするならば、新しくなるだろうか。野中の古道は。）の影響で「いにしへ」「昔」などと結びつけられて用いられた。

いにしへの野中の清水ぬるけれど本《もと》の心を知る人ぞ汲む（古今集・雑・八八七・よみ人しらず。いにしへの野中と言われた野中の清水は、今はぬるくなってしまったが、本来は清冽な清水であったと知っている人はそれでも汲んで飲むに違いない。そのように私の本心を知ってくれている人は私の心を汲み取ってくれるだろう。）（廣木）

野宮 ののみや　山城。京都市右京区嵯峨野。

【関連語】別れ・松風・秋の草・浅茅が原・虫の音・小柴垣・板屋・黒木の鳥居・榊・月の入方・神司《かみづかさ》・火焼屋《ひたきや》・物の音・標《しめ》の外・夕月夜・西川の御祓《みそぎ》・長月・嵯峨の山・有栖川（合）

斎宮が伊勢神宮に赴く前に潔斎した場所で、現在の野宮神社はその跡と言われている。『源氏物語』「賢木」巻では、源氏が、斎宮となる娘と共に野宮に籠もった六条御息所を訪ねる場面が、「人聞き情けなくやと思しおこして、野宮に参《まう》でたまふ。九月七日ばかりなれば、（略）遙けき野辺を分け入りたまふよりいとものあはれなり。秋の花みな衰へつつ、浅茅が原もかれがれなる虫の音《ね》に、松風すごく吹き合はせて、そのこととも聞き分かれぬほどに、物の音《ね》ども絶え絶えに聞こえたる、いと艶《えん》なり。」と描かれている。

頼もしな野宮人の植うる花時雨るる月にあへずなるとも（新古今集・雑・一五七六・順。時雨が降る十月になるのは抗しようがないが、それでも野宮の宮人が植えた花はいつまでも衰えない。頼もしいことだ。）（廣木）

は行

羽易山　はがひやま　大和。奈良県。

【関連語】鴨*（合）

所在地未詳。「羽易」は鳥の両翼の重なり合う部分を言う語であり、それに似た形の山であろうが、特定は難い。『万葉集』の人麻呂の「泣血哀慟歌」に「…大鳥の　羽易の山に　我が恋ふる　妹はいますと　人の言えば　岩根さくみて　なづみ来し…」（二・二一〇。羽易の山に私が恋しがる妻がいると、人が言ったので、岩を押しのけて無理をして来たが…）と詠まれる。これは奈良県桜井市と天理市にまたがる竜王山とする説がある。また、「春日なる羽易の山ゆ佐保の内へ鳴き行くなるは誰呼子鳥《たれよぶこどり》」（同・一〇・一八二七・作者未詳。春日にある羽易の山から佐保の方へ、鳴いて行くのは誰を呼ぶ呼子鳥だろう。）は春日山のいずれかを指すと見られる。『奥義抄』は「春日に有り」とし、『八雲御抄』は「春日なり。呼子鳥」としている。平安期以降の作例は、「羽易」に「羽《は》交《が》ひ」を響かせて詠むものが大半で、「水鳥」「箸鷹」「空蝉」「鴨」などとともに詠まれることが多い。

箸鷹《はしたか》の羽易の山を朝行けば飛火《とぶひ》の原に雉子《きぎす》鳴くなり

（続後拾遺集・春・六〇・隆信。箸鷹が羽を交わしたような形の羽易の山を朝行くと、飛火の野原で雉子が鳴くことだ。）　（山本）

箱〈筥〉崎　はこざき　筑前。福岡県東区箱崎。

博多湾に臨み、対外交易基地として唐人街などもあり、殷賑をきわめたが、元寇の古戦場ともなった。この地に鎮座する筥崎八幡宮は日本三大八幡の一つで、その西の松原は「千代の松原」と呼ばれた景勝地である。『筑紫道記』には「労《いたは》りある同行《どうぎやう》を輿に乗せて、この松原を見す。みな徒歩《かち》にて、松原に入るより言の葉及びがたくなむ。左右に五六町のほどを移りつつ、また過ぎがてに伴ひ行く。大木などは稀にして、ただ百年ばかり、それよりこのかたの木なり。昔の木は朽ちゆけど、あひ継ぐ木末《こずゑ》かくの如し。（略）／一木にはいかに定めし筥崎や松はいづれも神のしるしを（神のしるしの木として、なぜ一本の木だけに定めたのであろう。筥崎の松はどれもすばらしいのに。）」と描写されている。

幾世にか語り伝へむ筥崎の松の千歳の一つならねば（拾遺集・神楽歌・五九一・重之。幾時代にも渡って語り伝えるのであろう。松は千年生きるというが、筥崎の千歳の松は一本ではないので。）　（廣木）

箱根(の)山　はこね(の)やま　相模。神奈川県足柄下郡箱根町・静岡県裾野市。

【関連語】 玉篠・つぼ菫・照射《ともし》さす（随）

神奈川県と静岡県の境にある山。金時山から鞍掛山《くらかけやま》までの山域をいう。本来、「箱根」という地名は足柄の一部を指し、『万葉集』に「足柄の箱根の山に粟蒔きて実とはなれるをあはなくも怪し」（一四・三三六四・作者未詳。足柄の箱根の山に粟を蒔いて実となったのに、あなたに逢わないとは不思議なことだ。）とあるように、「足柄の」を冠して詠まれていた。地名と「箱」を掛け、その縁で「蓋」「あける」「（中）身」などを導く。「風」「雲」「月」が景物として詠み込まれる。

照射《ともし》して箱根の山に明けにけりふたよりみより逢ふとせしまに（千載集・雑・一一八三・俊綱。夜通し火を灯し狩りをして箱根山で夜が明けてしまった、二度、三度と獲物に会おうとしている間に。）　（松本）

走井　はしりゐ　近江。滋賀県大津市大谷町。

逢坂の関の付近にあったとされる湧水。「関の清水」と同一とする説もある。本来、走井は、水が勢いよく湧く井戸の意の普通名詞であったが、後にこの地の泉をさすようになった。『万葉集』に「落ち激《たぎ》つ走井水の清くあれば置きては我は行きかてぬかも」（七・一一二七・作者未詳。勢いよく湧き出る走井の水が清いので、それを見捨てて私は立ち去りがたいのだ。）と詠まれたように、以降の和歌でも、水に関わる歌枕として、「筧《かけい》」や「清き」「涼し」などの語が、また、「走」の名から、「走る」「早し」「急ぐ」などの語が、縁語として詠み込まれることが多い。

走井のほどを知らばや相坂の関牽《ひ》き越ゆる木綿鹿毛《ゆふかげ》の駒《こま》（拾遺集・雑秋・一一〇八・元輔。走井をどのように越えていったか、知りたいものだ。夕方の光の中、逢坂の関を牽かれながら越えていった木綿鹿毛の馬は。）　（田代）

羽束師の森　はづかしのもり　山城。京都市伏見区羽束師志水町。

羽束神社の森。鳥羽から水無瀬への途次に当たり、『吉野詣記』には「水無瀬より輿にて帰りにけり。羽束師の森のほとりにて、輿を立てたる所にて、このあたりの名所ども、大方ここを限りなるとて、」と見える。「恥づかし」を掛けて用いられた。

忘られて思ふ歎きの繁るをや身を羽束師の森といふらん（後撰集・恋・六六四・よみ人しらず。歎きの木というものが繁るように、あの人に忘られてあれこれ思い歎くが、その歎きの木が繁って、我が身を恥ずかしく思うという羽束師の森になったのであろうか。）（廣木）

羽　束　はつか　摂津。兵庫県三田《さんだ》市。羽束川流域の地。古くは「羽束師《はつかし》」とも。「羽束の山」は羽束川の西方、三田市木器《こうづき》と香下《かした》の境にある山。「二十日」「果《は》つ」を掛けて用いられた。

羽束の里　はつかのさと

限りありて羽束の里に住む人は今日か明日かと世をも歎かじ（和泉式部続集・五四六。二十日の間と限りをつけて羽束の里に住む人は、今日か明日には世を離れねばならないと、世の中を歎くことはしないのだろう。）

羽束の山　はつかのやま

秋果つる羽束の山の寂しきに有明の月を誰と見るらむ（新古今集・雑・一五七一・匡房。秋が終わる九月二十日の寂しい羽束の山の有明の月をあなたは誰と見るのでしょう。）（廣木）

初　瀬　はつせ　大和。奈良県桜井市初瀬町。

【関連語】桜・杉むら・尾上《をのへ》の鐘・布留《ふる》川《かは》の辺《へ》・故《ふる》郷《さと》・桧原・村雨・寺・鹿・二本《ふたもと》の杉・紅葉・祈る恋（竹）

「泊瀬」とも。「小」を冠して「小《を》初瀬《はつせ》」とも。「初瀬山」「初瀬川」も詠まれる。北側に初瀬山・巻向山・三輪山が連なり、峡谷を挟んで南側に天神山や鳥見山が連なる。この谷間を初瀬川が流れる。山に囲まれた地を意味する枕詞「隠口《こもりく》（隠国）」を冠して詠まれるのはこうした地勢による。伊賀や伊勢へと通じる交通の要所でもある。『日本書紀』には雄略天皇が「泊瀬の朝倉」に即位して「こもりくの　泊瀬の山は　出で立ちの　よろしき山…」（初瀬の山は山の形が突き立って美しい山…）と山賞めの歌を詠んだとあり、仁賢天皇・武烈天皇もこの地を都としたとする。『万葉集』では軽皇子の狩に随行した柿本人麻呂の長歌に「…こもりくの　泊瀬の山は　槇立つ　荒き山道《やまぢ》を　岩が根　禁《さへ》樹《き》押しなべ　坂鳥《さかどり》の　朝越えまして…」（一・四五。初瀬の山は槇が茂り立つ荒い山道だが、岩石や遮る木々を押し倒し、朝にお越えになって…。）と皇子一行が颯爽とこの地を越えて行く様が歌われた他、「初瀬山」にかかる雲や月、「初瀬川」の急流など、数多の景観が詠まれた。長谷寺があることでもよく知られる。平安期以降の散文においては「初瀬」は長谷寺を指す場合が多い。同寺の創建は諸説あるが、養老四年（七二〇）から神亀四年（七二七）の間と見るのが穏当。『蜻蛉日記』には作者の二度にわたる同寺への参詣が記され、『更級日記』でも母がこの寺に鏡を献じて作者の行く末を占ったことや、作者が「初瀬川などうち過ぎて、その夜御寺に詣で着きぬ」と参詣した様が描かれている。『源氏物語』では玉鬘が右近と再会する機縁ともなり、『水鏡』が語られる舞台ともされている。馴染み深くありつつも、別天地としての印象が強い地で、平安期以降の和歌にも様々に詠まれ続けた。

　憂かりける人を初瀬の山おろしよ激しかれとは祈らぬものを（千載集・恋・七〇八・俊頼。冷淡だったあの人の愛情を得たいと初瀬の観音に祈ったけれど、初瀬の山颪よ、お前が激しく吹き付けるように、あの人に厳しく接してほしいなどとは祈りはしなかったのに。）

初瀬(の)川　はつせ(の)がは

いしばしる初瀬の川の浪枕はやくも年の暮れにけるかな（新古今集・冬・七〇三・実定。岩の上を勢いよく流れる初瀬川の浪の音を枕に聞く旅寝の人生のように、早くも年が暮れてしまったなあ。）

初瀬の桧原　はつせのひばら

明けやらぬ鐘の響きはほのかにて初瀬の桧原月ぞかたぶく（続千載集・秋・五一三・隆博。まだ夜が明けきらないころ、寺の鐘の音がほのかに響いて、初瀬の桧原に月が沈みかけている。）

初瀬山　はつせやま

【関連語】*三輪・*祈りのかなふ・*桧原・*鐘響く（随）

初瀬山移ろふ花に春暮れて紛ひし雲ぞ峰に残れる（新古今集・春・一五七・良経。初瀬山では、散りゆく花とともに春が暮れて、花と見紛っていた雲だけが峰に残っている。）

（山本）

花園山　はなぞのやま　三河。愛知県岡崎市奥殿町。村積山《むらづみやま》をいう。早くは『能因歌枕』にも三河国とするが、『山家集』の「時雨初むる花園山に秋暮れて錦の色を新たむるかな」（一四四〇。時雨が降り始めると花園山は秋も暮れて、錦のような紅葉の色がいっそう鮮やかになることだ。）が同じ山を指すかは不明。或いは京都市左京区岩倉花園町を言うとも。『夫木抄』は山城・大和国ともする。『続詞花集』には「二月ばかり三河国の花園山といふ所にて、狩し侍るとて」の詞書で「春霞花園山を朝立てば桜狩とや人は見るらん」（雑・七五四・よみ人しらず。春霞の立つ花園山を朝出立すると、花園山の名にあるように、桜狩に出かけるのかと人は見るだろうか。）の歌が見え、これは「三河国」となる。「花園」の名から、春に関わる「桜」「霞」などが詠まれるが、歌例は多くない。

　細川の岩間の氷閉ぢながら花園山の峰の霞める（堀河百首・三九・仲実。細い川の岩と岩の間の氷はまだ凍っているのに、花園山の峰はもう霞んでいることだ。）

（松本）

花（の）山　はな（の）やま　山城。京都市山科区北花山。花山《かざん》をいう。東南の麓に遍昭《へんじょう》が住していた元慶寺があり、「花の山寺」と呼ばれた。『古今集』の遍昭の歌（春・一一九）の詞書に、「志賀より帰りける女《をうな》どもの、花山に入りて、藤の花の下に立ち寄りて、帰りけるに、」と見える。一般名詞として花の咲く山を指す場合も多く、地名であるかどうかの判別はむずかしい。

　待てと言はばいとも畏《かしこ》し花山にしばしと鳴かん鳥の音《ね》もがな（拾遺集・雑春・一〇四三・遍昭。待ってくださいと宇多法皇に申し上げるのはまったく畏れ多いことですが、花山に暫く留まってくださいと鳴く鳥の声があればよいのにと思います。）

（廣木）

憚の関　はばかりのせき　陸奥。宮城県柴田郡柴田町。所在未詳。柴田町に後世の関碑があったとも。勅撰集では『後拾遺集』の「知るらめや身こそ人目を憚の関に涙は止まらざりけり」（恋・六九四・よみ人しらず。ご存知でしょうか。我が身は憚の関に因んで、人目をはばかって恋心を外に表していませんが、それでも涙は止まらないのですよ。）があり、地名に「憚る」を重ねて用いる。同集序文では「憚の関のはばかりながら」という一文も見られる。

休らはで思ひ立ちにし東路《あづまぢ》にありけるものか憚の関（後拾遺集・雑・一一三六・実方。休むこととなく行きたいと思う東路に、「はばかる」などという名を持つ憚の関などありましょうか。）（嘉村）

柞の森 ははそのもり　山城。京都市相楽郡《そうらくぐん》精華町祝園《ほうその》。祝園神社の森。木津川の西岸で、奈良や熊野への河川交通の要地であった。『更級日記』に「また初瀬に詣づれば、はじめにこよなくもの頼もし。ところどころに設けなどして行きもやらず。山城の国、柞の森などに紅葉いとをかしきほどなり。」と見える。ブナ科の総称である「柞」の木を意識して詠まれた。

いかなれば同じ時雨に紅葉する柞の森の薄く濃からん（後拾遺集・秋・三四二・頼宗。どうして同じ時雨によって紅葉するのに柞の森の紅葉は薄かったり濃かったりするのだろう。）（廣木）

柞　原 ははそはら　山城。京都市伏見区石田《いわた》。元来、柞の生える原の意であろうが、『万葉集』の「山科の石田《いはた》の小野の柞原見つつか君が山道《やまぢ》越ゆらむ」（九・一七三〇・宇合《うまかひ》。山科の石田の小野の柞原を見ながらあの人は山路を越えて行くのだろうか。）の歌から、『五代集歌枕』『八雲御抄』などで「山城」の歌枕とされた。

柞原時雨るる数の積もればや見るたびごとに色や変はらん（続古今集・秋・五一五・白河院。柞原では時雨が降ることがたび重なって行くからであろうか。見るたびに木の葉の色が変わっていくようだ。）（廣木）

浜名の橋 はまなのはし　遠江。静岡県浜松市。

【関連語】 牽《ひ》く駒・棚無舟《たななしぶね》・旅人・白雪・月・霞・高師山・潮の満干・逢坂（竹）

静岡県にある浜名湖の海に通じる浜名川に架けられていた橋。『三代実録』元慶八年（八八四）九月一日条には貞観四年（八六二）に修理した浜名橋が壊れたため、「長五十六丈〈約一七〇メートル〉、広一丈三尺〈約四メートル〉、高一丈六尺〈約五メートル〉」の橋を架けるよう勅が出されたとある。『更級日記』にも「浜名の橋、下りし時は黒木を渡したりし、このたびは跡だに見えねば舟にて渡る。」とあるように、後も壊れたり焼け落ちたりして修復を繰り返した。東海道の交通路にある橋で名所絵にも描かれ、「恒徳公家の障子に」として、「潮満てるほどに行きかふ旅人や浜名の橋と名付けそめけん」（拾遺集・別・三四二・兼盛。潮が満ちている時に行き来する旅人は、ここを浜のない浜名の橋と名付け始めたのであろうか。）のように旅人の行き来するさまが詠まれる。また「橋」の縁語で「渡る」を詠みこむ歌も多い。

　白波の立ち渡るかと見ゆるかな浜名の橋にふれる初雪（金葉集・冬・二七九・前斎院尾張。まるで白い波が立ち渡っているかのように見えることだ、浜名の橋に降っている初雪は。）

（松本）

早川　はやかは　相模。神奈川県小田原市早川。

箱根の芦ノ湖から小田原市早川のあたりを経て、相模湾に注ぐ川。河口の早川尻では治承四年（一一八〇）の石橋山合戦など、多くの合戦が行われた場所でもある。ただし、『万葉集』にある「愛《うるは》しと我が思ふ心早川の塞きに塞くともなほや崩《く》えなむ」（四・六八七・坂上郎女。あなたを愛しく思う心は早川の流れのように、塞き止めてもやはり崩れてしまうだろう。）などと詠まれる「早川」は、地名ではなく流れの急な川をいうか。この歌を引く『五代集歌枕』は名所としながらも「国不審」、『八雲御抄』『夫木抄』などは「早川」を相模国とする。この『夫木抄』に典拠として採られている『十六夜日記』には、「（箱根山の）麓に早川といふ川あり。まことにいと早し。」とあり、「東路《あづまぢ》の湯坂を越えて見渡せば塩木流るる早川の水」（東路にある湯坂を越えて見渡すと、藻塩の木が流れてゆく早川の水の流れである。）の歌が記される。

　早川に急ぎしがらむ網代木を上越す波やうち直すらん（出観集・六四六。早川に急いでしがらみを作った、その網代木の上を越す波は、何度もうち寄せていて、しがらみを打ち直しているのだろうか。）

（松本）

播磨潟　はりまがた　播磨。兵庫県明石市。

旧播磨国の海浜であるが、明石のあたりの海を指すことが一般で、明石や眼前の淡路島とともに詠まれることが多い。

　我が宿は播磨潟にもあらなくに明かしも果てで人の行くらん（拾遺集・恋・八五五・よみ人しらず。私の家は明石の播磨潟にあるのではないのに、どうして夜を明かすこともなくあの人は立ち去っていくのだろう。）

（廣木）

比叡の山 ひえのやま　山城。京都市・滋賀県大津市。

京都市と大津市の境の山。比叡山。特に最高峰をいう時は「大比叡《おほひえ》」「大嶽《おほだけ》」と称する。延暦四年（七八五）、最澄がこの山中に延暦寺を建立した。修行の場として尊崇されたこと、また、京都から東国へ赴く道がこの山のいくつかの鞍部に通っていたこと、さらに延暦寺が政治力を保持したことなどから、都人にとってきわめて重要な山であった。

比叡の山いつより風の氷りけむ都は今朝ぞ初雪の空

（拾玉集・五三九六。比叡の山ではいつから風も氷ったのであろう。都の空には今朝初雪が舞ったことだ。）

（廣木）

日笠の浦 ひがさのうら　播磨。高砂市曽根町・姫路市大塩町。

曽根町と大塩町の境にある日笠山の山裾続きにある浦。「天川」が注ぐ。『万葉集』に「印南野《いなみの》は行き過ぎぬらし天伝《あまづた》ふ日笠の浦に波立てり見ゆ」（七・一一七八・作者未詳。印南野はもう通り過ぎたのであろう。天伝う日笠の浦に波の立っているのが見えることだ。）と詠まれている。「日笠」の縁から「天伝ふ」の語句がともに用いられた。

天伝ふ時雨に袖も濡れにけり日笠の浦をさして来つれど（堀河百首・九〇一・顕季。空から降る時雨に袖も濡れたことだ。日笠の浦を目指して、傘を差して来たのだが。）

（廣木）

引手の山 ひきてのやま　大和。奈良県天理市東南部。

竜王山をいうか。竜王山は標高五八五メートルで、奈良盆地各地から見ることができる山。また、羽易《はがい》山と同一の山とする説もある。柿本人麻呂が亡き妻を葬った際に「衾《ふすまぢ》道を引手の山に妹を置きて山道《やまぢ》を行けば生けりともなし」（万葉集・二・二一二。引手の山に妻を置き去りにして、山路を帰って行くと、私はもう生きているという実感もない。）と詠んだのが初例。竜王山の西斜面には奈良県内最大規模の古墳群があり、六〜七世紀の葬送地であったことが知られている。人麻呂の妻もここに葬られたものか。なお、『歌枕名寄』は人麻呂歌を挙げて越前にあるとの説も載せている。以後の作例は希少である。

紅に深くぞ見ゆる衾道の引手の山の峰のもみぢ葉

（六条修理大夫集・八五。紅色に深く見えるよ、引手の

山の峰の紅葉が。）（山本）

引馬野 ひくまの　三河。愛知県豊川市御津町御馬《おんま》。

【関連語】＊子《ね》の日（合）

三河湾に面した地域。堯孝の紀行文『覧富士記』に「引馬野は三河国とこそ思ひならはし侍るに、遠江に侍るはいかなることにか。」とあり、『延喜式』にも記される遠江国の「引馬」（静岡県浜松市中区曳馬町）が載るが、和歌で詠まれる場合は三河国の「引馬野」であろう。大宝二年（七〇二）持統天皇三河御幸の時の歌として、『万葉集』に「引馬野ににほふ榛原《はりはら》入り乱れ衣にほはせ旅のしるしに」（一・五七・奥麻呂。引馬野の色づく榛原に入りこんで、衣を染めてしまえ旅の証として。）と詠まれた。地名に「引く」を掛ける。「引馬の野辺」とも詠まれた。

春霞立ち隠せども姫小松引馬の野辺に我は来にけり

（金葉集・補遺・六六六・匡房。春霞が立ち隠しているけれども、姫小松を引く引馬野の野辺に私はやって来たことだ。）（松本）

櫃川 ひつかは　山城。京都市伏見区。

宇治川に合流する山科川の古名。京都から宇治、奈良への街道の途中に流れる川で、京都から木幡への渡河点にあった「櫃川の橋」が詠まれることが多い。「潰つ」の意が込められて用いられた。

櫃川に舟さし渡す徒歩人《かちびと》の木幡に通ふ五月雨の頃

（貞秀集・五。櫃川を舟に棹さして渡る徒歩人が、濡れながら木幡に向かう五月雨の頃である。）

櫃川の橋 ひつかはのはし

都出でて伏見を越ゆる明け方はまづうち渡す櫃川の橋（新勅撰集・雑・一二六八・俊成。都を出て伏見を通り過ぎた明け方には、まず櫃川の橋を渡ることだ。）（廣木）

桧隈川 ひのくまがは　大和。奈良県高市郡明日香村桧隈《ひのくま》。

【関連語】＊駒とめて（寄）

桧隈を北流する川。『万葉集』には「さ桧隈桧隈川の瀬を速み君が手取らば言寄《ことよ》せむかも」（七・一一〇九・作者未詳。桧隈川の瀬が速いので、あなたの手を取ったら、噂になるでしょうか。）、「さ桧隈桧隈川に馬留《とど》め馬に水かへ我外《われよそ》に見む」（一一・三〇九七・作者未詳。桧隈川に馬をとめて、馬に水を飲ませなさい、私は遠くからあなたのその姿を見ましょう。）の二首が詠まれている。なお「さ桧隈」の「さ」は接頭語で、「桧隈川」にかかる枕詞と見られている。後者の異伝歌が『古今集』に神遊びの歌の「ひるめの歌」（「ひるめ」は天照大神のこと）として、「笹の隈桧隈川に駒とめてしばし水かへ影をだに見む」（一〇八〇。桧隈川に馬をとめて、しばらく水を与えてください、その間にせめてお姿を見たいものです。）の形で収められている。後代にはこの『古今集』歌が有名になり、平安期以降の作例の大半が「駒とめて」「駒とむる」とともに詠まれている。また、「笹の隈」を枕詞に冠しても詠まれる。なお、この歌は『源氏物語』「葵」巻で、車争いに敗れた六条御息所が「笹の隈にだにあらねばにや、つれなく過ぎたまふにつけても…」と通り過ぎる馬上の源氏を見る場面でも引歌にされていて、印象的である。

駒とむる桧隈川の底清み月さへ影を映しつるかな

（続後撰集・秋・三三九・長方。駒を止める桧隈川の水底は清く澄んでいるので、人の姿だけでなく、月影さえも映すよ。）　（山本）

桧原　ひばら　大和。奈良県桜井市。

【関連語】曇る月・山・峰・夕日・花・嵐・雪・雲・鐘の声・甍《いらか》・時雨・杉・槇・杣山・三輪・初瀬・水尾《みづのを》の山（竹）

三輪山・巻向山・初瀬山一帯。本来は桧が生えている原のことで、普通名詞。『万葉集』で「三諸《みもろ》つく三輪山見ればこもりくの初瀬の桧原思ほゆるかも」（七・一〇九五・作者未詳。神を祭る山の三輪山を見ると、初瀬の桧原が思い出されるよ。）、「巻向《まきむく》の桧原もいまだ雲居《ゐ》ねば小松が末《うれ》ゆ沫雪《あはゆき》流る」（一〇・二三一四・作者未詳。巻向の桧原にもまだ雲がかかっていないのに、小松の梢から沫雪が流れ降るよ。）など、「巻向」「三輪」「初瀬」の地名とともに詠まれ、その地の景物として定着した。平安期以降の作例もほとんどこれらの地名と結びついて詠まれている。ただし、わずかではあるが特にどの地と限定されない桧原を詠んだ例も見られる。なお、三輪山北西麓には桧原神社が鎮座し、古くは桧原宮と称したらしい。

初瀬山夕越え暮れて宿とへば三輪の桧原に秋風ぞ吹く（新古今集・羇旅・九六六・禅性。初瀬山を夕方に越えて行くうちに日も暮れて、宿を探し求めると、三輪の

桧原には秋風が吹くよ。）（山本）

響の灘　ひびきのなだ　播磨。兵庫県尼崎市神崎町。神崎川の河口の先。瀬戸内海の難所であった。『源氏物語』「玉鬘」巻に「早舟と言ひて、さま異になむ構へたりければ、思ふ方の風さへ進みて、危きまで走り上りぬ。響の灘もなだらかに過ぎぬ。」とある。音が「響く」の意を掛けて用いられた。

風吹けば響の灘の音高み波の末行く海人《あま》の釣舟（海人手古良集・八六。風が吹くとますます響の灘の波の音が高くなる。その波を越えて行くのは漁師の釣舟であることだ。）（廣木）

氷室（の）山　ひむろ（の）やま　山城。京都市北区西賀茂氷室町。「氷室」は氷を夏まで保存するための穴室で、各地にあり、「氷室山」も一般名詞であったと思われるが、『千載集』の源仲正の歌（春・一〇四）の詞書に「小野の氷室山の方に残りの花を訪ね侍りける日、僧都証観が房にてこれかれ歌詠み侍りけるに詠める」とあり、隠棲地であったこともあって、「小野の氷室山」が著名となった。「氷室」が意識されて詠まれた。

あたりさへ涼しかりけり氷室山まかせし水の氷るのみかは（千載集・夏・二〇九・公能。周辺までも涼しいことだ。それは氷室山に引き入れた水が氷っているからだけであろうか。）（廣木）

姫島　ひめしま　摂津。大阪市西淀川区姫島。淀川の河口にあった島。『摂津国風土記』に、男神《ひこがみ》から逃げてきた新羅の女神《ひめがみ》は、はじめ「筑紫の国なる伊《い》波比《はひ》の比売島《ひめしま》に住」んでいたが、「この島はなほし遠くはあらじ。男神尋《と》め来なむ」と思って、摂津の島に移って来て、もと「住みし地《ところ》の名とし、もちて島の号《な》とせり。」と見える。現在、大分県の国東半島の先、周防灘にある島が「姫島」と呼ばれており、もとの島はこの島かと思われる。ただし、『万葉集』に「妹が名は千代に流れむ姫島の小松が末《うれ》に苔生《む》すまでに」（二・二二八・宮人。この若い乙女の名は千年も伝わるであろう。姫島の小松の梢に苔が生えるまで。）と詠まれた島は摂津の島であろう。「姫」の語が意識されて用いられた。

見渡せば潮風荒し姫島や小松が末に懸かる白波（続

古今集・雑・一六五七・宗尊親王。見渡すと潮風が荒々しく吹きつけている姫島が見える。その島の小松の梢には白波が懸かっていることだ。）（廣木）

日 吉 ひよし 近江。滋賀県大津市坂本。

【関連語】社*（竹）

山王総本宮日吉大社を指す。「日吉社」「日吉山王」「山王権現」とも。比叡山の東麓に位置し、平安時代以降、延暦寺の鎮守であり、王城鎮護の神として信仰を集めた。後三条天皇の行幸以降、貴顕の参詣が相継ぎ、院政期頃から、和歌で盛んに取り上げられるようになる。「比叡《ひえい》」に「日吉《ひえ》」の字をあて、のちに「ひよし」と読まれるようになったという。「願掛《ねぎか》くる日吉《ひえ》の社の木綿《ゆふ》襷《だすき》草の片葉《かきは》も言《こと》やめて聞け」（拾遺集・神楽歌・五九三・実因。木綿襷を掛けて、願い事を掛ける日吉神社。草一枚の葉ですらも、そよぐことをやめて聞きなさい。）のように、「ひえの社」と詠んだ例もある。神社の名に「日」または「日吉《ひよ》し」（好天の意）を掛け、日の縁で「照る」「影」「曇りなき」「光」などを用い、日吉の神の威光を称える。「日吉の神」も同様に詠まれる。「大比叡《おおひえ》」（大嶽）、「小比叡《おひえ》」（牛尾山）、「七《なな》の社《やしろ》」（山王七社）も歌語として詠まれた。

おしなべて日吉の影は曇らぬに涙あやしき昨日今日かな（新古今集・神祇・一九〇三・慈円。あまねく世を照らす、日吉の神の御威光は曇ることがないのに、不思議なことにも涙が流れる昨日今日であるなあ。）

日吉の神 ひよしのかみ

なべて世を照らす日吉の神なれば遍《あまね》く人も頼むなりけり（長秋詠草・五七〇。おしなべて世の中を照らす日の光のような日吉の神の御威光であるので、すべての人が信仰しているのである。）（田代）

比 良 ひら 近江。滋賀県大津市志賀町。

【関連語】桜・志賀の浦・真野の浦・横川・大比叡《おほひえ》・紅葉・時雨・海人《あま》の釣舟・若菜・千鳥・唐崎（竹）

琵琶湖西岸に沿う地域で、背後に比良山系が連なる景勝の地。「比良の暮雪」は後に近江八景に数えられた。「比良の山」は、比良山地全体を指し、主峰は武奈《ぶな》ヶ岳《たけ》。「比良の高嶺」とも。冬から春にかけて吹く、北西の強い風（比良八荒）は、しばしば詠まれた。当地は、早くから和歌に見え、「楽浪《ささなみ》の比良山風の海吹けば釣りする海人の袖反《かへ》る見ゆ」（万葉集・九・一七一五・槐本。比良の山風が琵琶湖を吹きおろすと、釣りをしている海人の袖が翻るのが見える。）のように、比良山と琵琶湖の風景が取り合わされて詠まれる。「ささ〈さざ〉浪や」を冠し、桜や紅葉も詠まれるが、「月」や「風」、「雪」「氷」などの秋から冬の光景が多く、周辺の「志賀の浦」や「真野の浦」などとともに歌われている。

舟出する比良の湊の朝氷棹に砕くる音の清《さや》けさ（続後拾遺集・冬・四七四・顕昭。舟が出ていく比良の湊に張った氷を、舟棹によって割り砕く音が、清浄な冬の朝の湖上に冴え響いている。）

比良の高嶺　ひらのたかね

見渡せば比良の高嶺に雪消えて若菜摘むべく野はなりにけり（和漢朗詠集・一七・兼盛。あたりをはるかに見渡してみると、比良の高嶺の雪は消えて、野は若菜を摘むことができるほど春めいていることだ。）

比良の山　ひらのやま

【関連語】海面《うみづら》・行く舟・桜花・真野の浦・桂川・大比叡（随）

桜咲く比良の山風吹くままに花になりゆく志賀の浦浪（千載集・春・八九・良経。桜花が咲いている比良の山を風が吹き下ろすと、志賀の浦の浪は、水面に散り落ちた花びらで花の浪になることだ。）（田代）

平野　ひらの　山城。京都市北区平野宮本町。

洛北、北野天満宮の北西の野。平安京遷都に際して平野神社が創建され、以後、皇室・貴顕の尊崇を受けた。「平野」とだけあっても「平野神社」を意味することが一般である。『枕草子』二六九に「平野はいたづら屋のありしを、〈何する所ぞ〉と問ひしに、〈御輿《みこし》宿り〉と言ひしもいとめでたし。斎垣《いがき》に蔦などのいと多く懸かりて、紅葉の色々ありしも、〈秋にはあへず〉と、貫之が歌、思ひ出でられて、つくづくと久しうこそ立てられしか。」と描かれている。

ちはやぶる平野の松の枝繁み千代も八千代も色は変らじ（拾遺集・賀・二六四・能宣。神威ある平野神社の松の枝は繁っているので、千代も八千代もその葉の色は変わることがないであろう。）（廣木）

領布振る山　ひれふるやま　肥前。佐賀県唐津市。

【関連語】*松浦作用姫《まつらさよひめ》（合）、*松浦《まつら》（竹）

鏡山をいう。西に「松浦川」が流れる。「松浦山」とも。

松浦潟（唐津湾）が一望できるところにあり、『古今著聞集』五・一八〇に、「我が国の松浦小夜姫《まつらさよひめ》といふは、大伴《おほともの》狭手麿《さてまろ》が女なり。夫《をとこ》、帝の御使に唐へ渡るに、すでに船に乗りて行く時、その別れを惜しみて、高き山の峰に上りて、遥かに離れ行くを見るに、悲しみに耐へずして領布《ひれ》を脱ぎて招く。見る者涙を流しけり。それよりこの山を領布振りの峰といふ。」とあるような「松浦作用姫《まつらさよひめ》」の伝説地である。『万葉集』にも「松浦潟作用姫の児が領布振りし山の名のみや聞きつつをらむ」（五・八六八・憶良。松浦潟の作用姫が領布を振った山は、名ばかり聞くが見にはいけないのか。）と見える。

松浦川川音高し作用姫の領布振る山の五月雨の頃

（続後拾遺集・夏・二一三・宗尊親王。松浦川の川音が高く聞こえてくる。作用姫が領布を振ったという領布振る山に五月雨が降る頃は。）（廣木）

広　沢　ひろさは　山城。京都市右京区嵯峨広沢町。「広沢の池」は溜池として作られた池らしい。「広沢」とだけでも「池」を意味することが多い。この池の畔に、平安中期、寛朝僧正が遍照寺を開き、真言宗古義派を立てたが、間もなく寺は荒廃した。「広沢の流れ」と歌で詠むのはこの仏教宗派の伝流を指す。古来、月の名所として知られた。

心こそ雲井遥かにあくがれめ眺めも誘ふ広沢の月

（六百番歌合・四一三・有家。心は雲の浮かぶ空のかなたに思い焦がれて漂っていく。空の月をそのように眺めることを誘う広沢の池に映る月であることだ。）

広沢の池　ひろさはのいけ

眺めやる心の果ては広沢の池より奥に出づる月影

（六百番歌合・四〇九・季経。あたりを眺める心の行き着く先は、広沢の池の向こうから出る月の姿であることだ。）（廣木）

広瀬川　ひろせがは　大和。奈良県北葛城郡河合町川合。

葛城川・高田川と合流した曾我川が大和川に入る辺りにある広瀬神社近くを流れるところの称か。大和川の本流とする説もある。『万葉集』の「広瀬川袖漬《つ》くばかり浅きをや心深めて我が思へるらむ」（七・一八三一・作者未詳。広瀬川は袖がつかるほどに浅い、そのように相手の心も浅いとも知らずに、心を深めて私はあの人を思っているのだろうか。）が初例。この歌の影響は大きく、後代の作は、川に「袖漬く」と詠む他、「広瀬」に「広し」を掛ける、「浅し」や「深し」とともに詠む例が大半である。

広瀬川渡りの沖の澪標《みをじるし》 水《み》嵩《かさ》ぞ深き五月雨のころ（山家集・一二一七。広瀬川の渡し場の沖にある澪標を見ると、水嵩が深い、五月雨のころであるよ。）（山本）

広田 ひろた 摂津。兵庫県西宮市。

上ヶ原台地の南東麓の地で夙《しゅく》川《がわ》の左岸にあたる。神功皇后が創建したと伝える広田神社がある。多く「広田の神」と詠まれており、承安二年（一一七二）の『承安二年広田社歌合』にも「昔より恵み広田の神ならばさりとも秋の心知るらん」（一三三・実家。昔から広い恵みを授けてくれる広田の神であるならば、秋の寂しい風情を知って慰めてくれることだろう。）と詠まれている。この歌にあるように「広し」が掛けられて用いられた。平安末期まで社前に潟が入り込んでおり、「広田の浜」はその状況を示す。『古今著聞集』一・一一に「後三条院の御時、国の貢ぎ物、広田の御前の沖にて多く入《じゅ》海《かい》の聞こえありければ、宣旨をかの社《やしろ》に下されて、貢ぎ物を全《まった》うせられぬよし、逆鱗ありけるに、社の辺《ほと》りの木、一夜に枯れにけり。」と見える。

広田より明石をかけて眺むれば絵島が磯に騒ぐ白波（承安二年広田社歌合・一一三・姓阿。広田から明石にかけて眺めると絵島が磯に白波が荒々しく寄せていることだ。）

広田の浜 ひろたのはま

あはれびを広田の浜に祈りても今は甲斐なき身の思ひかな（拾遺愚草・二八九七。あわれみを与えてくれるように広田の神のいる浜で祈っても、今となっては貝を拾うこともできないように、甲斐のない身と思われることだ。）（廣木）

深草 ふかくさ 山城。京都市伏見区深草。

京都の南で、奈良への道筋にあり、貴顕の別邸も多く作られた。『伊勢物語』一二三に「昔、男ありけり。深草に住みける女を、やうやう飽きがたにや思ひけむ、かかる歌を詠みけり。／年を経て住みこし里を出でて去《い》なばいとど深草野となりなむ（長い年月住んでいた里を出て行ったら、この深草の里は草の深い野となるでしょうね。）／女、返し、／野とならば鶉となりて鳴きをらむかりにだにやは君は来ざらむ（おっしゃるようにここが野となったならば、私は鶉となって鳴いていることでしょう。そうであってもあなたは鶉を狩ることも仮にでもいらっしゃらないでしょうね。）／と詠めりけるに愛《め》でて、行かむと思ふ心なくなりにけり。」とあり、この影響下で詠まれた歌が多い。「深草（の）山」は周辺の山、もしくは七面山をいうか。葬墓地でもあった。「深い草」の意を込めて用いられた。

深草の露のよすがを契りにて里をば離《か》れず秋は来にけり（新古今集・秋・二九三・良経。深草の深い草には露が置く、という縁を約束事として、この里を見捨てずに露の置く秋は訪れたことだ。）

深草の里　ふかくさのさと

夕されば野辺の秋風身にしみて鶉鳴くなり深草の里（千載集・秋・二五九・俊成。夕方になると野辺を吹き渡ってくる秋風が身にしみるように感じる。そのような時には鶉も悲しげに鳴くことだ。深草の里では。）

深草の野　ふかくさのの

深草の野辺の桜し心あらば今年ばかりは墨染めに咲け（古今集・哀傷・八三二・岑雄。深草の野辺の桜よ。もし心というものがあるならば、今年だけは人の死を悼んで墨染め色に咲いてくれ。）

深草(の)山　ふかくさ(の)やま

空蟬《うつせみ》は殻を見つつも慰めつ深草の山煙だに立て（古今集・哀傷・八三一・勝延。空蟬のようにこの世に生きる者としては、はかない亡骸を見てだけでも心を慰めていました。火葬の後はせめて深草の山に煙だけでも立ち上らせてほしいものです。）

（廣木）

吹　上　ふきあげ　紀伊。和歌山県和歌山市。

紀ノ川河口から雑賀《さいか》崎《ざき》にかけての浜を指す。海から風が波を浜に吹き上げることからの名で、そのような様子を含意して詠まれる。「吹上の浦」はその浜のある浦という。古くからの景勝地であった。『宇津保物語』「吹上・上」巻に「かの君の住みたまふ所は、吹上の浜のほとりなり。宮より東は海なり。その海づらに岸に沿ひて大いなる松に藤かかりて、二十町ばかり並み立ちたり。それに次ぎて、樺桜一並並み立ちたり。それに沿ひて紅梅並み立ちたり。それに沿ひて躑躅《つつじ》の木ども北に並み立ちて、春の色尽くして並みたり。」と描かれている。

秋風の吹上に立てる白菊は花かあらぬか波の寄するか（古今集・秋・二七二・道真。秋風が吹き上げる吹上の浜に立ち並んでいる白菊は本当に花なのか、そうではなく寄せる白波なのか。）

吹上の浦 ふきあげのうら

沖つ風吹上の浦の浜千鳥立つ白波の花かとぞ見る（拾玉集・三九〇一。沖から風の吹く吹上の浦の浜千鳥は白く立つ波の花ではないかと見えることだ。）

吹上の浜 ふきあげのはま

浦風に吹上の浜の浜千鳥波立ち来らし夜半に鳴くなり（新古今集・冬・六四六・祐子内親王家紀伊。浦風が吹き上げる吹上の浜の浜千鳥は、波がより激しく立ってきたのであろう、この夜半に鳴いていることだ。）

（廣木）

吹飯の浦 ふけひのうら　和泉。大阪府泉南《せんなん》郡岬町深日《ふけ》。大阪湾の最南西部、加太半島の北岸にあたる。淡路島に近接する地で古くから港があった。その浜は『万葉集』に「時つ風吹飯の浜に出で居つつ贖《あか》ふ命は妹がためこそ」（一二・三二〇一・作者未詳。ちょうどよく風が吹くという吹飯の浜にいつも出て神に供えものをして祈るこの命は妻のためなのである。）と詠まれている。ただし、京都府宮津市の「天の橋立」に面する海浜にも「吹飯」と呼ばれた地があったようで、そこは「橋立や与謝の吹飯の小夜千鳥とをよる沖に冴ゆる月影」（続古今集・冬・六一二・家良。天の橋立ある与謝の吹飯も夜が更けてきたころ、小夜千鳥が列をなして飛ぶ沖の上には月が冴えわたっていることだ。）のように「橋立」と結んで詠まれた。風が「吹く」または「更く」が掛けられて用いられた。

小夜千鳥吹飯の浦に訪れて絵島が磯に月傾きぬ（千載集・雑・九九〇・家基。小夜千鳥が夜が更けた吹飯の浦にやって来るころ、絵島が磯のあたりに月が傾いたことだ。）

（廣木）

富士 ふじ　駿河。静岡県・山梨県。

【関連語】煙・雪・清見が関・田子・霧・鳴沢・山桜・足柄・三保の浦・夕立・時鳥《ほととぎす》・武蔵野

（竹）

静岡県と山梨県にまたがる日本一の山。富士山。「富士の山」「富士の（高）嶺」「富士の御嶽」などとも詠まれ、夥しい歌例がある。『万葉集』に「田子の浦ゆうち出でて見ればま白にそ富士の高嶺に雪は降りける」（三・三一八・赤人。田子の浦越しに広々とした所に出てみると、真っ白に富士の高嶺に雪が降っていることだ。）

と詠まれ、『伊勢物語』九にも「時知らぬ山は富士の嶺いつとてか鹿の子まだらに雪の降るらむ」（時節をわきまえない山は富士の山であるよ、今をいつだと思って鹿の子まだらに雪が降り積もったままでいるのだろうか。）と詠まれるなど、「雪」と結び富士山頂の雪は消えることがない、とするのが一般。また、『万葉集』の「我《わぎ》妹《も》子《こ》に逢ふよしをなみ駿河なる富士の高嶺の燃えつつかあらむ」（一一・二六九五・作者未詳。いとしいあの娘に逢う手立てがないので、駿河の国の富士の高嶺のように私の胸も恋の火が燃え続けていることだ。）のように、相手を恋慕う心を、富士の火山の煙にたとえる。「思ひ」と「火」を掛けて、富士の山を詠む歌が量産された。「天の原」「駿河なる」を冠したり、近隣の名所と共に詠まれたりすることも多い。「富士川」は山梨県西部を流れ、静岡県に入り駿河湾に注ぐ川。「富士の裾野」は、静岡県富士市と山梨県南都留郡の富士山の裾野。

風に靡く富士の煙の空に消えて行方も知らぬ我が心かな（新古今集・雑・一六一五・西行。風に靡く富士の煙が空に消えて見えなくなり、私の心の思いもどこへ行くのかわからないことだ。）

富士(の)川　ふじ(の)がは

朝日さす高嶺の深雪空晴れて立ちも及ばぬ富士の川霧（続後撰集・秋・三一六・家隆。富士山頂の深雪は、空が晴れわたり朝日が差して輝いている、富士川から朝霧が立ちのぼるが、富士の煙ではないので山頂に届くことはない。）

富士の裾野　ふじのすその

高嶺には消ぬが上にや積もるらん富士の裾野の今朝の初雪（風雅集・冬・八一九・公清。富士の山頂では消えていない雪の上にまた降り積もるのだろうか、富士の裾野にも、今朝初雪がふったことよ。）

富士の嶺　ふじのね

【関連語】*田子、*浮島、*武蔵野、*煙の立つ（随）

富士の嶺のならぬ思ひに燃えば燃え神だに消たぬ空し煙を（古今集・雑・一〇二八・紀乳母《きのめのと》。富士山の「火」にならない煙のように、私の思いも成就しないのなら煙となってしまえ、神でさえ消すことのできないむなしい煙であるのだから。）

富士の山　ふじのやま

人知れぬ思ひをつねに駿河なる富士の山こそ我が身なりけれ（古今集・恋・五三四・よみ人しらず。人知れぬ思いをするというが、「思ひ」の「火」を燃やしている駿河の国にある富士の山は、我が身そのものであることだ。）（松本）

伏見　ふしみ　山城。京都市伏見区。

巨椋《おぐら》の池、宇治川に隣接した地で、景勝地として知られ、貴顕の別邸が造られた。後に後白河院の伏見殿の先蹤となった藤原俊綱の伏見邸は『今鏡』四「伏見の雪の朝《あした》」に「伏見には時の歌詠みども集《つど》へて、和歌の会絶ゆる世なかりけり。」と記録されている。「伏見の里」と詠まれることが多い。また、東の桃山丘陵の麓にあたる平坦な地であり、「野辺」「田」が付されることも多い。「伏見山」は桃山の古名で、中世末期、豊臣秀吉によって伏見城が築かれた。「臥し」「節」などが掛けられて用いられることがある。大和国、現、奈良県奈良市伏見町にも「伏見」の歌枕があるが、そちらは京都の伏見が著名であるためか、「菅原や伏見」と詠まれることがほとんどである。

都出でて伏見を越ゆる明け方はまづうち渡す櫃川の橋（新勅撰集・雑・一二六八・俊成。都を出て伏見を通り過ぎた明け方には、まず櫃川の橋を渡ることだ。）

伏見の里　ふしみのさと

うらやまし入る身ともがな梓弓伏見の里の花の円居《まとゐ》に（後拾遺集・春・七九・皇后宮美作。うらやましいことです。私も梓弓を射るように入れてもらえる身となりたいものです。伏見の里の俊綱邸の花見の団欒に。）

伏見の田居　ふしみのたゐ

五月雨は伏見の田居に水越えて庭まで続く宇治の川波（隆信集・一一九。五月雨が伏見の田を水で覆って、庭まで宇治の川波が続くようである。）

伏見の野辺　ふしみののべ

かりそめに伏見の野辺の草枕露けかりきと人に語るな（新古今集・恋・一一六五・よみ人しらず。かりそめに伏見の野辺に共に臥したのだから、その時、草の枕が露に濡れていたなどと共寝したことを決して人に言ってくれるな。）

伏見山　ふしみやま

伏見山松の陰より見渡せば明くる田面《たのも》に秋風ぞ吹く（新古今集・秋・二九一・俊成。伏見山の松の木陰から麓を見渡すと、夜が明け、明るくなって行く田面に秋風が吹いているのに気づかされたことだ。）（廣木）

伏屋　ふせや　信濃。長野県下伊那郡阿智村周辺。
【関連語】木曽・帚木・賤《しづ》（合）

本来は粗末な家の意であり、「布施屋」とも書いて旅人の無料宿泊所をいった。『袖中抄』に「布施屋とて所々に作れるにこそ。されば信濃国園原にもこの布施屋を建てたりけるにや。」とあるように、地名ではない。しかし、『新古今集』に「園原や伏屋におふる帚木のありとは見えて逢はぬ君かな」（恋・九九七・是則。園原の伏屋に生えている帚木があると見せかけて近づくと見えなくなるように、目には見えていながら逢ってはくれないあなたよ。）と詠まれて以来、「伏屋」は「園原」にあると考えられ、地名と見なされた。『奥義抄』などの歌論書に「信濃の国に園原伏屋といふ所」ともある。地名に「伏す」を掛けて詠まれた。

おろかにも思はましかば東《あづま》路の伏屋と言ひし野辺に寝なまし（拾遺集・雑・一一九八・よみ人しらず。あなたのことをいい加減に思っていたのだったら、急いで帰らずに、東路の伏屋という地の野に寝たものを。）

（松本）

二上山　ふたかみやま　大和。奈良県葛城市。

現在は二上山《にじょうさん》と呼ばれる。山頂が北の雄岳《おだけ》と南の雌岳《めだけ》の二つの峰に分かれていることが名の由来。死罪となった大津皇子を二上山に葬った、姉の大伯皇女の歌「うつそみの人なる我《あれ》や明日よりは二上山を弟《いろせ》と我《あ》が見む」（二・一六五。この世の人である私は、明日からは、二上山を弟として眺めるのだろうか。）が有名。雄岳の頂に大津皇子の墓がある。なお、越中国にも同名の歌枕があり、大伴家持作の「玉櫛笥《たまくしげ》二上山に鳴く鳥の声の恋しき時は来にけり」（万葉集・一七・三九八七。二上山に鳴く鳥の声が待ち遠しい時がやってきたなあ。）等は越中国を詠んだもの。平安期以降の作は「時鳥」と取り合わせたものや、「ふた」の縁語「たまくしげ」や「明く（空く）」とともに詠んだものが多い。これらの作は『万葉集』の家持歌の影響と認められるが、それを以て越中か大和かを確定することは難しく、混同されていたようである。

玉櫛笥《たまくしげ》二上山の雲間より出づればあくる夏の夜の月（金葉集・夏・一五二・親房。二上山にかかった雲の隙間から、出るとたちまち明ける夏の夜の月よ。）

（山本）

二上山　ふたかみやま　越中。富山県高岡市・氷見市。

高岡市・氷見市にまたがる山。大和国に同名の山があり、どちらも『万葉集』に詠まれる。ただし、後代には越中の他の名所を意識して詠み込む場合でない限り、大和国と混同して詠まれている詠も多い。「玉櫛笥」から「蓋」を導く。時鳥《ほととぎす》を歌材として詠み込む詠もしばしば見られる。

うばたまの夜は更けぬらし玉櫛笥二上山に月傾きぬ（続古今集・秋・四二九・家持。夜はすっかり更けてしまったらしい、二上山の山頂に月が傾いている。）

（嘉村）

二子山　ふたごやま　下野。栃木県日光市足尾町。

日光から上野国への道の途中にある山。「二子山共に越えねば真《ま》澄鏡《すかがみ》そこなる影を訪ねてぞやる」（古今六帖・三二二六。二子山を私と共に越えて行かないのならば、鏡に映る影を訪ねて行こう。）と詠まれたり、「下野や二子の山の二心ありける人を頼みけるかな」（古今六帖・九〇七。下野にある二子の山ではないが、二心を持つ人をあてにしてしまったことよ。）のように地名と「二」「二心」をかけて用いられたりしたようであるが、用例は少ない。

長き夜に君と二子の山のねはあくとも知らぬ朝霧ぞ立つ（信明集・一四。長い夜にあなたと二人で寝ていると飽きることはないのですが、夜が明けるともわからない朝霧が二子の山の嶺に立つことです。）

（嘉村）

二見　ふたみ　伊勢。三重県伊勢市二見町。

志摩半島の北縁。伊勢湾に面した海岸（五十鈴川河口から立石崎に至る海岸）を「二見の浦」「二見潟」と言い、歌枕となった。伊勢神宮の参詣に際し、身を清める垢離《こり》の場でもある。西行が一時庵を結んだ場所としても知られる。「二見」を用いた早い例に『金葉集』に「伊勢国の二見の浦にて詠める」として、「玉櫛笥《たまくしげ》二見の浦の貝しげみ蒔絵に見ゆる松のむら立ち」（雑・五四四・輔弘。二見の浦に多くある貝で飾る美しい手箱の螺鈿の蒔絵のように、美しく見える群生する松林であるよ。）がある。ただし、『古今集』（四一七）に詠まれる「二見の浦」は但馬国（現在の兵庫県豊岡市）であり、他にも播磨国（兵庫県明石市）の「二見の浦」がある。どの「二見の浦」であるか判然としない歌も多い。地名の「ふた」から「蓋」を掛けたり、手箱の意の「玉櫛笥」を枕詞としたりして用いられた。「蓋」の縁で「箱」「あける」「(中) 身」などと共に詠まれる。また、ふたたび見る、の意の「ふた見」も掛けられた。

波越すと二見の松の見えつるは梢にかかる霞なりけり（山家集・一一三。末の松山ではないが、二見の松に波が越える、と見えたのは梢にかかった霞であった。）

二見潟 ふたみがた

我が恋は逢ふ世も知らず二見潟明け暮れ袖に波ぞかけける（新勅撰集・八五五・恋・家衡。私の恋はいつ会えるかもわからない、二見潟の蓋を開けるではないが、明け暮れ袖に波が掛かるように涙で濡れたのであった。）

二見の浦 ふたみのうら

【関連語】貝・千鳥・松・伊勢島（竹）

玉櫛笥二見の浦に住む海人《あま》のわたらひ草は海松布《みるめ》なりけり（躬恒集・一六三。二見の浦に住む海人が、世渡りする手段はこの海松布《みるめ》という海草であったのだな。）（松本）

二見の浦 ふたみのうら 但馬。兵庫県豊岡市。

城崎二見周辺の入江を指すと考えられる。同名の名所に伊勢国、播磨国のものがある。『古今集』に「但馬の国の湯へまかりける時に、二見の浦といふ所に泊まりて夕さりの餉賜べけるに、共にありける人々の歌詠みけるついでに詠める」という詞書を伴って「夕月夜おぼつかなきを玉匣《たまくしげ》二見の浦はあけてこそ見め」（羇旅・四一七・兼輔。夕方の月ではよく景色が見えないが、玉櫛笥の蓋を開けて中身を見るように、二見の浦の景色は夜が明けてから見よう。）とある歌は、但馬と明確に判断できる早い例。この歌のように「玉櫛笥」を枕詞として用いたり、地名に「蓋」を掛けて用いたりしたことから、「箱」「あける」などを縁語として共に詠む。但馬を明確に意識して詠まれることは少なく、他国と判然としない例が多い。

あけて見るかひもあるかな玉櫛笥二見の浦に寄する白浪（伊勢大輔集・一五六。玉櫛笥の蓋を開けるのではないけれど、夜が明けてから見る甲斐があったことだ。二見の浦に白浪が寄せる景色は。）（嘉村）

二村山 ふたむらやま 尾張。愛知県豊明市。

【関連語】*篠原（随）、*照射《ともし》・*綾・*呉服《くれはとり》（合）

豊明市沓掛町西方の山。近世以降は嶺山《とうげやま》とも呼ばれた。『更級日記』に「二村の山の中に泊まりたる夜」とあり、東海道の道筋にあった。本来は尾張国であるが、『八雲御抄』では三河とし、「尾張に通ふ山なり」とするように、和歌にも三河の歌枕として詠むものもある。『詞花集』では詞書に「三河の国の二村山の紅葉を見て詠める」（秋・一三一・能元）とする歌がある。『後撰集』の「呉服《くれはとり》あやに恋しくありしかば二村山も越えずなりにき」（恋・七一二・諸実。ただもうあなたがむやみに恋しかったので、二村山も越えずに帰ってきたことだ。）のように、絹織物の単位である「二疋《むら》」を掛詞にして、「綾」や「錦」「織」などの縁語と結んで詠まれた。また「紅葉」「時鳥《ほととぎす》」も二村山の景物として共に詠まれる。

五月闇二村山の時鳥峰続きなく声を聞くかな（千載集・夏・一九三・俊忠。閏月で五月闇が二月続くこの二村山の時鳥は、峰続きに二ヶ月の間続けて声を聞かせてくれることだ。）（松本）

藤江の浦　ふぢえのうら

播磨。兵庫県明石市藤江。

藤江川が流れ込む浦で、播磨潟の一部。『万葉集』に「荒妙《あらたへ》の藤江の浦に鱸《すずき》釣る海人《あま》とか見らむ旅行く我を」（三・二五二・人麻呂。荒妙という布の材料である藤の語を持つ、藤江の浦で鱸を釣っている漁師と見られているだろうか。旅行く私は。）と詠まれている。

鷗ゐる藤江の浦の沖つ洲に夜舟いざよふ月のさやけさ（新古今集・雑・一五五四・顕仲。鷗のいる藤江の浦の沖の洲の辺りは夜舟が漂い、十六夜の月が明るく清らかに照っている。）（廣木）

舟木の山　ふなきのやま

美濃。岐阜県本巣市。

舟来山をいう。『五代集歌枕』『八雲御抄』『夫木抄』『歌枕名寄』などが美濃の歌枕とするが、『顕輔集』の「さざ浪や舟木の山の時鳥声を帆に揚げて鳴きわたるなり」（一二。さざ浪の立つ舟木の山に住む時鳥は、帆を上げるように声を張り上げて鳴き渡っていることだ。）を証歌として挙げる『和名抄』では、近江国蒲生郡舟木郷（現在の近江八幡市船木町）とする。舟木山の名は他にも見られ、定めがたいが、美濃国説が有力か。当地の景物として紅葉や時鳥が、地名の「舟」の縁語として「帆」や「漕」などとともに詠まれている。

いかなれば舟木の山の紅葉葉の秋は過れど焦がれざるらん（後拾遺集・秋・三四六・通俊。どうして舟という名を持っている舟木の山の紅葉の葉は、秋が過ぎていこうとするのに漕がれるならぬ焦がれる〈色を変える〉ことがないのだろうか。）　（田代）

船岡　ふなをか　山城。京都市北区紫野。

紫野の西にある岡。「船岡山」とも称される。「船岡の野」は『栄花物語』一「月の宴」に、子《ね》の日の遊びの思い出が、「をかしき御狩装束《かりさうぞく》どもにて、さもをかしかりしかな。船岡にて乱れたはぶれ給ひしこと、いみじき見物《みもの》なりしか。后宮《きさいのみや》の女房、車三つ四つに乗りこぼれて、大海《おほうみ》の摺裳《すりも》うち出したるに、船岡の松の緑も色濃く、行く末はるかにめでたかりしことぞや。」と語られており、古くは裾野も含めて貴顕の遊興地であった。後には葬送地ともなり、『平家物語』一「額打論」には、二条上皇の遺骸を「香隆寺の丑寅、蓮台野の奥、船岡山に納め奉」ったと見える。「船」の意を込めて用いられた。

船岡の野中に立てる女郎花《をみなへし》渡さぬ人はあらじとぞ思ふ（拾遺集・雑秋・一一〇〇・よみ人しらず。船岡の野の中に生えている女郎花を、船でこちらからあちらへ渡すように、自分の所に移植しない人はないと思う。）

船岡山　ふなをかやま

波高き世を漕ぎ漕ぎて人はみな船岡山を泊まりにぞする（山家集・八四九。波高いこの世の中を、船を漕ぐように漕ぎ渡って、人は皆、この船岡山を最後の停泊地、すなわち墓所とすることだ。）　（廣木）

不破　ふは　美濃。岐阜県不破郡。

【関連語】霰・板庇《いたびさし》・旅寝・月・秋風（竹）

「不破の山」は、不破郡垂井町にある南宮山、または岐阜県中津川市にある恵那山など諸説ある。「美濃山」「美濃の中山」「美濃の小山」「不破の中山」も同一の山を言うか。古代三関の一つ「不破の関」が置かれた。『万葉集』の防人の長歌に「荒《あら》し男《を》も　立しやはばかる　不破の関　越《く》えて我《わ》は行く」（二〇・四三七二・可良麻呂。勇猛な男でさえ進みかねるという不破の関を、我は越えて行くのだ。）と詠まれ、延暦八年（七八九）には廃関となるが、その後も「過ぐ」や「止《とど》む」など関の縁語を用いて、旅人や花、紅葉などの景物が詠まれ、「関」の題詠でも多く詠じられた。「不破の山」も、関と取り合わされて詠まれる。中世には「人住まぬ不破の関屋の板庇《いたびさし》荒れにし後はただ秋の風」（新古今集・雑・一六〇一・良経。廃関により人も住まない不破の関屋の板廂、荒れ朽ちてしまった後には、ただ秋の風が吹くばかりである。）のように、荒廃した関屋が好んで歌われた。

不破の関　ふはのせき

【関連語】杉むら・板庇《いたびさし》・野上の里・鈴虫・秋の風（随）

今はとて立ち帰りゆく故郷《ふるさと》の不破の関路《せきぢ》に都忘るな（後撰集・離別・一三一三・清忠。今はもう別れの時ですと言って、親元の美濃へと立ち返りっていくあなた。不破の関を越えても都を忘れないで欲しい。）

不破の山　ふはのやま

【関連語】関屋*（合）

不破の山風もとまらぬ関の屋を守るとはなしに咲ける花かな（後鳥羽院御集・一一六二。不破山を吹き下ろす風さえも止めることのない名ばかりとなった関屋を、守るともなく咲いている花であるなあ。）（田代）

布留　ふる　大和。奈良県天理市布留。

【関連語】社*・杉*・野*・都*（竹）

天理市東部の山中を源とし、市南部を流れて大和川に注ぐ「布留川」が流れる。周辺の野を「布留野」と言い、「布留の社」と詠まれる石上《いそのかみ》神宮が鎮座する。川上の南岸に「布留山」がある。石上神宮の前を流れる布留川にかかる橋は「布留の高橋」と詠まれた。早くから馴染み深い地であり、『日本書紀』に「石上　布留を過ぎて…」（武烈天皇即位前紀）の歌が収められている。『万葉集』には、「石上布留の山なる杉群《すぎむら》の思ひ過ぐべき君ならなくに」（三・四二二・丹生王。石上の布留の山の杉群の杉ではないが、思い過ごしてしまえる、あなたではないのに。）、「石上布留の早稲田《わさだ》を秀《ひ》でずとも縄だに延《は》へよ守りつつ居《を》らむ」（七・一三五三・作者未詳。石上の布留の早稲田を、まだ穂が出ていなくても、標縄だけでも張ってください、私が守って居ましょう。）、「石上布留の神杉神さぶる恋をも我《あれ》は更《さら》にするかも」（一一・二四一七・作者未詳。石上の布留の神杉のように年をとりながらも、私は恋をまたもすることだよ。）などと詠まれている。この地域を含む、より広域名の「石上」を冠して「石上布留…」と詠まれることが多く、杉や早稲田との取り合わせも好まれた。「布留」に「古」「経る」「降る」などを掛ける趣向も用いられる。『万葉集』の時点で既に単にその土地を詠むのではなく、恋や哀悼の情を導くための序の如くに用いられている点は、早くから歌語として親しまれていたことを示している。平安期以降も数多詠み続けられている。それはこの地の持つ神さびた古き時代のイメージへの憧憬によるのだろう。なお、石上は『日本書紀』によれば、安康・仁賢天皇の代には都となった地であり、「石上布留の都」として「古都」の意味を掛けて詠まれることもある。

初雪の布留の神杉埋《うづ》もれて標結《しめゆ》ふ野辺は冬籠もりせり（新古今集・冬・六六〇・長方。初雪が降る布留の神杉はすっかり雪に埋もれて、標を張った野は冬籠もりしているよ。）

布留川　ふるかは

【関連語】初瀬*（竹）

契りきなまだ忘れずよ初瀬川布留川の辺《へ》の二本《ふたもと》の杉（続後撰集・恋・八九八・寂蓮。約束したではありませんか、私は忘れないよ、初瀬川と布留川が流れ合う辺りに生えている二本の杉のように、また会いましょうと。）

布留野　ふるの

【関連語】花・中道・早田《わさだ》・真葛《さねかづら》・神杉・紅葉・思ひ草・尾花・三輪・若菜・鹿・忘れ水・雪・菫・早苗・高円《たかまど》・清水・標《しめ》・歳暮・霜・時鳥《ほととぎす》（竹）

石上布留野の草も秋はなほ色ことにこそ改まりけれ（後撰集・秋・三六八・元方。石上の布留野の草も、古いという名にもかかわらず、秋には新しくなったと思うほど色が変わることだよ。）

布留の高橋　ふるのたかはし

石上布留の高橋高々《たかたか》に妹《いも》が待つらむ夜そ更けにける（万葉集・一二・二九九七・作者未詳。石上の布留の高橋の高々ではなくて、まだかまだかとあの娘が待っているだろうに、夜は更けてしまったよ。）

布留の中道　ふるのなかみち

【関連語】早苗取る*（竹）

石上布留の中道なかなかに見ずは恋しと思はましやは（古今集・恋・六七九・貫之。石上の布留へ行く途中の道、なまじっかあなたを見なかったなら、恋しく思わなかったでしょうに。）

布留の都　ふるのみやこ

【関連語】昔*（竹）

敷島や布留の都はうづもれて奈《な》良《ら》思《し》の岡にみ雪積

もれり（新勅撰集・冬・四一一・長方。布留の都はすっかり埋もれて、奈良思の岡にも雪が積もっている。）

布留の社 ふるのやしろ

石上布留の社の木綿襷《ゆふだすき》 かけてのみやは恋ひむと思ひし（拾遺集・恋・八六七・よみ人知らず。石上の布留の社に仕える者は木綿襷をかけるけれど、私がひたすら心にかけてあなたに恋をするとは思いもしませんでした。）

布留の山 ふるのやま

【関連語】早田*・滝*（竹）

石上布留の山辺の桜花植ゑけむ時を知る人ぞなき（後撰集・春・四九・遍昭。石上の布留の山辺の桜の花、それを植えたという時代を知る人はいないことだ。）

布留の早稲田 ふるのわさだ

石上布留の早稲田をうち返し恨みかねたる春の暮れかな（新古今集・春・一七一・俊成卿女。石上の布留の早稲田を打ち返すように、繰り返し恨んでも、恨みきれない春の暮れよ。）

（山本）

古柄小野 ふるからをの 大和。奈良県天理市布留。

【関連語】柏*・楢*（作）

布留の地の、古い枯れた幹ばかりある野の意。『古今集』に「石上古柄小野のもと柏もとの心は忘られなくに」（一七・八八六・よみ人知らず。古い枯れた幹ばかりの野に古くからある柏、その柏のように以前からの気持ちを忘れてはいません。）と詠まれたのが早期の例。顕昭『古今集注』はこの歌について、「〈古柄小野〉は古き野なり」と普通名詞と解する説もあったことを紹介しているが、自説として「〈石上布留の中道〉などと詠めり、その所にや…布留の枯れたる小野と心得べし」と述べている。『顕注密勘』もほぼ同様の結論で、定家も概ね賛同している。後代の作は『古今集』歌の表現を摂取したものであろうが、「夕立の」「春雨の」「初霜の」などに続けて「降る」を掛けて詠んだものが多い。

日に添へて緑ぞまさる春雨の古柄小野の道の芝草（続後撰集・春・六五・長方。日ごとに緑の色がまさってくるよ、春雨が降る古い枯れた幹ばかりの布留野の道に生えるの芝草は。）

（山本）

逸見の御牧　へみのみまき　甲斐。山梨県北杜市。

「速見」「辺見」とも。場所は諸説あり不明だが、『古今六帖』に「小笠原逸見の御牧に荒るる馬も捕《と》ればぞなつくこの我が袖取れ」（一四三一。小笠原の逸見の御牧にいる荒れた馬も捕らえると人になつくという、だからあなたも私の袖を取ってほしい。）など「小笠原」と共に詠まれることから、北杜市明野《あけの》町にあった「小笠原牧」に近いものと推測される。『蜻蛉日記』上にある長歌にも「かひなきことは　甲斐の国　逸見の御牧に　荒るる馬を　いかでか人は　かけとめんと…」と詠まれた。

都までなづけて牽《ひ》くは小笠原逸見《へみ》の御牧の駒にぞありける（貫之集・二二六六。都まで手なずけて馬を牽いていくのは、小笠原や逸見の御牧の馬であるよ。）　（松本）

穂坂　ほさか　甲斐。山梨県韮崎市穂坂町。

茅ケ岳《かやがだけ》山麓には甲斐国の三御牧の一つである御牧（勅旨牧）があった。『延喜式』左右馬寮に、「穂坂の牧」から馬三〇疋が献上されたと記され、和歌でも「穂坂の牧」「穂坂の駒」などと馬と関わらせて詠まれる。『堀河百首』には「逢坂の関路に今日や秋の田の穂坂の駒をむつむつと牽《ひ》く」（秋・七六九・公実。今日、逢坂の関へ向かう道を、秋の田の穂が揺れる穂坂の牧の駒を黙々と牽くことだ。）とある。この歌のように、「田」や「薄」「尾花」から「穂」を導き、「穂坂」を掛けるものがある。

春草の穂坂の小野の放れ駒秋は都へ牽かむとすらん（万代集・春・一七八・師俊。春草の生えている穂坂の小野に放たれた駒は、秋には都へ牽かれていくのだろう。）　（松本）

細谷川　ほそたにがは　備中。岡山市北区。

吉備の中山から流れ出る川。『万葉集』に「大君の三笠の山の帯にせる細谷川の音のさやけさ」（七・一一〇二・作者未詳。大君の笠のような三笠の山が帯にしている細い谷川の流れの音のすがすがしいことよ。）とあり、この「細谷川」は一般名詞のようであるが、この歌の影響下で作られた『古今集』の「真金《まがね》ふく吉備の中山帯にせる細谷川の音のさやけさ」（神遊びの歌・一〇八二）は左注に「承和の御嘗《おほんべ》の、吉備の歌」とあり、また、歌に「吉備の中山」とあることから、備中の「吉備の中山」を流れる川とみなされることとなった。「細し」を含意して用いられた。

つらゐし細谷川の解けゆくは水上よりや春は立つ

らん（金葉集・春・四・皇后宮肥後。氷の張っていて細々としていた細谷川が解けていくのは、水上のあたりから春になるからであろうか。）（廣木）

堀　江　ほりえ　摂津。大阪市北区。

天満川か。「堀江」は人工的に開削した川を言うが、『日本書紀』仁徳天皇紀一一年一〇月に「宮の北の郊原《のはら》を掘り、南の水を引きて西の海に入る因《よ》りてその水を号《なづ》けて堀江といふ。」とあり、この仁徳天皇の「高津の宮」の北の堀江が、歌枕の「堀江」と称されるようになった。「難波堀江」とされることも多い。『万葉集』には「小夜更けて堀江漕ぐなる松浦舟《まつらぶね》梶の音高し水脈《みを》速みかも」（七・一一四三・作者未詳。夜が更けて堀江を漕いで進む、松浦舟という名づけられた舟の梶の音が高く聞こえてくる。流れが速いのであろうか。）と詠まれている。

堀江漕ぐ棚無し小舟《をぶね》漕ぎ返り同じ人にや恋ひわたりなむ（古今集・恋・七三二・よみ人しらず。堀江を漕いで進む棚のない小舟が繰り返し行き来するように、同じあの人のことを繰り返し思い続けるのだろうか。）（廣木）

堀兼の井　ほりかねのゐ　武蔵。埼玉県狭山市堀兼。

浅間神社境内にあった井戸。また狭山市の北入曽、鎌倉街道沿いの七曲井がその跡とも。『枕草子』に「井は堀兼の井」とあり、古くからよく知られた。中世以降は、『信生法師日記』や『とはずがたり』に「堀兼の井は跡もなくて、ただ枯れたる木の一つ残りたるばかりなり」と記される。『古今六帖』に「武蔵なる堀兼の井の底を浅み思ふ心を何にたとへん」（一三四五。武蔵にある堀兼の井は掘りかねて底が浅いので、私があなたを思う心は何にたとえたらよいのだろうか。）とあるように、井戸であるのに「掘りかね」ると詠む歌が多い。

武蔵野の堀兼の井もあるものをうれしく水の近づきにける（千載集・釈教・一二四一・俊成。武蔵野の堀兼の井のように掘りかねる井もあるものだが、うれしくも掘るにつれ水が近づいてきたことだ。）（松本）

堀　川　ほりかは　山城。京都市。

平安京の左京の中央を北から南へ貫く川。もともと人工的に掘られた運河で、川幅もかなり広かったらしい。周囲は貴顕の邸宅が建ち並び、この川から庭園に水を引いたという。『狭衣物語』一には、狭衣の父の堀川の大臣が「二条堀川のわたりを四町《よまち》こめつつ、心々に隔て、造り磨かせたまふ玉の台《うてな》に、北の方三所《みところ》をぞ住ませ奉らせ給へる。」とある。

水上を定めてければ君が代に再び澄める堀川の水

（詞花集・雑・三八五・好忠。水源を定め、君の御代に堀川の水が再び澄み切るようになるように、先例を定めておいたので、堀河院が再び堀川の邸に住むことになったのだ。）

（廣木）

ま行

籬の島　まがきのしま　陸奥。宮城県塩竈市。

【関連語】塩竈*（竹）

塩竈湾内にある島。現在は本州側と数十メートル程度しか離れておらず、橋が渡してあり、歩いて渡ることができる。早い例として『古今集』東歌中の「陸奥歌《みちのくうた》」に「我が背子を都にやりて塩竈の籬の島の松ぞ恋しき」（一〇八九・よみ人しらず。私の夫を都へ送って、塩竈の籬の島の「松」ではないが、帰りを待っていると恋しさが募ることだ。）がある。

秋霧の籬の島の隔てゆゑそことも見えぬ千賀の塩竈

（新続古今集・秋・五五二・実量。秋霧が垣根の名を持つ籬の島にかかっているために、近いという名を持ちながら、そこともはっきり見えない千賀の塩竈であることだ。）

（嘉村）

槇の島 まきのしま　山城。京都府宇治市槇島町。
【関連語】＊宇治（付）
宇治川が巨椋《おぐら》の池に流れ込むあたりの中州。氷魚《ひお》などを捕る漁師が住み、景勝地であったことから貴顕の別邸や庵などが建てられた水郷の地であった。『中務内侍日記』下に「槇の島といふ所、洲崎に鷺のゐたる、大きなる水車に紅葉の色々、錦を掛け渡したらんやうなり。柴積む舟どもあり。積み果てて急ぎ岸を離れんとするもあり。」と描写されている。
宇治川の川瀬も見えぬ夕霧に槇の島人舟呼ばふなり
（金葉集・秋・二四〇・基光。宇治川の川瀬も見えない夕霧の立ちこめる中で、槇の島の人が舟を呼ぶのが聞こえてくる。）（廣木）

槇の尾〈雄〉山 まきのをやま　山城。京都府宇治市。宇治川の右岸、平等院の対岸の山で、朝日山の西に連なる山。ただし、現在は平等院側の山にこの名がつけられている。『源氏物語』における宇治の八宮の住居はこの山麓と推定されている。「橋姫」巻、薫が宇治の大君に詠みかけた歌「あさぼらけ家路も見えず訪ね来し槇の尾山は霧込めてけり」（夜が明けていくが、この槇の尾山は、帰る道も見えないくらい霧が立ちこめていることだ。）にこの山が詠み込まれている。以後、この歌の影響下で詠まれたものが多い。
立ち上る川瀬の霧や晴れぬらん槇の尾山を出づる月影（続古今集・秋・三八七・実氏。立ち上ってきていた宇治川の川瀬の霧が晴れたのだろうか。槇の尾山から月が出てきたことだ。）（廣木）

巻向 まきむ〈も〉く　大和。奈良県桜井市穴師。旧巻向村を中心とする一帯。東部に巻向山があり、この山を源とする巻向川は渓流を集め、穴師を経て初瀬川に合流する。「巻向の桧原」「巻向の穴師」「巻向の弓《ゆ》月《づき》が嶽」などとも詠まれる。『日本書紀』によれば垂仁天皇の珠城《たまき》宮、景行天皇の日代《ひしろ》宮が置かれたという。『万葉集』では、柿本人麻呂が多くこの地を詠んでいて、「鳴る神の音のみ聞きし巻向の桧原の山を今日見つるかも」（七・一〇九二。噂にだけ聞いていた巻向の桧原の山を今日初めて見たよ。）「ぬばたまの夜さり来れば巻向の川音高し嵐かも疾《と》き」（七・一一〇一。夜がやってくると巻向川の川音が大きい、山颪が激しいのだろう。）「巻向の山辺とよみて行く水の水沫《みなあわ》のごとし世《よ》人我等《ひとわれら》は」

（七・一二六九。巻向の山辺を響かせて流れて行く水の沫のようなものだ、この世の我々は。）などがあり、これらが後代の本歌とされることも少なくない。景物としては春は霞、冬は雪との取り合わせが多く詠まれている。

巻向の玉城の宮に雪降ればさらに昔の朝《あした》をぞ見る

（玉葉集・冬・一〇〇一・俊成。巻向の珠城《たまき》の宮に雪が降ると、さらに昔の世の朝を見るようだ。）

巻向の桧原　まきむ〈も〉くのひばら

杣人《そまびと》は道まどふらし巻向の桧原も見えず霧立ちわたる（続後拾遺集・秋・三一四・長方。きこりはきっと道に迷っているだろう、巻向の桧原も見えず、霧が立ちこめている。）

巻向(の穴師の)山　まきむ〈も〉く(のあなしの)やま

巻向の穴師の山の山人と人も見るがに山かづらせよ（古今集・神遊びの歌・一〇七六。巻向の穴師の山に住む山人だと、人が見るくらいに、たくさん山葛を髪飾りとしなさい。）（山本）

益田の池　ますだのいけ　大和。奈良県橿原市久米町。

【関連語】浮蓴《うきぬなは》・氷・鴛《をし》・菖蒲《あやめ》・鳰《にほ》・玉藻（竹）

現在池は残らないが、久米寺の西南に池尻の地名が残る。弘仁一三年（八二二）嵯峨天皇の勅許を得て造られた（日本紀略）。旱魃に備えての事業で、完成時には空海によって「大和州益田池碑銘並序」が撰された（『性霊集』にも所収）。「恋をのみ益田の池の浮蓴《うきぬなは》くるにぞものの乱れとはなる」（古今和歌六条・一六六八。恋心ばかり増す、益田の池の浮き蓴を手繰ると蔓が乱れるように、あなたが来ると心が乱れてしまうことです。）が早い例。以後も「益田」に「増す」を掛けて詠んだものが多く、「蓴《ぬなわ》」（ジュンサイ）や、それを採る所作「繰る」を縁語として詠まれてもいる。

思ひのみ益田の池の浮蓴絶えぬ契りぞ苦しかりける

（続千載集・恋・一三八四・俊成卿女。思いばかりが増して、益田の池の浮き蓴の蔓が途切れないように、なまじ絶えないでいるあの人との関係が苦しい。）（山本）

待兼山　まちかねやま　摂津。大阪府豊中市待兼山町。

【関連語】呼子鳥*（合）

千里丘陵の西部の山。「人」「ほととぎす」などを「待ち兼ね」ることを掛けて詠まれる。

来ぬ人を待兼山の呼子鳥同じ心にあはれとぞ聞く

（詞花集・春・四七・太皇太后宮肥後。自分のところに訪れて来ない人を待ち切れずに呼び続けて鳴いている待兼山の呼子鳥の声を、同じ気持ちでいる私もかわいそうにと思いながら聞くことだ。）　（廣木）

松が浦島　まつがうらしま　陸奥。宮城県塩竈市。

松島湾内に見える島々。「松島」の別名とする。また、「松島」とは別で、同県宮城郡七ヶ浜町松ヶ浜御殿の辺りという説もある。『後撰集』に「音に聞く松が浦島今日ぞ見るむべも心ある海人《あま》は住みけり」（雑・一〇九三・素性。かの有名な松が浦島を今日見た。ここには情趣を理解する漁師が住んでいることだ。）と詠まれたものが初出。『源氏物語』「賢木」巻にこれを踏まえて「ながめかるあまの住処と見るからにまづ潮垂るる松が浦島」（一六二。ここが物思いに沈まれる尼の住まいかと見ると、まず涙がこぼれます。長海布《ながめ》を刈り、潮を垂らしながら暮らしている海人がいる松が浦島ではないけれど。）と詠まれた歌がある。また、『枕草子』にも「島は…松が浦島」と挙げられている。これらからも単に「松島」の異名ということではなく、広くその名を知られていたことがわかる。

　波間より見えし景色ぞ変はりぬる雪降りにけり松が浦島（千載集・冬・四六〇・顕昭。波間から見えた景色はすっかり変ってしまった。松が浦島に雪が降ったのであるな。）　（嘉村）

松が崎　まつがさき　山城。京都市左京区松ヶ崎。

【関連語】巌《いはほ》・氷室《ひむろ》・鳥の飛ぶ・涼しき・寺・柴（竹）

東の高野川と西の賀茂川の間、下鴨神社の北、現在、宝ヶ池公園があるあたりの地。「松ヶ崎」は『拾遺集』「大嘗祭風俗歌」に「千歳経《ふ》る松が崎には群れゐつつ鶴《たづ》さへ遊ぶ心あるらし」（神楽歌・六〇七・元輔。千年を経たという松のある松が崎には遊び楽しむ心を持っているらしい鶴さえ群れていることだ。）とあるが、これは滋賀県近江八幡市長命寺町の「松ヶ崎」とみなせる。山城の「松ヶ崎」は「氷室」があることで知られ、「氷室」が詠み込まれている歌での「松ヶ崎」はこの地と思われる。

　夏の日も涼しかりけり松が崎これや氷室のわたりなるらん（堀河百首・五一七・顕季。夏の日であっても涼しいことだ、松ヶ崎は。それは氷室のあるあたりであるからだろうか。）　（廣木）

松　島　まつしま　陸奥。宮城県塩竈市。

【関連語】千鳥鳴く・芦鶴《あしたづ》・海人人《あまびと》・藻塩火・紅葉する（随）、鶴・芦・衣打つ・月・塩焼・千鳥・紅葉・浜庇《はまびさし》・苫屋（竹）

松島湾内に見える島々。和歌では『後拾遺集』の「松島や雄島の礒にあさりせし海人の袖こそかくは濡れしか」（恋・八二七・重之。松島の雄島の礒で漁をしている漁師の袖こそ、今私が涙で濡らしている袖のように、ひどく濡れているのであろうか。）が早い例。この歌のように「松島や雄島の」という形で詠まれることが多い。また、この歌のように、「海人」など海浜に関連する詞を共に詠み込んだり、地名に「待つ」をかけて詠まれたりする。『奥の細道』では「そもそも、ことふりにたれど、松島は扶桑第一の好風にして、凡そ洞庭・西湖を恥ぢず。東南より海を入れて、江のうち三里、浙江の潮をたたふ。」として島と松が織りなす景がたたえられている。

松島の礒に群れ居る芦鶴のおのがさまざま見えし千代かな（詞花集・賀・一六七・元輔。松島の礒に群れる鶴のそれぞれに見える長い命である。）

（嘉村）

待乳(の)山　まつち(の)やま　大和。奈良県五條市・和歌山県橋本市。

【関連語】*女郎花《をみなへし》（竹）

「真土山」とも。五條市と橋本市の境の山で、現在の真土峠。吉野川北岸で、大和街道が通る。『万葉集』にも作例が多く、「麻裳《あさも》よし紀人《きひと》ともしも真土山《まつちやま》行き来と見らむ紀人ともしも」（一・五五・淡海。紀伊の人がうらやましい、真土山をいつも行き来に見ているだろう、紀伊の人がうらやましいよ。）や金村の長歌（同・四・五四三）に歌われたように、大和と紀伊の境界として意識されている。また、「いで我《あ》が駒早く行きこそ真土山待つらむ妹を行きてはや見む」（同・一二・三一五四。さあ我が馬よ、早く行ってくれ、真土山で待っているだろうあの娘を、行って早く逢いたい。）など、「待つ」を言い掛けても詠まれた。平安期以降は多くが「待つ」の掛詞を用いて詠まれてる。なお、中世以降には武蔵国にも同名の歌枕が見える。道興『廻国雑記』には浅草近くの旅中に「待乳山といふところにて」として「いかでわれ頼めもおかぬ東《あづま》路の待乳の山に今日は来ぬらん」（どうして私はあてにもしていなかった東国の、待乳山に今日来たのだろう）と、思いがけず東国の地で待乳山を見た興を詠んでいる。この頃には都に知られていなかったものらしいが、兼載『園塵』に「隅田川原に鳥も睦まじ／明くる夜を待乳の山の仮枕」（雑・八二一／八二二）と詠まれ、江戸時代には『江戸名所図絵』にも載るなど定着した。

誰をかも待乳の山の女郎花秋と契れる人ぞあるらし（新古今集・秋・三三六・小町。誰を待っているのだろう、待乳山の女郎花は、秋に逢おうと約束していた人がいるのでしょうか。）　（山本）

松の〈が〉浦　まつの〈が〉うら　讃岐。香川県坂本市。内陸へ入り込んでいた瀬戸内海の浦。『万葉集』の「松が浦にさわゑ浦立ちま人言《ひとごと》思《おも》ほすなもろ我が思《も》ほのすも」（一四・三五五二・作者未詳。松が浦に浦波が立ち騒ぐように、うるさい人の噂を気にしているのだろう。私が気にしているように。）に見える「松が浦」は福島県相馬市の入江というが、未詳である。また、「松が浦島」は宮城県塩竈市の松島湾の島々をいう。讃岐の「松の浦」は「松山の松の浦」と詠まれることがしばしばである。「待つ」を掛けて用いられることがある。

松山の松の浦風吹き寄せば拾ひて忍べ恋忘れ貝（後拾遺集・別・四八六・定頼。松山の松の浦の浜に風が、恋い偲ぶことを忘れさせるという忘れ貝を吹き寄せたならば、それを拾って都のことを思うことを耐え忍んでくれ。）　（廣木）

松の尾　まつのを　山城。京都市西京区嵐山宮町。大堰《おおい》川《がわ》（桂川）の西岸で、松尾大社がある。東の賀茂（神社）に対し、西の松尾として京都人から尊崇を受けた。謡曲「百万」にはこのあたりの大堰川周辺の様子が、「雲に流るる大堰川、まことに憂き世の嵯峨なれや。盛り過ぎ行く山桜、嵐の風・松の尾、小倉の里の夕霞、」と描かれている。松尾大社の「還幸祭」は葵を付けることから松尾の葵祭と呼ばれ、和歌でも葵が詠み込まれることがよくある。また、「松」の意が意識されて用いられた。「松の尾山」は背後の山である。

名もしるし色をもかへぬ松の尾の神の誓ひは末の世のため（神祇・七二六・後宇多院。色を変えることのない松という名にもはっきり表れている、永遠に変わることのない松尾大社の神への誓いは幾末までの世が栄えるためのものだ。）

松の尾山　まつのをやま
ちはやぶる松の尾山の影見れば今日ぞ千歳のはじめなりける（後拾遺集・神祇・一一六八・兼澄。神威ある松尾大社の山である松の尾山の姿を見ると、変わることのない緑の松に覆われていて、今日がこれから千年続く御代の始めなのだと思われる。）　（廣木）

松　山　まつやま　讃岐。香川県坂出市。

崇徳院の御霊のある白峰寺があるあたりから、海岸に掛けての地。崇徳院が流されこの地に没した後、西行が訪ねたことが、『保元物語』下「新院御経沈めの事」に「西行法師、諸国修行しけるが、四国の辺地を巡見の時、讃岐に渡り、白峰《しろみね》の御墓に尋ね参りて、拝し奉れば、わづかに方形《はうぎやう》の構へを結び置くといへども、荒廃の後、修造の功をも致さず、曲《かが》まり破れて、蔦・葛の這ひ懸かるばかりなり。」とあり、この時の歌として「松山の波に流れて来し舟のやがて空しくなりにけるかな」（松山の波に流れ漂う舟があっという間に波に消えてしまうように、人もこのように空しく朽ち果ててしまうのだ。）を記録する。一般に讃岐の「松山」が詠まれる時は、この崇徳院を偲ぶ西行が意識されることが多い。なお、宮城県多賀城市八幡の「松山」は「末の松山」と詠まれたり、「波が越す」などの語句が共に用いられることがほとんどである。

君が代に比べて言はば松山の松の葉数は少なかりけり（千載集・賀・六三三・孝善。あなたが重ねる歳の数に比べて言えば、あなたが赴任する讃岐の松山の松の葉の数などは少ないことだ。）　（廣木）

松　浦　まつら　肥前。佐賀県唐津市。
【関連語】小《さ》夜《よ》姫《ひめ》・霞・堀江・秋風・五月雨・領布《ひれ》振る山・蝉・涼しき・玉島の里・尾花・唐土《もろこし》船《ぶね》（竹）
唐津湾に面し、「松浦川」が流れる海岸地帯。『魏志倭人伝』に「末盧《まつら》国」とあるのに該当するか。「松浦山」は「領布振る山」とも呼ばれた唐津市の鏡山。古代から海外渡航の港として開け、『万葉集』にもこの地をめぐる伝承が巻第五に多く掲載されている。その内で和歌に大きな影響を与えたのは「松浦《まつら》作《さ》用《よ》姫《ひめ》」の伝承で、それを踏まえた歌として、山上憶良の「松浦潟作用姫の児が領布振りし山の名のみや聞きつつをらむ」（五・八六八。松浦潟の作用姫が領布を振った山は、名ばかり聞くが見にはいけないのか。）などが見える。この伝説は『古今著聞集』五・一八〇では「我が国の松浦作用《まつらさよ》姫《ひめ》といふは、大伴狭手麿《おほとものさてまろ》が女なり。夫《をとこ》、帝の御使に唐へ渡るに、すでに船に乗りて行く時、その別れを惜しみて、高き山の峰に上りて、遙かに離れ行くを見るに、悲しみに耐へずして領布《ひれ》を脱ぎて招く。見る者涙を流しけり。それよりこの山を領布振りの峰といふ。」と記されている。「待つ」を掛けて用いられた。

今もまた松浦の海に見渡せばいや遠ざかる船出悲しも（宝治百首・三八七七・後嵯峨院。今もまた松浦の海を見渡すと、松浦作用姫の夫のように浦を出て次第に遠ざかる船が見える、それは悲しいことだ。）

松浦潟　まつらがた

松浦潟唐土《もろこし》かけて見渡せば境は八重の霞なりけり（風雅集・春・二一・後鳥羽院。松浦潟から中国の方を見渡すと、ちょうどその境にあたりには八重の霞が立っていることだ。）

松浦(の)川　まつら(の)がは

【関連語】鮎*（竹）

いつかさはまたは逢ふ瀬を松浦川この川上に家は住むとも（六百番歌合・九八七・定家。それではまた、いつか逢う機会を待たねばならないのか。人を待つという松浦川のこの川上にあなたの家があってそこに住んでいても。）

松浦の浦　まつらのうら

あはれさや唐土までも通ふらむ松浦の浦の旅の曙（拾玉集・二九三二。松浦の浦に旅する時の曙に感ずるしみじみとした思いは中国まで通じているのであろうか。）

松浦の沖　まつらのおき

誰としも知らぬ別れの悲しきは松浦の沖を出づる舟人（新古今集・離別・八八三・隆信。誰だと知っていなくとも、人との別れの悲しさを感ずるのは、松浦の沖を出ていく舟に乗る人を思う時である。）

松浦(の)山　まつら(の)やま

つれもなき君松浦山待ちわびて領布振るばかり恋ふと知らずや（久安百首・二七八・教長。私につれないあなたを待つ思いは、松浦山で人を待ちわびて領布を振るほどに恋い慕っているからだと知らないのだろうか。）

（廣木）

真野　まの　摂津。兵庫県神戸市長田区真野町。

【関連語】継橋《つぎはし》・小菅《こすげ》・菅笠《すががさ》・淀・舟呼ばふ（竹）

「真野の池」は真野町一帯にあった沼地。『万葉集』に「真野の池の小菅を笠に縫はずして人の遠名《とほな》を立つべきものか」（一一・二七七二・作者未詳。真野の池の小菅を笠に縫うようには契りを結んでいないのに、他人が噂を立ててよいのか。）と詠まれている。「真野の浦」はこのあたりが入江になっていたことからの地名か。また、この池や入江の湿地には板を次々に継ぎ渡した継橋が掛けられており、「真野の継橋」として知られていた。『万葉集』に「真野の浦の淀の継橋心ゆも思へや妹《いも》が夢《いめ》にし見ゆる」（四・四九〇・吹芡刀自《ふふきのとじ》。真野の浦の淀みに掛けられている継橋のように次々に、心から私のことを思ってくれるからだろうか。あなたの夢を見ることだ。）とある。なお、「真野」は滋賀県大津市の琵琶湖畔にもあり、「真野の浦」というとどちらの地を詠んだ歌か判然としないものも多い。

真野の池　まののいけ

蛙《かはづ》鳴く真野の池辺を見渡せば岸の款冬花《やまぶき》咲きにけり（堀河百首・二九五・仲実。蛙の鳴いている真野の池のあたりを見渡すと岸には山吹の花が咲いていたことだ。）

真野の浦　まののうら

乱れ芦の穂向けの風のかたよりに秋をぞ寄する真野の浦波（新拾遺集・秋・四四九・良経。入り乱れて生えている芦の穂を一方方向に靡かせている風は、真野の浦波を岸に寄せ、秋を招いたことだ。）

真野の継橋　まののつぎはし

文見てももの思ふ身とぞなりにける真野の継橋途絶えのみして（後拾遺集・雑・八八〇・相摸。手紙を見てももの思いをする自分となってしまった。真野の継橋を踏んではみたところ、それが途絶えていることに気づいたように、手紙も途絶えがちなのを知っているので。）

（廣木）

真野　まの　近江。滋賀県大津市真野。

【関連語】鶉・尾花・比良・花・衣打つ・萩・千鳥・月・雪・芦（竹）

琵琶湖西岸の真野川流域の一帯。「真野の入江」「真野の浦」「真野の浜」は、真野川の河口部辺りの地。「真野」の名を持つ歌枕は多く、どの地の歌か判然としない場合も多い。院政期以降、近江の「真野の浦」も新たに詠まれるようになり、琵琶湖や周辺の景物とともに歌われた。

唐崎や長等《ながら》の山にあらねども小笹《をざさ》浪寄る真野の秋風（夫木抄・一三二七九・師俊。ささ浪の寄する唐崎の長等の山ではないけれども、小笹に浪が寄せてくる、真野の秋風であるなあ。）

真野の入江　まののいりえ

【関連語】*百合草《ゆり》（竹）

鶉《うずら》鳴く真野の入江の浜風に尾花浪よる秋の夕暮れ（金葉集・秋・二三九・俊頼。鶉が鳴いている真野の入江の浜風によって、尾花が浪のように靡く秋の夕暮れであるなあ。）

真野の浦　まののうら

【関連語】*比良（竹）

雲払ふ比良山風に月冴えて氷重ぬる真野の浦浪（続古今集・冬・六一八・経信。雲を払い去った比良の山風によって、月が冴え冴えと輝き、湖上では氷をさらに厚く重ねる、冷え冷えとした真野の浦風が吹き渡っている。）

真野の浜　まののはま

近江路や真野の浜辺に駒止めて比良の高嶺に花を見るかな（新続古今集・春・一三〇・頼政。近江路の真野の浜辺に馬を止めて、比良の高嶺の桜花を見ることである。）

（田代）

真野の萩原　まののはぎはら　大和。奈良県。

所在地未詳。『万葉集』に「いざ子ども大和へ早く白菅の真野の榛原《はりはら》手折りて行かむ」（三・二八〇・黒人。さあ皆の者よ、大和へ早く、この真野の榛原の枝を手折って帰ろう。）など「真野の榛原」と詠まれていたのだが、後代にはこれを「真野の萩原」と訓み、それが歌枕となったものらしい。『顕注密勘』に「万葉に、〈真野の萩原〉とよめる歌は、榛原と書きたる…」と見える。『万葉集』に見える真野は、兵庫県神戸市長田区東池尻町、西池尻等、真野町の一帯のことで、摂津国ということになる。ただし、『五代集歌枕』『歌枕名寄』は前出の黒人の歌を挙げて、大和に分類する。『八雲御抄』も大和。当時は大和国の歌枕と意識されていた。平安期以降の作例は、「白菅の」を冠して詠まれる例が多い。

白菅の真野の萩原露ながら折りつる袖ぞ人なとがめそ（金葉集・秋・二二九・長実。白菅の生える真野の萩

原で、露が置いたままの萩を折った袖だよ、人よ、泣いているのかと見とがめないでないでおくれ。）（山本）

真間の継橋 ままのつぎはし　下総。千葉県市川市。

【関連語】井*（寄）

真間川に架けられていた継橋。『万葉集』に「足の音せず行かむ駒もが葛飾の真間の継橋やまず通はむ」（一四・三三八七・作者未詳。足音もせず行く馬はないものか、いたとしたら葛飾の真間の継橋を絶えず通おうと思うのに。）とある。この歌のように「葛飾の」を冠して詠まれ、「真間」には「儘」が掛けられた。また、「橋」の縁で「通ふ」「渡る」「絶ゆ」「朽つ」などの言葉と共に歌われる。真間川は「真間の入江」「真間の浦」などとも詠まれた。また、真間にいた美しい娘「手児名《てこな》」が多くの男性に求婚されて苦悩の末に入水した話はよく知られている。

かき絶えし真間の継橋ふみみれば隔てたる霞も晴れて向かへるがごと（千載集・雑〈旋頭歌〉・一一六五・俊頼。手紙もかき絶えたままだったけれど、真間の継橋を「踏」と言うように「文」を見れば、隔てていた霞も晴れてあなたと向き合っているように思われることだ。）（松本）

御垣が〈の〉原 みがきが〈の〉はら　大和。奈良県吉野郡。

【関連語】摘む芹・故郷《ふるさと》・柞《ははそ》の紅葉・鶯・梅の花・雪消ゆる・桜花・百敷《ももしき》（竹）

本来は普通名詞で、宮中や貴人の邸宅の築垣あたりの野原をいうのだが、多くは「故郷の」や「み吉野の」を冠して、吉野離宮の垣根の原を指して詠まれる。『古今六帖』に「雲の上に雁ぞ鳴くなる畝傍《うねび》山御垣の原に紅葉すらしも」（八四九・但馬皇女。雲の上で雁が鳴いている畝傍山よ、御垣の原では紅葉しているだろう。）が早期の例と見られるが、著名なのは『天徳四年内裏歌合』の「故郷は春めきにけりみ吉野の御垣の原をかすみこめたり」（二・兼盛／金葉集三奏本／詞花集。古都は春めいたなあ、吉野の御垣が原を霞が立ちこめているよ。）で、後にもこの歌が大きく影響を与えた。遠地として、またやや荒れた物寂しい印象で詠まれることが多い。

いかにせむ御垣が原に摘む芹のねにのみ泣けど知る人もなき（千載集・恋・六六八・よみ人知らず。どうしようか、御垣が原に摘む芹の根のように、声に出して泣いても、私の思いを知る人はいないよ。）（山本）

三笠(の)山 みかさ(の)やま 大和。奈良県奈良市東部。
【関連語】春日山・月・紅葉・時雨・桜花・鹿・藤波・若菜・松原・桧原・榊・雪・白木綿《しらゆふ》・雁がね・二葉の松 (竹)

標高二八三メートル。春日山の西峰にあたる。「御蓋山」とも。その名は、笠を伏せたような円錐状の形に由来する。ふもとには春日社がある。記録上の初見は『続日本紀』に「遣唐使、神祇を蓋山《ミカサヤマ》の南に祠る。」(養老元年二月二日)で、遣唐使はこの山で渡航の無事を祈ったものらしい。渡唐して彼の地で没した安倍仲麿の作として有名な「天の原ふりさけ見れば春日なる三笠の山に出でし月かも」(古今集・羈旅・四〇六。大空をはるかに仰いで見ると、そこにあるのは、かつて春日の三笠の山に出ていた月なのだなあ。)はこの山の空に出ていた月を懐かしむものであった。『万葉集』では、「高座《たかくら》の三笠の山に鳴く鳥の止めば継がるる恋もするかも」(三・三七三三・作者未詳。三笠山に鳴く鳥のように、鳴き止んだかと思うとまた繰り返してしまう恋をしたなあ。)や「大君《おほきみ》の三笠の山の帯にせる細谷川の音のさやけさ」(七・一一〇二・作者未詳。三笠山が帯に巻いている細い谷川の、川音の清らかさよ。)など「高座の」「大君の」の枕詞を冠して詠まれるものが多い。また、「時雨の雨間《ま》なくし降れば三笠山木末《こぬれ》あまねく色付きにけり」(八・一五五三・稲公。時雨の雨が、絶え間なく降るので、三笠山の梢は残らず色づいたなあ。)のように「笠」を意識して「雨」を縁語に詠む趣向も早くからあった。平安期以降には、「笠」の縁語「さす」を響かせて月や日の光がさす様を詠んだ作も多い。また、天皇の御笠として側近くで警護する近衛府の異名ともなり、和歌にも詠まれている。山裾は「三笠の原」「三笠の森」なども詠まれた。

桜花《さくらばな》三笠の山の陰しあれば雪と降れども濡れじとぞ思ふ (拾遺集・雑春・一〇五六・よみ人知らず。桜の花よ、三笠の山の笠の陰があるから、雪のように降っても濡れないと思うよ。)

三笠の原 みかさのはら
霞立つ三笠の原のあさぼらけいづれか妹が宿りなるらん (江帥集・七。霞が立ちこめる三笠の原の明け方、どこがあの人の住む辺だろうか。)

三笠の森 みかさのもり
【関連語】藤* (合)
榊葉に白木綿かけて積もりけり三笠の森の今朝の

初雪（続千載集・神祇・八八三・実聡。榊の葉に白木綿をかけたかのように積もったよ、三笠の森の今朝の初雪が。）　（山本）

瓶　原　みかのはら　山城。京都府木津川市加茂町。

【関連語】桃*（合）

木津川（泉川）の北の原で、八世紀半ば頃、ここに聖武天皇により恭仁《くに》京が造られた。『万葉集』に「瓶原布当《ふたぎ》の野辺を清みこそ大宮所定めけらしも」（六・一〇五一・作者未詳。瓶原の布当の野辺が清らかなので、聖武天皇はここを大宮所とさだめたのであろう。）とある。木津川（泉川）を挟んで鹿背山《かせやま》が聳え、この情景は『古今集』の「都出でて今日瓶原泉川川風寒し衣鹿背山（羇旅・四〇八・よみ人しらず。都を出て三日経って今日、泉川北岸の瓶原まで来た。いつ見るかと思っていた泉川の川風は寒い。向こうに聳える鹿背山よ、その名の通り、衣を貸してくれ。）で知られる。「甕《みか》」「三日」などを掛けて用いられることが多い。

瓶原湧きて流るる泉川いつ見きとてか恋ひしかるらむ（新古今集・恋・九九六・兼輔。甕から流れ出るように瓶原から湧き出て流れる泉川の名にある「いつ」ではないが、いつ、あの人を見たといってこんなに恋しいのだろう。）　（廣木）

三上(の)山　みかみ(の)やま　近江。滋賀県野洲《やす》市三上。

山容の美しい山で、近江富士として知られる。標高は四三二メートル。「御上山」「三神山」「御神山」などの表記もあり、「三上の嶽」とも。『源平盛衰記』には、養老年中（七一七～七二四年）三上嶽の麓に三神明神が天降《あまくだ》った記事があり、さらに、地名が「御神」を想起させることから、例歌に挙げたように「千早振る」を冠したり、大嘗会和歌では「千代」や「常盤」「榊」などとともに詠まれたりする。また、新古今の歌人たちによって、神のイメージとは切り離された叙景歌も詠まれるようになった。なお、御伽草子などで知られる田原《たわらの》(俵)藤太《とうた》秀郷が、琵琶湖に住む龍王一族を悩ます三上山の百足退治を依頼され、強弓をもって仕留めるという百足《むかで》退治伝説も当地のもので、「百足山」とも呼ばれる。

千早振《ちはやぶ》る三上の山の榊葉《さかきば》は栄えぞ勝《まさ》る末の世までに（拾遺集・神楽歌・六〇一・能宣。神という名をもつ三上山の榊葉は、ますます栄え勝っていくことだ、末の

世にまでも。）　（田代）

御熊野　みくまの　紀伊。和歌山県・三重県。

【関連語】駒なづむ・浜木綿《はまゆふ》・時鳥《ほととぎす》・下す筏・梛《なぎ》の葉（随）

「三熊野」「真《ま》熊野」とも。「御（三・真）」は接頭語であり、「熊野」と同じ。「三」を当てることがあるのは、この地に熊野三山と称される本宮・新宮・那智大社があるためか。和歌では「御」を用いることが多い。和歌山県・三重県。紀伊半島の南部、和歌山県と三重県の境の一帯の山岳地から熊野灘にかけての地。『万葉集』には「真熊野」として「島隠り我が漕ぎ来ればともしかも大和へ上る真熊野の船」（六・九四四・赤人。島陰に私が船を漕いで来ると、うらやましいことよ、大和へ真熊野の船がすれ違い上ってゆく。）と詠まれた。平安期以後、山岳信仰の霊地として知られるようになり、貴顕が競って参詣したこともあって、多くの文学作品に描かれた。「御〈三〉熊野の浦〈浜〉」は、紀伊半島東南部の熊野灘に面した海岸。「御熊野の浦の浜木綿百重《ももへ》なす心は思へど直《ただ》に逢はぬかも」（万葉集・四・四九六・人麻呂。御熊野の浦の浜木綿のように、幾重にも心ではあなたを思っているが、直接は逢えないものだな。）の歌以降、「浜木綿」と結んで詠まれ、浜木綿の葉が重なっていることから「幾重」「重ぬ」などの言葉が用いられた。「御〈三〉」に「見」、「浦」に「恨み」を掛けたものも多い。

御熊野の浦　みくまののうら

【関連語】浜木綿*（合）

さしながら人の心を御熊野の浦の浜木綿幾重なるらん（拾遺集・恋・八九〇・兼盛。あなたはそうは言うものの、はっきりとあなたの心の内を見てしまった、御熊野の浦の浜木綿が幾重にも重なっているように、あなたと私を隔てるものはいったい幾重になっているのだろうか。）

幾かへりつらしと人を御熊野のうらめしながら恋しかるらむ（詞花集・恋・二六九・和泉式部。繰り返し恨めしいとあの人を見て来たのに、御熊野の「浦」ではないが恨みに思いながらなぜ恋しいのだろうか。）

御熊野の浜　みくまののはま

海《わた》の原波と一つに御熊野の浜の南は山の端もなし（新勅撰集・雑・一三三一・公経。大海原が波と一つに見えるような御熊野の浜の南は、山の端も見えないことだ。）

御熊野(の)山 みくまの(の)やま
岩に住む苔踏みならす御熊野の山の峡《かひ》ある行く末もがな（新古今集・神祇・一九〇七・後鳥羽院。岩に生えている苔を踏みならしながら登る御熊野の山峡のように、甲斐のある行く末であってほしいものだ。）（松本）

御倉山 みくらやま　山城。京都府宇治市木幡赤塚。『能因歌枕』では山城とするが、『八雲御抄』では「摂津」とするなど、不明確な点がある。『栄花物語』一五に、この地に藤原氏が墓所としての三昧堂（浄妙寺）を創建したという伝承が見える。
御倉山槇の屋建てて住む民は年を積むとも朽ちじとぞ思ふ（千載集・雑・一一七四・俊頼。御倉山に杉や桧で建てた家に住む民は、その木が腐らないように、どれほど年が経っても死ぬことがないと思うことだ。）（廣木）

御坂 みさか　信濃。長野県下伊那郡阿智村・岐阜県中津川市。
【関連語】木曽*（竹）
「神坂」「神の御坂」とも。阿智村と中津川市の接する辺り。恵那山《えなさん》の神坂峠をいう。信濃国の入り口で、険しい路として知られた難所。帚木のあるとされる「園原」の近く。『万葉集』に「ちはやふる神の御坂に幣奉《ぬさまつ》り斎《いは》ふ命は母父のため」（二〇・四四〇二・忍男。神坂峠に幣を捧げて、この身が無事なように祈るのも母や父のためである。）と詠まれた。「御坂路」などとも詠まれる。
白雲の上より見ゆるあしびきの山の高嶺や御坂なるらん（後拾遺集・羇旅・五一四・能因。白雲の上の方から見えているあの山の高嶺が御坂なのであろう。）（松本）

三島 みしま　摂津。大阪府高槻市・三島郡島本町。淀川の流域で、和歌では「三島江」と詠まれることがほとんどである。「三島江」とは川幅の広いあたりを呼んだらしく、「玉江」とも称されている。芥川もこのあたりで淀川に注ぐ。河川交通の要衝で、大阪、瀬戸内海へ出る都人の多くが通過した地であった。「三島江」は『万葉集』に「三島江の玉江の薦《こも》を標《しめ》しより己《おの》がとぞ思ふいまだ刈らねど」（七・一三四八・作者未詳。三島江の玉江の薦に標《しめ》を付けたときから私のものだと思う。

まだ刈り取ってはいないが。）と詠まれている。「見」を掛けて用いられた。
ほのかにも我を三島の芥火の飽くとや人の訪れもせぬ（拾遺集・恋・九七六・よみ人しらず。ほんのかすかに私と会っただけで、三島で燃える漁師が焚く芥火ではないが、私のことを飽きてしまったのか、あの人が訪ねてくることもなくなってしまった。）

三島江 みしまえ

【関連語】芥火《あくたび》・玉江の芦・真薦《まこも》・雨・友鶴・氷・海人《あま》・漁火《いさりび》・芦の若葉・淡雪・戯《たは》れ女《め》・白菅《しらすげ》（竹）

三島江に角《つの》ぐみわたる芦の根の一夜のほどに春めきにけり（後拾遺集・春・四二・好忠。三島江に一面に芽吹いてきた芦の根の一節《ひとよ》ではないが、一夜のうちに春めいたことだ。）（廣木）

御手洗川 みたらしがは　山城。京都市北区。

【関連語】御祓《みそぎ》・志賀・亀・蛍・月・山藍《やまあゐ》の袖（竹）

『袖中抄』に「いづれの社も川あらば詠むべし。」とあり、一般的な名称であるが、多くは上賀茂神社境内を流れる明神川をいう。「楢の小川」はこの川の一部である。六月末の夏越《なごし》の祓《はらへ》が行われた。
恋せじと御手洗川にせし御祓神は請けずぞなりにけらしも（古今集・恋・五〇一・よみ人しらず。恋い慕うことはするまいと御手洗川で御祓をしたが、神はその祈願を請け取ってくれなかったことだ。）（廣木）

御津 みつ　摂津。大阪市中央区御堂筋三津寺町。

「三津」とも。もともと住吉のあたりまでの海浜部の名であったらしい。「三津寺」があった。もともと「津」は港の意であり、「御津〈三津〉」と称されるところとしては、「志賀の御津」「大伴の御津」「難波の御津」などが知られている。摂津の「御津」は「難波の御津」と同地らしい。『万葉集』に「三津の崎波をかしこみ隠《こも》り江の（下句不明）」（三・二四九・人麻呂。三津の崎の波が恐ろしいので隠り江の）とある。「大伴の御津」はもともと大伴氏の本拠地であった大阪湾の東岸のあたりをいい、「摂津の御津」と同地であると思われ、また、「難波の御津」との区別もつきにくい。「御津の泊まり」は『万葉集』一五・三七二一に、「御津の浜」は『万葉集』一・六三に見える。また、「御津の浦」は『伊勢物語』六六に「昔、男、津の国に治《し》る所ありけるに、兄弟《あにおとと》、友だち引き率て、難波の方に行きけり。渚を見れば船どものあると見て、／難波津を今朝こそ御津の浦ごとにこれやこの世を憂み渡る船（難波津を今朝見たが、御津の浦々に海を渡る船がある。これはこの世をつらい思いで渡ることを思わせるものだ。）／これをあはれがりて、人々帰りけり。」とある。「見」を掛けて用いられる。

難波潟恨むべき間も思ほえずいづこを御津の尼とかはなる（古今集・雑・九七四・よみ人しらず。難波潟の浦ではないが、私たちはあなたが恨むような間柄とも思えない。どのような点を見て、あなたは御津の海女《あま》のように、三津寺の尼になってしまったのか。）

御津の浦　みつのうら

難波津に心ありてや住みそめし春の景色を御津の浦人（壬二集・一八四六。難波津に心が引かれてそこに住みはじめたのだろうか。春の景色を見ている御津の浦人よ。）

御津の泊まり　みつのとまり

竜田山夕越え来れば大淀の御津の泊まりに舟や待つらん（壬二集・一五一九。竜田山を夕方越えて来ると大淀の御津の泊まりに舟が待っているだろうか。）

御津の浜　みつのはま

難波江に我が待つ舟は漕ぎ来らし御津の浜辺に千鳥鳴くなり（続後撰集・冬・四九七・よみ人しらず。難波江に私が待っていた舟が漕がれて来たようだ。御津の浜辺に千鳥が鳴いていることだ。）

（廣木）

美豆　みづ　山城。京都市伏見区淀美豆町。巨椋《おぐら》の池の南西の地。桂川・宇治川が合流する低地で、雨が降るとすぐに水没したことからの地名らしい。和歌では「美豆野」と詠まれることが多く、その野に禁裏の御牧があった。また、「美豆の森」は桂川と宇治川の合流点にあった玉田神社の森。「美豆野」から難波にかけての様子は謡曲「芦刈」に「淀舟や、美豆野の原の曙に、美豆野の原の曙に、影も残りて有明の、山本霞む水無瀬川、渚の森をよそに見て、なほ行く末も渡辺や、大江の岸も移り行く、波も入り江の里続く、難波の浦に着きにけり。」と謡われている。「水」の意を込めて、また「見」を掛けて詠まれた。

時しもあれ美豆の水菰《みこも》を刈り上げて干さで腐《くた》しつ五月雨の空（千載集・夏・一八四・清輔。ちょうどこの時に、水に漬かった美豆の水菰を刈り上げただけで干さないでいたら、腐ってしまったことだ。五月雨の降る空の下で。）

美豆野　みづの

【関連語】夕顔・真薦《まこも》・ほととぎす・淀川・舟呼ばふ・蛍・五月雨・駒・篠の小薄（竹）

夏深き美豆野の真菰仮寝して衣手薄き夜半の月影（続拾遺集・夏・一九二・有長。夏も深まってきた頃には美豆野の真菰を刈るというが、その「刈る」ではないが、薄い衣を着て仮寝する夜半には月がうっすらと上っていることだ。）

美豆の上野　みづのうへの

朝な朝な美豆の上野に刈る草の昨日の跡はかつ茂りつつ（続千載集・夏・三〇三・順徳院。朝ごとに美豆の上野で草を刈るが、昨日刈った跡にはまた草が繁ってくることだ。）

美豆野の里　みづののさと

山城の美豆野の里に妹を置きて幾たび淀に舟呼ばふらん（千載集・恋・八八七・頼政。山城の美豆野の里に恋する人を住まわせて、幾度、淀の川で舟を呼ぶのだろうか。）

美豆の御牧　みづのみまき

五月雨は美豆の御牧の真菰草刈り干す暇もあらじとぞ思ふ（後拾遺集・夏・二〇六・相模。五月雨の振る時は、美豆の御牧の真菰草を刈り取って干す時間もないと思うことだ。）

美豆の森　みづのもり

逢ふことを淀にありてふ美豆の森つらしと君を見つる頃かな（後撰集・恋・九九四・よみ人しらず。美豆の森は水が流れ合って淀むという所にあるというが、そのように「見つ」と言って逢っても、それ以上は滞って関係が進まない。そのような状況で、あなたを見ることはつらいことだ。）（廣木）

水茎の岡　みづくきのをか

近江。滋賀県近江八幡市元水茎《もとすいけい》町。

【関連語】妹・屋形・霜・真葛《さねかづら》・浅茅・きりぎりす・夜寒・雁がね・萱生《かやふ》・小田・村雨・早苗・篠・鷹狩人《たかがりびと》・松虫（竹）

近江八幡市にある琵琶湖の湾を囲むように突き出た半島という。ただし、『五代集歌枕』『歌枕名寄』などは所在不明とする。『万葉集』に「天霧らひ日方吹くらし水茎の岡の港に波立ち渡る」（七・一二三一・作者未詳。空に霧がかかり日方と呼ばれる風が吹いているらしい。水茎の岡の下にある港には波が一面に立っていることだ。）と詠まれているが、この「水茎の」は「岡」に掛かる枕詞であったらしい。「筆跡」の意を込めて用いられることもあった。

水茎の岡の屋形に妹と我《あれ》と寝ての朝けの霜の降りはも（古今集・大歌所御歌・一〇七二。水茎の岡の仮小屋に妻と私が寝ての翌日の明け方には、霜が降りていたことだ。）（廣木）

水之江 みづのえ　丹後。京都府北部。

【関連語】手馴れの駒・芦鴨・月・真菰（竹）

所在未詳。浦島伝説によってその名が知られる。浦島子は、『丹後国風土記』逸文によれば「筒川」というところに居たとされる。これを踏まえると、丹後半島の海浜部か。周辺に水之江という地名は見えないが、もとは一般名詞であったものか。同書に見える、後世の人々が詠んだとされる「水江《みづのえ》の浦の島子が玉《たまくしげ》匣開けずありせばまたも会はましを」（一五。水江の浦の嶋子の玉匣を開けないでいたならばまた会えたというのに。）などの歌によって知られる。『万葉集』の「春の日の霞める時に…」で始まる、「水江の浦島子を詠む一首」と題する虫麻呂の長歌（九・一七四〇）が和歌では早い例である。ただしこの歌では浦島子は「墨江《すみのえ》」に家があったとする。「開けてだに何にかは見む水之江の浦島の子を思ひやりつつ」（後撰集・雑・一一〇四・中務。今さら開けたとしても何を見るでしょう。水之江の浦島の子を思いだしてみると。）のように、浦島伝説自体の他に、箱などに寄せて詠まれる。中世以降の用例では、「古い」ということを表すためにも用いられる。

見ずはまた悔しからまし水之江の浦島霞む春のあけぼの（続古今集・春・四七・後嵯峨院。玉手箱を開けてみるように見なかったならば、それはまた悔しいことだろうに。水之江の浦島が霞んで見える春の曙のこの風景を。）（嘉村）

美豆の小島 みつのこじま　陸奥。宮城県大崎市。

江合《えあい》川の中にある小島。『古今集』の「小黒崎美豆の小島の人ならば都のつとにいざと言はましを」（東歌・一〇九〇・よみ人しらず小黒崎の美豆の小島が人であったならば、都への土産に「さあ共に」と言うだろうに。）という歌で知られる。『曾良旅日記』では「水の小島」と表記されており、もともとは、山城国の「美豆」と同様に、川水に囲まれた島ということであろう。

人ならぬ岩木もさらに悲しきは美豆の小島の秋の夕暮れ（続古今集・雑・一五七八・順徳院。人ではない岩や木ですらも悲しく感じられるのは、美豆の小島の秋の夕暮れであることよ。）（嘉村）

三津の浜 みつのはま　近江。滋賀県大津市下阪本。

日吉大社付近の琵琶湖西岸の戸津・志津・今津一帯の湖浜部を指す。成務天皇の津（港）があったことに因む名で、「御津」とも表記される。平安時代後期以降に詠まれるようになった歌枕で、地名に「満《み》つ」を掛け、日吉大社の神の霊験を詠むものが多数見られる。また、周辺の歌枕（比良の山・真野の浦・志賀の浦）などと合わせて詠まれることが多い。なお、同名異所の歌枕として、摂津の御〈三〉津の浜（現在の大阪市から堺市にかけての海浜地帯）がある。

諸人《もろびと》の願ひを三津の浜風に心涼しき四手《しで》の音かな（新古今集・神祇・一九〇四・慈円。すべての人の願いを満たして下さる日吉の神の近くにある三津の浜風に吹かれていると、心を清々しくさせる四手の音が聞こえてくる。）（田代）

水無瀬 みなせ　摂津。大阪府三島郡島本町。

【関連語】古杭・埋木《むもれき》・夕影草・鹿・五月雨・滝・尾上の鐘・御幸《みゆき》・桜・菊・千鳥・青柳・山吹・木の葉（竹）

水無瀬川流域。京都から大阪方面への交通の要衝であった。また、『伊勢物語』八二に「惟喬《これたか》の親王《みこ》と申す御子おはしましけり。山崎のあなたに、水無瀬といふ所に、宮ありけり。」とあるように、貴顕の別邸のある風光明媚な地であり、狩猟地でもあった。後鳥羽院の離宮が建てられ、ここで和歌会などが多く催された。

「水無瀬川」は淀川に注ぐ川で、『万葉集』に「恋にもそ人は死にする水無瀬川下ゆ我《あれ》痩す月に日に異《け》に」（四・五九八・笠女郎《かさのいらつめ》。恋ででも人は死ぬものです。伏流して水が表面には見えないという水無瀬川のように、人知れずに私は痩せていきます。月日を追って次第に。）とあるように、水の見えない川、という意が比喩として用いられて詠まれることが多かった。「水無瀬山」は後鳥羽院離宮のあった小高い所をいうか。

年を経て見しも昔になりにけり里は水無瀬の秋の夜の月（続拾遺集・雑秋・五九八・隆親。年が経って、見たのも昔のことになってしまった。水無瀬の里の秋の夜の月を。）

水無瀬川 みなせがは

見渡せば山本霞む水無瀬川夕べは秋と何思ひけむ（新古今集・春・三六・後鳥羽院。遠くを見渡すと向こうの山裾は霞んで、その中を水無瀬川が流れて来る。夕方時のすばらしいのは秋だとどうして思っていたのだろう。春の夕べもすばらしいものだ。）

水無瀬山 みなせやま

水無瀬山木の葉あらはになるままに尾上の鐘の声ぞ近づく（最勝四天王院和歌・一三一・後鳥羽院・水無瀬山が木の葉が散ってよく見えるようになるにつれて、峰の上の寺の鐘の音が近くで鳴っているように聞こえてくることだ。）（廣木）

湊　川 みなとがは 摂津。神戸市兵庫区。

【関連語】生田*（竹）

六甲山地から流れ出て、神戸市の中央を縦断する川。改修された新湊川は長田区で神戸港に注ぐ。古来から軍事上の重要地点で、『太平記』一六「楠正成兄弟兵庫下向の事」に「楠判官正成は、わざと他の勢を雑《まじ》へず七百余騎、湊川の宿《しゆく》の西に陣を張つて、徒路《かちぢ》の敵に相向ふ。」と記録された楠木正成の戦いは著名である。「湊」の意を込めて用いられた。

湊川浮寝の床に聞こゆなり生田の奥のさ牡鹿の声（千載集・秋・三一二・範兼。湊川に停泊する舟の上で浮寝する床にまで聞こえてくることだ。生田の奥の牡鹿の声が。）（廣木）

男女川 みなのがは 常陸。茨城県つくば市。

【関連語】筑波嶺*・淵*（竹）

筑波山の南西に流れ、桜川と合流する。雄峰と雌峰の間から発するので「男女川」と称されたという。「男女」の意を込めて用いられた。

筑波嶺の峰より落つる男女川恋ぞ積りて淵となりける（後撰集・恋・七七六・陽成院。筑波山の峰から流れ落ちる男女川が深い淵を作るように、私の恋心は積もり積もって深い思いとなったことだ。）（廣木）

見馴川　みなれがは　大和。奈良県五條市。

五條市西北の金剛山脈中を発し、上之町・中之町・釜窪町を経て吉野川に合流する水沢川《みなれ》をいう。『大和志』「水沢川」に「旧名見馴川」とある。『古今六帖』に「世の中はなぞ大和なる見馴川みなれそめずぞあるべかりける」（三・一五六九・作者未詳。二人の中はどうして、大和にある見馴川ではなくて、見慣れ始めて親しくなるべきではなかったのだろう。）と詠まれたのが初例と見られる。『能因歌枕』は大和と薩摩の歌枕とするが、『歌枕名寄』『夫木抄』は大和とする。後代の作例もさほど多くはないが、大半が「見慣れ」や「水慣れ」と関わらせて詠まれている。

いそげども渡りやられず見馴川みなれし人の影やとまると（堀河百首・一三九二・河内。急いでいても渡りきることができない見馴川よ、慣れ親しんだあの人の面影が水面にとどまっているかと思うと。）　（山本）

敏馬の浦　みぬめのうら　摂津。兵庫県神戸市中央区・灘区。

生田川と都賀川が注ぐ湾。「敏馬《みぬめ》」は「敏馬《としま》」と同地。元来、「みぬめ」であった漢字を読み誤ったことから和歌では同地を「としま」とすることが多くなった。『万葉集』に「まそ鏡敏馬の浦は百船《ももふね》の過ぎて行くべき浜ならなくに」（六・一〇六六・福麻呂《さきまろ》。まそ鏡を見る、その「見」を名に持つ敏馬の浦は多くの船が素通りできないほど美しい所だ。）とある。「見」を掛けて用いられた。

稀にだに敏馬の浦の海人小舟《あまをぶね》いかなる風に寄方《よるべ》定めん（続後撰集・恋・六九九・有果。稀にでも見ることのできない敏馬の浦の漁師の舟はどのような風の影響で、立ち寄る場所を定めているのだろう。あなたも同じようにどこに行っているのか分からない。）　（廣木）

美濃山　みのやま　美濃。岐阜県不破郡垂井町。
南宮山をいう。美濃国第一の高山・恵那山（岐阜県中津川市）を指すとの説もある。「美濃の小山」「美濃の中山」「不破山」も同一の山をさすか。「美濃の小山」は「雄山」「御山」などの表記もある。『枕草子』「山は」に、「美濃の小山」が挙げられている。催馬楽「美濃山」に「美濃山に　繁《しげ》に生ひたる玉柏　豊明《とよのあかり》に会ふが楽しさや　会ふが楽しさや」と謡われた影響から、玉柏・玉椿が当地の景物とされる。また、「美濃の中山」では「関」が、「美濃の小山」では山上の「一つ松」が詠まれている。

美濃の中山　みののなかやま

色変はる美濃の中山秋越えてまた遠ざかる逢坂の関（続古今集・恋・一二七一・定家。紅葉によって色の変わる美濃の中山を秋に越えて、さらに遠ざかっていく逢坂の関のように、あなたも心変わりして私に飽き、会うことが遠のいてしまうことだ。）

美濃の小山　みののをやま

【関連語】松*（作）

思ひ出づや美濃の小山の一つ松契りしことはいつも忘れず（新古今集・恋・一四〇八・伊勢。あなたは思い出すだろうか。美濃の小山の一つ松のようにあなたを待つと約束したことを、私はいつまでも忘れない。）

（田代）

三船の山　みふねのやま　大和。奈良県吉野郡吉野町菜摘。

舟形の山で、標高四八七メートル。吉野川を挟んで、宮滝の東南にある西側は喜佐谷《きさだに》を挟んで象山《きさやま》と対する。『万葉集』に「滝の上の三船の山は恐《かしこ》けど思ひ忘るる時も日もなし」（六・九一四・千年。滝のほとりの、三船の山は恐れ多いけれど、片時も妻のことを忘れる日はない。）などがあり、多くは「滝の上に」を冠して詠まれている。平安期以降には「船」との縁語を用いて詠む例が多く、「漕がる」（焦がる）によって「紅葉」と、「帆に上ぐ」（秀に上ぐ）によって「鹿」や「郭公」、「波」「白波」によって「花」などの景物と取り合わせた作も見られる。

滝の上の三船の山のもみぢ葉は焦るるばかりなりにけるかな（堀河百首・八六一・隆源／玉葉集・秋・八〇六。滝のほとりの三船の山の紅葉は、色が変わって思い焦がれるほどになったことだなあ。）

（山本）

三保の浦　みほのうら　駿河。静岡県静岡市清水区三保。

【関連語】富士*・白躑躅《しろつつじ》*・清見*（竹）

三保半島の折戸湾側の海浜部。『万葉集』に「廬原《いほはら》の清見の崎の三保の浦のゆたけき見つつ物思ひもなし」（三・二九六・益人。廬原にある清見の崎と三保の浦の広々とした海を見ていると、思い悩むこともない。）と詠まれた。背景に見える「富士」や近隣の歌枕「清見」、「月」など共に詠まれる。「三保の松原」は、三保半島の東部海岸に沿った松原をいう。「羽衣伝説」で知られ、後、世阿弥の謡曲「羽衣」の舞台となった。

清見潟富士の煙や消えぬらん月影みがく三保の浦波

（後鳥羽院御集・一六四六。清見潟に見える富士の煙は消えてしまったのだろうか、月光を輝かせている三保の浦波であるよ。）

三保の松原　みほのまつばら

清見潟磯山本は暮れそめて入日残れる三保の松原

（風雅集・雑・一七一二・冬隆。清見潟の磯の山本は暮れはじめたが、入日の光は残り三保の松原を染めていることだ。）

（松本）

耳敏川　みみとがは　山城。京都市上京区。

平安京の朱雀門の前を流れていた川。大内裏の周囲を回る溝。聞く耳が敏《さと》い、という意を掛けて用いられた。

百敷の大宮近き耳敏川流れて君を聞きわたるかな

（古今六帖・一五六一。百敷の皇居の近くを耳敏川が流れているが、その川の名のように天皇の仰せを敏感に聞くことである。）

（廣木）

耳成山　みみなしやま　大和。奈良県橿原市。

「耳梨山」とも。大和三山の一つ。標高一四〇メートル。『万葉集』では「…耳梨《みみなし》の　青菅《あをすが》山は　背面《そとも》の　大き御門《みかど》に　宜《よろ》しなへ　神さび立てり…」（一・五二・作者未詳。…耳成の青菅山は北面の、大御門によい姿で神々しく立っていて…）と藤原京の北に立つ様が歌われている。また、美しい畝傍山をこの山と香具山が争ったという伝説を歌った天智天皇の「香具山は　畝傍雄雄《をを》しと　耳梨と　相《あひ》争ひき　神代より　かくにあるらし…」（一・一三。香具山は、畝傍山を雄々しく愛して、耳梨山と互いに争った、神代の昔からこうであったらしい…。）がある。平安期以降には「耳無し」の意を掛けた趣向が好まれ、「答えず」「知らぬ顔」「聞く人なし」「梔子《くちなし》」（口無し）などとともに詠まれることが多くなった。なお、麓には耳成の池があり、『万葉集』には、三人の若者に求婚された女がこの池に身を投げ、男たちが歎いて「耳無しの池し恨めし我妹子《わぎもこ》が来つつ潜《かづ》かば水は涸れなむ」（一六・三七八八・作者未詳。耳成の池が恨めしい、あの娘が来て沈んだならば、水が涸れればよかったのに。）と詠んだ歌がある。

宇多の野は耳成山か呼子鳥《よぶこどり》呼ぶ声にだに答へざるら

ん（後撰集・恋・一〇三四・よみ人知らず。あなたは宇多院にお仕えしているので、宇多の野だと思っていましたが、耳が無いという名の耳成山だったのでしょうか、呼子鳥のように私が呼んだ声にさえ、どうして答えてくれないのでしょうか。）（山本）

三室　みむろ　大和。奈良県生駒郡三郷町三室。
【関連語】竜田・神奈備・紅葉・時雨・花・鹿・白木綿《しらゆふ》・根なし草・葛かづら・霰・玉櫛笥《たまくしげ》・雪・真澄鏡《ますかがみ》・榊・岩小菅・霜・時鳥《ほととぎす》・古柳・虫・尾花（竹）

「御室」「三諸」とも。多くは「三室の山」「三室の岸」の形で詠まれる。本来は、神の居ますところの意の普通名詞であり、『万葉集』の作例は、奈良県桜井市の三輪山、飛鳥の雷丘、生駒郡三郷町の山など、いずれを指すか判然としない場合が多い。平安期に入ると「竜田川紅葉葉流る神奈備《かみなび》の三室の山に時雨降るらし」（古今集・秋・二八四・よみ人知らず。竜田川に紅葉が流れている、上流の神奈備の三室の山では、時雨が降っているのだろう。）の影響により、斑鳩《いかるが》町の西南部龍田の三室山（神奈備山とも）と意識され、定着していった。以後も「神奈備の三室の山」の形で詠まれる例が多い。竜田川が近くを流れる、紅葉・時雨の名所とされた。

三室の岸　みむろのきし
【関連語】*款冬《やまぶき》（作）

神奈備の三室の岸や崩るらん竜田の川の水の濁れる（拾遺集・物名・三八九・草春。神奈備の三室の岸が崩れたのだろう、竜田川の水が濁っている。）

三室の山　みむろのやま
【関連語】神垣・蔦の葉・妻問ふ鹿・榊葉・時雨・竜田川・神奈備・虫の音・岩小菅・尾花（随）

あらし吹く三室の山のもみぢ葉は竜田の川の錦なりけり（後拾遺集・秋・三六六・能因。嵐が吹き下ろす三室の山の紅葉の葉は、麓の竜田川を流れて、まるで錦であるよ。）（山本）

御裳濯川　みもすそがは　伊勢。三重県伊勢市。
【関連語】月・露・霜・千木のかたそぎ・藤波・松・水上・神路山・三角《みつの》の柏（竹）

伊勢神宮の内宮を流れる川で、『和歌初学抄』に「五十鈴川《いすずがは》、〈御裳濯川〉の名なり。」とあるように、「五十鈴川」ともいう。『後拾遺集』の「君が代は尽きじとぞ思ふ神風や御裳濯川の澄まむ限りは」（賀・四五〇・経信。あなたさまの御代は尽きることはあるまい、伊勢神宮の神域を流れる御裳濯川の流れが澄んでいるその間は。）のように、尽きることのない流れの清らかさを詠む。川上には天照大神が鎮座することから、皇室の御代を言祝ぐ賀の歌や神祇の歌に多く用いられた。「神風」を冠し、「波」「澄」を共に詠み込む歌が多い。西行が自作を歌合にして伊勢神宮に奉納した『御裳濯河歌合』は有名。

神風や御裳濯川のそのかみよ契りしことの末を違ふな（新古今集・神祇・一八七一・良経。伊勢神宮の御裳濯川の川上に鎮座まします天照大神よ、その昔にお約束なさったことを、末の代まで違えなさるな。）（松本）

宮川　みやがは　伊勢。三重県。

三重県と奈良県の境にある日ノ出岳から多気《たき》郡・度会《わたらい》郡・伊勢市を経て、伊勢湾に注ぐ川。度会川、豊宮川ともいう。宮川を渡ると伊勢神宮の神域であり、川では参詣者の禊ぎが行われ、漁は一般に禁じられた。伊勢神宮に奉納された西行の『宮河歌合』に「流れ出でて御跡たれます瑞垣《みづがき》は宮川よりや度会の標《しめ》」（二。水上から流れ出た川が宮川となるように、大日如来が神となって示現された伊勢神宮の瑞垣は、宮川より続く度会の神領である。）と詠まれ、「宮川」は中世以降の和歌に用いられる。地名に「見」を掛け、伊勢神宮との関わりで「神」と結び、「月」「杉」「風」などの景物が詠み込まれた。

契りありて今日宮川の木綿鬘《ゆふかづら》長き世までもかけて頼まん（新古今集・神祇・一八七二・定家。前世からの御縁で今日宮川の流れる外宮に参拝したが、かけている木綿鬘のように、長い年月をかけてご加護を頼むことだ。）（松本）

宮城　みやぎ　陸奥。宮城県仙台市青葉区周辺。

【関連語】人を待つ・木の下露・鹿・月・千種《ちぐさ》の花・虫の音・御笠《みかさ》・五月雨・旅寝・鶉（竹）

朝廷の機関である多賀城が置かれたことからその名がついたと言われる。木の繁茂し、荒涼とした広大な野原であった。勅撰集の歌例では『古今集』の「宮城野のもと粗《あら》の小萩露を重み風を待つごと君をこそ待て」（恋・六九四・よみ人しらず。宮城野に生えている根本の葉がまばらな小萩が露で重いので、風が露を吹き払ってくれるのを待つように、私のつらい涙を払ってくれるあなたの訪れを待っているのです。)、「御《み》さぶらひ御笠と申せ宮城野の木《こ》の下露は雨にまされり」(東歌・一〇九一・よみ人しらず。お供の方よ、ご主人に「笠をどうぞ」と申し上げなさい、宮城野の木の下露で雨よりも濡れてしまうので。)の二首が早く、これらの歌をもとに「萩」「露」「人を待つ」などと合わせて詠まれるようになる。

宮城が原　みやぎがはら

照射《ともし》する宮城が原の下露にしのぶ捩摺《もぢずり》乾く世ぞなき(千載集・夏・一九四・匡房。夜、篝火を点して狩りをする宮城が原では木の下露が絶え間なく降りてくる。あのしのぶ捩摺《もぢずり》の石も乾く暇がないことだ。)

宮城野　みやぎの

宮城野に妻呼ぶ鹿ぞ叫ぶなるもと粗の萩に露や寒けき(後拾遺集・秋・二八九・長能。宮城野で妻を求め呼ぶ鹿が叫んでいるようだ。根本の葉がまばらな萩に降りた露が冷たいことだろう。)　(嘉村)

宮路山　みやぢやま　三河。愛知県豊川市。

『東関紀行』に「矢矧《やはぎ》といふ所を立ちて、宮路山越え過ぐるほどに赤坂といふ宿あり。」とある。『後撰集』が初出で「君が辺り雲井に見つつ宮路山うち越えゆかん道も知らなくに」(恋・よみ人しらず。あなたの住んでいる辺りを遠くに見ながら宮路山を越えて行こう、道も知らないのだけれど。)と詠まれたが、後の和歌にはあまり詠まれていない。『更級日記』に「宮路の山といふ所越ゆるほど、十月つごもりなるに、紅葉散らで盛りなり。」として、「嵐こそ吹き来ざりけれ宮路山まだ紅葉葉の散らで残れる」(嵐はまだ宮路山に吹いて来ていないのか、十月の末だというのに紅葉の葉が散らないで残っている。)の歌を載せる。『夫木抄』は三河国として「宮路の池」「宮地の野」を掲出するが、「宮路山」に近い場所にこのような地名があったかは不明。

紫の雲と見つるは宮路山名高き藤の咲けるなりけり(増基法師集・九一。紫の雲と見えたのは、宮路山に名高い藤の花が咲いていたからであった。)　(松本)

三芳野の里　みよしののさと　武蔵。埼玉県坂戸市。

【関連語】*帰る雁　(合)

『八雲御抄』に武蔵国、『伊勢物語』一〇に「〈むかし、男が求婚した女の〉住む所なむ入間の郡、三芳野の里なりける。」とある。川越市的場・伊佐沼ともいう。『伊勢物語』では続けて女の親が男に「三芳野のたのむの雁もひたぶるに君が方にぞよると鳴くなる」（三芳野の田の面に居る雁も、引板《ひた》を振ると鳴き声を立てるように、娘もひたすらあなたをあてにして、心を寄せていると言っているようだ。）の歌を送る。後代の歌例は、「時しもあれたのむの雁の別れさへ花散る頃の三芳野の里」（新古今集・春・一二一・具親。時もあろうに、いつまでも居ると思い頼みにしていた田の面の雁と別れる時期までが、花の散る時となる三芳野の里であるよ。）などのように『伊勢物語』の影響下にあるものが多く、「田の面の雁」と共に詠まれる。中世以降に歌枕と認識されたようで、「春は今日立つともいはじ武蔵野や霞む山なき三芳野の里」（北国紀行。春は今日去って行くとも言うまい、武蔵野よ、霞む山はない三芳野の里であるのだから。）や『とはずがたり』『宗祇終焉記』に武蔵国の名所として記されている。

三芳野のたのむともなき玉章を幾秋かけて雁の来ぬらん（新続古今集・秋・五一四・有家。三芳野の里に居る田の面の雁ではないが、あてにはしていない手紙を何年もの秋をかけて雁は運んで来たのだろう。）

（松本）

三輪　みわ

大和。奈良県桜井市三輪。

【関連語】花・標《しるし》の杉・古郷《ふるさと》・杉間の月・山本・市人・山姫・春雨・初瀬《はつせ》・佐野の渡り・御幸《みゆき》・標縄《しめなは》・時鳥《ほととぎす》・紅葉・時雨・霰・門田《かどた》・御祓《みそぎ》・雁・稲葉・神垣（竹）

三輪山の麓の里で、三輪川が流れる。大物主《おおものぬしの》神《かみ》を祭神とする大神《おおみわ》神社（三輪明神）があり、古代からの信仰を背景とする神秘的な、畏怖と敬愛の対象となる地であった。『万葉集』では、近江遷都の際に、額田王が長歌「味酒《うまさけ》　三輪《みわ》の山　あをによし　奈良の山の…山の際《ま》に　い隠るまで…」（一・一七。三輪の山が、奈良の山の山の向こうに隠れるまで…。）及びその反歌「三輪山を然《しか》も隠すか雲だにも心あらなも隠さふべしや」（同・一八。三輪山をそんなにも隠すのか、せめて雲だけでも、心があって察してほしい、隠してよいものか。）において、この山を去りゆく奈良の象徴として、惜別の思いを歌った。『古事記』中巻にはいわゆる三輪山伝説が見える。活玉依毘売《いくたまよりびめ》という美しい娘に通う男があり、やがて娘が身ごもる。怪しんだ父母が、巻いた糸の先を針に付け、男の着物に刺すように娘に指示し、翌朝その糸を辿ってゆくと、糸は三輪山の社の前で終わっていて、男が神であったと知るというものである。この話は後代には蛇婿譚として展開を見せる。『古今集』が収める「我が庵は三輪の山もと恋しくはとぶらひ来ませ杉立てる門《かど》」（雑・一八・よみ人知らず。私の庵は三輪山の麓にある、恋しければたずねて来てください、杉の木が立っている門を。）は三輪明神の御神詠と伝えられ（奥義抄他）、先の三輪山伝説とも関わりながら享受された。平安期以降においては特にこの歌の影響は大きく、「標《しるし》の杉」の措辞が定着してゆく。また、この地の桧原も好んで詠まれた。この地を流れる三輪川は、「夕去らず蛙《かはづ》鳴くなる三輪川の清き瀬の音を聞かくし良しも」（万葉集・一〇・二二二二・作者未詳。夕になるといつも、蛙が鳴いている三輪川の、清い川瀬の音を聞くのは良いものだ。）など、その清らかな流れが詠まれている。

三輪川　みわがは
岩触るる水湧き落つる三輪川の清き瀬波の音のさやけさ（堀河百首・一三八三・仲実。岩に触れながら、水が湧いて流れ落ちる三輪川の、清らかな瀬の波の音の清々しさよ。）

三輪の市　みわのいち
尋ねばやほのかに三輪の市に出でて命にかふるしるしありやと（六百番歌合・一一九〇・隆信。尋ねたいものだ、わずかに見たあの人と逢うために三輪の市に出て、命と引き替えにするだけの、その人の目じるしがあるかどうかを。）

三輪の里　みわのさと
【関連語】市人*（随）
三輪の里花のしるべは石上布留《いそのかみふる》の梢にかかる白雲（仙洞句題五十首・二七・慈円。三輪の里の花の目じるしは、石上の布留の神杉の梢にかかっている白雲なのだよ。）

三輪の桧原　みわのひばら
初瀬山夕越え暮れて宿とへば三輪の桧原に秋風ぞ吹く（新古今集・羈旅・九六六・禅性。初瀬山を夕方に越えて行くうちに日が暮れて、宿を探し求めると、三輪の桧原に秋風が吹くよ。）

三輪の社　みわのやしろ
思ふこと三輪の社に祈りみん杉は訪ぬる標《しるし》のみかは（新後撰集・神祇・七四四・俊成。思い願うことを三輪の社に祈ってみよう、あの神々しい杉は訪ねるためだけの目じるしなのだろうか、それだけのはずはないよ。）

三輪(の)山　みわ(の)やま

【関連語】*杣《そま》（竹）

三輪の山標《しるし》の杉はありながら教へし人はなくて幾世ぞ（拾遺集・雑・四八六・元輔。三輪山の目じるしの杉は今もあるけれど、それを目じるしに訪ねておいでと教えてくれた人がこの世からいなくなって、幾時代が過ぎたのだろうか。）　（山本）

三尾　みを

近江。滋賀県高島市安曇《あど》川《がわ》町三尾里《みおざと》。

【関連語】高島・五月雨・槇・桧原・宮木挽《ひ》く（竹）

安曇川町三尾里を中心として高島町に及ぶ範囲。「水尾」とも書き、和歌では「みほ」とも記される。「三尾が崎」は、高島市高島を流れる鴨川河口部との説もあるが、現在、明神崎と呼ばれる、白髭神社がある地が有力とされる。『万葉集』に「思ひつつ来《く》れど来《き》かねて三尾の崎真《ま》長《なが》の浦をまたかへり見つ」（九・一七三三・碁師。この風景に心引かれながらやって来たが、行き過ぎかねて、三尾が崎や真長の浦をまた見に戻ってきた。）とその美しさが詠まれている。「三尾の海」は三尾の前に広がる琵琶湖。「三尾の浦」は、その湖岸。杣山《そまやま》である「三尾の中山」も歌枕。

高島や三尾の杣山跡絶えて氷も雪も深き冬かな（新勅撰集・冬・四一三・家隆。高島の三尾の杣山へ辿る道跡も絶えて、氷も雪も深く、冬の深まった景色であるなあ。）

三尾が崎　みをがさき

月冴ゆるみほが崎まで見渡せば氷を透《とほ》る志賀の浦浪（玄玉集・一六四・寂蓮。月が冴え渡る三尾が崎まで見渡してみると、湖面の氷を透して志賀の浦浪がみえることだ。）

三尾の海　みをのうみ

三尾の海に網引く民の手間もなく立ち居《ゐ》につけて都恋しも（紫式部集・二〇。三尾の海で網を引く漁民の手を休めることなく立ち働くのを見るにつけても、都が恋しく思われることだ。）

三尾の浦　みをのうら

【関連語】和布《め》を刈る・釣舟・松原（随）

見渡せば三尾の浦廻《うらわ》の夕凪《ゆふなぎ》になほ浪掛《か》くる奥津島《おきつ》山（洞院摂政家百首・一七六七・隆祐。琵琶湖を見渡すと、三尾の浦辺は静かな夕凪の時を迎えているのに、

それでも浪が掛かる沖津島山であるなあ。）　（田代）

向日　むかひ　武蔵。東京都文京区本郷。多摩川右岸の丘陵地をいうとも。「向日の岡」は本郷の台地とされていたようである。『文明本節用集』に「向岡〈ムカイノヲカ〉武蔵」とあり、大田南畝の随筆『向岡閑話』にも武蔵国として言及がある。『新勅撰集』には「向日の岡」が「武蔵野の向日の岡の草なれば根をたづねてもあはれとぞ思ふ」（一三〇〇・雑・小野小町。武蔵野の向日の岡の草であるので、その紫草の根を探し求めるにつけてもしみじみと愛しく思われることだ。）と詠まれている。また、『壬二集』の「八幡山向日の里の時鳥《ほととぎす》忍びし方の声も変はらず」（二二三七。山城の国の八幡山の向かいにある向日の里にいる時鳥よ、忍んで鳴いていている声も変わらないことだ。）、『続後撰集』の「早苗とる伏見の里に雨過ぎて向日の山に雲ぞかかれる」（夏・一九五・土御門院。早苗を取る山城の伏見山に雨が通り過ぎて、向こうの向日の山には雲がかかっている。）と詠まれている「向日の里」「向日の山」は山城国とされる。山城国であれば、京都府向日市《むこうし》向日町か。ただし、『万葉集』の「出でて見る向かひの岡にもと繁く咲きたる花のならずはやまじ」（一〇・一八九三・人麻呂。家から出て見る向こうの岡の、根もとまで隙間なく咲いている花のように、この恋の思いを実らせないまま終わることはするまい。）や中古の歌例、『堀河百首』の「行きて見ん向かひの野辺の女郎花《をみなへし》一日《ひとひ》も折らじ花の盛りは」（秋・六〇九・公実。行って見てみよう、向かいの野辺に咲く女郎花を、家には一日も居るまい、花の盛りの間には。）などのように、多くは「向かひ」は向こう側の野や里、の意で特定の地名を指してはいないようである。

片岡の向日の峰に椎蒔くは今年の夏の陰にせんかも（古今六帖・四二六一・人麻呂。片岡の向日の峰に椎を蒔くのは、今年の夏に日陰にするためなのかも知れない。）

向日の山　むかひのやま

窓近き向日の山に霧晴れてあらはれわたる桧原槇原（玉葉集・秋・七二九・土御門院。窓の近くに見える向日の山に霧が晴れて、目の前にあらわれてくる桧や杉の林よ。）

向日の岡　むかひのをか

【関連語】＊女郎花《をみなへし》（作）

夕づく日向日の岡の薄紅葉まだき寂しき秋の色かな（玉葉集・秋・七六九・定家。夕日のさす向こうの

向日の岡の薄紅葉は、まだ色づいてはいないのに、淋しげな秋の色をしていることだ。）　（松本）

武庫　むこ　摂津。兵庫県尼崎市・西宮市。

兵庫県篠山市真南条から発し、三田市を通り、宝塚市・西宮市の境を流れる「武庫川」の河口流域を特にいう。『摂津国風土記』「武庫」に「皇后摂津国海浜の北岸、広田の郷に到る。今、広田明神と号《なの》る、これなり。故にその海辺を号して、御前《おまへ》の浜を曰《い》ふ。御前の澳《おき》と曰ふ。また、その兵器を埋む処を、武庫と曰ふ。」とある。「武庫の海」「武庫の浦」はその河口先の海で、『万葉集』に「住吉《すみのえ》の得名津《えなつ》に立ちて見渡せば武庫の泊まりゆ出づる船人」（三・二八三・黒人。住吉の得名津に立って見渡すと武庫の港から漕ぎ出す船人が見えることだ。）と詠まれているように古代からの港があった。

五月雨に武庫のわたりを見渡せば下り居る雲ぞ汀なりける（正治後度百首・五二三・家長。五月雨の降る中、武庫のあたりを見渡すと空を覆う雲が水際まで垂れ下がっていることだ。）

武庫川　むこがは

武庫川に跡も止めぬ川淀に堰《ゐ》杭《くひ》も見えぬ五月雨の頃（千五百歌合・七五九・家長。流れを塞き止める杭が、水量が増して武庫川の川の淀みに見えなくなった五月雨の頃である。）

武庫の海　むこのうみ

武庫の海に海人《あま》の呼び声聞こゆなり霧のあなたに網引《あび》きすらしも（長方集・八四。武庫の海で漁師の呼び声が聞こえてくる。霧の向こうで網を引いているらしい。）

武庫の浦　むこのうら

漕ぎ出でて武庫の浦より見渡せば波間に浮かぶ住吉の松（風雅集・雑・一七二一・行尹。舟を漕ぎ出して武庫の浦から向こうを見渡すと波間に住吉の松が浮かんで見えることだ。）　（廣木）

武庫の山　むこのやま　摂津。兵庫県宝塚市。

【関連語】＊猪名野（付）

武庫川の上流あたりの山だが、「武庫」が主として海浜部をいうのに対して、六甲山地全体をもいうか。海との対比で詠まれることが多い。

芦の葉に薄霧立ちぬ難波潟武庫の山辺も色づきぬらん（洞院摂政家百首・七三五・家隆。難波潟の芦の葉の

生えるあたりは薄霧が立った。武庫の山辺も木々が色づいたことだろう。）（廣木）

武蔵野　むさしの　武蔵。埼玉県・東京都。

【関連語】向日《むかひ》の岡・高萱《たかかや》・早蕨《さわらび》・鹿・時鳥《ほととぎす》・富士・月・虫の音・女郎花《をみなへし》・雁・尾花・紫・萩・千種の花・夕立・ゆかりの色（竹）

関東平野の西部、武蔵野台地。武蔵国の荒野全体を指していう場合もある。「武蔵野の原」とも。「武蔵野」は早く『万葉集』巻第一四にまとまって詠まれるが（三三七四～三三七七）、その本意は『古今集』の「秋風の吹きと吹きぬる武蔵野はなべて草葉の色かはりけり」（恋・八二一・よみ人しらず。秋風が吹きまくる武蔵野は、秋風が吹きつけてすべての草葉の色が変わってしまうが、あの人の心も「飽き風」が吹いて、すっかり心が変わってしまったことだ。）によって生まれた。風が激しく吹き、草が生い茂る荒れた場所として詠むのが一般。『更級日記』にも「紫生ふと聞く野も、芦荻のみ高く生《お》ひて」などとある。「紫」とは『古今集』に「紫の一本《ひともと》ゆゑに武蔵野の草はみながらあはれとぞ見る」（雑・八六七・よみ人しらず。紫草の一本があるために、荒れてはいても武蔵野の草はみないとおしく見えることだ。）とも詠まれた「紫草」で、武蔵野の景物として共に詠まれることが多い。

行く末は空も一つの武蔵野に草の原より出づる月影（新古今集・秋・四二二・良経。分け行く先は空も野も一つに続いて見える武蔵野の草の原から、美しい月が昇ったことだ。）（松本）

虫明　むしあけ　播磨。岡山県瀬戸内市邑久《おく》町虫明。

虫明湾に臨む地で、風待ちの港として栄えた。「虫明の瀬戸」は長島または鴻島《こうじま》との海峡。『狭衣物語』一に、筑紫へ連れられて行く途中の飛鳥井の女君が入水しようとする場面が、「つくづくと沖の方を見やれば、空はつゆの浮雲もなく、月さやかに澄みわたりたるに、海の面《おもて》も、来し方行く末見えず、はるばると見渡されて、寄せ返る波ばかり見え渡りつつ、船のはるかに漕ぎ行くが、いと心細き声にて、〈虫明の瀬戸へ来よ〉と歌うが、」と描写されている。

やよいかに虫明の松の風にまたはるかに鹿の声送るなり（長秋詠藻・二四三。さてどうしてまた、虫明の松に吹く風は遙かかなたに停泊中の船まで鹿の声を送るのだろう。）

虫明の瀬戸 むしあけのせと

波高き虫明の瀬戸に行く舟の寄方《よるべ》知らせよ沖つ潮風（新勅撰集・雑・一三二四・良経。波の高い虫明の瀬戸を行く舟の寄るべき方向を教えてくれ。沖の潮風よ。）

（廣木）

莚田 むしろだ　美濃。岐阜県本巣市。

【関連語】鶴*（合）

旧本巣郡糸貫町のあたりで、現在の本巣市の一部と本巣郡北方町の一部。「席田」「莚田」とも表記する。催馬楽「席田」に「席田の　席田の　伊津貫川《いつぬきがは》にや　住む鶴の　住む鶴の　住む鶴の　千歳《ちとせ》をかねてぞ　遊びあへる　千歳をかねてぞ　遊びあへる」により有名な地名。この影響により、「鶴」や「千歳」、「伊津貫川」とともに詠まれ、地名の「莚」と敷物の「莚」を掛けて、「敷く」「まろ寝」などの縁語仕立ても見られる。

莚田に群れゐる鶴《たづ》の千代もみな君が齢《よはひ》にしかじとぞ思ふ（新勅撰集・賀・四四八・重家。莚田に群れになってとどまっている鶴の千年の長寿もみな、わが君の重ねていかれる齢にはまったく及ばないものだと思うので

ある。）

（田代）

六田 むった　大和。奈良県吉野郡吉野町六田《むだ》・大淀町北六田。

【関連語】蛙*（作）

吉野川中流の川幅が広くなる辺り。北六田と南岸の六田とを結ぶ「六田の渡」があり、「柳の渡」とも呼ばれた。吉野山への入り口の渡し場であり、柳の名所。「六田の川」はこの辺りを流れる吉野川の称で、「蛙《かはづ》鳴く六田の川の川柳のねもころ見れど飽かぬ川かも」（万葉集・九・一七二三・絹。蛙が鳴く、六田の川の川柳の根、ではないが、ねんごろに見ても飽きない川だなあ。）と詠まれている。「六田の淀」は、この地を流れる吉野川の淀のこと。「淀」は本来は川の流れの滞るところの意の普通名詞。『万葉集』に「音に聞き目にはいまだ見ぬ吉野川六田の淀を今日見つるかも」（七・一一〇五・作者未詳。噂に聞き、目にはまだ見ていなかった吉野川の六田の淀を、今日見たことだよ。）と詠まれている。平安期以降には「六田の川」が詠まれることはほとんどなく、「六田の淀」の渡し場と柳の風情が好んで詠まれるようになった。

六田の淀 むつたのよど

【関連語】柳*（作）

高瀬さす六田の淀の柳原緑も深く霞む春かな（新古今集・春・七二・公経。高瀬舟が棹をさしてゆく六田の淀の柳原は、緑までも深く霞んでいる春だなあ。）

（山本）

紫野 むらさきの 山城。京都市北区紫野。

【関連語】子《ね》の日《ひ》*・菊*・斎宮《いつきのみや》*（合）

船岡山の東北一帯。狩猟地であり、また賀茂神社の斎宮や雲林院などがあった。『今昔物語集』二八「円融院御子の日に参る曽祢好忠の語《こと》」に「院は雲林院の南の大門の前にして御馬に奉り、紫野に御《おは》しまし着きたれば、船岡の北面《きたおもて》に小松所々に群れ生《お》ひたる中に、」と見え、子の日の遊びが行われた。後には、葬送地ともなった。

紫野雲の懸けても思ひきや春の霞になしてみむとは（後拾遺集・哀傷・五四一・朝光。紫野に紫の雲が懸かるのを見てもかつて思ったであろうか。荼毘の煙を春の霞として見ることになろうとは。）

（廣木）

室 むろ 播磨。兵庫県たつの市御津《みつ》町室津。

古来から播磨灘の内でもっともよい港として知られ、繁栄した。『播磨国風土記』「揖保《いぼ》郡」には「室原《むろふ》の泊まり」として、「室と号《なづ》くる所以《ゆゑ》は、この泊まり、風を防ぐこと室のごとし。」とある。『高倉院厳島御幸記』にも「午《むま》の時傾きしほどに、室の泊まりに着き給ふ。山まはりてその中に池などのやうにぞ見ゆる。舟ども多く着きたる。」とその立地のよさが語られ、さらに「この泊まりの遊女者《あそびもの》ども、古き塚の狐のやうに夕暮れに媚《ば》けたらんやうに、我も我もと御所近くさし寄す。」と記されており、江口と並んで遊女が多く集っていたことでも著名であった。「室の浦」は『万葉集』に「室の浦の瀬戸の崎なる鳴島の磯越す波に濡れにけるかも」（一二・三一六四・作者未詳。室の浦の瀬戸の崎にある鳴島の磯を越す波に濡れてしまったことだ。）と詠まれている。

あさましや室は憂き津と聞きしかど沈みぬる身の泊まりなりけり（散木奇歌集・八〇六。みじめなことだ。室はつらい思いをさせる港だと聞いていたが、落ちぶれて行く身を宿す所はここであることだ。）

室の浦　むろのうら

室の浦の瀬戸の早舟波立てて片帆に懸くる風の涼しさ（万代集・雑・二八六一・信実。室の浦の瀬戸を早舟は波を立てて、帆を斜めにして行く。その帆に吹く風の涼しげなことよ。）

室の泊まり　むろのとまり

友誘ふ室の泊まりの朝嵐に声を帆に上げて出づる船人（新拾遺集・羈旅・八三九・茂重。仲間の舟を誘いながら、室の泊まりに停泊していた舟の船頭は、朝の嵐の中、声を張り上げ、舟の帆を上げて出て行くことだ。）（廣木）

室の八島　むろのやしま　下野。栃木県栃木市田村町宮ノ辺。

下野国府周辺にあったか。『袋草子』に下野守であった経兼が「あれ見給へ、室の八島はこれなり。」と国府付近で人に見せた様子が語られることから、国府から目視できたと考えられる。『奥の細道』では室の八島に立ち寄った際、曾良が「この神は木の花さくや姫の神と申して富士一体也。」と説明している。『奥細《おくのほそ》道菅菰抄《みちすがごもしょう》』ではこれは栃木市惣社町にある大神神社とする。「下野や室の八島に立つ煙思ひありとも今こそは知れ」（古今六帖・一九一〇。下野の室の八島に立つ煙のように、私の立ち上る思いの「火」があることを、今こそ知ってください。）や「いかでかは思ひありとは知らすべき室の八島の煙ならでは」（実方集・九〇。どのようにして思いを伝えることが出来るだろうか。室の八島の煙のように、絶えずたちのぼるものではないというのに。）のように、煙が絶えず立ち上るとされる。この煙は焚かれてのぼるものではなく、「まことに火を焚くにはあらず。野中の清水のあるが、気の立つが煙と見ゆるなり。」と、『内大臣家歌合』四九・五〇番歌の判詞において俊頼が指摘する。またこれらの歌のように恋の歌が多く詠まれるが、「煙かと室の八島を見しほどにやがても空の霞みぬるかな」（千載集・春・七・俊頼。煙がたっているのだと室の八島を見ていたが、やがて空が霞んできたよ。春霞だったのであるな。）のような叙景歌も少なくない。

絶えず立つ室の八島の煙かないかに尽きせぬ思ひなるらむ（千載集・雑・一〇四一・顕方。絶えず立つという室の八島の煙のようだ。どれほど尽きない思いの火であるのだろうか。）（嘉村）

最上川　もがみがは　出羽。山形県北部。
【関連語】稲舟・時雨・五月雨・青柳（竹）
山形県と福島県の境にある吾妻山付近に発し、山形県中央部を流れ酒田市で日本海に注ぐ。「最上川のぼればくだる稲舟のいなにはあらずこの月ばかり」（古今集・東歌・一〇九二。最上川をのぼってはくだる稲舟の、その「否《いな》」ではないが、今月ばかりはあなたにお逢いできないのです。）と詠まれたことにより、その名が知られるようになる。「稲舟」に「否」を掛けて用いられた。「最上川深きにもあへず稲舟の心かろくも帰るなるかな」（後撰集・恋・八三九・定方。最上川の水流のように深い心に会うこともできず、稲舟ではないが「否」と言われる軽薄な気持ちに触れて、悲しくも帰ることであるよ。）は先の歌を踏まえた贈答歌の中の一首である。この他にもまた「稲舟も苫引き覆へ最上川しばしばかりの時雨なりとも」（続古今集・冬・五八一・基家。最上川を行き来する稲舟も、苫で覆いなさい。しばらくすれば止んでしまう時雨であっても。）や「最上川水嵩《みかさ》まさりて五月雨のしばしばかりも晴れぬ空かな」（続千載集・夏・二九一・家実。最上川の水かさは増している。少しの間も晴れることがない五月雨の空であるよ。）の五月雨によって水嵩がました様子が詠まれ、「最上川早くぞまさる雨雲ののぼればくだる五月雨のころ」（兼好集・一一五。最上川の流れは速さを増していく。雨雲が立ち上れば雨粒がくだる五月雨の時期である。）のように急流であることが意識された。『奥の細道』での「五月雨を集めて早し最上川」はこのような本意を踏まえての発句と言える。また、「しばしばかり」の語句が用いられることが多いのは、前引の『古今集』東歌の末句が、『俊頼髄脳』などに見えるように、「しばしばかりぞ」と伝えられたためと考えられる。

稲舟も上りかねたる最上川しばしばかりといつを待ちけむ（新後撰集・雑・一四〇〇・嗣房。稲舟も上りわずらう最上川のように、稲舟にかこつけて「否」と拒まれ、また「しばらくは」と言われる。いったいいつまで待ったらよいのだろうか。）

（嘉村）

門司の関　もじのせき　筑前。北九州市門司区。
【関連語】筑紫*・便りの文《ふみ》*（合）
下関と関門海峡を挟んだ地で、古代から本州と九州を往来する船舶に対する関が置かれていた。この付近の海峡は源平の壇ノ浦の合戦でも知られる。『筑紫道記』

には下関側からの様子を「赤間が関、早鞆《はやとも》の渡りに至る。潮の往き交ひ矢のごとくして、音に聞きしにかはらず。二つの迫門《せと》を隔てて向かひは豊前の国なり。その間十余町と見ゆ。（略）門司の松山ぞ向かひに見えて、前に海水を眺む。」と描写されている。「文字」を掛けて用いられた。

恋すてふ門司の関守いくたびか我書きつらん心づくしに（金葉集・恋・三七九・顕輔。恋い慕っているという文字を、門司の関守のように手紙に幾度書いたことか。門司の関を通過して筑紫へ、というのではないが、心を尽くして。）（廣木）

望月　もちづき　信濃。長野県佐久市。

御牧ヶ原一帯に官牧があり、「望月の駒」「望月の牧」など、馬に関連して和歌に詠まれた。『延喜式』左右馬寮によれば、二十疋が毎年朝廷に献上されたという。『拾遺集』に「逢坂の関の清水に影見えて今や引くらん望月の駒」（秋・一七〇・貫之。逢坂の関の清水に満月が映る頃となった、今まさに引いてゆくのだろう同じく望月という地の駒を。）とあり、この歌のように地名に「望月（満月）」を掛けて詠まれたり、「駒迎へ」の行事があった「逢坂の関」が共に詠み込まれたりした。八月一六日には、「駒引」として院・春宮・公卿などに引き分けられた。

嵯峨の山千代のふる道跡とめてまた露分くる望月の駒（新古今集・雑・一六四六・定家。嵯峨の山の「千代の古道」の跡を尋ねるように、古い例に倣って露を分け、望月の駒を引いて参ります。）

望月の（御）牧　もちづきの（み）まき

引き分くる駒ぞいばゆる望月の御牧の原や恋しかるらん（散木奇歌集・四八六。あちこちに引き分けられてゆく駒がいなないている、満月の夜の、望月の御牧の原が恋しいのだろう。）（松本）

守山　もるやま　近江。滋賀県守山市。

【関連語】紅葉・時雨・露・山蔓《かづら》・月・木枯らし・水茎《みづぐき》・鹿（竹）

『能因歌枕』の一説と『五代集歌枕』に遠江、『八雲御抄』の一説に上野の歌枕ともされる。山はなく平野が広がる地で、二条良基の『小島のくちすさみ』には、「今日ぞ、かろうじて守山に着きぬ。名は事々しけれど、さして見所もなし」と描写されている。東海道の要衝で宿場として軍記や紀行文に見られ、しばしば戦場ともなった。地名の「守る」に「漏る」を掛け、月光や露が漏れるといい、皇室を「守る山」として、大嘗会和歌に詠まれた。

白露も時雨もいたく守山は下葉《したば》残らず色づきにけり（古今集・秋・二六〇・貫之。白露も時雨もひどく漏れ落ちるこの守山の紅葉は、下葉まで残らず色づいていることだ。）

（田代）

や行

八入の岡 やしほのをか　山城。京都市左京区岩倉長《なが》谷《たに》町。

長谷の東北の隅にある岡。長谷に隠棲した藤原公任《きんとう》が、近くの「紅の岡」と呼ばれていた岡はさまざまな木が紅葉してすばらしいので、何度となく染める意である「八入」の語を名とするようにと、提案したという話が、『公任集』（一四五・詞書）に見える。以後、紅葉の名所として歌が詠まれるようになった。

紅の八入の岡の紅葉葉をいかに染めよとなほ時雨るらむ（新勅撰集・秋・三四〇・伊光。紅色に深く染まった八入の岡の紅葉の葉を、どれほど染めようとしてさらに時雨が降るのだろう。）

（廣木）

野洲(の)川 やす(の)がは　近江。滋賀県。

【関連語】七夕*（合）

滋賀県南東部、鈴鹿山脈の御在所岳に源を発し、北西に流れ、野洲平野を形成し、守山市で琵琶湖に注ぐ川。古くは「安河」「益須川」などとも記された。また、「野洲の川原」「野洲の川辺」も和歌に見られる。『万葉集』には「我妹子にまたも近江の野洲の川安眠《やすい》も寝ずに恋わたるかも」（一二・三一五七・作者未詳。愛しいあの人に、またも会うという名を持った近江の地の野洲の川ではないが、安らかに眠れずに恋し続けることだ。）では、「安眠」を導く言葉となっている。川であるため、「網代木《あじろき》」や「川浪」など水に関する言葉を縁語として用いる例や、「三上山」など、近くの歌枕との組み合わせも見られる。野洲川は大嘗会和歌に詠まれることも多く、その場合には、例歌にも見られるように、君が世を言祝ぐ言葉が用いられる。

万世を三上の山の響くには野洲川の水澄みぞあひにける（拾遺集・神楽歌・六〇三・元輔。万世を見届けようと三上山が万歳の声を響かせるのに応えて、野洲川の水も澄んでいることだ。）

（田代）

八十島 やそしま　出羽。秋田県にかほ市象潟町。『能因歌枕』『和歌初学抄』などが出羽にあるとする。本来は「多くの島」を意味する一般名詞で、そのことから「象潟」を指すようになったか。「象潟」は象潟町に広がっていた潟湖。または、「松島」ともいう。ただし、著名な「わたの原八十島かけて漕ぎ出でぬと人には告げよ海人の釣舟」（古今集・羇旅・四〇七・篁。海原に浮かぶ多くの島々の方へ漕ぎ出したのだと、人に伝えておくれ。漁師の釣り舟よ。）は隠岐で詠まれたものである。

人知れず思ふ心の深ければ言はでぞ忍ぶ八十島の松（一条摂政御集・四五。相手に知られることなく恋い慕う心が深刻なので、磐手の八十島の松のように何も言わずにただ忍んで待つことである。）

（嘉村）

矢田野 やたの　越前。福井県敦賀市南部。

【関連語】浅茅・有乳《あらち》山・淡雪・薄・鹿・霰・枯野・虫（竹）

有乳山の麓の野。奈良県大和郡山市矢田町にあった野とも。『万葉集』に「八田の野の浅茅色づく有乳山峰の淡雪寒く降るらし」（一〇・二三三一・作者未詳。矢田野の浅茅が色付いている、有乳山では峰に雪が寒げに降っているのだろう。）とあり、後に『新古今集』（冬・六五七・人麻呂）にも収められた。この歌によって矢田野は有乳山と関連づけられ、「雪」や「浅茅」と結ばれて詠まれるようになる。また「武士《もののふ》の矢田野の薄うちなびき牡鹿妻呼ぶ秋は来にけり」（続後撰集・秋・二八〇・寂延。矢田野の薄が風になびいている。牡鹿が妻を呼んで鳴く秋が来たのであるな。）のように、「薄」や「鹿」などとも詠まれた。また、この歌のように「矢」を導き出す「武士の」「狩人の」「梓弓」などの枕詞が用いられる。

吹く風の有乳の高嶺雪冴えて矢田の枯野に霰降るなり（玉葉集・冬・一〇一一・家良。有乳山の嶺には風が荒々しく吹き、雪が寒々しく降る。その麓の枯れた矢田野には霰が降っている。）（嘉村）

八　橋　やつはし　三河。愛知県知立《ちりゅう》市八橋町。

【関連語】 *杜若《かきつばた》（竹）

『伊勢物語』九に「三河の国八橋といふ所にいたりぬ。そこを八橋といひけるは、水行く川の蜘蛛手なれば、橋を八つ渡せるによりてなむ、八橋といひける。」とあり、広く知られた。後の紀行文には必ず記される三河国の名所となる。『更級日記』に「八橋は名のみして、橋のかたもなく、何の見所もなし。」とあるように、『伊勢物語』のままの八橋が存在していたわけではないようである。歌例の早いものに『後撰集』の「うち渡し長き心は八橋の蜘蛛手に思ふことは絶えせじ」（恋・五七〇・よみ人しらず。橋を渡すように長い間あなたを思ってきた私の心は、八橋の蜘蛛手ではないが、あれこれと思い悩むことが絶えないだろう。）があり、この他も『伊勢物語』の影響が強く、「蜘蛛手」などと共に詠まれた。また、「三河の」を冠して詠まれ、「三河」に「身」を掛ける例もある。

もろともに行かぬ三河の八橋は恋しとのみや思ひわたらん（拾遺集・別・三一七。一緒に行くことのない我が身は、三河の八橋を見ることはないように、あなたを恋しく思い続けるだけなのだろうか。）（松本）

矢野の神山　やののかみやま　出雲。島根県出雲市矢野。

『五代集歌枕』などは未勘とし、『名所歌枕』などは「伊予」などとして、所在は不明な点が多い。『万葉集』に「妻隠《つまごも》る矢野の神山露霜に匂ひそめたり散らまく惜しも」（一〇・二一七八・作者未詳。妻が籠もるという矢野の神山の木々は露霜が置いて色づき始めた。散ってしまったら惜しいことだ。）と見える。この歌の影響下で紅葉が詠まれることが多い。

雁鳴きて寒き朝けの露霜に矢野の神山色づきにけり（新勅撰集・秋・三三七・実朝。雁が鳴いて寒い朝方、露霜が置いて矢野の神山は色づいたことだ。）

（廣木）

矢橋 やばせ　近江。滋賀県草津市矢橋町。琵琶湖南岸に位置し、湖を隔てて大津打出《うちで》の浜に対する。「矢橋の渡り」として歌に詠まれる、大津への渡し船の船着き場があるなど、交通の要地であった。「八橋」「八馳」「矢走」などとも表記する。のちに近江八景の一つ「矢橋の帰帆」に数えられる。早くは、『万葉集《まこと》』の譬喩歌「近江のや矢橋の篠を矢はがずて信あり得むや恋しきものを」（七・一三五〇・作者未詳。近江の矢橋に生える篠を、きちんとした矢に仕立ずにいられようか〈あの娘と結婚するために手を尽くさずにいられようか〉。恋しくてならないのに。）があり、「矢橋」の「矢」に矢の意味を重ねたり、「梓弓」を冠したりして詠まれる。「矢橋の川」（北川を指すか）も歌枕。

鳰《にほ》照るや矢橋の渡りする舟を幾度《いくたび》見つつ勢田の橋守（永久百首・六六四・兼昌。大津から矢橋の間を渡っていく舟をいったい何度見たことであろうか、勢田の橋守は。）

（田代）

八幡山 やはたやま　山城。京都府八幡市男山。【関連語】鳩*（合）

頂上に岩清水八幡宮があり、平安期から公家に、鎌倉期以後は源氏の祖神として広く信仰された。大阪から京都への出入り口にあたり、淀川を挟んで北の天王山と相対する要害の地であり、山麓は交通の要衝であった。

八幡山西に嵐の秋吹けば川波白き淀の曙（秋篠月清集・一一四一。秋になって、八幡山の西に嵐が吹くと川波が白く立った。そのような淀の曙であることだ。）

（廣木）

山科 やましな　山城。京都市山科区。「山科の音羽」「山科の石田《いはた》」「山科の木幡」などと詠まれていることから、古くは伏見区周辺まで含んだ広い地域を指したらしい。『万葉集』に「山科の石田の杜《もり》に幣置《ぬさ》かばけだし我妹《わぎも》に直《ただ》に逢はむかも」（九・一七三一・宇合《うまかひ》。山科の石田の杜に幣を奉ったならば、もしかして愛する人と直接に逢うことができるだろうか。）と見える。京都から近江への道筋にあたり、『蜻蛉日記』中には石山寺参詣の途中のこととして、「山科にて明け離るるにぞ、いと顕証なる心地すれば、あれか人かに覚ゆる。人皆遅らかし先立《さいだ》てなどして、かすかにて歩み行けば、会ふ者見る人あやしげに思ひて、ささめき騒ぐぞ、いとわびしき。」ある。『後撰集』歌に詠まれた「山科の宮」は伏見区醍醐古道町の醍醐天皇陵である。「止《や》まじ」を掛けることがある。

夕立ははや山科の奥晴れて音羽に靡く薄雲の空（為尹千首・二九一。夕立は早くも山科の奥では晴れて、音羽山の上の空には薄雲が靡いていることだ。）

山科の里 やましなのさと

帰るさを待ち試みよかくながらよもただにては山科の里（後拾遺集・雑・一一四二・和泉式部。石山寺から帰ってくるのを待ってもう一度試してみなさい。そんなに私のことが気にかかるのなら、二人の仲がまさかただで済むことはないでしょう。ここはそのままでは止まないという山科の里なのだから。）

山科の宮 やましなのみや

【関連語】草木*（合）

はかなくて世に経《ふ》るよりは山科の宮の草木とならましものを（後撰集・哀傷・一三八九・定方。はかない状態でこの世で長らえるよりは、亡き醍醐天皇のいらっしゃる山科の宮の草木となりたいものです。）

（廣木）

山田の原 やまだのはら 伊勢。三重県伊勢市山田。

【関連語】時鳥《ほととぎす》・鈴鹿川・時雨・榊葉・しめ縄・鶴の子・杉・早苗・雪・若菜（竹）

伊勢神宮の外宮があり、その門前町として繁栄していたという。十仏の『太神宮参詣記』には「宮川を渡りて、端山繁山の陰に到りて見れば、このもかのもの里道をひらきて誠にひと都なり。ここを山田の原と申せば、げにも杉の群立奥深げなり。これ則ち外宮なり。」と記す。早い歌例として『順集』に「神のます山田の原の鶴の子はかへるよりこそ千代は数へめ」（二七一。神の鎮座まします山田の原にいる鶴の子は、雛にかえるそばから千代の数を数えるだろう。）と詠まれた。この歌のように、伊勢神宮との関わりで「神」と共に詠まれ、「山田の原」は「杉」や「松」の生い茂る場所とされた。また「山田」の縁で「早苗」「時鳥」などが導かれる。いずれも中世以降の歌例が目立つ。

聞かずともここをせにせむ時鳥山田の原の杉の群立ち（新古今集・夏・二一七・西行。たとえ聞けなくとも

ここで待つことにしよう時鳥よ、山田の原の杉が群集しているこの場所で。）（松本）

山　梨　やまなし　甲斐。山梨県笛吹市春日居町。古く「山梨郷」と呼ばれた地で、「山梨の岡」はその地の大蔵経寺山または御室山をいう。山麓に山梨岡神社があり、この社名が「山梨」の語源かという。植物の「山梨」を意識したり、または「山無し」を掛けて詠まれた。

山梨の里　やまなしのさと
ほかよりも光久しくさやけきは月の隠るる山梨の里（国基集・三三。他の所よりも月の光が長く射し、さやかに見えるのは、月が隠れる山がない山梨の里である。）

山梨（の）岡　やまなし（の）をか
甲斐が嶺に咲きにけらしなあしひきの山梨岡の山梨の花（能因集・四二。甲斐の嶺に咲いたことだ。あしひきの山梨岡の山梨の花が。）（廣木）

山（の）辺　やま（の）べ　大和。奈良県奈良市・天理市・桜井市。

【関連語】＊布留《ふる》（作）

奈良盆地の東の山裾沿い。この山沿いの道が「山辺の道」である。山辺の道は奈良から初瀬に至るもので、日本最古の道の一つと言われている。沿道には石上《いそのかみ》神宮・伝崇神天皇陵・伝景行天皇陵・桧原神社・大神《おおみわ》神社・海柘榴市《つばいち》などがある。『日本書紀』に崇神・景行天皇を「山辺道上陵《やまのべのみちのへのみささぎ》」に葬ったことが見える。このように古くからの地名であるが、この地が和歌に詠まれることはさほど多くはない。作例には「初瀬へ詣づとて、山の辺というわたりにて（略）」の詞書で、「草枕旅となりなば山の辺に白雲ならぬ我や宿らん」（後撰集・羇旅・一三五八・伊勢。草を枕として野宿する旅となったならば、白雲が宿るような名を持つこの山の辺に、白雲ではなくて私が宿るのでしょう。）がある。なお、『五代集歌枕』はこの歌を根拠に大和国の「山辺の渡り」なる歌枕を立項しているが、「〜の周辺」といった意の「わたり」を渡場と誤解していたものと見られる。この他には「山辺」に「山部」を掛けて山部赤人を意識して詠んだ作もある。なお「山辺」は山の近くの意味の普通名詞であり、必ずしも大和のこの地に限定されない。『万葉集』の「長田王を伊勢の斎宮に遣はす時に、山辺の御井にして（略）」と前書する「山辺の御井を見てがり神風《かむかぜ》の伊勢娘子《をとめ》ども相見《あひ》つるかも」（万葉集・一・八一・長田王。山辺の御井を見に来て通りすがりに伊勢乙女たちに出会ったことだよ。）などは伊勢国山辺を詠んだもの。平安期以降の作例も伊勢国歌枕、あるいは普通名詞として詠んだと解すべき例が少なくない。

玉鉾の道こそたえね山の辺の柿の下まで跡を訪ねて（千五百番歌合・雑・二八七一・家長。道は途絶えてしまったよ。山の辺の道を、柿の木の下まで、山部赤人と柿本人麻呂という二人の歌聖の跡をたずねて来て。）

（山本）

山の井　やまのゐ　近江。滋賀県大津市山中町。

【関連語】＊長良《ながら》・＊坂・＊岩（竹）

もともと一般的な名称で各地にあり、場所を明確にしえない場合も多いが、特に、京都から滋賀県大津市へ抜ける山中、「志賀の山越え（山中越え）」と呼ばれた道筋にあった泉をいう。県境付近の樹下《じゅげ》神社付近の泉か。『五代集歌枕』では山城、『歌枕名寄』では近江とする。『古今集』の紀貫之の歌「掬ぶ手の滴に濁る山の井の飽かでも人に別れぬるかな」（離別・四〇四。掬う手からしたたる滴に濁ってしまう山の井では喉を潤すのに物足りなく感じるように、名残惜しいまま人と別れてしまうことだ。）には「志賀の山越えにて、石井のもとにてもの言ひける人の別れける折に詠める」の詞書が付されている。なお、『古今集』仮名序に引かれる『万葉集』の「安積山《あさかやま》影さへ見ゆる山の井の浅き心を我が思はなくに」（一六・三八〇七・葛城王《かづらきのおほきみ》。安積山の姿までも映って見える澄んだ山の井のように、私は浅い心であなたを思っているのではない。）に詠まれた「山の井」は福島県郡山市の「安積山」の泉とされている。

珍しや昔ながらの山の井は沈める影ぞ朽ち果てにける（後撰集・雑・一一三五・よみ人しらず。珍しいことだ。長良山の山の井は昔ながら変わらないが、そこに映る落ちぶれた私の姿は朽ち果ててしまっていることだ。）

（廣木）

逝廻の岡　ゆききのをか　大和。奈良県高市郡明日香村。

「行来」「往来」とも。そもそもは『万葉集』の「明日香川逝《ゆ》き廻《み》る岡の秋萩は今日降る雨に散りか過ぎなむ」（八・一五五七・国人。明日香川が裾を廻って流れゆく岡の秋萩は、今日降る雨に散ってしまうのではないだろうか。）に見える「逝き廻る岡」に由来する。この岡は飛鳥川が廻って流れる岡である甘樫丘《あまかしのおか》か。雷丘《いかづちのおか》とする説もある。この歌の「逝き廻る岡」が後世には「ゆききの岡」の形で伝わり、それが歌枕とされた。『五代集歌枕』『八雲御抄』『歌枕名寄』はいずれも大和国の歌枕として「ゆききの岡」を挙げている。『新勅撰集』は「ゆききの岡」（秋・二三二）としてこの異伝歌を所収する。中世以降に作例が増加し、「行き来」を掛けて詠む趣向が好まれた。また、「飛鳥川」や「明日」などとともにも詠まれている。

待つ人の逝廻の岡も白雪の明日さへ降らば跡や絶えなん（続古今集・冬・六五八・家隆。私の待つあの人が行き来する逝廻の岡も、白雪が明日までも降ったならば、その訪れの跡も途絶えてしまうだろう。）　（山本）

雪の白浜　ゆきのしらはま　但馬。兵庫県美方郡新温泉町。

諸寄《もろよせ》の浜をいう。『枕草子』に「浜は…諸寄の浜」とあり、白浜で知られる景勝地であった。『能因歌枕』では「雪の白浜」を但馬としており、『古今六帖』にも「但馬なる雪の白浜諸寄に思ひしものを人のとやみん」（一二七四。但馬にあるという雪の白浜として知られる諸寄、そのようにあなたを思っているというのに、あなたは人ごとだとおもっていることだ。）と詠まれている。ただし、所在不明とする歌枕書もあり、必ずしも現地と結びつけて詠まれていたわけではない可能性もある。雪そのものを連想した用法の他、雪が降っていなくとも白いことから、月影によって白く見える、などともされた。

かきくらし降れど波にはかつ消えて積もれる方や雪の白浜（新葉集・冬・四九二・成直。辺りを暗くするほどに雪は降っても、波間に消えてしまう。一方、浜には積もって、白い雪の白浜となっていることだ。）　（嘉村）

弓月が岳　ゆつきがたけ　大和。奈良県桜井市穴師。

巻向山の峰の一つ。同山の最高峰（標高五六七メートル）の称とする説が有力。『万葉集』には柿本人麻呂の「痛足川《あなしがは》川波立ちぬ巻向の弓月が岳に雲居立てるらし」（七・一〇八七。穴師川に川波が立ってきた、巻向の弓月が岳に雲が立つらしい。）、「あしひきの山川の瀬の鳴るなへに弓月が岳に雲立ち渡る」（七・一〇八八。山川の瀬が鳴り響くとともに、弓月が岳に雲が一面に立ち渡る）、「玉かぎる夕さり来れば猟人《さつひと》の弓月が岳に霞たなびく」（一〇・一八一六。夕方になると弓月が岳に霞がたなびいている。）の一連の作が有名。平安期に詠まれた作は乏しく、中世に入ると作例が増加する。その場合にも人麻呂歌の影響が強く、穴師川や巻向の桧原などの近景と、遠望する弓月が岳の天象とを関連させて詠むものが多い。なお『袖中抄』（一二）には、「南都の人」の説として、雄略天皇がその地に弓をついたことが地名の由来であるとの伝が見えるが典拠未詳。

巻向の桧原の嵐冴《さ》え冴《さ》えて弓月が岳に雪降りにけり（風雅集・冬・八〇〇・実朝。巻向の桧原では嵐が冴え冴えと吹き、弓月が岳には雪が降るよ。）　（山本）

木綿葉山　ゆふはやま　豊前。大分県別府市・由布市。由布岳をいうか。「木綿間山」と同じともされるが、両者ともに古くから所在地が未詳とされることが多い。「木綿間山」は『万葉集』に「よしゑやし恋ひじとすれど木綿間山越えにし君が思ほゆらくに」（一二・三一九一・作者未詳。ええもうどうしてよいか分からない。思うまいとしても木綿間山を越えていったあの人のことが思われてならないことだ。）と詠まれている。「夕」を掛けて用いられた。

さてもなほ訪はれぬ秋の木綿葉山雲吹く風の峰に見ゆらむ（新古今集・恋・一三一六・家隆。さてさて一向にあの人が訪れてくれない秋の夕方であることだ。向こうの木綿葉山の峰にさえ風に吹かれて雲が訪れているのが見えるのに。）　（廣木）

夢前川　ゆめさきがは　播磨。兵庫県姫路市夢前町。夢前町と姫路市安富町の境、雪彦山《せつぴこさん》から発して、姫路市内を抜け、播磨灘に注ぐ川。「夢」が掛けられて用いられた。

渡れども濡るるとはなしに我が見つる夢前川を誰に語らむ（忠見集・一四二。寝たとも思えない内に見た夢のように、濡れることもなく渡った夢前川のことを誰に話そうか。）　（廣木）

由　良　ゆら　紀伊。和歌山県日高郡由良町。

【関連語】舟人・潮風・妹・舟呼ばふ・花鳥（竹）

古代から紀伊水道を挟んで四国と対峙する紀伊半島の地で、岬に囲まれた湾は良港として知られていた。「由良の岬」は『万葉集』に「妹がため玉を拾《ひり》ふと紀伊《き》者未詳。妻のために玉を拾うとして紀伊の国の由良の岬でこの一日を過ごしたことだ。）と詠まれている。ただし、「由良」の地名は和歌山市と紀淡海峡を挟んだ淡路島の兵庫県洲本市由良町にもあり、明確にしえない点も残る。特に「由良の門」はこの海峡とも考えられ、謡曲「紘上」に「南を遙かに眺むれば、雲に続ける紀路の小島、由良の門渡る早舟も、潮追風の吹上や、」と謡われているのはその可能性が高い。また、京都府宮津市由良川の河口とする説もあるが、これは誤解によるか。

由良の岬〈崎〉　ゆらのみさき〈さき〉

紀の国や由良の岬の月清み玉寄せ掛くる沖つ白波（続古今集・秋・三九五・師光。紀の国の由良の岬は月が清らかに照らしている。その光の中を白波が玉を岸に打ち寄せるように見えることだ。）

由良の門　ゆらのと

由良の門を渡る舟人梶を絶え行方《ゆくへ》も知らぬ恋の路かも（新古今集・恋・一〇七一・好忠。由良の門を渡る舟人が櫂を失って漂うように、どこへ行くのか分からない恋路であることだ。）

由良の湊　ゆらのみなと

梶を絶え由良の湊に寄る舟の頼りも知らぬ沖つ潮風（新古今集・恋・一〇七三・良経。櫂を失って由良の湊に寄港しようとする舟は頼るものもなくさまよっている。そのような私の恋心を導いてくれ。沖に吹く潮風よ。）　（廣木）

万木の森　ゆるぎのもり

近江。滋賀県高島市安曇川町青柳。同地の与呂伎《よろき》神社の杜をさすとの説もある。例歌の影響により、鷺を詠む名所となり、『枕草子』「鳥は」にも「ゆるぎの森にひとりは寝じ」と引かれている。鷺の白色から「雪」や「卯の花」などの白いものとの取り合わせや、「ゆるぎ」に「揺るぎ」を掛けて、不安定な恋を歌う例も見られる。

高島や万木の森の鷺すらも独りは寝じと争ふものを（古今六帖・六・四四八〇・よみ人しらず。高島の地にある万木の森に住む鷺ですら、独り寝はしないと妻争いをするというのに。）　（田代）

余呉《よご》　近江。滋賀県長浜市余呉町。

一般に余呉湖を指す。「余吾」とも。余呉湖は、余呉川で琵琶湖に連なる。「余呉の海」「余呉の内海」とも詠まれ、その湖浜部は「余呉の浦」、余呉川の河口部は「余呉の入江」と称された。天の羽衣伝説で知られる「伊香《いがご》小江《のおえ》」は余呉湖とされる。晩秋から冬の光景が詠まれることが多く、「浦風」や、伊吹が岳から吹き下ろす「山颪」、氷った湖面の光景などによって表現されている。

さざ浪や比良の高嶺に雲消えて余呉の入江に澄める月影（万代集・雑・二九一〇・師光。比良の高嶺に掛かっていた雲が消え去って、余呉の入江には月の光が澄み輝いている。）

余呉の海《よごのうみ》

【関連語】＊伊吹《いぶき》（竹）

余呉の海の夕浪寒く雁ぞ鳴く秋風いかが塩津菅原《しほつすがはら》（草根集・四五五〇。余呉の海の夕浪は寒々としていて、雁が鳴いている。秋風はどうであろうか、塩津菅原を吹き渡る秋の風は。）

余呉の浦《よごのうら》

衣手《ころもで》に余呉の浦風冴え冴えて己高山《こだかみやま》に雪降りにけり（金葉集・冬・二七八・頼綱。私の袖に、余呉の浦を吹き渡る風が冴えに冴えて寒く感じられる。己高山には雪が降っているのだなあ。）

（田代）

横野《よこの》　上野。群馬県安中市・同県渋川市。

歌学書類に上野国として取り上げられる「紫の根延ふ横野の春野には君を懸けつつ鶯鳴くも」（万葉集・一〇・一八二五・作者未詳。紫草の根が伸びる春の横野では、あなたを気に懸けて鶯が鳴いていることだ。）と詠まれるのが早い例であるが、これを摂津の生野周辺の地名とする説もある。「横野」自体がもともとは横に広がった野を指す一般名詞であるため、所在が判然としないままこの歌を踏まえて詠まれたと考えられる。

紫の根延ふ横野の壺菫《すみれ》真袖に摘まむ色も睦まし（久安百首・八〇八・顕広。紫草の根が伸びる横野に咲く壺菫を両袖いっぱいに摘もう。その色も親わしいので。）

（嘉村）

与謝《よさ》　丹後。京都府与謝郡・宮津市。

【関連語】橋立・潮風・千鳥・若布《めか》刈り・月・霞・漁《いさ》り・海人《あま》・納涼・松（竹）

「与謝の海」は「天の橋立」によって外海と分けられた内海を指す。『枕草子』には「海は…与謝の海」とある。勅撰集では、『金葉集』二奏本の「思ふことなくてや見まし与謝の海の天の橋立都なりせば」（雑・五一五・馬内侍。思いに沈むことなく見ることが出来るだろうに。もしも与謝の海の天の橋立が都であったならば。）が早い例か。この歌のように「天の橋立」と共に詠まれる他、「漁りする与謝の海人《あま》人今宵さへ逢ふことなみに袖濡らせとや」（続後撰集・恋・七四二・兼実。漁をする与謝の漁師ではないというのに、その袖が波に濡れるように、今夜も逢うことがなくて涙で袖を濡らせと言うのだろうか。）などの恋歌として詠まれるほか、「潮風に与謝の浦松音冴えて千鳥門渡《とわた》る明けぬこの夜は」（続拾遺集・冬・四二一・俊恵。与謝の浦の松に潮風が吹き渡る音が冴え冴えとして、なかなか明けないこの夜、千鳥が海峡を渡っていくことだ。）のようになど、叙景歌も多い。「夜」を掛けて、また、「海人」「潮風」「千鳥」など海に関連する語や、「松」「霞」と共に詠まれる。謡曲「丹後物狂」では『千載集』歌を引いて「思ふこと、思ふこと、なくてや見まし与謝の海の、天の橋立、都なりせば、都鳥と申すは、在中将の筆の跡、子を詠める歌なり、われらも子の弔ひにや、南無阿弥陀仏。」と謡われる。

与謝の海 よさのうみ

与謝の海霞みわたれる明け方に沖漕ぐ舟の行方知らずも（風雅集・雑・一四三〇・長方。与謝の海に霞が一面に立っている明け方、沖を漕ぎ行く舟がどこへいくのか、霞に隠されてわからないことだ。）

与謝の浦 よさのうら

憂かりける与謝の浦波かけてのみ思ふに濡るる袖を見せばや（新勅撰集・恋・七六六・殷富門院大輔。憂いに沈む夜に、与謝の浦の波がかかったわけでもないのに、あなたを心にかけて思ったためだけに濡れてしまったこの袖をお見せしたいものだ。）（嘉村）

吉野 よしの　大和。奈良県吉野郡。

【関連語】雪・梁瀬《やなせ》・夕霧・霞・山吹・有明・岩の陰道・鴨・女郎花《をみなへし》・衣擣《ころもう》つ・夏実《なつみ》川・若菜・御垣《みがき》が原《はら》・古柳・帰る雁・月・すず吹く風・藤花・御幸《みゆき》・御祓《みそぎ》・紅葉・槇の葉・卯の花・琴・室《むろ》（竹）

美称「み」を冠して「み吉野」とも。吉野川流域で、吉野山を含む。「吉野山」は現在の吉野山だけでなく、金峰山《きんぷせん》・水分山《みくまりやま》・高城山・青根が峰など広範囲の山々のことを言う。「吉野川」は奈良県大台ヶ原に源を発し、吉野宮滝を経て、紀伊国に入ると紀伊川と呼ばれる。『日本書紀』神武天皇即位前紀に、この地を巡幸した神武天皇が国神《くにつかみ》の出迎えを受けたことが見え、壬申の乱にあっては大海人《おおあまの》皇子（天武天皇）の拠点となるなど、早くから大和朝廷と関わりの深い地であった。「吉野川」付近には吉野宮（吉野離宮とも）が営まれ、天武・持統らの天皇が巡幸した。随行した柿本人麻呂の「見れど飽かぬ吉野の川の常滑《とこなめ》の絶ゆることなくまたかへり見む」（万葉集・一・三七。見飽きることのない、吉野の川の、常滑のように、絶えることなく、また立ち帰って見よう。）や、笠金村の「年のはにかくも見てしかみ吉野の清き河内の激《たぎ》つ白波」（六・九〇八。毎年やってきて、こうしてみたいものだ、吉野の清らかな河内の激しくほとばしる白波を。）などによって、この地が讃えられ、聖地としてのイメージが生成された。平安期以降においては、京から遙か遠い、人も通わぬ神秘的な奥深くの地という印象が付加されてゆく。「吉野川」は概ね『万葉集』で詠まれた、絶えることのない力強い清流としてのイメージが踏襲され、それに諸々の景物が取り合わされながら詠み続けられている。一方、「吉野山」は平安前半には雪深い地として詠まれることが多かったが、平安後期にかけて桜を詠む歌が増加し、数多の名歌が詠まれ、花の名所吉野として定着していった。兄頼朝と不和となった源義経が潜行し、南北朝時代には後醍醐天皇ら南朝方の拠点ともなり、豊臣秀吉が大花見を挙行するなど、歴史的なできごとも多い。

み吉野は山も霞みて白雪の降りにし里に春は来にけり（新古今集・春・一・良経。吉野は、山にも霞みがかかって、白雪が降っていた里に春はやって来たのだなあ。）

吉野川　よしのがは

【関連語】*柳・*款冬《やまぶき》・*滝・*崩れ魚梁《やな》（竹）、*滝津瀬《たぎつせ》
（随）

吉野川岸の山吹吹く風に底の影さへうつろひにけり（古今集・春・一二四・貫之。吉野川の岸の山吹は、風が吹いて散って、水底に映る影さえも散っているよ。）

吉野の里　よしののさと

あさぼらけ有明の月と見るまでに吉野の里に降れる白雪（古今集・冬・三三二・是則。明け方、有明の月の光と見えるほどに、吉野の里に降っている白雪よ。）

吉野の滝　よしののたき

【関連語】浪*（竹）、川*（拾）

氷とく春立ち来《く》らしみ吉野の吉野の滝の音まさるなり（続後撰集・春・一四・よみ人知らず。氷がとける立春がやって来たらしい、吉野の滝の音が大きく聞こえてくる。）

吉野の峰　よしののみね

鷲の山御法《みのり》の庭に散る花を吉野の峰の嵐にぞ見る（新後撰集・釈教・六三三・良経。霊鷲山の、釈迦が法を説いた庭に散ったという花、それを吉野の峰の嵐に散る花に見る心地がするよ。）

吉野の宮　よしののみや

【関連語】芝草*（寄）

花ぞ見る道の芝草踏み分けて吉野の宮の春の曙（新古今集・春・九七・秀能。花を見るよ、人も通わずに荒れた道の芝草を踏み分けて着いた、吉野の宮の春の曙に。）

吉野山　よしのやま

【関連語】滝波・雪の降る・梁瀬・夕霧・霞・款冬・岩の懸け道・有明・鴨・女郎花・衣擣つ（随）、隠家*・岩*（竹）、世*を捨る（拾）

吉野山絶えず霞のたなびくは人に知られぬ花や咲くらん（拾遺集・春・三七・中務。吉野山に絶えることなく霞がたなびいているのは、人にまだ知られていない花が咲いているからなのだろうか。）

（山本）

淀　よど

山城。京都市伏見区淀。

【関連語】時《ほととぎす》鳥・榊葉・菖蒲・車・真薦《まこも》・旅立を送る・舟呼ばふ・美豆野《みづの》・柴漬《ふしづけ》・筏・青柳・若菜・小網《さで》・五月雨・氷・妹（竹）

桂川・鴨川・木津川が合流し、淀川となる地点。多くの流れが集まる低地で、流れが淀むことからの地名という。京都から大阪、瀬戸内海への陸上、河川交通の要衝であった。『更級日記』に「さるべきやうありて、秋ごろ和泉に下るに、淀といふよりして、路のほどのをかしうあはれなること、言ひ尽くすべうもあらず。」と見える。「淀野」という時は「夜殿」を掛けて用いた。

山城の淀の若薦刈りにだに来ぬ人頼む我ぞはかなき（古今集・恋・七五九・よみ人しらず。山城の淀の若薦を刈るように、仮にも訪れて来ない人を信頼する私ははかない者であることだ。）

淀　野　よどの

茂るごと真薦の生《お》ふる淀野にはつゆの宿りを人ぞ借りける（拾遺集・夏・一一四・忠見。淀野に生い茂るような真薦を敷いた夜の殿舎に、人は一時的なはかない宿を真薦を刈るように、借りることだ。）

淀の沢　よどのさは

真薦刈る淀の沢水雨降れば常よりことにまさる我が恋（古今集・恋・五八七・貫之。真薦を刈る淀の沢の水が雨が降るといつもより嵩が増すように、この頃私の恋の思いは募るばかりだ。）　（廣木）

淀　川　よどがは　摂津。大阪府中央部。

三島郡島本町・摂津市・守口市・大阪市を流れる。桂川・鴨川・木津川が合流する地点からの河川名。その後、多くの川を合わせて大阪湾に注ぐ。古代から、河川交通において最も重要な川であった。謡曲「江口」に「都をば、まだ夜深きに旅立ちて、まだ夜深きに旅立ちて、淀の川舟行末は、鵜殿の芦のほの見えし、松の煙の波寄する、江口の里に着きにけり。」と川舟の旅が描かれている。「淀む」が意識されて詠まれた。

淀川の淀むと人は見るらめど流れて深き心あるものを（古今集・恋・七二一・よみ人しらず。淀川は流れが淀むと思われているようだが、実は深く流れる場所もある。そのように私の思いははっきりとしないと思っているようだが、恋への深い思いに涙を流すほどでいるのです。）　（廣木）

わ 行

若草山 わかくさやま　大和。奈良県奈良市。

標高三四二メートル。「嫩草山」とも。芝で覆われた三層の斜面からなる山で、三笠山とも呼ばれて混同されることがあるが、古歌に詠まれた三笠山とは別の山。古名は鶯山ともいい、山頂には鶯塚古墳がある。和歌の作例は少ないが、春日野や鶯と取り合わせて詠まれている。また『古今集』の「春日野は今日はな焼きそ若草の妻もこもれり我もこもれり」（春・一七・よみ人知らず。春日野は今日は野焼きをしないでおくれ、妻も私も潜んでいるのだから。）を本歌として、妻が春日野の若草山に籠もっているとの趣向を詠んだ作もある。

春日野の若草山に立つ雉子《きじ》の今朝の羽音に目を覚ましつる（好忠集・四三。春日野の若草山に立っている雉子の、今朝の羽音で目を覚ましたよ。）

（山本）

和歌〈若〉の浦 わかのうら　紀伊。和歌山県和歌山市和歌浦。

【関連語】鶴《たづ》・松原・釣舟・芦辺・満つ潮・浜千鳥・夕月夜・藻塩草・雪・千鳥・神・澪標《みをつくし》・住吉（竹）

和歌川の河口で、「片男波」と呼ばれる砂州に囲まれた浦。湾の北西隅に現在は陸続きになった玉津島があり、玉津島神社が鎮座する。もともと風光明媚な地として知られていたが、平安後期に地名の縁もあって、玉津島神社に和歌神である衣通姫《そとおりひめ》が祀られると、ますます、歌人にとって重要な地となった。『万葉集』の「若の浦に潮満ち来れば潟をなみ芦辺をさして鶴鳴き渡る」（六・九一九・赤人。若の浦に潮が満ちて来ると干潟がなくなり、芦の生えているあたりへ鶴が鳴きながらやってくることだ。）は、『古今集』仮名序にも赤人の代表歌として引かれた。「若」または「和歌」の意を込めて用いられている。

和歌の浦や沖つ潮合ひに浮かび出づるあはれ我が身の寄方《よるべ》知らせよ（新古今集・雑・一七六一・家隆。和歌の浦の沖の潮がぶつかり合う所に浮かび出る泡のような、歌壇において取るに足らないあわれな私が身を寄せる方向を教えてくれ。）
（廣木）

和歌の松原 わかのまつばら　伊勢。三重県四日市市。
【関連語】妹*（合）

四日市市の南方から楠町にかけての海岸というが未詳。『万葉集』（一〇三〇）で「吾《あが》の松原」と詠まれた歌を、『新古今集』では「伊勢国に行幸《みゆき》し給ひける時」として、「妹に恋ひ和歌の松原見渡せば潮干の潟に鶴鳴き渡る」（羇旅・八九七・聖武天皇。あの人を恋慕い、待ちながらも和歌の松原を見渡すと、潮の引いた干潟に鶴が鳴きながら飛んでゆく、涙に濡れる私のように。）として、伊勢国の「和歌の松原」と詠み入集させた。以降、『八雲御抄』などの歌書も「あ（わ）が」ではなく「和歌の松原」とする。「伊勢島」を冠したり、「松」の縁で「雪」と結んで詠まれたりした。

伊勢島や潮干の潟の朝凪に霞にまがふ和歌の松原
（風雅集・春・二二・後鳥羽院。伊勢島の潮の引いた海岸の静かな朝凪の景に、霞と見間違えるようにかすかに見える和歌の松原であることだ。）
（松本）

忘川 わすれがは　甲斐。山梨県北西部。

釜無川の支流か。『忠岑集』に「甲斐の国に罷りたりしほどに、頼み侍りし女、人に名立ち侍けるを聞きて、帰りまうできて」と詞書のある歌に、「忘川またや渡らぬ憂きことの忘られずのみ思ほゆるかな」（八三。忘川をまた渡ってしまえずいるのだろうか。つらいことを忘れられずあの人のことを思うばかりだ。）があり、「甲斐」の川とされている。ただし、『歌枕名寄』などは未勘とする。「忘る」の意を含めて用いられた。

憂き人を忘れ果てなで忘川なにとて絶えず恋ひわたるらん（元永元年十月二日内大臣家歌合・六六・忠房。つらい思いをさせる人を忘れ果てることができずに、どうして忘川が絶えることなく流れ続けるように絶えず恋い慕っているのだろう。）
（廣木）

渡辺 わたのべ　摂津。大阪市中央区天満橋。

天満川の渡しがあったことからの名という。川の南の岸が「大江の岸」と呼ばれ、多くの歌で「渡辺や大江」と詠まれている。交通の要衝であり、熊野参詣路の九十九王子の第一王子（渡辺王子・大江王子）があった。『平家物語』一一「逆櫓」には「九郎大夫判官《くらうたいふのはうぐわん》義経、都を立つて、摂津国渡辺より舟揃へして、八島へすでに寄せんとす。」とある。

渡辺《わたのべ》や大江の岸に宿りして雲井に見ゆる生駒山かな（後拾遺集・羇旅・五一三・良暹。渡辺の大江の岸に宿を取って眺めると、はるか向こうの雲のあたりに見えるのは生駒山であることだ。）

（廣木）

度会　わたらひ　伊勢。三重県伊勢市・度会郡。

北東は伊勢湾、南は熊野灘に面した伊勢国の南端部。『万葉集』の長歌に「度会の　斎宮《いつきのみや》ゆ　神風に　い吹き惑わし…」（二・一九九・人麻呂。度会の伊勢神宮から神風で敵を混乱させて…。）や、「度会の大川の辺の若久木《わかひさぎ》我が久《ひさ》ならば妹恋ひむかも」（一二・三一二七・人麻呂。度会にある大川の岸の若い久木ではないが、私の旅が久しくなったらあなたは恋しく思うだろうか。）などと詠まれた。度会の中央部を宮川が流れ、度会川とも呼ばれ、これを訓読し「渡りあひ川」ともされた。

君が代は久しかるべし度会や五十鈴の川の流れ絶えせで（新古今集・賀・七三〇・匡房。あなたさまの御代は久しく続くに違いない、度会の五十鈴川の流れは絶えることがないように。）

（松本）

（竹）

井手　ゐで　山城。京都府綴喜《つづき》郡井手町。

【関連語】蛙・山吹・浮草・駒・玉藻・下帯・五月雨

京都と奈良を結ぶ街道にあり、木津川に注ぐ玉川の流域。橘諸兄《もろえ》の別邸があったという。『無名抄』の「井手の款冬《やまぶき》・蛙《かはづ》の事」に、「ことの縁ありて、井手といふ所に罷りて一宿つかうまつりたること侍りき。所のあり様、井手の川の流れたる体、心も及び侍らず。かの井手の大臣の跡なれば理なれど、川に立ち並びたる石なども十余町ばかり、」と描写されている。『伊勢物語』『大和物語』『源氏物語』など多くの文学作品の舞台となった。「井手の川」は「（井手の）玉川」と称された。「山吹」「蛙」が詠まれることが多い。

蛙《かはづ》鳴く井手の山吹散りにけり花の盛りに会はましものを（古今集・春・一二五・よみ人しらず。蛙が惜しむように鳴いている井手の山吹は散ってしまった。花の盛りの時に会いたいものであったのに。）

井手の川　ゐでのかは

春深み井手の川波立ち返り見てこそ行かめ山吹の花（拾遺集・春・六八・順。春が深まってきたので井手の川の波が激しく立ち返るようになった。そのように幾度も立ち返って見て行きたいものだ。山吹の花を。）

井手の里　ゐでのさと

【関連語】山吹・蛙・玉川・田を返す（随）

山吹の花咲きにけり蛙《かはづ》鳴く井手の里人いまや訪はまし（千載集・春・一一二・基俊。山吹の花が咲いたことだ。蛙の鳴く井手の里の人を今こそ訪れたいものだ。）（廣木）

猪　名　ゐな　摂津。兵庫県伊丹市・尼崎市。

【関連語】鴨・雪・鴎・昆陽《こや》の池・有馬山・鹿・霧・月・千鳥・篠《ささ》原・薄・霰（竹）

兵庫県河辺郡猪名川町の大野山から発し、伊丹市・尼崎市を通り、同市神崎町のあたりで大阪湾に注いでいる猪名川の下流周辺の地。京都から西国への道筋にあたる。古代の狩猟地でもあった。「猪名野」は『万葉集』に「我妹《わぎもこ》に猪名野は見せつ名《な》次山角《すきやまつの》の松原いつか示さむ」（三・二七九・黒人。私の妻に猪名野は見せた。名次山や角の松原もいつか見せてやろう。）と見え、「猪名川」は「かくのみにありけるものを猪名川の奥《おき》を深めて我《あ》が思へりける」（一六・三八〇四・作者未詳。こんなにまでもやつれてしまったのだなあ。猪名川の深い川底のように心の奥深くで私はお前のことを思っていたのだ。）と詠まれている。「猪名の湊」は河口の港をいう。

思ふ人ありもこそすれ忘草生《お》ひけりゆかし猪名の中道（能因集・一三六。思う人があるからこそ、忘草が生えてその人のことを忘れさせてもらいたい。それにしても懐かしいその人のもとへ通じる猪名の中道であることだ。）

猪名野　ゐなの

鶍こそ夜離《よが》れにけらし猪名野なる昆陽《こや》の池水上氷《うはごほ》りせり（後拾遺集・冬・四二〇・長算。鶍は夜通って来なくなったらしい。猪名野にある昆陽の池の水の表面には氷が張ったことだ。）

猪名(の)川　ゐな（の）がは

五月雨に猪名の川岸水越えて小笹《をざさ》が原やいづくなるらむ（正治二年三百六十番歌合・二一五・兼実。五月雨によって猪名の川の岸を水が越えた。小笹の原はどこにあったというのだろうか、分からなくなったことだ。）

猪名の笹原　ゐなのささはら

【関連語】＊臥猪《ふすゐ》（合）

有馬山猪名の笹原風吹けばいでそよ人を忘れやはする（後拾遺集・恋・七〇九・大弐三位。有馬山近くの猪名の笹原に風が吹くと「さあ、そよ」と音を立てる。そのように私はあなたのことを忘れることはありません。）

猪名の柴山 ゐなのしばやま

【関連語】吹雪*（合）

いかばかり降る雪なれば息長鳥《しながどり》猪名の柴山道惑ふらん（後拾遺集・冬・四〇八・国房。雪がどれほど降ったので、息長鳥がいるという猪名の柴山で道に迷ったというのであろう。）

猪名野の原 ゐなののはら

息長鳥猪名野の原の笹枕枕の霜や宿る月影（金槐集・五八三。息長鳥がいるという猪名野の原で笹枕をして野宿すると、枕に置いた霜に月が宿るであろう。）

猪名の伏原 ゐなのふしはら

息長鳥猪名の伏原飛び渡る鴫《しぎ》が羽音《はねおと》おもしろきかな（拾遺集・神楽歌・五八六。息長鳥がいるという猪名の伏原の上を飛び渡っていく鴫の羽の音は風情のあることだ。）

猪名の湊 ゐなのみなと

浮寝する猪名の湊に聞こゆなり鹿の音下ろす峰の松風（千載集・秋・三一三・隆信。私が船上で浮寝をしている猪名の湊に聞こえてくることだ。鹿の声を吹き下ろしてくる峰の松風の音が。）（廣木）

絵　島 ゑじま　淡路。兵庫県淡路市岩屋町。

【関連語】須磨・月・雪・千鳥・吹井《ふけゐ》の浦・霞・明石・塩風・松・紅葉・桜花・赤《あけ》のそほ舟（竹）

岩屋町の海岸にあった島で、現在は陸続きになっている。淡路島の北端の東、大阪湾側にあり、瀬戸内海沿いを旅する人々に親しかった。『平家物語』五「月見」に「福原の新都にまします人々、名所の月を見んとて、あるいは源氏の大将の昔の跡を偲びつつ、須磨より明石の浦伝ひ、淡路の瀬戸を押し渡り、絵島が磯の月を見る。」と見える。

明石潟絵島をかけて見渡せば霞の上も沖つ白波（続古今集・春・四九・俊成。明石潟から絵島にかけて見渡すと、霞の上にも沖の白波が立って見えることだ。）

絵島が磯 ゑじまがいそ

小夜千鳥吹飯《ふけひ》の浦に訪れて絵島が磯に月傾《かたぶ》きぬ

（千載集・雑・九九〇・家基。夜が更け、小夜千鳥が吹飯の浦に飛んで来た時に、ちょうど絵島が磯に月が傾いたことだ。）

絵島が崎　ゑじまがさき

播磨潟須磨の月読《つきよめ》空冴えて絵島が崎に雪降りにけり（千載集・雑・九八九・親隆。播磨潟の須磨の月が冴え冴えと澄みきって見える頃、絵島が崎に雪が降ったことだ。）

絵島の浦　ゑじまのうら

千鳥鳴く絵島の浦に澄む月を波に映して見る今宵かな（山家集・五五三。千鳥が鳴く絵島の浦に澄んで昇っている月が波に映るのが見える今宵であることだ。）　（廣木）

小笠原　をがさはら　甲斐。山梨県北杜市明野《あけの》町。茅ケ岳《かやがだけ》山麓に位置し、牧のあった場所として知られた。「萌えいづる草葉のみかは小笠原駒のけしきも春めきにけり」（詞花集・春・一三・覚雅。萌え出る草葉だけではあるまい、小笠原の牧の馬も野に放たれて、すっかり辺りは春らしくなったことだ。）のように、「駒」と共に歌に詠まれる。「小笠原逸見《へみ》の御牧」のように名所とされる「逸見」と共に詠まれる歌もある。

都までなづけて牽《ひ》くは小笠原逸見の御牧の駒にぞありける（貫之集・三六六。都まで馬を牽いていくのは、小笠原や逸見の御牧の馬であるよ。）

（松本）

小倉　をぐら　山城。京都市左京区嵯峨。

【関連語】紅葉・御幸《みゆき》・鹿・月・時鳥《ほととぎす》・照射《ともし》・麓の野辺・大堰《おほゐ》川《がわ》・花薄・嵐山・時雨・木の葉・雪・山吹・梯《かけはし》・鴈・衣打つ・霧・鶯・鐘（竹）

「小倉山」は大堰川の北岸にあり。南岸の嵐山と対峙する。「小倉の里」はその麓の里。京都から近い山里で、風光明媚であることもあって、平安期から貴顕の遊興地であり、寺も多い。『狭衣物語』二に、嵯峨院の隠棲地の様子として、「嵯峨に、やがて御前の庭にて大堰川もほどなく見やらるるに、小倉山の篠薄のほのかなるほどにもあらず、見え渡りて、鹿の音《ね》にも同じ心に泣き暮らさせ給ひて、行ひたまへるは、」と描写されている。なお、『万葉集』歌「夕されば小倉の山に鳴く鹿は今宵は鳴かず寝ねにけらしも」（八・一五一一・舒明天皇。夕方になると小倉の山に鳴く鹿が、今宵は鳴かない。寝てしまったようだ。）に見える「小倉の山」は、奈良県桜井市赤尾の山とされる。ただし、平安期にはこの歌の「小倉の山」も嵯峨の山と認識されて、以後の歌に大きな影響を与えた。「小暗し」を掛けて用いられた。

いとどしく霧降る空に蜩の鳴くや小倉のわたりなるらん（赤染衛門集・一二。ますます激しく霧が立ちこめる空に蜩が鳴いているようだ。小暗い小倉のあたりで。）

小倉の里　をぐらのさと

【関連語】野*（竹）

我が物と秋の梢を思ふかな小倉の里に家居せしより（山家集・四八六。我が宿のあたりの秋の木々の梢が、色づいたかどうか、思いをめぐらせるようになった。小倉の里に家を構えてからは。）

小倉の峰　をぐらのみね

心あてに折らばや折らむ夕づく日射すや小倉の峰の紅葉葉（壬二集・二四〇六。あて推量で折るならば折ろう。夕日が射して、日の光か紅葉か判然としなくなった小倉の峰の紅葉葉を。）

小倉（の）山　をぐら（の）やま

夕づく夜小倉の山に鳴く鹿の声の内にや秋は暮るらむ（古今集・秋・三一二・貫之。夕暮れた夜、小暗い小倉の山に鳴く鹿の声を聞いている内に、秋も暮れていくのであろう。）　（廣木）

小黒崎　をぐろざき　陸奥。宮城県大崎市。

小黒ヶ崎山をいう。『古今集』の「小黒崎美豆《みづ》の小島の人ならば都のつとにいざと言はましを」（東歌・一〇九〇・よみ人しらず。小黒崎の美豆の小島が人であったならば、都への土産に「さあ共に」と言うだろうに。）という歌で知られ、以来、美豆の小島とともに詠まれる。

小黒崎美豆の小島にあさりする鶴《たづ》ぞ鳴くなる浪立つらしも（続古今集・雑・一六三八・後嵯峨院。小黒崎の美豆の小島でえさをとる鶴が鳴いている、浪が立っているらしい。）　（嘉村）

小塩　をしほ　山城。京都府西京区大原野。

北側を山陰道が通る。小塩山《おしおやま》の麓に藤原氏の氏社、大原野神社あり、皇族・貴顕の参詣が絶えなかった。『伊勢物語』七六に、二条の后が大原野神社に参詣した時に、「近衛府にさぶらひける翁」が詠んだとして、「大原や小塩の山も今日こそは神代のことも思ひ出づらめ」（大原の小塩の山に鎮座する神も、二条の后が参詣なさった今日という日には、神代の昔の天孫守護のことを思い出していらっしゃることでしょう。）という在原業平の歌が引かれている。藤原氏の氏神であった大原野神社に関わって、また祝賀の思いを込めて詠まれることが多い。

大原や小塩の小松葉を繁みいとど千歳の陰とならん（新勅撰集・賀・四五五・朝忠。大原の小塩に植えた小松の葉が繁ってきて、ますます千年も栄える陰となるであろう。）

小塩(の)山　をしほ(の)やま

【関連語】＊雉子《きぎす》・＊御幸《みゆき》（合）

大原や小塩の山の小松原はや小高かれ千代の影見ん（後撰集・慶賀・一三七三・貫之。大原の小塩の山の小松の原の小松よ、早く小高くなれ。千年も栄え繁る姿を見たいので。）　（廣木）

雄島　をしま　陸奥。宮城県松島町。

【関連語】海人《あま》人《びと》・月・苫屋・釣舟・藻塩焼《もしおや》く・時雨・千鳥・松風（竹）

松島を構成する島の一つ。渡月橋で陸とつながっている。もとは千松島とよばれ、松島の地名発祥の島であると言われる。もともと、「小島」の意と思われ、本項、小見だしの「雄島の磯」に挙げた『後拾遺集』の歌例が、普通名詞「小島」と明確に区別できる早い例である。この歌のように海人の袖を詠んで、涙に濡れる袖と比べる例の他、叙景歌も多い。

心ある雄島の海人の袂かな月宿れとは濡れぬものから（新古今集・秋・三九九・宮内卿。何と情緒を解する漁師の袂でありましょうか。ことさらに月が映るように濡れているわけではないというのに、月が照り映えているよ。）

雄島の磯　をしまのいそ

松島や雄島の磯にあさりせし海人の袖こそかくは濡れしか（後拾遺集・恋・八二七・重之。松島の雄島の磯で漁をした海人ならばこそ、このように袖は濡れたことであるのに。私の袖は、漁をしたわけでもないのに涙で濡れていることだ。）　（嘉村）

緒絶の橋　をだえのはし　陸奥。宮城県大崎市。

緒絶川にかかる橋。大崎市古川七日町から古川三日町へかかる橋を言う。古い所在については諸説がある。この地を詠んだことが明確な歌では、『後拾遺集』の

「陸奥《みちのく》の緒絶の橋やこれならむふみみふまずみ心惑はす」（恋・七五一・道雅。陸奥の緒絶の橋というのはこのことであろうか、橋を「踏み」みるのではないが、「文」が通わず、仲を裂かれ心が乱れることだ。）が早い例である。以後その地名から、恋人との仲が絶えることを詠むようになる。

白玉の緒絶の橋の名もつらし砕けて落つる袖の涙に（続後撰集・恋・八九三・定家。仲が絶えるという意味を持つ「緒絶の橋」という名を聞くのもつらいことだ。袖に白玉のように砕け落ちる涙のために。）（嘉村）

男山 をとこやま　山城。京都府八幡市八幡高坊。

【関連語】 *女郎花《をみなへし》（合）、*八幡（付）

桂川・宇治川・木津川の合流する隘路を形成する山で、北の天王山と対峙する。山頂に岩清水八幡宮が鎮座し、「八幡山《やはたやま》」とも呼ばれた。古来から京都と大阪、または奈良方面への交通の要衝であり、軍事上の重要点であった。『太平記』には、正平七年（一三五二）三月から五月にかけて、この地に陣を構えた南朝の楠木正儀《まさのり》らと足利軍との攻防が描かれている。「男」の意を意識して用いられた。

女郎花憂しと見つつぞ行き過ぐる男山にし立てりと思へば（古今集・秋・二二七・布留今道《ふるのいまみち》。女郎花が生えているのをいまいましいものだと見ながら、通り過ぎていくことだ。この男山という男に縁のある山に、女を思わせる女郎花が立ち生えていると思うので。）（廣木）

小野 をの　山城。京都市左京区上高野・大原。

【関連語】 浅茅・筧・手習・山陰・炭焼き・雪（付）、*炭竈・*遣り水・*芝・*樗・*蜻蛉《かげろふ》（合）

比叡山の麓の野で、平安期以来の貴顕の隠棲地であった。『伊勢物語』八三には惟喬《これたか》親王が出家隠棲した場所とされ、そこを「昔男」たる在原業平が訪れる場面が、「正月に拝み奉らむとて、小野に詣でたるに、比叡の山の麓なれば、雪いと高し。」と描かれ、帰り際に、「忘れては夢かとぞ思ふ思ひきや雪踏み分けて君を見むとは」（現実であることを忘れて夢の中の出来事ではないかと思います。このような雪を踏み分けてわが君にお逢いしようとは思ってもみなかったことです。）と詠んだことが見える。「小野の細道」はこの『伊勢物語』を念頭に置いた小野への道をいう。「小野山」は比叡山の西麓の山の名でもあるが、「小野」を囲む山々を漠然という。「小野」と呼ばれる地は各地にあり、この地と確定しがたいものも多い。

薪樵《たきぎこ》ることは昨日に尽きにしをいざ小野の柄《え》はここに腐《くた》さん（拾遺集・哀傷・一三三九・道綱母。薪を伐って経を供養することは昨日で終わったので、さあ、今日はこの小野で薪を伐った斧の柄が腐るほど長く時を忘れて楽しみましょう。）

小野の(山)里　をのの(やま)さと

雪の色を奪ひて咲ける卯の花に小野の里人冬ごもりすな（金葉集・夏・九八・公実。雪の白色を奪い取って咲いている卯の花のために、小野の里人よ、冬ごもりするな。）

小野の細道　をののほそみち

真柴刈る小野の細道跡絶えて深くも雪のなりにけるかな（千載集・冬・四六五・為季。真柴を刈る小野の細道は人の足跡も絶え、なんとも深く雪が積もったことだ。）

小野(の)山　をの(の)やま

【関連語】日影草*・柴取り*（合）

都にも初雪降れば小野山の槇の炭竈焚きまさるらん（後拾遺集・冬・四〇一・相模。都にも初雪が降ったので、小野山の槇を焼く炭竈はますます多くの炭を焚いていることだろう。）（廣木）

姨捨山　をばすてやま　信濃。長野県千曲市・東筑摩郡筑北村。

【関連語】更科*（竹）、滝*（拾）

長野盆地南西端にある冠着山《かむりきやま》をいう。更科山、冠山とも。『大和物語』（一五六）や『今昔物語集』（三〇・九）などに載る、年老いた養母（伯母）を山に捨ててくるよう再三妻にけしかけられた男が、ついに伯母を山に捨ててしまうが、それを悔いて迎えに行ったという話が有名。男が詠んだ歌、「我が心なぐさめかねつ更科や姨捨山に照る月を見て」（古今集・雑・八七八・よみ人しらず。私の心は慰められることはない、更科の姨捨山に照っている月を見ていても。）が後代に大きな影響を与えた。従って、後の歌例のほとんどが「月」「更科」「なぐさめかね」などと共に詠まれている。また、捨てられた伯母の連想から、恋人に顧みられない孤独な我が身は決して慰められない、と詠む歌も多い。

月見ては誰も心ぞなぐさまぬ姨捨山の麓ならねど（後拾遺集・雑・八四八・範永。月を見ても誰も心は慰

められない、ここは姨捨山の麓ではないけれど。）（松本）

小墾田　をばただ　大和。奈良県高市郡明日香村。『万葉集』の「小《を》墾田《はりだ》の板田の橋の壊《こぼ》れなば桁より行かむな恋ひそ我妹《わぎも》」（一一・二六四四・作者未詳。小墾田の板田の橋が壊れたら、橋桁を渡ってでも逢いに行こう。恋しがるな私の愛する人よ。）中の「小墾田」を『古今六帖』（一六一九）で誤って読んだことから生まれた歌枕と思われる。「小墾田」は「小治田」とも書き、推古天皇の宮があったところである。以後、この『万葉集』歌の影響下で詠まれることが多い。ただし、『五代集歌枕』『歌枕名寄』などでは摂津としており、別の地を指した可能性もある。「をはりだ」は和歌ではほとんど詠まれていない。「伯母」を掛けて詠まれることがある。

朽ち果てて危《あや》ふく見えし小墾田の板田の橋も今渡すなり（千載集・釈教・一二四三・泰覚。朽ち果てて、渡るのは危なげに見えた小墾田の板田の橋も今、架け替えることになった。そのように今、改めて釈迦の伯母は来世成仏することが示されたのである。）（廣木）

小比叡　をひえ　近江。滋賀県大津市坂本。日吉大社の二宮である東本宮の背後にある牛尾山（八王子山）をいう。「比叡山」を「大比叡」と呼ぶのに対しての称。東本宮を念頭にして詠まれることが多い。

神垣や今日の御幸《みゆき》の標《しるし》とて小比叡の杉は木綿《ゆふ》懸けてけり（続拾遺集・神祇・一四四九・成良。日吉大社に後嵯峨院が今日参詣したことの標として、小比叡の杉には木綿懸けてあることだ。）（廣木）

麻生　をふ　志摩。三重県鳥羽市浦村町・今浦町。浦村町と今浦町の前方にある湾で生浦湾と呼ばれる海岸。または三重県多気《たき》郡明和町大淀で伊勢湾に面した地か、度会郡南伊勢町田曽浦、五ヶ所湾辺りをいう（いずれも伊勢国）とする説がある。和歌には「麻生の浦」「麻生の海」と詠まれる。『五代集歌枕』等の歌学書は伊勢国。これは、『古今集』に「伊勢歌／麻生の浦に片枝さし覆ひなる梨のなりもならずも寝て語らはむ（古今集・東歌・一〇九九・よみ人しらず。「生ふ」という名の「麻生」の浦に、片方の枝が覆いかぶさるように実る梨は、「成る」ものなのに「成し」とも「無し」とも言うが、「成る」かどうかは共寝をして語らうことにしよう。）と詠まれ、「伊勢歌」と詞書にあることから、伊勢国の歌枕と見なされたようである。ただし、『顕注密勘』に「〈麻生の浦〉は志摩国にあり、（略）伊勢と志摩とは一つに詠むなり。」とあるように、国名に拘らず、伊勢湾・もしくは熊野灘辺りの海岸として漠然と解されたか。『万葉集』に「布勢の水海《みづうみ》（富山県氷見市にあった湖）に遊覧せむと契り」作った歌、として「乎《を》布《ふ》の崎漕ぎたもとほりひねもすに見とも飽くべき浦にあらなくに」（一八・四〇三七・家持。乎布の崎は、舟で一日中漕ぎ回っても、見ていて飽きない浦であるよ。）と詠まれるが、これは「麻生」ではなく「乎布」であり、越中国（富山県）の歌枕である。しかし、『八雲御抄』は「をふの浦」を「伊勢にあり、これ梨ある所なり。万（葉集）…」と記すように、「麻生」と「乎布」に混同がある。また、「麻生（苧生《をふ》）」は麻の畑の意で、地名ではないが、「桜麻《さくらあさ》の麻生の下草露しあれば明かしてい行け母は知るとも」（万葉集・一一・二六八七・作者未詳。桜麻の麻畑の下草には露が置いているので、泊まって行きなさい母親に知られるとしても。）の歌をもとに、後代の歌に「桜麻の麻生の浦」などと詠まれている。『古今集』歌の影響も強く、「梨」「無し」「成り」などと共に詠まれた。

桜麻の麻生の浦波たち返り見れども飽かず山梨の花（新古今集・雑・一四七三・俊頼。桜麻の生える麻生の浦の波が立ち返るように、繰り返し見ても飽きることのない山梨の花である。）

麻生の海　をふのうみ

麻生の海の思はぬ浦に越す潮のさてもあやなく立つ煙かな（新勅撰集・恋・七六〇・寂蓮。麻生の海の思ってもいない浦を越す潮のように、あなたが私を思ってくれなくても、むなしく思い焦がれるような藻塩の煙が立っていることだ。）

麻生の浦　をふのうら

【関連語】桜麻・満つ潮・山梨・雪・千鳥（竹）

片枝さす麻生の浦なし初秋になりもならずも風ぞ身にしむ（新古今集・夏・二八一・宮内卿。片枝をさし伸ばしている麻生の浦の梨の片陰は、初秋になったともならないともわからないが、風は身にしみて感じられることだ。）

（松本）

歌枕書所載一覧

嘉村雅江

一．歌枕は本編と同様の順に挙げる。○は完全一致、または完全一致とみなせるもの。◎は2ヶ所にあるもの、△は部分一致があるものを示す。

二．用いたテキストは『能因歌枕』――日本歌学体系、『五代集歌枕』――新編国歌大観、『和歌初学抄』（「万葉集所名」は除外）――日本歌学体系、『歌枕名寄』――古典文庫、『勅撰名所和歌抄出』――『連歌文芸の展開』（松本麻子著）である。

	能因歌枕	五代集歌枕	和歌初学抄	歌枕名寄	勅撰名所和歌抄出
明石	△	△	△	○	△
明石潟				○	○
明石の浦	○	○	○	○	○
明石の沖				○	○
明石の瀬戸			○	○	○
明石の門		○		○	
明石の泊まり				○	○
明石の浜		○		○	○
秋篠				○	○

	能因歌枕	五代集歌枕	和歌初学抄	歌枕名寄	勅撰名所和歌抄出
秋津		△			△
秋津（の）川		○		○	○
秋津（の）野				○	
秋津〈蜻蛉〉島		△			
秋津野		○		○	○
芥川			○	○	○
阿漕が浦				○	○
阿古屋				△	
安積		△	△	△	△

	能因歌枕	五代集歌枕	和歌初学抄	歌枕名寄	勅撰名所和歌抄出
安積の沼		○	○	○	○
安積山		△	○	○	○
浅香の浦		○		○	○
朝倉山				◎	○
浅沢		△			○
浅沢沼				○	○
浅沢小野		○		○	○
朝妻山		○		○	○
浅羽野		○		◎	○
朝日山			○	◎	○
浅間の山〈岳〉	○	○		○	○
浅水の橋			○	○	
足柄		△	△	○	△
足柄の坂		○		○	○
足柄の関		○	○	○	○
足柄(の)山		○		○	○
朝の原	○	○		○	
芦(の)屋				○	△
芦(の)屋の里				○	○
芦(の)屋の灘				○	○
芦(の)屋の浦					○

	能因歌枕	五代集歌枕	和歌初学抄	歌枕名寄	勅撰名所和歌抄出
飛鳥〈明日香〉	△	△		○	△
飛鳥〈明日香〉川	◎	○	○	○	○
飛鳥〈明日香〉の里		○		○	○
飛鳥〈明日香〉の寺				○	○
阿須波の宮				○	
安蘇の河原		○		○	△
阿蘇の山				◎	○
愛宕(の)山〈峰〉			○	○	
化野	○			○	○
安達		△		○	○
阿太の大野		○		○	○
梓の杣〈山〉				○	○
安曇川		○		◎	○
穴師		△		○	△
穴師(の)川		○		○	○
穴師(の)山		○		○	△
姉歯				△	
淡(の)島		○		○	○
粟田山			○	○	
淡路		△	△	○	△
淡路潟				○	○

淡路島		○	○	○	○
淡路の瀬戸				○	
粟津(野)		○	○	○	○
粟津(野)の里				○	
粟津(野)の原				○	
粟津の森		○		○	○
粟手の浦				○	○
粟手の森			○	○	○
逢〈藍〉染〈初〉川			△	○	
会　津		△	△	△	△
会津の里					
会津の山		○	○	○	○
阿武隈川	○	○	○	○	○
逢　坂	△	○	△	○	○
逢坂の関	○	○	○	○	○
逢坂山		○	○	○	○
逢の松原			○	○	○
近江の海		○	○	○	○
安倍(の)島		○		○	○
安倍の田		○		○	○
安倍の市		○		○	○
天香具山		○	○	○	○
天の河原	○	○	○	○	○
天の橋立	○		○	○	○
綾の川		○	○	○	

年魚市潟		○		○	
嵐(の)山	○	○	○	○	○
有乳山		○	○	○	○
有栖川	○		○	○	○
有　磯		△		○	△
有磯(の)海		○		○	○
有磯の浦				○	○
有磯の浜		◎		○	○
有馬山		○	△	○	○
青根が峰		○		○	
青葉の山		○		○	○
伊加が崎	○		○	○	○
伊香胡		△		○	△
伊香胡の海				○	
伊香胡の浦				○	
伊香胡山		○		○	○
伊香保の沼		○	○	○	○
生の松原		○	○	○	○
生　田	△	△	△	○	△
生田の池			○	○	○
生田の海			○	○	○
生田の浦		○	○	○	○
生田の川				○	○
生田の里				○	
生田の森	○	○	○	○	○

	能因歌枕	五代集歌枕	和歌初学抄	歌枕名寄	勅撰名所和歌抄出
生田の山				○	
生田の小野				○	
生野			△	○	○
生駒(の)山〈岳〉	○	○	○	○	◎
不知哉川		○		○	○
石山	○			○	○
五十鈴川			○	○	○
伊勢		△		△	○
伊勢島				○	○
伊勢の海		○	○	○	○
伊勢の浜				△	
石上		○		○	
磯間の浦		○		○	○
板田の橋		○		○	○
一志の浦				○	○
伊都貫川			○	○	○
伊豆の海		○		○	○
五幡の坂		○		○	○
泉川	○	○	○	○	○
出雲の宮				○	
糸鹿(の)山		○	○	○	○

	能因歌枕	五代集歌枕	和歌初学抄	歌枕名寄	勅撰名所和歌抄出
引佐細江		○		○	○
因幡の山〈峰〉			○	◎	○
印南野		○	○	○	○
稲荷	△	○		○	△
稲荷山	○		○	○	○
伊根				△	
岩城(の)山				○	○
岩国山		○		○	○
岩清水	○			○	○
岩代		△	△	○	△
岩代の岸		○		○	○
岩代の野		○		○	○
岩代の森		○		○	○
岩代の岡		○		○	○
岩代の尾上				○	○
岩瀬の森	◎	○	○	○	○
岩瀬(の)山	○	○		○	○
石田	△	△	△	△	△
石田の森	○	○	○	○	○
石田の小野		○		○	◎
岩田川				○	○

磐〈岩〉手	△		△	◎	
岩手の森			○	○	○
岩　橋		○	△		○
石　見				△	△
石見潟				○	○
石見野					
石見の海				○	
磐　余		△	△	△	△
磐余(の)野		○		○	○
磐余の池		○		○	○
伊　吹	△			○	△
伊吹の里				○	
伊吹の〈が〉岳	○			○	△
伊吹山			○	◎	◎
妹が島		○		○	○
妹背川	○		○	○	○
妹背(の)山	○	○	○	○	○
弥高山		○		◎	○
伊良湖が崎			○	○	○
入佐の山		○		◎	○
入　野		○		○	○
浮　島	○	○	○	◎	○
浮島が原				○	○
浮田の森		○		○	○
宇佐の宮	○		○	○	

牛　窓				○	○
宇　陀		△	○	○	△
宇　治	△	△	△	○	△
宇治川	○	○	○	○	○
宇治の里				○	
宇治の渡り		○		○	○
宇治橋	○		○	○	○
宇治山	△	○	○	○	○
打出の浜	○	○	○	○	
宇津の山				○	○
有度(の)浜	○	○	○	○	○
雲梯の森		○		○	○
畝傍山				○	
梅　津	○	△		○	△
梅津川	○	○	○	○	○
有耶無耶の関			○	○	
瓜　生	△		△	○	△
瓜生坂				○	
瓜生(の)野					
瓜生山	○		○	○	○
宇留馬の渡り		○	○	○	○
老蘇の森	○	○	○	○	○
奥津島山		○		○	○
興津の浜			○	○	○
隠岐の海				○	

	能因歌枕	五代集歌枕	和歌初学抄	歌枕名寄	勅撰名所和歌抄出
音無	△	△	△	○	△
音無(の)川			○	○	○
音無の里				○	○
音無の滝	○	○		○	○
音無の山			○	○	
音羽	△	△	△	○	△
音羽川		○	○	○	○
音羽の里				○	○
音羽の滝	◎		○		○
音羽山	◎	○	○	○	○
大荒木		△		△	△
大荒木の里				○	
大荒木の森		○		○	○
大内山				○	○
大江の岸		○		○	○
大江(の)山		○	○	○	○
大蔵山		○		○	
大沢の池		○	○	○	○
大島		○		◎	○
大津				○	○
大津の浜				○	

	能因歌枕	五代集歌枕	和歌初学抄	歌枕名寄	勅撰名所和歌抄出
大津の宮				○	
大原	△	○	△	◎	○
大原の里		○	○	◎	○
大原山	○	○	○	◎	○
大原(野)			○	○	○
大比叡				○	
大淀				○	○
大淀の浦				○	○
大淀の浜				○	○
朧の清水		○		○	○
大堰〈井〉川	◎	○	○	○	○
御前				△	△
御前の沖				○	○
御前の浜				◎	
思川		○		○	○
鏡山	◎	◎	○	◎	◎
笠置(の)山				○	△
風越の峰				○	○
笠取山	○	○	○	○	○
柏木の森		○		○	○
香椎				○	△

香椎(の)潟				○	○
香椎の宮				○	○
鹿島		○		◎	◎
鹿島の崎		○		○	○
鹿島の宮		△		○	△
春日	△	△	△	○	△
春日野	◎	○	○	○	○
春日の里		○		○	○
春日の原		○		○	○
春日山		○	○	○	○
霞の浦	○		○	○	○
霞の〈が〉関			○	○	○
鹿背(の)山		○		○	○
堅田				△	△
堅田の浦				○	○
堅田の沖				○	
堅田の浜				○	
交野		○	○	○	○
交野の里				○	○
交野の原				○	
形見の浦		○		○	○
片岡	△			△	○
片岡の森				○	○
片岡山				○	○
勝野の原				○	○

葛飾				○	△
勝間田(の)池		○	○	○	○
桂	△		△	○	△
桂川	○		○	○	○
桂の里					○
葛城	△	△	△	○	△
葛城の神		○	○	○	○
葛城山	○	○	○	○	○
香取の浦		○		○	◎
鐘の岬		○		○	○
川島			○	◎	○
甲斐が嶺	○	○	△	○	○
帰山	◎	○	○	○	○
鎌倉山		○		○	○
竈門山	○	○	○	○	○
蒲生野			○	○	○
神路山				○	○
神奈備	△	△	△	○	△
神奈備川		○		○	○
神奈備の森	○	○	○	◎	○
神奈備山	○	○	○	◎	○
神山			○	◎	○
亀山	○	○	○	○	○
亀井	○	○	○	○	○
賀茂	△	△	△	△	△

	能因歌枕	五代集歌枕	和歌初学抄	歌枕名寄	勅撰名所和歌抄出
賀茂川		○	○	○	○
賀茂の河原		○		○	○
賀茂の社	○	○		○	○
賀茂山	○		△	◎	○
唐崎	○			○	○
軽		△	△	△	△
軽の池		○	○	○	○
刈萱の関				○	
象潟		○		○	○
象山		○		○	○
木曽	△		△	○	△
木曽路			△	○	
木曽路の橋	○		○	○	○
木曽の御坂					○
北野				○	△
衣笠岡	△		○	○	○
紀の海				○	○
紀の川				○	
紀の関		○		○	○
木の丸殿				○	
吉備の中山		○	○	○	○

	能因歌枕	五代集歌枕	和歌初学抄	歌枕名寄	勅撰名所和歌抄出
貴船		○		○	○
貴船川				○	○
貴船の宮		△		○	
貴船山				○	
清隅の池				○	
清滝		○	△	○	○
清滝川			○	○	○
清見			△	○	△
清見が関			○	○	○
清見潟				○	○
清水	○			△	
桐原			△	○	○
百済野		○		○	○
朽木の杣			○	○	○
恭仁の都		○		○	○
熊野				△	○
熊野川				○	○
熊野山				○	
久米路の橋		○	△	◎	○
久米の佐良山		○	○	○	○
雲の林				○	○

倉橋(の)山	○	○	○	◎	○
暗部(の)山		○	○	◎	○
鞍馬(の)山	○		○	○	○
位山	○	○	○	○	○
栗駒山				○	
栗栖の小野		○	○	○	○
黒牛潟		○		○	
黒髪山		○		○	○
黒戸の浜				○	○
気色の森			○	○	○
許我の渡り		○		○	○
木枯の森	◎			○	○
古々比の森		○	○	○	
越の海					○
越の白嶺	△	○	△	○	○
巨勢山		○		○	○
古奴美の浜		○		○	○
木幡				○	△
木幡川				○	○
木幡の里				○	○
木幡の峰				○	
木幡山				○	
恋の山				○	○
狛				○	△
狛野				○	

狛山				○	○
昆陽				○	△
昆陽の池			○	◎	○
昆陽の松原			○	○	○
小余綾の磯	○	○	○	○	○
懲りずまの浦					
衣川	○	○	○	○	○
衣手の森	◎		○	○	○
衣の関	○	○	○	○	○
嵯峨	△	△	△	○	△
嵯峨野		○	○	○	○
嵯峨(の)山	○	○		○	○
鷺坂山		○		○	○
桜川		○	○	○	○
桜田		○		○	○
桜井の里	△			○	
差出の磯		○	○	○	○
五月山				○	○
佐野		○		◎	○
佐野の中川				○	○
佐野の舟橋		○		◎	○
佐野の渡り				◎	○
沢田川				○	○
佐保	△	△	△	○	△
佐保川	○	△	○	○	○

	能因歌枕	五代集歌枕	和歌初学抄	歌枕名寄	勅撰名所和歌抄出
佐保道〈路〉		○		○	
佐保(の)山	○	○	○	○	○
小夜の中山		○	○	○	○
狭山の池	○	△		○	
更　科	○	△		○	△
更科川		△	△	○	○
更科の里		△	○	○	○
更科山		○	○	○	○
曝　井		○		○	○
猿沢の池	○	○	○	○	○
志　賀		△		○	△
志賀の島				○	○
志　賀	△	△		○	△
志賀津		○		○	○
志賀の海				○	
志賀の浦	○	◎		◎	◎
志賀の大輪田				○	○
志賀の里					
志賀の花園				○	○
志賀の都				○	○
志賀の山				◎	◎

	能因歌枕	五代集歌枕	和歌初学抄	歌枕名寄	勅撰名所和歌抄出
志賀須賀の渡り	△	○	○	○	○
飾　磨		△	△	○	△
飾磨川		○		○	○
飾磨の市				○	○
信　楽				○	△
信楽の里				○	○
信楽の(外)山				○	○
敷　津				△	○
敷津の浦				○	○
樒が原				○	
下紐の関				○	○
志筑の山	○			○	
賤機山			○	○	○
信太の森		○	○	○	○
信　夫		△	△	○	△
信夫が原				○	○
信夫の浦			○	○	○
信夫の里		○	○	○	○
信夫の森				○	○
信夫の岡				○	○
信夫山			○	○	○

四極山				○	
塩竈	△	△	△	△	△
塩竈の浦	○	○	○	○	○
塩津山		○		○	○
塩(の)山				○	○
標茅が原				○	○
白河	◎	◎	◎	◎	◎
白河の里				○	
白河の滝	○	○		○	○
白河の関	○	○	○	○	○
白山	○	○	○	○	○
白良の浜	○		○	○	
菅島				○	○
菅田の池	○		○	○	○
須賀の荒野		○		○	○
菅原や伏見		△			△
菅原や伏見の里		○			○
菅原や伏見の田居					
須佐の入江		○		○	○
鈴鹿	△	△	△	△	△
鈴鹿川	○	○	○	○	○
鈴鹿の関			○	○	○
鈴鹿山	○	○	○	○	○
諏訪の海			○	○	○
須磨		△	△	○	△

須磨の浦		○	○	○	○
須磨の関			○	○	○
隅田川		△		◎	◎
住の江	○	○	○	○	○
住の江の浦				△	
住の江の岸				○	
住の江の浜					
住吉	○	○	△	○	○
住吉の浦				○	○
住吉の岸		○		○	○
住吉の里		○		○	○
住吉の浜		○		○	○
駿河の海		○		○	○
周淮の原野		○		○	
末の松山		○	○	○	○
清和井				○	
関の清水	○				○
関の藤川					○
関の小川				○	○
関山				○	
勢田			△	○	△
勢田の(長)橋	○		○	○	○
瀬見の小川				○	○
芹川			○	○	○
曽我の河原		○		○	

	袖師の浦	袖の浦	袖振山	外の浜	其神山	園原	染川	高砂	高砂の浦	高砂の峰	高砂の山	高砂の尾上	高師	高師の浦	高師の浜	高島	高島の浦	高師（の）山	高瀬	高瀬川	高瀬の淀
能因歌枕		○				◎	◎	○													
五代集歌枕	○		○				○	△				○	△		○	△					
和歌初学抄		○					○	△							○						
歌枕名寄	◎	○	○	○	○	○	○	○	○	○	○	○	△	◎	◎	◎	○	○	△	○	○
勅撰名所和歌抄出	○	○	○			○	○	△	○		○	○	△	○	○			○	△	○	○

	高津の宮	高角山	高野	高野（の）山	高円	高円（の）野	高円の（尾上の）宮	高円山	高間の山	高山	竹川	武隈	多胡の入野	多祜の浦	田子の浦	糺	糺の宮	糺の森	立野	橘の小島	竜田
能因歌枕									○			△			○						△
五代集歌枕	△	○			△	○	○	○		○	○	○	○		○				○	○	△
和歌初学抄									△		○	△			○						△
歌枕名寄	○	○	△	○	○	○	○	○	○	○	○	○	○	○	○	△	○	○	○	○	○
勅撰名所和歌抄出	○	○	○	○	△	○	○	○	◎	○	○	○	○	○	○	△	○	○	○	○	△

竜田川	○	○	○	○	○
竜田の里				○	
竜田の森				○	
竜田(の)山	○	○	○	○	○
辰の市		○	○	○	○
田上		△	△	○	△
田上川		○	○	○	○
田上山				○	○
多波礼島		○		○	○
玉江		○	○	◎	◎
玉川				○	○
玉川の里				○	
玉川			○		○
玉川の里			○		○
玉川				○	○
玉川		△		○	○
玉川の里		○		○	
多摩川		○		○	○
玉坂山	○		○	○	
玉島		○			△
玉島川		○		○	○
玉造江	△			○	○
玉津島		○	○	○	◎
玉の井			○	◎	◎
田蓑の島		○	○	○	○
手向(の)山		○	○	◎	○
千賀の浦					△
値嘉の浦		○		○	○
値嘉の島			○	○	
竹生島	○			○	
千曲川	○	○		○	○
千坂の浦				○	○
千歳〈年〉山	○			○	○
茅渟の海		○		○	○
千尋の浜		○	○	◎	◎
月読の神				○	
月読の森				○	○
筑波	△	△	△	△	△
筑波嶺	○	○	△	○	○
筑波(の)山		○	○	○	○
筑摩		△	△	○	△
筑摩江		○	○	○	○
筑摩(江)の沼		○		○	○
筑摩の神		○	○	○	◎
津田の細江		○		○	○
榴の岡			○	○	
海石榴市		○		○	○
壺の碑				○	
津守				○	△
津守の浦				○	○

	能因歌枕	五代集歌枕	和歌初学抄	歌枕名寄	勅撰名所和歌抄出
津守の沖				○	○
津守の浜					
敦賀	△			△	△
敦賀の山	○			○	
都留の郡	○	○	○	○	○
手間の関			○	○	
常盤	△	△	△	△	△
常盤の里				○	○
常盤の森			○	○	○
常盤(の)山		○		◎	○
鳥籠の山	○	○	○	○	○
土佐の海					
敏馬		△	○	○	△
敏馬が磯				○	○
敏馬が崎		○		○	○
戸無瀬			△	○	○
戸無瀬川				○	○
戸無瀬の滝			○	○	○
砺波の関		○		○	○
鳥羽				○	△
鳥羽田		△		○	○

	能因歌枕	五代集歌枕	和歌初学抄	歌枕名寄	勅撰名所和歌抄出
鳥羽田の里				△	○
飛羽山		○		○	○
十符				○	△
飛火野			○	○	○
遠里小野		○		○	○
遠津の浜		○		○	○
富雄川	○		○	○	○
鞆の浦	△	○		○	○
豊浦				△	△
豊浦の寺				○	○
鳥辺〈部〉		△	△	△	△
鳥辺〈部〉野				○	○
鳥辺〈部〉山		○	○	○	
十市	△		△	△	△
十市の里	○		○	○	○
中川			○	○	○
長沢の池				○	○
長洲				○	○
長洲の浜				○	○
長谷山				○	
長浜	○	○		◎	○

長柄	長柄の橋	長柄の浜	長等の山	長居	長居の浦	渚の岡	名草	名草の浜	名草山	歎の森	奈呉〈古〉	奈呉〈古〉の海	奈呉〈古〉の浦	奈呉〈古〉の江	莫越の山	勿来の関	名児の浜	那須	名高の浦	灘の海	那智	那智の山	夏実(の)川	名取川
△	○			△		○	△	○																○
△	○		○				△	○	○		△	○	○	○	○	○	○		○				○	○
△	○		○	△	○	○	△	○			△					○								○
○	○	○	◎	△	○	○	△	○	○	○	○	◎	◎	○	○	○	△	○	○		○	○	○	○
△	○	○	○	△	○		△	○		○	△	◎	◎	○		○	○	△	◎		△		○	○

七栗の湯	難波	難波江	難波潟	難波津	難波の浦	難波の里	難波の宮	難波堀江	涙川	奈良思の岡	奈良の都	奈良(の)山	楢の小川	双の池	双の岡	鳴滝	鳴門	鳴門の浦	鳴門の沖	鳴海	鳴海潟	鳴海の野	鳴尾	鳴尾の浦
	△			○												○								
○	△	○	○	○	○		○		○		○	○		○			○			△		○		
○	△	○			○									△	○	○				△			△	
	○	○	○	○	○	○	○	○	○	○	○	○		○	○	○	◎	◎		○	○	○	○	
○	△	○	○	○	○	○	○		○	○	○	○	○	○	○	◎	○	○	○	△	○	○	△	○

	鳴尾の沖	西川	西の宮	丹生(の)川	鳰の海	布引の滝	寝覚の里	野上	野島	野島が〈の〉崎	野島が崎	後瀬(の)山	野中の清水	野宮	羽易山	箱〈筥〉崎	箱根(の)山	走井	羽束師の森	羽束	羽束の里
能因歌枕						○											○		◎		
五代集歌枕				○		○			○	○		○			○	○	○	△	○		
和歌初学抄						○			○				○			○	○	○	○		
歌枕名寄	○	○	○	○	○	○	○	○	○	○	○	○	○	○	○	◎	○	◎	○	○	○
勅撰名所和歌抄出	○			○	○	○		◎	◎	○	○	○	○	○	○	○		○	○	△	

	羽束の山	初瀬	初瀬(の)川	初瀬の桧原	初瀬山	花園山	花(の)山	憚の関	柞の森	柞原	浜名の橋	早川	播磨潟	比叡の山	日笠の浦	引手の山	引馬野	櫃川	櫃川の橋	桧隈川	桧原
能因歌枕		△	○		○	○			○		○										
五代集歌枕		△	○	○	○		○	○	○	○		○			○	○	○			○	
和歌初学抄		△	○		○	○			○		○							○	○		
歌枕名寄	○	○	○		○	○	○	○	○	○	○	◎	△	△	○	○	○	○	○	◎	○
勅撰名所和歌抄出	○	△	○	○	○		○	○	○		○				○		○	△	○	○	

響の灘	○			△	
氷室(の)山				○	○
姫島		○		◎	
日吉		○		△	○
日吉の神		△		△	△
比良	△	△	△	○	△
比良の高嶺			△	○	○
比良の山	○	○	○	○	○
平野	○	○		○	◎
領布振る山		○		○	
広沢			△	△	△
広沢の池			○	○	○
広瀬川		○		○	○
広田				○	
広田の浜				○	
深草	△	△	△	○	△
深草の里				○	○
深草の野				○	○
深草(の)山	○	○	○	○	○
吹上	△	△	△	○	△
吹上の浦					
吹上の浜	○	○	○	○	○
吹飯の浦			○	○	○
富士	△	△	△	○	△
富士(の)川	○			○	○

富士の裾野				○	
富士の嶺		○	△	○	○
富士の山	○	○	○	○	○
伏見	△	△	△	○	△
伏見の里	○	○	○	◎	○
伏見の田居		○		○	○
伏見の野辺				○	
伏見山	○		○	○	○
伏屋				○	
二上山		○	○	○	
二上山		○		○	○
二子山	○	○		○	
二見			△	△	△
二見潟				○	○
二見の浦			○	○	○
二見の浦		○	○	○	○
二村山	○	○	○	◎	○
藤江の浦		○		○	○
舟木の山		○		○	○
船岡	○	○	○	○	○
船岡山				○	
不破	△	△	△	△	△
不破の関	○	○	○	○	○
不破の山				○	
布留	△	△	△	○	△

	布留川	布留野	布留の高橋	布留の中道	布留の都	布留の社	布留の山	布留の早稲田	古柄小野	逸見の御牧	穂　坂	細谷川	堀　江	堀兼の井	堀　川	籬の島	槇の島	槇の尾〈雄〉山	巻　向	巻向の桧原	巻向（の穴師の）山
能因歌枕						○							○	○		○					
五代集歌枕			○	○	△		○	○	○				○			○				○	○
和歌初学抄						○					△		○	○	○	○					
歌枕名寄	○	○	○	○	○	○	○	○	○	○	○	○	○	○	○	○	○	○	○		○
勅撰名所和歌抄出		○	○		○	○	○	○	○				○	○	○	○	○		△	○	○

	益田の池	待兼山	松が浦島	松が崎	松　島	待乳（の）山	松の〈が〉浦	松の尾	松の尾山	松　山	松　浦	松浦潟	松浦（の）川	松浦の浦	松浦の沖	松浦（の）山	真　野	真野の池	真野の浦	真野の継橋	真　野
能因歌枕	○	○		○	○	○				○											
五代集歌枕	○		○		○	◎			○		△		○	○			△		○		
和歌初学抄	○	○	○		○	○				○	△										
歌枕名寄	○	○	○	○	○	◎	○	△	○	◎	○	○	○	○	○	○	○	○	○	○	○
勅撰名所和歌抄出	○	○	○	○	○	○	○	△	○	○	△	○	○		○	○	○	○	○	○	

真野の入江				○	○
真野の浦				○	○
真野の浜				○	◎
真野の萩原		○		○	○
真間の継橋		○		○	○
御垣が〈の〉原				○	○
三笠(の)山	○	○	○	◎	○
三笠の原				○	
三笠の森		○		○	○
瓶原		○		○	○
三上(の)山				○	○
御熊野	○	△	○	◎	○
御熊野の浦		○	○	◎	○
御熊野の浜				◎	○
御熊野(の)山					○
御倉山	○			○	
御坂				○	
三島		△	○	○	◎
三島江		○	○	○	○
御手洗川	○	○		○	○
御津		△	△	○	○
御津の浦		○	○	◎	○
御津の泊まり				○	○
御津の浜		○		○	○
美豆		△	△	○	△

美豆野			○	○	○
美豆の上野				○	
美豆野の里				○	○
美豆の御牧		○	○	◎	○
美豆の森	○	○	○	○	○
水茎の岡		○		○	○
水之江		○		○	○
美豆の小島	○			○	○
三津の浜	△			◎	○
水無瀬		△	△	○	△
水無瀬川	○	○	○	○	○
水無瀬山				○	○
湊川	○			○	○
男女川		○		○	○
見馴川	◎		○	○	○
敏馬の浦				○	○
美濃山				○	
美濃の中山				○	○
美濃の小山				○	○
三船の山		○		○	○
三保の浦		○		◎	○
三保の松原					○
耳敏川			○	○	
耳成山	○	○	○	○	○
三室	△	△	△	○	△

	能因歌枕	五代集歌枕	和歌初学抄	歌枕名寄	勅撰名所和歌抄出
三室の岸	○			○	○
三室の山		○	○	○	○
御裳濯川		○	○	○	○
宮川				○	○
宮城		△		△	△
宮城が原				○	○
宮城野		○		○	○
宮路山	○	○		○	
三芳野の里				◎	○
三輪		△	△	○	○
三輪川		○	○	○	○
三輪の市				○	
三輪の里				○	
三輪の桧原		○		○	○
三輪の社			○	○	
三輪(の)山		○	○	○	○
三尾		△		○	△
三尾が崎		○		○	○
三尾の海				○	
三尾の浦				◎	
向日				△	△

	能因歌枕	五代集歌枕	和歌初学抄	歌枕名寄	勅撰名所和歌抄出
向日の山					
向日の岡				○	○
武庫	△	△		○	△
武庫川		○		○	○
武庫の海		○		○	○
武庫の浦		○		○	○
武庫の山				○	
武蔵野	○	○	○	○	○
虫明				△	△
虫明の瀬戸				○	○
莚田				○	○
六田		△		△	△
六田の淀				○	○
紫野	○	◎	○	○	○
室		△		○	△
室の浦		○		○	○
室の泊まり				○	
室の八島			○	○	○
最上川		○	○	○	○
門司の関			○	○	○
望月	○		△	△	

望月の（御）牧			○	○	
守山	◎	○	○	○	○
八入の岡				○	○
野洲（の）川		○	○	○	○
八十島	○		○		
矢田野			△	○	○
八橋	○	○	○	○	◎
矢野の神山		○		○	○
矢橋				○	
八幡山				△	
山科		△	△	○	△
山科の里		○	○	○	○
山科の宮		○		○	○
山田の原				○	○
山梨			△	△	
山梨の里			○		
山梨（の）岡				○	
山（の）辺		△		○	○
山の井		○	○	○	◎
逝廻の岡		○		○	○
雪の白浜	○		○	○	
弓月が岳				○	○
木綿葉山		△		△	△
夢前川				○	
由良		△		○	△

由良の岬〈崎〉		○		○	○
由良の門				○	○
由良の湊				○	○
万木の森	○		○	○	○
余呉	△		△	△	△
余呉の海			○	○	
余呉の浦	○			○	○
横野		○		◎	○
与謝			△	○	△
与謝の海			○	○	○
与謝の浦				○	○
吉野	△	○	○	○	△
吉野川	○	○	○	○	○
吉野の里				○	○
吉野の滝		○	○	○	○
吉野の峰					○
吉野の宮		○		○	○
吉野山	○	○	○	○	○
淀	△	○		○	○
淀野		○		○	○
淀の沢		○		○	○
淀川	○	○	○	○	○
若草山				○	
和歌〈若〉の浦	○	○	○	○	○
和歌の松原				○	◎

	忘川	渡辺	度会	井手	井手の川	井手の里	猪名	猪名野	猪名(の)川	猪名の笹原	猪名の柴山	猪名野の原	猪名の伏原	猪名の湊	絵島	絵島が磯	絵島が崎	絵島の浦	小笠原	小倉	小倉の里
能因歌枕																				△	
五代集歌枕			△			○	△	△			○									△	
和歌初学抄							△	○	○						○				△		
歌枕名寄	○	△	○	○	○	○	○	○	○	○	○	○	○	○	○	○	○	○	○	○	
勅撰名所和歌抄出			△	△	○	○	△	○	○		○	○		○	○	○	○		○	△	

	小倉の峰	小倉(の)山	小黒崎	小塩	小塩(の)山	雄島	雄島の磯	緒絶の橋	男山	小野	小野の(山)里	小野の細道	小野(の)山	姨捨山	小墾田	小比叡	麻生	麻生の海	麻生の浦
能因歌枕		◎		△	○				○					○					
五代集歌枕		○		△	○			○						○			△		◎
和歌初学抄		○		△	○			○	○	△			○	○			△		○
歌枕名寄	○	○	○	○	○	○	○	○	○	◎	○	○	◎	○	△	○	○	○	◎
勅撰名所和歌抄出	○	○	○	△	○	○	○	○	○	△	○		○	○	△	△	△	◎	◎

索　　引

（数字の太字は項目としてとりあげた頁を示す）

あ

う

え

お

か

き

く

け

こ

さ

し

す

せ

そ

た

ち

つ

に

ぬ

ね

の

は

ひ

ふ

へ

ほ

ま

む

め

も

や

ら

わ

〈執筆者〉

廣 木 一 人

松 本 麻 子（まつもと　あさこ）
1969 年、東京都生。青山学院大学大学院文学研究科日本文学日本語専攻博士課程退学。文学博士。青山学院大学非常勤講師。
主要著書・論文――『新撰菟玖波集全釈　第一巻～第八巻』（三弥井書店、項目執筆）、『文芸会席作法書集』（風間書房、共編）、『古事談抄全釈』（笠間書院、共編）、『連歌辞典』（東京堂出版、共著）、『連歌文芸の展開』（風間書房）

山 本 啓 介（やまもと　けいすけ）
1974 年、神奈川県生。青山学院大学大学院文学研究科日本文学日本語専攻博士後期課程修了。文学博士。新潟大学准教授。
主要著書・論文――『新撰菟玖波集全釈　第四巻～第八巻』（三弥井書店、項目執筆）、『文芸会席作法書集』（風間書房、共編）、『詠歌としての和歌　和歌作法・字余り歌』（新典社）、『連歌辞典』（東京堂出版、共著）、「連歌における『古今集』享受と実作」―三鳥をめぐって―（「文学」12・4）、「中世における和歌と蹴鞠―伝授書と作法―」（「中世文学」56）

田 代 一 葉 （たしろ　かづは）
1978 年、栃木県生。日本女子大学大学院文学研究科日本文学専攻博士課程後期単位所得満期退学。文学博士。日本学術振興会特別研究員、青山学院大学・茨城大学・日本女子大学非常勤講師。
主要著書・論文――『江戸の「知」　近世注釈の世界』（森話社、共著）、『和歌史を学ぶ人のために』（世界思想社、共著）、『鳥獣虫魚の文学史　魚の巻』（三弥井書店、共著）、「「寄絵恋」の系譜」（「和歌文学研究」103）、「清水浜臣主催泊洦舎扇合」（「文学」13-3）

嘉 村 雅 江 （かむら　まさえ）
1985 年、新潟県生。青山学院大学大学院文学研究科日本文学日本語専攻博士課程後期課程。
主要論文――「『知連抄』注釈Ⅰ～Ⅳ」（「緑岡詞林」33 ～ 36、「歌枕書における歌枕形成――『五代集歌枕』と同名名所――」（「青山語文」42）

〈編　者〉

廣木一人（ひろき　かずひと）

1948年、神奈川県生。青山学院大学大学院文学研究科日本文学日本語専攻博士課程退学。青山学院大学教授。

主要著書――『連歌史試論』（新典社）、『連歌の心と会席』（風間書房）、『文芸会席作法書集』（風間書房、共編）、『連歌辞典』（東京堂出版）、『連歌入門　ことばと心をつむぐ文芸』（三弥井書店）、『連歌師という旅人　宗祇越後府中への旅』（三弥井書店）

歌枕辞典《うたまくら》

2013年2月10日　初版印刷
2013年2月28日　初版発行

編　者　廣木一人
発行者　皆木和義
印刷所　図書印刷株式会社
製本所　図書印刷株式会社

発行所　株式会社 東京堂出版
東京都千代田区神田神保町1-17〔〒101-0051〕
電話　東京 3233-3741　振替　00130-7-270

ISBN978-4-490-10831-6　C1592

Printed in Japan